【现代文学精品集】

朱自清

文学精品选

朱自清◎著

中国出版集团
现代出版社

图书在版编目（CIP）数据

朱自清文学精品选 / 朱自清著. —北京：现代出版社，2017.5（2023.7重印）
ISBN 978-7-5143-6046-2

Ⅰ. ①朱… Ⅱ. ①朱… Ⅲ. ①散文集－中国－现代②小说集－中国－现代 Ⅳ. ①I216.2

中国版本图书馆CIP数据核字（2017）第070340号

著　　者　朱自清
责任编辑　杨学庆
出版发行　现代出版社
通讯地址　北京市安定门外安华里504号
邮政编码　100011
电　　话　010-64267325　64245264（传真）
网　　址　www.1980xd.com
电子邮箱　xiandai@cnpitc.com.cn
印　　刷　北京军迪印刷有限责任公司
开　　本　710mm×1000mm　1/16
印　　张　15.5
版次印次　2017年9月第1版　2023年7月第3次印刷
标准书号　ISBN 978-7-5143-6046-2
定　　价　45.00元

朱自清简介

朱自清（1898 ~ 1948）原名自华，字佩弦，号秋实。原籍浙江绍兴，生于江苏东海，长大于江苏扬州，故称“我是扬州人”。他是我国现代诗人、散文作家，是“五四”时期重要的作家之一。

朱自清幼年在私塾读书，深受我国传统文化的影响。1912 年，他进入高等小学，于 1916 年考入北京大学预科。1917 年，他升入本科哲学系。1919 年底，他开始发表诗歌，作为新文学运动初期的诗人之一，他以清新明快的诗作，在诗坛上显出了自己的特色。

1920 年，他修完课程，于北京大学哲学系提前毕业。他在北大期间，积极参加五四爱国运动，后来又参加北大学生为传播新思想而组织的平民教育讲演团。1925 年，他任清华大学中文系教授，并开始从事文学研究。

抗日战争爆发后，朱自清随清华大学南下长沙。1938 年 3 月，他到昆明，任北京大学、清华大学、南开大学合并的西南联合大学中国文学系主任，并当选为中华全国文艺界抗敌协会理事。

1945 年抗战胜利后，国民党政府发动内战，镇压民主运动。特别是 1946 年 7 月，朱自清的好友李公朴、闻一多先生先后遇害，使他震动和悲愤。于是，他出席成都各界举行的李、闻惨案追悼大会，并报告闻一多先生的生平事迹。

1946 年 10 月，经过漫长曲折的道路，在黑暗现实的教育和爱国民主运动的推动下，朱自清成为了一位革命民主主义战士。1948 年 8 月 12 日，朱自清因患严重的胃病不幸逝世，年仅 50 岁。

朱自清在五四运动后开始新诗创作而出名，发表过长诗《毁灭》和一些短诗。然而，1923 年，他发表的《桨声灯影里的秦淮河》，又显示出他散文创作方面的才能。从此以后，他便致力于散文创作，并取得了巨大成就。

朱自清著有散文集《背影》《欧游杂记》《你我》《伦敦杂记》和杂文集《标准与尺度》《论雅俗共赏》等。他的散文，有写景文、旅行记、抒情文和杂文随笔诸类。先以《桨声灯影里的秦淮河》《荷塘月色》等写景美文，继以《背影》《儿女》《悼亡妇》等至情之作，树立了文质并茂、自然亲切的“谈话风”散文的一种典范，最后以谈言微中、理趣盎然的杂感文，实现了诗人、学者、斗士的统一。因此，他对建设平易、抒情、本色的现代语体散文作出了贡献。

朱自清散文感情真挚，他的《背影》《悼亡妇》等，被称为“天地间第一等至情文学”。在淡淡的笔墨中，流露出一股深情，没有矫揉造作，而是动人心弦，尤其是在《背影》中，他对父亲朱鸿钧的感情之深让读者不由得感动。

朱自清创作的作品文笔清新，为我国现代散文增添了瑰丽的色彩，为建立我国现代散文全新的审美特征，创造了具有中国民族特色的散文体制和风格。

著名现代作家李素伯说朱自清散文集《背影》给人以“芳香的迷醉”。

著名现代作家郁达夫评价朱自清：“他的散文，能够贮满一种诗意。”

著名现代作家李广田评价：“他的作品一开始就建立了一种纯正朴实的新鲜作风。”

目录

散　文

002　我是扬州人
006　航船中的文明
009　歌　声
011　荷塘月色
014　匆　匆
016　儿　女
022　桨声灯影里的秦淮河
029　阿　河
036　旅行杂记
043　谈抽烟
045　背　影
048　南　京
053　说　梦
056　择偶记
059　扬州的夏日
062　冬　天
064　白　采
067　刘云波女医师
070　一封信
074　看　花
078　三家书店
085　你　我
098　清华的一日
100　重庆行记
107　潭拓寺 戒坛寺
111　绥行纪略

116 威尼斯
120 佛罗伦司
124 罗　马
131 荷　兰
137 柏　林
143 初到清华记
146 房东太太
151 德瑞司登
154 莱茵河
157 巴　黎
174 文人宅
180 博物院
186 重庆一瞥
188 乞　丐
191 圣诞节
195 温州的踪迹
201 公　园
207 白马湖
210 春
212 给亡妇
216 松堂游记
218 瑞　士

小　说

226 笑的历史
235 别

◎

散文

朱自清

文学精品选

我是扬州人

有些国语教科书里选得有我的文章，注解里或说我是浙江绍兴人，或说我是江苏江都人——就是扬州人。有人疑心江苏江都人是错了，特地老远的写信托人来问我。我说两个籍贯都不算错，但是若打官话，我得算浙江绍兴人。浙江绍兴是我的祖籍或原籍，我从进小学就填的这个籍贯；直到现在，在学校里服务快三十年了，还是报的这个籍贯。不过绍兴我只去过两回，每回只住了一天；而我家里除先母外，没一个人会说绍兴话。

我家是从先祖才到江苏东海做小官。东海就是海州，现在是陇海路的终点。我就生在海州。四岁的时候先父又到邵伯镇做小官，将我们接到那里。海州的情形我全不记得了，只对海州话还有亲热感，因为父亲的扬州话里夹着不少海州口音。在邵伯住了差不多两年，是住在万寿宫里。万寿宫的院子很大，很静；门口就是运河。河坎很高，我常向河里扔瓦片玩儿。邵伯有个铁牛湾，那儿有一条铁牛镇压着。父亲的当差常抱我去看它，骑它，抚摩它。镇里的情形我也差不多忘记了。只记住在镇里一家人家的私塾里读过书，在那里认识了一个好朋友叫江家振。我常到他家玩儿，傍晚和他坐在他家荒园里一根横倒的枯树干上说着话，依依不舍，不想回家。

这是我第一个好朋友，可惜他未成年就死了；记得他瘦得很，也许是肺病罢？

六岁那一年父亲将全家搬到扬州。后来又迎养先祖父和先祖母。父亲曾到江西做过几年官，我和二弟也曾去过江西一年；但是老家一直在扬州住着。我在扬州读初等小学，没毕业；读高等小学，毕了业；读中学，也毕了业。我的英文得力于高等小学里一位黄先生，他已经过世了。还有陈春台先生，他现在是北平著名的数学教师。这两位先生讲解英文真清楚，启发了我学习的兴趣；只恨我始终没有将英文学好，愧对这两位老师。还有一位戴子秋先生，也早过世了，我的国文是跟他老人家学着做通了的。那是辛亥革命之后在他家夜塾里的时候。中学毕业，我是十八岁，那年就考进了北京大学预科，从此就不常在扬州了。

就在十八岁那年冬天，父亲母亲给我在扬州完了婚。内人武钟谦女士是杭州籍，其实也是在扬州长成的。她从不曾去过杭州；后来同我去是第一次。她后来因为肺病死在扬州，我曾为她写过一篇《给亡妇》。我和她结婚的时候，祖父已死了好几年了。结婚后一年祖母也死了。他们两老都葬在扬州，我家于是有祖茔在扬州了。后来亡妇也葬在这祖茔里。母亲在抗战前两年过去，父亲在胜利前四个月过去，遗憾的是我都不在扬州；他们也葬在那祖茔里。这中间叫我痛心的是死了第二个女儿！她性情好，爱读书，做事负责任，待朋友最好。已经成人了，不知什么病，一天半就完了！她也葬在祖茔里。我有九个孩子。除第二个女儿外，还有一个男孩不到一岁就死在扬州；其余亡妻生的四个孩子都曾在扬州老家住过多少年。这个老家直到今年夏初才解散了，但是还留着一位老年的庶母在那里。

我家跟扬州的关系，大概够得上古人说的“生于斯，死于斯，歌哭于斯”了。现在亡妻生的四个孩子都已自称为扬州人了；我比起他们更算是在扬州长成的，天然更该算是扬州人了。但是从前一直马马虎虎的骑在墙上，并且自称浙江人的时候还多些，又为了什么呢？这一半因为报的是浙江籍，求其一致；一半也还有些别的道理。这些道理第一桩就是籍贯是无所谓的。那时要做一个世界人，连国籍都觉得狭小，不用说省籍和县籍了。那时在大学里觉得同乡会最没有意思。我同住的和我来往的自然差不多都是扬州人，自己却因为浙江籍，不去参加江苏或扬州同乡会。可是虽然是浙江绍兴籍，却又没跟一个道地浙江人来往，因此也就没人拉我去开浙江同乡会，更不用说绍兴同乡会了。这也许是两栖或骑墙的好处罢？然而出了学校以后到底常常会遇到道地绍兴人了。我既然不会说绍兴话，并且除了花雕和兰亭外几乎不知道绍兴的别的情形，于是乎往往只好自己承认是假绍兴人。那虽然一半是玩笑，可也有点儿窘的。

还有一桩道理就是我有些讨厌扬州人；我讨厌扬州人的小气和虚气。小是眼光如豆，虚是虚张声势，小气无须举例。虚气例如已故的扬州某中央委员，坐包车在街上走，除拉车的外，又跟上四个人在车子边推着跑着。我曾经写过一篇短文，指出扬州人这些毛病。后来要将这篇文收入散文集《你我》里，商务印书馆不肯，怕再闹出“闲话扬州”的案子。这当然也因为他们总以为我是浙江人，而浙江人骂扬州人是会得罪扬州人的。但是我也并不抹煞扬州的好处，曾经写过一篇《扬州的夏日》，还有在《看花》里也提起扬州福缘庵的桃花。再说现在年纪大些了，觉得小气和虚气都可以算是地方气，绝不止是扬州人如此。从前自己常答应人说自己是绍兴人，一半又因为绍兴人有些戆气，而扬州人似乎太聪明。其实扬州人也未尝没戆气，我的朋友任中敏（二北）先生，办了这么多年汉民中学，不管人家理会不理会，难道还不够“戆”的！绍兴人固然有戆气，但是也许还有别的气我讨厌的，不过我不深知罢了。这也许是阿Q的想法罢？然而我对于扬州的确渐渐亲热起来了。

扬州真像有些人说的，不折不扣是个有名的地方。不用远说，李斗《扬州画舫录》里的扬州就够羡慕的。可是现在衰落了，经济上是一日千丈的衰落了，只看那些没精打采的盐商家就知道。扬州人在上海被称为江北老，这名字总而言之表示低等的人。江北老在上海是受欺负的，他们于是学些不三不四的上海话来冒充上海人。到了这地步他们可竟会忘其所以的欺负起那些新来的江北老了。这就养成了扬州人的自卑心理。抗战以来许多扬州人来到西南，大半都自称为上海人，就靠着那一点不三不四的上海话；甚至连这一点都没有，也还自称为上海人。其实扬州人在本地也有他们的骄傲的。他们称徐州以北的人为侉子，那些人说的是侉话。他们笑镇江人说话土气，南京人说话大舌头，尽管这两个地方都在江南。英语他们称为蛮话，说这种话的当然是蛮子了。然而这些话只好关着门在家里说，到上海一看，立刻就会矮上半截，缩起舌头不敢啧一声了。扬州真是衰落得可以啊！

我也是一个江北老，一大堆扬州口音就是招牌，但是我却不愿做上海人；上海人太狡猾了。况且上海对我太生疏，生疏的程度跟绍兴对我也差不多；因为我知道上海虽然也许比知道绍兴多些，但是绍兴究竟是我的祖籍，上海是和我水米无干的。然而年纪大起来了，世界人到底做不成，我要一个故乡。俞平伯先生有一行诗，说“把故乡掉了”。其实他掉了故乡又找到了一个故乡；他诗文里提到苏州那一股亲热，是可羡慕的，苏州就算是他的故乡了。他在苏州度过他的童年，所以提起来一点一滴都亲亲热热的，童年的记忆最单纯最真切，影响最深最久；种种悲欢离合，回想起来最有意思。“青灯有味是儿时”，其实不止青灯，儿时的一切都是有味的。这样看，在那儿度过童年，就算那儿是故乡，大概差不多罢？这样看，就只有扬州可以算是我的故乡了。何况我的家又是“生于斯，死于斯，歌哭于斯”呢？所以扬州好也罢，歹也罢，我总该算是扬州人的。

1946 年

航船中的文明

第一次乘夜航船，从绍兴府桥到西兴渡口。

绍兴到西兴本有汽油船。我因急于来杭，又因年来逐逐于火车轮船之中，也想“回到”航船里，领略先代生活的异样的趣味；所以不顾亲戚们的坚留和劝说（他们说航船里是很苦的），毅然决然的于下午六时左右下了船。有了“物质文明”的汽油船，却又有“精神文明”的航船，使我们徘徊其间，左右顾而乐之，真是二十世纪中国人的幸福了！

航船中的乘客大都是小商人；两个军弁是例外。满船没有一个士大夫；我区区或者可充个数儿，——因为我曾读过几年书，又忝为大夫之后——但也是例外之例外！真的，那班士大夫到那里去了呢？这不消说得，都到了轮船里去了！士大夫虽也擎着大旗拥护精神文明，但千虑不免一失，竟为那物质文明的孙儿，满身洋油气的小顽意儿骗得定定的，忍心害理的撇了那老相好。于是航船虽然照常行驶，而光彩已减少许多！这确是一件可以慨叹的事；而“国粹将亡”的呼声，似也不是徒然的了。呜呼，是谁之咎欤？

既然来到这“精神文明”的航船里，正可将船里的精神文明考察一番，才不虚此一行。但从那里下手呢？这可有些为难。踌躇之间，恰好来了一个女人。——我说“来了”，仿佛亲眼看见，而孰知不然；我知道她“来了”，是在听见她尖锐的语音的时候。至于她的面貌，我至今还没有看见呢。这第一要怪我的近视眼，第二要怪那袭人的暮色，第三要怪——哼——要怪那“男女分坐”的精神文明了。女人坐在前面，男人坐在后面；那女人离我至少有两丈远，所以便不可见其脸了。且慢，这样左怪右怪，“其词若有憾焉”，你们或者猜想那女人怎样美呢。而孰知又大大的不然！我也曾“约略的”看来，都是乡下的黄面婆而已。至于尖锐的语音，那是少年的妇女所常有的，倒也不足为奇。然而这一次，那来了的女人的尖锐的语音竟致劳动区区的执笔者，却又另有缘故。在那语音里，表示出对于航船里精神文明的抗议；她说，“男人女人都是人！”她要坐到后面来，（因前面太挤，实无他故，合并声明，）而航船里的“规矩”是不许的。船家拦住她，她仗着她不是姑娘了，便老了脸皮，大着胆子，慢慢的说了那句话。她随即坐在原处，而“批评家”的议论繁然了。一个船家在船沿上走着，随便的说，“男人女人都是人，是的，不错。做秤钩的也是铁，做秤锤的也是铁，做铁锚的也是铁，都是铁呀！”这一段批评大约十分巧妙，说出诸位“批评家”所要说的，于是众喙都息，这便成了定论。至于那女人，事实上早已坐下了；“孤掌难鸣”，或者她饱饫了诸位“批评家”的宏论，也不要鸣了罢。“是非之心”，虽然“人皆有之”，而撑船经商者流，对于名教之大防，竟能剖辨得这样“详明”，也着实亏他们了。中国毕竟是礼义之邦，文明之古国呀！——我悔不该乱怪那“男女分坐”的精神文明了！

“祸不单行”，凑巧又来了一个女人。她是带着男人来的。——呀，带着男人！正是；所以才“祸不单行”呀！——说得满口好绍兴的杭州话，在黑暗里隐隐露着一张白脸；带着五六分城市气。船家照他们的“规矩”，要将这一对儿生刺刺的分开；男人不好意思做声，女的却抢着说，“我们是‘一堆生’的！”太亲热的字眼，竟在“规规矩矩的”航船里说了！于是船家命令的嚷道：“我们有我们的规矩，不管你‘一堆生’不‘一堆生’

的！”大家都微笑了。有的沉吟的说：“一堆生的？”有的惊奇的说：“一‘堆’生的！”有的嘲讽的说：“哼，一堆生的！”在这四面楚歌里，凭你怎样伶牙俐齿，也只得服从了！“妇者，服也”，这原是她的本行呀。只看她毫不置辩，毫不懊恼，还是若无其事的和人攀谈，便知她确乎是“服也”了。这不能不感谢船家和乘客诸公“卫道”之功；而论功行赏，船家尤当首屈一指。呜呼，可以风矣！

在黑暗里征服了两个女人，这正是我们的光荣；而航船中的精神文明，也粲然可见了——于是乎书。

1924年5月3日

歌　声

昨晚中西音乐歌舞大会里“中西丝竹和唱”的三曲清歌，真令我神迷心醉了。

仿佛一个暮春的早晨，霏霏的毛雨默然洒在我脸上，引起润泽，轻松的感觉。新鲜的微风吹动我的衣袂，像爱人的鼻息吹着我的手一样。我立的一条白矾石的甬道上，经了那细雨，正如涂了一层薄薄的乳油；踏着只觉越发滑腻可爱了。

这是在花园里。群花都还做她们的清梦。那微雨偷偷洗去她们的尘垢，她们的甜软的光泽便自焕发了。在那被洗去的浮艳下，我能看到她们在有日光时所深藏着的恬静的红，冷落的紫，和苦笑的白与绿。以前锦绣般在我眼前的，现在都带了黯淡的颜色。——是愁着芳春的销歇么？是感着芳春的困倦么？

大约也因那濛濛的雨，园里没了秾郁的香气。涓涓的东风只吹来一缕缕饿了似的花香；夹带着些潮湿的草丛的气息和泥土的滋味。园外田亩和沼泽里，又时时送过些新插的秧，少壮的麦，和成荫的柳树的清新的蒸气。这些虽非甜美，却能强烈地刺激我的鼻观，使我有愉快的倦怠之感。

看啊，那都是歌中所有的：我用耳，也用眼，鼻，舌，身，听着；也用心唱着。我终于被一种健康的麻痹袭取了，于是为歌所有。此后只由歌独自唱着，听着；世界上便只有歌声了。

1921年11月3日，上海

荷塘月色

这几天心里颇不宁静。今晚在院子里坐着乘凉，忽然想起日日走过的荷塘，在这满月的光里，总该另有一番样子吧。月亮渐渐地升高了，墙外马路上孩子们的欢笑，已经听不见了；妻在屋里拍着闰儿，迷迷糊糊地哼着眠歌。我悄悄地披了大衫，带上门出去。

沿着荷塘，是一条曲折的小煤屑路。这是一条幽僻的路；白天也少人走，夜晚更加寂寞。荷塘四面，长着许多树，蓊蓊郁郁的。路的一旁，是些杨柳，和一些不知道名字的树。没有月光的晚上，这路上阴森森的，有些怕人。今晚却很好，虽然月光也还是淡淡的。

路上只我一个人，背着手踱着。这一片天地好像是我的；我也像超出了平常的自己，到了另一世界里。我爱热闹，也爱冷静；爱群居，也爱独处。像今晚上，一个人在这苍茫的月下，什么都可以想，什么都可以不想，便觉是个自由的人。白天里一定要做的事，一定要说的话，现在都可不理。这是独处的妙处，我且受用这无边的荷香月色好了。

曲曲折折的荷塘上面，弥望的是田田的叶子。叶子出水很高，像亭亭的舞女的裙。层层的叶子中间，零星地点缀着些白花，有袅娜地开着的，有羞涩地打着朵儿的；正如一粒粒的明珠，又如碧天里的星星，又如刚出浴的美人。微风过处，送来缕缕清香，仿佛远处高楼上渺茫的歌声似的。这时候叶子与花也有一丝的颤动，像闪电般，霎时传过荷塘的那边去了。叶子本是肩并肩密密地挨着，这便宛然有了一道凝碧的波痕。叶子底下是脉脉的流水，遮住了，不能见一些颜色；而叶子却更见风致了。

月光如流水一般，静静地泻在这一片叶子和花上。薄薄的青雾浮起在荷塘里。叶子和花仿佛在牛乳中洗过一样；又像笼着轻纱的梦。虽然是满月，天上却有一层淡淡的云，所以不能朗照；但我以为这恰是到了好处——酣眠固不可少，小睡也别有风味的。月光是隔了树照过来的，高处丛生的灌木，落下参差的斑驳的黑影，峭楞楞如鬼一般；弯弯的杨柳的稀疏的倩影，却又像是画在荷叶上。塘中的月色并不均匀；但光与影有着和谐的旋律，如梵婀玲上奏着的名曲。

荷塘的四面，远远近近，高高低低都是树，而杨柳最多。这些树将一片荷塘重重围住；只在小路一旁，漏着几段空隙，像是特为月光留下的。树色一例是阴阴的，乍看像一团烟雾；但杨柳的丰姿，便在烟雾里也辨得出。树梢上隐隐约约的是一带远山，只有些大意罢了。树缝里也漏着一两点路灯光，没精打彩的，是渴睡人的眼。这时候最热闹的，要数树上的蝉声与水里的蛙声；但热闹是它们的，我什么也没有。

忽然想起采莲的事情来了。采莲是江南的旧俗，似乎很早就有，而六朝时为盛；从诗歌里可以约略知道。采莲的是少年的女子，她们是荡着小船，唱着艳歌去的。采莲人不用说很多，还有看采莲的人。那是一个热闹的季节，也是一个风流的季节。梁元帝《采莲赋》里说得好：

于是妖童媛女，荡舟心许；鹢首徐回，兼传羽杯；棹将移而藻挂，船欲动而萍开。尔其纤腰束素，迁延顾步；夏始春余，叶嫩花初，恐沾裳而浅笑，畏倾船而敛裾。

可见当时嬉游的光景了。这真是有趣的事，可惜我们现在早已无福消受了。

于是又记起《西洲曲》里的句子：

采莲南塘秋，莲花过人头；低头弄莲子，莲子清如水。

今晚若有采莲人，这儿的莲花也算得“过人头”了；只不见一些流水的影子，是不行的。这令我到底惦着江南了。——这样想着，猛一抬头，不觉已是自己的门前；轻轻地推门进去，什么声息也没有，妻已睡熟好久了。

1927 年 7 月，北京清华园

匆 匆

燕子去了，有再来的时候；杨柳枯了，有再青的时候；桃花谢了，有再开的时候。但是，聪明的，你告诉我，我们的日子为什么一去不复返呢？——是有人偷了他们罢：那是谁？又藏在何处呢？是他们自己逃走了罢：现在又到了那里呢？

我不知道他们给了我多少日子；但我的手确乎是渐渐空虚了。在默默里算着，八千多日子已经从我手中溜去；像针尖上一滴水滴在大海里，我的日子滴在时间的流里，没有声音，也没有影子。我不禁头涔涔而泪潸潸了。

去的尽管去了，来的尽管来着；去来的中间，又怎样地匆匆呢？早上我起来的时候，小屋里射进两三方斜斜的太阳。太阳他有脚啊，轻轻悄悄地挪移了；我也茫茫然跟着旋转。于是——洗手的时候，日子从水盆里过去；吃饭的时候，日子从饭碗里过去；默默时，便从凝然的双眼前过去。我觉察他去的匆匆了，伸出手遮挽时，他又从遮挽着的手边过去，天黑时，我躺在床上，他便伶伶俐俐地从我身上跨过，从我脚边飞去了。等我睁开眼和太阳再见，这算又溜走了一日。我掩着面叹息。但是新来的日子的影儿又开始在叹息里闪过了。

在逃去如飞的日子里，在千门万户的世界里的我能做些什么呢？只有徘徊罢了，只有匆匆罢了；在八千多日的匆匆里，除徘徊外，又剩些什么呢？过去的日子如轻烟，被微风吹散了，如薄雾，被初阳蒸融了；我留着些什么痕迹呢？我何曾留着像游丝样的痕迹呢？我赤裸裸来到这世界，转眼间也将赤裸裸的回去罢？但不能平的，为什么偏要白白走这一遭啊？

你聪明的，告诉我，我们的日子为什么一去不复返呢？

1922 年 3 月 28 日

儿 女

我现在已是五个儿女的父亲了。想起圣陶喜欢用的“蜗牛背了壳”的比喻，便觉得不自在。新近一位亲戚嘲笑我说，“要剥层皮呢！”更有些悚然了。十年前刚结婚的时候，在胡适之先生的《藏晖室札记》里，见过一条，说世界上有许多伟大的人物是不结婚的；文中并引培根的话，“有妻子者，其命定矣。”当时确吃了一惊，仿佛梦醒一般；但是家里已是不由分说给娶了媳妇，又有甚么可说？现在是一个媳妇，跟着来了五个孩子；两个肩头上，加上这么重一副担子，真不知怎样走才好。“命定”是不用说了；从孩子们那一面说，他们该怎样长大，也正是可以忧虑的事。我是个彻头彻尾自私的人，做丈夫已是勉强，做父亲更是不成。自然，“子孙崇拜”，“儿童本位”的哲理或伦理，我也有些知道；既做着父亲，闭了眼抹杀孩子们的权利，知道是不行的。可惜这只是理论，实际上我是仍旧按照古老的传统，在野蛮地对付着，和普通的父亲一样。近来差不多是中年的人了，才渐渐觉得自己的残酷；想着孩子们受过的体罚和叱责，始终不能辩解——像抚摩着旧创痕那样，我的心酸溜溜的。有一回，读了有岛武郎《与幼小者》的译文，对了那种伟大的，沉挚的态度，我竟流下泪来了。去年父亲来信，问起阿九，那时阿九还在白马湖呢；信上说，“我没有耽误你，你也不要耽误他才好。”我为这句话哭了一场；我为什么不像父亲的仁慈？我不该忘记，父亲怎样待我们来着！人性许真是二元的，我是这样地矛盾；我的心像钟摆似的来去。

你读过鲁迅先生的《幸福的家庭》么？我的便是那一类的“幸福的家庭”！每天午饭和晚饭，就如两次潮水一般。先是孩子们你来他去地在厨房与饭间里查看，一面催我或妻发“开饭”的命令。急促繁碎的脚步，夹着笑和嚷，一阵阵袭来，直到命令发出为止。他们一递一个地跑着喊着，将命令传给厨房里用人；便立刻抢着回来搬凳子。于是这个说，“我坐这儿！”那个说，“大哥不让我！”大哥却说，“小妹打我！”我给他们调解，说好话。但是他们有时候很固执，我有时候也不耐烦，这便用着叱责了；叱责还不行，不由自主地，我的沉重的手掌便到他们身上了。于是哭的哭，坐的坐，局面才算定了。接着可又你要大碗，他要小碗，你说红筷子好，他说黑筷子好；这个要干饭，那个要稀饭，要茶要汤，要鱼要肉，要豆腐，要萝卜；你说他菜多，他说你菜好。妻是照例安慰着他们，但这显然是太迂缓了。我是个暴躁的人，怎么等得及？不用说，用老法子将他们立刻征服了；虽然有哭的，不久也就抹着泪捧起碗了。吃完了，纷纷爬下凳子，桌上是饭粒呀，汤汁呀，骨头呀，渣滓呀，加上纵横的筷子，欹斜的匙子，就如一块花花绿绿的地图模型。吃饭而外，他们的大事便是游戏。游戏时，大的有大主意，小的有小主意，各自坚持不下，于是争执起来；或者大的欺负了小的，或者小的竟欺负了大的，被欺负的哭着嚷着，到我或妻的面前诉苦；我大抵仍旧要用老法子来判断的，但不理的时候也有。最为难的，是争夺玩具的时候：这一个的与那一个的是同样的东西，却偏要那一个的；而那一个便偏不答应。在这种情形之下，不论如何，终于是非哭了不可的。这些事件自然不至于天天全有，但大致总有好些起。我若坐在家里看书或写什么东西，管保一点钟里要分几回心，或站起来一两次的。若是雨天或礼拜日，孩子们在家的多，那么，摊开书竟看不下一行，提起笔也写不出一个字的事，也有过的。我常和妻说，“我们家真是成日的千军万马呀！”有时是不但“成日”，连夜里也有兵马在进行着，在有吃乳或生病的孩子的时候！

我结婚那一年，才十九岁。二十一岁，有了阿九；二十三岁，又有了阿菜。那时我正像一匹野马，那能容忍这些累赘的鞍鞯，辔头，和缰绳？摆脱也知是不行的，但不自觉地时时在摆脱着。现在回想起来，那些日子，真苦了这两个孩子；真是难以宽宥的种种暴行呢！阿九才两岁半的样子，我们住在杭州的学校里。不知怎地，这孩子特别爱哭，又特别怕生人。一不见了母亲，或来了客，就哇哇地哭起来了。学校里住着许多人，我不能让他扰着他们，而客人也总是常有的；我懊恼极了，有一回，特地骗出了妻，关了门，将他按在地下打了一顿。这件事，妻到现在说起来，还觉得有些不忍；她说我的手太辣了，到底还是两岁半的孩子！我近年常想着那时的光景，也觉黯然。阿菜在台州，那是更小了；才过了周岁，还不大会走路。也是为了缠着母亲的缘故吧，我将她紧紧地按在墙角里，直哭喊了三四分钟；因此生了好几天病。妻说，那时真寒心呢！但我的苦痛也是真的。我曾给圣陶写信，说孩子们的折磨，实在无法奈何；有时竟觉着还是自杀的好。这虽是气愤的话，但这样的心情，确也有过的。后来孩子是多起来了，磨折也磨折得久了，少年的锋棱渐渐地钝起来了；加以增长的年岁增长了理性的裁制力，我能够忍耐了——觉得从前真是一个“不成材的父亲”，如我给另一个朋友信里所说。但我的孩子们在幼小时，确比别人的特别不安静，我至今还觉如此。我想这大约还是由于我们抚育不得法；从前只一味地责备孩子，让他们代我们负起责任，却未免是可耻的残酷了！

正面意义的“幸福”，其实也未尝没有。正如谁所说，小的总是可爱，孩子们的小模样，小心眼儿，确有些教人舍不得的。阿毛现在五个月了，你用手指去拨弄她的下巴，或向她做趣脸，她便会张开没牙的嘴格格地笑，笑得像一朵正开的花。她不愿在屋里待着；待久了，便大声儿嚷。妻常说，“姑娘又要出去溜达了。”她说她像鸟儿般，每天总得到外面溜一些时候。

闰儿上个月刚过了三岁，笨得很，话还没有学好呢。他只能说三四个字的短语或句子，文法错误，发音模糊，又得费气力说出；我们老是要笑他的。他说“好”字，总变成“小”字；问他“好不好？”他便说“小”，或“不小”。我们常常逗着他说这个字玩儿；他似乎有些觉得，近来偶然也能说出正确的“好”字了——特别在我们故意说成“小”字的时候。他有一只搪磁碗，是一毛来钱买的；买来时，老妈子教给他，“这是一毛钱。”他便记住“一毛”两个字，管那只碗叫“一毛”，有时竟省称为“毛”。这在新来的老妈子，是必需翻译了才懂的。他不好意思，或见着生客时，便咧着嘴痴笑；我们常用了土话，叫他做“呆瓜”。他是个小胖子，短短的腿，走起路来，蹒跚可笑；若快走或跑，便更“好看”了。他有时学我，将两手叠在背后，一摇一摆的；那是他自己和我们都要乐的。他的大姊便是阿菜，已是七岁多了，在小学校里念着书。在饭桌上，一定得啰啰唆唆地报告些同学或他们父母的事情；气喘喘地说着，不管你爱听不爱听。说完了总问我：“爸爸认识么？”“爸爸知道么？”妻常禁止她吃饭时说话，所以她总是问我。她的问题真多：看电影便问电影里的是不是人？是不是真人？怎么不说话？看照相也是一样。不知谁告诉她，兵是要打人的。她回来便问，兵是人么？为什么打人？近来大约听了先生的话，回来又问张作霖的兵是帮谁的？蒋介石的兵是不是帮我们的？诸如此类的问题，每天短不了，常常闹得我不知怎样答才行。她和闰儿在一处玩儿，一大一小，不很合式，老是吵着哭着。但合式的时候也有：譬如这个往床底下躲，那个便钻进去追着；这个钻出来，那个也跟着——从这个床到那个床，只听见笑着，嚷着，喘着，真如妻所说，像小狗似的。现在在京的，便只有这三个孩子；阿九和转儿是去年北来时，让母亲暂时带回扬州去了。

阿九是欢喜书的孩子。他爱看《水浒》《西游记》《三侠五义》《小朋友》等；没有事便捧着书坐着或躺着看。只不欢喜《红楼梦》，说是没有味儿。是的，《红楼梦》的味儿，一个十岁的孩子，那里能领略呢？去年我们事实上只能带两个孩子来；因为他大些，而转儿是一直跟着祖母的，便在上海将他俩丢下。我清清楚楚记得那分别的一个早上。我领着阿九从二洋泾桥的旅馆出来，送他到母亲和转儿住着的亲戚家去。妻嘱咐说，“买点吃的给他们吧。”我们走过四马路，到一家茶食铺里。阿九说要熏鱼，我给买了；又买了饼干，是给转儿的。便乘电车到海宁路。下车时，看着他的害怕与累赘，很觉恻然。到亲戚家，因为就要回旅馆收拾上船，只说了一两句话便出来；转儿望望我，没说什么，阿九是和祖母说什么去了。我回头看了他们一眼，硬着头皮走了。后来妻告诉我，阿九背地里向她说：“我知道爸爸欢喜小妹，不带我上北京去。”其实这是冤枉的。他又曾和我们说，“暑假时一定来接我啊！”我们当时答应着；但现在已是第二个暑假了，他们还在迢迢的扬州待着。他们是恨着我们呢？还是惦着我们呢？妻是一年来老放不下这两个，常常独自暗中流泪；但我有什么法子呢！想到“只为家贫成聚散”一句无名的诗，不禁有些凄然。转儿与我较生疏些。但去年离开白马湖时，她也曾用了生硬的扬州话（那时她还没有到过扬州呢），和那特别尖的小嗓子向着我：“我要到北京去。”她晓得什么北京，只跟着大孩子们说罢了；但当时听着，现在想着的我，却真是抱歉呢。这兄妹俩离开我，原是常事，离开母亲，虽也有过一回，这回可是太长了；小小的心儿，知道是怎样忍耐那寂寞来着！

我的朋友大概都是爱孩子的。少谷有一回写信责备我，说儿女的吵闹，也是很有趣的，何至可厌到如我所说；他说他真不解。子恺为他家华瞻写的文章，真是“蔼然仁者之言”。圣陶也常常为孩子操心：小学毕业了，到什么中学好呢？——这样的话，他和我说过两三回了。我对他们只有惭愧！可是近来我也渐渐觉着自己的责任。我想，第一该将孩子们团聚起来，其次便该给他们些力量。我亲眼见过一个爱儿女的人，因为不曾好好地教育他们，便将他们荒废了。他并不是溺爱，只是没有耐心去料理他们，他们便不能成材了。我想我若照现在这样下去，孩子们也便危险了。我得计划着，让他们渐渐知道怎样去做人才行。但是要不要他们像我自己呢？这一层，我在白马湖教初中学生时，也曾从师生的立场上问过丏尊，他毫不踌躇地说，“自然啰。”近来与平伯谈起教子，他却答得妙，“总不希望比自己坏啰。”是的，只要不“比自己坏”就行，“像”不“像”倒是不在乎的。职业，人生观等，还是由他们自己去定的好；自己顶可贵，只要指导，帮助他们去发展自己，便是极贤明的办法。

予同说，“我们得让子女在大学毕了业，才算尽了责任。”SK说，“不然，要看我们的经济，他们的材质与志愿；若是中学毕了业，不能或不愿升学，便去做别的事，譬如做工人吧，那也并非不行的。”自然，人的好坏与成败，也不尽靠学校教育；说是非大学毕业不可，也许只是我们的偏见。在这件事上，我现在毫不能有一定的主意；特别是这个变动不居的时代，知道将来怎样？好在孩子们还小，将来的事且等将来吧。目前所能做的，只是培养他们基本的力量——胸襟与眼光；孩子们还是孩子们，自然说不上高的远的，慢慢从近处小处下手便了。这自然也只能先按照我自己的样子：“神而明之，存乎其人，”光辉也罢，倒楣也罢，平凡也罢，让他们各尽各的力去。我只希望如我所想的，从此好好地做一回父亲，便自称心满意。——想到那“狂人”“救救孩子”的呼声，我怎敢不悚然自勉呢？

1928年6月24日晚写毕，北京清华园

桨声灯影里的秦淮河

一九二三年八月的一晚，我和平伯同游秦淮河；平伯是初泛，我是重来了。我们雇了一只“七板子”，在夕阳已去，皎月方来的时候，便下了船。于是桨声汩——汩，我们开始领略那晃荡着蔷薇色的历史的秦淮河的滋味了。

秦淮河里的船，比北京万佛园，颐和园的船好，比西湖的船好，比扬州瘦西湖的船也好。这几处的船不是觉着笨，就是觉着简陋、局促；都不能引起乘客们的情韵，如秦淮河的船一样。秦淮河的船约略可分为两种：一是大船；一是小船，就是所谓“七板子”。大船舱口阔大，可容二三十人。里面陈设着字画和光洁的红木家具，桌上一律嵌着冰凉的大理石面。窗格雕镂颇细，使人起柔腻之感。窗格里映着红色蓝色的玻璃；玻璃上有精致的花纹，也颇悦人目。“七板子”规模虽不及大船，但那淡蓝色的栏干，空敞的舱，也足系人情思。而最出色处却在它的舱前。舱前是甲板上的一部，上面有弧形的顶，两边用疏疏的栏干支着。里面通常放着两张藤的躺椅。躺下，可以谈天，可以望远，可以顾盼两岸的河房。大船上也有这个，但在小船上更觉清隽罢了。舱前的顶下，一律悬着灯彩；灯的多少，明暗，彩苏的精粗，艳晦，是不一的，但好歹总还你一个灯彩。这灯彩实在是最能钩人的东西。夜幕垂垂地下来时，大小船上都点起灯火。从两重玻璃里映出那辐射着的黄黄的散光，反晕出一片朦胧的烟霭；透过这烟霭，在黯黯的水波里，又逗起缕缕的明漪。在这薄霭和微漪里，听着那悠然的间歇的桨声，谁能不被引入他的美梦去呢？只愁梦太多了，这些大小船儿如何载得起呀？我们这时模模糊糊的谈着明末的秦淮河的艳迹，如《桃花扇》及《板桥杂记》里所载的。我们真神往了。我们仿佛亲见那时华灯映水，画舫凌波的光景了。于是我们的船便成了历史的重载了。我们终于恍然秦淮河的船所以雅丽过于他处，而又有奇异的吸引力的，实在是许多历史的影像使然了。

特地盖了房子，必然是髹漆得富富丽丽的；晚间必然是灯火通明的。现在却只剩下一片黑沉沉！但是桥上造着房子，毕竟使我们多少可以想见往日的繁华；这也慰情聊胜无了。过了大中桥，便到了灯月交辉，笙歌彻夜的秦淮河；这才是秦淮河的真面目哩。

大中桥外，顿然空阔，和桥内两岸排着密密的人家的大异了。一眼望去，疏疏的林，淡淡的月，衬着蓝蔚的天，颇像荒江野渡光景；那边呢，郁丛丛的，阴森森的，又似乎藏着无边的黑暗：令人几乎不信那是繁华的秦淮河了。但是河中眩晕着的灯光，纵横着的画舫，悠扬着的笛韵，夹着那吱吱的胡琴声，终于使我们认识绿如茵陈酒的秦淮水了。此地天裸露着的多些，故觉夜来的独迟些；从清清的水影里，我们感到的只是薄薄的夜——这正是秦淮河的夜。大中桥外，本来还有一座复成桥，是船夫口中的我们的游踪尽处，或也是秦淮河繁华的尽处了。我的脚曾踏过复成桥的脊，在十三四岁的时候。但是两次游秦淮河，却都不曾见着复成桥的面；明知总在前途的，却常觉得有些虚无缥缈似的。我想，不见倒也好。这时正是盛夏。我们下船后，借着新生的晚凉和河上的微风，暑气已渐渐销散；到了此地，豁然开朗，身子顿然轻了——习习的清风荏苒在面上，手上，衣上，这便又感到了一缕新凉了。南京的日光，大概没有杭州猛烈；西湖的夏夜老是热蓬蓬的，水像沸着一般，秦淮河的水却尽是这样冷冷地绿着。任你人影的憧憧，歌声的扰扰，总像隔着一层薄薄的绿纱面幂似的；它尽是这样静静的，冷冷的绿着。我们出了大中桥，走不上半里路，船夫便将船划到一旁，停了桨由它宕着。他以为那里正是繁华的极点，再过去就是荒凉了；所以让我们多多赏鉴一会儿。他自己却静静的蹲着。他是看惯这光景的了，大约只是一个无可无不可。这无可无不可，无论是升的沉的，总之，都比我们高了。

那时河里闹热极了；船大半泊着，小半在水上穿梭似的来往。停泊着的都在近市的那一边，我们的船自然也夹在其中。因为这边略略的挤，便觉得那边十分的疏了。在每一只船从那边过去时，我们能画出它的轻轻的影和曲曲的波，在我们的心上；这显着是空，且显着是静了。那时处处都是歌声和凄厉的胡琴声，圆润的喉咙，确乎是很少的。但那生涩的，尖脆的调子能使人有少年的，粗率不拘的感觉，也正可快我们的意。况且多少隔开些儿听着，因为想像与渴慕的做美，总觉更有滋味；而竞发的喧嚣，抑扬的不齐，远近的杂沓，和乐器的嘈嘈切切，合成另一意味的谐音，也使我们无所适从，如随着大风而走。这实在因为我们的心枯涩久了，变为脆弱；故偶然润泽一下，便疯狂似的不能自主了。但秦淮河确也腻人。即如船里的人面，无论是和我们一堆儿泊着的，无论是从我们眼前过去的，总是模模糊糊的，甚至渺渺茫茫的；任你张圆了眼睛，揩净了眦垢，也是枉然。这真够人想呢。在我们停泊的地方，灯光原是纷然的；不过这些灯光都是黄而有晕的。黄已经不能明了，再加上了晕，便更不成了。灯愈多，晕就愈甚；在繁星般的黄的交错里，秦淮河仿佛笼上了一团光雾。光芒与雾气腾腾的晕着，什么都只剩了轮廓了；所以人面的详细的曲线，便消失于我们的眼底了。但灯光究竟夺不了那边的月色；灯光是浑的，月色是清的。在浑沌的灯光里，渗入了一派清辉，却真是奇迹！那晚月儿已瘦削了两三分。她晚妆才罢，盈盈的上了柳梢头。天是蓝得可爱，仿佛一汪水似的；月儿便更出落得精神了。岸上原有三株两株的垂杨树，淡淡的影子，在水里摇曳着。它们那柔细的枝条浴着月光，就像一支支美人的臂膊，交互的缠着，挽着；又像是月儿披着的发。而月儿偶然也从它们的交叉处偷偷窥看我们，大有小姑娘怕羞的样子。岸上另有几株不知名的老树，光光的立着；在月光里照起来。却又俨然是精神矍铄的老人。远处——快到天际线了，才有一两片白云，亮得现出异彩，像美丽的贝壳一般。白云下便是黑黑的一带轮廓；是一条随意画的不规则的曲线。这一段光景，和河中的风味大异了。但灯与月竟能并存着，交融着，使月成了缠绵的月，灯射着渺渺的灵辉；这正是天之所以厚秦淮河，也正是天之所以厚我们了。

这时却遇着了难解的纠纷。秦淮河上原有一种歌妓，是以歌为业的。从前都在茶舫上，唱些大曲之类。每日午后一时起；什么时候止，却忘记了。晚上照样也有一回，也在黄晕的灯光里。我从前过南京时，曾随着朋友去听过两次。因为茶舫里的人脸太多了，觉得不大适意，终于听不出所以然。前年听说歌妓被取缔了，不知怎的，颇涉想了几次——却想不出什么。这次到南京，先到茶舫上去看看，觉得颇是寂寥，令我无端的怅怅了。不料她们却仍在秦淮河里挣扎着，不料她们竟会纠缠到我们，我于是很张皇了。她们也乘着“七板子”，她们总是坐在舱前的。舱前点着石油汽灯，光亮眩人眼目：坐在下面的，自然是纤毫毕见了——引诱客人们的力量，也便在此了。舱里躲着乐工等人，映着汽灯的余辉蠕动着；他们是永远不被注意的。每船的歌妓大约都是二人；天色一黑，她们的船就在大中桥外往来不息的兜生意。无论行着的船，泊着的船，都要来兜揽的。这都是我后来推想出来的。那晚不知怎样，忽然轮着我们的船了。我们的船好好的停着，一只歌舫划向我们来了；渐渐和我们的船并着了。铄铄的灯光逼得我们皱起了眉头；我们的风尘色全给它托出来了，这使我踧踖不安了。那时一个伙计跨过船来，拿着摊开的歌折，就近塞向我的手里，说，“点几出吧！”他跨过来的时候，我们船上似乎有许多眼光跟着。同时相近的别的船上也似乎有许多眼睛炯炯的向我们船上看着。我真窘了！我也装出大方的样子，向歌妓们瞥了一眼，但究竟是不成的！我勉强将那歌折翻了一翻，却不曾看清了几个字；便赶紧递还那伙计，一面不好意思地说，“不要。我们……不要。”他便塞给平伯。平伯掉转头去，摇手说，“不要！”那人还腻着不走。平伯又回过脸来，摇着头道，“不要！”于是那人重到我处。我窘着再拒绝了他。他这才有所不屑似的走了。我的心立刻放下，如释了重负一般。我们就开始自白了。

我说我受了道德律的压迫，拒绝了她们；心里似乎很抱歉的。这所谓抱歉，一面对于她们，一面对于我自己。她们于我们虽然没有很奢的希望；但总有些希望的。我们拒绝了她们，无论理由如何充足，却使她们的希望受了伤；这总有几分不做美了。这是我觉得很怅怅的。至于我自己，更有一种不足之感。我这时被四面的歌声诱惑了，降服了；但是远远的，远远的歌声总仿佛隔着重衣搔痒似的，越搔越搔不着痒处。我于是憧憬着贴耳的妙音了。在歌舫划来时，我的憧憬，变为盼望；我固执的盼望着，有如饥渴。虽然从浅薄的经验里，也能够推知，那贴耳的歌声，将剥去了一切的美妙；但一个平常的人像我的，谁愿凭了理性之力去丑化未来呢？我宁愿自己骗着了。不过我的社会感性是很敏锐的；我的思力能拆穿道德律的西洋镜，而我的感情却终于被它压服着。我于是有所顾忌了，尤其是在众目昭彰的时候。道德律的力，本来是民众赋予的；在民众的面前，自然更显出它的威严了。我这时一面盼望，一面却感到了两重的禁制：一，在通俗的意义上，接近妓者总算一种不正当的行为；二，妓是一种不健全的职业，我们对于她们，应有哀矜勿喜之心，不应赏玩的去听她们的歌。在众目睽睽之下，这两种思想在我心里最为旺盛。她们暂时压倒了我的听歌的盼望，这便成就了我的灰色的拒绝。那时的心实在异常状态中，觉得颇是昏乱。歌舫去了，暂时宁靖之后，我的思绪又如潮涌了。两个相反的意思在我心头往复：卖歌和卖淫不同，听歌和狎妓不同，又干道德甚事？——但是，但是，她们既被逼的以歌为业，她们的歌必无艺术味的；况她们的身世，我们究竟该同情的。所以拒绝倒也是正办。但这些意思终于不曾撇开我的听歌的盼望。它力量异常坚强；它总想将别的思绪踏在脚下。从这重重的争斗里，我感到了浓厚的不足之感。这不足之感使我的心盘旋不安，起坐都不安宁了。唉！我承认我是一个自私的人！平伯呢，却与我不同。他引周启明先生的诗，“因为我有妻子，所以我爱一切的女人，因为我有子女，所以我爱一切的孩子。”[①]他的意思可以见了。他因为推及的同情，爱着那些歌妓，并且尊重着她们，所以拒绝了她们。在这种情形下，他自然以为听歌是对于她们的一种侮辱。但他也是想听歌的，虽然不和我一样，所以在他的心中，当然也有一番小小的争斗；争斗的结果，是同情胜了。至于道德律，在他是没有什么的；因为他很有蔑视一切的倾向，民众的力量在他是不大觉着的。这时他的心意的活动比较简单，又比较松弱，故事后还怡然自若；我却不能了。这里平伯又比我高了。

在我们谈话中间，又来了两只歌舫。伙计照前一样的请我们点戏，我们照前一样的拒绝了。我受了三次窘，心里的不安更甚了。清艳的夜景也为之减色。船夫大约因为要赶第二趟生意，催着我们回去；我们无可无不可的答应了。我们渐渐和那些晕黄的灯光远了，只有些月色冷清清的随着我们的归舟。我们的船竟没个伴儿，秦淮河的夜正长哩！到大中桥近处，才遇着一只来船。这是一只载妓的板船，黑漆漆的没有一点光。船头上坐着一个妓女；暗里看出，白地小花的衫子，黑的下衣。她手里拉着胡琴，口里唱着青衫的调子。她唱得响亮而圆转；当她的船箭一般驶过去时，余音还袅袅的在我们耳际，使我们倾听而向往。想不到在弩末的游踪里，还能领略到这样的清歌！这时船过大中桥了，森森的水影，如黑暗张着巨口，要将我们的船吞了下去。我们回顾那渺渺的黄光，不胜依恋之情；我们感到了寂寞了！这一段地方夜色甚浓，又有两头的灯火招邀着；桥外的灯火不用说了，过了桥另有东关头疏疏的灯火。我们忽然仰头看见依人的素月，不觉深悔归来之早了！走过东关头，有一两只大船湾泊着，又有几只船向我们来着。嚣嚣的一阵歌声人语，仿佛笑我们无伴的孤舟哩。东关头转湾，河上的夜色更浓了；临水的妓楼上，时时从帘缝里射出一线一线的灯光；仿佛黑暗从酣睡里眨了一眨眼。我们默然的对着，静听那汩——汩的

① 原诗是，“我为了自己的儿女才爱小孩子，为了自己的妻才爱女人”，见《雪朝》48页。

桨声，几乎要入睡了；朦胧里却温寻着适才的繁华的余味。我那不安的心在静里愈显活跃了！这时我们都有了不足之感，而我的更其浓厚。我们却又不愿回去，于是只能由懊悔而怅惘了。船里便满载着怅惘了。直到利涉桥下，微微嘈杂的人声，才使我豁然一惊；那光景却又不同。右岸的河房里，都大开了窗户，里面亮着晃晃的电灯，电灯的光射到水上，蜿蜒曲折，闪闪不息，正如跳舞着的仙女的臂膊。我们的船已在她的臂膊里了；如睡在摇篮里一样，倦了的我们便又入梦了。那电灯下的人物，只觉像蚂蚁一般，更不去萦念。这是最后的梦；可惜是最短的梦！黑暗重复落在我们面前，我们看见傍岸的空船上一星两星的，枯燥无力又摇摇不定的灯光。我们的梦醒了，我们知道就要上岸了；我们心里充满了幻灭的情思。

1923 年 10 月 11 日作完，于温州

阿　河

我这一回寒假，因为养病，住到一家亲戚的别墅里去。那别墅是在乡下。前面偏左的地方，是一片淡蓝的湖水，对岸环拥着不尽的青山。山的影子倒映在水里，越显得清清朗朗的。水面常如镜子一般。风起时，微有皱痕；像少女们皱她们的眉头，过一会子就好了。湖的余势束成一条小港，缓缓地不声不响地流过别墅的门前。门前有一条小石桥，桥那边尽是田亩。这边沿岸一带，相间地栽着桃树和柳树，春来当有一番热闹的梦。别墅外面缭绕着短短的竹篱，篱外是小小的路。里边一座向南的楼，背后便倚着山。西边是三间平屋，我便住在这里。院子里有两块草地，上面随便放着两三块石头。另外的隙地上，或罗列着盆栽，或种莳着花草。篱边还有几株枝干蟠曲的大树，有一株几乎要伸到水里去了。

我的亲戚韦君只有夫妇二人和一个女儿。她在外边念书，这时也刚回到家里。她邀来三位同学，同到她家过这个寒假；两位是亲戚，一位是朋友。她们住着楼上的两间屋子。韦君夫妇也住在楼上。楼下正中是客厅，常是闲着，西间是吃饭的地方；东间便是韦君的书房，我们谈天，喝茶，看报，都在这里。我吃了饭，便是一个人，也要到这里来闲坐一回。我来的第二天，韦小姐告诉我，她母亲要给她们找一个好好的女用人；长工阿齐说有一个表妹，母亲叫他明天就带来做做看呢。她似乎很高兴的样子，我只是不经意地答应。

平屋与楼屋之间，是一个小小的厨房。我住的是东面的屋子，从窗子里可以看见厨房里人的来往。这一天午饭前，我偶然向外看看，见一个面生的女用人，两手提着两把白铁壶，正往厨房里走；韦家的李妈在她前面领着，不知在和她说甚么话。她的头发乱蓬蓬的，像冬天的枯草一样。身上穿着镶边的黑布棉袄和夹裤，黑里已泛出黄色；棉袄长与膝齐，夹裤也直拖到脚背上。脚倒是双天足，穿着尖头的黑布鞋，后跟还带着两片同色的“叶拔儿”。想这就是阿齐带来的女用人了；想完了就坐下看书。晚饭后，韦小姐告诉我，女用人来了，她的名字叫“阿河”。我说，“名字很好，只是人土些；还能做么？”她说，“别看她土，很聪明呢。”我说，“哦。”便接着看手中的报了。

以后每天早上，中上，晚上，我常常看见阿河挈着水壶来往；她的眼似乎总是望前看的。两个礼拜匆匆地过去了。韦小姐忽然和我说，你别看阿河土，她的志气很好，她是个可怜的人。我和娘说，把我前年在家穿的那身棉袄裤给了她吧。我嫌那两件衣服太花，给了她正好。娘先不肯，说她来了没有几天；后来也肯了。今天拿出来让她穿，正合式呢。我们教给她打绒绳鞋，她真聪明，一学就会了。她说拿到工钱，也要打一双穿呢。我等几天再和娘说去。

“她这样爱好！怪不得头发光得多了，原来都是你们教她的。好！你们尽教她讲究，她将来怕不愿回家去呢。”大家都笑了。

旧新年是过去了。因为江浙的兵事，我们的学校一时还不能开学。我们大家都乐得在别墅里多住些日子。这时阿河如换了一个人。她穿着宝蓝色挑着小花儿的布棉袄裤；脚下是嫩蓝色毛绳鞋，鞋口还缀着两个半蓝半白的小绒球儿。我想这一定是她的小姐们给帮忙的。古语说得好，“人要衣裳马要鞍”，阿河这一打扮，真有些楚楚可怜了。她的头发早已是刷得光光的，覆额的留海也梳得十分伏贴。一张小小的圆脸，如正开的桃李花；脸上并没有笑，却隐隐地含着春日的光辉，像花房里充了蜜一般。这在我几乎是一个奇迹；我现在是常站在窗前看她了。我觉得在深山里发见了一粒猫儿眼；这样精纯的猫儿眼，是我生平所仅见！我觉得我们相识已太长久，极愿和她说一句话——极平淡的话，一句也好。但我怎好平白地和她攀谈呢？这样郁郁了一礼拜。

这是元宵节的前一晚上。我吃了饭，在屋里坐了一会，觉得有些无聊，便信步走到那书房里。拿起报来，想再细看一回。忽然门钮一响，阿河进来了。她手里拿着三四支颜色铅笔；出乎意料地走近了我。她站在我面前了，静静地微笑着说："白先生，你知道铅笔刨在那里？"一面将拿着的铅笔给我看。我不自主地立起来，匆忙地应道，"在这里；"我用手指着南边柱子。但我立刻觉得这是不够的。我领她走近了柱子。这时我像闪电似地踌躇了一下，便说，"我……我……"她一声不响地已将一支铅笔交给我。我放进刨子里刨给她看。刨了两下，便想交给她；但终于刨完了一枝。交还了她。她接了笔略看一看，仍仰着脸向我。我窘极了。刹那间念头转了好几个圈子；到底硬着头皮搭讪着说，"就这样刨好了。"我赶紧向门外一瞥，就走回原处看报去。但我的头刚低下，我的眼已抬起来了。于是远远地从容地问道，"你会么？"她不曾掉过头来，只"嘤"了一声，也不说话。我看了她背影一会。觉得应该低下头了。等我再抬起头来时，她已默默地向外走了。她似乎总是望前看的；我想再问她一句话，但终于不曾出口。我撇下了报，站起来走了一会，便回到自己屋里。我一直想着些什么，但什么也没有想出。

第二天早上看见她往厨房里走时，我发愿我的眼将老跟着她的影子！她的影子真好。她那几步路走得又敏捷，又匀称，又苗条，正如一只可爱的小猫。她两手各提着一只水壶，又令我想到在一条细细的索儿上抖擞精神走着的女子。这全由于她的腰；她的腰真太软了，用白水的话说，真是软到使我如吃苏州的牛皮糖一样。不止她的腰，我的日记里说得好："她有一套和云霞比美，水月争灵的曲线，织成大大的一张迷惑的网！”而那两颊的曲线，尤其甜蜜可人。她两颊是白中透着微红，润泽如玉。她的皮肤，嫩得可以掐出水来；我的日记里说，“我很想去掐她一下呀！”她的眼像一双小燕子，老是在滟滟的春水上打着圈儿。她的笑最使我记住，像一朵花漂浮在我的脑海里。我不是说过，她的小圆脸像正开的桃花么？那么，她微笑的时候，便是盛开的时候了：花房里充满了蜜，真如要流出来的样子。她的发不甚厚，但黑而有光，柔软而滑，如纯丝一般。只可惜我不曾闻着一些儿香。唉！从前我在窗前看她好多次，所得的真太少了；若不是昨晚一见，——虽只几分钟——我真太对不起这样一个人儿了。

午饭后，韦君照例地睡午觉去了，只有我，韦小姐和其他三位小姐在书房里。我有意无意地谈起阿河的事。我说，

“你们怎知道她的志气好呢？”

“那天我们教给她打绒绳鞋；”一位蔡小姐便答道，“看她很聪明，就问她为甚么不念书？她被我们一问，就伤心起来了。……”

“是的，”韦小姐笑着抢了说，“后来还哭了呢；还有一位傻子陪她淌眼泪呢。”

那边黄小姐可急了，走过来推了她一下。蔡小姐忙拦住道，“人家说正经话，你们尽闹着玩儿！让我说完了呀——”

“我代你说啵，”韦小姐仍抢着说，“——她说她只有一个爹，没有娘。嫁了一个男人，倒有三十多岁，土头土脑的，脸上满是疱！他是李妈的邻舍，我还看见过呢。……”

“好了，底下我说吧。”蔡小姐接着道，“她男人又不要好，尽爱赌钱；她一气，就住到娘家来，有一年多不回去了。”

“她今年几岁？”我问。

“十七不知十八？前年出嫁的，几个月就回家了，”蔡小姐说。

“不，十八，我知道，”韦小姐改正道。

“哦。你们可曾劝她离婚？”

“怎么不劝；”韦小姐应道，“她说十八回去吃她表哥的喜酒，要和她的爹去说呢。”

“你们教她的好事，该当何罪！”我笑了。

她们也都笑了。

十九的早上，我正在屋里看书，听见外面有嚷嚷的声音；这是从来没有的。我立刻走出来看；只见门外有两个乡下人要走进来，却给阿齐拦住。他们只是央告，阿齐只是不肯。这时韦君已走出院中，向他们道，

“你们回去吧。人在我这里，不要紧的。快回去，不要瞎吵！”

两个人面面相觑，说不出一句话；俄延了一会，只好走了。我问韦君什么事？他说：

“阿河罗！还不是瞎吵一回子。”

我想他于男女的事向来是懒得说的，还是回头问他小姐的好；我们便谈到别的事情上去。

吃了饭，我赶紧问韦小姐，她说，

“她是告诉娘的，你问娘去。”

我想这件事有些尴尬，便到西间里问韦太太；她正看着李妈收拾碗碟呢。她见我问，便笑着说：

“你要问这些事做什么？她昨天回去，原是借了阿桂的衣裳穿了去的，打扮得娇滴滴的，也难怪，被她男人看见了，便约了些不相干的人，将她抢回去过了一夜。今天早上，她骗她男人，说要到此地来拿行李。她男人就会信她，派了两个人跟着。那知她到了这里，便叫阿齐拦着那跟来的人；她自己便跪在我面前哭诉，说死也不愿回她男人家去。你说我有什么法子。只好让那跟来的人先回去再说。好在没有几天，她们要上学了，我将来交给她的爹吧。唉，现在的人，心眼儿真是越过越大了；一个乡下女人，也会闹出这样惊天动地的事了！”

“可不是，”李妈在旁插嘴道，“太太你不知道；我家三叔前儿来，我还听他说呢。我本不该说的，阿弥陀佛！太太，你想她不愿意回婆家，老愿

意住在娘家，是什么道理？家里只有一个单身的老子；你想那该死的老畜生！他舍不得放她回去呀！”

“低些，真的么？”韦太太惊诧地问。

“他们说得千真万确的。我早就想告诉太太了，总有些疑心；今天看她的样子，真有几分对呢。太太，你想现在还成什么世界！”

“这该不至于吧。”我淡淡地插了一句。

“少爷，你那里知道！”韦太太叹了一口气，“——好在没有几天了，让她快些走吧；别将我们的运气带坏了。她的事，我们以后也别谈吧。”

开学的通告来了，我定在二十八走。二十六的晚上，阿河忽然不到厨房里挈水了。韦小姐跑来低低地告诉我，“娘叫阿齐将阿河送回去了；我在楼上，都不知道呢。”我应了一声，一句话也没有说。正如每日有三顿饱饭吃的人，忽然绝了粮；却又不能告诉一个人！而且我觉得她的前面是黑洞洞的，此去不定有什么好歹！那一夜我是没有好好地睡，只翻来覆去地做梦，醒来却又一例茫然。这样昏昏沉沉地到了二十八早上，懒懒地向韦君夫妇和韦小姐告别而行，韦君夫妇坚约春假再来住，我只得含糊答应着。出门时，我很想回望厨房几眼；但许多人都站在门口送我，我怎好回头呢？

到校一打听，老友陆已来了。我不及料理行李，便找着他，将阿河的事一五一十告诉他。他本是个好事的人；听我说时，时而皱眉，时而叹气，时而擦掌。听到她只十八岁时，他突然将舌头一伸，跳起来道，

“可惜我早有了我那太太！要不然，我准得想法子娶她！”

“你娶她就好了；现在不知鹿死谁手呢？”

我俩默默相对了一会，陆忽然拍着桌子道：

“有了，老汪不是去年失了恋么？他现在还没有主儿，何不给他俩撮合一下。”

我正要答说，他已出去了。过了一会子，他和汪来了；进门就嚷着说：

“我和他说，他不信；要问你呢！”

“事是有的，人呢，也真不错。只是人家的事，我们凭什么去管！”我说。

“想法子呀！”陆嚷着。

“什么法子？你说！”

“好，你们尽和我开玩笑，我才不理会你们呢！”汪笑了。

我们几乎每天都要谈到阿河，但谁也不曾认真去“想法子”。

一转眼已到了春假。我再到韦君别墅的时候，水是绿绿的，桃腮柳眼，着意引人。我却只惦着阿河，不知她怎么样了。那时韦小姐已回来两天。我背地里问她，她说，

“奇得很！阿齐告诉我，说她二月间来求娘来了。她说她男人已死了心，不想她回去；只不肯白白地放掉她。他教她的爹拿出八十块钱来，人就是她的爹的了；他自己也好另娶一房人。可是阿河说她的爹那有这些钱？她求娘可怜可怜她！娘的脾气你知道。她是个古板的人；她数说了阿河一顿，一个钱也不给！我现在和阿齐说，让他上镇去时，带个信儿给她，我可以给她五块钱。我想你也可以帮她些，我教阿齐一块儿告诉她吧。只可惜她未必肯再上我们这儿来罗！”

“我拿十块钱吧，你告诉阿齐就是。”

我看阿齐空闲了，便又去问阿河的事。他说，

“她的爹正给她东找西找地找主儿呢。只怕难吧，八十块大洋呢！”

我忽然觉得不自在起来，不愿再问下去。

过了两天，阿齐从镇上回来，说，

“今天见着阿河了。娘的，齐整起来了。穿起了裙子，做老板娘娘了！据说是自己拣中的；这种年头！”

我立刻觉得，这一来全完了！只怔怔地看着阿齐，似乎想在他脸上找出阿河的影子。咳，我说什么好呢？愿运命之神长远庇护着她吧！

第二天我便托故离开了那别墅；我不愿再见那湖光山色，更不愿再见那间小小的厨房！

1926 年 1 月

旅行杂记

这次中华教育改进社在南京开第三届年会，我也想观观光；故“不远千里”的从浙江赶到上海，决于七月二日附赴会诸公的车尾而行。

一　殷勤的招待

七月二日正是浙江与上海的社员乘车赴会的日子。在上海这样大车站里，多了几十个改进社社员，原也不一定能够显出甚么异样；但我却觉得确乎是不同了，“一时之盛”的光景，在车站的一角上，是显然可见的。这是在茶点室的左边；那里丛着一群人，正在向两位特派的招待员接洽。壁上贴着一张黄色的磅纸，写着龙蛇飞舞的字：“二等四元□，三等二元□。”两位招待员开始执行职务了；这时已是六点四十分，离开车还有二十分钟了。招待员所应做的第一大事，自然是买车票。买车票是大家都会的，买半票却非由他们二位来“优待”一下不可。“优待”可真不是容易的事！他们实行“优待”的时候，要向每个人取名片，票价，——还得找钱。他们往还于茶点室和售票处之间，少说些，足有二十次！他们手里是拿着一叠名片和钞票洋钱；眼睛总是张望着前面，仿佛遗失了什么，急急寻觅一样；面部筋肉平板地紧张着；手和足的运动都像不是他们自己的。好容易费了二虎之力，居然买了几张票，凭着名片分发了。每次分发时，各位候补人都一拥而上。等到得不着票子，便不免有了三三两两的怨声了。那两位招待员买票事大，却也顾不得这些。可是钟走得真快，不觉七点还欠五分了。这时票子还有许多人没买着，大家都着急；而招待员竟不出来！有的人急忙寻着他们，情愿取回了钱，自买全票；有的向他们顿足舞手的责备着。他们却只是忙着照名片退钱，一言不发。——真好性儿！于是大家三步并作两步，自己去买票子；这一挤非同小可！我除照付票价外，还出了一身大汗，才弄到一张三等车票。这时候对两位招待员的怨声真载道了："这样的饭桶！""真饭桶！""早做什么事的？""六点钟就来了，还是自己买票，冤不冤！"我猜想这时候两位招待员的耳朵该有些儿热了。其实我倒能原谅他们，无论招待的成绩如何，他们的眼睛和腿总算忙得可以了，这也总算是殷勤了；他们也可以对得起改进社了，改进社也可以对得起他们的社员了。——上车后，车就开了；有人问，"两个饭桶来了没有？""没有吧！"车是开了。

二 "躬逢其盛"

七月二日的晚上，花了约莫一点钟的时间，才在大会注册组买了一张旁听的标识。这个标识很不漂亮，但颇有实用。七月三日早晨的年会开幕大典，我得躬逢其盛，全靠着它呢。

七月三日的早晨，大雨倾盆而下。这次大典在中正街公共讲演厅举行。该厅离我所住的地方有六七里路远；但我终于冒了狂风暴雨，乘了黄包车赴会。在这一点上，我的热心决不下于社员诸君的。

到了会场门首，早已停着许多汽车，马车；我知道这确乎是大典了。走进会场，坐定细看，一切都很从容，似乎离开会的时间还远得很呢！——虽然规定的时间已经到了。楼上正中是女宾席，似乎很是寥寥；两旁都是军警席——正和楼下的两旁一样。一个黑色的警察，间着一个灰色的兵士，静默的立着。他们大概不是来听讲的，因为既没有赛磁的社员徽章，又没有和我一样的旁听标识，而且也没有真正的“席”——坐位。（我所谓“军警席”，是就实际而言，当时场中并无此项名义，合行声明。）听说督军省长都要“驾临”该场；他们原是保卫“两长”来的，他们原是监视我们来的，好一个武装的会场！

那时“两长”未到，盛会还未开场；我们忽然要做学生了！一位教员风的女士走上台来，像一道光闪在听众的眼前；她请大家练习《尽力中华》歌。大家茫然的立起，跟着她唱。但“出其不意，攻其不备，”有些人不敢高唱，有些人竟唱不出。所以唱完的时候，她温和地笑着向大家说：“这回太低了，等等再唱一回。”她轻轻的鞠了躬，走了。等了一等，她果然又来了。说完“一——二——三——四”之后，《尽力中华》的歌声果然很响地起来了。她将左手插在腰间，右手上下的挥着，表示节拍；挥手的时候，腰部以上也随着微微的向左右倾侧，显出极为柔软的曲线；她的头略略偏右仰着，嘴唇轻轻的动着，嘴唇以上，尽是微笑。唱完时，她仍笑着说，“好些了，等等再唱。”再唱的时候，她拍着两手，发出清脆的响，其余和前回一样。唱完，她立刻又“一——二——三——四”的要大家唱。大家似乎很惊愕，似乎她真看得大家和学生一样了；但是半秒钟的惊愕与不耐以后，终于又唱起来了——自然有一部分人，因疲倦而休息。于是大家的临时的学生时代告终。不一会，场中忽然纷扰，大家的视线都集中在东北角上；这是齐督军，韩省长来了，开会的时间真到了！

空空的讲坛上，这时竟济济一台了。正中有三张椅子，两旁各有一排椅子。正中的三人是齐燮元，韩国钧，另有一个西装少年；后来他演说，才知是“高督办”——就是讳“恩洪”的了——的代表。这三人端坐在台的正中，使我联想到大雄宝殿上的三尊佛像；他们虽坦然的坐着，我却无端的为他们“惶恐”着。——于是开会了，照着秩序单进行。详细的情形，有各报记述可看，毋庸在下再来饶舌。现在单表齐燮元，韩国钧和东南大学校长郭秉文博士的高论。齐燮元究竟是督军兼巡阅使，他的声音是加倍的宏亮；那时场中也特别肃静——齐燮元究竟与众不同呀！他咬字眼儿真咬得清白；他的话是“字本位”，是一个字一个字吐出来的。字与字间的时距，我不能指明，只觉比普通人说话延长罢了；最令我惊异而且焦躁的，是有几句说完之后。那时我总以为第二句应该开始了，岂知一等不来，二等不至，三等不到；他是在唱歌呢，这儿碰着全休止符了！等到三等等完，四拍拍毕，第二句的第一个字才姗姗的来了。这其间至少有一分钟；要用主观的计时法，简直可说足有五分钟！说来说去，究竟他说的是什么呢？我恭恭敬敬的答道：半篇八股！他用拆字法将“中华教育改进社”一题拆为四段：先做“教育”二字，是为第一股；次做“教育改进”，是为第二股；“中华教育改进”是第三股；加上“社”字，是第四股。层层递进，如他由督军而升巡阅使一样。齐燮元本是廪贡生，这类文章本是他的拿手戏；只因时代维新，不免也要改良一番，才好应世；八股只剩了四股，大约便是为此了。最教我不忘记的，是他说完后的那一鞠躬。那一鞠躬真是与众不同，鞠下去时，上半身全与讲桌平行，我们只看见他一头的黑发；他然后慢慢的立起退下。这其间费了普通人三个一鞠躬的时间，是的的确确的。接着便是韩国钧了。他有一篇改进社开会词，是开会前已分发了的。里面曾有一节，论及现在学风的不良，颇有痛心疾首之概。我很想听听他的高见。但他却不曾照本宣扬，他这时另有一番说话。他也经过了许多时间；但不知是我的精神不济，还是另有原因，我毫没有领会他的意思。只有煞尾的时候，他提高了喉咙，我也竖起了耳朵，这才听见他的警句了。他说：“现在政治上南北是不统一的。今天到会诸君，却南北都有，同以研究教育为职志，毫无畛域之见。可见统一是要靠文化的，不能靠武力！”这最后一句话确是漂亮，赢得如雷的掌声和许多轻微的赞叹。他便在掌声里退下。这时我们所注意的，是在他肘腋之旁的齐燮元；可惜我眼睛不佳，不能看到他面部的变化，因而他的心情也不能详说：这是很遗憾的。于是——是我行文的“于是”，不是事实的“于是”，请注意——来了郭秉文博士。他说，我只记得他说，“青年的思想应稳健，正确。”旁边有一位告诉我说：“这是齐燮元的话。”但我却发见了，这也是韩国钧的话，便是开会辞里所说的。究竟是谁的话呢？或者是“英雄所见，大略相同”么？这却要请问郭博士自己了。但我不能明白：什么思想才算正确和稳健呢？郭博士的演说里不曾下注脚，我也只好终于莫测高深了。

还有一事，不可不记。在那些点缀会场的警察中，有一个瘦长的，始终笔直的站着，几乎郴曾移过一步，真像石像一般，有着可怕的静默。我最佩服他那昂着的头和垂着的手；那天真苦了他们三位了！另有一个警官，也颇可观。他那肥硕的身体，凸出的肚皮，老是背着的双手，和那微微仰起的下巴，高高翘着的仁丹胡子，以及胸前累累挂着的徽章——那天场中，这后两件是他所独有的——都显出他的身分和骄傲。他在楼下左旁往来的徘徊着，似乎在督率着他的部下。我不能忘记他。

三　第三人称

七月□日，正式开会。社员全体大会外，便是许多分组会议。我们知道全体大会不过是那么回事，值得注意的是后者。我因为也忝然的做了国文教师，便决然无疑地投到国语教学组旁听。不幸听了一次，便生了病，不能再去。那一次所议的是“采用他，她，牠案”（大意如此，原文忘记了）；足足议了两个半钟头，才算不解决地解决了。这次讨论，总算详细已极，无微不至；在讨论时，很有几位英雄，舌本翻澜，妙绪环涌，使得我茅塞顿开，摇头佩服。这不可以不记。

其实我第一先应该佩服提案的人！在现在大家已经“采用”“他，她，牠”的时候，他才从容不迫地提出了这件议案，真可算得老成持重，“不敢为天下先”，确遵老子遗训的了。在我们礼义之邦，无论何处，时间先生总是要先请一步的；所以这件议案不因为他的从容而被忽视，反因为他的从容而被尊崇，这就是所谓“让德”。且看当日之情形，谁不兴高而采烈？便可见该议案的号召之力了。本来呢，“新文学”里的第三人称代名词也太分歧了！既“她”“伊”之互用，又“牠”“它”之不同，更有“佢”“彼”之流，窜跳其间；于是乎乌烟瘴气，一塌糊涂！提案人虽只为辨“性”起见，但指定的三字，皆属于也字系统，俨然有正名之意。将来“也”字系统若竟成为正统，那开创之功一定要归于提案人的。提案人有如彼的力量，如此的见解，怎不教人佩服？

讨论的中心点是在女人，就是在“她”字。“人”让他站着，“牛”也让它站着；所饶不过的是“女”人，就是“她”字旁边立着的那“女”人！于是辩论开始了。一位教师说，“据我的‘经验’，女学生总不喜欢‘她’字——男人的‘他’，只标一个‘人’字旁，女子的‘她’，却特别标一个‘女’字旁，表明是个女人；这是她们所不平的！我发出的讲义，上面的‘他’字，她们常常要将‘人’字旁改成‘男’字旁，可以见她们报复的意思了。”大家听了，都微微笑着，像很有味似的。另一位却起来驳道，“我也在女学堂教书，却没有这种情形！”海格尔的定律不错，调和派来了，他说，“这本来有两派：用文言的欢喜用‘伊’字，如周作人先生便是；用白话的欢喜用‘她’字，‘伊’字用的少些；其实两个字都是一样的。”“用文言的欢喜用‘伊’字，”这句话却有意思！文言里间或有“伊”字看见，这是真理；但若说那些“伊”都是女人，那却不免委屈了许多男人！周作人先生提倡用“伊”字也是实，但只是用在白话里；我可保证，他决不曾有什么“用文言”的话！而且若是主张“伊”字用于文言，那和主张人有两只手一样，何必周先生来提倡呢？于是又冤枉了周先生！——调和终于无效，一位女教师立起来了。大家都倾耳以待，因为这是她们的切身问题，必有一番精当之论！她说话快极了，我听到的警句只是，“历来加‘女’字旁的字都是不好的字；‘她’字是用不得的！”一位“他”立刻驳道，“‘好’字岂不是‘女’字旁么？”大家都大笑了，在这大笑之中。忽有苍老的声音：“我看‘他’字譬如我们普通人坐三等车；‘她’字加了

‘女’字旁，是请她们坐二等车，有什么不好呢？”这回真哄堂了，有几个人笑得眼睛亮晶晶的，眼泪几乎要出来；真是所谓“笑中有泪”了。后来的情形可有些模糊，大约便在谈笑中收了场；于是乎一幕喜剧告成。

“二等车”，“三等车”这一个比喻，真是新鲜，足为修辞学开一崭新的局面，使我有永远的趣味。从前贾宝玉说男人的骨头是泥做的，女人的骨头是水做的，至今传为佳话；现在我们的辩士又发明了这个“二三等车”的比喻，真是媲美前修，启迪来学了。但这个“二三等之别”究竟也有例外；我离开南京那一晚，明明在三等车上看见三个“她！”我想：“她”“她”“她”何以不坐二等车呢？难道客气不成？——那位辩士的话应该是不错的！

1924 年，温洲

谈抽烟

有人说，“抽烟有什么好处？还不如吃点口香糖，甜甜的，倒不错。”不用说，你知道这准是外行。口香糖也许不错，可是喜欢的怕是女人孩子居多；男人很少赏识这种玩意儿的；除非在美国，那儿怕有些个例外。一块口香糖得咀嚼老半天，还是嚼不完，凭你怎么斯文，那朵颐的样子，总遮掩不住，总有点儿不雅相。这其实不像抽烟，倒像衔橄榄。你见过衔着橄榄的人？腮帮子上凸出一块，嘴里不时地嗞儿嗞儿的。抽烟可用不着这么费劲；烟卷儿尤其省事，随便一叼上，悠然的就吸起来，谁也不来注意你。抽烟说不上是什么味道；勉强说，也许有点儿苦吧。但抽烟的不稀罕那“苦”而稀罕那“有点儿”。他的嘴太闷了，或者太闲了，就要这么点儿来凑个热闹，让他觉得嘴还是他的。嚼一块口香糖可就太多，甜甜的，够多腻味；而且有了糖也许便忘记了“我”。

抽烟其实是个玩意儿。就说抽卷烟吧，你打开匣子或罐子，抽出烟来，在桌上顿几下，衔上，擦洋火，点上。这其间每一个动作都带股劲儿，像做戏一般。自己也许不觉得，但到没有烟抽的时候，便觉得了。那时候你必然闲得无聊；特别是两只手，简直没放处。再说那吐出的烟，袅袅地缭绕着，也够你一回两回地捉摸；它可以领你走到顶远的地方去。——即便在百忙当中，也可以让你轻松一忽儿。所以老于抽烟的人，一叼上烟，真能悠然遐想。他霎时间是个自由自在的身子，无论他是靠在沙发上的绅士，还是蹲在台阶上的瓦匠。有时候他还能够叼着烟和人说闲话；自然有些含含糊糊的，但是可喜的是那满不在乎的神气。这些大概也算是游戏三昧吧。

好些人抽烟，为的有个伴儿。譬如说一个人单身住在北平，和朋友在一块儿，倒是有说有笑的，回家来，空屋子像水一样。这时候他可以摸出一支烟抽起来，借点儿暖气。黄昏来了，屋子里的东西只剩些轮廓，暂时懒得开灯，也可以点上一支烟，看烟头上的火一闪一闪的，像亲密的低语，只有自己听得出。要是生气，也不妨迁怒一下，使劲儿吸他十来口。客来了，若你倦了说不得话，或者找不出可说的，干坐着岂不着急？这时候最好拈起一支烟将嘴堵上等你对面的人。若是他也这么办，便尽时间在烟子里爬过去。各人抓着一个新伴儿，大可以盘桓一会的。

从前抽水烟旱烟，不过一种不伤大雅的嗜好，现在抽烟却成了派头。抽烟卷儿指头黄了，由它去。用烟嘴不独麻烦，也小气，又跟烟隔得那么老远的。今儿大褂上一个窟窿，明儿坎肩上一个，由他去。一支烟里的尼古丁可以毒死一个小麻雀，也由它去。总之，别别扭扭的，其实也还是个“满不在乎”罢了。烟有好有坏，味有浓有淡，能够辨味的是内行，不择烟而抽的是大方之家。

1933 年 10 月 11 日作

背　影

我与父亲不相见已二年余了，我最不能忘记的是他的背影。那年冬天，祖母死了，父亲的差使也交卸了，正是祸不单行的日子，我从北京到徐州，打算跟着父亲奔丧回家。到徐州见着父亲，看见满院狼藉的东西，又想起祖母，不禁簌簌地流下眼泪。父亲说，“事已如此，不必难过，好在天无绝人之路！”

回家变卖典质，父亲还了亏空；又借钱办了丧事。这些日子，家中光景很是惨澹，一半为了丧事，一半为了父亲赋闲。丧事完毕，父亲要到南京谋事，我也要回北京念书，我们便同行。

到南京时，有朋友约去游逛，勾留了一日；第二日上午便须渡江到浦口，下午上车北去。父亲因为事忙，本已说定不送我，叫旅馆里一个熟识的茶房陪我同去。他再三嘱咐茶房，甚是仔细。但他终于不放心，怕茶房不妥帖；颇踌躇了一会。其实我那年已二十岁，北京已来往过两三次，是没有甚么要紧的了。他踌躇了一会，终于决定还是自己送我去。我两三回劝他不必去；他只说，“不要紧，他们去不好！”

我们过了江，进了车站。我买票，他忙着照看行李。行李太多了，得向脚夫行些小费，才可过去。他便又忙着和他们讲价钱。我那时真是聪明过分，总觉他说话不大漂亮，非自己插嘴不可。但他终于讲定了价钱；就送我上车。他给我拣定了靠车门的一张椅子；我将他给我做的紫毛大衣铺好坐位。他嘱我路上小心，夜里要警醒些，不要受凉。又嘱托茶房好好照应我。我心里暗笑他的迂；他们只认得钱，托他们真是白托！而且我这样大年纪的人，难道还不能料理自己么？唉，我现在想想，那时真是太聪明了！

我说道，“爸爸，你走吧。”他望车外看了看，说，“我买几个橘子去。你就在此地，不要走动。”我看那边月台的栅栏外有几个卖东西的等着顾客。走到那边月台，须穿过铁道，须跳下去又爬上去。父亲是一个胖子，走过去自然要费事些。我本来要去的，他不肯，只好让他去。我看见他戴着黑布小帽，穿着黑布大马褂，深青布棉袍，蹒跚地走到铁道边，慢慢探身下去，尚不大难。可是他穿过铁道，要爬上那边月台，就不容易了。他用两手攀着上面，两脚再向上缩；他肥胖的身子向左微倾，显出努力的样子。这时我看见他的背影，我的泪很快地流下来了。我赶紧拭干了泪，怕他看见，也怕别人看见。我再向外看时，他已抱了朱红的橘子望回走了。过铁道时，他先将橘子散放在地上，自己慢慢爬下，再抱起橘子走。到这边时，我赶紧去搀他。他和我走到车上，将橘子一股脑儿放在我的皮大衣上。于是扑扑衣上的泥土，心里很轻松似的，过一会说，“我走了；到那边来信！”我望着他走出去。他走了几步，回过头看见我，说，“进去吧，里边没人。”等他的背影混入来来往往的人里，再找不着了，我便进来坐下，我的眼泪又来了。

近几年来，父亲和我都是东奔西走，家中光景是一日不如一日。他少年出外谋生，独力支持，做了许多大事。那知老境却如此颓唐！他触目伤怀，自然情不能自已。情郁于中，自然要发之于外；家庭琐屑便往往触他之怒。他待我渐渐不同往日。但最近两年的不见，他终于忘却我的不好，只是惦记着我，惦记着我的儿子。我北来后，他写了一信给我，信中说道，

“我身体平安，惟膀子疼痛利害，举箸提笔，诸多不便，大约大去之期不远矣。”我读到此处，在晶莹的泪光中，又看见那肥胖的，青布棉袍，黑布马褂的背影。唉！我不知何时再能与他相见！

1925 年 10 月在北京

南 京

南京是值得留连的地方，虽然我只是来来去去，而且又都在夏天。也想夸说夸说，可惜知道的太少；现在所写的，只是一个旅行人的印象罢了。

逛南京像逛古董铺子，到处都有些时代侵蚀的遗痕。你可以摩挲，可以凭吊，可以悠然遐想；想到六朝的兴废，王谢的风流，秦淮的艳迹。这些也许只是老调子，不过经过自家一番体贴，便不同了。所以我劝你上鸡鸣寺去，最好选一个微雨天或月夜。在朦胧里，才酝酿着那一缕幽幽的古味。你坐在一排明窗的豁蒙楼上，吃一碗茶，看面前苍然蜿蜒着的台城。台城外明净荒寒的玄武湖就像大涤子的画。豁蒙楼一排窗子安排得最有心思，让你看的一点不多，一点不少。寺后有一口灌园的井，可不是那陈后主和张丽华躲在一堆儿的“胭脂井”。那口胭脂井不在路边，得破费点工夫寻觅。井栏也不在井上；要看，得老远地上明故宫遗址的古物保存所去。

从寺后的园地，拣着路上台城；没有垛子，真像平台一样。踏在茸茸的草上，说不出的静。夏天白昼有成群的黑蝴蝶，在微风里飞；这些黑蝴蝶上下旋转地飞，远看像一根粗的圆柱子。城上可以望南京的每一角。这时候若有个熟悉历代形势的人，给你指点，隋兵是从这角进来的，湘军是从那角进来的，你可以想象异样装束的队伍，打着异样的旗帜，拿着异样的武器，汹汹涌涌地进来，远远仿佛还有哭喊之声。假如你记得一些金陵怀古的诗词，趁这时候暗诵几回，也可印证印证，许更能领略作者当日的情思。

从前可以从台城爬出去，在玄武湖边；若是月夜，两三个人，两三个零落的影子，歪歪斜斜地挪移下去，够多好。现在可不成了，得出寺，下山，绕着大弯儿出城。七八年前，湖里几乎长满了苇子，一味地荒寒，虽有好月光，也不大能照到水上；船又窄，又小，又漏，教人逛着愁着。这几年大不同了，一出城，看见湖，就有烟水苍茫之意；船也大多了，有藤椅子可以躺着。水中岸上都光光的；亏得湖里有五个洲子点缀着，不然便一览无余了。这里的水是白的，又有波澜，俨然长江大河的气势，与西湖的静绿不同，最宜于看月，一片空蒙，无边无界。若在微醺之后，迎着小风，似睡非睡地躺在藤椅上，听着船底汩汩的波响与不知何方来的箫声，真会教你忘却身在那里。五个洲子似乎都局促无可看，但长堤宛转相通，却值得走走。湖上的樱桃最出名。据说樱桃熟时，游人在树下现买，现摘，现吃，谈着笑着，多热闹的。

清凉山在一个角落里，似乎人迹不多。扫叶楼的安排与豁蒙楼相仿佛，但窗外的景象不同。这里是滴绿的山环抱着，山下一片滴绿的树；那绿色真是扑到人眉宇上来。若许我再用画来比，这怕像王石谷的手笔了。在豁蒙楼上不容易坐得久，你至少要上台城去看看。在扫叶楼上却不想走；窗外的光景好像满为这座楼而设，一上楼便什么都有了。夏天去确有一股"清凉"味。这里与豁蒙楼全有素面吃，又可口，又贱。

莫愁湖在华严庵里。湖不大，又不能泛舟，夏天却有荷花荷叶。临湖一带屋子，凭栏眺望，也颇有远情。莫愁小像，在胜棋楼下，不知谁画的，大约不很古吧；但脸子开得秀逸之至，衣褶也柔活之至，大有"挥袖凌虚翔"的意思；若让我题，我将毫不踌躇地写上"仙乎仙乎"四字。另有石刻的画像，也在这里，想来许是那一幅画所从出；但生气反而差得多。这里虽也临湖，因为屋子深，显得阴暗些；可是古色古香，阴暗得好。诗文联语当然多，只记得王湘绮的半联云：“莫轻他北地胭脂，看艇子初来，江南儿女无颜色。”气概很不错。所谓胜棋楼，相传是明太祖与徐达下棋，徐达胜了，太祖便赐给他这一所屋子。太祖那样人，居然也会做出这种雅事来了。左手临湖的小阁却敞亮得多，也敞亮得好。有曾国藩画像，忘记是谁横题着“江天小阁坐人豪”一句。我喜欢这个题句，“江天”与“坐人豪”，景象阔大，使得这屋子更加开朗起来。

秦淮河我已另有记。但那文里所说的情形，现在已大变了。从前读《桃花扇》《板桥杂记》一类书，颇有沧桑之感；现在想到自己十多年前身历的情形，怕也会有沧桑之感了。前年看见夫子庙前旧日的画舫，那样狼狈的样子，又在老万全酒栈看秦淮河水，差不多全黑了，加上巴掌大，透不出气的所谓秦淮小公园，简直有些厌恶，再别提做什么梦了。贡院原也在秦淮河上，现在早拆得只剩一点儿了。民国五年父亲带我去看过，已经荒凉不堪，号舍里草都长满了。父亲曾经办过江南闱差，熟悉考场的情形，说来头头是道。他说考生入场时，都有送场的，人很多，门口闹嚷嚷的。天不亮就点名，搜夹带。大家都归号。似乎直到晚上，头场题才出来，写在灯牌上，由号军扛着在各号里走。所谓“号”，就是一条狭长的胡同，两旁排列着号舍，口儿上写着什么天字号，地字号等等的。每一号舍之大，恰好容一个人坐着；从前人说是像轿子，真不错。几天里吃饭，睡觉，做文章，都在这轿子里；坐的伏的各有一块硬板，如是而已。官号稍好一些，是给达官贵人的子弟预备的，但得补褂朝珠地入场，那时是夏秋之交，天还热，也够受的。父亲又说，乡试时场外有兵巡逻，防备通关节。场内也竖起黑幡，叫鬼魂们有冤报冤，有仇报仇；我听到这里，有点毛骨悚然。现在贡院已变成碎石路；在路上走的人，怕很少想起这些事情的了吧？

明故宫只是一片瓦砾场，在斜阳里看，只感到李太白《忆秦娥》的“西风残照，汉家陵阙”二语的妙。午门还残存着，遥遥直对洪武门的城楼，有万千气象。古物保存所便在这里，可惜规模太小，陈列得也无甚次序。明孝陵道上的石人石马，虽然残缺零乱，还可见泱泱大风；享殿并不巍峨，只陵下的隧道，阴森袭人，夏天在里面待着，凉风沁人肌骨。这陵大概是开国时草创的规模，所以简朴得很；比起长陵，差得真太远了。然而简朴得好。

雨花台的石子，人人皆知；但现在怕也捡不着什么了。那地方毫无可看。记得刘后村的诗云："昔年讲师何处在，高台犹以'雨花'名。有时宝向泥寻得，一片山无草敢生。"我所感的至多也只如此。还有，前些年南京枪决囚人都在雨花台下，所以洋车夫遇见别的车夫和他争先时，常说，"忙什么！赶雨花台去！"这和从前北京车夫说"赶菜市口儿"一样。现在时移势异，这种话渐渐听不见了。

燕子矶在长江里看，一片绝壁，危亭翼然，的确惊心动魄。但到了上边，逼窄污秽，毫无可以盘桓之处。燕山十二洞，去过三个。只三台洞层层折折，由幽入明，别有匠心，可是也年久失修了。

南京的新名胜，不用说，首推中山陵。中山陵全用青白两色，以象征青天白日，与帝王陵寝用红墙黄瓦的不同。假如红墙黄瓦有富贵气，那青琉璃瓦的享堂，青琉璃瓦的碑亭却有名贵气。从陵门上享堂，白石台阶不知多少级，但爬得够累的；然而你远看，决想不到会有这么多的台阶儿。这是设计的妙处。德国波慈达姆无愁宫前的石阶，也同此妙。享堂进去也不小；可是远处看，简直小得可以，和那白石的飞阶不相称，一点儿压不住，仿佛高个儿戴着小尖帽。近处山角里一座阵亡将士纪念塔，粗粗的，矮矮的，正当着一个青青的小山峰，让两边儿的山紧紧抱着，静极，稳极。——谭墓没去过，听说颇有点丘壑。中央运动场也在中山陵近处，全仿外洋的样子。全国运动会时，也不知有多少照相与描写登在报上；现在是时髦的游泳的地方。

若要看旧书，可以上江苏省立图书馆去。这在汉西门龙蟠里，也是一个角落里。这原是江南图书馆，以丁丙的善本书室藏书为底子；词曲的书特别多。此外中央大学图书馆近年来也颇有不少书。中央大学是个散步的好地方。宽大，干净，有树木；黄昏时去兜一个或大或小的圈儿，最有意思。后面有个梅庵，是那会写字的清道人的遗迹。这里只是随宜地用树枝搭成的小小的屋子。庵前有一株六朝松，但据说实在是六朝桧；桧阴遮住了小院子，真是不染一尘。

南京茶馆里干丝很为人所称道。但这些人必没有到过镇江，扬州，那儿的干丝比南京细得多，又从来不那么甜。我倒是觉得芝麻烧饼好，一种长圆的，刚出炉，既香，且酥，又白，大概各茶馆都有。咸板鸭才是南京的名产，要热吃，也是香得好；肉要肥要厚，才有咬嚼。但南京人都说盐水鸭更好，大约取其嫩，其鲜；那是冷吃的，我可不知怎样，老觉得不大得劲儿。

1934 年 8 月 12 日作

说　梦

伪《列子》里有一段梦话，说得甚好：

“周之尹氏大治产，其下趣役者，侵晨昏而不息。有老役夫筋力竭矣，而使之弥勤。昼则呻呼而即事，夜则昏惫而熟寐。精神荒散，昔昔梦为国君：居人民之上，总一国之事；游燕宫观，恣意所欲，其乐无比。觉则复役人。……尹氏心营世事，虑钟家业，心形俱疲，夜亦昏惫而寐。昔昔梦为人仆：趋走作役，无不为也；数骂杖挞，无不至也。眠中啽呓呻呼，彻旦息焉。……”

此文原意是要说出“苦逸之复，数之常也；若欲觉梦兼之，岂可得邪？”这其间大有玄味，我是领略不着的；我只是断章取义地赏识这件故事的自身，所以才老远地引了来。我只觉得梦不是一件坏东西。即真如这件故事所说，也还是很有意思的。因为人生有限，我们若能夜夜有这样清楚的梦，则过了一日，足抵两日，过了五十岁，足抵一百岁；如此便宜的事，真是落得的。至于梦中的“苦乐”，则照我素人的见解，毕竟是“梦中的”苦乐，不必斤斤计较的。若必欲斤斤计较，我要大胆地说一句：他和那些在墙上贴红纸条儿，写着“夜梦不祥，书破大吉”的，同样地不懂得梦！

但庄子说道，“至人无梦。”伪《列子》里也说道，“古之真人，其觉自忘，其寝不梦。”——张湛注曰，“真人无往不忘，乃当不眠，何梦之有？”可知我们这几位先哲不甚以做梦为然，至少也总以为梦是不大高明的东西。但孔子就与他们不同，他深以“不复梦见周公”为憾；他自然是爱做梦的，至少也是不反对做梦的。——殆所谓时乎做梦则做梦者欤？我觉得“至人”，“真人”，毕竟没有我们的份儿，我们大可不必妄想；只看“乃当不眠”一个条件，你我能做到么？唉，你若主张或实行“八小时睡眠”，就别想做“至人”，“真人”了！但是，也不用担心，还有为我们掮木梢的：我们知道，愚人也无梦！他们是一枕黑甜，哼呵到晓，一些儿梦的影子也找不着的！我们侥幸还会做几个梦，虽因此失了“至人”，“真人”的资格，却也因此而得免于愚人，未尝不是运气。至于“至人”，“真人”之无梦和愚人之无梦，究竟有何分别？却是一个难题。我想偷懒，还是摭拾上文说过的话来答吧：“真人……乃当不眠，……”而愚人是“一枕黑甜，哼呵到晓”的！再加一句，此即孔子所谓“上智与下愚不移”也。说到孔子，孔子不反对做梦，难道也做不了“至人”，“真人”？我说，“唯唯，否否！”孔子是“圣人”，自有他的特殊的地位，用不着再来争“至人”，“真人”的名号了。但得知道，做梦而能梦周公，才能成其所以为圣人；我们也还是够不上格儿的。

我们终于只能做第二流人物。但这中间也还有个高低。高的如我的朋友P君：他梦见花，梦见诗，梦见绮丽的衣裳，……真可算得有梦皆甜了。低的如我：我在江南时，本忝在愚人之列，照例是漆黑一团地睡到天光；不过得声明，哼呵是没有的。北来以后，不知怎样，陡然聪明起来，夜夜有梦，而且不一其梦。但我究竟是新升格的，梦尽管做，却做不着一个清清楚楚的梦！成夜地乱梦颠倒，醒来不知所云，恍然若失。最难堪的是每早将醒未醒之际，残梦依人，腻腻不去；忽然双眼一睁，如坠深谷，万象寂然——只有一角日光在墙上痴痴地等着！我此时决不起来，必凝神细想，欲追回梦中滋味于万一；但照例是想不出，只惘惘然茫茫然似乎怀念着些什么而已。虽然如此，有一点是知道的：梦中的天地是自由的，任你徜徉，任你翱翔；一睁眼却就给密密的麻绳绑上了，就大大地不同了！我现在确乎有些精神恍惚，这里所写的就够教你知道。但我不因此诅咒梦；我只怪我做梦的艺术不佳，做不着清楚的梦。若做着清楚的梦，若夜夜做着清楚的梦，我想精神恍惚也无妨的。照现在这样一大串儿糊里糊涂的梦，直是要将这个“我”化成漆黑一团，却有些儿不便。是的，我得学些本事，今夜做他几个好好的梦。我是彻头彻尾赞美梦的，因为我是素人，而且将永远是素人。

1925 年 10 月

择偶记

自己是长子长孙，所以不到十一岁就说起媳妇来了。那时对于媳妇这件事简直茫然，不知怎么一来，就已经说上了。是曾祖母娘家人，在江苏北部一个小县分的乡下住着。家里人都在那里住过很久，大概也带着我；只是太笨了，记忆里没有留下一点影子。祖母常常躺在烟榻上讲那边的事，提着这个那个乡下人的名字。起初一切都像只在那白腾腾的烟气里。日子久了，不知不觉熟悉起来了，亲昵起来了。除了住的地方，当时觉得那叫做“花园庄”的乡下实在是最有趣的地方了。因此听说媳妇就定在那里，倒也仿佛理所当然，毫无意见。每年那边田上有人来，蓝布短打扮，衔着旱烟管，带好些大麦粉，白薯干儿之类。他们偶然也和家里人提到那位小姐，大概比我大四岁，个儿高，小脚；但是那时我热心的其实还是那些大麦粉和白薯干儿。

记得是十二岁上，那边捎信来，说小姐痨病死了。家里并没有人叹惜；大约他们看见她时她还小，年代一多，也就想不清是怎样一个人了。父亲其时在外省做官，母亲颇为我亲事着急，便托了常来做衣服的裁缝做媒。为的是裁缝走的人家多，而且可以看见太太小姐。主意并没有错，裁缝来说一家人家，有钱，两位小姐，一位是姨太太生的；他给说的是正太太生的大小姐。他说那边要相亲。母亲答应了，定下日子，由裁缝带我上茶馆。记得那是冬天，到日子母亲让我穿上枣红宁绸袍子，黑宁绸马褂，戴上红帽结儿的黑缎瓜皮小帽，又叮嘱自己留心些。茶馆里遇见那位相亲的先生，方面大耳，同我现在年纪差不多，布袍布马褂，像是给谁穿着孝。这个人倒是慈祥的样子，不住地打量我，也问了些念什么书一类的话。回来裁缝说人家看得很细：说我的“人中”长，不是短寿的样子，又看我走路，怕脚上有毛病。总算让人家看中了，该我们看人家了。母亲派亲信的老妈子去。老妈子的报告是，大小姐个儿比我大得多，坐下去满满一圈椅；二小姐倒苗苗条条的。母亲说胖了不能生育，像亲戚里谁谁谁；教裁缝说二小姐。那边似乎生了气，不答应，事情就摧了。

母亲在牌桌上遇见一位太太，她有个女儿，透着聪明伶俐。母亲有了心，回家说那姑娘和我同年，跳来跳去的，还是个孩子。隔了些日子，便托人探探那边口气。那边做的官似乎比父亲的更小，那时正是光复的前年，还讲究这些，所以他们乐意做这门亲。事情已到九成九，忽然出了岔子。本家叔祖母用的一个寡妇老妈子熟悉这家子的事，不知怎么教母亲打听着了。叫她来问，她的话遮遮掩掩的。到底问出来了，原来那小姑娘是抱来的，可是她一家很宠她，和亲生的一样。母亲心冷了。过了两年，听说她已生了痨病，吸上鸦片烟了。母亲说，幸亏当时没有定下来。我已懂得一些事了，也这末想着。

光复那年，父亲生伤寒病，请了许多医生看。最后请着一位武先生，那便是我后来的岳父。有一天，常去请医生的听差回来说，医生家有位小姐。父亲既然病着，母亲自然更该担心我的事。一听这话，便追问下去。听差原只顺口谈天，也说不出个所以然。母亲便在医生来时，教人问他轿夫，那位小姐是不是他家的。轿夫说是的。母亲便和父亲商量，托舅舅问医生的意思。那天我正在父亲病榻旁，听见他们的对话。舅舅问明了小姐还没有人家，便说，像 × 翁这样人家怎末样？医生说，很好呀。话到此为止，接着便是相亲；还是母亲那个亲信的老妈子去。这回报告不坏，说就是脚大些。事情这样定局，母亲教轿夫回去说，让小姐裹上点儿脚。妻嫁过来后，说相亲的时候早躲开了，看见的是另一个人。至于轿夫捎的信儿，却引起了一段小小风波。岳父对岳母说，早教你给她裹脚，你不信；瞧，人家怎末说来着！岳母说，偏偏不裹，看他家怎末样！可是到底采取了折衷的办法，直到妻嫁过来的时候。

1934 年 3 月作

扬州的夏日

扬州从隋炀帝以来，是诗人文士所称道的地方；称道的多了，称道得久了，一般人便也随声附和起来。直到现在，你若向人提起扬州这个名字，他会点头或摇头说："好地方！好地方！"特别是没去过扬州而念过些唐诗的人，在他心里，扬州真像蜃楼海市一般美丽；他若念过《扬州画舫录》一类书，那更了不得了。但在一个久住扬州像我的人，他却没有那么多美丽的幻想，他的憎恶也许掩住了他的爱好；他也许离开了三四年并不去想它。若是想呢，——你说他想什么？女人；不错，这似乎也有名，但怕不是现在的女人吧？——他也只会想着扬州的夏日，虽然与女人仍然不无关系的。

北方和南方一个大不同，在我看，就是北方无水而南方有。诚然，北方今年大雨，永定河，大清河甚至决了堤防，但这并不能算是有水；北平的三海和颐和园虽然有点儿水，但太平衍了，一览而尽，船又那么笨头笨脑的。有水的仍然是南方。扬州的夏日，好处大半便在水上——有人称为"瘦西湖"，这个名字真是太"瘦"了，假西湖之名以行，"雅得这样俗"，老实说，我是不喜欢的。下船的地方便是护城河，曼衍开去，曲曲折折，直到平山堂，——这是你们熟悉的名字——有七八里河道，还有许多杈杈桠桠的支流。这条河其实也没有顶大的好处，只是曲折而有些幽静，和别处不同。

沿河最著名的风景是小金山，法海寺，五亭桥；最远的便是平山堂了。金山你们是知道的，小金山却在水中央。在那里望水最好，看月自然也不错——可是我还不曾有过那样福气。“下河”的人十之九是到这儿的，人不免太多些。法海寺有一个塔，和北海的一样，据说是乾隆皇帝下江南，盐商们连夜督促匠人造成的。法海寺著名的自然是这个塔；但还有一桩，你们猜不着，是红烧猪头。夏天吃红烧猪头，在理论上也许不甚相宜；可是在实际上，挥汗吃着，倒也不坏的。五亭桥如名字所示，是五个亭子的桥。桥是拱形，中一亭最高，两边四亭，参差相称；最宜远看，或看影子，也好。桥洞颇多，乘小船穿来穿去，另有风味。平山堂在蜀冈上。登堂可见江南诸山淡淡的轮廓；“山色有无中”一句话，我看是恰到好处，并不算错。这里游人较少，闲坐在堂上，可以永日。沿路光景，也以闲寂胜。从天宁门或北门下船，蜿蜒的城墙，在水里倒映着苍黝的影子，小船悠然地撑过去，岸上的喧扰像没有似的。

船有三种：大船专供宴游之用，可以挟妓或打牌。小时候常跟了父亲去，在船里听着谋得利洋行的唱片。现在这样乘船的大概少了吧？其次是“小划子”，真像一瓣西瓜，由一个男人或女人用竹篙撑着。乘的人多了，便可雇两只，前后用小凳子跨着：这也可算得“方舟”了。后来又有一种“洋划”，比大船小，比“小划子”大，上支布篷，可以遮日遮雨。“洋划”渐渐地多，大船渐渐地少，然而“小划子”总是有人要的。这不独因为价钱最贱，也因为它的伶俐。一个人坐在船中，让一个人站在船尾上用竹篙一下一下地撑着，简直是一首唐诗，或一幅山水画。而有些好事的少年，愿意自己撑船，也非“小划子”不行。“小划子”虽然便宜，却也有些分别。譬如说，你们也可想到的，女人撑船总要贵些；姑娘撑的自然更要贵啰。这些撑船的女子，便是有人说过的“瘦西湖上的船娘”。船娘们的故事大概不少，但我不很知道。据说以乱头粗服，风趣天然为胜；中年而有风趣，也仍然算好。可是起初原是逢场作戏，或尚不伤廉惠；以后居然有了价格，便觉意味索然了。

北门外一带，叫做下街，“茶馆”最多，往往一面临河。船行过时，茶客与乘客可以随便招呼说话。船上人若高兴时，也可以向茶馆中要一壶茶，或一两种“小笼点心”，在河中喝着，吃着，谈着。回来时再将茶壶和所谓小笼，连价款一并交给茶馆中人。撑船的都与茶馆相熟，他们不怕你白吃。扬州的小笼点心实在不错：我离开扬州，也走过七八处大大小小的地方，还没有吃过那样好的点心；这其实是值得惦记的。茶馆的地方大致总好，名字也颇有好的。如香影廊，绿杨村，红叶山庄，都是到现在还记得的。绿杨村的幌子，挂在绿杨树上，随风飘展，使人想起“绿杨城郭是扬州”的名句。里面还有小池，丛竹，茅亭，景物最幽。这一带的茶馆布置都历落有致，迥非上海，北平方方正正的茶楼可比。

“下河”总是下午。傍晚回来，在暮霭朦胧中上了岸，将大褂折好搭在腕上，一手微微摇着扇子；这样进了北门或天宁门走回家中。这时候可以念“又得浮生半日闲”那一句诗了。

冬　天

说起冬天，忽然想到豆腐。是一“小洋锅”（铝锅）白煮豆腐，热腾腾的。水滚着，像好些鱼眼睛，一小块一小块豆腐养在里面，嫩而滑，仿佛反穿的白狐大衣。锅在“洋炉子”（煤油不打气炉）上，和炉子都熏得乌黑乌黑，越显出豆腐的白。这是晚上，屋子老了，虽点着“洋灯”，也还是阴暗。围着桌子坐的是父亲跟我们哥儿三个。“洋炉子”太高了，父亲得常常站起来，微微地仰着脸，觑着眼睛，从氤氲的热气里伸进筷子，夹起豆腐，一一地放在我们的酱油碟里。我们有时也自己动手，但炉子实在太高了，总还是坐享其成的多。这并不是吃饭，只是玩儿。父亲说晚上冷，吃了大家暖和些。我们都喜欢这种白水豆腐；一上桌就眼巴巴望着那锅，等着那热气，等着热气里从父亲筷子上掉下来的豆腐。

又是冬天，记得是阴历十一月十六晚上，跟S君P君在西湖里坐小划子。S君刚到杭州教书，事先来信说：“我们要游西湖，不管它是冬天。”那晚月色真好，现在想起来还像照在身上。本来前一晚是“月当头”；也许十一月的月亮真有些特别吧。那时九点多了，湖上似乎只有我们一只划子。

有点风，月光照着软软的水波；当间那一溜儿反光，像新砑的银子。湖上的山只剩了淡淡的影子。山下偶尔有一两星灯火。S君口占两句诗道："数星灯火认渔村，淡墨轻描远黛痕。"我们都不大说话，只有均匀的桨声。我渐渐地快睡着了。P君"喂"了一下，才抬起眼皮，看见他在微笑。船夫问要不要上净寺去；是阿弥陀佛生日，那边蛮热闹的。到了寺里，殿上灯烛辉煌，满是佛婆念佛的声音，好像醒了一场梦。这已是十多年前的事了。S君还常常通着信，P君听说转变了好几次，前年是在一个特税局里收特税了，以后便没有消息。

在台州过了一个冬天，一家四口子。台州是个山城，可以说在一个大谷里。只有一条二里长的大街。别的路上白天简直不大见人；晚上一片漆黑。偶尔人家窗户里透出一点灯光，还有走路的拿着的火把；但那是少极了。我们住在山脚下。有的是山上松林里的风声，跟天上一只两只的鸟影。夏末到那里，春初便走，却好像老在过着冬天似的；可是即便真冬天也并不冷。我们住在楼上，书房临着大路；路上有人说话，可以清清楚楚地听见。但因为走路的人太少了，间或有点说话的声音，听起来还只当远风送来的，想不到就在窗外。我们是外路人，除上学校去之外，常只在家里坐着。妻也惯了那寂寞，只和我们爷儿们守着。外边虽老是冬天，家里却老是春天。有一回我上街去，回来的时候，楼下厨房的大方窗开着，并排地挨着她们母子三个；三张脸都带着天真微笑地向着我。似乎台州空空的，只有我们四人；天地空空的，也只有我们四人。那时是民国十年，妻刚从家里出来，满自在。现在她死了快四年了，我却还老记着她那微笑的影子。无论怎么冷，大风大雪，想到这些，我心上总是温暖的。

白　采

盛暑中写《白采的诗》一文，刚满一页，便因病搁下。这时候薰宇来了一封信，说白采死了，死在香港到上海的船中。他只有一个人；他的遗物暂存在立达学园里。有文稿，旧体诗词稿，笔记稿，有朋友和女人的通信，还有四包女人的头发！我将薰宇的信念了好几遍，茫然若失了一会；觉得白采虽于生死无所容心，但这样的死在将到吴淞口了的船中，也未免太惨酷了些——这是我们后死者所难堪的。

白采是一个不可捉摸的人。他的历史，他的性格，现在虽从遗物中略知梗概，但在他生前，是绝少人知道的；他也绝口不向人说，你问他他只支吾而已。他赋性既这样遗世绝俗，自然是落落寡合了；但我们却能够看出他是一个好朋友，他是一个有真心的人。

“不打不成相识，”我是这样的知道了白采的。这是为学生李芳诗集的事。李芳将他的诗集交我删改，并嘱我作序。那时我在温州，他在上海。我因事忙，一搁就是半年；而李芳已因不知名的急病死在上海。我很懊悔我的徐缓，赶紧抽了空给他工作。正在这时，平伯转来白采的信，短短的两行，催我设法将李芳的诗出版；又附了登在《觉悟》上的小说《作诗的儿子》，让我看看——里面颇有讥讽我的话。我当时觉得不应得这种讥讽，便写了一封近两千字的长信，详述事件首尾，向他辩解。信去了便等回信；但是杳无消息。等到我已不希望了，他才来了一张明信片；在我看来，只是几句半冷半热的话而已。我只能以“岂能尽如人意？但求无愧我心”自解，听之而已。

但平伯因转信的关系，却和他常通函札。平伯来信，屡屡说起他，说是一个有趣的人。有一回平伯到白马湖看我。我和他同往宁波的时候，他在火车中将白采的诗稿《羸疾者的爱》给我看。我在车身不住的动摇中，读了一遍。觉得大有意思。我于是承认平伯的话，他是一个有趣的人。我又和平伯说，他这篇诗似乎是受了尼采的影响。后来平伯来信，说已将此语函告白采，他颇以为然。我当时还和平伯说，关于这篇诗，我想写一篇评论；平伯大约也告诉了他。有一回他突然来信说起此事；他盼望早些见着我的文字，让他知道在我眼中的他的诗究竟是怎样的。我回信答应他，就要做的。以后我们常常通信，他常常提及此事。但现在是三年以后了，我才算将此文完篇；他却已经死了，看不见了！他暑假前最后给我的信还说起他的盼望。天啊！我怎样对得起这样一个朋友，我怎样挽回我的过错呢？

平伯和我都不曾见过白采，大家觉得是一件缺憾。有一回我到上海，和平伯到西门林荫路新正兴里五号去访他：这是按着他给我们的通信地址去的。但不幸得很，他已经搬到附近什么地方去了；我们只好嗒然而归。新正兴里五号是朋友延陵君住过的：有一次谈起白采，他说他姓童，在美术专门学校念书；他的夫人和延陵夫人是朋友，延陵夫妇曾借住他们所赁的一间亭子间。那是我看延陵时去过的，床和桌椅都是白漆的；是一间虽小而极洁净的房子，几乎使我忘记了是在上海的西门地方。现在他存着的摄影里，据我看，有好几张是在那间房里照的。又从他的遗札里，推想他那时还未离婚；他离开新正兴里五号，或是正为离婚的缘故，也未可知。这却使我们事后追想，多少感着些悲剧味了。但平伯终于未见着白采，我竟得和他见了一面。那是在立达学园我预备上火车去上海前的五分钟。这一天，学园的朋友说白采要搬来了；我从早上等了好久，还没有音信。正预备上车站，白采从门口进来了。他说着江西活，似乎很老成了，是饱经世变的样子。我因上海还有约会，只匆匆一谈，便握手作别。他后来有信给平伯说我“短小精悍”，却是一句有趣的话。这是我们最初的一面，但谁知也就是最后的一面呢！

去年年底，我在北京时，他要去集美作教；他听说我有南归之意，因不能等我一面，便寄了一张小影给我。这是他立在露台上远望的背影，他说是聊寄伫盼之意。我得此小影，反复把玩而不忍释，觉得他真是一个好朋友。这回来到立达学园，偶然翻阅《白采的小说》,《作诗的儿子》一篇中讥讽我的话，已经删改；而薰宇告我，我最初给他的那封长信，他还留在箱子里。这使我惭愧从前的猜想，我真是小器的人哪！但是他现在死了，我又能怎样呢？我只相信，如爱墨生的话，他在许多朋友的心里是不死的！

上海，江湾，立达学园

刘云波女医师

刘云波是成都的一位妇产科女医师，在成都执行医务，上十年了。她自己开了一所宏济医院，抗战期中兼任成都中央军校医院妇产科主任，又兼任成都市立医院妇产科主任。胜利后军校医院复员到南京，她不能分身前去，去年又兼任了成都高级医事职业学校的校长，我写出这一串履历，见出她是个忙人。忙人原不稀奇，难得的她决不挂名而不做事；她是真的忙于工作，并非忙于应酬等等。她也不因为忙而马虎，却处处要尽到她的责任。忙人最容易搭架子，瞧不起别人，她却没有架子，所以人缘好——就因为人缘好所以更忙。这十年来成都人找过她的太多了，可是我们没有听到过不满意她的话。人缘好，固然；更重要的是她对于病人无微不至的关切。她不是冷冰冰的在尽她的责任，尽了责任就算完事；她是"念兹在兹"的。

刘医师和内人在中学里同学，彼此很要好。抗战后内人回到成都故乡，老朋友见面，更是高兴。内人带着三个孩子在成都一直住了六年，这中间承她的帮助太多，特别在医药上。他们不断的去她的医院看病，大小四口都长期住过院，我自己也承她送打了二十四针，治十二指肠溃疡。我们熟悉她的医院，深知她的为人，她的确是一位亲切的好医师。她是在德国耶拿大学学的医，在那儿住了也上十年。在她自己的医院里，除妇产科外她也看别的病，但是她的主要的也是最忙的工作是接生，找她的人最多。她约定了给产妇接生，到了期就是晚上睡下也在留心着电话。电话来了，或者有人来请了，她马上起来坐着包车就走。有一回一个并未预约的病家，半夜里派人来请。这家人疏散在郊外，从来没有请她去看过产妇，也没有个介绍的人。她却毅然的答应了去。包车到了一处田边打住，来请的人说还要走几条田埂才到那家。那时夜黑如墨，四望无人，她想，该不会是绑票匪的骗局罢？但是只得大着胆子硬起头皮跟着走。受了这一次虚惊，她却并不说以后不接受这种半夜里郊外素不相知的人家的邀请，她觉得接生是她应尽的责任。

她的责任感是充满了热情的。她对于住在她的医院里的病人，因为接近，更是时刻的关切着——老看见她叮嘱护士小姐们招呼这样那样的。特别是那种情形严重的病人，她有时候简直睡不着的惦记着。她没有结婚，常和内人说她把病人当做了爱人。这决不是一句漂亮话，她是认真的爱着她的病人的。她是个忠诚的基督徒，有着那大的爱的心，也可以说是“慈母之心”——我曾经写过一张横披送给她，就用的这四个字。她不忽略穷的病家，住在她的医院里的病人，不论穷些富些，她总叮嘱护士小姐们务必一样的和气，不许有差别。如果发觉有了差别，她是要不留情的教训的。街坊上的穷家到她的医院里看病，她常免他们的费，她也到这些穷人家里去免费接生。对于朋友自然更厚。有一年我们的三个孩子都出疹子，两岁的小女儿转了猩红热，两个男孩子转了肺炎，那时我在昆明，内人一个人要照管这三个严重的传染病人。幸而刘医师特许小女住到她的医院里去。她尽心竭力的奔波着治他们的病，用她存着的最有效的药，那些药在当时的成都是极难得的。小女眼看着活不了，却终于在她手里活了起来，真是凭空的捡来了一条命！她知道教书匠的穷，一个钱不要我们的。后来她给我们看病吃药，也从不收一个钱。我们呢，却只送了“秀才人情”的一幅对子给她，文字是“生死人而肉白骨，保赤子如拯斯民”，特地请叶圣陶兄写；这是我们的真心话。我们当然感谢她，但是更可佩服的是她那把病人当做爱人的热情和责任感。

刘医师是遂宁刘万和先生的二小姐。刘老先生手创了成都的刘万和绸布庄，这到现在还是成都数一数二的大铺子。刘老太太是一位慈爱的勤俭的老太太，她行的家庭教育是健康的。刘医师敬爱着这两位老人。不幸老太太去世得早，老先生在抗战前一年也去世了，留下了很多幼小者。刘医师在耶拿大学得了博士学位，原想再研究些时候，这一来却赶着回到家里，负起了教育弟弟们的重任。她爱弟弟们，管教得却很严。现在弟弟们都成了年，她又在管着侄儿侄女们了。这也正是她的热情和责任感的表现。她出身在富家，富家出身的人原来有啬刻的，也有慷慨的，她的慷慨还不算顶稀奇。真正难得的是她那不会厌倦的同情和不辞劳苦的服务。富家出身的人往往只知道贪图安逸，像她这样给自己找麻烦的人实在少有。再说一般的医师，也是冷静而认真就算是好，像她这样对于不论什么病人都亲切，恐怕也是凤毛麟角罢！

1948年4月

一封信

在北京住了两年多了，一切平平常常地过去。要说福气，这也是福气了。因为平平常常，正像“糊涂”一样“难得”，特别是在“这年头”。但不知怎的，总不时想着在那儿过了五六年转徙无常的生活的南方。转徙无常，诚然算不得好日子；但要说到人生味，怕倒比平平常常时候容易深切地感着。现在终日看见一样的脸板板的天，灰蓬蓬的地；大柳高槐，只是大柳高槐而已。于是木木然，心上什么也没有；有的只是自己，自己的家。我想着我的渺小，有些战栗起来；清福究竟也不容易享的。

这几天似乎有些异样。像一叶扁舟在无边的大海上，像一个猎人在无尽的森林里。走路，说话，都要费很大的力气；还不能如意。心里是一团乱麻，也可说是一团火。似乎在挣扎着，要明白些什么，但似乎什么也没有明白。“一部《十七史》，从何处说起”，正可借来作近日的我的注脚。昨天忽然有人提起《我的南方》的诗。这是两年前初到北京，在一个村店里，喝了两杯“莲花白”以后，信笔涂出来的。于今想起那情景，似乎有些渺茫；至于诗中所说的，那更是遥遥乎远哉了，但是事情是这样凑巧：今天吃了午饭，偶然抽一本旧杂志来消遣，却翻着了三年前给S的一封信。信里说着台州，在上海，杭州，宁波之南的台州。这真是“我的南方”了。我正苦于想不出，这却指引我一条路，虽然只是“一条”路而已。

我不忘记台州的山水，台州的紫藤花，台州的春日，我也不能忘记S。他从前欢喜喝酒，欢喜骂人；但他是个有天真的人。他待朋友真不错。L从湖南到宁波去找他，不名一文；他陪他喝了半年酒才分手。他去年结了婚。为结婚的事烦恼了几个整年的他，这算是叶落归根了；但他也与我一样，已快上那“中年”的线了吧。结婚后我们见过一次，匆匆的一次。我想，他也和一切人一样，结了婚终于是结了婚的样子了吧。但我老只是记着他那喝醉了酒，很妩媚的骂人的意态；这在他或已懊悔着了。

南方这一年的变动，是人的意想所赶不上的。我起初还知道他的踪迹；这半年是什么也不知道了。他到底是怎样地过着这狂风似的日子呢？我所沉吟的正在此。我说过大海，他正是大海上的一个小浪；我说过森林，他正是森林里的一只小鸟。恕我，恕我，我向那里去找你？

这封信曾印在台州师范学校的《绿丝》上。我现在重印在这里；这是我眼前一个很好的自慰的法子。

S兄：

…………

我对于台州，永远不能忘记！我第一日到六师校时，系由埠头坐了轿子去的。轿子走的都是僻路；使我诧异，为什么堂堂一个府城，竟会这样冷静！那时正是春天，而因天气的薄阴和道路的幽寂，使我宛然如入了秋之国土。约莫到了卖冲桥边，我看见那清绿的北固山，下面点缀着几带朴实的洋房子，心胸顿然开朗，仿佛微微的风拂过我的面孔似的。到了校里，登楼一望，见远山之上，都幂着白云。四面全无人声，也无人影；天上的鸟也无一只。只背后山上谡谡的松风略略可听而已。那时我真脱却人间烟火气而飘飘欲仙了！后来我虽然发见了那座楼实在太坏了：柱子如鸡骨，地板如鸡皮！但自然的宽大使我忘记了那房屋的狭窄。我于是曾好几次爬到北固山的顶上，去领略那飕飕的高风，看那低低的，小小的，绿绿的田亩。这是我最高兴的。

来信说起紫藤花，我真爱那紫藤花！在那样朴陋——现在大概不那样朴陋了吧——的房子里，庭院中，竟有那样雄伟，那样繁华的紫藤花，真令我十二分惊诧！她的雄伟与繁华遮住了那朴陋，使人一对照，反觉朴陋倒是不可少似的，使人幻想“美好的昔日”！我也曾几度在花下徘徊：那时学生都上课去了，只剩我一人。暖和的晴日，鲜艳的花色，嗡嗡的蜜蜂，酝酿着一庭的春意。我自己如浮在茫茫的春之海里，不知怎么是好！那花真好看：苍老虬劲的枝干，这么粗这么粗的枝干，宛转腾挪而上；谁知她的纤指会那样嫩，那样艳丽呢？那花真好看：一缕缕垂垂的细丝，将她们悬在那皴裂的臂上，临风婀娜，真像嘻嘻哈哈的小姑娘，真像凝妆的少妇，像两颊又像双臂，像胭脂又像粉……我在他们下课的时候，又曾几度在楼头眺望：那丰姿更是撩人：云哟，霞哟，仙女哟！我离开台州以后，永远没见过那样好的紫藤花，我真惦记她，我真妒羡你们！

此外，南山殿望江楼上看浮桥（现在早已没有了），看憧憧的人在长长的桥上往来着；东湖水阁上，九折桥上看柳色和水光，看钓鱼的人；府后山沿路看田野，看天；南门外看梨花——再回到北固山，冬天在医院前看山上的雪；都是我喜欢的。说来可笑，我还记得我从前住过的旧仓头杨姓的房子里一张画桌；那是一张红漆的，一丈光景长而狭的画桌，我放它在我楼上的窗前，在上面读书，和人谈话，过了我半年的生活。现在想已搁起来无人用了吧？唉！

台州一般的人真是和自然一样朴实；我一年里只见过三个上海装束的流氓！学生中我颇有记得的。前些时有位P君写信给我，我虽未有工夫作复，但心中很感谢！乘此机会请你为我转告一句。

我写的已多了；这些胡乱的话，不知可附载在《绿丝》的末尾，使它和我的旧友见见面么？

弟　自清

1927年9月27日

看　花

生长在大江北岸一个城市里，那儿的园林本是著名的，但近来却很少；似乎自幼就不曾听见过“我们今天看花去”一类话，可见花事是不盛的。有些爱花的人，大都只是将花栽在盆里，一盆盆搁在架上；架子横放在院子里。院子照例是小小的，只够放下一个架子；架上至多搁二十多盆花罢了。有时院子里依墙筑起一座“花台”，台上种一株开花的树；也有在院子里地上种的。但这只是普通的点缀，不算是爱花。

家里人似乎都不甚爱花；父亲只在领我们上街时，偶然和我们到“花房”里去过一两回。但我们住过一所房子，有一座小花园，是房东家的。那里有树，有花架（大约是紫藤花架之类），但我当时还小，不知道那些花木的名字；只记得爬在墙上的是蔷薇而已。园中还有一座太湖石堆成的洞门；现在想来，似乎也还好的。在那时由一个顽皮的少年仆人领了我去，却只知道跑来跑去捉蝴蝶；有时掐下几朵花，也只是随意挼弄着，随意丢弃了。至于领略花的趣味，那是以后的事：夏天的早晨，我们那地方有乡下的姑娘在各处街巷，沿门叫着，“卖栀子花来。”栀子花不是什么高品，但我喜欢那白而晕黄的颜色和那肥肥的个儿，正和那些卖花的姑娘有着相似的韵味。栀子花的香，浓而不烈，清而不淡，也是我乐意的。我这样便爱起花来了。也许有人会问，“你爱的不是花吧？”这个我自己其实也已不大弄得清楚，只好存而不论了。

在高小的一个春天，有人提议到城外F寺里吃桃子去，而且预备白吃；不让吃就闹一场，甚至打一架也不在乎。那时虽远在五四运动以前，但我们那里的中学生却常有打进戏园看白戏的事。中学生能白看戏，小学生为什么不能白吃桃子呢？我们都这样想，便由那提议人鸠合了十几个同学，浩浩荡荡地向城外而去。到了F寺，气势不凡地呵叱着道人们（我们称寺里的工人为道人），立刻领我们向桃园里去。道人们踌躇着说：“现在桃树刚才开花呢。”但是谁信道人们的话？我们终于到了桃园里。大家都丧了气，原来花是真开着呢！这时提议人P君便去折花。道人们是一直步步跟着的，立刻上前劝阻，而且用起手来。但P君是我们中最不好惹的；“说时迟，那时快”，一眨眼，花在他的手里，道人已踉跄在一旁了。那一园子的桃花，想来总该有些可看；我们却谁也没有想着去看。只嚷着，“没有桃子，得沏茶喝！”道人们满肚子委屈地引我们到“方丈”里，大家各喝一大杯茶。这才平了气，谈谈笑笑地进城去。大概我那时还只懂得爱一朵朵的栀子花，对于开在树上的桃花，是并不了然的；所以眼前的机会，便从眼前错过了。

以后渐渐念了些看花的诗，觉得看花颇有些意思。但到北平读了几年书，却只到过崇效寺一次；而去得又嫌早些，那有名的一株绿牡丹还未开呢。北平看花的事很盛，看花的地方也很多；但那时热闹的似乎也只有一班诗人名士，其余还是不相干的。那正是新文学运动的起头，我们这些少年，对于旧诗和那一班诗人名士，实在有些不敬；而看花的地方又都远不可言，我是一个懒人，便干脆地断了那条心了。后来到杭州做事，遇见了Y君，他是新诗人兼旧诗人，看花的兴致很好。我和他常到孤山去看梅花。孤山的梅花是古今有名的，但太少；又没有临水的，人也太多。有一回坐在放鹤亭上喝茶，来了一个方面有须，穿着花缎马褂的人，用湖南口音和人打招呼道，“梅花盛开嗒！”“盛”字说得特别重，使我吃了一惊；但我吃惊的也只是说在他嘴里“盛”这个声音罢了，花的盛不盛，在我倒并没有什么的。

有一回，Y 来说，灵峰寺有三百株梅花；寺在山里，去的人也少。我和 Y，还有 N 君，从西湖边雇船到岳坟，从岳坟入山。曲曲折折走了好一会，又上了许多石级，才到山上寺里。寺甚小，梅花便在大殿西边园中。园也不大，东墙下有三间净室，最宜喝茶看花；北边有座小山，山上有亭，大约叫“望海亭”吧，望海是未必，但钱塘江与西湖是看得见的。梅树确是不少，密密地低低地整列着。那时已是黄昏，寺里只我们三个游人；梅花并没有开，但那珍珠似的繁星似的骨都儿，已经够可爱了；我们都觉得比孤山上盛开时有味。大殿上正做晚课，送来梵呗的声音，和着梅林中的暗香，真叫我们舍不得回去。在园里徘徊了一会，又在屋里坐了一会，天是黑定了，又没有月色，我们向庙里要了一个旧灯笼，照着下山。路上几乎迷了道，又两次三番地狗咬；我们的 Y 诗人确有些窘了，但终于到了岳坟。船夫远远迎上来道：“你们来了，我想你们不会冤我呢！”在船上，我们还不离口地说着灵峰的梅花，直到湖边电灯光照到我们的眼。

Y 回北平去了，我也到了白马湖。那边是乡下，只有沿湖与杨柳相间着种了一行小桃树，春天花发时，在风里娇媚地笑着。还有山里的杜鹃花也不少。这些日日在我们眼前，从没有人像煞有介事地提议，“我们看花去。”但有一位 S 君，却特别爱养花；他家里几乎是终年不离花的。我们上他家去，总看他在那里不是拿着剪刀修理枝叶，便是提着壶浇水。我们常乐意看着。他院子里一株紫薇花很好，我们在花旁喝酒，不知多少次。白马湖住了不过一年，我却传染了他那爱花的嗜好。但重到北平时，住在花事很盛的清华园里，接连过了三个春，却从未想到去看一回。只在第二年秋天，曾经和孙三先生在园里看过几次菊花。“清华园之菊”是著名的，孙三先生还特地写了一篇文，画了好些画。但那种一盆一干一花的养法，花是好了，总觉没有天然的风趣。直到去年春天，有了些余闲，在花开前，先向人问了些花的名字。一个好朋友是从知道姓名起的，我想看花也正是如此。恰好Y君也常来园中，我们一天三四趟地到那些花下去徘徊。今年Y君忙些，我便一个人去。我爱繁花老干的杏，临风婀娜的小红桃，贴梗累累如珠的紫荆；但最恋恋的是西府海棠。海棠的花繁得好，也淡得好；艳极了，却没有一丝荡意。疏疏的高干子，英气隐隐逼人。可惜没有趁着月色看过；王鹏运有两句词道："只愁淡月朦胧影，难验微波上下潮。"我想月下的海棠花，大约便是这种光景吧。为了海棠，前两天在城里特地冒了大风到中山公园去，看花的人倒也不少；但不知怎的，却忘了畿辅先哲祠。Y告我那里的一株，遮住了大半个院子；别处的都向上长，这一株却是横里伸张的。花的繁没有法说；海棠本无香，昔人常以为恨，这里花太繁了，却酝酿出一种淡淡的香气，使人久闻不倦。Y告我，正是刮了一日还不息的狂风的晚上；他是前一天去的。他说他去时地上已有落花了，这一日一夜的风，准完了。他说北平看花，是要赶着看的：春光太短了，又晴的日子多；今年算是有阴的日子了，但狂风还是逃不了的。我说北平看花，比别处有意思，也正在此。这时候，我似乎不甚菲薄那一班诗人名士了。

1930年4月

三家书店

伦敦卖旧书的铺子，集中在切林克拉斯路（Charing Cross Road）；那是热闹地方，顶容易找。路不宽，也不长，只这么弯弯的一段儿；两旁不短的是书，玻璃窗里齐整整排着的，门口摊儿上乱哄哄摆着的，都有。加上那徘徊在窗前的，围绕着摊儿的，看书的人，到处显得拥拥挤挤，看过去路便更窄了。摊儿上看最痛快，随你翻，用不着“劳驾”“多谢”；可是让风吹日晒的到底没什么好书，要看好的还得进铺子去。进去了有时也可随便看，随便翻，但用得着“劳驾”“多谢”的时候也有；不过爱买不买，决不至于遭白眼。说是旧书，新书可也有的是；只是来者多数为的旧书罢了。

最大的一家要算福也尔（Foyle），在路西；新旧大楼隔着一道小街相对着，共占七号门牌，都是四层，旧大楼还带地下室——可并不是地窨子。店里按着书的性质分二十五部；地下室里满是旧文学书。这爿店二十八年前本是一家小铺子，只用了一个店员；现在店员差不多到了二百人，藏书到了二百万种，伦敦的《晨报》称为“世界最大的新旧书店”。两边店门口也摆着书摊儿，可是比别家的大。我的一本《袖珍欧洲指南》，就在这儿从那穿了满染着书尘的工作衣的店员手里，用半价买到的。在摊儿上翻书的时候，往往看不见店员的影子；等到选好了书四面找他，他却从不知那一个角落里钻出来了。但最值得流连的还是那间地下室；那儿有好多排书架子，地上还东一堆西一堆的。乍进去，好像掉在书海里；慢慢地才找出道儿来。屋里不够亮，土又多，离窗户远些的地方，白日也得开灯。可是看得自在；他们是早七点到晚九点，你待个几点钟不在乎，一天去几趟也不在乎。只有一件，不可着急。你得像逛庙会逛小市那样，一半玩儿，一半当真，翻翻看看，看看翻翻；也许好几回碰不见一本合意的书，也许霎时间到手了不止一本。

开铺子少不了生意经，福也尔的却颇高雅。他们在旧大楼的四层上留出一间美术馆，不时地展览一些画。去看不花钱，还送展览目录；目录后面印着几行字，告诉你要买美术书可到馆旁艺术部去。展览的画也并不坏，有卖的，有不卖的。他们又常在馆里举行演讲会，讲的人和主席的人当中，不缺少知名的。听讲也不用花钱；只每季的演讲程序表下，“恭请你注意组织演讲会的福也尔书店”。还有所谓文学午餐会，记得也在馆里。他们请一两个小名人做主角，随便谁，纳了餐费便可加入；英国的午餐很简单，费不会多。假使有闲工夫，去领略领略那名隽的谈吐，倒也值得的，不过去的却并不怎样多。

牛津街是伦敦的东西通衢，繁华无比，街上呢绒店最多；但也有一家大书铺，叫做彭勃思（Bumpus）的便是。这铺子开设于一七九〇年左右，原在别处；一八五〇年在牛津街开了一个分店，十九世纪末便全挪到那边去了，维多利亚时代，店主多马斯彭勃思很通声气，来往的有迭更斯，兰姆，麦考莱，威治威斯等人；铺子就在这时候出了名。店后来连着旧法院，有看守所，守卫室等，十几年来都让店里给买下了。这点古迹增加了人对于书店的趣味。法院的会议圆厅现在专作书籍展览会之用；守卫室陈列插图的书，看守所变成新书的货栈。但当日的光景还可从一些画里看出：如十八世纪罗兰生（Rowlandson）所画守卫室内部，是晚上各守卫提了灯准备去查监的情形，瞧着很忙碌的样子。再有一个图，画的是一七二九的一个守卫，神气够凶的。看守所也有一幅画，砖砌的一重重大拱门，石板铺的地，看守室的厚木板门严严锁着，只留下一个小方窗，还用十字形的铁条界着；真是铜墙铁壁，插翅也飞不出去。

这家铺子是五层大楼，却没有福也尔家地方大。下层卖新书，三楼卖儿童书，外国书，四楼五楼卖廉价书；二楼卖绝版书，难得的本子，精装的新书，还有《圣经》，祈祷书，书影等等，似乎是菁华所在。他们有初印本，精印本，著者自印本，著者签字本等目录，搜罗甚博，福也尔家所不及。新书用小牛皮或摩洛哥皮（山羊皮——羊皮也可仿制）装订，烫上金色或别种颜色的立体派图案；稀疏的几条平直线或弧线，还有“点儿”，错综着配置，透出干净，利落，平静，显豁，看了心目清朗。装订的书，数这儿讲究，别家书店里少见。书影是仿中世纪的抄本的一叶，大抵是祷文之类。中世纪抄本用黑色花体字，文首第一字母和叶边空处，常用蓝色金色画上各样花饰，典丽矞皇，穷极工巧，而又经久不变；仿本自然说不上这些，只取其也有一点古色古香罢了。

一九三一年里，这铺子举行过两回展览会，一回是剑桥书籍展览，一回是近代插图书籍展览，都在那“会议厅”里。重要的自然是第一回。牛津剑桥是英国最著名的大学；各有印刷所，也都著名。这里从前展览过牛津书籍，现在再展览剑桥的，可谓无遗憾了。这一年是剑桥目下的辟特印刷所（The Pitt Press）奠基百年纪念，展览会便为的庆祝这个。展览会由鼎鼎大名的斯密兹将军（General Smuts）开幕，到者有科学家詹姆士金斯（James Jeans），亚特爱丁顿（Arthur Eddington），还有别的人。展览分两部，现在出版的书约莫四千册是一类；另一类是历史部分。剑桥的书字型清晰，墨色匀称，行款合式，书扉和书衣上最见工夫；尤其擅长的是算学书，专门的科学书。这两种书需要极精密的技巧，极仔细的校对；剑桥是第一把手。但是这些东西，还有他们印的那些冷僻的外国语书，都卖得少，赚不了钱。除了是大学印刷所，别家大概很少愿意承印。剑桥又承印《圣经》；

英国准印《圣经》的只剑桥牛津和王家印刷人。斯密兹说剑桥就靠《圣经》和教科书赚钱。可是《泰晤士报》社论中说现在印《圣经》的责任重大，认真地考究地印，也只能够本罢了。——一五八八年英国最早的《圣经》便是由剑桥承印的。

英国印第一本书，出于伦敦威廉甲克司登（Willian Caxton）之手，那是一四七七年。到了一五二一，约翰席勃齐（John Siberch）来到剑桥，一年内印了八本书；剑桥印刷事业才创始。八年之后，大学方面因为有一家书纸店与异端的新教派勾结，怕他们利用书籍宣传，便呈请政府，求英王核准，在剑桥只许有三家书铺，让他们宣誓不卖未经大学检查员审定的书。那时英王是亨利第八；一五三四年颁给他们敕书，授权他们选三家书纸店兼印刷人，或书铺，"印行大学校长或他的代理人等所审定的各种书籍"。这便是剑桥印书的法律根据。不过直到一五八三年，他们才真正印起书来。那时伦敦各家书纸店有印书的专利权，任意抬高价钱。他们妒忌剑桥印书，更恨的是卖得贱。恰好一六二〇年剑桥翻印了他们一本文法书，他们就在法庭告了一状。剑桥师生老早不乐意他们抬价钱，这一来更愤愤不平；大学副校长第二年乘英王詹姆士第一上新市场去，半路上就递上一件呈子，附了一个比较价目表。这样小题大做，真有些书呆子气。王和诸大臣商议了一下，批道，我们现在事情很多，没工夫讨论大学与诸家书纸店的权益；但准大学印刷人出售那些文法书，以救济他的支绌。这算是碰了个软钉子，可也算是胜利。那呈子，那批，和上文说的那本《圣经》都在这一回展览中。席勃齐印的八本书也有两种在这里。此外还有一六二九年初印的定本《圣经》，书扉雕刻繁细，手艺精工之极。又密尔顿《力息达斯》（Lycidas）的初本也在展览着，那是经他亲手校改过的。

近代插图书籍展览，在圣诞节前不久，大约是让做父母的给孩子们多买点节礼吧。但在一个外国人，却也值得看看。展览的是七十年来的作品，虽没有什么系统，在这里却可以找着各种美，各种趋势。插图与装饰画不一样，得吟味原书的文字，透出自己的机锋。心要灵，手要熟，二者不可缺一。或实写，或想像，因原书情境，画人性习而异。——童话的插图却只得凭空着笔，想像更自由些；在不自由的成人看来，也许别有一种滋味。看过赵译《阿丽思漫游奇境记》里谭尼尔（John Tenniel）的插画的，当会有同感吧。——所展览的，幽默，秀美，粗豪，典重，各擅胜场，琳琅满目；有人称为“视觉的音乐”颇为近之。最有味的，同一作家，各家插画所表现的却大不相同。譬如我默伽亚谟（Omar Khayyam），莎士比亚，几乎在一个人手里一个样子；展览会里书多，比较着看方便，可以扩充眼界。插图有“黑白”的，有彩色的；“黑白”的多，为的省事省钱。就黑白画而论。从前是雕版，后来是照相；照相虽然精细，可是失掉了那种生力，只要拿原稿对看就会觉出。这儿也展览原稿，或是灰笔画，或是水彩画；不但可以“对看”，也可以让那些艺术家更和我们接近些。《观察报》记者记这回展览会，说插图的书，字往往印得特别大，意在和谐；却实在不便看。他主张书与图分开，字还照寻常大小印。他自然指大本子而言。但那种“和谐”其实也可爱；若说不便，这种书原是让你慢慢玩赏的，那能像读报一样目下数行呢？再说，将配好了的对儿生生拆开，不但大小不称，怕还要多花钱。

诗籍铺（The Poetry Bookshop）真是米米小，在一个大地方的一道小街上。“叫名”街，实在一条小胡同吧。门前不大见车马，不说；就是行人，一天也只寥寥几个。那道街斜对着无人不知的大英博物院；街口钉着小小的一块字号木牌。初次去时，人家教在博物院左近找。问院门口守卫，他不知道有这个铺子，问路上戴着常礼帽的老者，他想没有这么一个铺子；好容易才找着那块小木牌，真是“远在天边，近在眼前”。这铺子从前在另一处，那才冷僻，连裴歹克的地图上都没名字，据说那儿是一所老宅子，才真够诗味，挪到现在这样平常的地带，未免太可惜。那时候美国游客常去，一个原因许是美国看不见那样老宅子。

诗人赫洛德孟罗（Harold Monro）在一九一二年创办了这爿诗籍铺。用意在让诗与社会发生点切实的关系。孟罗是二十多年来伦敦文学生涯里一个要紧角色。从一九一一给诗社办《诗刊》(Poetry Review)起知名。在第一期里，他说，“诗与人生的关系得再认真讨论，用于别种艺术的标准也该用于诗。”他觉得能做诗的该做诗，有困难时该帮助他，让他能做下去；一般人也该念诗，受用诗。为了前一件，他要自办杂志，为了后一件，他要办读诗会；为了这两件，他办了诗籍铺。这铺子印行过《乔治诗选》(Georgian Poetry)，乔治是现在英王的名字，意思就是当代诗选，所收的都是代表作家。第一册出版，一时风靡，买诗念诗的都多了起来；社会确乎大受影响。诗选共五册；出第五册时在一九二二，那时乔治诗人的诗兴却渐渐衰了。一九一九到二五年铺子里又印行《市本》月刊(The Chapbook)登载诗歌，评论，木刻等，颇多新进作家。

读诗会也在铺子里，星期四晚上准六点钟起，在一间小楼上。一年中也有些时候定好了没有。从创始以来，差不多没有间断过。前前后后著名的诗人几乎都在这儿读过诗；他们自己的诗，或他们喜欢的诗。入场券六便士，在英国算贱，合四五毛钱。在伦敦的时候，也去过两回。那时孟罗病了，不大能问事，铺子里颇为黯淡。两回都是他夫人爱立达克莱曼答斯基(Alida Klementaski)读，说是找不着别人。那间小楼也容得下四五十位子，两回去，人都不少；第二回满了座，而且几乎都是女人——还有挨着墙站着听的。屋内只读诗的人小桌上一盏蓝罩子的桌灯亮着，幽幽的。她读济兹和别人的诗，读得很好，口齿既清楚，又有顿挫，内行说，能表出原诗的情味。英国诗有两种读法，将每个重音咬得清清楚楚，顿挫的地方用力，和说话的调子不相像，约翰德林瓦特(JohnDrinkwater)便主张这一种。他说，读诗若用说话的调子，太随便，诗会跑了。但是参用一点儿，像克莱曼答斯基女士那样，也似乎自然流利，别有味道。这怕要看什么样的诗，什么样的读诗人，不可一概而论。但英国读诗，除不吟而诵，与中国根本不同之外，还有一件：他们按着文气停顿，不按着行，也不一定按着韵脚。这因为他们的诗以轻重为节奏，文句组织又不同，往往一句跨两行三行，却非作一句读不可，韵脚便只得轻轻地滑过去。读诗是一种才能，但也需要训练；他们注重这个，训练的机会多，所以是诗人都能来一手。

铺子在楼下，只一间，可是和读诗那座楼远隔着一条甬道。屋子有点黑，四壁是书架，中间桌上放着些诗歌篇子（Sheets），木刻画。篇子有宽长两种，印着诗歌，加上些零星的彩画，是给大人和孩子玩儿的。犄角儿上一张账桌子，坐着一个戴近视眼镜的，和蔼可亲的，圆脸的中年妇人。桌前装着火炉，炉旁蹲着一只大白狮子猫，和女人一样胖。有时也遇见克莱曼答斯基女士，匆匆地来匆匆地去。孟罗死在一九三二年三月十五日。第二天晚上到铺子里去，看见两个年轻人在和那女人司账说话；说到诗，说到人生，都是哀悼孟罗的。话音很悲伤，却如清泉流泻，差不多句句像诗；女司账说不出什么，唯唯而已。孟罗在日最尽力于诗人文人的结合，他老让各色的才人聚在一块儿。又好客，家里炉旁（英国终年有用火炉的时候）常有许多人聚谈，到深夜才去。这两位青年的伤感不是偶然的。他的铺子可是赚不了钱；死后由他夫人接手，勉强张罗，现在许还开着。

1934 年 10 月 27 日作

你　我

现在受过新式教育的人，见了无论生熟朋友，往往喜欢你我相称。这不是旧来的习惯而是外国语与翻译品的影响。这风气并未十分通行；一般社会还不愿意采纳这种办法——所谓粗人一向你呀我的，却当别论。有一位中等学校校长告诉人，一个旧学生去看他，左一个“你”，右一个“你”，仿佛用指头点着他鼻子，真有些受不了。在他想，只有长辈该称他“你”，只有太太和老朋友配称他“你”。够不上这个份儿，也来“你”呀“你”的，倒像对当差老妈子说话一般，岂不可恼！可不是，从前小说里“弟兄相呼，你我相称”，也得够上那份儿交情才成。而俗语说的“你我不错”，“你我还这样那样”，也是托熟的口气，指出彼此的依赖与信任。

同辈你我相称，言下只有你我两个，旁若无人；虽然十目所视，十手所指，视他们的，指他们的，管不着。杨震在你我相对的时候，会想到你我之外的“天知地知”，真是一个玄远的托辞，亏他想得出。常人说话称你我，却只是你说给我，我说给你；别人听见也罢，不听见也罢，反正说话的一点儿没有想着他们那些不相干的。自然也有时候“取瑟而歌”，也有时候“指桑骂槐”，但那是话外的话或话里的话，论口气却只对着那一个

“你”。这么着，一说你我，你我便从一群人里除外，单独地相对着。离群是可怕又可怜的，只要想想大野里的独行，黑夜里的独处就明白。你我既甘心离群，彼此便非难解难分不可；否则岂不要吃亏？难解难分就是亲昵；骨肉是亲昵，结交也是个亲昵，所以说只有长辈该称“你”，只有太太和老朋友配称“你”。你我相称者，你我相亲而已。然而我们对家里当差老妈子也称“你”，对街上的洋车夫也称“你”，却不是一个味儿。古来以“尔汝”为轻贱之称；就指的这一类。但轻贱与亲昵有时候也难分，譬如叫孩子为“狗儿”，叫情人为“心肝”，明明将人比物，却正是亲昵之至。而长辈称晚辈为“你”，也夹杂着这两种味道——那些亲谊疏远的称“你”，有时候简直毫无亲昵的意思，只显得辈分高罢了。大概轻贱与亲昵有一点相同；就是，都可以随随便便，甚至于动手动脚。

生人相见不称“你”。通称是“先生”，有带姓不带姓之分；不带姓好像来者是自己老师，特别客气，用得少些。北平人称“某爷”，“某几爷”，如“冯爷”，“吴二爷”，也是通称，可比“某先生”亲昵些。但不能单称“爷”，与“先生”不同。“先生”原是老师，“爷”却是“父亲”；尊人为师犹之可，尊人为父未免吃亏太甚。（听说前清的太监有称人为“爷”的时候，那是刑余之人，只算例外。）至于“老爷”，多一个“老”字，就不会与父亲相混，所以仆役用以单称他的主人，旧式太太用以单称她的丈夫。女的通称“小姐”，“太太”，“师母”，却都带姓；“太太”，“师母”更其如此。因为单称“太太”，自己似乎就是老爷，单称“师母”，自己似乎就是门生，所以非带姓不可。“太太”是北方的通称，南方人却嫌官僚气；“师母”是南方的通称，北方人却嫌头巾气。女人麻烦多，真是无法奈何。比“先生”亲近些是“某某先生”，“某某兄”，“某某”是号或名字；称“兄”取其仿佛一家人。再进一步就以号相称，同时也可称“你”。在正式的聚会里，有时候得称职衔，如“张部长”，“王经理”；也可以不带姓，和“先生”一样；偶尔还得加上一个“贵”字，如“贵公使”。下属对上司也得称职衔。但像科员等小脚色却不便称衔，只好屈居在“先生”一辈里。

仆役对主人称“老爷”，“太太”，或“先生”，“师母”；与同辈分别的，一律不带姓。他们在同一时期内大概只有一个老爷，太太，或先生，师母，是他们衣食的靠山；不带姓正所以表示只有这一对儿才是他们的主人。对于主人的客，却得一律带姓；即使主人的本家，也得带上号码儿，如“三老爷”，“五太太”。——大家庭用的人或两家合用的人例外。“先生”本可不带姓，“老爷”本是下对上的称呼，也常不带姓；女仆称“老爷”，虽和旧式太太称丈夫一样，但身分声调既然各别，也就不要紧。仆役称“师母”，决无门生之嫌，不怕尊敬过分；女仆称“太太”，毫无疑义，男仆称“太太”，与女仆称“老爷”同例。晚辈称长辈，有“爸爸”，“妈妈”，“伯伯”，“叔叔”等称。自家人和近亲不带姓，但有时候带号码儿；远亲和父执，母执，都带姓；干亲带“干”字，如“干娘”；父亲的盟兄弟，母亲的盟姊妹，有些人也以自家人论。

这种种称呼，按刘半农先生说，是“名词替代代词”，但也可说是他称替代对称。不称“你”而称“某先生”，是将分明对面的你变成一个别人；于是乎对你说的话，都不过是关于“他”的。这么着，你我间就有了适当的距离，彼此好提防着；生人间说话提防着些，没有错儿。再则一般人都可以称你“某先生”，我也跟着称“某先生”，正见得和他们一块儿，并没有单独挨近你身边去。所以“某先生”一来，就对面无你，旁边有人。这种替代法的效用，因所代的他称广狭而转移。譬如“某先生”，谁对谁都可称，用以代“你”，是十分“敬而远之”；又如“某部长”，只是僚属对同官与长官之称，“老爷”只是仆役对主人之称，敬意过于前者，远意却不及；至于“爸爸”“妈妈”，只是弟兄姊妹对父母的称，不像前几个名字可以移用在别人身上，所以虽不用“你”，还觉得亲昵，但敬远的意味总免不了有一些；在老人家前头要像在太太或老朋友前头那么自由自在，到底是办不到的。

北方话里有个“您”字，是“你”的尊称，不论亲疏贵贱全可用，方便之至。这个字比那拐弯抹角的替代法干脆多了，只是南方人听不进去，他们觉得和“你”也差不多少。这个字本是闭口音，指众数；“你们”两字就从此出。南方人多用“你们”代“你”。用众数表尊称，原是语言常例。指的既非一个，你旁边便仿佛还有些别人和你亲近的，与说话的相对着；说话的天然不敢侵犯你，也不敢妄想亲近你。这也还是个“敬而远之”。湖北人尊称人为“你家”，“家”字也表众数，如“人家”“大家”可见。

此外还有个方便的法子，就是利用呼位，将他称与对称拉在一块儿。说话的时候先叫声“某先生”或别的，接着再说“你怎样怎样”；这么着好像“你”字儿都是对你以外的“某先生”说的，你自己就不会觉得唐突了。这个办法上下一律通行。在上海，有些不三不四的人问路，常叫一声“朋友”，再说“你”；北平老妈子彼此说话，也常叫声“某姐”，再“你”下去——她们觉得这么称呼倒比说“您”亲昵些。但若说“这是兄弟你的事”，“这是他爸爸你的责任”，“兄弟”“你”，“他爸爸”“你”简直连成一串儿，与用呼位的大不一样。这种口气只能用于亲近的人。第一例的他称意在加重全句的力量，表示虽与你亲如弟兄，这件事却得你自己办，不能推给别人。第二例因“他”而及“你”，用他称意在提醒你的身分，也是加重那个句子；好像说你我虽亲近，这件事却该由做他爸爸的你，而不由做自己的朋友的你负责任；所以也不能推给别人。又有对称在前他称在后的；但除了“你先生”，“你老兄”还有敬远之意以外，别的如“你太太”，“你小姐”，“你张三”，“你这个人”，“你这家伙”，“你这位先生”，“你这该死的”，“你这没良心的东西”，却都是些亲口埋怨或破口大骂的话。“你先生”，“你老兄”的“你”不重读，别的“你”都是重读的。“你张三”直呼姓名，好像听话的是个远哉遥遥的生人，因为只有毫无关系的人，才能直呼姓名；可是加上“你”字，却变了亲昵与轻贱两可之间。近指形容词“这”，加上量词“个”成为“这个”，都兼指人与物；说“这个人”和说“这个碟子”，一样地带些无视的神气在指点着。加上“该死的”，“没良心的”，“家伙”，“东西”，无视的神气更足。只有“你这位先生”稍稍客气些；不但因为那“先生”，并且因为那量词“位”字。“位”指“地位”，用以称人，指那有某种地位的，就与常人有别。至于“你老”,“你老人家”,“老人家”是众数,“老”是敬辞——老人常受人尊重。但“你老”用得少些。

最后还有省去对称的办法，却并不如文法书里所说，只限于祈使语气，也不限于上辈对下辈的问语或答语，或熟人间偶然的问答语：如“去吗”，“不去”之类。有人曾遇见一位颇有名望的省议会议长，随意谈天儿。那议长的说话老是这样的；

> 去过北京吗？
> 在哪儿住？
> 觉得北京怎么样？
> 几时回来的？

始终没有用一个对称，也没有用一个呼位的他称，仿佛说到一个不知是谁的人。那听话的觉得自己没有了，只看见俨然的议长。可是偶然要敷衍一两句话，而忘了对面人的姓，单称“先生”又觉不值得的时候，这么办却也可以救眼前之急。

生人相见也不多称“我”。但是单称“我”只不过傲慢，仿佛有点儿瞧不起人，却没有那过分亲昵的味儿，与称你我的时候不一样。所以自称比对称麻烦少些。若是不随便称“你”，“我”字尽可麻麻糊糊通用；不过要留心声调与姿态，别显出拍胸脯指鼻尖的神儿。若是还要谨慎些，在北方可以说“咱”，说“俺”，在南方可以说“我们”；“咱”和“俺”原来也都是闭口音，与“我们”同是众数。自称用众数，表示听话的也在内，“我”说话，像是你和我或你我他联合宣言；这么着，我的责任就有人分担，谁也不能说我自以为是了。也有说“自己”的，如“只怪自己不好”，“自己没主意，怨谁！”但同样的句子用来指你我也成。至于说“我自己”，那却是加重的语气，与这个不同。又有说“某人”,“某某人”的；如张三说,“他们老疑心这是某人做的，其实我一点也不知道。”这个“某人”就是张三，但得随手用“我”字点明。若说“张某人岂是那样的人！”却容易明白。又有说“人”,“别人”,“人家”,“别人家”的；如,“这可叫人怎么办？”“也不管人家死活。”指你我也成。这些都是用他称（单数与众数）替代自称，将自己说成别人；但都不是明确的替代，要靠上下文，加上声调姿态，才能显出作用，不像替代对称那样。而其中如“自己”,“某人”，能替代“我”的时候也不多，可见自称在我的关系多，在人的关系少，老老实实用“我”字也无妨；所以历来并不十分费心思去找替代的名词。

演说称“兄弟”，“鄙人”，“个人”或自己名字，会议称“本席”，也是他称替代自称，却一听就明白。因为这几个名词，除“兄弟”代“我”，平常谈话里还偶然用得着之外，别的差不多都已成了向公众说话专用的自称。“兄弟”，“鄙人”全是谦词，“兄弟”亲昵些；“个人”就是“自己”；称名字不带姓，好像对尊长说话。——称名字的还有仆役与幼儿。仆役称名字兼带姓，如“张顺不敢”。幼儿自称乳名，却因为自我观念还未十分发达，听见人家称自己乳名，也就如法炮制，可教大人听着乐，为的是“像煞有介事”。——“本席”指“本席的人”，原来也该是谦称；但以此自称的人往往有一种施施然的声调姿态，所以反觉得傲慢了。这大约是“本”字作怪，从“本总司令”到“本县长”，虽也是以他称替代自称，可都是告诫下属的口气，意在显出自己的身分，让他们知所敬畏。这种自称用的机会却不多。对同辈也偶然有要自称职衔的时候，可不用“本”字而用“敝”字。但“司令”可“敝”，“县长”可“敝”，“人”却“敝”不得；“敝人”是凉薄之人，自己骂得未免太苦了些。同辈间也可用“本”字，是在开玩笑的当儿，如“本科员”，“本书记”，“本教员”，取其气昂昂的，有俯视一切的样子。

他称比“我”更显得傲慢的还有；如“老子”，“咱老子”，“大爷我”，“我某几爷”,“我某某某”。老子本非同辈相称之词，虽然加上众数的“咱”，似乎只是壮声威，并不为的分责任。“大爷”，“某几爷”也都是尊称，加在“我”上，是增加“我”的气焰的。对同辈自称姓名，表示自己完全是个无关系的陌生人；本不如此，偏取了如此态度，将听话的远远地推开去，再加上“我”，更是神气。这些“我”字都是重读的。但除了“我某某某”，那几个别的称呼大概是丘八流氓用得多。他称也有比“我”显得亲昵的。如对儿女自称“爸爸”，“妈”，说“爸爸疼你”，“妈在这儿，别害怕”。对他们称“我”的太多了，对他们称“爸爸”，“妈”的却只有两个人，他们最亲昵的两个人。所以他们听起来，“爸爸”，“妈”比“我”鲜明得多。幼儿更是这样；他们既然还不甚懂得什么是“我”，用“爸爸”，“妈”就更要鲜明些。听了这两个名字，不用捉摸，立刻知道是谁而得着安慰；特别在他们正专心一件事或者快要睡觉的时候。若加上“你”，说“你爸爸”“你妈”，没有“我”，只有“你的”，让大些的孩子听了，亲昵的意味更多。对同辈自称“老某”，如“老张”，或“兄弟我”，如“交给兄弟我办吧，没错儿”，也是亲昵的口气。“老某”本是称人之词。单称姓，表示彼此非常之熟，一提到姓就会想起你，再不用别的；同姓的虽然无数，而提到这一姓，却偏偏只想起你。“老”字本是敬辞，但平常说笑惯了的人，忽然敬他一下，只是惊他以取乐罢了；姓上加“老”字，原来怕不过是个玩笑，正和“你老先生”，“你老人家”有时候用作滑稽的敬语一种。日子久了，不觉得，反变成“熟得很”的意思。于是自称“老张”，就是“你熟得很的张”，不用说，顶亲昵的。“我”在“兄弟”之下，指的是做兄弟的“我”，当然比平常的“我”客气些；但既有他称，还用自称，特别着重那个“我”，多少免不了自负的味儿。这个“我”字也是重读的。用“兄弟我”的也以江湖气的人为多。自称常可省去；或因叙述的方便，或因答语的方便，或因避免那傲慢的字。

“他”字也须因人而施，不能随便用。先得看“他”在不在旁边儿。还得看“他”与说话的和听话的关系如何——是长辈，同辈，晚辈，还是不相干的，不相识的？北平有个“您”字，用以指在旁边的别人与不在旁边的尊长；别人既在旁边听着，用个敬词，自然合式些。这个字本来也是闭口音，与“您”字同是众数，是“他们”所从出。可是不常听见人说；常说的还是“某先生”。也有称职衔，行业，身分，行次，姓名号的。“他”和“你”“我”情形不同，在旁边的还可指认，不在旁边的必得有个前词才明白。前词也不外乎这五样儿。职衔如“部长”，“经理”。行业如店主叫“掌柜的”，手艺人叫“某师傅”，是通称；做衣服的叫“裁缝”，做饭的叫“厨子”，是特称。身分如妻称夫为“六斤的爸爸”，洋车夫称坐车人为“坐儿”，主人称女仆为“张妈”，“李嫂”。——“妈”，“嫂”，“师傅”都是尊长之称，却用于既非尊长，又非同辈的人，也许称“张妈”是借用自己孩子们的口气，称“师傅”是借用他徒弟的口气，只有称“嫂”才是自己的口气，用意都是要亲昵些。借用别人口气表示亲昵的，如媳妇跟着他孩子称婆婆为“奶奶”，自己矮下一辈儿；又如跟着熟朋友用同样的称呼称他亲戚，如“舅母”，“外婆”等，自己近走一步儿；只有“爸爸”，“妈”，假借得极少。对于地位同的既可如此假借，对于地位低的当然更可随便些；反正谁也明白，这些不过说得好听罢了。——行次如称朋友或儿女用“老大”，“老二”；称男仆也常用“张二”，“李三”。称号在亲子间，夫妇间，朋友间最多，近亲与师长也常这么称。称姓名往往是不相干的人。有一回政府不让报上直称当局姓名，说应该称衔带姓，想来就是恨这个不相干的劲儿。又有指点似地说“这个人”“那个人”的，本是疏远或轻贱之称。可是有时候不愿，不便，或不好意思说出一个人的身分或姓名，也用“那个人”；这里头却有很亲昵的，如要好的男人或女人，都可称“那个人”。至于“这东西”，“这家伙”，“那小子”，是更进一步；爱憎同辞，只看怎么说出。又有用泛称的，如“别怪人”，“别怪人家”，“一个人别太不知足”，“人到底是人”。但既是泛称，指你我也未尝不可。又有用虚称的，如“他说某人不好，某人不好”；“某人”虽确有其人，却不定是谁，而两个“某人”所指也非一人。还有“有人”就是“或人”。用这个称呼有四种意思：一是不知其人，如“听说有人译这本书”。二是知其人而不愿明言，如“有人说怎样怎样”，这个人许是个大人物，自己不愿举出他的名字，以免矜夸之嫌。这个人许是个不甚知名的脚色，提起来听话的未必知道，乐得不提省事。又如“有人说你的闲话”，却大大不同。三是知其人而不屑明言，如“有人在一家报纸上骂我”。四是其人或他的关系人就在一旁，故意“使子闻之”；如，“有人不乐意，我知道。”“我知道，有人恨我，我不怕。”——这么着简直是挑战的态度了。又有前词与“他”字连文的，如“你爸爸他辛苦了一辈子，真是何苦来？”是加重的语气。

亲近的及不在旁边的人才用“他”字；但这个字可带有指点的神儿，仿佛说到的就在眼前一样。自然有些古怪，在眼前的尽管用“您”或别的向远处推；不在的却又向近处拉。其实推是为说到的人听着痛快；他既在一旁，听话的当然看得亲切，口头上虽向远处推无妨。拉却是为听话人听着亲切，让他听而如见。因此“他”字虽指你我以外的别人，也有亲昵与轻贱两种情调，并不含含糊糊地“等量齐观”。最亲昵的“他”，用不着前词；如流行甚广的“看见她”歌谣里的“她”字——一个多情多义的“她”字。这还是在眼前的。新婚少妇谈到不在眼前的丈夫，也往往没头没脑地说“他如何如何”，一面还红着脸儿。但如“管他，你走你的好了”，“他——他只比死人多口气”，就是轻贱的“他”了。不过这种轻贱的神儿若“他”不在一旁却只能从上下文看出；不像说“你”的时候永远可以从听话的一边直接看出。“他”字除人以外，也能用在别的生物及无生物身上；但只在孩子们的话里如此。指猫指狗用“他”是常事；指桌椅指树木也有用“他”的时候。譬如孩子让椅子绊了一交，哇的哭了；大人可以将椅子打一下，说“别哭。是他不好。我打他”。孩子真会相信，回嗔作喜，甚至于也捏着小拳头帮着捶两下。孩子想着什么都是活的，所以随随便便地“他”呀“他”的，大人可就不成。大人说“他”，十回九回指人；别的只称名字，或说“这个”，“那个”，“这东西”，“这件事”，“那种道理”。但也有例外，像“听他去吧”，“管他成不成，我就是这么办”。这种“他”有时候指事不指人。还有个“彼”字，口语里已废而不用，除了说“不分彼此”，“彼此都是一样”。这个“彼”字不是“他”而是与“这个”相对的“那个”，已经在“人称”之外。“他”字不能省略，一省就与你我相混；只除了在直截的答语里。

代词的三称都可用名词替代，三称的单数都可用众数替代，作用是“敬而远之”。但三称还可互代；如“大难临头，不分你我”，“他们你看我，我看你，一句话不说”，“你”“我”就是“彼”“此”。又如“此公人弃我取”，“我”是“自己”。又如论别人，“其实你去不去与人无干，我们只是尽朋友之道罢了。”“你”实指“他”而言。因为要说得活灵活现，才将三人间变为二人间，让听话的更觉得亲切些。意思既指别人，所以直呼“你”“我”，无需避忌。这都以自称对称替代他称。又如自己责备自己说：“咳，你真糊涂！”这是化一身为两人。又如批评别人，“凭你说干了嘴唇皮，他听你一句才怪！”“你”就是“我”，是让你设身处地替自己想。又如，“你只管不动声色地干下去，他们知道我怎么办？”“我”就是“你”；是自己设身处地替对面人想。这都是着急的口气：我的事要你设想，让你同情我；你的事我代设想，让你亲信我。可不一定亲昵，只在说话当时见得彼此十二分关切就是了。只有“他”字，却不能替代“你”“我”，因为那么着反把话说远了。

众数指的是一人与一人，一人与众人，或众人与众人，彼此间距离本远，避忌较少。但是也有分别；名词替代，还用得着。如“各位”，“诸位”，“诸位先生”，都是“你们”的敬词；“各位”是逐指，虽非众数而作用相同。代词名词连文，也用得着。如“你们这些人”，“你们这班东西”，轻重不一样，却都是责备的口吻。又如发牢骚的时候不说“我们”而说“这些人”，“我们这些人”，表示多多少少，是与众不同的人。但替代“我们”的名词似乎没有。又如不说“他们”而说“人家”，“那些位”，“这班东西”，“那班东西”，或“他们这些人”。三称众数的对峙，不像单数那样明白的鼎足而三。“我们”，“你们”，“他们”相对的时候并不多；说“我们”，常只与“你们”，“他们”二者之一相对着。这儿的“你们”包括“他们”，“他们”也包括“你们”；所以说“我们”的时候，实在只有两边儿。所谓“你们”，有时候不必全都对面，只是与对面的在某些点上相似的人；所谓“我们”，也不一定全在身旁，只是与说话的在某些点上相似的人。所以“你们”，“我们”之中，都有“他们”在内。“他们”之近于“你们”的，就收编在“你们”里；“他们”之近于“我们”的，就收编在“我们”里；于是“他们”就没有了。“我们”与“你们”也有相似的时候，“我们”可以包括“你们”，“你们”就没有了；只剩下“他们”和“我们”相对着。演说的时候，对听众可以说“你们”，也可以说“我们”。说“你们”显得自己高出他们之上，在教训着；说“我们”，自己就只在他们之中，在彼此勉励着。听众无疑地是愿意听“我们”的。只有“我们”，永远存在，不会让人家收编了去；因为没有“我们”，就没有了说话的人。“我们”包罗最广，可以指全人类，而与一切生物无生物对峙着。“你们”，“他们”都只能指人类的一部分；而“他们”除了特别情形，只能指不在眼前的人，所以更狭窄些。

北平自称的众数有“咱们”，“我们”两个。第一个发见这两个自称的分别的是赵元任先生。他在《阿丽思漫游奇境记》的凡例里说：

> “咱们”是对他们说的，听话的人也在内的。
>
> “我们”是对你们或他们说的，听话的人不在内的。

赵先生的意思也许说，“我们”是对你们或（你们和）他们说的。这么着“咱们”就收编了“你们”，“我们”就收编了“他们”——不能收编的时候，“我们”就与“你们”，“他们”成鼎足之势。这个分别并非必需，但有了也好玩儿；因为说“咱们”亲昵些，说“我们”疏远些，又多一个花样。北平还有个“俩”字，只指两个，“咱们俩”，“你们俩”，“他们俩”，无非显得两个人更亲昵些；不带“们”字也成。还有“大家”是同辈相称或上称下之词，可用在“我们”，“你们”，“他们”之下。单用是所有相关的人都在内；加“我们”拉得近些，加“你们”推得远些，加“他们”更远些。至于“诸位大家”，当然是个笑话。

代词三称的领位，也不能随随便便的。生人间还是得用替代，如称自己丈夫为“我们老爷”，称朋友夫人为“你们太太”，称别人父亲为“某先生的父亲”。但向来还有一种简便的尊称与谦称，如“令尊”，“令堂”，“尊夫人”，“令弟”，“令郎”，以及“家父”，“家母”，“内人”，“舍弟”，“小儿”等等。“令”字用得最广，不拘那一辈儿都加得上，“尊”字太重，用处就少；“家”字只用于长辈同辈，“舍”字，“小”字只用于晚辈。熟人也有用通称而省去领位的，如自称父母为“老人家”，——长辈对晚辈说他父母，也这么称——称朋友家里人为“老太爷”，“老太太”，“太太”，“少爷”，“小姐”；可是没有称人家丈夫为“老爷”或“先生”的，只能称“某先生”，“你们先生”。此外有称“老伯”，“伯母”，“尊夫人”的，为的亲昵些；所省去的却非“你的”而是“我的”。更熟的人可称“我父亲”，“我弟弟”，“你学生”，“你姑娘”，却并不大用“的”字。“我的”往往只用于呼位；如，“我的妈呀！”“我的儿呀！”“我的天呀！”被领位若不是人而是事物，却可随便些。“的”字还用于独用的领位，如“你的就是我的”，“去他的”。领位有了“的”字，显得特别亲昵似的。也许“的”字是齐齿音，听了觉得挨挤着，紧缩着，才有此感。平常领位，所领的若是人，而也用“的”字，就好像有些过火；“我的朋友”差不多成了一句嘲讽的话，一半怕就是为了那个“的”字。众数的领位也少用“的”字。其实真正众数的领位用的机会也少；用的大多是替代单数的。“我家”，“你家”，“他家”有时候也可当众数的领位用，如“你家孩子真懂事”，“你家厨子走了”，“我家运气不好”。北平还有一种特别称呼，也是关于自称领位的。譬如女的向人说：“你兄弟这样长那样短。”“你兄弟”却是她丈夫；男的向人说：“你侄儿这样短，那样长。”“你侄儿”却是他儿子。这也算对称替代自称，可是大规模的；用意可以说是“敬而近之”。因为“近”，才直称“你”。被领位若是事物，领位除可用替代外，也有用“尊”字的，如“尊行”（行次），“尊寓”，但少极；带滑稽味而上“尊”号的却多，如“尊口”，“尊须”，“尊靴”，“尊帽”等等。

外国的影响引我们抄近路，只用“你”，“我”，“他”，“我们”，“你们”，“他们”，倒也是干脆的办法；好在声调姿态变化是无穷的。“他”分为三，在纸上也还有用，口头上却用不着；读“她”为“丨”，“它”或“?”为“ㄊㄜ”，大可不必，也行不开去。“它”或“牠”用得也太洋味儿，真别扭，有些实在可用“这个”“那个”。再说代词用得太多，好些重复是不必要的；而领位“的”字也用得太滥点儿。①

① 二十二年暑中看《马氏文通》杨遇夫先生《高等国文法》，刘半农先生《中国文法讲话》，胡适之先生《文存》里的《尔汝篇》，对于人称代名词有些不成系统的意见，略加整理，写成此篇。但所论只现代口语所用为限，作文写信用的，以及念古书时所遇见的，都不在内。

清华的一日

早晨上两课。第一课国文，讲《史通·叙事篇》。篇中力说叙事应该省句省字，但本文铺张排比的地方就不少。这是被当时骈体所限，不能冲出网罗的缘故。骈文宜于表情，记事说理，都不能精确。

第三课宋诗，讲王介甫《明妃曲》。宋人攻击王介甫，说他将明妃写成一个不忠君不爱国的人；其实是断章取义，故入人罪，细读全诗，王介甫所写的明妃还是那不忘汉的老明妃，不过加了些配角，说了些汉恩浅的话，以资映衬，以资翻新出奇而已。

本日星期三，十一时至十二时是看书样子的时候。浦江清、余冠英二先生分看五家的样子。样子不多，不到十二时就完了。在书单上签字的时候，见不拟购买的书名里有《白石山翁印存》和《印（寿石工先生）印存》。这两位是故都刻印的名手，时间又还早，便翻阅了一回。寿氏不废规矩，风华中却见工力，甲骨钟鼎小篆各体都有，所收以诗词句的印为多。齐氏朴拙苍老，独创一格，有时却不免粗野。所收以人名印为多；周作人、罗家伦、徐悲鸿的都在这里。

齐氏的脾气据说颇有点古怪。他家里润格单上印着许多话，教人不可和他讲价，若他老年人生气。这《印存》里有“见贤思齐”一印，边款云：

旧京刊印者无多人，有一二少年皆受业于余，学成自夸师古，背其恩本。君子耻之，人格低矣。中年人于非厂，刻石真工，亦余门客。独仲子先生之刻，古工秀劲，殊能绝伦；其人品亦驾人上，余所佩仰，为刊此石。因先生有感人类之高下，偶尔记于先生之印侧，可笑也。

可以见此老之火气。又“不知有汉”一印，边款云：

余之刊印不能工，但脱离汉人窠臼而已。同侣多不称许。独松厂老人尝谓曰：“西施善颦，未闻东施见妒。”仲子先生刊印，古劲秀雅，高出一时，既倩余刊“见贤思齐”印，又倩刊此。欧阳永叔所谓有知己之恩，为余言也。

可以见此老之独创和自诩。

午后读王介甫诗。四时开评议会，通过清寒公费生章程的修正条文。晚读日本历史教科书。

1936 年 11 月 11 日

重庆行记

这回暑假到成都看看家里人和一些朋友，路过陪都，停留了四日。每天真是东游西走，几乎车不停轮，脚不停步。重庆真忙，像我这个无事的过客，在那大热天里，也不由自主的好比在旋风里转，可见那忙的程度。这倒是现代生活现代都市该有的快拍子。忙中所见，自然有限，并且模糊而不真切。但是换了地方，换了眼界，自然总觉得新鲜些，这就乘兴记下了一点儿。

飞

我从昆明到重庆是飞的。人们总羡慕海阔天空，以为一片茫茫，无边无界，必然大有可观。因此以为坐海船坐飞机是“不亦快哉！”其实也未必然。晕船晕机之苦且不谈，就是不晕的人或不晕的时候，所见虽大，也未必可观。海洋上见的往往是一片汪洋，水，水，水。当然有浪，但是浪小了无可看，大了无法看——那时得躲进舱里去。船上看浪，远不如岸上，更不如高处。海洋里看浪，也不如江湖里，海洋里只是水，只是浪，显不出那大气力。江湖里有的是遮遮碍碍的，山哪，城哪，什么的，倒容易见出一股劲儿。“江间波浪兼天涌”为的是巫峡勒住了江水；“波撼岳阳城”，得有那岳阳城，并且得在那岳阳城楼上看。

不错，海洋里可以看日出和日落，但是得有运气。日出和日落全靠云霞烘托才有意思。不然，一轮呆呆的日头简直是个大傻瓜！云霞烘托虽也常有，但往往淡淡的，懒懒的，那还是没意思。得浓，得变，一眨眼一个花样，层出不穷，才有看头。这是可遇而不可求的。平生只见过两回的落日，都在陆上，不在水里。水里看见的，日出也罢，日落也罢，只是些傻瓜而已。这种奇观若是有意为之，大概白费气力居多。有一次大家在衡山上看日出，起了个大清早等着。出来了，出来了，有些人跳着嚷着。那时一丝云彩没有，日光直射，教人睁不开眼，不知那些人看到了些什么，那么跳跳嚷嚷的。许是在自己催眠吧。自然，海洋上也有美丽的日落和日出，见于记载的也有。但是得有运气，而有运气的并不多。

赞叹海的文学，描摹海的艺术，创作者似乎是在船里的少，在岸上的多。海太大太单调，真正伟大的作家也许可以单刀直入，一般离了岸却掉不出枪花来，像变戏法的离开了道具一样。这些文学和艺术引起未曾航海的人许多幻想，也给予已经航海的人许多失望。天空跟海一样，也大也单调。日月星的，云霞的文学和艺术似乎不少，都是下之视上，说到整个儿天空的却不多。星空，夜空还见点儿，昼空除了“青天”“明蓝的晴天”或“阴沉沉的天”一类词儿之外，好像再没有什么说的。但是初次坐飞机的人虽无多少文学艺术的背景帮助他的想像，却总还有那“天宽任鸟飞”的想像；加上别人的经验，上之视下，似乎不只是苍苍而已，也有那翻腾的云海，也有那平铺的锦绣。这就够揣摩的。

但是坐过飞机的人觉得也不过如此，云海飘飘拂拂的弥漫了上下四方，的确奇。可是高山上就可以看见；那可以是云海外看云海，似乎比飞机上云海中看云海还亲切些。苏东坡说得好：“不识庐山真面目，只缘身在此山中。”飞机上看云，有时却只像一堆堆破碎的石头，虽也算得天上人间，可是我们还是愿看流云和停云，不愿看那死云，那荒原上的乱石堆。至于锦绣平铺，大概是有的，我却还未眼见。我只见那“亚洲第一大水扬子江”可怜得像条臭水沟似的。城市像地图模型，房屋像儿童玩具，也多少给人滑稽感。自己倒并不觉得怎样藐小，却只不明白自己是什么玩意儿。假如在海船里有时会觉得自己是傻子，在飞机上有时便会觉得自己是丑角吧。然而飞机快是真的，两点半钟，到重庆了，这倒真是个“不亦快哉！”

热

昆明虽然不见得四时皆春，可的确没有一般所谓夏天。今年直到七月初，晚上我还随时穿上衬绒袍。飞机在空中走，一直不觉得热，下了机过渡到岸上，太阳晒着，也还不觉得怎样热。在昆明听到重庆已经很热。记起两年前端午节在重庆一间屋里坐着，什么也不做，直出汗，那是一个时雨时晴的日子。想着一下机必然汗流浃背，可是过渡花了半点钟，满晒在太阳里，汗珠儿也没有沁出一个。后来知道前两天刚下了雨，天气的确清凉些，而感觉既远不如想像之甚，心里也的确清凉些。

滑竿沿着水边一线的泥路走，似乎随时可以滑下江去，然而毕竟上了坡。有一个坡很长，很宽，铺着大石板。来往的人很多，他们穿着各样的短衣，摇着各样的扇子，真够热闹的。片段的颜色和片段的动作混成一幅斑驳陆离的画面，像出于后期印象派之手。我赏识这幅画，可是好笑那些人，尤其是那些扇子。那些扇子似乎只是无所谓的机械的摇着，好像一些无事忙的人。当时我和那些人隔着一层扇子，和重庆也隔着一层扇子，也许是在滑竿儿上坐着，有人代为出力出汗，会那样心地清凉罢。

第二天上街一走，感觉果然不同，我分到了重庆的热了。扇子也买在手里了。穿着成套的西服在大太阳里等大汽车，等到了车，在车里挤着，实在受不住，只好脱了上装，折起挂在膀子上。有一两回勉强穿起上装站在车里，头上脸上直流汗，手帕子简直揩抹不及，眉毛上，眼镜架上常有汗偷偷的滴下。这偷偷滴下的汗最教人担心，担心它会滴在面前坐着的太太小姐的衣服上，头脸上，就不是太太小姐，而是绅士先生，也够那个的。再说若碰到那脾气躁的人，更是吃不了兜着走。曾在北平一家戏园里见某甲无意中碰翻了一碗茶，泼些在某乙的竹布长衫上，某甲直说好话，某乙却一声不响的拿起茶壶向某甲身上倒下去。碰到这种人，怕会大闹街车，而且是越闹越热，越热越闹，非到宪兵出面不止。

话虽如此，幸而倒没有出什么岔儿，不过为什么偏要白白的将上装挂在膀子上，甚至还要勉强穿上呢？大概是为的绷一手儿罢。在重庆人看来，这一手其实可笑，他们的夏威夷短裤儿照样绷得起，何必要多出汗呢？这儿重庆人和我到底还隔着一个心眼儿。再就说防空洞罢，重庆的防空洞，真是大大有名，死心眼儿的以为防空洞只能防空，想不到也能防热的。我看沿街的防空洞大半开着，洞口横七竖八的安些床铺、马扎子、椅子、凳子，横七竖八的坐着、躺着各样衣着的男人、女人。在街心里走过，瞧着那懒散的样子，未免有点儿烦气。这自然是死心眼儿，但是多出汗又好烦气，我似乎倒比重庆人更感到重庆的热了。

行

衣食住行，为什么却从行说起呢？我是行客，写的是行记，自然以为行第一。到了重庆，得办事，得看人，非行不可，若是老在屋里坐着，压根儿我就不会上重庆来了。再说昆明市区小，可以走路；反正住在那儿，这回办不完的事，还可以留着下回办，不妨从从容容的，十分忙或十分懒的时候，才偶尔坐回黄包车、马车或公共汽车。来到重庆可不能这么办，路远、天热、日子少、事情多，只靠两腿怎么也办不了。况这儿的车又相应、又方便，又何乐而不坐坐呢？

前几年到重庆，似乎坐滑竿最多，其次黄包车，其次才是公共汽车。那时重庆的朋友常劝我坐滑竿，因为重庆东到西长，有一圈儿马路；南到北短，中间却隔着无数层坡儿。滑竿可以爬坡，黄包车只能走马路，往往要兜大圈子。至于公共汽车，常常挤得水泄不通，半路要上下，得费出九牛二虎之力，所以那时我总是起点上终点下的多，回数自然就少。坐滑竿上下坡，一是脚朝天，一是头冲地，有些惊人，但不要紧，滑竿夫倒把得稳。从前黄包车下打铜街那个坡，却真有惊人的着儿，车夫身子向后微仰，两手紧压着车把，不拉车而让车子推着走，脚底下不由自主的忽紧忽慢，看去有时好像不点地似的，但是一个不小心，压不住车把，车子会翻过去，那时真的是脚不点地了，这够险的。所以后来黄包车禁止走那条街，滑竿现在也限制了，只准上坡时坐。可是公共汽车却大进步了。

这回坐公共汽车最多，滑竿最少。重庆的公用汽车分三类，一是特别快车，只停几个大站，一律廿五元，从那儿坐到那儿都一样，有些人常拣那候车人少的站口上车，兜个圈子回到原处，再向目的地坐；这样还比走路省时省力，比雇车省时省力省钱。二是专车，只来往政府区的上清寺和商业区的都邮街之间，也只停大站，廿五元。三是公共汽车，站口多，这回没有坐，好像一律十五元，这种车比较慢，行客要的是快，所以我没有坐。慢固然因停的多，更因为等的久。重庆汽车，现在很有秩序了，大家自动的排成单行，依次而进，坐位满人，卖票人便宣布还可以挤几个，意思是还可以“站”几个。这时愿意站的可以上前去，不妨越次，但是还得一个跟一个“挤”满了，卖票宣布停止，叫等下次车，便关门吹哨子走了。公共汽车站多价贱，排班老是很长，在腰站上，一次车又往往上不了几个，因此一等就是二三十分钟，行客自然不能那么耐着性儿。

衣

二十七年春初过桂林，看见满街都是穿灰布制服的，长衫极少，女子也只穿灰衣和裙子。那种整齐，利落，朴素的精神，叫人肃然起敬；这是有训练的公众。后来听说外面人去得多了，长衫又多起来了。国民革命以来，中山服渐渐流行，短衣日见其多，抗战后更其盛行。从前看不起军人，看不惯洋人，短衣不愿穿，只有女人才穿两截衣，那有堂堂男子汉去穿两截衣的。

可是时世不同了，男子倒以短装为主，女子反而穿一截衣了。桂林长衫增多，增多的大概是些旧长衫，只算是回光返照。可是这两三年各处却有不少的新长衫出现，这是因为公家发的平价布不能做短服，只能做长衫，是个将就局儿。相信战后材料方便，还要回到短装的，这也是一种现代化。

四川民众苦于多年的省内混战，对于兵字深恶痛绝，特别称为“二尺五”和“棒客”，列为一等人。我们向来有“短衣帮”的名目，是泛指，“二尺五”却是特指，可都是看不起短衣。四川似乎特别看重长衫，乡下人赶场或入市，往往头缠白布，脚登草鞋，身上却穿着青布长衫。是粗布，有时很长，又常东补一块，西补一块的，可不含糊是长衫。也许向来是天府之国，衣食足而后知礼义，便特别讲究仪表，至今还留着些流风馀韵罢？然而城市中人却早就在赶时髦改短装了。短装原是洋派，但是不必遗憾，赵武灵王不是改了短装强兵强国吗？短装至少有好些方便的地方：夏天穿个衬衫短裤就可以大模大样的在街上走，长衫就似乎不成。只有广东天热，又不像四川在意小节，短衫裤可以行街。可是所谓短衫裤原是长裤短衫，广东的短衫又很长，所以还行得通，不过好像不及衬衫短裤的派头。

不过衬衫短裤似乎到底是便装，记得北平有个大学开教授会，有一位教授穿衬衫出入，居然就有人提出风纪问题来。三年前的夏季，在重庆我就见到有穿衬衫赴宴的了，这是一位中年的中级公务员，而那宴会是很正式的，座中还有位老年的参政员。可是那晚的确热，主人自己脱了上装，又请客人宽衣，于是短衫和衬衫围着圆桌子，大家也就一样了。西服的客人大概搭着上装来，到门口穿上，到屋里经主人一声“宽衣”，便又脱下，告辞时还是搭着走。其实真是多此一举，那么热还绷个什么呢？不如衬衫入座倒干脆些。可是中装的却得穿着长衫来去，只在室内才能脱下。西服客人累累赘赘带着上装，倒可以陪他们受点儿小罪，叫他们不至于因为这点不平而对于世道人心长吁短叹。

战时一切从简，衬衫赴宴正是“从简”。“从简”提高了便装的地位，于是乎造成了短便装的风气。先有皮茄克，春秋冬三季（在昆明是四季），大街上到处都见，黄的、黑的、拉练的、扣钮的、收底的、不收底边的，花样繁多。穿的人青年中年不分彼此，只除了六十以上的老头儿。从前穿的人多少带些个“洋”关系，现在不然，我曾在昆明乡下见过一个种地的，穿的正是这皮茄克，虽然旧些。不过还是司机穿的最早，这成个司机文化一个重要项目。皮茄克更是那儿都可去，昆明我的一位教授朋友，就穿着一件老皮茄克教书、演讲、赴宴、参加典礼，到重庆开会，差不多是皮茄克为记。这位教授穿皮茄克，似乎在学晏子穿狐裘，三十年就靠那一件衣服，他是不是赶时髦，我不能冤枉人，然而皮茄克上了运是真的。

再就是我要说的这两年至少在重庆风行的夏威夷衬衫，简称夏威夷衫，最简称夏威衣。这种衬衫创自夏威夷，就是檀香山，原是一种土风。夏威夷岛在热带，译名虽从音，似乎也兼义。夏威夷衣自然只宜于热天，只宜于有“夏威”的地方，如中国的重庆等。重庆流行夏威衣却似乎只是近一两年的事。去年夏天一位朋友从重庆回到昆明，说是曾看见某首长穿着这种衣服在别墅的路上散步，虽然在黄昏时分，我的这位书生朋友总觉得不大像样子。今年我却看见满街都是的，这就是所谓上行下效罢？

夏威衣翻领像西服的上装，对襟面袖，前后等长，不收底边，还开岔儿，比衬衫短些。除了翻领，简直跟中国的短衫或小衫一般无二。但短衫穿不上街，夏威衣即可堂哉皇哉在重庆市中走来走去。那翻领是具体而微的西服，不缺少洋味，至于凉快，也是有的。夏威衣的确比衬衫通风；而看起来飘飘然，心上也爽利。重庆的夏威衣五光十色，好像白绸子黄卡机居多，土布也有，绸的便更见其飘飘然，配长裤的好像比配短裤的多一些。在人行道上有时通过持续来了三五件夏威衣，一阵飘过去似的，倒也别有风味，参差零落就差点劲儿。夏威衣在重庆似乎比皮茄克还普遍些，因为便宜得多，但不知也会像皮茄克那样上品否。到了成都时，宴会上遇见一位上海新来的青年衬衫短裤入门，却不喜欢夏威衣（他说上海也有），说是无礼貌。这可是在成都、重庆人大概不会这样想吧？

1944 年 9 月

潭拓寺　戒坛寺

早就知道潭拓寺，戒坛寺。在商务印书馆的《北平指南》上，见过潭柘的铜图，小小的一块，模模糊糊的，看了一点没有想去的意思。后来不断地听人说起这两座庙；有时候说路上不平静，有时候说路上红叶好。说红叶好的劝我秋天去；但也有人劝我夏天去。有一回骑驴上八大处，赶驴的问逛过潭拓没有，我说没有。他说潭拓风景好，那儿满是老道，他去过，离八大处七八十里地，坐轿骑驴都成。我不大喜欢老道的装束，尤其是那满蓄着的长头发，看上去啰里啰唆，龌里龌龊的。更不想骑驴走七八十里地，因为我知道驴子与我都受不了。真打动我的倒是"潭拓寺"这个名字。不懂不是？就是不懂的妙。躲懒的人念成"潭拓寺"，那更莫名其妙了。这怕是中国文法的花样；要是来个欧化，说是"潭和柘的寺"，那就用不着咬嚼或吟味了。还有在一部诗话里看见近人咏戒台松的七古，诗腾挪天矫，想来松也如此。所以去。但是在夏秋之前的春天，而且是早春；北平的早春是没有花的。

这才认真打听去过的人。有的说住潭拓好，有的说住戒坛好。有的人说路太难走，走到了筋疲力尽，再没兴致玩儿；有人说走路有意思。又有人说，去时坐了轿子，半路上前后两个轿夫吵起来，把轿子搁下，直说不抬了。于是心中暗自决定，不坐轿，也不走路；取中道，骑驴子。又按普通说法，总是潭拓寺在前，戒坛寺在后，想着戒坛寺一定远些；于是决定住潭柘，因为一天回不来，必得住。门头沟下车时，想着人多，怕雇不着许多驴，但是并不然——雇驴的时候，才知道戒坛去便宜一半，那就是说近一半。这时候自己忽然逞起能来，要走路。走吧。

这一段路可够瞧的。像是河床，怎么也挑不出没有石子的地方，脚底下老是绊来绊去的，教人心烦。又没有树木，甚至于没有一根草。这一带原有煤窑，拉煤的大车往来不绝，尘土里饱和着煤屑。变成黯淡的深灰色，教人看了透不出气来。走一点钟光景。自己觉得已经有点办不了，怕没有走到便筋疲力尽；幸而山上下来一条驴，如获至宝似地雇下，骑上去。这一天东风特别大。平常骑驴就不稳，风一大真是祸不单行。山上东西都有路，很窄，下面是斜坡；本来从西边走，驴夫看风势太猛，将驴拉上东路。就这么着，有一回还几乎让风将驴吹倒；若走西边，没有准儿会驴我同归哪。想起从前人画风雪骑驴图，极是雅事；大概那不是上潭拓寺去的。驴背上照例该有些诗意，但是我，下有驴子，上有帽子眼镜，都要照管；又有迎风下泪的毛病，常要掏手巾擦干。当其时真恨不得生出第三只手来才好。

东边山峰渐起，风是过不来了；可是驴也骑不得了，说是坎儿多。坎儿可真多。这时候精神倒好起来了：崎岖的路正可以练腰脚，处处要眼到心到脚到，不像平地上。人多更有点竞赛的心理，总想走上最前头去，再则这儿的山势虽然说不上险，可是突兀，丑怪，巉刻的地方有的是。我们说这才有点儿山的意思；老像八大处那样，真教人气闷闷的。于是一直走到潭柘寺后门；这段坎儿路比风里走过的长一半，小驴毫无用处，驴夫说："咳，这不过给您做个伴儿！"

墙外先看见竹子，且不想进去。又密，又粗，虽然不够绿。北平看竹子，真不易。又想到八大处了，大悲庵殿前那一溜儿，薄得可怜，细得也可怜，比起这儿，真是小巫见大巫了。进去过一道角门，门旁突然亭亭地矗立着两竿粗竹子，在墙上紧紧地挨着；要用批文章的成语，这两竿竹子足称得起“天外飞来之笔”。

正殿屋角上两座琉璃瓦的鸱吻，在台阶下看，值得徘徊一下。神话说殿基本是青龙潭，一夕风雨，顿成平地，涌出两鸱吻。只可惜现在的两座太新鲜，与神话的朦胧幽秘的境界不相称。但是还值得看，为的是大得好，在太阳里嫩黄得好，闪亮得好；那拴着的四条黄铜链子也映衬得好。寺里殿很多，层层折折高上去，走起来已经不平凡，每殿大小又不一样，塑像摆设也各出心裁。看完了，还觉得无穷无尽似的。正殿下延清阁是待客的地方，远处群山像屏障似的。屋子结构甚巧，穿来穿去，不知有多少间，好像一所大宅子。可惜尘封不扫，我们住不着。话说回来，这种屋子原也不是预备给我们这末多人挤着住的。寺门前一道深沟，上有石桥；那时没有水，若是现在去，倚在桥上听潺潺的水声，倒也可以忘我忘世。过桥四株马尾松，枝枝覆盖，叶叶交通，另成一个境界。西边小山上有个古观音洞。洞无可看，但上去时在山坡上看潭拓的侧面，宛如仇十洲的《仙山楼阁图》；往下看是陡峭的沟岸，越显得深深无极，潭拓简直有海上蓬莱的意味了。寺以泉水著名，到处有石槽引水长流，倒也涓涓可爱。只是流觞亭雅得那样俗，在石地上楞刻着蚯蚓般的槽；那样流觞，怕只有孩子们愿意干。现在兰亭的“流觞曲水”也和这儿的一鼻孔出气，不过规模大些。晚上因为带的铺盖薄，冻得睁着眼，却听了一夜的泉声；心里想要不冻着，这泉声够多清雅啊！寺里并无一个老道，但那几个和尚，满身铜臭，满眼势利，教人老不能忘记，倒也麻烦的。

第二天清早，二十多人满雇了牲口，向戒坛而去，颇有浩浩荡荡之势。我的是一匹骡子，据说稳得多。这是第一回，高高兴兴骑上去。这一路要翻罗喉岭。只是土山，可是道儿窄，又曲折；虽不高，老那么凸凸凹凹的。许多处只容得一匹牲口过去。平心说，是险点儿。想起古来用兵，从间道袭敌人，许也是这种光景吧。

戒坛在半山上，山门是向东的。一进去就觉得平旷；南面只有一道低低的砖栏，下边是一片平原，平原尽处才是山，与众山屏蔽的潭拓气象便不同。进二门，更觉得空阔疏朗，仰看正殿前的平台，仿佛汪洋千顷。这平台东西很长，是戒坛最胜处，眼界最宽，教人想起“振衣千仞冈”的诗句。三株名松都在这里。“卧龙松”与“抱塔松”同是偃仆的姿势，身躯奇伟，鳞甲苍然，有飞动之意。“九龙松”老干槎枒，如张牙舞爪一般。若在月光底下，森森然的松影当更有可看。此地最宜低徊流连，不是匆匆一览所可领略。潭柘以层折胜，戒坛以开朗胜；但潭拓似乎更幽静些。戒坛的和尚，春风满面，却远胜于潭柘的；我们之中颇有悔不该住潭柘的。戒坛后山上也有个观音洞。洞宽大而深，大家点了火把嚷嚷闹闹地下去；半里光景的洞满是油烟，满是声音。洞里有石虎，石龟，上天梯，海眼等等，无非是凑凑人的热闹而已。

还是骑骡子。回到长辛店的时候，两条腿几乎不是我的了。

1934 年 8 月 3 日作

绥行纪略

十八日奉教职员公会会长冯芝生先生之命，携带同仁捐款二千元，前往绥远及平地泉慰劳前方抗战将士。晚六时许，在清华园站上车，偕行者有学生自治会代表王达仁先生，燕大中国教职员会代表梅贻宝先生，学生会代表朱焘谱先生，新闻学系同学王若兰女士。三等车有卧铺，有暖气，褥子及枕头均洁白；惟室中未免太暖耳。十九日早过平地泉，有受伤官长一人，用绷架抬上火车。车门嫌窄，抬入极为不易。后知此受伤之人乃三十五军二一八旅参谋席卓先生，系在红格尔图被飞机掷弹炸伤胸部，用载重汽车送至平地泉，再由火车送绥。席先生经百馀里之颠簸，上火车时绷架又再三转侧，当时情形极为痛苦，但不能言。抵绥后即送往教会所办之公医院，经打三针，惟失血过多，势甚危险。记此以见前方医药及救护之缺乏也。

车离平地泉，遇合众社访员瑞典苏德邦先生，谈话甚多。证以后来所闻，其语亦不尽确。但谓十八晚曾晤傅主席，傅主席有决心与自信，又谓绥远人心极安定，则皆实情也。又谓北平英文《时事日报》曾传卓资山美教士夫妇被掳，绝无其事。彼昨犹晤该教士。惟该教士因报载被掳消息，反觉疑惧。苏谒傅主席时曾谈及此事，傅主席谓绥境治安毫无问题。时苏又云，车过卓资山，该教士或在站台上，当即以此告之。惟彼谈话兴致过浓，言下探首窗外，则卓资山站已过矣。

十二时许抵绥，将行李送至绥新旅舍，即至饭馆用午饭，并邀归绥中学霍世休校长至饭馆谈话。霍先生系本校研究院毕业同学。霍先生来时，梅先生即托其代约新闻记者及各校校长，于晚八时至旅社茶会。霍先生即作午饭东道主。午后三时至省政府。事先梅先生有一电来。至是省府派王斌先生招待，晤曾厚载秘书长。曾秘书长见告，红格尔图于王道一乱后，即筑有土圩一道。此次匪军三千压境，我方惟骑兵两连约二百人驻守。另有保卫队十人。此十人皆系退伍兵士，用以联合并指导已受训练之壮丁，俾资保卫乡土。匪军飞机坦克车应有尽有。我方只由骑兵及保卫队壮丁等各任土圩两面防守之责。历一日一夜，屹然不动，死伤甚少。其后援军始至。骑兵作用原在攻，而竟能坚守若此，可见士气之旺也。

曾秘书长谈至是，因纵论绥省壮丁训练情形。谓第一期时人民多观望不前；第一期毕业，傅主席特召集诸壮丁父老来省参观。诸父老见其子弟所受待遇甚佳，诸壮丁见其父老，亦均欣然述其所受教益；其原有嗜好者，至是且已戒除。父老皆欢忭。故第二期时，壮丁莫不踊跃入省受训。此项壮丁，名为防共自卫团，不曰“抗敌”者，避敌注意也。曾秘书长又谈乡村建设委员会训练向导员情形。谓此种向导员皆曾受高小教育之青年。受训既毕，即分往各本乡服务。一面辅助乡长办理本乡事务，一面联合壮丁，一面兼任小学校长。过去乡村保卫团多由乡长主持，费多而效少；今行向导员制，方能实收民众组织之利，且上下感情亦不致扞格不通也。

嗣复论及此次抗战。谓半年来绥境所作防御工事甚多。有时日夜工作。如碉堡等，皆以铁筋洋灰为之，并均自以小炮试验，确系坚固。若仅匪军来扰，可保万无一失。至前线兵士，皮大衣大致已备，但天气如再寒冷，鞋袜耳套手套等，恐甚为需要。绥地买不出许多，且制作工人太少；此事颇盼平津及他处同胞帮忙。又谓绥地民众极能与政府合作，即如近日为前方制烧饼，全城饼师，皆加紧工作，且互相谓曰："这是给我们弟兄们吃的，得烤熟些。"据吾人观察，绥省军政民三方面确能打成一片，通力合作，不仅一时一事为然。

曾秘书长又谈及半年来察北民众因不堪匪伪压迫，携带老小及动产来绥东者甚众。又谓近来接各处慰劳信件款项等，平均每日二十份，极为感念。末谓十八日红格尔图击伤匪方飞机一架，机尾有特种标志，惜被其逃去云。

自省府归后，有英记者布朗来访。其人代表英国《新闻时事报》北美通讯社及瑞典通讯社。自云甫自日本来。梅先生即告以国人决心，绥远不能再让，任何牺牲亦所不辞云云。晚六时，教育厅厅长阎伟先生招宴，宴毕回旅舍开茶会，到新闻记者及各校长约二十人。梅先生述两校代表来绥之使命有三：一、对抗战诸将士表示敬佩，并表示绥远乃全国人之绥远；二、视察绥远实况，以便告知平津同胞；三、调查前方所最需要之物品，俾后援知所措手。各代表亦详述两校募捐停火绝食等事。新闻记者有答辞，并报告前方情况。归绥中学霍校长亦有答辞，谓绥教育界已具决心，愿与土地共存亡；教育界深知绥远为国家命脉，决不能让寸土尺地。又谓学生将组织自卫团，在后方服务。

二十日晨，清至归绥中学演讲，请学生切实受军事训练并养成组织力。讲毕，与梅先生等同至防共自卫团常备队。民政厅厅长袁庆曾主任及李大超副主任即召集该队三千六百馀人列队请各代表演讲。各队员皆年轻力壮，满面红光；朴质之中，透出忠憨。听讲约一小时，始终整齐严肃，毫不懈怠。袁主任见告，第一期壮丁大都是高小毕业生；此系第二期，真正老百姓。李副主任见告，训练程序，学科方面共分四段：首教新生活，次教社会常识，次教帝国主义压迫史，次教民族奋斗史。术科则注重游击战术。队中政训员则由乡建会训练；分发各乡即为向导员。

午省政府招宴。当将顾一樵先生嘱携来之防毒面具样品一件交专司此类事之杨处长。据云，前曾电燕大寄来一具，适亦于是日寄到。宴毕，参观乡建会，即训练向导员之处。惟该会因向导员已足用，顷已暂停训练矣。时闻傅主席已回省，即往晋谒。傅主席略述战况，谓王英部已消灭，匪等此次企图完全失败；此后或有短期间之平静，但再来时力量必更加厚。清及王达仁先生即将捐款汇票呈上；梅先生等亦言正在募捐中。傅主席表示谢意，并希望吾人从科学方面帮忙，如防毒设备等。

晚应各厅长各官长宴，宴毕，即上车至平地泉。省府派王先生陪同前往。夜一时馀抵站，暗中摸索，投宿县政府。二十一晨，二一八旅部得省政府电，派陈世杰参谋偕同樊涤清军法官来接洽；《大公报》绥远特派员范希天先生（长江）及绥远第二师范郭吉庵校长亦同至。郭校长约早饭。平地泉本只有二三人家，铁路通后，始渐有粮店；但出门一望，平沙莽莽，犹是十足边塞风味也。席间谈及此次战事，知我方以攻为守；十六七两日，夜间以汽车运步兵三团，又有骑兵三团，约共二万馀人一同开往前方。十九日晨二时施行总攻击。匪军约二万人，皆乌合之众，不能力战。经我军驱逐退去，死伤甚众；后发见死者中有伪团长二人。时我方战壕中军士皆出壕大呼“中华民国万岁”。骑兵出发时，范希天先生曾亲见，兵士皆着皮帽，有尾，高踞马上，行色甚壮。此次战役，我方伤兵共一百十馀人，重伤者分送绥远及大同后方医院，轻伤者留本地野战病院疗养，但医药与救护均极缺乏。此不独有关人道，且受伤者比较多，医药设备太差，治疗不易，战斗力之损失亦甚大也。至兴和方面，非匪主力所在。我方有六十八师部队驻守，匪屡有小股来犯，皆被击退云。

早饭后，至第二师范，适平地泉各界自卫会在此开会，遇留守司令苏开元团长。苏东北人，爱国心极热烈，虽匆匆一谈，印象颇深。论及学生救国会事，谓可加入自卫会共同工作；如有与他处学生救国会联系之处，亦可单独办理，俾仍不失其独立性。此意见甚为切实。是日师范学生亦绝食一日，并议决下周停火一周；平地泉停火，又非北平可比，而仍毅然仿行，甚为可佩。十二时学生救国会开会，余等亦参加，各有简短之演辞。旋至野战病院慰问伤兵。伤兵约八九人，共住一室，两校代表合赠五元，作购买食物之用。又有官长二人，另居一室，代表等亦加慰问。诸人均非重伤，有已将就痊者。出病院，即乘赵承绶骑兵司令派来之汽车前往城外晋谒。赵司令谈话坦白，无城府；派赵参谋伴同往观防御工事，规模甚大。观毕，入城应旅部宴会。董旅长在前方，即由陈参谋代表。席间遇蒙藏委员会调查员陈佑城先生，据云在西北工作已年馀，觉蒙古问题甚大；惜将上车，不及详谈。下午五时许登车，送行者甚众。二十二日晨六时馀返校。此行计在绥留一日半，在平地泉留一日，多承傅主席及各军政长官与地方人士予以种种调查及视察之便利，并承厚待，极为感谢也。

载1936年11月26日《国立清华大学校刊》第792号

威尼斯

威尼斯（Venice）是一个别致地方。出了火车站，你立刻便会觉得；这里没有汽车，要到那儿，不是搭小火轮，便是雇“刚朵拉”（Gondola）。大运河穿过威尼斯像反写的S；这就是大街。另有小河道四百十八条，这些就是小胡同。轮船像公共汽车，在大街上走；“刚朵拉”是一种摇橹的小船，威尼斯所特有，它那儿都去。威尼斯并非没有桥；三百七十八座，有的是。只要不怕转弯抹角，那儿都走得到，用不着下河去。可是轮船中人还是很多，“刚朵拉”的买卖也似乎并不坏。

威尼斯是“海中的城”，在意大利半岛的东北角上，是一群小岛，外面一道沙堤隔开亚得利亚海。在圣马克方场的钟楼上看，团花簇锦似的东一块西一块在绿波里荡漾着。远处是水天相接，一片茫茫。这里没有什么煤烟，天空干干净净；在温和的日光中，一切都像透明的。中国人到此，仿佛在江南的水乡；夏初从欧洲北部来的，在这儿还可看见清清楚楚的春天的背影。海水那么绿，那么酽，会带你到梦中去。

威尼斯不单是明媚，在圣马克方场走走就知道。这个方场南面临着一道运河；场中偏东南便是那可以望远的钟楼。威尼斯最热闹的地方是这儿，最华妙庄严的地方也是这儿。除了西边，围着的都是三百年以上的建筑，东边居中是圣马克堂，却有了八九百年——钟楼便在它的右首。再向右是“新衙门”；教堂左首是“老衙门”。这两溜儿楼房的下一层，现在满开了铺子。铺子前面是长廊，一天到晚是来来去去的人。紧接着教堂，直伸向运河去的是公爷府；这个一半属于小方场，另一半便属于运河了。

圣马克堂是方场的主人，建筑在十一世纪，原是卑赞廷式，以直线为主。十四世纪加上戈昔式的装饰，如尖拱门等；十七世纪又参入文艺复兴期的装饰，如栏干等。所以庄严华妙，兼而有之；这正是威尼斯人的漂亮劲儿。教堂里屋顶与墙壁上满是碎玻璃嵌成的画，大概是真金色的地，蓝色或红色的圣灵像。这些像做得非常肃穆。教堂的地是用大理石铺的，颜色花样种种不同。在那种空阔阴暗的氛围中，你觉得伟丽，也觉得森严。教堂左右那两溜儿楼房，式样各别，并不对称；钟楼高三百二十二英尺，也偏在一边儿。但这两溜房子都是三层，都有许多拱门，恰与教堂的门面与圆顶相称；又都是白石造成，越衬出教堂的金碧辉煌来。教堂右边是向运河去的路，是一个小方场，本来显得空阔些，钟楼恰好填了这个空子。好像我们戏里大将出场，后面一杆旗子总是偏着取势；这方场中的建筑，节奏其实是和谐不过的。十八世纪意大利卡那来陀（Canaletto）一派画家专画威尼斯的建筑，取材于这方场的很多。德国德莱司敦画院中有几张，真好。

公爷府里有好些名人的壁画和屋顶画，丁陶来陀（Tintoretto，十六世纪）的大画《乐园》最著名；但更重要的是它建筑的价值。运河上有了这所房子，增加了不少颜色。这全然是戈昔式；动工在九世纪初，以后屡次遭火，屡次重修，现在的据说还是原来的式样。最好看的是它的西南两面；西面斜对着圣马克方场，南面正在运河上。在运河里看，真像在画中。它也是三层：下两层是尖拱门，一眼看去，无数的柱子。最下层的拱门简单疏阔，是载重的样子；上一层便繁密得多，为装饰之用；最上层却更简单，一根柱子没有，除了疏疏落落的窗和门之外，都是整块的墙面。墙面上用白的与玫瑰红的大理石砌成素朴的方纹，在日光里鲜明得像少女一般。威尼斯人真不愧著色的能手。这所房子从运河中看，好像在水里。下两层是玲珑的架子，上一层才是屋子；这是很巧的结构，加上那艳而雅的颜色，令人有惝恍迷离之感。府后有太息桥；从前一边是监狱，一边是法院，狱囚提讯须过这里，所以得名。拜伦诗中曾咏此，因而便脍炙人口起来，其实也只是近世的东西。

威尼斯的夜曲是很著名的。夜曲本是一种抒情的曲子，夜晚在人家窗下随便唱。可是运河里也有：晚上在圣马克方场的河边上，看见河中有红绿的纸球灯，便是唱夜曲的船。雇了“刚朵拉”摇过去，靠着那个船停下，船在水中间，两边挨次排着“刚朵拉”，在微波里荡着，像是两只翅膀。唱曲的有男有女，围着一张桌子坐，轮到了便站起来唱，旁边有音乐和着。曲词自然是意大利语，意大利的语音据说最纯粹，最清朗。听起来似乎的确斩截些，女人的尤其如此——意大利的歌女是出名的。音乐节奏繁密，声情热烈，想来是最流行的“爵士乐”。在微微摇摆的红绿灯球底下，颤着酽酽的歌喉，运河上一片朦胧的夜也似乎透出玫瑰红的样子。唱完几曲之后，船上有人跨过来，反拿着帽子收钱，多少随意。不愿意听了，还可摇到第二处去。这个略略像当年的秦淮河的光景，但秦淮河却热闹得多。

从圣马克方场向西北去，有两个教堂在艺术上是很重要的。一个是圣罗珂堂，旁边有一所屋子，墙上屋顶上满是画；楼上下大小三间屋，共六十二幅画，是丁陶来陀的手笔。屋里暗极，只有早晨看得清楚。丁陶来陀作画时，因地制宜，大部分只粗粗钩勒，利用阴影，教人看了觉得是几经琢磨似的。《十字架》一幅在楼上小屋内，力量最雄厚。佛拉利堂在圣罗珂近旁，有大画家铁沁（Titian，十六世纪）和近代雕刻家卡奴洼（Canova）的纪念碑。卡奴洼的，灵巧，是自己打的样子；铁沁的，宏壮，是十九世纪中叶才完成的。他的《圣处女升天图》挂在神坛后面，那朱红与亮蓝两种颜色鲜明极了，全幅气韵流动，如风行水上。倍里尼（Giovanni Bellini，十五世纪）的《圣母像》，也是他的精品。他们都还有别的画在这个教堂里。

从圣马克方场沿河直向东去，有一处公园；从一八九五年起，每两年在此地开国际艺术展览会一次。今年是第十八届；加入展览的有意，荷，比，西，丹，法，英，奥，苏俄，美，匈，瑞士，波兰等十三国，意大利的东西自然最多，种类繁极了；未来派立体派的图画雕刻，都可见到，还有别的许多新奇的作品，说不出路数。颜色大概鲜明，教人眼睛发亮；建筑也是新式，简截不罗嗦，痛快之至。苏俄的作品不多，大概是工农生活的表现，兼有沉毅和高兴的调子。他们也用鲜明的颜色，但显然没有很费心思在艺术上，作风老老实实，并不向牛犄角里寻找新奇的玩意儿。

威尼斯的玻璃器皿，刻花皮件，都是名产，以典丽风华胜，绛丝也不错。大理石小雕像，是著名大品的缩本，出于名手的还有味。

1932年7月13日作

佛罗伦司

佛罗伦司（Florence）最教你忘不掉的是那色调鲜明的大教堂与在它一旁的那高耸入云的钟楼。教堂靠近闹市，在狭窄的旧街道与繁密的市房中，展开它那伟大的个儿，好像一座山似的。它的门墙全用大理石砌成，黑的红的白的线条相间着。长方形是基本图案，所以直线虽多，而不觉严肃，也不觉浪漫；白天里绕着教堂走，仰着头看，正像看达文齐的《摩那丽沙》（Mona Lisa）像，她在你上头，可也在你里头。这不独是线形温和平静的缘故，那三色的大理石，带着它们的光泽，互相显映，也给你鲜明稳定的感觉；加上那朴素而黯淡的周围，衬托着这富丽堂皇的建筑，像给它打了很牢固的基础一般。夜晚就不同些；在模糊的街灯光里，这庞然的影子便有些压迫着你了。教堂动工在十三世纪，但门墙只是十九世纪的东西；完成在一八八四年，算到现在才四十九年。教堂里非常简单，与门墙决不相同，只穹隆顶宏大而已。

钟楼在教堂的右首，高二百九十二英尺，是乔陀（Giotto，十四世纪）的杰作。乔陀是意大利艺术的开山祖师；从这座钟楼可以看出他的大匠手。这也用颜色大理石砌成墙面；宽度与高度正合式，玲珑而不显单薄。墙面共分七层：下四层很短，是打根基的样子，最上层最长，以助上耸之势。窗户越高越少越大，最上层只有一个；在长方形中有金字塔形的妙用。教堂对面是受洗所，以吉拜地（Ghiberti）做的铜门著名。有两扇最工，上刻《圣经》故事图十方，分远近如画法，但未免太工些；门上并有作者的肖像。密凯安杰罗（十六世纪）说过这两扇门真配做天上乐园的门，传为佳话。

教堂内容富丽的，要推送子堂，以《送子图》得名。门外廊子里有沙陀（Sarto，十六世纪）的壁画，他自己和他太太都在画中；画家以自己或太太作模特儿是常见的。教堂里屋顶以金漆花纹界成长方格子，灿烂之极。门内左边有一神龛，明灯照耀，香花供养，墙上便是《送子图》。画的是天使送耶稣给处女玛利亚，相传是天使的手笔。平常遮着不让我们俗眼看；每年只复活节的礼拜五揭开一次。这是塔斯干省最尊的神龛了。

梅迭契（Medici）家庙也以富丽胜，但与别处全然不同。梅迭契家是中古时大公爵，治佛罗伦司多年。那时佛罗伦司非常富庶，他们家穷极奢华；佛罗伦司艺术的兴盛，一半便由于他们的爱好。这个家庙是历代大公爵家族的葬所。房屋是八角形，有穹隆顶；分两层，下层是坟墓，上层是雕像与纪念碑等。上层墙壁，全用各色上好大理石作面子，中间更用宝石嵌成花纹，地也用大理石嵌花铺成；屋顶是名人的画。光彩焕发，五色纷纶；嵌工最精细，平滑如天然。佛罗伦司嵌石是与威尼斯嵌玻璃齐名的，梅迭契家造这个庙，用过二千万元，但至今并未完成；雕像座还空着一大半，地也没有全铺好。旁有新庙，是密凯安杰罗所建，朴质无华；中有雕像四座，叫做《昼》《夜》《晨》《昏》，是纪念碑的装饰，是出于密凯安杰罗的手，颇有名。

十字堂是“佛罗伦司的西寺”，“塔斯干的国葬院”；前面是但丁的造像。密凯安杰罗与科学家格里雷的墓都在这里，但丁也有一座纪念碑；此外名人的墓还很多。佛罗伦司与但丁有关系的遗迹，除这所教堂外，在送子堂附近是他的住宅；是一所老老实实的小砖房，带一座方楼，据说那时阔人家都有这种方楼的。他与他的情人佩特拉齐相遇，传说是在一座桥旁；这个情景常见于图画中。这座有趣的桥，照画看便是阿奴河上的三一桥；桥两头各有雕像两座，风光确是不坏。佩特拉齐的住宅离但丁的也不远；她葬在一个小教堂里，就在住宅对面小胡同内。这个教堂双扉紧闭，破旧得可以，据说是终年不常开的。但丁与佩特拉齐的屋子，现在都已作别用，不能进去，只墙上钉些纪念的木牌而已。佩特拉齐住宅墙上有一块木牌，专钞但丁的诗两行，说他遇见了一个美人，却有些意思。还有一所教堂，据说原是但丁写《神曲》的地方；但书上没有，也许是“齐东野人”之语罢。密凯安杰罗住过的屋子在十字堂近旁，是他侄儿的住宅。现在是一所小博物院，其中两间屋子陈列着密凯安杰罗塑的小品，有些是名作的雏形，都奕奕有神采。在这一层上，他似乎比但丁还有幸些。

佛罗伦司著名的方场叫做官方场，据说也是历史的和商业的中心，比威尼斯的圣马克方场黯淡冷落得多。东边未周府，原是共和时代的议会，现在是市政府。要看中古时佛罗伦司的堡子，这便是个样子，建筑仿佛铜墙铁壁似的。门前有密凯安杰罗《大卫》(David)像的翻本（原件存本地国家美术院中）。府西是著名的喷泉，雕像颇多；中间亚波罗驾四马，据说是一块大理石凿成。但死板板的没有活气，与旁边有血有肉的《大卫》像一比，便看出来了。密凯安杰罗说这座像白费大理石，也许不错。府东是朗齐亭，原是人民会集的地方，里面有许多好的古雕像；其中一座像有两个面孔，后一个是作者自己。

方场东边便是乌费齐画院（Uffizi Gallery）。这画院是梅迭契家立的，收藏十四世纪到十六世纪的意大利画最多；意大利画的精华荟萃于此，比那儿都好。乔陀，波铁乞利（Botticelli，十五世纪），达文齐（十五世纪），拉飞尔（十六世纪），密凯安杰罗，铁沁的作品，这儿都有；波铁乞利和铁沁的最多。乔陀，波铁乞利，达文齐都是佛罗伦司派，重形线与构图；拉飞尔曾到佛罗伦司，也受了些影响。铁沁是威尼斯派，重著色。这两个潮流是西洋画的大别。波铁乞利的作品如《勃里马未拉的寓言》，《爱神的出生》等似乎最能代表前一派；达文齐的《送子图》，构图也极巧妙。铁沁的《佛罗拉像》和《爱神》，可以看出丰富的颜色与柔和的节奏。另有《蓝色圣母像》，沙琐费拉陀（Sossoferrato，十七世纪）所作，后来临摹的很多；《小说月报》曾印作插画。古雕像以《梅迭契爱神》，《摔跤》为最：前者情韵欲流，后者精力饱满，都是神品。隔阿奴河有辟第（Pitti）画院，有长廊与乌费齐相通；这条长廊架在一座桥的顶上，里面挂着许多画像。辟第画院是辟第（Luca Pitti）立的。他和梅迭契是死冤家。可是后来扩充这个画院的还是梅迭契家。收藏的名画有拉飞尔的两幅《圣母像》，《福那利那像》与铁沁的《马达来那像》等。福那利那是拉飞尔的未婚妻，是他许多名作的模特儿。铁沁此幅和《佛罗拉像》作风相近，但金发飘拂，节奏更要生动些。

两个画院中常看见女人坐在小桌旁用描花笔蘸着粉临摹小画像，这种小画像是将名画临摹在一块长方的或椭圆的小纸上，装在小玻璃框里，作案头清供之用。因为地方太小，只能临摹半身像。这也是西方一种特别的艺术，颇有些历史。看画院的人走过那些小桌子旁，她们往往请你看她们的作品；递给你扩大镜让你看出那是一笔不苟的。每件大约二十元上下。她们特别拉住些太太们，也许太太们更能赏识她们的耐心些。

十字堂邻近，许多做嵌石的铺子。黑地嵌石的图案或带图案味的花卉人物等都好；好在颜色与光泽彼此衬托，恰到佳处。有几块小丑像，趣极了。但临摹风景或图画的却没有什么好。无论怎么逼真，总还隔着一层；嵌石决不能如作画那么灵便的。再说就使做得和画一般，也只是因难见巧，没有一点新东西在内。威尼斯嵌玻璃却不一样。他们用玻璃小方块嵌成风景图；这些玻璃块相似而不尽相同，它们所构成的不是一个简单的平面，而是许多颜色的点儿。你看时会觉得每一点都触着你，它们间的光影也极容易跟着你的角度变化；至少这“触着你”一层，画是办不到的。不过佛罗伦司所用大理石，色泽胜于玻璃多多；威尼斯人虽会着色，究竟还赶不上。

罗　马

罗马（Rome）是历史上大帝国的都城，想像起来，总是气象万千似的。现在它的光荣虽然早过去了，但是从七零八落的废墟里，后人还可仿佛于百一。这些废墟，旧有的加上新发掘的，几乎随处可见，像特意点缀这座古城的一般。这边几根石柱子，那边几段破墙，带着当年的尘土，寂寞地陷在大坑里；虽然是夏天中午的太阳，照上去也黯黯淡淡，没有多少劲儿。就中罗马市场（Forum Romanum）规模最大。这里是古罗马城的中心，有法庭，神庙，与住宅的残迹。卡司多和波鲁斯庙的三根哥林斯式的柱子，顶上还有片石相连着；在全场中最为秀拔，像三个丰姿飘洒的少年用手横遮着额角，正在眺望这一片古市场。想当年这里终日挤挤闹闹的也不知有多少人，各有各的心思，各有各的手法；现在只剩三两起游客指手画脚地在死一般的寂静里。犄角上有一所住宅，情形还好；一面是三间住屋，有壁画，已模糊了，地是嵌石铺成的；旁厢是饭厅，壁画极讲究，画的都是正大的题目，他们是很看重饭厅的。市场上面便是巴拉丁山，是饱历兴衰的地方。最早是一个村落，只有些茅草屋子；罗马共和末期，一姓贵族聚居在这里；帝国时代，更是繁华。游人走上山去，两旁宏壮的住屋还留下完整的黄土坯子，可以见出当时阔人家的气局。屋顶一片平场，原是许多花园，总名法内塞园子，也是四百年前的旧迹；现在点缀些花木，一角上还有一座小喷泉。在这园子里看脚底下的古市场，全景都在望中了。

市场东边是斗狮场，还可以看见大概的规模；在许多宏壮的废墟里，这个算是情形最好的。外墙是一个大圆圈儿，分四层，要仰起头才能看到顶上。下三层都是一色的圆拱门和柱子，上一层只有小长方窗户和楞子，这种单纯的对照教人觉得这座建筑是整整的一块，好像直上云霄的松柏，老干亭亭，没有一些繁枝细节。里面中间原是大平场；中古时在这儿筑起堡垒，现在满是一道道颓毁的墙基，倒成了四不像。这场子便是斗狮场；环绕着的是观众的坐位。下两层是包厢，皇帝与外宾的在最下层，上层是贵族的；第三层公务员坐；最上层平民坐；共可容四五万人。狮子洞还在下一层，有口直通场中。斗狮是一种刑罚，也可以说是一种裁判：罪囚放在狮子面前，让狮子去搏他；他若居然制死了狮子，便是直道在他一边，他就可自由了。但自然是让狮子吃掉的多；这些人大约就算活该。想到临场的罪囚和他亲族的悲哀与恐怖，他的仇人的痛快，皇帝的威风，与一般观众好奇的紧张的面目，真好比一场恶梦。这个场子建筑在一世纪，原是戏园子，后来才改作斗狮之用。

斗狮场南面不远是卡拉卡拉浴场。古罗马人颇讲究洗澡，浴场都造得好，这一所更其华丽。全场用大理石砌成，用嵌石铺地；有壁画，有雕像，用具也不寻常。房子高大，分两层，都用圆拱门，走进去觉得稳稳的；里面金碧辉煌，与壁画雕像相得益彰。居中是大健身房，有喷泉两座。场子占地六英亩，可容一千六百人洗浴。洗浴分冷热水蒸汽三种，各占一所屋子。古罗马人上浴场来，不单是为洗澡；他们可以在这儿商量买卖，和解讼事等等，正和我们上茶店上饭店一般作用。这儿还有好些游艺，他们公余或倦后来洗一个澡，找几个朋友到游艺室去消遣一回，要不然，到客厅去谈谈话，都是很“写意”的。现在却只剩下一大堆遗迹。大理石本来还有不少，早给搬去造圣彼得等教堂去了；零星的物件陈列在博物院里。我们所看见的只是些巍巍峨峨参参差差的黄土骨子，站在太阳里，还有学者们精心研究出来的《卡拉卡拉浴场图》的照片，都只是所谓过屠门大嚼而已。

罗马从中古以来便以教堂著名。康南海《罗马游纪》中引杜牧的诗“南朝四百八十寺，多少楼台烟雨中”，光景大约有些相像的；只可惜初夏去的人无从领略那烟雨罢了。圣彼得堂最精妙，在城北尼罗圆场的旧址上。尼罗在此地杀了许多基督教徒。据说圣彼得上十字架后也便葬在这里。这教堂几经兴废，现在的房屋是十六世纪初年动工，经了许多建筑师的手。密凯安杰罗七十二岁时，受保罗第三的命，在这儿工作了十七年。后人以为天使保罗第三假手于这一个大艺术家，给这座大建筑定下了规模；以后虽有增改，但大体总是依着他的。教堂内部参照卡拉卡拉浴场的式样，许多高大的圆拱门稳稳地支着那座穹隆顶。教堂长六百九十六英尺，宽四百五十英尺，穹隆顶高四百零三英尺，可是乍看不觉得是这么大。因为平常看屋子大小，总以屋内饰物等为标准，饰物等的尺寸无形中是有谱子的。圣彼得堂里的却大得离了谱子，“天使像巨人，鸽子像老鹰”；所以教堂真正的大小，一下倒不容易看出了。但是你若看里面走动着的人，便渐渐觉得不同。教堂用彩色大理石砌墙，加上好些嵌石的大幅的名画，大都是亮蓝与朱红二色；鲜明丰丽，不像普通教堂一味阴沉沉的。密凯安杰罗雕的彼得像，温和光洁，别具一格，在教堂的犄角上。

圣彼得堂两边的列柱回廊像两只胳膊拥抱着圣彼得圆场；留下一个口子，却又像个玦。场中央是一座埃及的纪功方尖柱，左右各有大喷泉。那两道回廊是十七世纪时亚历山大第三所造，成于倍里尼（Pernini）之手。廊子里有四排多力克式石柱，共二百八十四根；顶上前后都有阑干，前面栏干上并有许多小雕像。场左右地上有两块圆石头，站在上面看同一边的廊子，觉得只有一排柱子，气魄更雄伟了。这个圆场外有一道弯弯的白石线，便是梵蒂冈与意大利的分界。教皇每年复活节站在圣彼得堂的露台上为人民祝福，这个场子内外据说是拥挤不堪的。

圣保罗堂在南城外，相传是圣保罗葬地的遗址，也是柱子好。门前一个方院子，四面廊子里都是些整块石头凿出来的大柱子，比圣彼得的两道廊子却质朴得多。教堂里面也简单空廓，没有什么东西。但中间那八十根花岗石的柱子，和尽头处那六根蜡石的柱子，纵横地排着，看上去仿佛到了人迹罕至的远古的森林里。柱子上头墙上，周围安着嵌石的历代教皇像，一律圆框子。教堂旁边另有一个小柱廊，是十二世纪造的。这座廊子围着一所方院子，在低低的墙基上排着两层各色各样的细柱子——有些还嵌着金色玻璃块儿。这座廊子精工可以说像湘绣，秀美却又像王羲之的书法。

在城中心的威尼斯方场上巍然蹯踞着的，是也马奴儿第二的纪功廊。这是近代意大利的建筑，不缺少力量。一道弯弯的长廊，在高大的石基上。前面三层石级：第一层在中间，第二三层分开左右两道，通到廊子两头。这座廊子左右上下都匀称，中间又有那一弯，便兼有动静之美了。从廊前列柱间看到暮色中的罗马全城，觉得幽远无穷。

罗马艺术的宝藏自然在梵蒂冈宫；卡辟多林博物院中也有一些，但比起梵蒂冈来就太少了。梵蒂冈有好几个雕刻院，收藏约有四千件，著名的《拉奥孔》(Laocoon)便在这里。画院藏画五十幅，都是精品，拉飞尔的《基督现身图》是其中之一，现在却因修理关着。梵蒂冈的壁画极精彩，多是拉飞尔和他门徒的手笔，为别处所不及。有四间拉飞尔室和一些廊子，里面满是他们的东西。拉飞尔由此得名。他是乌尔比奴人，父亲是诗人兼画家。他到罗马后，极为人所爱重，大家都要教他画；他忙不过来，只好收些门徒作助手。他的特长在画人体。这是实在的人，肢体圆满而结实，有肉有骨头。这自然受了些佛罗伦司派的影响，但大半还是他的天才。他对于气韵，远近，大小与颜色也都有敏锐的感觉，所以成为大家。他在罗马住的屋子还在，坟在国葬院里。歇司丁堂与拉飞尔室齐名，也在宫内。这个神堂是十五世纪时歇司土司第四造的，长一百三十三英尺，宽四十五英尺。两旁墙的上部，都由佛罗伦司派画家装饰，有波铁乞利在内。屋顶的画满都是密凯安杰罗的，歇司丁堂著名在此。密凯安杰罗是佛罗伦司派的极峰。他不多作画，一生精华都在这里。他画这屋顶时候，以深沉肃穆的心情渗入画中。他的构图里气韵流动着，形体的勾勒也自然灵妙，还有那雄伟出尘的风度，都是他独具的好处。堂中祭坛的墙上也是他的大画，叫做《最后的审判》。这幅壁画是以后多年画的，费了他七年工夫。

罗马城外有好几处隧道，是一世纪到五世纪时候基督教徒挖下来做墓穴的，但也用作敬神的地方。尼罗搜杀基督教徒，他们往往避难于此。最值得看的是圣卡里斯多隧道。那儿还有一种热诚花，十二瓣，据说是代表十二使徒的。我们看的是圣赛巴司提亚堂底下的那一处，大家点了小蜡烛下去。曲曲折折的狭路，两旁是大大小小深深浅浅的墓穴；现在自然是空的，可是有时还看见些零星的白骨。有一处据说圣彼得住过，成了龛堂，壁上画得很好。别处也还有些壁画的残迹。这个隧道似乎有四层，占的地方也不小。圣赛巴司提亚堂里保存着一块石头，上有大脚印两个；他们说是耶稣基督的，现在供养在神龛里。另一个教堂也供着这么一块石头，据说是仿本。

缧绁堂建于第五世纪，专为供养拴过圣彼得的一条铁链子。现在这条链子还好好的在一个精美的龛子里。堂中周理乌司第二纪念碑上有密凯安杰罗雕的几座像；摩西像尤为著名。那种原始的坚定的精神和勇猛的力量从眉目上，胡须上，胳膊上，手上，腿上，处处透露出来，教你觉得见着了一个伟大的人。又有个阿拉古里堂，中有圣婴像。这个圣婴自然便是耶稣基督；是十五世纪耶路撒冷一个教徒用橄榄木雕的。他带它到罗马，供养在这个堂里。四方来许愿的很多，据说非常灵验；它身上密层层地挂着许多金银饰器都是人家还愿的。还有好些信写给它，表示敬慕的意思。

罗马城西南角上，挨着古城墙，是英国坟场或叫做新教坟场。这里边葬的大都是艺术家与诗人，所以来参谒来凭吊的意大利人和别国的人终日不绝。就中最有名的自然是十九世纪英国浪漫诗人雪莱与济兹的墓。雪莱的心葬在英国，他的遗灰在这儿。墓在古城墙下斜坡上，盖有一块长方的白石；第一行刻着“心中心”，下面两行是生卒年月，再下三行是莎士比亚《风暴》中的仙歌。

彼无毫毛损，
海涛变化之，
从此更神奇。

好在恰恰关合雪莱的死和他的为人。济兹墓相去不远，有墓碑，上面刻着道：

这座坟里是
英国一位少年诗人的遗体；
他临死时候，
想着他仇人们的恶势力，
痛心极了，叫将下面这一句话
刻在他的墓碑上：
“这儿躺着一个人，
他的名字是用水写的。”

末一行是速朽的意思；但他的名字正所谓“不废江河万古流”，又岂是当时人所料得到的。后来有人别作新解，根据这一行话做了一首诗，连济兹的小像一块儿刻铜嵌在他墓旁墙上。这首诗的原文是很有风趣的。

济兹名字好，
说是水写成；
一点一滴水，
后人的泪痕——

英雄枯万骨，
难如此感人。
安睡吧，
陈词虽挂漏，
高风自峥嵘。

这座坟场是罗马富有诗意的一角；有些爱罗马的人虽不死在意大利，也会遗嘱葬在这座“永远的城”的永远的一角里。

荷　兰

一个在欧洲没住过夏天的中国人，在初夏的时候，上北国的荷兰去，他简直觉得是新秋的样子。淡淡的天色，寂寂的田野，火车走着，像没人理会一般。天尽头处偶尔看见一架半架风车，动也不动的，像向天揸开的铁手。在瑞士走，有时也是这样一劲儿的静；可是这儿的肃静，瑞士却没有。瑞士大半是山道，窄狭的，弯曲的，这儿是一片广原，气象自然不同。火车渐渐走近城市，一溜房子看见了。红的黄的颜色，在那灰灰的背景上，越显得鲜明照眼。那尖屋顶原是三角形的底子，但左右两边近底处各折了一折，便多出两个角来；机伶里透着老实，像个小胖子，又像个小老头儿。

荷兰人有名地会盖房子。近代谈建筑，数一数二是荷兰人。快到罗特丹（Rotterdam）的时候，有一家工厂，房屋是新样子。房子分两截，近处一截是一道内曲线，两大排玻璃窗子反射着强弱不同的光。接连着的一截是比较平正些的八层楼，窗子也是横排的。“楼梯间”满用玻璃，外面既好看，上楼又明亮好走，比旧式阴森森的楼梯间，只在墙上开着小窗户的自然好多了。整排不断的横窗户也是现代建筑的特色；靠着钢骨水泥，才能这样办。这家工厂的横窗户有两个式样，窗宽墙窄是一式，墙宽窗窄又是一式。有人说这种墙和窗子像面包夹火腿；但那是面包那是火腿却弄不明白。又有人说这种房子仿佛满支在玻璃上，老教人疑心要倒塌似的。可是我只觉得一条条连接不断的横线都有大气力，足以支撑这座大屋子而有余，而且一眼看下去，痛快极了。

海牙和平宫左近，也有不少新式房子，以铺面为多，与工厂又不同。颜色要鲜明些，装饰风也要重些，大致是清秀玲珑的调子。最精致的要数那一座“大厦”，是分租给人家住的。是不规则的几何形。约莫居中是高耸的通明的楼梯间，界划着黑钢的小方格子。一边是长条子，像伸着的一只胳膊；一边是方方的。每层楼都有栏干，长的那边用蓝色，方的那边用白色，衬着淡黄的窗子。人家说荷兰的新房子就像一只轮船，真不错。这些栏干正是轮船上的玩意儿，那梯子间就是烟囱了。大厦前还有一个狭长的池子，浅浅的，尽头处一座雕像。池旁种了些花草，散放着一两张椅子。屋子后面没有栏干，可是水泥墙上简单的几何形的界划，看了也非常爽目。那一带地方很宽阔，又清静，过午时大厦满在太阳光里，左近一些碧绿的树掩映着，教人舍不得走。亚姆斯特丹（Amsterdam）的新式房子更多。皇宫附近的电报局，样子打得巧，斜对面那家电气公司却一味地简朴；两两相形起来，倒有点意思。别的似乎都赶不上这两所好看。但“新开区”还有整大片的新式建筑，没有得去看，不知如何。

荷兰人又有名的会画画。十七世纪的时候，荷兰脱离了西班牙的羁绊，渐渐地兴盛，小康的人家多起来了。他们衣食既足，自然想着些风雅的玩意儿。那些大幅的神话画宗教画，本来专供装饰宫殿小教堂之用。他们是新国，用不着这些。他们只要小幅头画着本地风光的。人像也好，风俗也好，景物也好，只要“荷兰的”就行。在这些画里，他们亲亲切切地看见自己。要求既多，供给当然跟着。那时画是上市的，和皮鞋与蔬菜一样，价钱也差不多。就中风俗画（Genre picture）最流行。直到现在，一提起荷兰画家，人总容易想起这种画。这种画的取材是极平凡的日常生活；

而且限于室内，采的光往往是灰暗的。这种材料的生命在亲切有味或滑稽可喜。一个卖野味的铺子可以成功一幅画，一顿饭也可以成功一幅画。有些滑稽太过，便近乎低级趣味。譬如海牙毛利丘司（Mauritshuis）画院所藏的莫兰那（Molenaer）画的《五觉图》。《嗅觉》一幅，画一妇人捧着小孩，他正在拉矢。《触觉》一幅更奇，画一妇人坐着，一男人探手入她的衣底；妇人便举起一只鞋，要向他的头上打下去。这画院里的名画却真多。陀（Dou）的《年轻的管家妇》，琐琐屑屑地画出来，没有一些地方不熨贴。鲍特（Potter）的《牛》工极了，身上一个蝇子都没有放过，但是活极了，那牛简直要从墙上缓缓地走下来；布局也单纯得好。卫米尔（Vermeer）画他本乡代夫脱（Delft）的风景一幅，充分表现那静肃的味道。他是小风景画家，以善分光影和精于布局著名。风景画取材杂，要安排得停当是不容易的。荷兰画像，哈司（Hals）是大师。但他的好东西都在他故乡哈来姆（Haorlem），别处见不着。亚姆斯特丹的力克士博物院（Ryks Museum）中有他一幅《俳优》，是一个弹着琵琶的人，神气颇足。这些都是十七世纪的画家。

但是十七世纪荷兰最大的画家是冉伯让（Rembrandt）。他与一般人不同，创造了个性的艺术；将自己的思想感情，自己这个人放进他画里去。他画画不再伺候人；即使画人像，画宗教题目，也还分明地见出自己。十九世纪艺术的浪漫运动只承认表现艺术家的个性的作品有价值，便是他的影响。他领略到精神生活里神秘的地方，又有深厚的情感。最爱用一片黑做背景；但那黑是活的不是死的。黑里渐渐透出黄黄的光，像压着的火焰一般；在这种光里安排着他的人物。像这样的光影的对照是他的绝技；他的神秘与深厚也便从这里见出。这不仅是浮泛的幻想，也是贴切的观察；在他作品里梦和现实混在一块儿。有人说他从北国的烟云里悟出了画理，那也许是真的。他会看到氤氲的底里去。他的画像最能表现人的心理，也便是这个缘故。

毛利丘司里有他的名作《解剖班》《西面在圣殿中》。前一幅写出那站着在说话的大夫从容不迫的样子。一群学生围着解剖台，有些坐着，有些站着；猫着腰的，侧着身子的，直挺挺站着的，应有尽有。他们的头，或俯或仰，或偏或正，没有两个人相同。他们的眼看着尸体，看着说话的大夫，或无所属，但都在凝神听话。写那种专心致志的光景，维妙维肖。后一幅写殿宇的庄严，和参加的人的圣洁与和蔼，一种虔敬的空气弥漫在画面上，教人看了会沉静下去。他的另一杰作《夜巡》在力克士博物院里。这里一大群武士，都拿了兵器在守望着敌人。一位爵爷站在前排正中间，向着旁边的弁兵有所吩咐；别的人有的在眺望，有的在指点，有的在低低地谈论，右端一个打鼓的，人和鼓都只露了一半；他似乎焦急着，只想将槌子敲下去。左端一个人也在忙忙地伸着右手整理他的枪口。他的左胳膊底下钻出一个孩子，露着惊惶的脸。人物的安排，交互地用疏密与明暗；乍看不匀称，细看再匀称没有。这幅画里光的运用最巧妙；那些浓淡浑析的地方，便是全画的精神所在。冉伯让是雷登（Leyden）人，晚年住在亚姆斯特丹。他的房子还在，里面陈列着他的腐刻画与钢笔毛笔画。腐刻画是用药水在铜上刻出画来，他是大匠手；钢笔画毛笔画他也擅长。这里还有他的一座铜像，在用他的名字的方场上。

海牙是荷兰的京城，地方不大，可是清静。走在街上，在淡淡的太阳光里，觉得什么都可以忘记了的样子。城北尤其如此。新的和平宫就在这儿，这所屋是一个人捐了做国际法庭用的。屋不多，里面装饰得很好看。引导人如数家珍地指点着，告诉游客这些装饰品都是世界各国捐赠的。楼上正中一间大会议厅，他们称为日本厅；因为三面墙上都挂着日本的大幅的缂丝，而这几幅东西是日本用了多少多少人在不多的日子里特地赶做出来给这所和平宫用的。这几幅都是花鸟，颜色鲜明，织得也细致；那日本特有的清丽的画风整个儿表现着。中国送的两对景泰蓝的大壶（古礼器的壶）也安放在这间厅里。厅中间是会议席，每一张椅子背上有一个缎套子，绣着一国的国旗；那国的代表开会时便坐在这里。屋左屋后是花园；亭子，喷水，雕像，花木等等，错综地点缀着，明丽深曲兼而有之。也不十二分大，却老像走不尽的样子。从和平宫向北去，电车在稀疏的树林子里走。满车中绿阴阴的，斑驳的太阳光在车上在地下跳跃着过去。不多一会儿就到海边了。海边热闹得很，玩儿的人来往不绝。长长的一带沙滩上，满放着些藤篓子——实在是些轿式的藤椅子，预备洗完澡坐着晒太阳的。这种藤篓子的顶像一个瓢，又圆又胖，那拙劲儿真好。更衣的小木屋也多。大约天气还冷，沙滩上只看见零零落落的几个人。那北海的海水白白的展开去，没有一点风涛，像个顶听话的孩子。

亚姆斯特丹在海牙东北，是荷兰第一个大城。自然不及海牙清静。可是河道多，差不多有一道街就有一道河，是北国的水乡；所以有“北方威尼斯”之称。桥也有三百四十五座，和威尼斯简直差不多。河道宽阔干净，却比威尼斯好；站在桥上顺着河望过去，往往水木明瑟，引着你一直想见最远最远的地方。亚姆斯特丹东北有一个小岛，叫马铿（Marken）岛，是个小村子。那边的风俗服装古里古怪的，你一脚踏上岸就会觉得回到中世纪去了。乘电车去，一路经过两三个村子。那是个阴天。漠漠的风烟，红黄相间的板屋，正在旋转着让船过去的轿，都教人耳目一新。到了一处，在街当中下了车，由人指点着找着了小汽轮。海上坦荡荡的，远处一架大风车在慢慢地转着。船在斜风细雨里走，渐渐从朦胧里看见马铿岛。这个岛真正“不满眼”，一道堤低低的环绕着。据说岛只高出海面几尺，就仗着这一点儿堤挡住了那茫茫的海水。岛上不过二三十份人家，都是尖顶的板屋；下面一律搭着架子，因为隔水太近了。板屋是红黄黑三色相间着，每所都如此。岛上男人未多见，也许打渔去了；女人穿着红黄白蓝黑各色相间的衣裳，和他们的屋子相配。总而言之，一到了岛上，虽在黯淡的北海上，眼前却亮起来了。岛上各家都预备着许多纪念品，争着将游客让进去，也有装了一大柳条筐，一手抱着孩子，一手挽着筐子在路上兜售的。自然做这些事的都是些女人。纪念品里有些玩意儿不坏：如小木鞋，像我们的毛窝的样子；如长的竹烟袋儿，烟袋锅的脖子上挂着一双顶小的木鞋，的里瓜拉的；如手绢儿，一角上绒绣着岛上的女人，一架大风车在她们头上。

回来另是一条路，电车经过另一个小村子叫伊丹（Edam）。这儿的干酪四远驰名，但那一座挨着一座跨在一条小河上的高架吊桥更有味。望过去足有二三十座，架子像城门圈一般；走上去便微微摇晃着。河直而窄，两岸不多几层房屋，路上也少有人，所以仿佛只有那一串儿的桥轻轻地在风里摆着。这时候真有些觉得是回到中世纪去了。

1932 年 11 月 17 日作

柏　林

柏林的街道宽大，干净，伦敦巴黎都赶不上的；又因为不景气，来往的车辆也显得稀些。在这儿走路，尽可以从容自在地呼吸空气，不用张张望望躲躲闪闪。找路也顶容易，因为街道大概是纵横交切，少有“旁逸斜出”的。最大最阔的一条叫菩提树下，柏林大学，国家图书馆，新国家画院，国家歌剧院都在这条街上。东头接着博物院洲，大教堂，故宫；西边到著名的勃朗登堡门为止，长不到二里。过了那座门便是梯尔园，街道还是直伸下去——这一下可长了，三十七八里。勃朗登堡门和巴黎凯旋门一样，也是纪功的。建筑在十八世纪末年，有点仿雅典奈昔克里司门的式样。高六十六英尺，宽六十八码半；两边各有六根多力克式石柱子。顶上是站在驷马车里的胜利神像，雄伟庄严，表现出德意志国都的神采。那神像在一八〇七年被拿破仑当作胜利品带走，但七年后便又让德国的队伍带回来了。

从菩提树下西去，一出这座门，立刻神气清爽，眼前别有天地；那空阔，那望不到头的绿树，便是梯尔园。这是柏林最大的公园，东西六里，南北约二里。地势天然生得好，加上树种得非常巧妙，小湖小溪，或隐或显，也安排的是地方。大道像轮子的辐，凑向轴心去。道旁齐齐地排着葱郁的高树；树下有时候排着些白石雕像，在深绿的背景上越显得洁白。小道像树叶上的脉络，不知有多少。跟着道走，总有好地方，不辜负你。园子里花坛也不少。罗森花坛是出名的一个，玫瑰最好。一座天然的围墙，圆圆地绕着，上面密密地厚厚地长着绿的小圆叶子；墙顶参差不齐。坛中有两个小方池，满飘着雪白的水莲花，玲珑地托在叶子上，像惺忪的星眼。两池之间是一个皇后的雕像；四围的花香花色好像她的供养。梯尔园人工胜于天然。真正的天然却又是一番境界。曾走过市外“新西区”的一座林子。稀疏的树，高而瘦的干子，树下随意弯曲的路，简直教人想到倪云林的画本。看着没有多大，但走了两点钟，却还没走完。

柏林市内市外常看见运动员风的男人女人。女人大概都光着脚亮着胳膊，雄赳赳地走着，可是并不和男人一样。她们不像巴黎女人的苗条，也不像伦敦女人的拘谨，却是自然得好。有人说她们太粗，可是有股劲儿。司勃来河横贯柏林市，河上有不少划船的人。往往一男一女对坐着，男的只穿着游泳衣，也许赤着膊只穿短裤子。看的人绝不奇怪而且有喝采的。曾亲见一个女大学生指着这样划着船的人说，“美啊！”赞美身体，赞美运动，已成了他们的道德。星期六星期日上水边野外看去，男男女女老老少少谁都带一点运动员风。再进一步，便是所谓“自然运动”。大家索性不要那捞什子衣服，那才真是自然生活了。这有一定地方，当然不会随处见着。但书籍杂志是容易买到的。也有这种电影。那些人运动的姿势很好看，很柔软，有点儿像太极拳。在长天大海的背景上来这一套，确是美的，和谐的。日前报上说德国当局要取缔他们，看来未免有些个多事。

柏林重要的博物院集中在司勃来河中一个小洲上。这就叫做博物院洲。虽然叫做洲，因为周围陆地太多，河道几乎挤得没有了，加上十六道桥，走上去毫不觉得身在洲中。洲上总共七个博物院，六个是通连着的。最奇伟的是勃嘉蒙（Pergamon）与近东古迹两个。勃嘉蒙在小亚细亚，是希腊的重要城市，就是现在的贝加玛。柏林博物院团在那儿发掘，掘出一座大享殿，是祭大神宙斯用的。这座殿是二千二百年前造的，规模宏壮，雕刻精美。掘出的时候已经残破；经学者苦心研究，知道原来是什么样子，便照着修补起来，安放在一间特建的大屋子里。屋子之大，让人要怎么看这座殿都成。屋顶满是玻璃，让光从上面来，最均匀不过；墙是淡蓝色，衬出这座白石的殿越发有神儿。殿是方锁形，周围都是爱翁匿克式石柱，像是个廊子。当锁口的地方，是若干层的台阶儿。两头也有几层，上面各有殿基；殿基上，柱子下，便是那著名的“壁雕”。壁雕（Frieze）是希腊建筑里特别的装饰；在狭长的石条子上半深浅地雕刻着些故事，嵌在墙壁中间。这种壁雕颇有名作。如现存在不列颠博物院里的雅典巴昔农神殿的壁雕便是。这里的是一百三十二码长，有一部分已经移到殿对面的墙上去。所刻的故事是奥灵匹亚诸神与地之诸子巨人们的战争。其中人物精力饱满，历劫如生。另一间大屋里安放着罗马建筑的残迹。一是大三座门，上下两层，上层全为装饰用。两层各用六对哥林斯式的石柱，与门相间着，隔出略带曲折的廊子。上层三座门是实的，里面各安着一尊雕像，全体整齐秀美之至。一是小神殿。两样都在第二世纪的时候。

近东古迹院里的东西是十九世纪末二十世纪初年德国东方学会在巴比仑和亚述发掘出来的。中间巴比仑的以色他们（Ischtar Gateway）最为壮丽。门建筑在二千五百年前奈补卡德乃沙王第二的手里。门圈儿高三十九英尺，城垛儿四十九英尺，全用蓝色珐琅砖砌成。墙上浮雕着一对对的龙（与中国所谓龙不同）和牛，黄的白的相间着；上下两端和边上也是这两色的花纹。龙是巴比仑城隍马得的圣物，牛是大神亚达的圣物。这些动物的像稀疏地排列着，一面墙上只有两行，犄角上只有一行；形状也单纯划一。色彩在那蓝的地子上，却非常之鲜明。看上去真像大幅缂丝的图案似的。还有巴比仑王宫里正殿的面墙，是与以色他门同时做的，颜色鲜丽也一样，只不过以植物图案为主罢了。马得祭道两旁屈折的墙基也用蓝珐琅砖；上面却雕着向前走的狮子。这个祭道直通以色他门，现在也修补好了一小段，仍旧安在以色他门前面。另有一件模型，是整个儿的巴比仑城。这也可以慰情聊胜无了。亚述巴先宫的面墙放在以色他门的对面，当然也是修补起来的；周围正正的拱门，一层层又细又密的柱子，在许多直线里透出秀气。

新博物院第一层中央是一座厅。两道宽阔而华丽的楼梯仿佛占住了那间大屋子，但那间屋子还是照样地觉得大不可言。屋里什么都高大；迎着楼梯两座复制的大雕像，两边墙上大幅的历史壁画，一进门就让人觉着万千的气象。德意志人的魄力，真有他们的。楼上本是雕版陈列室，今年改作哥德展览会。有哥德和他朋友们的像，他的画，他的书的插图等等。《浮士德》的插图最多，同一件事各人画来趣味各别。楼下是埃及古物陈列室，大大小小的“木乃伊”都有；小孩的也有。有些在头部放着一块板，板上画着死者的画相；这是用熔蜡画的，画法已失传。这似乎是古人一件聪明的安排，让千秋万岁后，还能辨认他们的面影。另有人种学博物院在别一条街上，分两院。所藏既丰富，又多罕见的。第一院吐鲁番的壁画最多。那些完好的真是妙庄严相；那些零碎的也古色古香。中国日本的东西不少，陈列得有系统极了，中日人自己动手，怕也不过如此。第二院藏的日本的漆器与画很好。史前的材料都收在这院里。有三间屋专陈列一八七一到一八九〇希利曼（Heinrich Schliemann）发掘特罗衣（Troy）城所得的遗物。

故宫在博物院洲之北，一九二一年改为博物院，分历史的工艺的两部分。历史的部分都是王族用过的公私屋子。这些屋子每间一个样子；屋顶，墙壁，地板，颜色，陈设，各有各的格调。但辉煌精致，是异曲同工的。有一间屋顶作穹隆形状，蓝地金星，俨然夜天的光景。又一间张着一大块伞形的绸子，像在遮着太阳。又一间用了“古络钱”纹做全室的装饰。壁上或画画，或挂画。地板用细木头嵌成种种花样，光滑无比。外国的宫殿外观常不如中国的宏丽，但里边装饰的精美，我们却断乎不及。故宫西头是皇储旧邸。一九一九年因为国家画院的画拥挤不堪，便将近代的作品挪到这儿，陈列在前边的屋子里。大部分是印象派表现派，也有立体派。表现派是德国自己的画派。原始的精神，狂热的色调，粗野模糊的构图，你像在大野里大风里大火里。有一件立体派的雕刻，是三个人像。虽然多是些三角形，直线，可是一个有一个的神气，彼此还互相照应，像真会说话一般。表现派的精神现在还多多少少存在：柏林魏坦公司六月间有所谓“民众艺术展览会”，出售小件用具和玩物。玩物里如小动物孩子头之类，颇有些奇形怪状，别具风趣的。还有展览场六月间的展览里，有一部是剪贴画。用颜色纸或布拼凑成形，安排在一块地子上，一面加上些沙子等，教人有实体之感，一面却故意改变形体的比例与线条的曲直，力避写实的手法。有些现代人大约“是”要看了这种手艺才痛快的。

这一回展览里有好些小家屋的模型，有大有小。大概造起来省钱；屋子里空气，光，太阳都够现代人用。没有那些无用的装饰，只看见横竖的直线。用颜色，或用对照的颜色，教人看一所屋子是“整个儿”，不零碎，不琐屑。小家屋如此，“大厦”也如此。德国的建筑与荷兰不同。他们注重实用，以简单为美，有时候未免太朴素些。近年来柏林这种新房子造得不少。这已不是少数艺术家的试验而是一般人的需要了。“新西区”一带便都是的。那一带住屋小而巧，里面的装饰干净利落，不显一点板滞。“大厦”多在东头亚历山大场，似乎美观的少。有些满用横线，像夹沙糕，有些满用直线；这自然说的是窗子。用直线的据说是美国影响。但美国房屋高入云霄，用直线合式；柏林的低多了，又向横里伸张，用直线便大大地不谐和了。“大厦”之外还有“广场”，刚才说的展览场便是其一。这个广场有八座大展览厅，连附属的屋子共占地十八万二千平方英尺；空场子合计起来共占地六十五万平方英尺。乍走进去的时候，摸不着头脑，仿佛连自己也会丢掉似的。建筑都是新式。整个的场子若在空中看，是一幅图案，轻灵而不板重。德意志体育场，中央飞机场，也都是这一类新造的广场。前两个在西，后一个在南，自然都在市外。此外电影院跳舞场往往得风气之先，也有些新式样。如铁他尼亚宫电影院，那台，那灯，那花楼，不是用圆，用弧线，便是用与弧线相近的曲线，要的也是一个干净利落罢了。台上一圈儿一圈儿有些像排箫的是管风琴。管风琴安排起来最累赘，这儿的布置却新鲜悦目，也许电影管风琴简单些，才可以这么办。颜色用白银与淡黄对照，教人常常清醒。祖国舞场也是新式，但多用直线形；颜色似乎多一种黑。这里面有许多咖啡室。日本室便按日本式陈设，土耳其室便按土耳其式。还有莱茵室，在壁上画着莱茵河的风景，用好些小电灯点缀在天蓝的背景上，看去略得河上的夜的意思——自然，屋里别处是不用灯的。还有雷电室，壁上画着雷电的情景，用电光运转；电射雷鸣，与音乐应和着。爱热闹的人都上那儿去。

柏林西南有个波次丹（Potsdam），是佛来德列大帝的城。城外有个无愁园，园里有个无愁宫，便是大帝常住的地方。大帝迷法国，这座宫，这座园子都仿凡尔赛的样子。但规模小多了，神儿差远了。大帝和伏尔泰是好朋友，他请伏尔泰在宫里住过好些日子，那间屋便在宫西头。宫西边有一架大风车。据说大帝不喜欢那风车日夜转动的声音，派人跟那产主说要买它。出乎意外，产主愣不肯。大帝恼了，又派人去说，不卖便要拆。产主也恼了，说，他会拆，我会告他。大帝想不到乡下人这么倔强，大加赏识，那风车只好由它响了。因此现在便叫它做“历史的风车”。隔无愁宫没多少路，有一座新宫，里面有一间“贝厅”，墙上地上满嵌着美丽的贝壳和宝石，虽然奇诡，却以素雅胜。

1933 年 12 月 22 日作完

初到清华记

从前在北平读书的时候，老在城圈儿里呆着。四年中虽也游过三五回西山，却从没来过清华；说起清华，只觉得很远很远而已。那时也不认识清华人，有一回北大和清华学生在青年会举行英语辩论，我也去听。清华的英语确是流利得多，他们胜了。那回的题目和内容，已忘记干净；只记得复辩时，清华那位领袖很神气，引着孔子的什么话。北大答辩时，开头就用了 furiously 一个字叙述这位领袖的态度。这个字也许太过，但也道着一点儿。那天清华学生是坐大汽车进城的，车便停在青年会前头；那时大汽车还很少。那是冬末春初，天很冷。一位清华学生在屋里只穿单大褂，将出门却套上厚厚的皮大氅。这种“行”和“衣”的路数，在当时却透着一股标劲儿。

初来清华，在十四年夏天。刚从南方来北平，住在朝阳门边一个朋友家。那时教务长是张仲述先生，我们没见面。我写信给他，约定第三天上午去看他。写信时也和那位朋友商量过，十点赶得到清华么，从朝阳门那儿？他那时已经来过一次，但似乎只记得“长林碧草”，——他写到南方给我的信这么说——说不出路上究竟要多少时候。他劝我八点动身，雇洋车直到西直门换车，免得老等电车，又换来换去的，耽误事。那时西直门到清华只有洋车直达；后来知道也可以搭香山汽车到海甸再乘洋车，但那是后来的事了。

第三天到了，不知是起得晚了些还是别的，跨出朋友家，已经九点挂零。心里不免有点儿急，车夫走的也特别慢似的。到西直门换了车。据车夫说本有条小路，雨后积水，不通了；那只得由正道了。刚出城一段儿还认识，因为也是去万牲园的路；以后就茫然。到黄庄的时候，瞧着些屋子，以为一定是海甸了；心里想清华也就快到了吧，自己安慰着。快到真的海甸时，问车夫，“到了吧？”“没哪。这是海——甸。”这一下更茫然了。海甸这么难到，清华要何年何月呢？而车夫说饿了，非得买点儿吃的。吃吧，反正豁出去了。这一吃又是十来分钟。说还有三里多路呢。那时没有燕京大学，路上没什么看的，只有远处淡淡的西山——那天没有太阳——略略可解闷儿。好容易过了红桥，喇嘛庙，渐渐看见两行高柳，像穹门一般。十刹海的垂杨虽好，但没有这么多这么深，那时路上只有我一辆车，大有长驱直入的神气。柳树前一面牌子，写着“入校车马缓行”；这才真到了，心里想，可是大门还够远的，不用说西院门又骗了我一次，又是六七分钟，才真真到了。坐在张先生客厅里一看钟，十二点还欠十五分。

张先生住在乙所，得走过那“长林碧草”，那浓绿真可醉人。张先生客厅里挂着一副有正书局印的邓完白隶书长联。我有一个会写字的同学，他喜欢邓完白，他也有这一副对联；所以我这时如见故人一般。张先生出来了。他比我高得多，脸也比我长得多，一眼看出是个顶能干的人。我向他道歉来得太晚，他也向我道歉，说刚好有个约会，不能留我吃饭。谈了不大工夫，十二点过了，我告辞。到门口，原车还在，坐着回北平吃饭去。过了一两天，我就搬行李来了。这回却坐了火车，是从环城铁路朝阳门站上车的。

以后城内城外来往的多了，得着一个诀窍；就是在西直门一上洋车，且别想“到”清华，不想着不想着也就到了。——香山汽车也搭过一两次，可真够瞧的，两条腿有时候简直无放处，恨不得不是自己的。有一回，在海甸下了汽车，在现在“西园”后面那个小饭馆里，拣了临街一张四方桌，坐在长凳上，要一碟苜蓿肉，两张家常饼，二两白玫瑰，吃着喝着，也怪有意思；而且还在那桌上写了《我的南方》一首歪诗。那时海甸到清华一路常有穷女人或孩子跟着车要钱。他们除“您修好”等等常用语句外，有时会说“您将来做校长”，这是别处听不见的。

1936 年 3 月

房东太太

歇卜士太太（Mrs.Hibbs）没有来过中国，也并不怎样喜欢中国，可是我们看，她有中国那老味儿。她说人家笑她母女是维多利亚时代的人，那是老古板的意思；但她承认她们是的，她不在乎这个。

真的，圣诞节下午到了她那间黯淡的饭厅里，那家具，那人物，那谈话，都是古气盎然，不像在现代。这时候她还住在伦敦北郊芬乞来路（Finchley Road）。那是一条阔人家的路；可是她的房子已经抵押满期，经理人已经在她门口路边上立了一座木牌，标价招买，不过半年多还没人过问罢了。那座木牌，和篮球架子差不多大，只是低些；一走到门前，准看见。晚餐桌上，听见厨房里尖叫了一声，她忙去看了，回来说，火鸡烤枯了一点，可惜，二十二磅重，还是卖了几件家具买的呢。她可惜的是火鸡，倒不是家具；但我们一点没吃着那烤枯了的地方。

她爱说话，也会说话，一开口滔滔不绝；押房子，卖家具等等，都会告诉你。但是只高高兴兴地告诉你，至少也平平淡淡地告诉你，决不垂头丧气，决不唉声叹气。她说话是个趣味，我们听话也是个趣味（在她的话里，她死了的丈夫和儿子都是活的，她的一些住客也是活的）；所以后来虽然听了四个多月，倒并不觉得厌倦。有一回早餐时候，她说有一首诗，忘记是谁的，可以作她的墓铭，诗云：

这儿一个可怜的女人，
她在世永没有住过嘴。
上帝说她会复活，
我们希望她永不会。

其实我们倒是希望她会的。

道地的贤妻良母，她是；这里可以看见中国那老味儿。她原是个阔小姐，从小送到比利时受教育，学法文、学钢琴。钢琴大约还熟，法文可生疏了。她说街上如有法国人向她问话，她想起答话的时候，那人怕已经拐了弯儿了。结婚时得着她姑母一大笔遗产；靠着这笔遗产，她支持了这个家庭二十多年。歇卜士先生在剑桥大学毕业，一心想作诗人，成天住在云里雾里。他二十年只在家里待着，偶然教几个学生。他的诗送到剑桥的刊物上去，原稿却寄回了，附着一封客气的信。他又自己花钱印了一小本诗集，封面上注明，希望出版家采纳印行，但是并没有什么回响。太太常劝先生删诗行，譬如说，四行中可以删去三行罢；但是他不肯割爱，于是乎只好敝帚自珍了。

歇卜士先生却会说好几国话。大战后太太带了先生小姐，还有一个朋友去逛意大利；住旅馆雇船等等，全交给诗人的先生办，因为他会说意大利话。幸而没出错儿。临上火车，到了站台上，他却不见了。眼见车就要开了，太太这一急非同小可，又不会说给别人，只好教小姐去张看，却不许她远走。好容易先生钻出来了，从从容容的，原来他上“更衣室”来着。

太太最伤心她的儿子。他也是大学生，长的一表人才。大战时去从军；训练的时候偶然回家，非常爱惜那庄严的制服，从不教它有一个折儿。大战快完的时候，却来了恶消息，他尽了他的职务了。太太最伤心的是这个时候的这种消息，她在举世庆祝休战声中，迷迷糊糊过了好些日子。后来逛意大利，便是解闷儿去的。她那时甚至于该领的恤金，无心也不忍去领——等到限期已过，即使要领，可也不成了。

小姐现在是她唯一的亲人；她就为这个女孩子活着。早晨一块儿拾掇拾掇屋子，吃完了早饭，一块儿上街散步，回来便坐在饭厅里，说说话，看看通俗小说，就过了一天。晚上睡在一屋里。一星期也同出去看一两回电影。小姐大约有二十四五了，高个儿，总在五英尺十寸左右；蟹壳脸，露牙齿，脸上倒是和和气气的。爱笑，说话也天真得像个十二三岁小姑娘。先生死后，他的学生爱利斯（Ellis）很爱歇卜士太太，几次想和她结婚，她不肯。爱利斯是个传记家，有点小名气。那回诗人德拉梅在伦敦大学院讲文学的创造，曾经提到他的书。他很高兴，在歇卜士太太晚餐桌上特意说起这个。但是太太说他的书干燥无味，他送来，她们只翻了三五页就搁在一边儿了。她说最恨猫怕狗，连书上印的狗都怕，爱利斯却养着一大堆。她女儿最爱电影，爱利斯却瞧不起电影。她的不嫁，怎么穷也不嫁，一半为了女儿。

这房子招徕住客，远在歇卜士先生在世时候。那时只收一个人，每日供早晚两餐，连宿费每星期五镑钱，合八九十元，够贵的。广告登出了，第一个来的是日本人，他们答应下了。第二天又来了个西班牙人，却只好谢绝了。从此住这所房的总是日本人多；先生死了，住客多了，后来竟有“日本房”的名字。这些日本人有一两个在外边有女人，有一个还让女人骗了，他们都回来在饭桌上报告，太太也同情的听着。有一回，一个人忽然在饭桌上谈论自由恋爱，而且似乎是冲着小姐说的。这一来太太可动了气。饭后就告诉那个人，请他另外找房住。这个人走了，可是日本人有个俱乐部，他大约在俱乐部里报告了些什么，以后日本人来住的便越过越少了。房间老是空着，太太的积蓄早完了；还只能在房子上打主意，这才抵押了出去。那时自然盼望赎回来，可是日子一天一天过去，情形并不见好。房子终于标卖，而且圣诞节后不久，便卖给一个犹太人了。她想着年头不景气，房子且没人要呢，那知犹太人到底有钱，竟要了去，经理人限期让房。快到期了，她直说来不及。经理人又向法院告诉，法院出传票教她去。她去了，女儿搀扶着；她从来没上过堂，法官说欠钱不让房，是要坐牢的。她又气又怕，几乎昏倒在堂上；结果只得答应了加紧找房。这种种也都是为了女儿，她可一点儿不悔。

她家里先后也住过一个意大利人，一个西班牙人，都和小姐做过爱；那西班牙人并且和小姐定过婚，后来不知怎样解了约。小姐倒还惦着他，说是“身架真好看！”太太却说，“那是个坏家伙！”后来似乎还有个“坏家伙”，那是太太搬到金树台的房子里才来住的。他是英国人，叫凯德，四十多了。先是作公司兜售员，沿门兜售电气扫除器为生。有一天撞到太太旧宅里去了，他要表演扫除器给太太看，太太拦住他，说不必，她没有钱；她正要卖一批家具，老卖不出去，烦着呢。凯德说可以介绍一家公司来买；那一晚太太很高兴，想着他定是个大学毕业生。没两天，果然介绍了一家公司，将家具买去了。他本来住在他姊姊家，却搬到太太家来了。他没有薪水，全靠兜售的佣金；而电气扫除器那东西价钱很大，不容易脱手。所以便干搁起来了。这个人只是个买卖人，不是大学毕业生。大约穷了不止一天，他有个太太，在法国给人家看孩子，没钱，接不回来；住在姊姊家，也因为穷，让人家给请出来了。搬到金树台来，起初整付了一回房饭钱，后来便零碎的半欠半付，后来索性付不出了。不但不付钱，有时连午饭也要叨光。如是者两个多月，太太只得将他赶了出去。回国后接着太太的信，才知道小姐却有点喜欢凯德这个“坏蛋”，大约还跟他来往着。太太最提心这件事，小姐是她的命，她的命决不能交在一个“坏蛋”手里。

小姐在芬乞来路时，教着一个日本太太英文。那时这位日本太太似乎非常关心歇卜士家住着的日本先生们，老是问这个问那个的；见了他们，也很亲热似的。歇卜士太太瞧着不大顺眼，她想着这女人有点儿轻狂。凯德的外甥女有一回来了，一个摩登少女。她照例将手绢掖在袜带子上，拿出来用时，让太太看在眼里。后来背地里议论道，“这多不雅相！”太太在小事情上是很敏锐的。有一晚那爱尔兰女仆端菜到饭厅，没有戴白帽檐儿。太太很不高兴，告诉我们，这个侮辱了主人，也侮辱了客人。但那女仆是个“社会主义”的贪婪的人，也许匆忙中没想起戴帽檐儿；压根儿她怕就觉得戴不戴都是无所谓的。记得那回这女仆带了男朋友到金树台来，是个失业的工人。当时刚搬了家，好些零碎事正得一个人。太太便让这工人帮帮忙，每天给点钱。这原是一举两得，各相情愿的。不料女仆却当面说太太揩了穷小子的油。太太听说，简直有点莫名其妙。

太太不上教堂去，可是迷信。她虽是新教徒，可是有一回丢了东西，却照人家传给的法子，在家点上一枝蜡，一条腿跪着，口诵安东尼圣名，说是这么着东西就出来了，拜圣者是旧教的花样，她却不管。每回作梦，早餐时总翻翻占梦书。她有三本占梦书；有时她笑自己，三本书说的都不一样，甚至还相反呢。喝碗茶，碗里的茶叶，她也爱看；看像什么字头，便知是姓什么的来了。她并不盼望访客，她是在盼望住客啊。到金树台时，前任房东太太介绍一位英国住客继续住下。但这位半老的住客却嫌客人太少，女客更少，又嫌饭桌上没有笑，没有笑话；只看歇卜士太太的独角戏，老母亲似的唠唠叨叨，总是那一套。他终于托故走了，搬到别处去了。我们不久也离开英国，房子于是乎空空的。去年接到歇卜士太太来信，她和女儿已经作了人家管家老妈了；“维多利亚时代”的上流妇人，这世界已经不是她的了。

1937 年 4 月 27 日—28 日作

德瑞司登[①]

德瑞司登（Dresden）在柏林东南，是静静的一座都市。欧洲人说这里有一种礼拜日的味道，因为他们的礼拜日是安息的日子，静不过。这里只有一条热闹的大街；在街上走尽可从从容容，斯斯文文的。街尽处便是易北河。河穿全市而过，弯了两回，所以望不尽。河上有五座桥，彼此隔得远远的，显出玲珑的样子。临河一带高地，叫做勃吕儿原。站在原上，易北河的风光便都到了眼里。这是一个阴天，不时地下着小雨；望过去清淡极了，水与天亮闪闪的，山只剩一些轮廓，人家的屋子和田地都黑黑儿的。有人称这个原为“欧洲的露台”，未免太过些，但是确也有些可赏玩的东西。从前有位著名的文人在这儿写信给他的未婚夫人，说他正从高岸上望下看，河上一处处的绿野与村落好像“绣在一张毯子上；”“河水刚掉转脸亲了德瑞司登一下，马上又溜开去。”这儿说的是第一个弯子。他还说“绕着的山好像花箍子，响蓝的天好像在意大利似的。”在晴天这大约是真的。

德瑞司登有德国佛罗伦司之称，为的一些建筑和收藏的画。这些建筑多半在勃吕儿原西南一带。其中堡宫最有意思。堡宫因为邻近旧时的堡垒

① 今译德累斯顿。

而得名，是十八世纪初年奥古斯都大力王（Augustus the Strong）吩咐他的建筑师裴佩莽（Poppelmann）盖的。奥古斯都膂力过人，据说能拗断马蹄铁，又在西班牙斗牛，刺死了一头最凶猛的；所以称为大力王。他是这座都市的恩主；凡是好东西，美东西，都是他留下来的。他造这个堡宫，一来为面子，那时候一个亲王总得有一所讲究的宫房，才有威风，不让人小看。二来为展览美术货色如磁器，花边等之用。他想在过年过节的时候，多招徕些外路客人，好让他的百姓多做些买卖，以繁荣这个地方。他生在“巴洛克”（Baroque）时代，虽然倾心法国文化，所造的房子却都是德国“巴洛克”式。“巴洛克”式重曲线，重装饰，以华丽炫目为佳。堡宫便是代表。宫中央是极大一个方院子。南面是正门，顶作冕形，叫冕门；分两层，像楼屋；雕刻精细，用许多小柱子。两边各有好些拱门，每门里安一座喷水，上面各放着雕像。现在虽是黯淡了，还可想见当年的繁华。西面有水仙出浴池。十四座龛子拥着一座大喷水，像一只马蹄，绕着小小的池子；每座龛子里站着一个女仙出浴的石像，姿态各不相同。龛外龛上另有繁细的雕饰。这是宫里最美的地方。

堡宫现在分作几个博物院，尽北头是国家画院。德国藏画，要算这里最精了。也创始于奥古斯都，而他的儿子继成其志。奥古斯都自己花钱派了好多人到欧洲各处搜求有价值的画。到他死的时候，院中已有好些不朽的名作。他儿子奥古斯都第二在位三十年，教大臣勃吕儿伯爵主持收买名画。一七四五年在威尼斯买着百多张意大利重要的作品，为阿尔卑斯山以北所未曾有。一七五四年又从意大利得着拉飞尔的歇司陀的《圣母图》。这是他的杰作。图中间是“圣处女”与“圣婴”，左右是圣巴巴拉与教皇歇克司都第二，下面是两个小天使。有人说“这张画里‘圣处女’的脸，美而秀雅，几乎是女性美的最完全的表现，真动人，真出色。”最妙的，端庄与和蔼都够味，一个与耶稣教毫不相干的游客也会起多少敬爱的意思。图中各人的眼光奇极；从“圣处女”而圣巴巴拉而小天使而教皇，恰好可以钩一个椭圆圈儿。这样一来，那对称的安排才有活气。画院驰名世界，全靠勃吕儿伯爵手里买的这些画。现在院中差不多有画二千五百件，以意大利及荷兰的为最多。画排列得比那儿都整齐清楚，见出德国人的脾气。十八世纪意大利画家卡那来陀在这里住过，留下不少腐刻画，画着堡宫和街巷的景色。还有他的威尼斯风景画，这儿也多，色调构图，鲜明精巧，为别处收藏的所不及。

大街东有圣母堂，也是著名的古迹。一七三六年十二月奥古斯都第二在这里举行过一回管风琴比赛会。与赛的，大音乐家巴赫（Bach）和一个法国人叫马降的。那时巴赫还未大大出名，马降心高气傲，自以为能手。比赛的前一天，巴赫从来比锡来，看见管风琴好，不觉技痒，就坐下弹了一回。想不到马降在一旁窃听。这一听可够他受的。等不到第二天，他半夜里便溜出德瑞司登了。结果巴赫在奥古斯都第二和四千听众之前演了出独脚戏。一八四三年乐圣瓦格纳也在这里演奏过他的名曲《使徒宴》。哥德也站在这里的讲台上说过话，他赞美易北河上的景致，就是在他眼前的。这在一八一三年八月。教堂上有一座高塔顶，远远的就瞧见。相传一七六九年弗雷德力大帝攻打此地，想着这高顶上必有敌人的了望台，下令开炮轰。也不知怎样，轰了三天还没轰着。大帝又恨又恼，透着满瞧不起的神儿回头命令炮手道："由那老笨家伙去罢！"

德瑞司登磁器最著名。大街上有好几家磁器铺。看来看去，只有舞女的裙子做得实在好。裙子都是白色雕空了像纱一样，各色各样的折纹都有，自然不能像真的那样流动，但也难为他们了。中国磁器没有如此精巧的，但有些东西却比较着有韵味。

1933年3月13日作

莱茵河

莱茵河（The Rhine）发源于瑞士阿尔卑斯山中，穿过德国东部，流入北海，长约二千五百里。分上中下三部分。从马恩斯（Mayence，Mains）到哥龙（Cologne）算是“中莱茵”；游莱茵河的都走这一段儿。天然风景并不异乎寻常地好；古迹可异乎寻常地多。尤其是马恩斯与考勃伦兹（Koblenz）之间，两岸山上布满了旧时的堡垒，高高下下的，错错落落的，斑斑驳驳的：有些已经残破，有些还完好无恙。这中间住过英雄，住过盗贼，或据险自豪，或纵横驰骤，也曾热闹过一番。现在却无精打采，任凭日晒风吹，一声儿不响。坐在轮船上两边看，那些古色古香各种各样的堡垒历历的从眼前过去；仿佛自己已经跳出了这个时代而在那些堡垒里过着无拘无束的日子。游这一段儿，火车却不如轮船：朝日不如残阳，晴天不如阴天，阴天不如月夜——月夜，再加上几点儿萤火，一闪一闪的在寻觅荒草里的幽灵似的。最好还得爬上山去，在堡垒内外徘徊徘徊。

这一带不但史迹多。传说也多。最凄艳的自然是脍炙人口的声闻岩头的仙女了。声闻岩在河东岸，高四百三十英尺，一大片暗淡的悬岩，嶙嶙峋峋的；河到岩南，向东拐个小湾，这里有顶大的回声，岩因此得名。相传往日岩头有个仙女美极，终日歌唱不绝。一个船夫傍晚行船，走过岩下。听见她的歌声，仰头一看，不觉忘其所以，连船带人都撞碎在岩上。后来又死了一位伯爵的儿子。这可闯下大祸来了。伯爵派兵遣将，给儿子报仇。他们打算捉住她，锁起来，从岩顶直摔下河里去。但是她不愿死在他们手里，她呼唤莱茵母亲来接她；河里果然白浪翻腾，她便跳到浪里。从此声闻岩下听不见歌声，看不见倩影，只剩晚霞在岩头明灭[①]。德国大诗人海涅有诗咏此事；此事传播之广，这篇诗也有关系的。友人淦克超先生曾译第一章云：

传闻旧低徊，我心何悒悒。
两峰隐夕阳，莱茵流不息。
峰际一美人，粲然金发明，
清歌时一曲，余音响入云。
凝听复凝望，舟子忘所向，
怪石耿中流，人与舟俱丧。

这座岩现在是已穿了隧道通火车了。

哥龙在莱茵河西岸，是莱茵区最大的城，在全德国数第三。从甲板上看教堂的钟楼与尖塔这儿那儿都是的。虽然多么繁华一座商业城，却不大有俗尘扑到脸上。英国诗人柯勒列治说：

人知莱茵河，洗净哥龙市；
水仙你告我，今有何神力，
洗净莱茵水？

那些楼与塔镇压着尘土，不让飞扬起来，与莱茵河的洗刷是异曲同

① 据朱绍华先生《莱茵纪游》，看《行云流水》。

工的。哥龙的大教堂是哥龙的荣耀；单凭这个，哥龙便不死了。这是戈昔式，是世界上最宏大的戈昔式教堂之一。建筑在一二四八年，到一八八零年才全部落成。欧洲教堂往往如此，大约总是钱不够之故。教堂门墙伟丽，尖拱和直棱，特意繁密，又雕了些小花，小动物，和《圣经》人物，零星点缀着；近前细看，其精工真令人惊叹。门墙上两尖塔，高五百十五英尺，直入云霄。戈昔式要的是高而灵巧，让灵魂容易上通于天。这也是月光里看好。淡蓝的天干干净净的，只有两条尖尖的影子映在上面；像是人天仅有的通路，又像是人类祈祷的一双胳膊。森严肃穆，不说一字，抵得千言万语。教堂里非常宽大，顶高一百六十英尺。大石柱一行行的，高的一百四十八英尺，低的也六十英尺，都可合抱；在里面走，就像在大森林里，和世界隔绝。尖塔可以上去，玲珑剔透，有凌云之势。塔下通回廊。廊中向下看教堂里，觉得别人小得可怜，自己高得可怪，真是颠倒梦想。

1933 年 3 月 14 日作

巴　黎

塞纳河穿过巴黎城中，像一道圆弧。河南称为左岸，著名的拉丁区就在这里。河北称为右岸，地方有左岸两个大，巴黎的繁华全在这一带；说巴黎是“花都”，这一溜儿才真是的。右岸不是穷学生苦学生所能常去的，所以有一位中国朋友说他是左岸的人，抱“不过河”主义！区区一衣带水，却分开了两般人。但论到艺术，两岸可是各有胜场，我们不妨说整个儿巴黎是一座艺术城。从前人说“六朝”卖菜佣都有烟水气，巴黎人谁身上大概都长着一两根雅骨吧。你瞧公园里，大街上，有的是喷水，有的是雕像，博物院处处是，展览会常常开；他们几乎像呼吸空气一样呼吸着艺术气，自然而然就雅起来了。

右岸的中心是刚果方场。这方场很宽阔，四通八达，周围都是名胜。中间巍巍地矗立着埃及拉米塞司第二的纪功碑。碑是方锥形，高七十六英尺，上面刻着象形文字。一八三六年移到这里，转眼就是一百年了。左右各有一座铜喷水，大得很。水池边环列着些铜雕像，代表着法国各大城。其中有一座代表司太司堡。自从一八七〇年那地方割归德国以后，法国人每年七月十四国庆日总在像上放些花圈和大草叶，终年地搁着让人惊醒。

直到一九一八年十一月和约告成，司太司堡重归法国，这才停止。纪功碑与喷水每星期六晚用弧光灯照耀。那碑像从幽暗中颖脱而出；那水像山上崩腾下来的雪。这场子原是法国革命时候断头台的旧址。在“恐怖时代”，路易十六与王后，还有各党各派的人轮班在这儿低头受戮。但现在一点痕迹也没有了。

场东是砖厂花园。也有一个喷水池；白石雕像成行，与一丛丛绿树掩映着。在这里徘徊，可以一直徘徊下去，四围那些纷纷的车马，简直若有若无。花园是所谓法国式，将花草分成一畦畦的，各各排成精巧的花纹，互相对称着。又整洁，又玲珑，教人看着赏心悦目；可是没有野情，也没有蓬勃之气，像北平的叭儿狗。这里春天游人最多，挤挤挨挨的。有时有音乐会，在绿树荫中。乐韵悠扬，随风飘到场中每一个人的耳朵里。再东是加罗塞方场，只隔着一道不宽的马路。路易十四时代，这是一个校场。场中有一座小凯旋门，是拿破仑造来纪胜的，仿罗马某一座门的式样。拿破仑叫将从威尼斯圣马克堂抢来的驷马铜像安在门顶上。但到了一八一四年，那铜像终于回了老家。法国只好换上一个新的，光彩自然差得多。

刚果方场西是大名鼎鼎的仙街，直达凯旋门。有四里半长。凯旋门地势高，从刚果方场望过去像没多远似的，一走可就知道。街的东半截儿，两旁简直是园子，春天绿叶子密密地遮着；西半截儿才真是街。街道非常宽敞。夹道两行树，笔直笔直地向凯旋门奔凑上去。凯旋门巍峨爽朗地盘踞在街尽头，好像在半天上。欧洲名都街道的形势，怕再没有赶上这儿的；称为“仙街”，不算说大话。街上有戏院，舞场，饭店，够游客们玩儿乐的。凯旋门一八〇六年开工，也是拿破仑造来纪功的。但他并没有看它的完成。门高一百六十英尺，宽一百六十四英尺，进身七十二英尺，是世界凯旋门中最大的。门上雕刻着一七九二至一八一五年间法国战事片段的景子，都出于名手，其中罗特（Burguudian Rude，十九世纪）的“出师”一景，慷慨激昂，至今还可以作我们的气。这座门更有一个特别的地方：在拿破仑周忌那一天，从仙街向上看，团团的落日恰好扣在门圈儿里。门圈儿底下是一个无名兵士的墓；他埋在这里，代表大战中死难的一百五十万法国兵。墓是平的，地上嵌着文字；中央有个纪念火，焰子粗粗的，红红的，在风里摇晃着。这个火每天由参战军人团团员来点。门顶可以上去，乘电梯或爬石梯都成；石梯是二百七十三级。上面看，周围不下十二条林荫路，都辐辏到门下，宛然一个大车轮子。

刚果方场东北有四道大街衔接着，是巴黎最繁华的地方。大铺子差不多都在这一带，珠宝市也在这儿。各店家陈列窗里五花八门，五光十色，珍奇精巧，兼而有之；管保你走一天两天看不完，也看不倦。步道上人挨挨凑凑，常要躲闪着过去。电灯一亮，更不容易走。街上"咖啡"东一处西一处的，沿街安着座儿，有点儿像北平中山公园里的茶座儿。客人慢慢地喝着咖啡或别的，慢慢地抽烟，看来往的人。"咖啡"本是法国的玩意儿；巴黎差不多每道街都有，怕是比那儿都多。巴黎人喝咖啡几乎成了癖，就像我国南方人爱上茶馆。"咖啡"里往往备有纸笔，许多人都在那儿写信；还有人让"咖啡"收信，简直当做自己的家。文人画家更爱坐"咖啡"；他们爱的是无拘无束，容易会朋友，高谈阔论。爱写信固然可以写信，爱做诗也可以做诗。大诗人魏尔仑（Verlaine）的诗，据说少有不在"咖啡"里写的。坐"咖啡"也有派别。一来"咖啡"是熟的好，二来人是熟的好。久而久之，某派人坐某"咖啡"便成了自然之势。这所谓派，当然指文人艺术家而言。一个人独自去坐"咖啡"，偶尔一回，也许不是没有意思，常去却未免寂寞得慌；这也与我国南方人上茶馆一样。若是外国人而又不懂话，那就更可不必去。巴黎最大的"咖啡"有三个，却都在左岸。这三座"咖啡"名字里都含着"圆圆的"意思，都是文人艺术家荟萃的地方。里面装饰满是新派。其中一家，电灯壁画满是立体派，据说这些画全出于名家之手。另一家据说时常陈列着当代画家的作品，待善价而沽之。坐"咖啡"之外还有站"咖啡"，却有点像我国南方的喝柜台酒。这种"咖啡"大概小些。柜台长长的，客人围着要吃的喝的。吃喝都便宜些，为的是不用多伺候你，你吃喝也比较不舒服些。站"咖啡"的人脸向里，没有甚么看的，大概吃喝完了就走。但也有人用胳膊肘儿斜靠在柜台上，半边身子偏向外，写意地眺望，谈天儿。巴黎人吃早点，多半在“咖啡”里。普通是一杯咖啡，两三个月芽饼就够了，不像英国人吃得那么多。月芽饼是一种面包，月芽形，酥而软，趁热吃最香；法国人本会烘面包，这一种不但好吃，而且好看。

卢森堡花园也在左岸，因卢森堡宫而得名。宫建于十七世纪初年，曾用作监狱，现在是上议院。花园甚大。里面有两座大喷水，背对背紧挨着。其一是梅迭契喷水，雕刻的是亚西司（Acis）与加拉台亚（Galatea）的故事。巨人波力非摩司（Polyphamos）爱加拉台亚。他晓得她喜欢亚西司，便向他头上扔下一块大石头，将他打死。加拉台亚无法使亚西司复活，只将他变成一道河水。这个故事用在一座喷水上，倒有些远意。园中绿树成行，浓荫满地，白石雕像极多，也有铜的。巴黎的雕像真如家常便饭。花园南头，自成一局，是一条荫道。最南头，天文台前面又是一座喷水，中央四个力士高高地扛着四限仪，下边环绕着四对奔马，气象雄伟得很。这是卡波（Carpeaus，十九世纪）所作。卡波与罗特同为写实派，所作以形线柔美著。

沿着塞纳河南的河墙，一带旧书摊儿，六七里长，也是左岸特有的风光。有点像北平东安市场里旧书摊儿。可是背景太好了。河水终日悠悠地流着，两头一眼望不尽；左边卢佛宫，右边圣母堂，古香古色的。书摊儿黯黯的，低低的，窄窄的一溜；一小格儿一小格儿，或连或断，可没有东安市场里的大。摊上放着些破书；旁边小凳子上坐着掌柜的。到时候将摊儿盖上，锁上小铁锁就走。这些情形也活像东安市场。

铁塔在巴黎西头，塞纳河东岸，高约一千英尺，算是世界上最高的塔。工程艰难浩大，建筑师名爱非尔（Eiffel），也称为爱非尔塔。全塔用铁骨造成，如网状，空处多于实处，轻便灵巧，亭亭直上，颇有戈昔式的余风。塔基占地十七亩，分三层。头层离地一百八十六英尺，二层三百七十七英尺，三层九百二十四英尺，连顶九百八十四英尺。头二层有“咖啡”，酒馆及小摊儿等。电梯步梯都有，电梯分上下两厢，一厢载直上直下的客人，一厢载在头层停留的客人。最上层却非用电梯不可。那梯口常常拥挤不堪。壁上贴着“小心扒手”的标语，收票人等嘴里还不住地唱道，“小心呀！”这一段儿走得可慢极，大约也是“小心”吧。最上层只有卖纪念品的摊儿和一些问心机。这种问心机欧洲各游戏场中常见；是些小铁箱，一箱管一事。放一个钱进去，便可得到回答；回答若干条是印好的，指针所停止的地方就是专答你。也有用电话回答的。譬如你要问流年，便向流年箱内投进钱去。这实在是一种开心的玩意儿。这层还专设一信箱；寄的信上盖铁塔形邮戳，好让亲友们留作纪念。塔上最宜远望，全巴黎都在眼下。但尽是密匝匝的房子，只觉应接不暇而无苍茫之感。塔上满缀着电灯，晚上便是种种广告；在暗夜里这种明妆倒值得一番领略。隔河是特罗卡代罗（Trocad é ro）大厦，有道桥笔直地通着。这所大厦是为一八七八年的博览会造的。中央圆形，圆窗圆顶，两支高高的尖塔分列顶侧；左右翼是新月形的长房。下面许多级台阶，阶下一个大喷水池，也是圆的。大厦前是公园，铁塔下也是的；一片空阔，一片绿。所以大厦远看近看都显出雄巍巍的。大厦的正厅可容五千人。它的大在横里；铁塔的大在直里。一横一直，恰好称得住。

歌剧院在右岸的闹市中。门墙是威尼斯式，已经乌暗暗的，走近前细看，才见出上面精美的雕饰。下层一排七座门，门间都安着些小雕像。其中罗特的《舞群》，最有血有肉，有情有力。罗特是写实派作家，所以如此。但因为太生动了，当时有些人还见不惯；一八六九年这些雕像揭幕的时候，一个宗教狂的人，趁夜里悄悄地向这群像上倒了一瓶墨水。这件事传开了，然而罗特却因此成了一派。院里的楼梯以宏丽著名。全用大理石，又白，又滑，又宽；栏杆是低低儿的。加上罗马式圆拱门，一对对爱翁匿克式石柱，雕像上的电灯烛，真是堆花簇锦一般。那一片电灯光像海，又像月，照着你缓缓走上梯去。幕间休息的时候，大家都离开座儿各处走。这儿休息的时间特别长，法国人乐意趁这闲工夫在剧院里散散步，谈谈话，来一点吃的喝的。休息室里散步的人最多。这是一间顶长顶高的大厅，华丽的灯光淡淡地布满了一屋子。一边是成排的落地长窗，一边是几座高大的门；墙上略略有些装饰，地下铺着毯子。屋里空落落的，客人穿梭般来往。太太小姐们大多穿着各色各样的晚服，露着脖子和膀子。“衣香鬓影”，这里才真够味儿。歌剧院是国家的，只演古典的歌剧，间或也演队舞（Ballet），总是堂皇富丽的玩艺儿。

国葬院在左岸。原是巴黎护城神圣也奈韦夫（St.Genevi é ve）的教堂；大革命后，一般思想崇拜神圣不如崇拜伟人了，于是改为这个；后来又改回去两次，一八五五年才算定了。伏尔泰，卢梭，雨果，左拉，都葬在这里。院中很为宽宏，高大的圆拱门，架着些圆顶，都是罗马式。顶上都有装饰的图案和画。中央的穹隆顶高二百七十二英尺，可以上去。院中壁上画着法国与巴黎的历史故事，名笔颇多。沙畹（Puvisde Chavannes，十九世纪）的便不少。其中《圣也奈韦夫俯视着巴黎城》一幅，正是月圆人静的深夜，圣还独对着油盏火；她似乎有些倦了，慢慢踱出来，凭栏远望，全巴黎城在她保护之下安睡了；瞧她那慈祥和蔼一往情深的样子。圣也奈韦夫于五世纪初年，生在离巴黎二十四里的囊台儿村（Nanterre）里。幼时听圣也曼讲道，深为感悟。圣也曼也说她根器好，着实勉励了一番。后来她到巴黎，尽力于救济事业。五世纪中叶，匈奴将来侵巴黎，全城震惊。她力劝人民镇静，依赖神明，颇能教人相信。匈奴到底也没来成。以后巴黎真经兵乱，她于救济事业加倍努力。她活了九十岁。晚年倡议在巴黎给圣彼得与圣保罗修一座教堂。动工的第二年，她就死了。等教堂落成，却发见她已葬在里头；此外还有许多奇异的传说。因此这座教堂只好作为奉祀她的了。这座教堂便是现在的国葬院。院的门墙是希腊式，三角楣下，一排哥林斯式的石柱。院旁有圣爱的昂堂，不大。现在是圣也奈韦夫埋灰之所。祭坛前的石刻花屏极华美，是十六世纪的东西。

左岸还有伤兵养老院。其中兵甲馆，收藏废弃的武器及战利品。有一间满悬着三色旗，屋顶上正悬着，两壁上斜插着，一面挨一面的。屋子很长，一进去但觉千层百层鲜明的彩色，静静地交映着。院有穹隆顶，高三百四十英尺，直径八十六英尺，造于十七世纪中，优美庄严，胜于国葬院的。顶下原是一个教堂，拿破仑墓就在这里。堂外有宽大的台阶儿，有多力克式与哥林斯式石柱。进门最叫你舒服的是那屋里的光。那是从染色玻璃窗射下来的淡淡的金光，软得像一股水。堂中央一个窖，圆的，深二十英尺，直径三十六英尺，花岗石柩居中，十二座雕像环绕着，代表拿破仑重要的战功；像间分六列插着五十四面旗子，是他的战利品。堂正面是祭坛；周围许多龛堂，埋着王公贵人。一律圆拱门；地上嵌花纹，窖中也这样。拿破仑死在圣海仑岛，遗嘱愿望将骨灰安顿在塞纳河旁，他所深爱的法国人民中间。待他死后十九年，一八四〇，这愿望才达到了。

塞纳河里有两个小洲，小到不容易觉出。西头的叫城洲，洲上两所教堂是巴黎的名迹。洲东的圣母堂更为煊赫。堂成于十二世纪，中间经过许多变迁，到十九世纪中叶重修，才有现在的样子。这是“装饰的戈昔式”建筑的最好的代表。正面朝西，分三层。下层三座尖拱门。这种门很深，门圈儿是一棱套着一棱的，越望里越小；棱间与门上雕着许多大像小像，都是《圣经》中的人物。中层是窗子，两边的尖拱形，分雕着亚当夏娃像；中央的浑圆形，雕着“圣处女”像。上层是栏干。最上两座钟楼，各高二百二十七英尺；两楼间露出后面尖塔的尖儿，一个伶俐瘦劲的身影。这座塔是勒丢克（Vielletie Duc，十九世纪）所造，比钟楼还高五十八英尺；但从正面看，像一般高似的，这正是建筑师的妙用。朝南还有一个旁门，雕饰也繁密得很。从背后看，左右两排支墙（Buttress）像一对对的翅膀，作飞起的势子。支墙上虽也有些装饰，却不为装饰而有。原来戈昔式的房子高，窗子大，墙的力量支不住那些石头的拱顶，因此非从墙外想法不可。支墙便是这样来的。这是戈昔式的致命伤；许多戈昔式建筑容易圮毁，正是为此。堂里满是彩绘的高玻璃窗子，阴森森的，只看见石柱子，尖拱门，肋骨似的屋顶。中间神堂，两边四排廊路，周围三十七间龛堂，像另自成个世界。堂中的讲坛与管风琴都是名手所作。歌队座与牧师座上的动植物木刻，也以精工著。戈昔式教堂里雕绘最繁；其中取材于教堂所在地的花果的尤多。所雕绘的大抵以近真为主。这种一半为装饰，一半也为教导，让那些不识字的人多知道些事物，作用和百科全书差不多。堂中有宝库，收藏历来珍贵的东西，如金龛，金十字架之类，灿烂耀眼。拿破仑于一八〇四年在这儿加冕，那时穿的长袍也陈列在这个库里。北钟楼许人上去，可以看见墙角上石刻的妖兽，奇丑怕人，俯视着下方，据说是吐溜水的。雨果写过《巴黎圣母堂》一部小说，所叙是四百年前的情形，有些还和现在一样。

圣龛堂在洲西头，是全巴黎戈昔式建筑中之最美丽者。罗斯金更说是“北欧洲最珍贵的一所戈昔式”。在一二三八那一年，“圣路易”王听说君士坦丁皇帝包尔温将“棘冠”押给威尼斯商人，无力取赎，“棘冠”已归商人们所有，急得什么似的。他要将这件无价之宝收回，便异想天开地在犹太人身上加了一种“苛捐杂税”。过了一年，“棘冠”果然弄回来，还得了些别的小宝贝，如“真十字架”的片段等等。他这一乐非同小可，命令某建筑师造一所教堂供奉这些宝物；要造得好，配得上。一二四五年起手，三年落成。名建筑家勒丢克说，“这所教堂内容如此复杂，花样如此繁多，活儿如此利落，材料如此美丽，真想不出在那样短的时期里如何成功的。”这样两个龛堂，一上一下，都是金碧辉煌的。下堂尖拱重叠，纵横交互；中央拱低而阔，所以地方并不大而极有开朗之势。堂中原供的“圣处女”像，传说灵迹甚多。上堂却高多了，有彩绘的玻璃窗子十五堵；窗下沿墙有龛，低得可怜相。柱上相间地安着十二使徒像；有两尊很古老，别的都是近世仿作。玻璃绘画似乎与戈昔艺术分不开；十三世纪后者最盛，前者也最盛。画法用许多颜色玻璃拼合而成，相连处以铅焊之，再用铁条夹住。著色有浓淡之别。淡色所以使日光柔和飘渺。但浓色的多，大概用深蓝作地子，加上点儿黄白与宝石红，取其衬托鲜明。这种窗子也兼有装饰与教导的好处；所画或为几何图案，或为人物故事。还有一堵“玫瑰窗”，是象征“圣处女”的；画是圆形，花纹都从中心分出。据说这堵窗是玫瑰窗中最亲切有味的，因为它的温暖的颜色比别的更接近看的人。但这种感想东方人不会有。这龛堂有一座金色的尖塔，是勒丢克造的。

毛得林堂在刚果方场之东北，造于近代。形式仿希腊神庙，四面五十二根哥林斯式石柱，围成一个廊子。壁上左右各有一排大龛子，安着群圣的像。堂里也是一行行同式的石柱；却使用各种颜色的大理石，华丽悦目。圣心院在巴黎市外东北方，也是近代造的，至今还未完成，堂在一座小山的顶上，山脚下有两道飞阶直通上去。也通索子铁路。堂的规模极宏伟，有四个穹隆顶，一个大的，带三个小的，都是卑赞廷式；另外一座方形高钟楼，里面的钟重二万零九十斤。堂里能容八千人，但还没有加以装饰。房子是白色，台阶也是的，一种单纯的力量压得住人。堂高而大，巴黎周围若干里外便可看见。站在堂前的平场里，或爬上穹隆顶里，也可看个五六十里。造堂时工程浩大，单是打地基一项，就花掉约四百万元；因为土太松了，撑不住，根基要一直打到山脚下。所以有人半真半假地说，就是移了山，这教堂也不会倒的。

巴黎博物院之多，真可算甲于世界。就这一桩儿，便可教你流连忘返。但须徘徊玩索才有味，走马看花是不成的。一个行色匆匆的游客，在这种地方往往无可奈何。博物院以卢佛宫（Louvre）为最大；这是就全世界论，不单就巴黎论。卢佛宫在加罗塞方场之东；主要的建筑是口字形，南头向西伸出一长条儿。这里本是一座堡垒，后来改为王宫。大革命后，各处王宫里的画，宫苑里的雕刻，都保存在此；改为故宫博物院，自然是很顺当的。博物院成立后，历来的政府都尽力搜罗好东西放进去；拿破仑从各国“搬”来大宗的画，更为博物院生色不少。宫房占地极宽，站在那方院子里，颇有海阔天空的意味。院子里养着些鸽子，成群地孤单地仰着头挺着胸在地上一步步地走，一点不怕人。撒些饼干面包之类，它们便都向你身边来。房子造得秀雅而庄严，壁上安着许多王公的雕像。熟悉法国历史的人，到此一定会发思古之幽情的。

卢佛宫好像一座宝山，蕴藏的东西实在太多，教人不知从那儿说起好。画为最，还有雕刻，古物，装饰美术等等，真是琳琅满目。乍进去的人一时摸不着头脑，往往弄得糊里糊涂。就中最脍炙人口的有三件。一是达文齐[①]的《摩那丽沙》像，大约作于一五〇五年前后，是觉孔达（Joconda）夫人的画像。相传达文齐这幅像画了四个年头，因为要那甜美的微笑的样子，每回“临像”的时候，总请些乐人弹唱给她听，让她高高兴兴坐着。像画好了，他却爱上她了。这幅画是佛兰西司第一手里买的，他没有准儿许认识那女人。一九一一年画曾被人偷走，但两年之后，到底从意大利找回来了。十六世纪中叶，意大利已公认此画为不可有二的画像杰作，作者在与造化争巧。画的奇处就在那一丝儿微笑上。那微笑太飘忽了，太难捉摸了，好像常常在变幻。这果然是个“奇迹”，不过也只是造形的“奇迹”罢了。这儿也有些理想在内；达文齐笔下夹带了一些他心目中的圣母的神气。近世讨论那微笑的可太多了。诗人，哲学家，有的是；他们都想找出点儿意义来。于是摩那丽沙成为一个神秘的浪漫的人了；她那微笑成为“人狮（Sphinx）的凝视”或“鄙薄的讽笑”了。这大概是她与达文齐都梦想不到的吧。

二是米罗（Milo）《爱神》像。一八二〇年米罗岛一个农人发见这座像，卖给法国政府只卖了五千块钱。据近代考古家研究，这座像当作于纪元前一百年左右。那两只胳膊都没有了；它们是怎么个安法，却大大费了一班考古家的心思。这座像不但有生动的形态，而且有温暖的骨肉。她又强壮，又清明；单纯而伟大，朴真而不奇。所谓清明，是身心都健的表象，与麻木不同。这种作风颇与纪元前五世纪希腊巴昔农（Panthenon）庙的监造人，雕刻家费铁亚司（Phidias）相近。因此法国学者雷那西（S.Reinach，新近去世）在他的名著《亚波罗》（美术史）中相信这座像作于纪元前四世纪中。他并且相信这座像不是爱神微那司而是海女神安非特

① 今译名为达·芬奇。

利特（Amphitrite）；因为它没有细腻，飘渺，娇羞，多情的样子。三是沙摩司雷司（Samothrace）的《胜利女神像》。女神站在冲波而进的船头上，吹着一支喇叭。但是现在头和手都没有了，剩下翅膀与身子。这座像是还愿的。纪元前三〇六年波立尔塞特司（Demetrius Poliorcetes）在塞勃勒司（Cyprus）岛打败了埃及大将陶来买（Ptolemy）的水师，便在沙摩司雷司岛造了这座像。衣裳雕得最好；那是一件薄薄的软软的衣裳，光影的准确，衣褶的精细流动；加上那下半截儿被风吹得好像弗弗有声，上半截儿却紧紧地贴着身子，很有趣地对照着。因为衣裳雕得好，才显出那筋肉的力量；那身子在摇晃着，在挺进着，一团胜利的喜悦的劲儿。还有，海风呼呼地吹着，船尖儿嗤嗤地响着，将一片碧波分成两条长长的白道儿。

卢森堡博物院专藏近代艺术家的作品。他们或新故，或还生存。这里比卢佛宫明亮得多。进门去，宽大的甬道两旁，满陈列着雕像等；里面却多是画。雕刻里有彭彭（Pompon）的《狗熊》与《水禽》等，真是大巧若拙。彭彭现在大概有七八十岁了，天天上动物园去静观禽兽的形态。他熟悉它们，也亲爱它们，所以做出来的东西神气活现；可是形体并不像照相一样地真切，他在天然的曲线里加上些小小的棱角，便带着点“建筑”的味儿。于是我们才看见新东西。那《狗熊》和实物差不多大，是石头的；那《水禽》等却小得可以供在案头，是铜的。雕像本有两种手法，一是干脆地砍石头，二是先用泥塑，再浇铜。彭彭从小是石匠，石头到他手里就像豆腐。他是巧匠而兼艺术家。动物雕像盛于十九世纪的法国；那时候动物园发达起来，供给艺术家观察，研究，描摹的机会。动物素描之成为画的一支，也从这时候起。院里的画受后期印象派的影响，找寻人物的“本色”（local colour），大抵是鲜明的调子。不注重画面的“体积”而注重装饰的效用。也有细心分别光影的，但用意还在找寻颜色，与印象派之只重光影不一样。

砖场花园的南犄角上有网球场博物院，陈列外国近代的画与雕像。北犄角上有奥兰纪利博物院，陈列的东西颇杂，有马奈（Manet，十九世纪法国印象派画家）的画与日本的浮世绘等。浮世绘的著色与构图给十九世纪后半法国画家极深的影响。摩奈（Monet）画院也在这里。他也是法国印象派巨子，一九二六年才过去。印象派兴于十九世纪中叶，正是照相机流行的时候。这派画家想赶上照相机，便专心致志地分别光影；他们还想赶过照相机，照相没有颜色而他们有。他们只用原色；所画的画近看但见一处处的颜色块儿，在相当的距离看，才看出光影分明的全境界。他们的看法是迅速的综合的，所以不重“本色”（人物固有的颜色，随光影而变化），不重细节。摩奈以风景画著于世；他不但是印象派，并且是露天画派（Pleinairiste）。露天画派反对画室里的画，因为都带着那黑影子；露天里就没有这种影子。这个画院里有摩奈八幅顶大的画，太大了，只好嵌在墙上。画院只有两间屋子，每幅画就是一堵墙，画的是荷花在水里。摩奈欢喜用蓝色，这几幅画也是如此。规模大，气魄厚，汪汪欲溢的池水，疏疏密密的乱荷，有些像在树荫下，有些像在太阳里。据内行说，这些画的章法，简直前无古人。

罗丹博物院在左岸。大战后罗丹的东西才收集在这里；已完成的不少，也有些未完成的。有群像，单像，胸像；有石膏仿本。还有画稿，塑稿。还有罗丹的遗物。罗丹是十九世纪雕刻大师；或称他为自然派，或称他为浪漫派。他有匠人的手艺，诗人的胸襟；他藉雕刻来表现自己的情感。取材是不平常的，手法也是不平常的。常人以为美的，他觉得已无用武之地；他专找常人以为丑的，甚至于借重性交的姿势。又因为求表现的充分，不得不夸饰与变形。所以他的东西乍一看觉得“怪”，不是玩艺儿。从前的雕刻讲究光洁，正是“裁缝不露针线迹”的道理；而浪漫派艺术家恰相反，故意要显出笔触或刀痕，让人看见他们在工作中情感激动的光景。罗丹也常如此。他们又多喜欢用塑法，因为泥随意些，那凸凸凹凹的地方，那大块儿小条儿，都可以看得清楚。

克吕尼馆（Cluny）收藏罗马与中世纪的遗物颇多，也在左岸。罗马时代执政的宫在这儿。后来法兰族诸王也住在这宫里。十五世纪的时候，宫毁了，克吕尼寺僧改建现在这所房子，作他们的下院，是“后期戈昔”与“文艺复兴”的混合式。法国王族来到巴黎，在馆里暂住过的，也很有些人。这所房子后来又归了一个考古家。他搜集了好些古董；死后由政府收买，并添凑成一万件。画，雕刻，木刻，金银器，织物，中世纪上等家具，磁器，玻璃器，应有尽有。房子还保存着原来的样子。入门就如活在几百年前的世界里，再加上陈列的零碎的东西，触鼻子满是古气。与这个馆毗连着的是罗马时代的浴室，原分冷浴热浴等，现在只看见些残门断柱（也有原在巴黎别处的），寂寞地安排着。浴室外是园子，树间草上也散布着古代及中世纪巴黎建筑的一鳞一爪，其中“圣处女门”最秀雅。

此外巴黎美术院（即小宫），装饰美术院都是杂拌儿。后者中有一间扇室，所藏都是十八世纪的扇面，是某太太的遗赠。十八世纪中国玩艺儿在欧洲颇风行，这也可见一斑。扇面满是西洋画，精工鲜丽；几百张中，只有一张中国人物，却板滞无生气。又有吉买博物院（Guimet），收藏远东宗教及美术的资料。伯希和取去敦煌的佛画，多数在这里。日本小画也有些。还有蜡人馆。据说那些蜡人做得真像，可是没见过那些人或他们的照相的，就感不到多大兴味，所以不如画与雕像。不过“隧道”里阴惨惨的，人物也代表着些阴惨惨的故事，却还可看。楼上有镜宫，满是镜子，顶上与周围用各色电光照耀，宛然千门万户，像到了万花筒里。

一九三二年春季的官“沙龙”在大宫中，顶大的院子里罗列着雕像；楼上下八十几间屋子满是画，也有些装饰美术。内行说，画像太多，真是“官”气。其中有安南阮某一幅，奖银牌；中国人一看就明白那是阮氏祖宗的影像。记得有个笑话，说一个贼混入人家厅堂偷了一幅古画，卷起夹在腋下。跨出大门，恰好碰见主人。那贼情急智生，便将画卷儿一扬，问道，“影像，要买吧？”主人自然大怒，骂了一声走进去。贼于是从容溜之乎也。那位安南阮某与此贼可谓异曲同工。大宫里，同时还有一个装饰艺术的“沙龙”，陈列的是家具，灯，织物，建筑模型等等，大都是立体派的作风。立体派本是现代艺术的一派，意大利最盛。影响大极了，建筑，家具，布匹，织物，器皿，汽车，公路，广告，书籍装订，都有立体派的份儿。平静，干脆，是古典的精神，也是这时代重理智的表现。在这个“沙龙”里看，现代的屋子内外都俨然是些几何的图案，和从前华丽的藻饰全异。还有一个“沙龙”，专陈列幽默画。画下多有说明。各画或描摹世态，或用大小文野等对照法，以传出那幽默的情味。有一幅题为《长褂子》，画的是夜宴前后客室中的景子：女客全穿短褂子，只有一人穿长的，大家的眼睛都盯着她那长出来的一截儿。她正在和一个男客谈话，似乎不留意。看她的或偏着身子，或偏着头，或操着手，或用手托着腮（表示惊讶），倚在丈夫的肩上，或打着看戏用的放大镜子，都是一副尴尬面孔。穿长褂子的女客在左首，左首共三个人；中央一对夫妇，右首三个女人，疏密向背都恰好；还点缀着些不在这一群里的客人。画也有不幽默的，也有太恶劣的；本来是幽默并不容易。

巴黎的坟场，东头以倍雷拉谢斯（Père Lachaise）为最大，占地七百二十亩，有二里多长。中间名人的坟颇多，可是道路纵横，找起来真费劲儿。阿培拉德与哀绿绮思两坟并列，上有亭子盖着；这是重修过的。王尔德的坟本葬在别处；死后九年，也迁到此场。坟上雕着个大飞人，昂着头，直着脚，长翅膀，像是合埃及的“狮人”与亚述的翅儿牛而为一，雄伟飞动，与王尔德并不很称。这是英国当代大雕刻家爱勃司坦（Epstein）的巨作；钱是一位倾慕王尔德的无名太太捐的。场中有巴什罗米（Bartholomé）雕的一座纪念碑，题为《致死者》。碑分上下两层，上层中间是死门，进去的两个人倒也行无所事的；两侧向门走的人群却牵牵拉拉，哭哭啼啼，跌跌倒倒，不得开交似的。下层像是生者的哀伤。此外北头的蒙马特，南头的蒙巴那斯两坟场也算大。茶花女埋在蒙马特场，题曰一八二四年正月十五日生，一八四七年二月三日卒。小仲马，海涅也在那儿。蒙巴那斯场有圣白孚，莫泊桑，鲍特莱尔等；鲍特莱尔的坟与纪念碑不在一处，碑上坐着一个悲伤的女人的石像。

巴黎的夜也是老牌子。单说六个地方。非洲饭店带澡堂子，可以洗蒸气澡，听黑人浓烈的音乐；店员都穿着埃及式的衣服。三藩咖啡看“爵士舞”，小小的场子上一对对男女跟着那繁声促节直扭腰儿。最警动的是那小圆木筒儿，里面像装着豆子之类。不时地紧摇一阵子。圆屋听唱法国的古歌；一扇门背后的墙上油画着蹲着在小便的女人。红磨坊门前一架小红风车，用电灯做了轮廓线；里面看小戏与女人跳舞。这在蒙马特区。蒙马特是流浪人的区域。十九世纪画家住在这一带的不少，画红磨坊的常有。塔巴林看女人跳舞，不穿衣服，意在显出好看的身子。里多在仙街，最大。看变戏法，听威尼斯夜曲。里多岛本是威尼斯娱乐的地方。这儿的里多特意砌了一个池子，也有一支“刚朵拉”，夜曲是男女对唱，不过意味到底有点儿两样。

巴黎的野色在波隆尼林与圣克罗园里才可看见。波隆尼林在西北角，恰好在塞因河河套中间，占地一万四千多亩，有公园，大路，小路，有两个湖，一大一小，都是长的；大湖里有两个洲，也是长的。要领略林子的好处，得闲闲地拣深僻的地儿走。圣克罗园还在西南，本有离宫，现在毁了，剩下些喷水和林子。林子里有两条道儿很好。一条渐渐高上去，从树里两眼望不尽；一条窄而长，漏下一线天光；远望路口，不知是云是水，茫茫一大片。但真有野味的还得数枫丹白露的林子。枫丹白露在巴黎东南，一点半钟的火车。这座林子有二十七万亩，周围一百九十里。坐着小马车在里面走，幽静如远古的时代。太阳光将树叶子照得透明，却只一圈儿一点儿地洒到地上。路两旁的树有时候太茂盛了，枝叶交错成一座拱门，低低的；远看去好像拱门那面另有一界。林子里下大雨，那一片沙沙沙沙的声音，像潮水，会把你心上的东西冲洗个干净。林中有好几处山峡，可以试腰脚，看野花野草，看旁逸斜出，稀奇古怪的石头，像枯骨，像刺猬。亚勃雷孟峡就是其一，地方大，石头多，又是忽高忽低，走起来好。

枫丹白露宫建于十六世纪，后经重修。拿破仑一八一四年临去爱而巴岛的时候，在此告别他的诸将。这座宫与法国历史关系甚多。宫房外观不美，里面却精致，家具等等也考究。就中侍从武官室与亨利第二厅最好看。前者的地板用嵌花的条子板；小小的一间屋，共用九百条之多。复壁板上也雕绘着繁细的花饰，炉壁上也满是花儿，挂灯也像花正开着。后者是一间长厅，其大少有。地板用了二万六千块，一色，嵌成规规矩矩的几何图案，光可照人。厅中间两行圆拱门。门柱下截镶复壁板，上截镶油画；楣上也画得满满的。天花板极意雕饰，金光耀眼。宫外有园子，池子，但赶不上凡尔赛宫的。

凡尔赛宫在巴黎西南，算是近郊。原是路易十三的猎宫，路易十四觉得这个地方好，便大加修饰。路易十四是所谓“上帝的代表”，凡尔赛宫便是他的庙宇。那时法国贵人多一半住在宫里，伺候王上。他的侍从共一万四千人；五百人伺候他吃饭，一百个贵人伺候他起床，更多的贵人伺候他睡觉。那时法国艺术大盛，一切都成为御用的，集中在凡尔赛和巴黎两处，凡尔赛宫里装饰力求富丽奇巧，用钱无数。如金漆彩画的天花板，木刻，华美的家具，花饰，贝壳与多用错综交会的曲线纹等，用意全在教来客惊奇：这便是所谓“罗科科式”（Rococo）。宫中有镜厅，十七个大窗户，正对着十七面同样大小的镜子；厅长二百四十英尺，宽三十英尺，高四十二英尺。拱顶上和墙上画着路易十四打胜德国，荷兰，西班牙的情形，画着他是诸国的领袖，画着他是艺术与科学的广大教主。近十几年来成为世界祸根的那和约便是一九一九年六月二十八那一天在这座厅里签的字。宫旁一座大园子，也是路易十四手里布置起来的。看不到头的两行树，有万千的气象。有湖，有花园，有喷水。花园一畦一个花样，小松树一律修剪成圆锥形，集法国式花园之大成。喷水大约有四十多处，或铜雕，或石雕，处处都别出心裁，也是集大成。每年五月到九月，每月第一星期日，和别的节日，都有大水法。从下午四点起，到处银花飞舞，雾气沾人，衬着那齐斩斩的树，软茸茸的草，觉得立着看，走着看，不拘怎么看总成。海龙王喷水池，规模特别大；得等五点半钟大水法停后，让它单独来二十分钟。有时晚上大放花炮，就在这里。各色的电彩照耀着一道道喷水。花炮在喷水之间放上去，也是一道道的；同时放许多，便氤氲起一团雾。这时候电光换彩，红的忽然变蓝的，蓝的忽然变白的，真真是一眨眼。

卢梭园在爱尔莽浓镇（Ermenonville），巴黎的东北，要坐一点钟火车，走两点钟的路。这是道地乡下，来的人不多。园子空旷得很，有种荒味。大树，怒草，小湖，清风，和中国的郊野差不多，真自然得不可言。湖里有个白杨洲，种着一排白杨树，卢梭坟就在那小洲上。日内瓦的卢梭洲在仿这个；可是上海式的街市旁来那么个洲子，总有些不伦不类。

一九三一年夏天，“殖民地博览会”开在巴黎之东的万散园（Vincennes）里。那时每日人山人海。会中建筑都仿各地的式样，充满了异域的趣味。安南庙七塔参差，峥嵘肃穆，最为出色。这些都是用某种轻便材料造的，去年都拆了。各建筑中陈列着各处的出产，以及民俗。晚上人更多，来看灯光与喷水。每条路一种灯，都是立体派的图样。喷水有四五处，也是新图样；有一处叫“仙人球”喷水，就以仙人球做底样，野拙得好玩儿。这些自然都用电彩。还有一处水桥，河两岸各喷出十来道水，凑在一块儿，恰好是一座弧形的桥，教人想着走上一个水晶的世界去。

1933年6月30日作

文人宅

杜甫《最能行》云,“若道士无英俊才，何得山有屈原宅？”《水经注》，秭归“县北一百六十里有屈原故宅，累石为屋基”。看来只是一堆烂石头，杜甫不过说得嘴响罢了。但代远年湮，渺茫也是当然。往近里说,《孽海花》上的“李纯客”就是李慈铭，书里记着他自撰的楹联，上句云，“保安寺街藏书一万卷”；但现在走过北平保安寺街的人，谁知道那一所屋子是他住过的？更不用提屋子里怎么个情形，他住着时怎么个情形了。要凭吊，要留连，只好在街上站一会儿出出神而已。

西方人崇拜英雄可真当回事儿，名人故宅往往保存得好。譬如莎士比亚吧，老宅子，新宅子，太太老太太宅子，都好好的；连家具什物都存着。莎士比亚也许特别些，就是别人，若有故宅可认的话，至少也在墙上用木牌标明，让访古者有低徊之处；无论宅里住着人或已经改了铺子。这回在伦敦所见的四文人宅，时代近，宅内情形比莎士比亚的还好；四所宅子大概都由私人捐款收买，布置起来，再交给公家的。

约翰生博士（Samuel Johnson，1709—1784）宅，在旧城，是三层楼房，在一个小方场的一角上，静静的。他一七四八年进宅，直住了十一年；

他太太死在这里。他和助手就在三层楼上小屋里编成了他那部大字典。那部寓言小说（allegorical novel）《刺塞拉斯》（《Rasselas》）大概也在这屋子里写成；是晚上写的，只写了一礼拜，为的要付母亲下葬的费用。屋里各处，如门堂，复壁板，楼梯，碗橱，厨房等，无不古气盎然。那著名的大字典陈列在楼下客室里；是第三版，厚厚的两大册。他编著这部字典，意在保全英语的纯粹，并确定字义；因为当时作家采用法国字的实在太多了。字典中所定字义有些很幽默：如"女诗人，母诗人也"（she-poet，盖准shegoat——母山羊——字例），又如"燕麦，谷之一种，英格兰以饲马，而苏格兰则以为民食也"，都够损的。——伦敦约翰生社便用这宅子作会所。

济兹（John Keats，1795—1821）宅，在市北汉姆司台德区（Hampstead）。他生卒虽然都不在这屋子里，可是在这儿住，在这儿恋爱，在这儿受人攻击，在这儿写下不朽的诗歌。那时汉姆司台德区还是乡下，以风景著名，不像现时人烟稠密。济兹和他的朋友布朗（Charles Armitage Brown）同住。屋后是个大花园，绿草繁花，静如隔世；中间一棵老梅树，一九二一年干死了，干子还在。据布朗的追记，济兹《夜莺歌》似乎就在这棵树下写成。布朗说，"一八一九年春天，有只夜莺做案在这屋子近处。济兹常静听它歌唱以自怡悦；一天早晨吃完早饭，他端起一张椅子坐到草地上梅树下，直坐了两三点钟。进屋子的时候，见他拿着几张纸片儿，塞向书后面去。问他，才知道是歌咏我们的夜莺之作。"这里说的梅树，也许就是花园里那一棵。但是屋前还有草地，地上也是一棵三百岁老桑树，枝叶扶疏，至今结桑椹；有人想《夜莺歌》也许在这棵树下写的。济兹的好诗在这宅子里写的最多。

他们隔壁住过一家姓布龙（Brawne）的。有位小姐叫凡耐（Fanny），让济兹爱上了，他俩订了婚，他的朋友颇有人不以为然，为的女的配不上；可是女家也大不乐意，为的济兹身体弱，又像疯疯癫癫的。济兹自己写小姐道："她个儿和我差不多——长长的脸蛋儿——多愁善感——头梳得好——鼻子不坏，就是有点小毛病——嘴有坏处有好处——脸侧面看好，正面看，又瘦又少血色，像没有骨头。身架苗条，姿态如之——胳膊好，手差点儿——脚还可以——她不止十七岁，可是天真烂漫——举动奇奇怪怪的，到处跳跳蹦蹦，给人编诨名，近来愣叫我‘自美自的女孩子’——我想这并非生性坏，不过爱闹一点漂亮劲儿罢了。”

一八二〇年二月，济兹从外面回来，吐了一口血。他母亲和三弟都死在痨病上，他也是个痨病底子；从此便一天坏似一天。这一年九月，他的朋友赛棼（Joseph Severn）伴他上罗马去养病；次年二月就死在那里，葬新教坟场，才二十六岁。现在这屋子里陈列着一圈头发，大约是赛棼在他死后从他头上剪下来的。又次年，赛棼向人谈起，说他保存着可怜的济兹一点头发，等个朋友捎回英国去；他说他有个怪想头，想照他的希腊琴的样子作根别针，就用济兹头发当弦子，送给可怜的布龙小姐，只恨找不到这样的手艺人。济兹头发的颜色在各人眼里不大一样：有的说赤褐色，有的说棕色，有的说暖棕色，他二弟两口子说是金红色，赛棼追画他的像，却又画作深厚的棕黄色。布龙小姐的头发，这儿也有一并存着。

他俩订婚戒指也在这儿，镶着一块红宝石。还有一册仿四折本《莎士比亚》，是济兹常用的。他对于莎士比亚，下过一番苦工夫；书中页边行里都画着道儿，也有些精湛的评语。空白处亲笔写着他见密尔顿发和独坐重读《黎琊王》剧作两首诗；书名页上记着“给布龙凡耐，一八二〇”，照年份看，准是上意大利去时送了作纪念的。珂罗版印的《夜莺歌》墨迹，有一份在这儿，另有哈代《汉姆司台德宅作》一诗手稿，是哈代夫人捐赠的，宅中出售影印本。济兹书法以秀丽胜，哈代的以苍老胜。

这屋子保存下来却并不易。一九二一年，业主想出售，由人翻盖招租。地段好，脱手一定快的；本区市长知道了，赶紧组织委员会募款一万镑。款还募得不多，投机的建筑公司已经争先向业主讲价钱。在这千钧一发的当儿，亏得市长和本区四委员迅速行动，用私人名义担保付款，才得挽回危局。后来共收到捐款四千六百五十镑（约合七八万元），多一半是美国人捐的；那时正当大战之后，为这件事在英国募款是不容易的。

加莱尔（Thomas Carlyle，1795—1881）宅，在泰晤士河旁乞而西区（Chelsea）；这一区至今是文人艺士荟萃之处。加莱尔是维多利亚时代初期的散文家，当时号为“乞而西圣人”。一八三四年住到这宅子里，一直到死。书房在三层楼上，他最后一本书《弗来德力大帝传》就在这儿写的。这间房前面临街，后面是小园子；他让前后都砌上夹墙，为的怕那街上的嚣声，园中的鸡叫。他著书时坐的椅子还在；还有一件呢浴衣。据说他最爱穿浴衣，有不少件；苏格兰国家画院所藏他的画像，便穿着灰呢浴衣，坐在沙发上读书，自有一番宽舒的气象。画中读书用的架子还可看见。宅里存着他几封信，女司事愿意念给访问的人听，朗朗有味。二楼加莱尔夫人屋里放着架小屏，上面横的竖的斜的正的贴满了世界各处风景和人物的画片。

迭更斯（Charles Dickens，1812—1870）宅，在“西头”，现在是热闹地方。迭更斯出身贫贱，熟悉下流社会情形；他小说里写这种情形，最是酣畅淋漓之至。这使他成为“本世纪最通俗的小说家，又，英国大幽默家之一”，如他的老友浮斯大（John Forster）给他作的传开端所说。他一八三六年动手写《比克维克秘记》(《Pickwick Papers》)，在月刊上发表。起初是绅士比克维克等行猎故事，不甚为世所重；后来仆人山姆（Sam Weller）出现，谈谐嘲讽，百变不穷，那月刊顿时风行起来。迭更斯手头渐宽，这才迁入这宅子里，时在一八三七年。

他在这里写完了《比克维克秘记》，就是这一年印成单行本。他算是一举成名，从此直到他死时，三十四年间，总是蒸蒸日上。来这屋子不多日子，他借了一个饭店举行《秘记》发表周年纪念，又举行他夫妇结婚周年纪念。住了约莫两年，又写成《块肉余生述》,《滑稽外史》等。这其间生了两个女儿，房子挤不下了；一八三九年终，他便搬到别处去了。

屋子里最热闹的是画，画着他小说中的人物，墙上大大小小，突梯滑稽，满是的。所以一屋子春气。他的人物虽只是类型，不免奇幻荒唐之处，可是有真味，有人味；因此这么让人欢喜赞叹。屋子下层一间厨房，所谓“丁来谷厨房”，道地老式英国厨房，是特地布置起来的——“丁来谷”是比克维克一行下乡时寄住的地方。厨房架子上摆着带釉陶器，也都画着迭更斯的人物。这宅里还存着他的手杖，头发；一朵玫瑰花，是从他尸身上取下来的；一块小窗户，是他十一岁时住的楼顶小屋里的；一张书桌，他带到美洲去过，临死时给了二女儿，现时罩着紫色天鹅绒，蛮伶俐的。此外有他从这屋子寄出的两封信，算回了老家。

这四所宅子里的东西，多半是人家捐赠；有些是特地买了送来的。也有借得来陈列的。管事的人总是在留意搜寻着，颇为苦心热肠。经常用费大部靠基金和门票、指南等余利；但门票卖的并不多，指南照顾的更少，大约维持也不大容易。

格雷（Thomas Gray，1716—1771）以《挽歌辞》(《Elegy Written in a Country Churchyard》）著名。原题中所云“作于乡村教堂墓地中”，指司妥克波忌士（Stoke Poges）的教堂而言。诗作于一七四二格雷二十五岁时，成于一七五〇，当时诗人怀古之情，死生之感，亲近自然之意，诗中都委婉达出，而句律精妙，音节谐美，批评家以为最足代表英国诗，称为诗中之诗。诗出后，风靡一时，诵读模拟，遍于欧洲各国；历来引用极多，至今已成为英美文学教育的一部分。司妥克波忌士在伦敦西南，从那著名的温泽堡（Windsor Castle）去是很近的。四月一个下午，微雨之后，我们到了那里。一路幽静，似乎鸟声也不大听见。拐了一个小弯儿，眼前一片平铺的碧草，点缀着稀疏的墓碑；教堂木然孤立，像戏台上布景似的。小路旁一所小屋子，门口有小木牌写着格雷陈列室之类。出来一位白发老人，殷勤地引我们去看格雷墓，长方形，特别大，是和他母亲、姨母合葬的，紧挨着教堂墙下。又看水松树（yewtree），老人说格雷在那树下写《挽歌辞》来着；《挽歌辞》里提到水松树，倒是确实的。我们又兜了个大圈子，才回到小屋里，看《挽歌辞》真迹的影印本。还有几件和格雷关系很疏的旧东西。屋后有井，老人自己汲水灌园，让我们想起“灌园叟”来；临别他送我们每人一张教堂影片。

1935 年 3 月 21 日—23 日作

博物院

伦敦的博物院带画院，只检大的说，足足有十个之多。在巴黎和柏林，并不“觉得”博物院有这么多似的。柏林的本来少些；巴黎的不但不少，还要多些，但除卢佛宫外，都不大。最要紧的，伦敦各院陈列得有条有理的，又疏朗，房屋又亮，得看；不像卢佛宫，东西那么挤，屋子那么黑，老教人喘不出气。可是，伦敦虽然得看，说起来也还是千头万绪；真只好检大的说罢了。

先看西南角。维多利亚亚伯特院最为堂皇富丽。这是个美术博物院，所收藏的都是美术史材料，而装饰用的工艺品尤多，东方的西方的都有。漆器，瓷器，家具，织物，服装，书籍装订，道地五光十色。这里颇有中国东西。漆器瓷器玉器不用说，壁画佛像，罗汉木像，还有乾隆宝座也都见于该院的“东方百珍图录”里。图录里还有明朝李麟（原作 Li Ling，疑系此人）画的《波罗球戏图》；波罗球骑着马打，是唐朝从西域传来的。中国现在似乎没存着这种画。院中卖石膏像，有些真大。

自然史院是从不列颠博物院分出来的。这里才真古色古香，也才真“巨大”。看了各种史前人的模型，只觉得远烟似的时代，无从凭吊，无从怀想——满够不上分儿。中生代大爬虫的骨架，昂然站在屋顶下，人还够不上它们一条腿那么长，不用提“项背”了。现代鲸鱼的标本虽然也够大的，但没腿，在陆居的我们眼中就差多了。这里有夜莺，自然是死的，那样子似乎也并不特别秀气；嗓子可真脆真圆，我在话匣片里听来着。

欧战院成立不过十来年。大战各方面，可以从这里略见一斑。这里有模型，有透视画（dioramas），有照相，有电影机，有枪炮等等。但最多的还是画。大战当年，英国情报部雇用一群少年画家，教他们搁下自己的工作，大规模的画战事画，以供宣传，并作为历史纪录。后来少年画家不够用，连老画家也用上了。那时情报部常常给这些画家开展览会，个人的或合伙的。欧战院的画便是那些展览作品的一部分。少年画家大约都是些立体派，和老画家的浪漫作风迥乎不同。这些画家都透视了战争，但他们所成就的却只是历史纪录，艺术是没有什么的。

现在该到西头来，看人所熟知的不列颠博物院了。考古学的收藏，名人文件，抄本和印本书籍，都数一数二；顾恺之《女史箴》卷子和敦煌卷子便在此院中。磁器也不少，中国的，土耳其的，欧洲各国的都有；中国的不用说，土耳其的青花，浑厚朴拙，比欧洲金的蓝的或刻镂的好。考古学方面，埃及王拉米塞斯第二（约公元前1250）巨大的花岗石像，几乎有自然史院大爬虫那么高，足为我们扬眉吐气；也有坐像。坐立像都僵直而四方，大有虽地动山摇不倒之势。这些像的石质尺寸和形状，表示统治者永久的超人的权力。还有贝叶的《死者的书》，用象形字和俗字两体写成。罗塞他石，用埃及两体字和希腊文刻着诏书一通（公元前195），一七九八年出土；从这块石头上，学者比对希腊文，才读通了埃及文字。

希腊巴昔农庙（Parthenon）各件雕刻，是该院最足以自豪的。这个庙的雅典，奉祀女神雅典巴昔奴；配利克里斯（Pericles）时代，教成千带万的艺术家，用最美的大理石，重建起来，总其事的是配氏的好友兼顾问，著名雕刻家费迪亚斯（Phidias）。那时物阜民丰，费了二十年工夫，到了公元前四三五年，才造成。庙是长方形，有门无窗；或单行或双行的石柱围绕着，像女神的马队一般。短的两头，柱上承着三角形的楣；这上面都雕着像。庙墙外上部，是著名的刻壁。庙在一六八七年让威尼斯人炸毁了一部分；一八〇一年，爱而近伯爵从雅典人手里将三角楣上的像，刻壁，和些别的买回英国，费了七万镑，约合百多万元；后来转卖给这博物院，却只要一半价钱。院中特设了一间爱而近室陈列那些艺术品，并参考巴黎国家图书馆所藏的巴昔农庙诸图，做成庙的模型，巍巍然立在石山上。

希腊雕像与埃及大不相同，绝无僵直和紧张的样子。那些艺术家比较自由，得以研究人体的比例；骨架，肌理，皮肉，他们都懂得清楚，而且有本事表现出来。又能抓住要点，使全体和谐不乱。无论坐像立像，都自然，庄严，造成希腊艺术的特色：清明而有力。当时运动竞技极发达；艺术家雕神像，常以得奖的人为"模特儿"，赤裸裸的身体里充满了活动与力量。可是究竟是神像；所以不能是如实的人像而只是理想的人像。这时代所缺少的是热情，幻想；那要等后世艺人去发展了。庙的东楣上运命女神三姊妹像，头已经失去了，可是那衣褶如水的轻妙，衣褶下身体的充盈，也从繁复的光影中显现，几乎不相信是石人。那刻壁浮雕着女神节贵家少女献衣的行列。少女们穿着长袍，庄严的衣褶，和运命女神的又不一样，手里各自拿着些东西；后面跟着成队的老人，妇女，雄赳赳的骑士，还有带祭品的人，齐向诸神而进。诸神清明彻骨，在等待着这一行人众。这刻壁上那么多人，却不繁杂，不零散，打成一片，布局时必然煞费苦心。而细看诸少女诸骑士，也各有精神，绝不一律；其间刀锋或深或浅，光影大异。少壮的骑士更像生龙活虎，千载如见。

院中所藏名人的文件太多了。像莎士比亚押房契，密尔顿出卖《失乐园》合同（这合同是书记代签，不出密氏亲笔），巴格来夫（Palgrave）《金库集》稿，格雷《挽歌》稿，哈代《苔丝》稿，达文齐，密凯安杰罗的手册，还有维多利亚后四岁时铅笔签字，都亲切有味。至于荷马史诗的贝叶，公元一世纪所写，在埃及发见的，以及九世纪时希伯来文《旧约圣经》残页，据说也许是世界上最古《圣经》钞本的，却真令人悠然遐想。还有，二世纪时，罗马舰队一官员，向兵丁买了一个七岁的东方小儿为奴，立了一张贝叶契，上端盖着泥印七颗；和英国大宪章的原本，很可比着看。院里藏的中古钞本也不少；那时欧洲僧侣非常闲，日以抄书为事；字用峨特体，多棱角，精工是不用说的。他们最考究字头和插画，必然细心勾勒着上鲜丽的颜色，蓝和金用得多些；颜色也选得精，至今不变。某抄本有岁历图，二幅，画十二月风俗，细致风华，极为少见。每幅下另有一栏，画种种游戏，人物短小，却也滑稽可喜。画目如下：正月，析薪；二月，炬舞；三月，种花，伐木；四月，情人园会；五月，荡舟；六月，比武；七月，行猎，刈麦；八月，获稻；九月，酿酒；十月，耕种；十一月，猎归；十二月，屠豕。钞本和印本书籍之多，世界上只有巴黎国家图书馆可与这博物院相比；此处印本共三百二十万余册。有穹窿顶的大阅览室，圆形，室中桌子的安排，好像车轮的辐，可坐四百八十五人；管理员高踞在毂中。

次看画院。国家画院在西中区闹市口，匹对着特拉伐加方场一百八十四英尺高的纳尔逊石柱子。院中的画不算很多，可是足以代表欧洲画史上的各派，他们自诩，在这一方面，世界上那儿也及不上这里。最完全的是意大利十五六世纪的作品，特别是佛罗伦司派，大约除了意大利本国，便得上这儿来了。画按派别排列，可也按着时代。但是要看英国美术，此地不成，得上南边儿泰特（Tate）画院去。那画院在泰晤士河边上；一九二八年水上了岸，给浸坏了特耐尔（Joseph Malord William Turner，1775—1851）好多画，最可惜。特耐尔是十九世纪英国最大的风景画家，也是印象派的先锋。他是个穷苦的孩子，小时候住在菜市旁的陋巷里，常只在泰晤士河的码头和驳船上玩儿。他对于泰晤士河太熟了，所以后来爱画船，画水，画太阳光。再后来他费了二十多年工夫专研究光影和色彩，轮廓与内容差不多全不管；这便做了印象派的前驱了。他画过一幅《日出：湾头堡子》，那堡子淡得只见影儿，左手一行树，也只有树的意思罢了；可是，瞧，那金黄的朝阳的光，顺着树水似的流过去，你只觉着温暖，只觉着柔和，在你的身上，那光却又像一片海，满处都是的，可是闪闪烁烁，仪态万千，教你无从捉摸，有点儿着急。

特耐尔以前，坚士波罗（Gainsborough，1727—1788）是第一个人脱离荷兰影响，用英国景物作风景画的题材；又以画像著名。何嘉士（Hogarth，1697—1764）画了一套《结婚式》，又生动又亲切，当时刻板流传，风行各处，现存在这画院中。美国大画家惠斯勒（Whistler）称他为英国仅有的大画家。雷诺尔兹（Reynolds，1723—1792）的画像，与坚士波罗并称。画像以性格与身分为主，第一当然要像。可是从看画者一面说，像主若是历史上的或当代的名人，他们的性格与身分，多少总知道些，看起来自然有味，也略能批评得失。若只是平凡的人，凭你怎样像，陈列到画院里，怕就少有去理会的。因此，画家为维持他们永久的生命计，有时候重视技巧，而将“像”放在第二着。雷诺尔兹与坚士波罗似乎就是这样的人。他们画的像，色调鲜明而缥缈。庄严的男相，华贵的女相，优美活泼的孩子相，都算登峰造极；可就是不大“像”。坚氏的女像总太瘦；雷氏的不至于那么瘦，但是像主往往退回他的画，说太不像。——国家画院旁有个国家画像院，专陈列英国历史上名人的像，文学家，艺术家，科学家，政治家，皇族，应有尽有，约共二千一百五十人。油画是大宗，排列依着时代。这儿也看见雷坚二氏的作品；但就全体而论，历史比艺术多的多。

泰特画院中还藏着诗人勃来克（William Blake，1757—1827）和罗塞蒂（Dante Gabriel Rossetti，1828—1882）的画。前一位是浪漫诗人的先驱，号称神秘派。自幼儿想像多，都表现在诗与画里。他的图案非常宏伟；色彩也如火焰，如一飞冲天的翅膀。所画的人体并不切实，只用作表现姿态，表现动的符号而已。后一位是先拉斐尔派的主角；这一派是诗与画双管齐下的。他们不相信“为艺术的艺术”，而以知识为重。画要叙事，要教训，要接触民众的心，让他们相信美的新观念；画笔要细腻，颜色却不必调和。罗氏作品有着清明的调子，强厚的感情；只是理想虽高，气韵却不够生动似的。

当代英国名雕塑家爱勃斯坦（Jacob Epstein）也有几件东西陈列在这里。他是新派的浪漫雕塑家。这派人要在形体的部分中去找新的情感力量；那必是不寻常的部分，足以扩展他们自己情感或感觉的经验的。他们以为这是美，夸张的表现出来；可是俗人却觉得人不像人，物不像物，觉得丑，只认为滑稽画一类。爱氏雕石头，但是塑泥似乎更多：塑泥的表面，决不刮光，就让那么凸凸凹凹的堆着，要的是这股劲儿。塑完了再倒铜。——他也卖素描，形体色调也是那股浪漫劲儿。

以上只有不列颠博物院的历史可以追溯到十八世纪；别的都是十九世纪建立的，但欧战院除外。这些院的建立，固然靠国家的力量，却也靠私人的捐助——捐钱盖房子或捐自己的收藏的都有。各院或全不要门票，像不列颠博物院就是的；或一礼拜中两天要门票，票价也极低。他们印的图片及专册，廉价出售，数量惊人。又差不多都有定期的讲演，一面讲一面领着看；虽然讲的未必怎样精，听讲的也未必怎样多。这种种全为了教育民众，用意是值得我们佩服的。

1936年10月19日作

重庆一瞥

重庆的大，我这两年才知道。从前只知重庆是一个岛，而岛似乎总大不到那儿去的。两年前听得一个朋友谈起，才知道不然。他一向也没有把重庆放在心上。但抗战前二年走进夔门一看，重庆简直跟上海差不多；那时他确实吃了一惊。我去年七月到重庆时，这一惊倒是幸而免了。却是，住了一礼拜，跑的地方不算少，并且带了地图在手里，而离开的时候，重庆在我心上还是一座丈八金身，摸不着头脑。重庆到底好大，我现在还是说不出。

从前许多人，连一些四川人在内，都说重庆热闹，俗气，我一向信为定论。然而不尽然。热闹，不错，这两年更其是的；俗气，可并不然。我在南岸一座山头上住了几天。朋友家有一个小廊子，和重庆市面对面儿。清早江上雾濛濛的，雾中隐约着重庆市的影子。重庆市南北够狭的，东西却够长的，展开来像一幅扇面上淡墨轻描的山水画。雾渐渐消了，轮廓渐渐显了，扇上面着了颜色，但也只淡淡儿的，而且阴天晴天差不了多少似的。一般所说的俗陋的洋房，隔了一衣带水却出落得这般素雅，谁知道！再说在市内，傍晚的时候我跟朋友在枣子岚垭，观音岩一带散步，电灯亮了，上上下下，一片一片的是星的海，光的海。一盏灯一个眼睛，传递着密语，像旁边没有一个人。没有人，还那儿来的俗气？

从昆明来，一路上想，重庆经过那么多回轰炸，景象该很惨罢。报上虽不说起，可是想得到的。可是，想不到的！我坐轿子，坐洋车，坐公共汽车，看了不少的街，炸痕是有的，瓦砾场是有的，可是，我不得不吃惊了，整个的重庆市还是堂皇伟丽的！街上还是川流不息的车子和步行人，挤着挨着，一个垂头丧气的也没有。有一早上坐在黄家垭口那家宽敞的豆乳店里，街上井过儿辆炮车。店里的人都起身看，沿街也聚着不少的人。这些人的眼里都充满了安慰和希望。只要有安慰和希望，怎么轰炸重庆市的景象也不会惨的，我恍然大悟了。——只看去年秋天那回大轰炸以后，曾几何时，我们的陪都不是又建设起来了吗！

1941 年

乞　丐

“外国也有乞丐”，是的；但他们的丐道或丐术不大一样。近些年在上海常见的，马路旁水门汀上用粉笔写着一大堆困难情形，求人帮助，粉笔字一边就坐着那写字的人，——北平也见过这种乞丐，但路旁没有水门汀，便只能写在纸上或布上——却和外国乞丐相像；这办法不知是“来路货”呢，还是“此心同，此理同”呢？

伦敦乞丐在路旁画画的多，写字的却少。只在特拉伐加方场附近见过一个长须老者（外国长须的不多），在水门汀上端坐着，面前几行潦草的白粉字。说自己是大学出身，现在一寒至此，大学又有何用，这几句牢骚话似乎颇打动了一些来来往往的人，加上老者那炯炯的双眼，不露半星儿可怜相，也教人有点肃然。他右首放着一只小提箱，打开了，预备人往里扔钱。那地方本是四通八达的闹市，扔钱的果然不少。箱子内外都撒的铜子儿（便士）；别的乞丐却似乎没有这么好的运气。

画画的大半用各色粉笔，也有用颜料的。见到的有三种花样。或双钩To Live（求生）二字，每一个字母约一英尺见方，在双钩的轮廓里精细地作画。字母整齐匀净，通体一笔不苟。或双钩Gook Luck（好运）二字，也有只用Luck（运气）一字的。——“求生”是自道；“好运”“运气”是为过客颂祷之辞。或画着四五方风景，每方大小也在一英尺左右。通常画者坐在画的一头，那一头将他那旧帽子翻过来放着，铜子儿就扔在里面。

这些画丐有些在艺术学校受过正式训练，有些平日爱画两笔，算是“玩艺儿”。到没了落儿，便只好在水门汀上动起手来了。一九三二年五月十日，这些人还来了一回展览会。那天晚报（The Evening News）上选印了几幅，有两幅是彩绣的。绣的人诨名“牛津街开特尔老大”，拳乱时做水手，来过中国，他还记得那时情形。这两幅画绣在帆布（画布）上，每幅下了八万针。他绣过英王爱德华像，据说颇为当今王后所赏识；那是他生平最得意的时候。现在却只在牛津街上浪荡着。

晚报上还记着一个人。他在杂戏馆（Halls）干过三十五年，名字常大书在海报上。三年前还领了一个杂戏班子游行各处，他扮演主要的角色。英伦三岛的城市都到过；大陆上到过百来处，美国也到过十来处。也认识贾波林。可是时运不济，“老伦敦”却没一个子儿。他想起从前朋友们说过静物写生多么有意思，自己也曾学着玩儿；到了此时，说不得只好凭着这点“玩艺儿”在泰晤士河长堤上混混了。但是他怕认得他的人太多，老是背向着路中，用大帽檐遮了脸儿。他说在水门汀上作画颇不容易；最怕下雨，几分钟的雨也许毁了整天的工作。他说总想有朝一日再到戏台上去。

画丐外有乐丐。牛津街见过一个，开着话匣子，似乎是坐在三轮自行车上；记得颇有些堂哉皇也的神气。复活节星期五在冷街中却见过一群，似乎一人推着风琴，一人按着，一人高唱《颂圣歌》——那推琴的也和着。这群人样子却就狼狈了。据说话匣子等等都是赁来；他们大概总有得赚的。另一条冷街上见过一个男的带着两个女的，穿著得像刚从垃圾堆里出来似的。一个女的还抹着胭脂，简直是一块块红土！男的奏乐，女的乱七八糟的跳舞，在刚下完雨泥滑滑的马路上。这种女乞丐像很少。又见过一个拉小提琴的人，似乎很年轻，很文雅，向着步道上的过客站着。右手本来抱着个小猴儿；拉琴时先把它抱在左肩头蹲着。拉了没几弓子，猴儿尿了；

他只若无其事，让衣服上淋淋漓漓的。

牛津街上还见过一个，那真狼狈不堪。他大概赁话匣子等等的力量都没有；只找了块板儿，三四尺长，五六寸宽，上面安上条弦子，用只玻璃水杯将弦子绷起来。把板儿放在街沿下，便蹲着，两只手穿梭般弹奏着。那是明灯初上的时候，步道上人川流不息；一双双脚从他身边匆匆的跨过去，看见他的似乎不多。街上汽车声脚步声谈话声混成一片，他那独弦的细声细气，怕也不容易让人听见。可是他还是埋着头弹他那一手。

几年前一个朋友还见过背诵迭更斯小说的。大家正在戏园门口排着班等买票；这个人在旁背起《块肉余生述》来，一边念，一边还做着。这该能够多找几个子儿，因为比那些话匣子等等该有趣些。

警察禁止空手空口的乞丐，乞丐便都得变做卖艺人。若是无艺可卖，手里也得拿点东西，如火柴皮鞋带之类。路角落里常有男人或女人拿着这类东西默默站着，脸上大都是黯淡的。其实卖艺，卖物，大半也是幌子；不过到底教人知道自尊些，不许不做事白讨钱。只有瞎子，可以白讨钱。他们站着或坐着；胸前有时挂一面纸牌子，写着“盲人”。又有一种人，在乞丐非乞丐之间。有一回找一家杂耍场不着，请教路角上一个老者。他殷勤领着走，一面说刚失业，没钱花，要我帮个忙儿。给了五个便士（约合中国三毛钱），算是酬劳，他还争呢。其实只有二三百步路罢了。跟着走，诉苦，白讨钱的，只遇着一次；那里街灯很暗，没有警察，路上人也少，我又是外国人，他所以厚了脸皮，放了胆子——他自然不是瞎子。

1935年10月26日作

圣诞节

十二月二十五日圣诞节。英国人过圣诞节，好像我们旧历年的味儿。习俗上宗教上，这一日简直就是“元旦”；据说七世纪时便已如此，十四世纪至十八世纪中叶，虽然将“元旦”改到三月二十五日，但是以后情形又照旧了。至于一月一日，不过名义上的岁首，他们向来是不大看重的。

这年头人们行乐的机会越过越多，不在乎等到逢年过节；所以年情节景一回回地淡下去，像从前那样热狂地期待着，热狂地受用着的事情，怕只在老年人的回忆，小孩子的想像中存在着罢了。大都市里特别是这样；在上海就看得出，不用说更繁华的伦敦了。再说这种不景气的日子，谁还有心肠认真找乐儿？所以虽然圣诞节，大家也只点缀点缀，应个景儿罢了。

可是邮差却忙坏了，成千成万的贺片经过他们的手。贺片之外还有月份牌。这种月份牌一点儿大，装在卡片上，也有画，也有吉语。花样也不少，却比贺片差远了。贺片分两种，一种填上姓名，一种印上姓名。交游广的用后一种，自然贵些；据说前些年也得勾心斗角地出花样，这一年却多半简简单单的，为的好省些钱。前一种却不同，各家书纸店得抢买主，所以花色比以先还多些。不过据说也没有十二分新鲜出奇的样子，这个究竟只是应景的玩意儿呀。但是在一个外国人眼里，五光十色，也就够瞧的。曾经到旧城一家大书纸店里看过，样本厚厚的四大册，足有三千种之多。

样本开头是皇家贺片：英王的是圣保罗堂图；王后的内外两幅画，其一是花园图；威尔士亲王的是候人图；约克公爵夫妇的是一六六〇年圣詹姆士公园冰戏图；马利公主的是行猎图。圣保罗堂庄严宏大，下临伦敦城；园里的花透着上帝的微笑；候人比喻好运气和欢乐在人生的大道上等着你；圣詹姆士公园（在圣詹姆士宫南）代表宫廷，溜冰和行猎代表英国人运动的嗜好。那幅溜冰图古色古香，而且十足神气。这些贺片原样很大，也有小号的，谁都可以买来填上自己名字寄给人。此外有全金色的，晶莹照眼；有“蝴蝶翅”的，闪闪的宝蓝光；有雕空嵌花纱的，玲珑剔透，如嚼冰雪。又有羊皮纸仿四折本的；嵌铜片小风车的；嵌彩玻璃片圣母像的；嵌剪纸的鸟的；在猫头鹰头上粘羊毛的：都为的教人有实体感。

太太们也忙得可以的，张罗着亲戚朋友丈夫孩子的礼物，张罗着装饰屋子，圣诞树，火鸡等等。节前一个礼拜，每天电灯初亮时上牛津街一带去看，步道上挨肩擦背匆匆来往的满是办年货的；不用说是太太们多。装饰屋子有两件东西不可没有，便是冬青和“苹果寄生”（mistletoe）的枝子。前者教堂里也用；后者却只用在人家里；大都插在高处。冬青取其青，有时还带着小红果儿；用以装饰圣诞节，由来已久，有人疑心是基督教徒从罗马风俗里捡来的。“苹果寄生”带着白色小浆果儿，却是英国土俗，至晚十七世纪初就用它了。从前在它底下，少年男人可以和任何女子接吻；但接吻后他得摘掉一粒果子。果子摘完了，就不准再在下面接吻了。

圣诞树也有种种装饰，树上挂着给孩子们的礼物，装饰的繁简大约看人家的情形。我在朋友的房东太太家看见的只是小小一株；据说从乌尔乌斯三六公司（货价只有三便士六便士两码）买来，才六便士，合四五毛钱。可是放在餐桌上，青青的，的里瓜拉挂着些耀眼的玻璃球儿，绕着树更安排些“哀斯基摩人”一类小玩意，也热热闹闹地凑趣儿。圣诞树的风俗是从德国来的；德国也许是从斯堪第那维亚传下来的。斯堪第那维亚神话里有所谓世界树，叫做“乙格抓西儿”（Yggdrasil），用根和枝子联系着天地幽冥三界。这是株枯树，可是滴着蜜。根下是诸德之泉；树中间坐着一只鹰，一只松鼠，四只公鹿；根旁一条毒蛇，老是啃着根。松鼠上下窜，在顶上的鹰与聪敏的毒蛇之间挑拨是非。树震动不得，震动了，地底下的妖魔便会起来捣乱。想着这段神话，现在的圣诞树真是更显得温暖可亲了。圣诞树和那些冬青，“苹果寄生”，到了来年六日一齐烧去；烧的时候，在场的都动手，为的是分点儿福气。

圣诞节的晚上，在朋友的房东太太家里。照例该吃火鸡，酸梅布丁；那位房东太太手头颇窘，却还卖了几件旧家具，买了一只二十二磅重的大火鸡来过节。可惜女仆不小心，烤枯了一点儿；老太太自个儿唠叨了几句，大节下，也就算了。可是火鸡味道也并不怎样特别似的。吃饭时候，大家一面扔纸球，一面扯花炮——两个人扯，有时只响一下，有时还夹着小纸片儿，多半是带着“爱”字儿的吉语。饭后做游戏，有音乐椅子（椅子数目比人少一个；乐声止时，众人抢着坐），掩目吹蜡烛，抓瞎，抢人（分队），抢气球等等，大家居然一团孩子气。最后还有跳舞。这一晚过去，第二天差不多什么都照旧了。

新年大家若无其事地过去；有些旧人家愿意上午第一个进门的是个头发深，气色黑些的人，说这样人带进新年是吉利的。朋友的房东太太那早晨特意通电话请一家熟买卖的掌柜上她家去；他正是这样的人。新年也卖历本；人家常用的是老摩尔历本（Old Moore's Almanack），书纸店里买，价钱贱，只两便士。这一年的，面上印着“乔治王陛下登极第二十三年”；有一块小图，画着日月星地球，地球外一个圈儿，画着黄道十二宫的像，如“白羊”“金牛”“双子”等。古来星座的名字，取像于人物，也另有风味。历本前有一整幅观象图，题道，“将来怎样？”“老摩尔告诉你”。从图中看，老摩尔创于一千七百年，到现在已经二百多年了。每月一面，上栏可以说是“推背图”，但没有神秘气；下栏分日数，星期，大事记，日出没时间，月出没时间，伦敦潮汛，时事预测各项。此外还有月盈缺表，各港潮汛表，行星运行表，三岛集期表，邮政章程，大路规则，做点心法，养家禽法，家事常识。广告也不少，卖丸药的最多，满是给太太们预备的；因为这种历本原是给太太们预备的。

1934 年 12 月 15—17 月日作

温州的踪迹

一 “月朦胧，鸟朦胧，帘卷海棠红”[①]

这是一张尺多宽的小小的横幅，马孟容君画的。上方的左角，斜着一卷绿色的帘子，稀疏而长；当纸的直处三分之一，横处三分之二。帘子中央，着一黄色的，茶壶嘴似的钩儿——就是所谓软金钩么？“钩弯”垂着双穗，石青色；丝缕微乱，若小曳于轻风中。纸右一圆月，淡淡的青光遍满纸上；月的纯净，柔软与平和，如一张睡美人的脸。从帘的上端向右斜伸而下，是一枝交缠的海棠花。花叶扶疏，上下错落着，共有五丛；或散或密，都玲珑有致。叶嫩绿色，仿佛掐得出水似的；在月光中掩映着，微微有浅深之别。花正盛开，红艳欲流；黄色的雄蕊历历的，闪闪的。衬托在丛绿之间，格外觉着妖娆了。枝欹斜而腾挪，如少女的一只臂膊。枝上歇着一对黑色的八哥，背着月光，向着帘里。一只歇得高些，小小的眼儿半睁半闭的，似乎在入梦之前，还有所留恋似的。那低些的一只别过脸来对着这一只，已缩着颈儿睡了。帘下是空空的，不着一些痕迹。

① 画题，系旧句。

试想在圆月朦胧之夜，海棠是这样的妩媚而嫣润；枝头的好鸟为什么却双栖而各梦呢？在这夜深人静的当儿，那高踞着的一只八哥儿，又为何尽撑着眼皮儿不肯睡去呢？他到底等什么来着？舍不得那淡淡的月儿么？舍不得那疏疏的帘儿么？不，不，不，您得到帘下去找，您得向帘中去找——您该找着那卷帘人了？他的情韵风怀，原是这样这样的哟！朦胧的岂独月呢；岂独鸟呢？但是，咫尺天涯，教我如何耐得？我拼着千呼万唤；你能够出来么？

这页画布局那样经济，设色那样柔活，故精彩足以动人。虽是区区尺幅，而情韵之厚，已足沦肌浃髓而有余。我看了这画，瞿然而惊；留恋之怀，不能自已。故将所感受的印象细细写出，以志这一段因缘。但我于中西的画都是门外汉，所说的话不免为内行所笑。——那也只好由他了。

1924 年 2 月 1 日，温州作

二绿

我第二次到仙岩[1]的时候，我惊诧于梅雨潭的绿了。

梅雨潭是一个瀑布潭。仙岩有三个瀑布，梅雨瀑最低。走到山边，便听见花花花花的声音；抬起头，镶在两条湿湿的黑边儿里的，一带白而发亮的水便呈现于眼前了。我们先到梅雨亭。梅雨亭正对着那条瀑布；坐在亭边，不必仰头，便可见它的全体了。亭下深深的便是梅雨潭。这个亭踞在突出的一角的岩石上，上下都空空儿的；仿佛一只苍鹰展着翼翅浮在天宇中一般。三面都是山，像半个环儿拥着；人如在井底了。这是一个秋季的薄阴的天气。微微的云在我们顶上流着；岩面与草丛都从润湿中透出几分油油的绿意。而瀑布也似乎分外的响了。那瀑布从上面冲下，仿佛已被扯成大小的几绺；不复是一幅整齐而平滑的布。岩上有许多棱角；瀑流经

① 山名，瑞安的胜迹。

过时，作急剧的撞击，便飞花碎玉般乱溅着了。那溅着的水花，晶莹而多芒；远望去，像一朵朵小小的白梅，微雨似的纷纷落着。据说，这就是梅雨潭之所以得名了。但我觉得像杨花，格外确切些。轻风起来时，点点随风飘散，那更是杨花了。——这时偶然有几点送入我们温暖的怀里，便倏的钻了进去，再也寻它不着。

梅雨潭闪闪的绿色招引着我们；我们开始追捉她那离合的神光了。揪着草，攀着乱石，小心探身下去，又鞠躬过了一个石穹门，便到了汪汪一碧的潭边了。瀑布在襟袖之间；但我的心中已没有瀑布了。我的心随潭水的绿而摇荡。那醉人的绿呀！仿佛一张极大极大的荷叶铺着，满是奇异的绿呀。我想张开两臂抱住她；但这是怎样一个妄想呀。——站在水边，望到那面，居然觉着有些远呢！这平铺着，厚积着的绿，着实可爱。她松松的皱缬着，像少妇拖着的裙幅；她轻轻的摆弄着，像跳动的初恋的处女的心；她滑滑的明亮着，像涂了“明油”一般，有鸡蛋清那样软，那样嫩，令人想着所曾触过的最嫩的皮肤；她又不杂些儿尘滓，宛然一块温润的碧玉，只清清的一色——但你却看不透她！我曾见过北京十刹海拂地的绿杨，脱不了鹅黄的底子，似乎太淡了。我又曾见过杭州虎跑寺近旁高峻而深密的“绿壁”，丛叠着无穷的碧草与绿叶的，那又似乎太浓了。其余呢，西湖的波太明了，秦淮河的也太暗了。可爱的，我将什么来比拟你呢？我怎么比拟得出呢？大约潭是很深的，故能蕴蓄着这样奇异的绿；仿佛蔚蓝的天融了一块在里面似的，这才这般的鲜润呀。——那醉人的绿呀！我若能裁你以为带，我将赠给那轻盈的舞女；她必能临风飘举了。我若能挹你以为眼，我将赠给那善歌的盲妹；她必明眸善睐了。我舍不得你；我怎舍得你呢？我用手拍着你，抚摩着你，如同一个十二三岁的小姑娘。我又掬你入口，便是吻着她了。我送你一个名字，我从此叫你“女儿绿”，好么？

我第二次到仙岩的时候，我不禁惊诧于梅雨潭的绿了。

2月8日，温州作

三白水漈

几个朋友伴我游白水漈。

这也是个瀑布；但是太薄了，又太细了。有时闪着些须的白光；等你定睛看去，却又没有——只剩一片飞烟而已。从前有所谓“雾縠”，大概就是这样了。所以如此，全由于岩石中间突然空了一段；水到那里，无可凭依，凌虚飞下，便扯得又薄又细了。当那空处，最是奇迹。白光嬗为飞烟，已是影子，有时却连影子也不见。有时微风过来，用纤手挽着那影子，它便袅袅的成了一个软弧；但她的手才松，它又像橡皮带儿似的，立刻伏伏贴贴的缩回来了。我所以猜疑，或者另有双不可知的巧手，要将这些影子织成一个幻网。——微风想夺了她的，她怎么肯呢？

幻网里也许织着诱惑；我的依恋便是个老大的证据。

3月16日，宁波作

四生命的价格——七毛钱

生命本来不应该有价格的；而竟有了价格！人贩子，老鸨，以至近来的绑票土匪，都就他们的所有物，标上参差的价格，出卖于人；我想将来许还有公开的人市场呢！在种种“人货”里，价格最高的，自然是土匪们的票了，少则成千，多则成万；大约是有历史以来，“人货”的最高的行情了。其次是老鸨们所有的妓女，由数百元到数千元，是常常听到的。最贱的要算是人贩子的货色！他们所有的，只是些男女小孩，只是些“生货”，所以便卖不起价钱了。

人贩子只是“仲买人”，他们还得取给于“厂家”，便是出卖孩子们的人家。“厂家”的价格才真是道地呢！《青光》里曾有一段记载，说三块钱买了一个丫头；那是移让过来的，但价格之低，也就够令人惊诧了！“厂家”的价格，却还有更低的！三百钱，五百钱买一个孩子，在灾荒时不算难事！但我不曾见过。我亲眼看见的一条最贱的生命是七毛钱买来的！这是一个五岁的女孩子。一个五岁的“女孩子”卖七毛钱，也许不能算是最贱；但请您细看：将一条生命的自由和七枚小银元各放在天平的一个盘里，您将发见，正如九头牛与一根牛毛一样，两个盘儿的重量相差实在太远了！

我见这个女孩，是在房东家里。那时我正和孩子们吃饭；妻走来叫我看一件奇事，七毛钱买来的孩子！孩子端端正正的坐在条凳上；面孔黄黑色，但还丰润；衣帽也还整洁可看。我看了几眼，觉得和我们的孩子也没有什么差异；我看不出她的低贱的生命的符记——如我们看低贱的货色时所容易发见的符记。我回到自己的饭桌上，看看阿九和阿菜，始终觉得和那个女孩没有什么不同！但是，我毕竟发见真理了！我们的孩子所以高贵，正因为我们不曾出卖他们，而那个女孩所以低贱，正因为她是被出卖的；这就是她只值七毛钱的缘故了！呀，聪明的真理！

妻告诉我这孩子没有父母，她哥嫂将她卖给房东家姑爷开的银匠店里的伙计，便是带着她吃饭的那个人。他似乎没有老婆，手头很窘的，而且喜欢喝酒，是一个糊涂的人！我想这孩子父母若还在世，或者还舍不得卖她，至少也要迟几年卖她；因为她究竟是可怜可怜的小羔羊。到了哥嫂的手里，情形便不同了！家里总不宽裕，多一张嘴吃饭，多费些布做衣，是显而易见的。将来人大了，由哥嫂卖出，究竟是为难的；说不定还得找补些儿，才能送出去。这可多么冤呀！不如趁小的时候，谁也不注意，做个人情，送了干净！您想，温州不算十分穷苦的地方，也没碰着大荒年，干什么得了七个小毛钱，就心甘情愿的将自己的小妹子捧给人家呢？说等钱用？谁也不信！七毛钱了得什么急事！温州又不是没人买的！大约买卖两方本来相知；那边恰要个孩子顽儿，这边也乐得出脱，便半送半卖的含糊定了交易。我猜想那时伙计向袋里一摸一股脑儿掏了出来，只有七毛钱！哥哥原也不指望着这笔钱用，也就大大方方收了完事。于是财货两交，那女孩便归伙计管业了！

这一笔交易的将来，自然是在运命手里；女儿本姓"碰"，由她去碰罢了！但可知的，运命决不加惠于她！第一幕的戏已启示于我们了！照妻所说，那伙计必无这样耐心，抚养她成人长大！他将像豢养小猪一样，等到相当的肥壮的时候，便卖给屠户，任他宰割去；这其间他得了赚头，是理所当然的！但屠户是谁呢？在她卖做丫头的时候，便是主人！"仁慈的"主人只宰割她相当的劳力，如养羊而剪它的毛一样。到了相当的年纪，便将她配人。能够这样，她虽然被撳在丫头坯里，却还算不幸中之幸哩。但在目下这钱世界里，如此大方的人究竟是少的；我们所见的，十有六七是刻薄人！她若卖到这种人手里，他们必搒榨她过量的劳力。供不应求时，便骂也来了，打也来了！等她成熟时，却又好转卖给人家作妾；平常搒榨的不够，这儿又找补一个尾子！偏生这孩子模样儿又不好；入门不能得丈夫的欢心，容易遭大妇的凌虐，又是显然的！她的一生，将消磨于眼泪中了！也有些主人自己收婢作妾的；但红颜白发，也只空断送了她的一生！和前例相较，只是五十步与百步而已。——更可危的，她若被那伙计卖在妓院里，老鸨才真是个令人肉颤的屠户呢！我们可以想到：她怎样逼她学弹学唱，怎样驱遣她去做粗活！怎样用藤筋打她，用针刺她！怎样督责她承欢卖笑！她怎样吃残羹冷饭！怎样打熬着不得睡觉！怎样终于生了一身毒疮！她的像貌使她只能做下等妓女；她的沦落风尘是终生的！她的悲剧也是终生的！——唉！七毛钱竟买了你的全生命——你的血肉之躯竟抵不上区区七个小银元么？生命真太贱了！生命真太贱了！

因此想到自己的孩子的运命，真有些胆寒！钱世界里的生命市场存在一日，都是我们孩子的危险！都是我们孩子的侮辱！您有孩子的人呀，想想看，这是谁之罪呢？这是谁之责呢？

4月9日，宁波作

公　园

英国是个尊重自由的国家，从伦敦海德公园（Hyde Park）可以看出。学政治的人一定知道这个名字；近年日报的海外电讯里也偶然有这个公园出现。每逢星期日下午，各党各派的人都到这儿来宣传他们的道理。公说公有理，婆说婆有理，井水不犯河水。从耶稣教到共产党，差不多样样有。每一处说话的总是一个人。他站在桌子上，椅子上，或是别的什么上，反正在听众当中露出那张嘴脸就成；这些桌椅等等可得他们自己预备，公园里的长椅子是只让人歇着的。听的人或多或少。有一回一个讲耶稣教的，没一个人听，却还打起精神在讲；他盼望来来去去的游人里也许有一两个三四个五六个……爱听他的，只要有人驻一下脚，他的口舌就算不白费了。

见过一回共产党示威，演说的东也是，西也是；有的站在大车上，颇有点巍巍然。按说那种马拉的大车平常不让进园，这回大约办了个特许。其中有个女的约莫四十上下，嗓子最大，说的也最长；说的是伦敦土话，凡是开口音，总将嘴张到不能再大的地步，一面用胳膊助势。说到后来，嗓子沙了，还是一字不苟的喊下去。天快黑了，他们整队出园喊着口号，标语旗帜也是五光十色的。队伍两旁，又高又大的马巡缓缓跟着，不说话。

出的是北门，外面便是热闹的牛津街。

北门这里一片空旷的沙地，最宜于露天演说家，来的最多。也许就在共产党队伍走后吧，这里有人说到中日的事；那时刚过“一·二八”不久，他颇为我们抱不平。他又赞美甘地；却与贾波林相提并论，说贾波林也要为平民打抱不平的。这一比将听众引得笑起来了；不止一个人和他辩论，一位老太太甚至嘀咕着掉头而去。这个演说的即使不是共产党，大约也不是“高等”英人吧。公园里也闹过一回大事：一八六六年国会改革的暴动（劳工争选举权），周围铁栏干毁了半里多路长，警察受伤了二百五十名。

公园周围满是铁栏干，车门九个，游人出入的门无数，占地二千二百多亩，绕园九里，是伦敦公园中最大的，来的人也最多。园南北都是闹市，园中心却静静的。灌木丛里各色各样野鸟，清脆的繁碎的语声，夏天绿草地上，洁白的绵羊的身影，教人像下了乡，忘记在世界大城里。那草地一片迷蒙的绿，一片芊绵的绿，像水，像烟，像梦；难得的，冬天也这样。西南角上蜿蜒着一条蛇水，算来也占地三百亩，养着好些水鸟，如苍鹭之类。可以摇船，游泳；并有救生会，让下水的人放心大胆。这条水便是雪莱的情人西河女士（Harriet Westbrook）自沉的地方，那是一百二十年前的事了。

南门内有拜伦立像，是五十年前希腊政府捐款造的；又有座古英雄阿契来斯像，是惠灵顿公爵本乡人造了来纪念他的，用的是十二尊法国炮的铜，到如今却有一百多年了。还有英国现负盛名的雕塑家爱勃司坦（Epstein）的壁雕，是纪念自然学家赫德生的。一个似乎要飞的人，张着臂，仰着头，散着发，有原始的朴拙犷悍之气，表现的是自然精神的化身；左右四只鸟在飞，大小旁正都不相同，也有股野劲儿。这件雕刻的价值，引起过许多讨论。南门内到蛇水边一带游人最盛。夏季每天上午有铜乐队演奏；在栏外听算白饶，进栏得花点票钱，但有椅子坐。游人自然步行的多，也有跑车的，骑马的；骑马的另有一条“马”路。

这园子本来是鹿苑，在里面行猎；一六三五年英王查理斯第一才将它开放，作赛马和竞走之用。后来变成决斗场。一八五一年第一次万国博览会开在这里，用玻璃和铁搭盖的会场；闭会后拆了盖在别处，专作展览的处所，便是那有名的水晶宫了。蛇水本没有，只有六个池子；是十八世纪初叶才打通的。

海德公园东南差不多毗连着的，是圣詹姆士公园（St.James's Park），约有五百六七十亩。本是沮洳的草地，英王亨利第八抽了水，砌了围墙，改成鹿苑。查理斯第二扩充园址，铺了路，改为游玩的地方；以后一百年里，便成了伦敦最时髦的散步场。十九世纪初才改造为现在的公园样子。有湖，有悬桥；湖里鹈鹕最多，倚在桥栏上看它们水里玩儿，可以消遣日子。周围是白金罕宫，西寺，国会，各部官署，都是最忙碌的所在；倚在桥栏上的人却能偷闲赏鉴那西寺和国会的戈昔式尖顶的轮廓，也算福气了。

海德公园东北有摄政公园，原也是鹿苑；十九世纪初“摄政王”（后为英王乔治第四）才修成现在样子。也有湖，摇的船最好；坐位下有小轮子，可以进退自如，滚来滚去顶好玩儿的。野鸽子野鸟很多，松鼠也不少。松鼠原是动物园那边放过来的，只几对罢了；现在却繁殖起来了。常见些老头儿带着食物到园里来喂麻雀，鸽子，松鼠。这些小东西和人混熟了，大大方方到人手里来吃食；看去怪亲热的。别的公园里也有这种人。这似乎比提鸟笼有意思些。

动物园在摄政园东北犄角上，属于动物学会，也有了百多年的历史。搜集最完备，有动物四千，其中哺乳类八百，鸟类二千四百。去逛的据说每年超过二百万人。不用问孩子们去的一定不少；他们对于动物比成人亲近得多，关切得多。只看见教科书上或字典上的彩色动物图，就够捉摸的，不用提实在的东西了。就是成人，可不也愿意开开眼，看看没看过的，山里来的，海里来的，异域来的，珍禽，奇兽，怪鱼？要没有动物园，或许一辈子和这些东西都见不着面呢。再说像狮子老虎，那能随便见面！除非打猎或看马戏班。但打猎遇着这些，正是拼死活的时候，那里来得及玩味它们的生活状态？马戏班里的呢，也只表演些扭捏的玩艺儿，时候又短，又隔得老远的；哪有动物园里的自然，得看？这还只说的好奇的人；艺术家更可仔细观察研究，成功新创作，如画和雕塑，十九世纪以来，用动物为题材的便不少。近些年电影里的动物趣味，想来也是这么培养出来的；不过那却非动物园所可限了。

伦敦人对动物园的趣味很大，有的报馆专派有动物园的访员，给园中动物作起居注，并报告新来到的东西；他们的通信有些地方就像童话一样。去动物园的人最乐意看喂食的时候，也便是动物和人最亲近的时候。喂食有时得用外交手腕，譬如鱼池吧，若随手将食撒下去，让大家来抢，游得快的，厉害的，不用说占了便宜，剩下的便该活活饿死了。这当然不公道，那一视同仁的管理人一定不愿意的。他得想法子，比方说，分批来喂，那些快的，厉害的，吃完了，便用网将它们拦在一边，再照料别的。各种动物喂食都有一定钟点，著名的裴歹克《伦敦指南》便有一节专记这个。孩子们最乐意的还有骑象，骑骆驼（骆驼在伦敦也算异域珍奇）。再有，游客若能和管理各动物的工人攀谈攀谈，他们会亲切地讲这个那个动物的故事给你听，像传记的片段一般；那时你再去看他说的那些东西，便更有意思了。

园里最好玩儿的事，黑猩猩茶会，白熊洗澡。茶会夏天每日下午五点半举行，有茶，有牛油面包。它们会用两只前足，学人的样子。有时“生手”加入，却往往只用一只前足，牛油也是它来，面包也是它来；这种虽是天然，看的人倒好笑了。白熊就是北极熊，从冰天雪地里来，却最喜欢夏天；越热越高兴，赤日炎炎的中午，它们能整个儿躺在太阳里。也爱下水洗澡，身上老是雪白。它们待在熊台上，有深沟为界；台旁有池，洗澡便在池里。池的一边，隔着一层玻璃可以看它们载浮载沉的姿势。但是一冷到华氏表五十度下，就不肯下水，身上的白雪也便慢慢让尘土封上了。

非洲南部的企鹅也是人们特别乐意看的。它有一岁半婴孩这么大，不会飞，会下水，黑翅膀，灰色胸脯子挺得高高的，昂首缓步，旁若无人。它的特别处就在乎直立着。比鹅大不多少，比鸵鸟，鹤，小得多，可是一直立就有人气，便当另眼相看了。自然，别的鸟也有直立着的，可是太小了，说不上。企鹅又拙得好，现代装饰图案有用它的。只是不耐冷，一到冬天，便没精打采的了。

鱼房鸟房也特别值得看。鱼房分淡水房海水房热带房（也是淡水）。屋内黑洞洞的，壁上嵌着一排镜框似的玻璃，横长方。每框里一种鱼，在水里游来游去，都用电灯光照着，像画。鸟房有两处，热带房里颜色声音最丰富，最新鲜；有种上截脆蓝下截褐红的小鸟，不住地飞上飞下，不住地咭咭呱呱，怪可怜见的。

这个动物园各部分空气光线都不错，又有冷室温室，给动物很周到的设计。只是才二百亩地，实在施展不开，小东西还罢了，像狮子老虎老是关在屋里，未免委屈英雄，就是白熊等物虽有特备的台子，还是局蹐得很；这与鸟笼子也就差得有限了。固然，让这些动物完全自由，那就无所谓动物园；可是若能给它们较大的自由，让它们活得比较自然些，看的人岂不更得看些。所以一九二七年上，动物学会又在伦敦西北惠勃司奈得（Whipsnade，Bedfordshire）地方成立了一所动物园，有三千多亩；据说，那些庞然大物自如多了，游人看起来也痛快多了。

以上几个园子都在市内，都在泰晤士河北。河南偏西有个大大有名的邱园（Kew Gardens），却在市外了。邱园正名“王家植物园”，世界最重要，最美丽的植物园之一；大一千七百五十亩，栽培的植物在二万四千种以上。这园子现在归农部所管，原也是王室的产业，一八四一年捐给国家；从此起手研究经济植物学和园艺学，便渐渐著名了。他们编印大英帝国植物志。又移种有用的新植物于帝国境内——如西印度群岛的波罗蜜，印度的金鸡纳霜，都是他们介绍进去的。园中博物院四所；第二所经济植物学博物院设于一八四八，是欧洲最早的一个。

但是外行人只能赏识花木风景而已。水仙花最多，四月尾有所谓“水仙花礼拜日”，游人盛极。温室里奇异的花也不少。园里有什么好花正开着，门口通告牌上逐日都列着表。暖气室最大，分三部：喜马拉耶室养着石楠和山茶，中国石楠也有，小些；中部正面安排着些大凤尾树和棕榈树；凤尾树真大，得仰起脖子看，伸开两胳膊还不够它宽的。周围绕着些时花与灌木之类。另一部是墨西哥室，似乎没有什么特别的东西。

东南角上一座塔，可不能上；十层，一百五十五尺，造于十八世纪中，那正是中国文化流行欧洲的时候，也许是中国的影响吧。据说还有座小小的孔子庙，但找了半天，没找着。不远儿倒有座彩绘的日本牌坊，所谓“敕使门”[①]的，那却造了不过二十年。从塔下到一个人工的湖有一条柏树甬道，也有森森之意；可惜树太细瘦，比起我们中山公园，真是小巫见大巫了。所谓“竹园”更可怜，又不多，又不大，也不秀，还赶不上西山大悲庵那些。

1935年12月12日作

① 寺院门，敕使参谒时由此行。

白马湖

今天是个下雨的日子。这使我想起了白马湖；因为我第一回到白马湖，正是微风飘萧的春日。

白马湖在甬绍铁道的驿亭站，是个极小极小的乡下地方。在北方说起这个名字，管保一百个人一百个人不知道。但那却是一个不坏的地方。这名字先就是一个不坏的名字。据说从前（宋时？）有个姓周的骑白马入湖仙去，所以有这个名字。这个故事也是一个不坏的故事。假使你乐意搜集，或也可编成一本小书，交北新书局印去。

白马湖并非圆圆的或方方的一个湖，如你所想到的，这是曲曲折折大大小小许多湖的总名。湖水清极了，如你所能想到的，一点儿不含糊像镜子。沿铁路的水，再没有比这里清的，这是公论。遇到旱年的夏季，别处湖里都长了草，这里却还是一清如故。白马湖最大的，也是最好的一个，便是我们住过的屋的门前那一个。那个湖不算小，但湖口让两面的山包抄住了。外面只见微微的碧波而已，想不到有那么大的一片。湖的尽里头，有一个三四十户人家的村落，叫做西徐岙，因为姓徐的多。这村落与外面本是不相通的，村里人要出来得撑船。后来春晖中学在湖边造了房子，这才造了两座玲珑的小木桥，筑起一道煤屑路，直通到驿亭车站。那是窄窄的一条人行路，蜿蜒曲折的，路上虽常不见人，走起来却不见寂寞——。尤其在微雨的春天，一个初到的来客，他左顾右盼，是只有觉得热闹的。

春晖中学在湖的最胜处，我们住过的屋也相去不远，是半西式。湖光山色从门里从墙头进来，到我们窗前、桌上。我们几家接连着；丐翁的家最讲究。屋里有名人字画，有古磁，有铜佛，院子里满种着花。屋子里的陈设又常常变换，给人新鲜的受用。他有这样好的屋子，又是好客如命，我们便不时地上他家里喝老酒。丐翁夫人的烹调也极好，每回总是满满的盘碗拿出来，空空的收回去。白马湖最好的时候是黄昏。湖上的山笼着一层青色的薄雾，在水里映着参差的模糊的影子。水光微微地暗淡，像是一面古铜镜。轻风吹来，有一两缕波纹，但随即平静了。天上偶见几只归鸟，我们看着它们越飞越远，直到不见为止。这个时候便是我们喝酒的时候。我们说话很少；上了灯话才多些，但大家都已微有醉意，是该回家的时候了。若有月光也许还得徘徊一会；若是黑夜，便在暗里摸索醉着回去。

白马湖的春日自然最好。山是青得要滴下来，水是满满的、软软的。小马路的两边，一株间一株地种着小桃与杨柳。小桃上各缀着几朵重瓣的红花，像夜空的疏星。杨柳在暖风里不住地摇曳。在这路上走着，时而听见锐而长的火车的笛声是别有风味的。在春天，不论是晴是雨，是月夜是黑夜，白马湖都好。——雨中田里菜花的颜色最早鲜艳；黑夜虽什么不见，但可静静地受用春天的力量。夏夜也有好处，有月时可以在湖里划小船，四面满是青霭。船上望别的村庄，像是蜃楼海市，浮在水上，迷离惝恍的；有时听见人声或犬吠，大有世外之感。若没有月呢，便在田野里看萤火。那萤火不是一星半点的，如你们在城中所见；那是成千成百的萤火。一片儿飞出来，像金线网似的，又像要着许多火绳似的。只有一层使我愤恨。那里水田多，蚊子太多，而且几乎全闪闪烁烁是疟蚊子。我们一家都染了疟疾，至今三四年了，还有未断根的。蚊子多足以减少露坐夜谈或划船夜游的兴致，这未免是美中不足了。

离开白马湖是三年前的一个冬日。前一晚“别筵”上，有丏翁与云君。我不能忘记丏翁，那是一个真挚豪爽的朋友。但我也不能忘记云君，我应该这样说，那是一个可爱的——孩子。

七月十四日，北平

春

盼望着，盼望着，东风来了，春天的脚步近了。

一切都像刚睡醒的样子，欣欣然张开了眼。山朗润起来了，水涨起来了，太阳的脸红起来了。

小草偷偷地从土里钻出来，嫩嫩的，绿绿的。园子里，田野里，瞧去，一大片一大片满是的。坐着，躺着，打两个滚，踢几脚球，赛几趟跑，捉几回迷藏。风轻悄悄的，草绵软软的。

桃树、杏树、梨树，你不让我，我不让你，都开满了花赶趟儿。红的像火，粉的像霞，白的像雪。花里带着甜味，闭了眼，树上仿佛已经满是桃儿、杏儿、梨儿！花下成千成百的蜜蜂嗡嗡地闹着，大小的蝴蝶飞来飞去。野花遍地是：杂样儿，有名字的，没名字的，散在草丛里，像眼睛，像星星，还眨呀眨的。

“吹面不寒杨柳风”，不错的，像母亲的手抚摸着你。风里带来些新翻的泥土的气息，混着青草味，还有各种花的香，都在微微润湿的空气里酝酿。鸟儿将窠巢安在繁花嫩叶当中，高兴起来了，呼朋引伴地卖弄清脆的喉咙，唱出宛转的曲子，与轻风流水应和着。牛背上牧童的短笛，这时候也成天在嘹亮地响。

雨是最寻常的，一下就是三两天，可别恼。看，像牛毛，像花针，像细丝，密密地斜织着，人家屋顶上全笼着一层薄烟。树叶子却绿得发亮，小草也青得逼你的眼。傍晚时候，上灯了，一点点黄晕的光，烘托出一片安静而和平的夜。乡下去，小路上，石桥边，撑起伞慢慢走着的人；还有地里工作的农夫，披着蓑，戴着笠的。他们的草屋，稀稀疏疏的在雨里静默着。

天上风筝渐渐多了，地上孩子也多了。城里乡下，家家户户，老老小小，他们也赶趟儿似的，一个个都出来了。舒活舒活筋骨，抖擞抖擞精神，各做各的一份事去。“一年之计在于春”；刚起头儿，有的是工夫，有的是希望。

春天像刚落地的娃娃，从头到脚都是新的，它生长着。

春天像小姑娘，花枝招展的，笑着，走着。

春天像健壮的青年，有铁一般的胳膊和腰脚，他领着我们上前去。

1933 年 7 月

给亡妇

谦，日子真快，一眨眼你已经死了三个年头了。这三年里世事不知变化了多少回，但你未必注意这些个，我知道。你第一惦记的是你几个孩子，第二便轮着我。孩子和我平分你的世界，你在日如此；你死后若还有知，想来还如此的。告诉你，我夏天回家来着：迈儿长得结实极了，比我高一个头。闰儿父亲说是最乖，可是没有先前胖了。采芷和转子都好。五儿全家夸她长得好看；却在腿上生了湿疮，整天坐在竹床上不能下来，看了怪可怜的。六儿，我怎么说好，你明白，你临终时也和母亲谈过，这孩子是只可以养着玩儿的，他左挨右挨去年春天，到底没有挨过去。这孩子生了几个月，你的肺病就重起来了。我劝你少亲近他，只监督着老妈子照管就行。你总是忍不住，一会儿提，一会儿抱的。可是你病中为他操的那一份儿心也够瞧的。那一个夏天他病的时候多，你成天儿忙着，汤呀，药呀，冷呀，暖呀，连觉也没有好好儿睡过。哪里有一分一毫想着你自己。瞧着他硬朗点儿你就乐，干枯的笑容在黄蜡般的脸上，我只有暗中叹气而已。

从来想不到做母亲的要像你这样。从迈儿起，你总是自己喂乳，一连四个都这样。你起初不知道按钟点儿喂，后来知道了，却又弄不惯；孩子们每夜里几次将你哭醒了，特别是闷热的夏季。我瞧你的觉老没睡足。白天里还得做菜，照料孩子，很少得空儿。你的身子本来坏，四个孩子就累你七八年。到了第五个，你自己实在不成了，又没乳，只好自己喂奶粉，另雇老妈子专管她。但孩子跟老妈子睡，你就没有放过心；夜里一听见哭，就竖起耳朵听，工夫一大就得过去看。十六年初，和你到北京来，将迈儿，转子留在家里；三年多还不能去接他们，可真把你惦记苦了。你并不常提，我却明白。你后来说你的病就是惦记出来的；那个自然也有份儿，不过大半还是养育孩子累的。你的短短的十二年结婚生活，有十一年耗费在孩子们身上；而你一点不厌倦，有多少力量用多少，一直到自己毁灭为止。你对孩子一般儿爱，不问男的女的，大的小的。也不想到什么“养儿防老，积谷防饥”，只拼命的爱去。你对于教育老实说有些外行，孩子们只要吃得好玩得好就成了。这也难怪你，你自己便是这样长大的。况且孩子们原都还小，吃和玩本来也要紧的。你病重的时候最放不下的还是孩子。病的只剩皮包着骨头了，总不信自己不会好；老说：“我死了，这一大群孩子可苦了。”后来说送你回家，你想着可以看见迈儿和转子，也愿意；你万不想到会一走不返的。我送车的时候，你忍不住哭了，说：“还不知能不能再见？”可怜，你的心我知道，你满想着好好儿带着六个孩子回来见我的。谦，你那时一定这样想，一定的。

除了孩子，你心里只有我。不错，那时你父亲还在；可是你母亲死了，他另有个女人，你老早就觉得隔了一层似的。出嫁后第一年你虽还一心一意依恋着他老人家，到第二年上我和孩子可就将你的心占住，你再没有多少工夫惦记他了。你还记得第一年我在北京，你在家里。家里来信说你待不住，常回娘家去。我动气了，马上写信责备你。你教人写了一封复信，说家里有事，不能不回去。这是你第一次也可以说第末次的抗议，我从此就没给你写信。暑假时带了一肚子主意回去，但见了面，看你一脸笑，也就拉倒了。打这时候起，你渐渐从你父亲的怀里跑到我这儿。你换了金镯子帮助我的学费，叫我以后还你；但直到你死，我没有还你。你在我家受了许多气，又因为我家的缘故受你家里的气，你都忍着。这全为的是我，我知道。那回我从家乡一个中学半途辞职出走。家里人讽你也走。那里走！只得硬着头皮往你家去。那时你家像个冰窖子，你们在窖里足足住了三个月。好容易我才将你们领出来了，一同上外省去。小家庭这样组织起来了。你虽不是什么阔小姐，可也是自小娇生惯养的，做起主妇来，什么都得干一两手；你居然做下去了，而且高高兴兴地做下去了。菜照例满是你做，可是吃的都是我们；你至多夹上两三筷子就算了。你的菜做得不坏，有一位老在行大大地夸奖过你。你洗衣服也不错，夏天我的绸大褂大概总是你亲自动手。你在家老不乐意闲着；坐前几个“月子”，老是四五天就起床，说是躺着家里事没条没理的。其实你起来也还不是没条理；咱们家那么多孩子，哪儿来条理？在浙江住的时候，逃过两回兵难，我都在北平。真亏你领着母亲和一群孩子东藏西躲的；末一回还要走多少里路，翻一道大岭。这两回差不多只靠你一个人。你不但带了母亲和孩子们，还带了我一箱箱的书；你知道我是最爱书的。在短短的十二年里，你操的心比人家一辈子还多；谦，你那样身子怎么经得住！你将我的责任一股脑儿担负了去，压死了你；我如何对得起你！

你为我的劳什子书也费了不少神；第一回让你父亲的男佣人从家乡捎到上海去。他说了几句闲话，你气得在你父亲面前哭了。第二回是带着逃难，别人都说你傻子。你有你的想头：“没有书怎么教书？况且他又爱这个玩意儿。”其实你没有晓得，那些书丢了也并不可惜；不过教你怎么晓得，我平常从来没和你谈过这些个！总而言之，你的心是可感谢的。这十二年里你为我吃的苦真不少，可是没有过几天好日子。我们在一起住，算来也还不到五个年头。无论日子怎么坏，无论是离是合，你从来没对我发过脾气，连一句怨言也没有。——别说怨我，就是怨命也没有过。老实说，我的脾气可不大好，迁怒的事儿有的是。那些时候你往往抽噎着流眼泪，从不回嘴，也不号啕。不过我也只信得过你一个人，有些话我只和你一个人说，因为世界上只你一个人真关心我，真同情我。你不但为我吃苦，更为我分苦；我之有我现在的精神，大半是你给我培养着的。这些年来我很少生病。但我最不耐烦生病，生了病就呻吟不绝，闹那伺候病的人。你是领教过一回的，那回只一两点钟，可是也够麻烦了。你常生病，却总不开口，挣扎着起来；一来怕搅我，二来怕没人做你那份儿事。我有一个坏脾气，怕听人生病，也是真的。后来你天天发烧，自己还以为南方带来的疟疾，一直瞒着我。明明躺着，听见我的脚步，一骨碌就坐起来。我渐渐有些奇怪，让大夫一瞧，这可糟了，你的一个肺已烂了一个大窟窿了！大夫劝你到西山去静养，你丢不下孩子，又舍不得钱；劝你在家里躺着，你也丢不下那份儿家务。越看越不行了，这才送你回去。明知凶多吉少，想不到只一个月工夫你就完了！本来盼望还见得着你，这一来可拉倒了。你也何尝想到这个？父亲告诉我，你回家独住着一所小住宅，还嫌没有客厅，怕我回去不便哪。

前年夏天回家，上你坟上去了。你睡在祖父母的下首，想来还不孤单的。只是当年祖父母的坟太小了，你正睡在圹底下。这叫做“抗圹”，在生人看来是不安心的；等着想办法哪。那时圹上圹下密密地长着青草，朝露浸湿了我的布鞋。你刚埋了半年多，只有圹下多出一块土，别的全然看不出新坟的样子。我和隐今夏回去，本想到你的坟上来；因为她病了，没来成。我们想告诉你，五个孩子都好，我们一定尽心教养他们，让他们对得起死了的母亲——你！谦，好好儿放心安睡吧，你。

1932 年 10 月

松堂游记

去年夏天，我们和S君夫妇在松堂住了三日。难得这三日的闲，我们约好了什么事不管，只玩儿，也带了两本书，却只是预备闲得真没办法时消消遣的。

出发的前夜，忽然雷雨大作。枕上颇为怅怅，难道天公这么不做美吗！第二天清早，一看却是个大晴天。上了车，一路树木带着宿雨，绿得发亮，地下只有一些水塘，没有一点尘土，行人也不多。又静，又干净。

想着到还早呢，过了红山头不远，车却停下了。两扇大红门紧闭着，门额是国立清华大学西山牧场。拍了一会门，没人出来，我们正在没奈何，一个过路的孩子说这门上了锁，得走旁门。旁门上挂着牌子，“内有恶犬”。小时候最怕狗，有点趑趄。门里有人出来，保护着进去，一面吆喝着汪汪的群犬，一面只是说，“不碍不碍”。

过了两道小门，真是豁然开朗，别有天地。一眼先是亭亭直上，又刚健又婀娜的白皮松。白皮松不算奇，多得好，你挤着我我挤着你也不算奇，疏得好，要像住宅的院子里，四角上各来上一棵，疏不是？谁爱看？这儿就是院子大得好，就是四方八面都来得好。中间便是松堂，原是一座石亭子改造的，这座亭子高大轩敞，对得起那四围的松树，大理石柱，大理石栏杆，都还好好的，白，滑，冷。白皮松没有多少影子，堂中明窗净儿，坐下来清清楚楚觉得自己真太小，在这样高的屋顶下。树影子少，可不热，廊下端详那些松树灵秀的姿态，洁白的皮肤，隐隐的一丝儿凉意便袭上心头。

堂后一座假山，石头并不好，堆叠得还不算傻瓜。里头藏着个小洞，有神龛，石桌，石凳之类。可是外边看，不仔细看不出。得费点心去发现。假山上满可以爬过去，不顶容易，也不顶难。后山有座无梁殿，红墙，各色琉璃砖瓦，屋脊上三个瓶子，太阳里古艳照人。殿在半山，岿然独立，有俯视八极气象。天坛的无梁殿太小，南京灵谷寺的太黯淡，又都在平地上。山上还残留着些旧碉堡，是乾隆打金川时在西山练健锐云梯营用的，在阴雨天或斜阳中看最有味。又有座白玉石牌坊，和碧云寺塔院前那一座一般，不知怎样，前年春天倒下了，看着怪不好过的。

可惜我们来的还不是时候，晚饭后在廊下黑暗里等月亮，月亮老不上，我们什么都谈，又赌背诗词，有时也沉默一会儿。黑暗也有黑暗的好处，松树的长影子阴森森的有点像鬼物拿土。但是这么看的话，松堂的院子还差得远，白皮松也太秀气，我想起郭沫若君《夜步十里松原》那首诗，那才够阴森森的味儿——而且得独自一个人。好了，月亮上来了，却又让云遮去了一半，老远的躲在树缝里，像个乡下姑娘，羞答答的。从前人说："千呼万唤始出来，犹抱琵琶半遮面。"真有点儿！云越来越厚，由他罢，懒得去管了。可是想，若是一个秋夜，刮点西风也好。虽不是真松树，但那奔腾澎湃的"涛"声也该得听吧。

西风自然是不会来的。临睡时，我们在堂中点上了两三支洋蜡。怯怯的焰子让大屋顶压着，喘不出气来。我们隔着烛光彼此相看，也像蒙着一层烟雾。外面是连天漫地一片黑，海似的。只有远近几声犬吠，教我们知道还在人间世里。

1935年5月15日

瑞　士

瑞士有“欧洲的公园”之称。起初以为有些好风景而已；到了那里，才知无处不是好风景，而且除了好风景似乎就没有什么别的。这大半由于天然，小半也是人工。瑞士人似乎是靠游客活的，只看很小的地方也有若干若干的旅馆就知道。他们拼命地筑铁道通轮船，让爱逛山的爱游湖的都有落儿；而且车船两便，票在手里，爱怎么走就怎么走。瑞士是山国，铁道依山而筑，隧道极少；所以老是高高低低，有时像差得很远的。还有一种爬山铁道，这儿特别多。狭狭的双轨之间，另加一条特别轨：有时是一个个方格儿，有时是一个个钩子；车底下带一种齿轮似的东西，一步步咬着这些方格儿，这些钩子，慢慢地爬上爬下。这种铁道不用说工程大极了；有些简直是笔陡笔陡的。

逛山的味道实在比游湖好。瑞士的湖水一例是淡蓝的，真正平得像镜子一样。太阳照着的时候，那水在微风里摇晃着，宛然是西方小姑娘的眼。若遇着阴天或者下小雨，湖上迷迷濛濛的，水天混在一块儿，人如在睡里梦里。也有风大的时候；那时水上便皱起粼粼的细纹，有点像颦眉的西子。可是这些变幻的光景在岸上或山上才能整个儿看见，在湖里倒不能领略许多。况且轮船走得究竟慢些，常觉得看来看去还是湖，不免也腻味。逛山就不同，一会儿看见湖，一会儿不看见；本来湖在左边，不知怎么一转弯，忽然挪到右边了。湖上固然可以看山，山上还可看山，阿尔卑斯有的是重峦叠嶂，怎么看也不会穷。山上不但可以看山，还可以看谷；稀稀疏疏错错落落的房舍，仿佛有鸡鸣犬吠的声音，在山肚里，在山脚下。看风景能够流连低徊固然高雅，但目不暇接地过去，新境界层出不穷，也未尝不淋漓痛快；坐火车逛山便是这个办法。

卢参（Luzerne）在瑞士中部，卢参湖的西北角上。出了车站，一眼就看见那汪汪的湖水和屏风般的青山，真有一股爽气扑到人的脸上。与湖连着的是劳思河，穿过卢参的中间。河上低低的一座古水塔，从前当作灯塔用；这儿称灯塔为“卢采那”，有人猜“卢参”这名字就是由此而出。这座塔低得有意思；依傍着一架曲了又曲的旧木桥，倒配了对儿。这架桥带顶，像廊子；分两截，近塔的一截低而窄，那一截却突然高阔起来，仿佛彼此不相干，可是看来还只有一架桥。不远儿另是一架木桥，叫龛桥，因上有神龛得名，曲曲的，也古。许多对柱子支着桥顶，顶底下每一根横梁上两面各钉着一大幅三角形的木板画，总名“死神的跳舞”。每一幅配搭的人物和死神跳舞的姿态都不相同，意在表现社会上各种人的死法。画笔大约并不算顶好，但这样上百幅的死的图画，看了也就够劲儿。过了河往里去，可以看见城墙的遗迹。墙依山而筑，蜿蜒如蛇；现在却只见一段一段的嵌在住屋之间。但九座望楼还好好的，和水塔一样都是多角锥形；多年的风吹日晒雨淋，颜色是黯淡得很了。

冰河公园也在山上。古代有一个时期北半球全埋在冰雪里，瑞士自然在内。阿尔卑斯山上积雪老是不化，越堆越多。在底下的渐渐地结成冰，最底下的一层渐渐地滑下来，顺着山势，往谷里流去。这就是冰河。冰河移动的时候，遇着夏季，便大量地溶化。这样溶化下来的一股大水，力量无穷；石头上一个小缝儿，在一个夏天里，可以让冲成深深的大潭。这个叫磨穴。有时大石块被带进潭里去，出不来，便只在那儿跟着水转。初起有棱角，将潭壁上磨了许多道儿；日子多了，棱角慢慢光了，就成了一个大圆球，还是转着。这个叫磨石。冰河公园便以这类遗迹得名。大大小小的石潭，大大小小的石球，现在是安静了；但那粗糙的样子还能教你想见多少万年前大自然的气力。可是奇怪，这些不言不语的顽石，居然背着多少万年的历史，比我们人类还老得多多；要没人卓古证今地说，谁相信。这样讲，古诗人慨叹“磊磊涧中石”，似乎也很有些道理在里头了。这些遗迹本来一半埋在乱石堆里，一半埋在草地里，直到一八七二年秋天才偶然间被发现。还发现了两种化石：一种上是些蚌壳，足见阿尔卑斯脚下这一块土原来是滔滔的大海。另一种上是片棕叶，又足见此地本有热带的大森林。这两期都在冰河期前，日子虽然更杳茫，光景却还能在眼前描画得出，但我们人类与那种大自然一比，却未免太微细了。

立矶山（Rigi）在卢参之西，乘轮船去大约要一点钟。去时是个阴天，雨意很浓。四周陡峭的青山的影子冷冷地沉在水里。湖面儿光光的，像大理石一样。上岸的地方叫威兹老，山脚下一座小小的村落，疏疏散散遮遮掩掩的人家，静透了。上山坐火车，只一辆，走得可真慢，虽不像蜗牛，却像牛之至。一边是山，太近了，不好看。一边是湖，是湖上的山；从上面往下看，山像一片一片儿插着，湖也像只有一薄片儿。有时窗外一座大崖石来了，便什么都不见；有时一片树木来了，只好从枝叶的缝儿里张一下。山上和山下一样，静透了，常常听到牛铃儿叮儿当的。牛带着铃儿，为的是跑到那儿都好找。这些牛真有些“不知汉魏”，有一回居然挡住了火车；开车的还有山上的人帮着，吆喝了半天，才将它们哄走。但是谁也没有着急，只微微一笑就算了。山高五千九百零五英尺，顶上一块不大的平场。据说在那儿可以看见周围九百里的湖山，至少可以看见九个湖和无数的山峰。可是我们的运气坏，上山后云便越浓起来；到了山顶，什么都裹在云里，几乎连我们自己也在内。在不分远近的白茫茫里闷坐了一点钟，下山的车才来了。

交湖（Interlaken）在卢参的东南。从卢参去，要坐六点钟的火车。车子走过勃吕尼山峡。这条山峡在瑞士是最低的，可是最有名。沿路的风景实在太奇了。车子老是挨着一边儿山脚下走，路很窄。那边儿起初也只是山，青青青青的。越望上走，那些山越高了，也越远了，中间豁然开朗，一片一片的谷，是从来没看见过的山水画。车窗里直望下去，却往往只见一丛丛的树顶，到处是深的绿，在风里微微波动着。路似乎颇弯曲的样子，一座大山峰老是看不完；瀑布左一条右一条的，多少让山顶上的云掩护着，清淡到像一些声音都没有，不知转了多少转，到勃吕尼了。这儿高三千二百九十六英尺，差不多到了这条峡的顶。从此下山，不远便是勃利安湖的东岸，北岸就是交湖了。车沿着湖走。太阳出来了，隔岸的高山青得出烟，湖水在我们脚下百多尺，闪闪的像珐琅一样。

交湖高一千八百六十六英尺，勃利安湖与森湖交会于此。地方小极了，只有一条大街；四围让阿尔卑斯的群峰严严地围着。其中少妇峰最为秀拔，积雪皑皑，高出云外。街北有两条小径。一条沿河，一条在山脚下，都以幽静胜。小径的一端，依着座小山的形势参差地安排着些别墅般的屋子。街南一块平原，只有稀稀的几个人家，显得空旷得不得了。早晨从旅馆的窗子看，一片清新的朝气冉冉地由远而近，仿佛在古时的村落里。街上满是旅馆和铺子；铺子不外卖些纪念品，咖啡，酒饭等等，都是为游客预备的；还有旅行社，更是的。这个地方简直是游客的地方，不像属于瑞士人。纪念品以刻木为最多，大概是些小玩意儿；是一种涂紫色的木头，虽然刻得粗略，却有气力。在一家铺子门前看见一个美国人在说，“你们这些东西都没有用处；我不欢喜玩意儿。”买点纪念品而还要考较用处。此君真美国得可以了。

从交湖可以乘车上少妇峰，路上要换两次车。在老台勃鲁能换爬山电车，就是下面带齿轮的。这儿到万根，景致最好看。车子慢慢爬上去，窗外展开一片高山与平陆，宽旷到一眼望不尽。坐在车中，不知道车子如何爬法；却看那边山上也有一条陡峻的轨道，也有车子在上面爬着，就像一只甲虫。到万格那尔勃可见冰川，在太阳里亮晶晶的。到小夏代格再换车，轨道中间装上一排铁钩子，与车底下的齿轮好咬得更紧些。这条路直通到少妇峰前头，差不多整个儿是隧道；因为山上满积着雪，不得不打山肚里穿过去。这条路是欧洲最高的铁路，费了十四年工夫才造好，要算近代顶伟大的工程了。

在隧道里走没有多少意思，可是哀格望车站值得看。那前面的看廊是从山岩里硬凿出来的。三个又高又大又粗的拱门般的窗洞，教你觉得自己藐小。望出去很远；五千九百零四英尺下的格林德瓦德也可见。少妇峰站的看廊却不及这里；一眼尽是雪山，雪水从檐上滴下来，别的什么都没有。虽在一万一千三百四十二英尺的高处，而不能放开眼界，未免令人有些怅怅。但是站里有一架电梯，可以到山顶上去。这是小小一片高原，在明西峰与少妇峰之间，三百二十英尺长，厚厚地堆着白雪。雪上虽只是淡淡的日光，乍看竟耀得人睁不开眼。这儿可望得远了。一层层的峰峦起伏着，有戴雪的，有不戴的；总之越远越淡下去。山缝里躲躲闪闪一些玩具般的屋子，据说便是交湖了。原上一头插着瑞士白十字国旗，在风里飒飒地响，颇有些气势。山上不时地雪崩，沙沙沙沙流下来像水一般，远看很好玩儿。脚下的雪滑极，不走惯的人寸步都得留神才行。少妇峰的顶还在二千三百二十五英尺之上，得凭着自己的手脚爬上去。

下山还在小夏代格换车，却打这儿另走一股道，过格林德瓦德直到交湖，路似乎平多了。车子绕明西峰走了好些时候。明西峰比少妇峰低些，可是大。少妇峰秀美得好，明西峰雄奇得好。车子紧挨着山脚转，陡陡的山势似乎要向窗子里直压下来，像传说中的巨人。这一路有几条瀑布；瀑布下的溪流快极了，翻着白沫，老像沸着的锅子。早九点多在交湖上车，回去是五点多。

司皮也兹（Spiez）是玲珑可爱的一个小地方；临着森湖，如浮在湖上。路依山而建，共有四五层，台阶似的。街上常看不见人。在旅馆楼上待着，远处偶然有人过去，说话声音听得清清楚楚的。傍晚从露台上望湖，山脚下的暮霭混在一抹轻蓝里，加上几星儿刚放的灯光，真有味。孟特罗（Montreux）的果子可可糖也真有味。日内瓦像上海，只湖中大喷水，高二百余英尺，还有卢梭岛及他出生的老屋，现在已开了古董铺的，可以看看。

1932 年 10 月 17 日作

◎

小说

朱自清

文学精品选

笑的历史

你问我现在为什么不爱笑了，我现在怎样笑得起来呢？

我幼小时候是很会笑的。娘说我很早就会笑了。她说不论有人引逗，无人引逗，我总常要笑的。她只有我一个女儿，很宠爱我，最喜欢看我笑；她说笑像一朵小白花，开在我的脸上；看了真是受用。她甚至只听了我的格格……的笑声，也就受用了。她生性怕雷电。但只要我笑了，她便不怕了。她有时受了爸爸的委屈，气得哭了。我笑了，她却就罢了。她在担心着缺柴米的日子，她真急得要寻死了。但她说看了我的笑，又怎样忍心死呢？那些时我每笑总必前仰后合的，好一会才得止住。娘说我是有福的孩子，便因为我笑得容易而且长久。但是，但是爸爸的意见如何呢？你该要问了。他自然不能和母亲一样，然而无论如何，也有些儿和她同好的。不然，她每回和他拌嘴以后，为什么总叫我去和他说笑，使他消消气呢？还有，小五那日在厨房里花琅琅打碎两只红花碗的时候，她忙忙的叫郭妈妈带我到爸爸面前说笑。她说，“小姐在那里，我就可以不挨骂了。”这又为什么呢？那时我家好像严寒的冬天，我便像一个太阳。所以虽是十分艰窘，大家还能够快快活活的过日子。这样直到十三岁。那年上，娘可怜，死了！郭妈妈却来管家了！我常常想起娘在的时候，暗中难过；便不像往日起劲的笑了。又过了三四年，她们告诉我，姑娘人家要斯文些，笑是没规矩的。小户人家的女儿才到处哈哈哈哈的笑呢！我晓得了这番道理，不由的又要小心，因此忍了许多笑。可是忍不住的时候，究竟有的；那时我便不免前仰后合的大笑一番。她们说这是改不掉的老毛病了！我初到你家，你们不也说我爱笑么？那正是“老毛病”了。

初到你家的时候，满眼都是生人！便是你，也是个生人！我孤鬼似的，只有陪房的小王、老王，是我的人。我时时觉得害怕，怕说错了话，行错了事。他们也再三教我留意。这颗心总是不安的，那里还会像在家时那样笑呢？便是有时和他们两个微笑着，听见人声，也就得马上放下面孔，做出庄重的样子。——因为这原是偷着笑的。那时真是气闷死了。我一个爱说爱笑的人，怎经得住这样拘束呢？更教我要命的，回门那一天，我原想家里去舒散舒散的；那知道他们都将我作客人看待，毫不和我玩笑。我自己到家里，也觉得不好意思似的，没有从前那样自在！——这都因为你的缘故吧？我想你家里既都是些生人，我家里的，也都变了些生人，似乎再没有和我亲热的！——便更觉是孤鬼了！幸而七八天后，你家人渐渐有些熟了，不必仔细提防了，——不然，真要闷死呢！在家天天要笑的，倒也不觉得怎样快乐。可是这七八天里不曾大笑一回，再想从前，便觉得十分有滋味！这以后，我渐渐的忍不住了，我的老毛病发作了，你们便常常听见我的笑了。不上一个月，你家里和孙家、张家，都知道我爱笑了；我竟在笑上出了名了。我自己是不觉得，我真比别人会笑些么？我的笑真和别人不同么？可是你家究竟不是我家，满了月之后，我的笑就有人很不高兴了。第一便是你！那天大家偶然谈起筷子。你问：“在那里买？”我觉得奇怪，故意反问你：“你说在那里买？”你想了想，说：“在南货店里。”大家都笑了，我更大笑不止！你那时大概很难为情，只板着脸咕嘟着嘴不响。好久，才冷冷的向我说：“笑完了罢？”等到了房里，你却又说：“真的，我劝你少笑些好不好？有什么叫你这样好笑呢？而且笑也何必这样惊天动地呢？”——这些话你总该还记得；我不冤枉你罢？——这是我第一回受人的言语；爸爸和娘一口大气也不曾呵过我的。那时我颇不舒服，但却不愿多说什么；只冷笑了一声，低低的说：“你管我呢？”说完，我就走出去了。那句话却不知你听见了没有？但我到底还是孩子气，过了一两日，又常常的笑了。有一回，却又恼了姨娘；也在大家谈话的时候。她大概疑惑我有心笑她，所以狠狠的瞪了我一眼。其实我的笑是随便不过的，那里会用心呢？我只顾笑得快活，那里知道别人的难为情呢？我在她瞪眼的时候，心里真是悔恨不迭；想起前回因笑恼了你，今天怎么又忍不住了呢！我立时便收了笑容，痴痴的坐着。大家都诧异说：“怎么忽然不响了？”我低头微笑，答不出什么。过了一会，便赸赸的起来走了。走到房里，听见姨娘说：“少奶奶太爱笑，也不大好；教人家说太太没规矩似的！我们要劝劝她才好。”这自然是对婆婆说的！我听了，更觉不安了！第二天，婆婆到我房里闲谈，渐渐说起我的笑。她说：“也难怪你，你娘死得早，爸爸又不管事，便让你没规没矩的了。但出了门和在家做姑娘时不同，你得学做人，懂得做人的道理，不能再小孩子似的。你在我家，我将你和自己女儿一般看待；所以我特地指点你。——以后要忍住些笑；就是笑，也要文气些，而且还要看人！你说我的话是么？”婆婆那时说得很和气，一点没有严厉的样子；比你那冷言冷语好得多了。我自然是很感激的。我说：“婆婆说的都是好话，我也晓得的。只因为在家笑惯了，所以不容易改。以后自然要留意的。”那几日里，佣人们也常在厨房里议论我的笑；这真教我难为情的！我想笑原来不是一件好东西！——不，不，小孩子的笑是好的，大人的笑是不好的。但你在客厅里和你那些朋友常常哈哈哈哈的笑，他们也不曾议论你！——晓得了！男人笑是不妨的，女人笑是没规矩的。我经过两回劝戒，不能不提防着了，我的笑便渐渐的少了。他们都说我才有些成人气了。但我心里老不明白，女人的笑为什么这样不行呢？

满月后二十天，那是阴历正月十二，你动身到北京上学去了。我送你到门口，但并没有什么难过。你也很平常的，头也不回走了。那天我虽觉有些和往日不同，却也颇轻微的。第二天便照常快活了。那时公公正在榷运局差事上，家里钱是不缺的；大家都欢欢喜喜的过着。婆婆们因为我是新娘，待我还算客气的。虽然也有时劝戒我，有时向我发怒，有时向我冷笑，但总不常有的。我呢，究竟还是孩子，也不长久记着这些事。所以虽没有在家里自在，我也算是无忧无虑的过着了。这些日子，我还是常常要笑的，只不大像从前那样前仰后合，那样长久罢了。他们还是说我爱笑的。但婆婆劝过我两回，我到底不曾都改了；他们见惯不惊，也就只好由我了。所以我的笑说不自由，却也自由的。到暑假时，你回来了，住了五十天。你又走了，这一回的走可不同了。你还记得吧？——那夜里我哭了一点多钟，你后来也陪我哭。我们哭得眼睛都红了；你不是还怕他们笑么？走的时候，我不敢送你，并且也不敢看你；因为怕忍不住眼泪，更要让他们笑了！但是到底忍不住！你才走，我便溜到房里哭了。四弟、五妹都来偷看我，我也顾不得了。自从娘死后，我不曾哭过，因为我是爱笑不爱哭的。在你家里，这要算第一回了。从那日起，我常觉失掉一件什么东西似的，心里老是不安了。我这才尝着别离的滋味了！你们男人家在外面有三朋四友的说笑，又有许多游散的地方，想家的心自然渐渐的会淡下去。我们终日在家里闷着：碰来碰去，是这些人；转来转去，是这些地方！没得打岔儿的，教我怎不想呢？越想便越想了，真真有些痴了。这一来我的笑可不容易了。好笑的事情，都觉淡淡的味儿，仿佛酒里搀了水。——我的笑的兴致也是这样。况且做了一年的媳妇，规矩晓得的多了，渐渐的脱了孩子气了；我也自然的不像从前爱笑了。这些时候笑是很文气了。微笑多了，大笑少了。他们都说老毛病居然改掉了。

第二年冬天，公公从差事上交卸了，亏空好几百元——是五百元罢？凑巧祖婆婆又死了；真是祸不单行！公公教婆婆和姨娘将金银首饰都拿出来兑钱去。我看她们委委屈屈的将首饰匣交给公公，心里好凄惨的！首饰兑了回来，又当了一件狐皮袍，才凑足了亏空的数目，寄到省里去了。第二天，婆婆便和公公大吵一回。为何起因，我已忘记；——你记得么？——只知道实在是为首饰的缘故罢了。那一次吵得真是利害！我到你家还是第一次看见呢。我觉得害怕，并且觉得这是一个恶兆；因为家里的光景真是大不同了！那回丧事是借的钱办的。在丧事里，我只哭了两回；要真伤心，我才会哭，我不会像她们那样哼哼儿。我的伤心，一半因为祖婆婆待我好，一半也愁着以后家里怎样过日子！我晓得愁，也是从前没有的；年纪大了，到底不同了。丧事过后，家里日用，分文没有；便只得或当或借的支持着。这也像严寒的冬天了。而且你家的人还要呕气。只说婆婆那样嫌着公公，说他只一味浪用，不知攒几个钱儿！又和姨娘吵闹，说她只晓得巴结公公，讨他的好！这样情形，还能和和气气的过日子么？我也常给他们解劝，但毫没有用的。这样过了一年多，我眼看着这乱糟糟的家，一天天的衰败下去，不由得不时时担心。婆婆发脾气的时候，又喜欢东拉西扯的牵连着别人。我更加要留意。你又在北京；连一个诉说的人也没有！我心里怎样不郁郁的呢？我的心本来是最宽的；到你家后便渐渐的窄了；仿佛有一块石头压着似的。你说北京有甜井、苦井，我从前的心是甜的，后来便是苦的。那些日子，真没有什么叫我笑了，我连微笑也少了。有一天我回到家里，爸和娘娘他们说："小招真可怜！从前那样爱笑的，现在脸上简直不大看见笑了！"那时我家人待我的情形也渐渐不同了，这叫我最难过的！——谁想自家人也会势利呢？我起初还不觉得；等到他们很冷淡了，我方才明白。你看我这个人糊涂不糊涂？——娘娘他们不用说，便是郭妈妈和小五等人，也有些看不起我似的。只除了爸爸一个人！他们都晓得我们家穷了，所以如此。其实我们穷我们的，与他们何干呢！本来还家去和他们说说笑笑，还可以散散心的。这一来，我还家去做什么呢？这样又过了半年。这一年半里，公公虽曾有过两回短差事，但剩不了钱，也是无用的。好差事又图谋不到！家里便一天亏似一天了！起初人家不知就里，还愿意借钱给我们。后来见公公长久无好差事，家里连利钱也不能够按期付了，大家便都不肯借了；而且都来讨利钱、讨本钱了。他们来的时候，神气了不得！你得先听他讨厌的话，再去用好话敷衍他。敷衍得好的，便快快的走了；不好的，便狠狠的发话一场。你那时不在家，我们就成天过这种日子！你想这是人过的日子么？你想我还有一毫快乐的心思么？你想我眼泪直向肚里滚，还有心肠笑么？好容易到了七月里，你毕业了，而且在上海有了事了。那时大家欢喜，我更不用说了，——娘娘他们都说我从此可以出头了！我暗中着实快活了好几日，不由的笑了好几回，——我本想忍住的，但是忍不住，只好让他们去说吧。这样的光景，谁知道后来的情形却全然相反呢？

自从公公那回交卸以后，家里各人的样子，便大不同了。——我刚才不是和你说过么？婆婆已经不像从前客气。她不知听了谁的话，总防着我爬到她头上去。所以常常和我讲究做媳妇的规矩，又一心一意的要向我摆出婆婆的架子。更加家境不好，她成天的没好心思，便要寻是生非的发脾气。碰着谁就是谁。我这下辈人，又是外姓人，自然更倒霉了！她那时常要挑剔我。她虽不明明的骂我，但摆着冷脸子给你看，冷言冷语的讥嘲你，又背地里和佣人们议论你，就尽够你受了！姨娘呢，虽不曾和我怎样，但暗中挑拨着婆婆，也甚是利害！你想，我怎能不郁郁的！——只有公公还好，算不曾变了样子。我刚才不说过那时简直不大会笑么？你想，愁都愁不过来，又怎样会笑呢？况且到了后来，便是要笑也不敢了。记得有一回，不知谁说了什么，引得我开口大笑。这其实是偶然又偶然的事。但婆婆却发话了。她说，“少奶奶真爱笑！家里到这地步，怎么一点不晓得愁呢！怎么还能这样嘻嘻哈哈呢！”她的神气严厉极了，叫我害怕，更叫我难堪！——当着众人面前，受这样的责备，真是我平生第一回！我还有什么脸面呢？我气得发抖，只有回房去暗哭！你想，从此以后，我还敢笑么？我还去自讨没趣么？况且家里又是这个样子！一直等到你上海有事的时候，我才高兴起来，才又笑了几回。但是后来更不敢笑了！为什么呢？你有了事以后，虽统共只拿了七十块钱一月，他们却指望你很大。他们恨不得你将这七十块钱全给家里！你自然不能够。你虽然曾寄给他们一半的钱，他们那里会满意！况你的寄钱，又没有定期，家里等着用，又是焦急！婆婆便只向我罗唆，说你怎样不懂事，怎样不顾家，怎样只管自己用。她又说："'养儿防老，积谷防饥。'他想不问吗，怎能够哩！"她说这些话，虽不曾怪我，但她既不高兴你，自然更不高兴我了！从前她对我虽然也存着心眼儿，但却不恨我，所以还容易相处。现在她似乎渐渐有些恨我了！这全是因为你！她恨我，更要挑剔我了。我就更难了！家里是这样艰窘，你又终年在外面，婆婆又有心和我作对。这真真逼死我了！那知后来还要不行！前年暑假你回来了，身边只剩两个角子。婆婆第一个不高兴。她不是尽着问你钱到那里去了么？你在家三天，她便唠叨了三天。你本来不响的，后来大约忍不住了，也说了几句。她却和你大吵！第二天，你赌气走了。——我何尝不劝你，但怎么劝得住呢？午饭的时候，他们才问起你。我只好直说。婆婆听了，立刻变脸大骂，又硬说是我挑唆你的！她饭不吃了，跳到厨房里向佣人们数说。接着又和左右邻舍说了一回。晚上公公回来，她一五一十告诉他。她说："这总是少奶奶的鬼！我们家真晦气，媳妇也娶不到一个好的！自从她进门，你就不曾有过好差事，家境是一天坏似一天！现在又给大金出主意，想教他不寄钱回家；又挑唆他和我吵，使你们一家不和，真真八败命！"——她在对面房里，故意的高声说，教我听得清楚。——后来公公接着道："不寄钱？——哼！他敢！让我写信问他去。我不能给他白养活女人、孩子！——现在才晓得，少奶奶真不是东西！"……以后声音渐低，我也再不能听下去了！那天我不曾吃饭。我又是害怕，又是寒心！我和他们仿佛是敌国了，但是我只有一个人！知道他们怎样来呢？我在床上哭了半夜，只恨自己命苦！从第二天起，我处处提防着。果然第四天的下午，公公便指着一件不相干的事，向我大发脾气。他骂我："不要发昏！"这是四年来不曾有过的！他的骂比婆婆那回更是凶恶。但是我，除了忍受，有什么法子呢？我那晚又哭了半夜。现在是哭比笑多了。世间婆婆骂媳妇是常事；公公骂，却是你家特别的！你看你家的媳妇可是人做的！从那回起，我竟变了罪人！婆婆的明讥暗讽，不用说了。姨娘看见公公不高兴我，本来只是暗中弄松我的，现在却明明的来挑拨我了！四弟、五妹也常说我的坏话了！婆婆和姨娘向我发话的时候，他们也要帮衬几句了！佣人们也呼唤不灵了！总之，“墙倒众人推”了。那时候，他们的眼睛都看着我，他们的耳朵都听着我，谁都要在我身上找出些错处，嘲弄一番。你想我怎样当得住呢？我的脸色、话语、举动，几乎都不中他们的意，几乎都要受他们的挑剔。——真成了“眼中钉”了！我成日躲在房里，不敢出来。出来时也不敢多说，不敢多动，只如泥塑木雕的一般！这时那里还想到笑？笑早已到爪哇国里去了。连影子也不见了！本来我到家里住住，也可暂避一时。凑巧那年春天，爸爸过生日，郭妈妈要穿红裙，和他大闹。我帮着爸爸，骂了她一顿。她从此恨我切骨！本就不甚看得起我，这一来，索性不理睬我了！我因此就不能常回去了！到这时候，更不愿回去仰面求她，给她嗤笑了！我真是走投无路。要不是为了你和孩子，我早已死了。那时我差不多每夜要哭，仿佛从前要笑一样。思前想后，十分难过，觉得那样的活着，还是死了的好。等到后来你来信答应照常寄钱，这才稍微好些。但也只是“稍微”好些罢了，和从前总不相同了！直到现在，都是如此。

自从大前年生了狗儿，去年又生了玉儿。这两个孩子可也真累坏了我！你看我初到你家时是怎样壮的，现在怎么样了？人也老了，身子瘦得像一只螳螂——尽是皮包着骨头！多劳碌了，就会头晕眼花；那里还像二十几岁的人？这一半也因为心境不好，一半也实在是给孩子们磨折的！我从前身体虽然不好，那里像现在呢？我自己很晓得，我是一日不如一日了，将来一定活不长的！——你不信么？以后总会看见的。说起来我的命只怕真不好！不然，公公在榷运局老不交卸，家里总可以雇两个奶娘。我又何至吃这样的辛苦呢？呀！领孩子的辛苦，真是你们想不到的！我又比别人格外辛苦，所以更伤人！记得狗儿生的时候，我没有满月，就起来帮他们做事，一面还要领孩子。才生的孩子，最难照管。穿衣服怕折了胳膊，盖被又怕捂死了他。我是第一胎，更得提心吊胆的。那时日里夜里，总是悬悬不安！吃饭是匆匆的，睡觉也只管惊醒！婆婆们虽也欢喜狗儿，但却不大能领他。一天到晚，孩子总是在我手里的多！还得给家里做事，所以便很累了。那时我这个人六神无主，失张失智的。没有从前唧溜，也没有从前勤快了。婆婆常常向我唠叨，说我没规矩，一半也因为此。等到孩子大起来了，哭呀，吵呀，总是有的。你们却又讨厌了，说孩子不乖巧，又说我太宠他了！还要打他。我拦住了，你便向我生气。其实这一点大的孩子，晓得什么？怎忍心怪他、打他！但你在家的时候，既然常为了孩子和我罗唆，婆婆后来和我吵，也常常借了孩子起因。我真气极了，孩子不是我一个人私生的，怎么你也怪我，他也怪我呢？我真倒霉，一面要代你受气，一面又要代孩子受气！整整三个年头，我不曾吃过一餐好饭，睡过一夜好觉，到底为了什么呢？狗儿的罪，还没有受完，又来了玉儿！你又老是这个光景，不能带我们出去。我今生今世是莫想抬头的了！——唉，我这几年兴致真过完了！我也不爱干净了，我也不想穿戴了，我也不想出去逛了。终日在家里闷着；闷惯了，倒也罢了。我为了两个孩子，时时觉着有千斤的重担子在我身上。又加上你家里人，都将我看作仇人。我仿佛上了手铐脚镣，被囚在一间牢狱里！你想我还能高兴么？我这样冷冰冰的，真还要死哩！你在家时还好，你不在家时，我寂寞透了！只好逗着孩子们笑着玩儿，但心思总是不能舒舒贴贴的。我此刻哭是哭不出，笑可也不会笑了；你教我笑，也笑不来了。而且看见别人笑，听到别人笑，心中说不出的不愿意。便是有时敷衍人，勉强笑笑，也只觉得苦，觉得很费力！我真是有些反常哩！

好人，好人，几时让我再能像“娘在时”那样随随便便、痛痛快快的笑一回呢？

1923 年 4 月 28 日

别

他长久没有想到伊和八儿了；倘使想到累人的他们，怕只招些烦厌罢。

这一天，他母亲寄信给他，说家里光景不好，已叫人送伊和八儿来了。他吃了一惊，想："可麻烦哩！"但这是不可免的；他只得等着。一直几天，他们没来，他不由有些焦躁——不屑的焦躁；那藏在烦厌中的期待底情开始摇撼他柔弱的心了。

晚上他接着伊父亲的信片，说他们明天准来。可是刮了一夜底北风，接着便是纷纷的大雪。他早起从楼上外望迷迷茫茫的，像一张洁白的绒毡儿将大地裹着；大地怕寒，便整个儿缩在毡里去了。天空静荡荡的，不见一只鸟儿，只有整千整万的雪花鹅毛片似的"白战"着。他呆呆的看，心里盘算，"只怕又来不成了哩！该诅咒的雪，你早不好落，迟不好落，偏选在今天落，不是故意欺负我，不给我做美么？——但是信上说来，他们必晓得我在车站接，会叫我白跑么？——我若不去，岂不叫他们失望？……"

午饭后雪落得愈紧。他匆匆乘车上车站去。在没遮拦的月台上，足足吃够一点多钟底风，火车才来了。客人们纷纷地上下，小工们忙忙地搬运；一种低缓而嘈杂的声浪在稠密的空气中浮沉着。他立在月台上，目不转睛地看着每个走过他面前的人。走过的都走过了，哪里有伊和八儿底影儿？——连有些像的也无。他不信，走到月台那头去看，又到出口去看，确是没有——他想，他们一定搭下一班车来了。

一切都如前了，他——只有他——只在月台上徘徊。警察走过，盯了他一眼，他却不理会。车来时，他照样热心地去看每个下车的搭客，但他的努力显然又落了空。

晚上最后一班车来了，他们终于没有来。他恼了，没精打采地冲寒冒雪而回——一路上想，“再不接他们了，也别望他们了！”但到了屋里，便自回心转意：“这么大的雪，也难怪他们，……得知几时晴哩？雪住了便可来了罢？落得小些也可动身了罢？”

两天匆匆过去，雪是一直没有止。那晚上他独自在房里坐，仆人走来说，有人送了一个女人和孩子来了。他诧异地听着。这于他确是意外——窗外的雪还在落呵。他下楼和他们相见，伊推着八儿说：“看——谁来了？”八儿回头道：“唔……爸爸。”他没有说话，只低低叫声：“跟我来罢。”

他们到楼上安顿了东西。伊说前天大雪，伊父亲怕八儿冻着，所以没有来；他教等天晴再走罢。但伊看了两天，天是一时不会晴的了，老等着，谁耐烦？所以决然动身。他听了，不开口。他们沉默了一会。那时他的朋友们都已晓得他的喜事——他住的一所房子原是公寓之类；楼上有好几个朋友们同住——哄着来看伊。他逐一介绍了，伊微低着头向他们鞠躬。他们坐了一会，彼此谈着，问了伊些话。伊只用简单的句子低低地、缓缓地答复。他想，伊大约怕“蓦生”哩！这时他忽然感着一种隐藏的不安；那不安底情原从他母亲信里捎来，可是他到现在才明白地感觉到了。——其实那时的屋里，所有的于谁都是“蓦生”的，谁底生命流里不曾被丢了瓦砾，掀起不安的波浪呢？但丢给他俩的大些，波动自然也有力些，所以便分外感着了。于是他们坐坐无聊，都告辞了。他俩显然觉得有些异样。这个异样，教他俩不能即时联合——他们不曾说话；电灯底光确和往日不同，光里一切，自然也都变化。在他俩眼里，包围着他们的，都是偶力底漩涡：坐的椅子，面前的桌子，桌上的墨水瓶，瓶里墨水底每一滴，像都由那些漩涡支持着；漩涡呢，自然是不安和欢乐底交流了。

电灯灭了，一切都寂静，他们也自睡下。渐渐有些唧唧哝哝底声音——半夜底话终于将那不安"消毒"了，欢乐弥漫着他俩间，他俩便这般联合了，和他们最近分别前的一秒时一样。

第二天，他们雇定一个女仆。第三天清早便打发那送的人回去。简陋而甜蜜的家，这样在那松铺着的沙上筑起来了。他照常教他的书，伊愿意给他烧饭，伊不喜欢吃公寓里的饭，也不欢喜他吃。他俩商量的结果，只有由伊自己在房里烧了。但伊并未做惯这事，孩子又只磨着伊，新地方市场底情形，伊也不熟悉。所以几天过后，便自懊恼着；但为他的缘故，终于耐着心，习惯自然了。他有时也嫌房里充满厨灶的空气，又不耐听孩子惫赖的声音，教他不能读书，便着了急，只绕着桌子打旋。但走过几转，看看正在工作的伊，也只好叹口气，谅解伊了。有时他俩却也会因这些事反目。可是照例不能坚持——不是伊，便是他，忍不住先道歉了，那一个就也笑笑。他俩这样爱着过活——虽不十分自然——，转眼已是一年些了。

但是有一件可厌的，而不可避的事，伊一个月后便要生产。他俩从不曾仔细想过这个，现在却都愁着。公寓不用说是不便的。他母亲信上说："可以入医院，有我来照料"；父亲却宁愿伊和八儿回家。他晓得母亲是爱游逛，爱买东西的，来去又要人送——所费必不得少。倘伊家也有人来监产——一定会有的——，那可怎么办呢？非百元不可了！其实家里若能来一女仆，和八儿亲热的，领领他，伊便也可安然到医院去。但他怎好和母亲说，不要伊来呢？又怎好禁止岳家底人呢？他不得不想到怎样急切地凑着一百元了。可以想到的都已想到，最后——最后了，他的心只能战战地答道："否！"——于是一切都完了，他郑重地告诉伊："现在只有回去了！”为一百元底缘故，他俩不得不暂时贱卖那爱底生活了。

伊忽然一噤，像被针刺了那样，掩着面坐下哭了。八儿正在玩耍，回头看见，忙跑近伊，摇着伊膝头，恳求似地望着伊说：“娘，不淌眼泪！”伊毫不理会。孩子脸一苦，哭嚷道：“看不见娘，看不见娘了！”——他呢，却懵腾腾的，只想搜出些有力的话安慰伊。话倒有，可不知说那一句好？便呆呆地看在伊的手捂着的，和八儿泪洗着的脸上。半晌，才嗫嚅着挣出三个字道：“别哭罢！”以下可再说不上来了！正窘着，恰好想到一件事，就撇开了伊们，寻出纸笔，写信给家里，叫那回送伊来的再接伊去。写好，走出交女仆去发。伊早住了哭痴痴地想，八儿倚着伊不作声。他悄走近前，拍伊肩头一下。伊大吃一吓，看了看是他，微笑说，“刚才真无谓哩！”

第三晚上，孩子睡下了，接的人走进房里，伊像触着闪电似的，一缕酸意立时沦浃了周身底纤维。伊的眼一眨，撑不住要哭了，赶快别过脸去，竭力忍住，小声儿抽咽着。半晌，才好了。他问那人底话，伊只仔仔细细端详着。那人喉底一发声，头底一转动，都能增加伊思想底力量，教伊能够明明白白记起一直以前的事：婆婆怎样怂恿伊走；伊怎样忙着整装，怎样由那人伴上轮船、火车，八儿怎样淘气；伊怎样见着父亲，最后——怎样见了他。……伊寻着已失的锁钥，打开尘封着的记忆底箱，满眼都流着快乐呵！伊的确忘记了现在，直到他问完话，那人走出去了。于是伊凝一凝神，回复了伊现在的伊；现在便拶着伊的泪囊，伊可再禁不住，只好听他横流了！他也只躺在床上，不敢起来，全不能安慰伊，等到晓得伊确已不哭了，才拿了那半湿的手帕，走过去给伊揩剩在脸上的泪。又悄悄地说：“后天走罢，明天街上买点东西带着。……”伊叹口气，含着泪微微地点头。那时接的人已经鼾睡，他俩也只有睡下。

第二天他们有说有笑的，和平常一样。但他要伊同出去时，伊却回说，“心里不好，不去了。”他晚上回来，伊早将行李整理好，孩子也已睡了。伊教他看了行李。指点着和他说：“你的东西，我也给你收拾了。皮袍在大箱里，天气热起来也可叫听差拿去晒晒，别让它霉了——霉了就可惜了。

小衫裤和袜子、帕儿，都在小提箱里。剪刀、线板，也放在里面。那边抽屉里还剩下些猪油和盐。我给你买了十个鸡蛋，放在这罐里，你饿时自在煤油炉上炖炖吃罢。今天饭菜吃不了，也拿来放在抽屉里，你明天好独自吃两餐安稳饭——孩子在这里，到底吵着你——，后天再和他们一桌吃不迟。”……伊声音有些岔了，他也听得呆了，竟不知身子在那里。他的泪不和他商议，热滚滚直滴下来了。他赶紧趁伊不见，掏出帕儿揩干。伊可也再说不出什么，只坐在一旁出神。他叫送的人进来，将伊的帐子卸下。铺盖卷了，——便省得明早忙了。于是伊仅剩的安慰从伊心里榨出，伊觉得两手都空着了。四面光景逼迫着伊，叫伊拿什么抵御呢？伊只得由自己躺下，被蒙在伊流泪如水的脸上。那时他眼见伊睡了一年多的床渐渐异样了，只微微微微地嘘气，像要将他血里所有愁底种子借着肺力一粒粒地呼出一般。床是空了，他忽然诧异地看着，一年前空着的床为什支了帐子、放了铺盖呢？支了、放了，又为甚卸了、卷了呢？这确有些奇怪。他踌躇了一会——忽然想起来了，“伊呢？”伊已是泪人儿了，他可怎么办呢？他亲亲切切地安慰伊些话，但是毫不着力，而且全不自然，他终于彷徨无措呜呜咽咽哭了。伊却又给他揩眼泪，带着鼻音说：“我心里像被凌迟一般！”一会又抽咽着说：“我走后，你别伤心！晚上早些睡，躺下总得自己将被盖上——着了凉谁问你呢？”……他一面拭泪，一面听着，可是不甚明白伊的意思，只觉他的心弦和伊的声带合奏着不可辨认的微妙的悲调，神经也便律动着罢了。那时睡神可怜他们，渐渐引诱他们入梦。但伊这瞬间的心是世界上最不容易被诱惑的东西之一，所以不久便又从梦中哭醒；他也惊觉了。大黑暗微睁开惺忪的两眼，告诉朝阳便将到来了。

他们躺了一会，起来，孩子也醒了，天光已是大亮。他叫起那接的人。大家胡乱洗了脸。他俩不想吃什么，只拿些点心给八儿和那人吃了。那人出去雇好车子。他们叫女仆来，算清工钱，打发伊走路。车夫将伊的行李搬完，他俩便锁门下去。女仆抱着八儿送到门口，将他递给车上的伊。他忽然不肯，倾着身大张开两臂，哭着喊着要女仆抱：“家家！……家家！”

伊脸上不由也流露寂寞底颜色，他母亲只得狠狠心轻拍了他两下，硬抱过去，车子便拉动了。他看见街上的热闹光景，高高兴兴指点着，全忘记刚才的悲哀。他们到了车站，黑压压满都是人，哄哄底声音搅浑了脑子。他让伊和八儿在一张靠椅上坐下，教接的人去买车票，写行李票。他便一面看着行李，一面盼着票子，——这样迫切地盼着，旅客们信步的踯躅，惶急的问讯，在他都模模糊糊的无甚意义了。但这些却全看在伊的眼、听在伊的耳、塞在伊的脑里，伊再没有自由思想底馀地，伊的身子好像浮着在云雾里一般。那时接的人已在行李房门前垫着脚，伸着头，向里张着；房里满挤着人，房外乱摊着箱、篮、铺盖之类。大家都抢着将自己的东西从人缝里往里塞；塞时人们底行列微微屈曲，塞了便又依然。他这时走过去，帮接的人将伊的行李好容易也抬到房里，写了票子，才放了心。他们便都走到月台上候车，八儿已经睡着，伊痴着眼不说话。他只盘旋着，时时探着头，看轨道尽处，火车来了没有？——呜呜……来了！人们波一般暂时退下，静着，倾斜了身子，预备上去。眩人眼的列车懒懒地停住，乘客如潮地涌上。他抱了八儿，一手遮着伊，挣扎了几次，才上了车。匆忙里找了一个坐位，让伊歇下。伊抱过八儿；他上车时哼了哼，便又睡着了。接的人也走来。他嘱咐他些话。伊说："你去罢。"他说等一会不要紧，可也只能立着说不出话。但是警笛响了，再不能延捱！伊默默地将八儿抱近他，他噙泪低头在他红着的小颊上轻轻地亲了一下。用力睁着眼，沙声说："我去了！"便头也不回下车匆匆走了！伊从窗里望着，直到眼里没有一些他的影子，才发见两行热泪早已流在伊的脸上了。伊掏出帕儿揩干。火车已经开动，微风从伊最后见他的窗里吹来，伊像做梦一般。……

他回来紧闭了门，躺在床上空想；他坐不住，所以躺了。他细味他俩最近的几页可爱的历史。想一节伤一回心；但他宁愿这样甜蜜的伤心。他又想起伊怎样无微不至地爱他，他痛苦时伊又怎样安慰他。但他怎样待伊呢？他不曾容忍过伊仅有的、微细的谴谪，他常用语言压迫伊，伊的心受了伤，便因此哭了！他是怎样"酷虐"！他该怎样对伊抱歉呵！但伊是去了，他将向谁忏悔呢？他所曾施的压迫将转而压迫他自己罢！

他似乎全被伊占领了，那晚没有吃饭。电灯快灭时，他懒懒地起来，脱了衣服，便重又睡下。他忽然觉着，屋里是太沉默了！被儿、褥儿、枕儿、帐儿，都板板向他，也这样彼此向着。寒心的沉默严霜似的裹着他的周围。——“虚幻的，朋友们，你们曾有的，伊和我同在时，你们曾有的，狂醉，在那里了呢？”这或者——或者和他自己，都给伊带去了么？但是屋里始终如死地沉默着。

唉！累人想到的伊呵！

1921年5月5日

WOGUO CHAYELEI DILI BIAOZHI CHANPIN DE SHENGCHAN YU XIAOFEI YANJIU

我国茶叶类地理标志产品的生产与消费研究

占辉斌◎著

安徽师范大学出版社
·芜湖·

图书在版编目(CIP)数据

我国茶叶类地理标志产品的生产与消费研究 / 占辉斌著.—芜湖:安徽师范大学出版社,2018.7（2025.1 重印）

ISBN 978-7-5676-3447-3

Ⅰ.①我… Ⅱ.①占… Ⅲ.①茶叶—农产品—地理—标志—研究—中国 Ⅳ.①F762.05

中国版本图书馆CIP数据核字(2018)第057597号

我国茶叶类地理标志产品的生产与消费研究 占辉斌◎著

责任编辑:彭 敏

装帧设计:丁奕奕

出版发行:安徽师范大学出版社

芜湖市九华南路189号安徽师范大学花津校区 邮政编码:241002

网 址:http://www.ahnupress.com/

发 行 部:0553-3883578 5910327 5910310(传真) E-mail:asdcbsfxb@126.com

印 刷:阳谷毕升印务有限公司

版 次:2018年7月第1版

印 次:2025年1月第3次印刷

规 格:700 mm×1000 mm 1/16

印 张:12

字 数:190千字

书 号:ISBN 978-7-5676-3447-3

定 价:50.00元

前　言

中国作为茶的原产地,茶种质资源十分丰富,茶叶种植区域辽阔。中国地形地貌、自然生态环境和人文文化多样,孕育出了种类繁多的名优茶,这些茶叶是最典型的地理标志产品,非常适合用地理标志保护制度来保护。为了应对我国加入WTO后面临的挑战和避免名优茶遭受假冒伪劣产品的侵害,越来越多的地方茶叶组织认识到茶叶地理标志保护的重要性,各地具有地域特色的名优茶已经或陆续申请注册地理标志,并取得了明显的成效。然而,我国茶叶类地理标志产品保护与发展是一项系统工程,涉及许多的利益方,也涉及许多方面的工作。农户和企业是生产的源头,消费者是直接的受惠者。因此,很有必要从生产与消费两个方面对我国茶叶类地理标志产品的保护与发展进行相关研究。

本研究结合目前国内外地理标志保护与发展的研究进展,对地理标志产品保护的作用、生产与消费等研究进行综述。在此基础上,构建相应的理论分析框架和实证分析框架,然后通过对我国茶叶类地理标志产品实地调查,收集相关数据,对我国茶叶类地理标志产品生产与消费进行实证分析,并提出相关对策建议,力图为政府相关部门提供决策参考依据。

本书的研究内容及结构安排如下:

第一部分为总论。包括第1章和第2章。该部分对地理标志保护与发展的已有研究成果进行梳理和评述,并运用经济学与管理学的相关理论与方法,对我国茶叶类地理标志产品的生产与消费进行分析,揭示我国茶叶类地理标志产品生产与消费的内在逻辑与作用机理。

第二部分即第3章。本部分主要介绍国际上与地理标志保护有关的主要国际公约以及欧盟、法国、美国、印度以及中国等国家和地区的地理标志保护制度体系。

第三部分包括第4章和第5章。本部分基于地理标志产品黄山毛峰茶、太平猴魁茶的调研数据，对农户和企业生产投入产出状况等进行基本描述性统计分析与计量分析，分析我国地理标志保护制度实施对农户增收的影响作用并定量分析农户、企业地理标志产品生产经济效益状况及影响因素。

第四部分是我国茶叶类地理标志产品消费者忠诚度研究，即第6章。以我国茶叶类地理标志产品六安瓜片茶、霍山黄芽、黄山贡菊为例，构建我国茶叶类地理标志产品消费者忠诚度评价指标体系，通过问卷调查获取消费者相关数据，分析消费者对地理标志产品的忠诚度、对地理标志产品保护的认知、对地理标志产品质量的感知和对地理标志产品产地的态度以及它们之间的关系。

最后一部分是主要结论和对策建议，即第7章。从地理标志保护对农户增收的促进作用、影响农户地理标志产品生产经济效益的因素、农户地理标志产品生产行为及其影响因素、影响企业地理标志产品生产经济效益的因素、地理标志产品消费者忠诚度及影响因素等方面得出主要结论，并提出相应的对策建议。

目　录

第1章　导　论……………………………………………………………………1
1.1　研究背景与研究意义 ……………………………………………………1
1.2　相关概念界定与研究假设 ………………………………………………4
1.3　研究目的…………………………………………………………………10
1.4　研究内容与框架安排……………………………………………………11
1.5　研究方法与研究技术路线………………………………………………13
1.6　可能的创新与不足之处…………………………………………………16

第2章　文献综述与分析框架 ……………………………………………18
2.1　国内外研究动态及简要评述……………………………………………18
2.2　我国茶叶类地理标志产品生产与消费研究的分析框架…………29

第3章　国内外地理标志保护制度探析 ………………………………35
3.1　国际上地理标志保护模式分析…………………………………………35
3.2　地理标志保护的国际公约………………………………………………37
3.3　欧盟地理标志保护制度…………………………………………………46
3.4　法国对地理标志的法律保护……………………………………………51
3.5　美国对地理标志的法律保护……………………………………………55
3.6　印度对地理标志的法律保护……………………………………………58
3.7　日本对地理标志的法律保护……………………………………………62
3.8　我国对地理标志的法律保护……………………………………………65

第4章 农户茶叶类地理标志产品生产研究 ……73
4.1 样本茶农基本情况 ……73
4.2 茶农茶叶生产特征分析 ……76
4.3 地理标志保护制度对农户增收促进作用的实证研究 ……85
4.4 农户茶叶类地理标志产品生产经济效益的实证研究 ……87
4.5 农户茶叶类地理标志产品生产行为研究 ……95

第5章 企业茶叶类地理标志产品生产经济效益的实证研究 ……118
5.1 样本企业调查情况的描述性分析 ……118
5.2 企业茶叶类地理标志产品生产经济效益的计量经济分析 ……125
5.3 本章小结 ……131

第6章 我国茶叶类地理标志产品消费者忠诚度研究 ……132
6.1 我国茶叶类地理标志产品消费者忠诚度评价 ……133
6.2 我国茶叶类地理标志产品消费者忠诚度影响因素分析 ……139
6.3 本章小结 ……146

第7章 研究结论和对策建议 ……148
7.1 主要结论 ……148
7.2 对策建议 ……150
7.3 有待进一步研究的问题 ……155

附 录 ……157
英文参考文献 ……168
中文参考文献 ……178
后 记 ……185

第1章　导　论

1.1　研究背景与研究意义

1.1.1　研究背景

地理标志是一种与产品生产地理来源相关联的标志，是知识产权保护中的一个重要概念，受到社会的普遍关心和重视。在《与贸易有关的知识产权协定》（以下简称《TRIPS协定》）中，地理标志作为一种独立的知识产权类型作了专门章节的规定。地理标志是指识别某产品来源于某地域或该地域内某地区或某地点的标志，而该产品的特定质量、信誉或其他特性主要取决于该地理来源（Claude，et al.，2007）。由于地理标志表现出较高的商业价值，因此受到了世界各国的广泛重视。国际上地理标志保护制度已经比较成熟和发达，这一保护制度最早以制度或法律的形式出现在1883年《保护工业产权巴黎公约》（以下简称《巴黎公约》），之后1891年《制止商品来源的虚假或欺骗性标志马德里协定》（以下简称《马德里协定》）、1958年《保护原产地名称及其国际注册里斯本协定》（以下简称《里斯本协定》）等从不同角度就地理标志国际保护问题作出了规定（Lillywhite，et al.，2007）。

我国地理标志保护起步较晚，但我国对实施地理标志保护采取了积极的态度，使得地理标志保护工作得到了快速的发展，地理标志法律保护制度已初见体系，在实践中发挥了相应的积极作用。据有关报告显示，截至2009年9月，我国已经受理了地理标志保护申请1070件，对国内932个地理标志产品实施了专门保护，核准6000多个企业和组织使用专用标志，产品范围涉及白酒、葡萄酒、黄酒、茶叶、水果、花卉、工艺品、调味品、中药材、水产品、肉制品等，产地范围涵盖全国30个省、自治区、直辖市（中华人民共和国国家知识产权局，2009）。截至2016年12月底，质检系统已对全国2151个产品实施了地理标志产品保护，产值达到1万多亿元。

目前，在世界范围内，有关地理标志保护还存在较大的争议（Handler，2006）。在1986年至1994年乌拉圭回合谈判中，以欧共体为代表的"旧世界"和以美国为代表的"新世界"就"加强地理标志保护"的议题展开了激烈的争论，存在严重的利益冲突。正如李东生（2005）所强调的，地理标志保护问题之所以在国际上受到重视，是因为地理标志保护关系到保护自然资源和人文资源，关系到传统优势农业的发展和农产品的国际竞争力，关系到广大农民的利益甚至是国家的重大利益。由于地理标志的形成及其在市场中的地位都是以大量的人文和经济投入以及长期的历史传统作为基础，因此地理标志不仅具有经济价值，而且也代表了一个地区、一个民族甚至一个国家的文化形象，具有文化价值，它们共同构成了地理标志的信誉，并最终表现为商业上的经济利益。因此，在这样一个国际背景下，从生产与消费两个方面，研究我国地理标志保护制度实施以来对相关生产者的利益产生的影响以及消费者地理标志产品的行为，就显得非常重要了。

1.1.2 研究意义

"三农"问题是我国必须长期面对的重大课题，如何增加农民收入、促进农村发展，地理标志产品因其与地区自然和历史的内在联系决定了其在"三农"问题的解决中可以大有作为，因此，地理标志的保护工作历来受到我国政府的高度重视。2003年12月31日，中共中央、国务院发布的《关于促进农民增加收入若干政策的意见》（2004年"中央一号文件"）指出了增加农民收入的重要性和紧迫性，强调要把解决好农业、农村、农民问题作为全党工作的重中之重，并专门提出推进原产地保护，体现了我国政府对"三农"问题的高度重视，对地理标志保护工作的关心和支持。为了建设现代农业、稳定农业与农村的发展、促进国民经济协调有序发展，2005年《关于进一步加强农村工作提高农业综合生产能力若干政策的意见》（2005年“中央一号文件”）提出“加大对特色农产品的保护力度，加快推行原产地等标识制度”。2007年中共中央、国务院发布的《关于积极发展现代农业扎实推进社会主义新农村建设的若干意见》（2007年“中央一号文件”）中提到“大力发展特色农业，要立足当地自然和人文优势，培育主导产品，优化区域布局。适应人们日益多样化的物质文化需求，因地制宜地发展特而专、新而奇、精而美的各种物质、非物质产品和产业”，同时提出要“依法保护农产品注册商标、地理标志和知名品牌”，首次把保护商标、地理标志和支持国际注册写入“中央一号文件”中，并将其作为健全农村市场体系的重要举措。党的十七届三中全会《关于推进农村改革发展若干重大问题的决定》指出：“要积极发展现代农业，加快转变农业发展方式，大力推进农业科技自主创新，推进农业结构战略性调整，培育知名品牌，加大农产品注册商标和地理标志保护力度。”2008年6月，国务院颁布实施的《国家知识产权战略纲要》将“完善地理标志保护制度”作为实施国家知识产权战略的七大专项任务之一（蒋天才，2009）。

地理标志保护是一项系统工程，涉及许多的利益方，主要包括作为地理标志产品生产源头的农户和相关企业以及直接的消费对象消费者。那么，我国地理标志保护制度的实施对农户的增收促进作用如何？农户地理标志产品生产投入与产出效益如何以及受到哪些因素的影响？农户地理标志产品生产行为状况如何及其生产行为受到哪些因素影响？企业地理标志产品生产投入与产出效益如何以及受到哪些因素影响？消费者地理标志产品忠诚度状况如何？这些已经成为我国地理标志产品保护与发展的实践中迫切需要回答和解决的问题。这些问题能否解决好，不仅关系到我国地理标志产品的生产与消费过程，更关系到我国整个地理标志产品产业的发展及其在解决我国“三农”问题中发挥的作用。

本研究以我国茶叶类地理标志产品为例，基于农户、企业和消费者的调查数据，进行系统的理论分析与实证研究，揭示我国茶叶类地理标志产品生产与消费的内在规律，为我国政府相关职能部门、企业制定和完善相关政策提供决策参考依据。因此，本研究具有重要的理论意义和现实意义。

(1)理论意义：从农户和企业、消费者三个微观层面，通过实地调查，对调查结果进行深入的数据分析，构建相应模型并进行实证研究，提供该问题定性与定量相结合、规范与实证相结合的完整分析框架，克服当前主要从宏观方面、以定性研究为主缺乏定量研究的不足，完善我国地理标志产品研究领域的研究方法与研究内容。

(2)现实意义：在我国现有的地理标志保护制度体制下，本研究成果对有效引导农户和相关企业地理标志产品的生产具有一定的指导意义，可以进一步促进地理标志保护在解决我国"三农"问题中发挥更重要的作用。

1.2 相关概念界定与研究假设

1.2.1 相关概念界定与研究对象

1. 地理标志的概念

(1)地理标志的产生。

与专利、商标等知识产权概念相比，目前对地理标志概念世界范围内还未形成一个统一接受的概念。在国际上，从1883年的《巴黎公约》到1994年的《TRIPS协定》，先后有4个多边国际条约分别使用了产地标志(亦称产源标记、货源标志等)、原产地名称、地理标志三个不同的术语(Conrad，1996)，并且对这些术语还存在较大的争议。因此，为了更好地理解和保护地理标志这一知识产权，有必要对产地标志、原产地名称、地理标志这些相关概念进行简单的比较分析。

①产地标志。1883年《巴黎公约》和1891年《马德里协定》中都涉及产地标志，但这些条约都没有对产地标志进行概念界定，但是《马德里协定》第1.1条对这一术语进行了解释："凡带有虚假或欺骗性标志的商品，其标志系将

本协定所适用的国家之一或其中一国的某地直接或间接地标作原产国或原产地的，上述各国应在进口时予以扣押”(WIPO,2002)。据此，产地标志是指由任何名称、用语或符号构成，表明一种产品来自某国家、地区或者某地方。对于这一概念，可以从三个层面去理解，首先，产地标志和原产地之间存在明显的联系；其次，对产品是否具有特定的质量没有做明确要求；第三，这些受保护的标志可以是直接标示地理来源的文字或短语，或者短语象征的东西(Rangnekar,2003a)。从这个理解中可以看出，产地标志只是表明与某一产品的地理来源有关，而与其他种类的来源无关。比如，与制造该产品的企业无关，但产地标志并不要求所指的产品具有由于其地理来源而形成的某种特定的品质或者特点。因此，产地标志的标准格式是在产品上提及某个国家的名称，或者诸如“某某制造”之类。

②原产地名称。《巴黎公约》(第1.2节)提到了原产地名称，《里斯本协定》(第2.1节)把它定义为：原产地名称，是指一个国家、地区或者地方的地理名称，用于指示一项产品来源于该地理名称所标示的地域，其质量或者特征完全或者主要取决于地理环境，包括自然和人文因素。这个定义包含三个关键点：一是原产地名称必须直接是地理名称；二是原产地名称必须作为一个地区产品的名称；三是产品的质量和特征取决于原产地。依此定义，原产地名称就是有特色的产品产地的地理名称，是一种特殊的产地标志，或者说是一个起着区别产品来源作用的国家、地区或地方的地理名称。使用原产地名称的产品必然具有完全或者主要取决于其地理环境的某种质量或者特征(Addor & Grazioli,2002)。

③地理标志。世贸组织1994年通过的《TRIPS协定》第22条第1款规定：“本协议的地理标志系指下列标志：其标示出某商品来源于某成员地域内，或来源于该地域中某地区或某地方，该商品的特定质量、信誉或其他特征，主要与该地理来源相关联。”我国在2001年新修订的《中华人民共和国商标法》中也增加了地理标志的有关内容，《中华人民共和国商标法》第16条第2款明确规定，地理标志“是指标示某商品来源于某地区，该商品的特定质量、信誉或者其他特征，主要由该地区的自然因素或者人文因素所决定的标志”。依此定义，地理标志必须能够表明商品地理来源，可以是非地理名称、

符号、单词、短语等;商品的质量、信誉或其他特性主要归因于地理来源,并与该地理来源存在不可分割的关联。因此,地理标志是客观存在的,不能够被创造,但可以被发掘和发展。

④它们之间的关系。产地标志、原产地名称、地理标志三者之间存在着一种递进关系,即先有产地标志,后有原产地名称,再有地理标志,地理标志是在前两者的基础上产生的。产地标志和地理标志的一个显著区别在于,地理标志表明产品的品质、声誉、特征和产地之间有联系,而产地标志只是表明产品的产地来源,而对其内在品质没有做规定。原产地名称和地理标志的区别在于,《TRIPS协定》中的地理标志的定义主要是用来标记一个产品,而《里斯本协定》中原产地名称系指一个国家、地区或地方的地理名称,用于指示一项产品来源地。因此,除了地理名称之外,其他非地理名称、象征,《里斯本协定》没有涉及,但地理标志涉及了这些东西。另外,《里斯本协定》要求产品质量或特征完全或主要取决于地理环境,包括自然因素和人文因素,而《TRIPS协定》中要求产品的特定质量、声誉或其他特性主要归因于其地理来源。在与贸易有关的知识产权中,在其他条件不变的情况下,只要产品的"质量、信誉、特征"达到了要求就可以进行地理标志保护。因此,产品只要有一定的声誉,但是并没有形成一定的特异性(归功于产地)就可以申请获得地理标志保护,而这是原产地名称保护不允许的。

总之,产地标志是一个非常广泛的概念,包括地理标志和原产地名称。同样,相比较而言,地理标志比原产地名称范围要稍微广泛些,地理标志包括原产地名称。

(2)地理标志的内涵。

①地理标志是特定地区的名称与特定产品的结合,用于指示该产品来源于该地区,并且,该产品的质量特点和声誉等主要取决于该地理因素。如印度大吉岭茶、法国的波尔多葡萄酒等(Kireeva,2009)。

②地理标志所标示的产品特定的品质、信誉或其他特征主要由此地理来源的自然因素或人文因素决定。自然因素主要指产地的气候、环境、土壤、水源、物种以及天然原料等,而人文因素则主要指产地特有的产品加工工艺、生产技术、传统配方、秘诀或人物轶事(司智陟和樊红平,2007)。例

如，黄山毛峰茶、太平猴魁茶，其独特的品质就与黄山市特有的自然条件和传统的制茶工艺有着密切的关系。

③地理标志是经过长期发展、自然形成的。某地区的某种产品的特定质量或者其他特点，只有经过相当长的时间才能被广大的消费者所认识，而且，这种特定的质量或其他特点只有稳定和持久，才能声名远播。

(3)地理标志的特征。

①唯一性。地理标志所指示的产品是由特殊的地理、人文、历史文化遗产等因素组合构成的无形资产。从空间上来说，仅从属于特定区域和特定自然条件，任何一个地理标志都是指特定的地域以及特定的产品，如“西湖龙井茶”，它不会同时标示两个或者两个以上的地域，也不可能同时标示两个或者两个以上的产品（戴晶，2008）。

②较高的知名度。一般而言，地理标志所标示的产品的知名度都很高，不仅质量好、有特色，具备优秀的品质，是一种特殊的产品，而且历史悠久，不少产品甚至有几百年、上千年的生产史。它们在消费者中享有盛誉，在地理标志所标示地域以外的更大范围内为广大消费者所知晓。另外，该产品与地理标志所标示的地域密切相关，往往以独特的地方原料制作，或者受地理环境的影响，或者采用特殊的加工工艺，是当地世代劳动者智慧的结晶。

③专有性，不能跨地域转让。地理标志是专有权利，只有特定的生产者才有权使用。但地理标志自身的性质决定了其专有性不是专属于某个自然人或法人，而只能由该地域内的公民、法人或者其他组织所有，或者国家所有，并且不能转让给该地域以外的其他公民、法人或者其他组织，否则会引起公众误解，造成市场混乱（王莲峰，2005）。

④永久性。一般知识产权都具有时间性，权利人在法律赋予的保护期内享有知识产权，过了保护期，其知识产权即进入公有领域为人类所共享，任何人均可无偿使用。而地理标志保护没有时间限制，具有永久性。这是因为，地理标志所标示的地域是永久存在的，只要其标示的产品所依赖的地理环境、自然气候等因素不发生改变，则生产者可以一直沿用下去，那么该地理标志就有永久存在的价值（戴晶，2008）。

2. 地理标志产品

根据中华人民共和国国家质量监督检验检疫总局令第78号《地理标志产品保护规定》第2条款规定："地理标志产品，是指产自特定地域，所具有的质量、声誉或其他特性本质上取决于该产地的自然因素和人文因素，经审核批准以地理名称进行命名的产品。"

从定义可知，地理标志不仅仅是一个产地标志，更是一个质量标志，是国家对消费者的一种承诺和担保，通过制定法规、标准和技术规范、操作规程，运用检验、检疫等手段对地理标志产品原料生产、加工、制作到销售的全方位、全过程监督管理，以确保地理标志产品的优良品质。

3. 研究对象

本研究中的地理标志产品是指获得国家主管部门认证的，主要涉及太平猴魁茶、黄山毛峰茶、六安瓜片茶、霍山黄芽、黄山贡菊等茶叶品种。

茶叶企业，从属于企业的概念范畴。Coase(1937)在其著名经典论文《企业的性质》中认为，企业和市场都是一种协调劳动分工的组织形式，企业的显著标志是，它是价格机制的替代物，是一种代替市场协调生产的组织，之所以能够存在是因为它比市场能节约交易成本。从法学角度看，企业是按照一定的生产方式和经营方式将生产资料、劳动者和经营者结合为一个整体的，以营利为目的的，从事商品生产、运输、销售或提供劳务或服务的社会组织体(郑立，1993)。从以上概念可以得出企业的特征：第一，具有经济性；第二，活动的持续性；第三，依法设立并且以一定的法律形态存在，具有法定性(李博，2010)。本研究中的茶叶企业是指依法设立，以一定的法律形态持续存在的经营性主体，主要从事茶叶生产经营，以营利为目的社会组织体。

茶农，从属于农户的概念范畴。农户是一个历史范畴，随着生产力的发展，社会出现了第一、二次大分工，单个家庭逐渐成为生产与消费的单位，农户也就出现了，是一种由亲缘、血缘等关系组合而成的社会组织形式(邱兴平，2004)。目前对农户概念的理解有以下几种：一是从其居住地看，凡是居住在农村的，不论其家庭成员中是否有城市户口的成员，都是农户；二是从其职业看，家庭劳动成员以从事农业为主，非农收入占其整个家庭总收入的比重较低，为职业农户；三是从其身份看，家庭成员享受不到像城市居民的社会保障的待遇，政治地位相对低下，即为身份意义上的农户（张建杰，2004）。本研究的茶农主要是指区位农户，同时兼有职业农户的特点，具体指在黄山市农村长期居住并从事茶叶生产经营活动的住户。

地理标志产品消费者，从属于消费者的概念范畴，本研究选择那些有过地理标志产品购买行为的消费者作为研究对象。为了统一，本研究对顾客、用户、客户与消费者概念未做区分，都称之为地理标志产品消费者。

1.2.2 研究假设

1. 基本假设

鉴于我国地理标志保护制度的特殊性，假设按照相应的地理标志保护制度要求进行生产的茶叶，将其视为地理标志茶叶，否则就视其为普通茶叶。

2. 推论一

鉴于我国茶叶类地理标志保护制度是采取自愿申请的原则，即在地理标志茶叶保护区域内的茶叶企业，可以采取自愿的方式申请是否使用地理标志产品专用标志。因此，假设申请了地理标志产品专用标志企业生产的茶叶为地理标志茶叶，其生产企业为地理标志茶叶生产企业，其他没有获得地理标志产品专用标志的企业生产的茶叶为普通茶叶，其生产企业为普通茶叶生产企业。

3. 推论二

由于茶农生产销售情况比较复杂，如果茶农把所生产的茶叶销售给获得使用地理标志产品专用标志的企业，则认为茶农生产的茶叶是地理标志茶叶，茶农则被看作是地理标志茶叶生产茶农，否则将其视为普通茶叶生产行为，茶农则被看作是普通茶叶生产茶农。

4. 推论三

由于申请了地理标志产品专用标志的企业在其产品上可以标识地理标志认证标签，因此，消费者购买具有这种地理标志认证标签的产品被认为是地理标志产品消费。

1.3 研究目的

本研究以我国茶叶类地理标志产品为研究对象，以茶农、茶叶企业、消费者为突破口，在对农户、企业和消费者进行实地调查的基础上，获取相关数据，运用相关经济学与管理学的理论与方法，对我国茶叶类地理标志产品的生产与消费进行理论分析与实证研究，揭示我国茶叶类地理标志产品产业发展的内在规律，以促进我国茶叶类地理标志产品产业的健康发展。

本研究的具体目的可以概括为如下几点：

(1)基于已有研究，对我国地理标志产品生产者、消费者行为之间内在逻辑进行理论分析与梳理，进而阐述研究我国地理标志产品生产与消费状况及其影响因素的必要性和重要性。

(2)以地理标志产品太平猴魁茶、黄山毛峰茶为例，把它们统称为黄山地理标志茶叶。分析黄山地理标志茶叶保护的实施对农户生产收入改善是否有显著促进作用，并进一步确定影响农户黄山地理标志茶叶生产经济效益的因素以及农户未来黄山地理标志茶叶生产的选择意愿及其影响因素。分析黄山地理标志茶叶生产企业的生产状况，测定影响企业生产黄山地理标志茶叶经济效益的因素。

(3)构建消费者地理标志产品忠诚度综合评价及消费者忠诚度影响因素的理论概念模型与分析框架，深入研究我国茶叶类地理标志产品消费者忠诚度及其影响的主要因素、作用方向和影响程度。

(4)基于以上实证研究结论，提出引导我国茶叶类地理标志产品生产与消费的相关对策建议，为我国政府相关部门、企业制定和完善相关政策提供科学的决策依据。

1.4 研究内容与框架安排

1.4.1 研究内容

本研究是在综述大量文献的基础上，以我国茶叶类地理标志产品为例，以农户和相关企业、消费者为研究突破口，深入、详细地分析我国茶叶类地理标志产品的生产与消费，并就如何加强和引导我国茶叶类地理标志产品生产与消费提出切实可行的对策建议，以便更好地促进我国茶叶类地理标志产品产业的发展。

研究内容具体包括：

(1)分析我国茶叶类地理标志保护制度对改善农户生产收入是否有显著影响，并进一步分析影响农户地理标志茶叶生产经济效益的因素，以及影响农户未来地理标志茶叶生产意愿的主要因素和影响程度。

本部分通过分析地理标志茶叶生产的农户和普通茶叶生产的农户在茶叶收入上是否存在显著差异，考察我国茶叶类地理标志保护制度实施对茶农生产收入改善的影响及影响茶农地理标志茶叶生产经济效益的因素。然后，进一步研究影响茶农地理标志茶叶生产意愿的主要因素和影响程度。

(2)确定影响黄山地理标志茶叶企业生产经济效益的因素。

本部分将通过分析获得使用地理标志产品专用标志的企业生产经济效益，找出影响地理标志茶叶企业生产经济效益的因素以及它们的影响程度。

(3)我国茶叶类地理标志产品消费者忠诚度评价及其影响因素测量。

本部分将选择具体的茶叶类地理标志产品，构建相应的消费者地理标志产品忠诚度综合评价模型及消费者忠诚度影响因素模型。通过对消费者进行问卷调查，获取相关数据，运用灰色系统理论等模型，对所选茶叶类地理标志产品的消费者忠诚度水平及其影响因素的影响程度、作用方向等进行深入探讨。

1.4.2 框架安排

本书主要包括以下几个部分：

第一章：导论。该部分对总体情况做简要介绍，主要阐述研究背景与研究意义、研究对象与研究假设、研究内容及结构、研究方法与研究技术路线以及可能的创新点和不足之处等。

第二章：文献综述与分析框架。该部分对国内外地理标志保护最新研究成果进行梳理和评述，并从我国茶叶类地理标志产品供应链的角度梳理我国茶叶类地理标志产品生产与消费涉及的主要相关利益主体，构建我国茶叶类地理标志产品生产与消费研究的理论与实证分析框架。

第三章：国内外地理标志保护制度探析。主要介绍国际上与地理标志保护有关的主要国际公约，分析欧盟地理标志保护制度，法国地理标志保护制度，美国、印度以及中国等国家和地区的地理标志保护制度体系。

第四章：农户地理标志产品生产研究。本部分主要以地理标志产品黄山毛峰茶、太平猴魁茶为例，把它们统称为黄山地理标志茶叶。首先，应用统计学方法对茶农调查数据进行初步整理和统计分析，给出调查数据的描述性分析结果。其次，从茶农的角度考察黄山茶叶地理标志保护对茶农从事茶叶生产收入增收的促进作用，并进一步构建茶农地理标志茶叶生产经济效益影响因素模型，采用适宜的计量经济学方法，实证分析影响茶农地理标志茶叶生产经济效益的主要因素。最后，从农户行为理性、农户行为目标的利润最大化方面对茶农地理标志茶叶生产行为进行理论分析，在此基础上，建立二元Logistic模型，对茶农黄山地理标志茶叶生产意愿及其影响因素进行实证研究。

第五章：企业地理标志产品生产经济效益的实证研究。该部分主要分析影响企业从事黄山地理标志茶叶生产经济效益的主要因素。为此，首先构建企业地理标志茶叶生产经济效益分析的理论模型，然后采用适宜的计量经济学方法，实证分析影响企业地理标志茶叶生产经济效益的主要因素。

第六章：我国茶叶类地理标志产品消费者忠诚度研究。该部分主要以我国茶叶类地理标志产品六安瓜片茶、霍山黄芽、黄山贡菊为例，通过实地调研的方式获取消费者相关数据，对我国茶叶类地理标志产品消费者忠诚度进行理论与实证分析。首先，构建消费者地理标志产品忠诚度的灰色综合评价模型，对我国茶叶类地理标志产品六安瓜片茶、霍山黄芽、黄山贡菊的消费者忠诚度进行灰色综合评价。其次，进一步构建消费者地理标志产品忠诚度影响因素模型，运用灰色关联分析模型，对消费者地理标志产品忠诚度影响因素进行有效的比较分析。

第七章：研究结论和对策建议。基于以上研究结果，得出主要结论，提出相应的对策建议。

1.5 研究方法与研究技术路线

1.5.1 研究方法

本研究采取规范分析与实证分析相结合的研究方法。在规范分析中，运用资料分析和归纳分析相结合的方法。在实证分析中，按照假设条件设定调查方案并实施调查，对获得的样本数据应用统计学方法进行描述性分析，然后应用计量经济学方法、灰色系统理论等方法建立模型，得出实证分析结论。本研究的具体研究方法主要包括：

（1）文献分析研究方法。文献分析是一种探索性的研究方法，分析各类理论和经验研究取得的成果和建议。本书主要根据国内外关于该领域的学术研究成果，特别是实证研究成果和计量经济学中关于地理标志产品方面的分析方法，考察可借鉴的分析手段与已有研究的不足，为本书实证研究提供理论指导和分析方法的基础。

（2）实地调查方法。按照研究方案设计调查表，以我国茶叶类地理标志产品为例，选择调查点开展茶农、茶叶企业以及消费者的实地调查，为实证分析提供经验数据。

（3）计量经济学方法。运用适当的计量经济学方法，建立以茶农和茶叶企业为基础的黄山地理标志茶叶生产经济效益及茶农地理标志茶叶生产意愿的计量模型。

(4)灰色聚类和灰色关联分析方法。采用专家咨询等调查方式,建立消费者地理标志产品忠诚度的灰色聚类评价指标体系,并以具体地理标志产品进行灰色聚类分析。同时,构建消费者地理标志产品忠诚度影响灰色关联分析模型,并以具体地理标志产品进行灰色关联分析。

1.5.2 拟采取的研究方案

1. 数据及数据来源

地理标志保护制度的发展在我国还处于初级阶段,本研究根据选定的地理标志产品,在其地理标志保护区域中合理选择数据分析来源地区。本研究的数据主要来源于以下两个方面,一个是通过对所选地理标志产品生产者的实地调查与邮寄问卷调查来获取第一手资料,另一个是统计年鉴和相关政府部门提供的资料。本研究选取我国具有代表性的茶叶类地理标志产品进行案例分析,涉及本研究的主要数据有三组:

第一组:所选茶叶类地理标志产品生产企业的第一手生产数据。在相关政府部门的帮助下,对所选地区内的地理标志产品企业进行邮寄问卷或实地调查。

第二组:所选茶叶类地理标志产品生产农户的第一手生产数据。对所选茶叶类地理标志产品生产农户开展实地抽样问卷调查,获取上述通过审定的地理标志产品生产农户的有关生产数据。

第三组:所选茶叶类地理标志产品消费者的第一手数据。对所选茶叶类地理标志产品消费者开展实地抽样问卷调查,获取消费上述通过审定的地理标志产品的消费者的第一手有关数据。

2. 调查方法以及问卷设计

(1)对企业的邮寄问卷调查。在政府相关部门的协助下,选择所选定茶叶类地理标志产品保护地区内具有代表性的企业,采取邮寄或实地发放问卷的方式来获取研究数据,并通过电话交谈沟通以保证问卷能够有效回收。

第一部分试图了解被调查对象的概况。主要包括单位性质、人力资源状况以及地理标志保护的申请情况等。

第二部分调查茶叶企业地理标志茶叶生产概况。主要了解调查对象近年来生产经济效益情况。

(2)对农户的实地问卷抽样调查。在所选定的地理标志产品保护区域内合理选择农户,开展实地问卷调查,获取农户从事地理标志产品生产的有关数据、农户对地理标志产品保护认知情况以及农户地理标志产品的生产意愿。

(3)对消费者的问卷调查。在所选定的地理标志产品产销地,开展实地问卷调查,获取消费者地理标志产品消费相关数据。

1.5.3 研究技术路线

本研究在对以往研究文献进行综述的基础上,构建我国茶叶类地理标志产品生产与消费分析框架,然后选择具体个案,对我国茶叶类地理标志产品生产与消费进行实证研究,进一步补充和验证本研究的主要结论,最后提出相关对策建议,力图为政府相关部门提供决策参考依据。技术路线如图1–1所示。

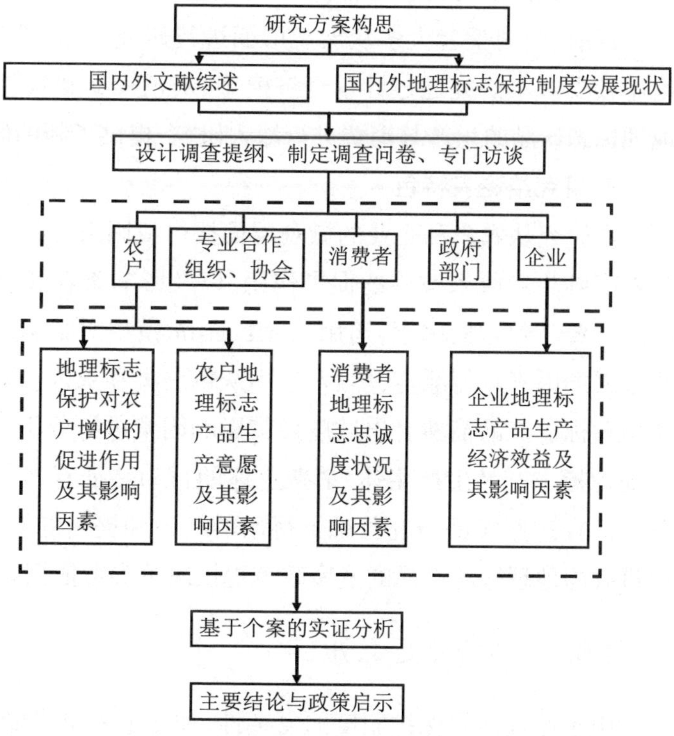

图1–1 研究技术路线

1.6 可能的创新与不足之处

1.6.1 可能的创新

1. 选题角度新

目前,国内学者对地理标志保护的研究尚处于起步阶段,类似的研究大都从法律、宏观的角度出发。本书以农户、企业、消费者为研究突破口,对我国地理标志产品生产与消费进行研究。

2. 研究方法的先进性、科学性与适应性

目前,国内学者大多从宏观层面进行研究,以定性描述为主,定量方法运用较少。本研究通过计量经济模型、灰色聚类和灰色关联等方法对我国地理标志产品的生产与消费进行深入研究,提供了新的研究视角。

3. 研究结论有特色

本研究从农户和企业的微观层面探讨我国茶叶类地理标志产品保护对茶农茶叶生产收入改善的促进作用,以及影响茶农和企业黄山地理标志茶叶生产经济效益的因素,运用二元Logistic模型对影响茶农地理标志茶叶生产意愿的因素进行测定,然后,运用灰色聚类和灰色关联等方法对我国茶叶类地理标志产品消费者忠诚度及其影响因素进行分析。这些参数对科学认识地理标志产品生产主体、消费主体的行为特征有一定的理论意义和实践价值。在这些实证研究基础上得出的结论和提出的对策建议,可以为制定促进我国地理标志产品的发展政策提供决策参考依据。

1.6.2 研究不足之处

由于地理标志保护制度的复杂性,加之笔者自身能力等方面的限制,在本研究的范围内难以解决地理标志产品涉及的所有可能方面。因此,本研究是初始的、局部的,还不是很完善的,还存在许多不足。

(1)由于经费和时间的限制,本研究只对我国茶叶类地理标志产品中的少数代表性产品进行研究,因此,研究的结果并不能代表我国所有的地理标志产品情况。

(2)由于调查资料的不足,本研究主要从茶农、茶叶企业2009年的横截面数据对黄山地理标志茶叶的生产进行研究,缺乏时间维度上的纵向对比研究,无法反映茶农、茶叶企业在黄山茶叶地理标志保护实施前后的生产经济效益的变化情况。

(3)本研究分别对茶农、茶叶企业进行了独立研究,而没有从整体或社会的角度来考察黄山地理标志茶叶生产情况。

(4)本研究在对我国茶叶类地理标志产品消费者忠诚度进行研究时,测量指标的选取和合理样本的确定等还存在进一步探讨和研究的空间,尚不能全面地解释我国茶叶类地理标志产品消费的复杂过程。

第2章　文献综述与分析框架

2.1　国内外研究动态及简要评述

地理标志保护是近年来国际知识产权领域的重要议题之一，也是国内知识产权保护中的热点问题之一。国内外对于地理标志保护的理论与实践问题进行了较多研究，研究成果主要集中在以下几个方面。

2.1.1　地理标志保护的合理性分析

知识产权的合理性是知识产权法哲学的一个重要范畴，甚至被看作知识产权法哲学的价值所在（龙文懋，2003）。地理标志作为知识产权的一员，其合理性也成为中外学者关心的热点问题之一。

信息理论是与地理标志知识产权关系最为密切的经济学理论，它的分析方法和一些结论，可以直接适用于地理标志知识产权的合理性论证（董炳和，2005）。在经济学理论中，信息的获取被看作是经济主体进行经济活动的一个关键要素，也是使资源达到最佳配置的前提条件，根据消费者获取信息的方法可以将产品分为“搜寻品”“经验品”和“信任品”，绝大多数地理标志产品，属于经验品，其市场存在信息不对称问题（Goldstein，1993）。由于买卖双方对于产品质量差异的信息是严重不对称的，容易导致逆向选择和道德风险问题，这时，已被定义与产品特性联系在一起的地理标志就能成为传递产品信息的重要手段，有效地向消费者传递地理标志产品的生产地理来源和产品的质量特性两项重要信息，在一定程度上克服了信息不对称的弊病（袁园和盛松华，2009）。

产品信誉理论是解释地理标志知识产权保护合理性的另一个重要的经济理论。为了解决产品市场中信息不对称的问题，夏皮罗提出了基于信息不对称条件下的信誉理论模型，使信息经济学得到了进一步发展（Shapiro，1982）。这使得包括地理标志在内的各种商业标志很自然地成为这些商誉的“载体”，从历史上看，地理标志还是最早的商标类型（Rangnekar，2003a）。在建立地理标志产品的信誉过程中需要投入一定的成本，除了广告、宣传等费用，同时也包括特定地理区域内生产企业为保持产品的质量水平而进行的投资。因此，在赋予区域特色产品以地理标志这种识别性标记后，消费者对产品本身质量、生产企业商誉，甚至是区域特色文化均有了一定程度的了解和信任。据此，消费者就能把地理标志产品与普通同类产品区别开来，并接受以相对较高的价格购买地理标志产品（王笑冰，2005）。正是地理标志的这种识别性功能，才使得地理标志保护对受保护区域内的生产企业产生正向激励作用，使其成为“一种有价值的资源”，对避免短期行为来说是十分重要的（袁园和盛松华，2009）。

地理标志所体现的商业信誉为地理标志的全体使用人集体享有，因此有的学者将地理标志看作是一种集体产品（Moran，1993）或俱乐部产品（Thiedig & Sylvander，2000）。Thiedig & Sylvander（2000）指出地理标志从整体上讲是一种集体名称的垄断，地理标志产品具有的潜在获利能力使得垄断缺口的经济租在不同地区、不同产品之间也有所不同，但这种垄断的形成依赖于集体行为。因此，俱乐部理论能够有力地解释地理标志的保护问题。

曾洁（2008）从公共产品理论角度看，地理标志作为一项集体性权利，凡是符合产品地理标志使用条件的生产者均有权使用该产品地理标志，即具有排他性，但使用该地理标志的生产者数量的增加却不会产生额外成本，即不具有竞争性，因此，从产权经济学角度来看，地理标志是一种俱乐部物品，是存在于买卖双方的信息传递机制。

当前，市场产品种类繁多，并且在消费之前很难以对其质量等方面进行鉴定，因此，消费者选购这些产品的信息成本是非常高的（Landes & Posner, 2003）。在这种情况下，地理标志在提供相关信息上就发挥了重要作用，减少了交易成本（Tregear, et al., 1998）。对地理标志加以保护的制度安排，形成了具有共同利益的产权组织，在产品的生产过程中形成了一个包括原材料供应、中间产品及最终产品在内的稳定合作的供应链，减少了企业之间的协调成本与谈判成本，并减少了企业在市场上销售产品时防伪打假的管理监督成本，从而节约了交易成本，提高了资源的配置效率（张西涛，2007）。因此，交易成本的节约是地理标志保护的重要原因之一（冯星和罗志红，2000）。

2.1.2　地理标志保护的作用和功能研究

对于那些特定知识和资源获得的保护地区来说，地理标志可能有利于生产者和当地地区，不管他们居住在哪里，也不管是在发展中国家还是发达国家。从这一点上看，地理标志有助于农村发展。Carina（2005）以欧盟2081/92条例保护下的地理标志产品为研究对象，从经济价值的角度分析了欧洲不同地理标志产品对其产地的影响，研究表明欧盟许多地理标志产品的生产对促进农村发展潜力巨大，尽管这种贡献在不同的地区和产品上表现有所不同。Williams（2007）运用重要的定性社会科学研究方法，通过对新西兰Jersey地区的两个地理标志产品Royal和Welsh Lamb进行研究，研究表明地理标志保护在农村地区取得了明显的经济效益。Rangnekar（2003b）指出地理标志体现了特定地理区域生产者为建立该地理标志的投入，任何一个地理标志的形成及其在市场中的地位都是以大量的人文和经济投入以及长期的历史传统作为基础的，因此，地理标志是一种属于特定地理区域生产者集体所有或者国家所有的重要的无形资产，它使地区或国家的自然、人文资源获得了经济增值。刘福刚（2008）认为地理标志是一种非常特殊的特色经济，已经成为县域经济的重要组成部分，发展地理标志已经成为壮大县域经济、强县富民的重要途径，发展地理标志将会为建设社会主义新农村和全面建成小康社会作出更大的贡献。张龙和陈永红（2008）认为地理标志保护作为知识产权保护的一员，其与农业的高度相关性及蕴含的商业价值，决定了地理标志及其产品开发是促进地区经济发展的有效工具，并以江苏无锡阳山水蜜桃地理标志产品的开发与保护为例，说明地理标志产品在地区经济发展中的作用。郭福金(2006)认为，地理标志产品保护实施对解决“三农”问题，促进区域经济，尤其是为工业经济相对落后地区的发展做出了贡献。

Elizabeth(2003)认为，地理标志产品销售量的贡献可能预示着传统农业模式的重大转变，对传统农业的发展是一种挑战。地理标志保护运用到农产品上，使很多地区形成了“公司+农户+地理标志”的农村经营模式，农民自觉地联合起来调整栽、种和养殖结构，优化了农村的经济结构和产业结构，形成了规模生产经营，加快了农业产业化的进程(赵东艳，2007)，优化农产品品种、品质结构促进了农业产业结构调整(刘义程，2005)。

刘福刚(2005)从理论上指出地理标志是一个非常“三农”的知识产权，将为农产品加工提供一个“地理标志+龙头企业+农户”的经营模式，提高农产品市场化组织能力，促进和保障农产品市场秩序，提高我国农产品的竞争力。王志本(2005)认为，对于我国传统名、特、优农产品来说，实施地理标志保护制度是提高这些产品国内外市场竞争力的有力支持。地理标志是国际知识产权保护的重要内容，实行地理标志保护在推广民族精品、提升产品国际竞争力方面发挥着不可替代的作用(许欣和邱实，2006)。近年来我国农村出现的农产品“卖难”问题在很大程度上制约了农民增收，其主要原因是农产品品质不高、缺乏特色，市场竞争力不强，而农产品地理标志则可以有效缓解这一难题(章胜勇和李崇光，2007)。农产品的“独特性”可以构成农产品的竞争力，但这仅仅是必要条件，农产品的“独特性”容易被毁损或淡化，从而丧失竞争力，地理标志制度则为农产品竞争力的获取与提高提供了制度保障(王肃，2008)。地理标志的价值在于，地理标志是一种集体性无形财产，对单个的经营者来说，地理标志保护制度提高了产品的价格(杨克涛，2009)。Thiedig & Sylvander(2000)研究发现，原产地标志产品由于标志的垄断可以获得溢价，如法国的原产地标志奶酪比法国没有原产地标志的奶酪平均每公斤高两欧元。一种名为“Poulet de Bresse”的鸡肉比普通鸡肉的售价高出整整四倍，意大利的“Riviera Ligure”橄榄油价格要比普通橄榄油高

30%（Vital，1999）；Prosciutto di Parm（意大利罗尼帕尔玛火腿）生产者相对于其他干腌火腿生产者也获得了价格溢价（Hayes，et al.，2005）。从我国各地反映的情况看，已经获得地理标志的农产品收购价格普遍上涨了15%～20%。

欧盟2081/92条例的一个主要目标就是通过实施地理标志保护，改善农民收入，农民除了直接受益于地理标志保护而增加的收入之外，还可以获得许多间接收益，如从地理标志产品生产而发展起来的当地旅游业中受益（Sarah，2010）。李东生（2005）认为，地理标志保护的受益主体是广大农民，利用地理标志将广大农户连接起来，参与市场竞争，增加农民收入是一个非常值得应用的好方法。在山西，地理标志注册和保护工作的开展，支持了特色农业的发展，促进了农产品的规模化生产，扩大了农产品的出口，增加了农民收入（高敏，2006）。张西涛（2007）的研究表明，申请地理标志对苹果的价格有显著的正效应，提高了苹果价格，使苹果的成本纯收益率获得提高，增加了当地果农的收入。然而Callois（2004）却认为，即使在集体利益最大化的前提下，差异化并不会自动创造利益，个体的生产力和产品的差异化程度必须要足够高，而且他声称，质量标志是一种自私的发展方法，一些农户收入的增加并不意味着整个农村地区农户受益。陆仙等（2008）认为由于在优质农产品原料生产经营中的经济联系方式表现不同，经许可使用地理标志证明商标的农业龙头企业与农户之间产生推广使用与严格控制的矛盾，由于目前实行买断型的是多数，实行保护型和服务型的有一部分，而实行返利型和合作型的只是极少一部分，与此相对应，农民在地理标志证明商标中间接分享利益的只有很小一部分。在以前，我国一些地方的地理标志产业只是富裕了一部分从业者，而忽略了产业链上其他从业人员，如茅台酒、五粮液、昌黎葡萄酒等，一些酒厂获得了很高的经济效益，但是生产酿酒原料的农民在地理标志经营保护中几乎没有得到任何益处或者收益极为有限。这种同一产业链上不同环节的从业者获利差距太大的情况不仅不利于地理标志产业的健康发展，而且也不符合地理标志制度的根本目的（李祖明，2009）。

2.1.3　地理标志产品生产相关研究

地理标志保护与发展不能光靠行政命令，而要用市场的理念来运作，处于地理标志产品供应源头的企业，既是地理标志保护与发展最重要的经济主体，又是市场竞争主体的代表，既能够整合生产力量形成规模化优势，也能够通过自身的营销努力提高地理标志的知名度和收益率。实践表明，在地理标志的保驾护航下，已经获得地理标志的农产品价格都普遍上涨，并且跟普通产品相比，地理标志农产品可以获得较高的溢价，还可以帮助企业更好地开拓国内外市场。周曙东和张西涛(2007)运用面板数据模型，从成本收益的角度，也进一步验证了在其他条件不变的情况下，申请地理标志可以使苹果的成本纯收益率获得提高。刘瑞峰(2010)通过对阿克苏苹果和库尔勒苹果地理标志认证前后各投入成本与收益的变动分析发现，认证后较认证前，地理标志产品整体总成本降低，产量、平均售价、产值、净利润与成本利润率都增加。陈玉兰等(2011)基于库尔勒地区215户农户的微观调查数据，运用面板数据模型实证研究了地理标志对香梨经济效益的影响，模型结果显示，地理标志果品认证后较认证前，总成本降低，产量、平均售价、产值、净利润与成本利润率都增加，增幅最高的是成本利润率，为1055.29%。王磊和赵瑞莹(2012)在对山东省16市的232户地理标志农产品或特色农产品的生产者(农户)进行问卷调查的基础上，运用二元逻辑回归模型分析了影响农户选择使用地理标志行为决策的因素，研究结果表明，决策者的文化程度、农户的经营年限、经营规模、期望收益、是否加入合作组织、是否签订合同、是否得到政府的支持、对虚假地理标志农产品的担心程度和对地理标志使用实际意义的认可程度对农户申请使用地理标志的行为决策有正向影响，而决策者的年龄对其有负向影响。

然而，由于目前我国地理标志产品企业规模普遍偏小、产业化水平低等原因，影响了地理标志产品企业经济效益，严重制约了我国地理标志产品产业的发展。因此，如何使地理标志产品企业获得更多的经济利益是亟待解决的第一要务。为此，孙庆忠(2012)、邓启明等(2011)认为，应通过“公司+基地+农户”等产业模式，使生产和流通的各个主体互相协作、共同发展，提升地理标志农产品的附加值；孟辉(2013)认为，地理标志产品企业不应满足于地理标志标识的影响力而忽略个性品牌的建设和发展，同时，企业要加大科技投入，积极开展创新活动。

2.1.4 地理标志产品消费相关研究

地理标志要想获得成功,消费者必须要对这类产品感兴趣,如果消费者没有兴趣和不愿意购买地理标志产品,那么地理标志保护制度就没有存在的价值。因此,从消费者的角度探讨地理标志产品的保护与发展就显得非常重要。目前从消费者视角对地理标志保护进行研究,内容主要集中在以下几个方面。

1. 消费者对地理标志保护的认知及影响因素

梁天宝(2011)、沈海风(2012)认为大多数消费者对地理标志保护产品相关知识知之甚少,认知水平较低。王笑冰和林秀芹(2012)认为我国消费者一般把地理标志当作单纯的货源标记,不会将之与产品质量、特点或声誉联系起来。郝建强等(2012)发现,消费者农产品地理标志认知水平受到其性别、年龄、文化程度等因素的不同影响。陈刚(2013)探究了地理标志产品购买意愿的影响因素,分析结果表明,影响因素中家庭平均收入和产品认知对消费者购买意愿影响最为显著,其他影响比较大的因素依次是家庭结构、学历、职业和氛围等。苏平和张海龙(2014)研究表明,地理标志会有效地传递产品信息特别是质量信息,从而降低信息不对称程度,而消费者感知质量和感知形象在信息传递中起到了完全中介作用,地理标志对消费者产生的影响主要表现在对心理感知的影响。杨建辉和任建兰(2015)选取山东省消费者为调研对象,运用最优尺度回归方法,研究了消费者对农产品地理标志认知的评价及影响因素,结果表明,69.77%的消费者对农产品地理标志表现出了关注,高收入、高学历和年龄大的消费者的认知程度更高。

2. 消费者对地理标志产品的态度

在地理标志产品的发展过程中,消费者态度起到决定性作用。Adinolfi, et al. (2011)发现,意大利消费者对地理标志产品的态度个体差异比较大。Supekova, et al. (2009)研究表明,消费者对于地理标志产品的态度依赖于他们的人口和社会经济地位。

3. 消费者地理标志产品购买意愿、溢价支付及影响因素

Carpenter & Larceneux(2008)研究表明,消费者在了解地理标志保护相关信息后，非常愿意高价购买地理标志产品。Hassan, et al.(2011)研究发现，消费者地理标志产品需求价格弹性比较大。Deselnicu, et al.(2013)研究发现，地理标志农产品获取的支付溢价在统计上从不显著到非常显著。Loureiro & McCluskey(2000)利用享乐定价模型分析了消费者对产自 Galicia 的地理标志产品小牛肉的支付意愿，结果显示地理标志标签的存在仅对高质量的牛肉切片产生溢价，对便宜的和最高档次质量的牛肉地理标志标签并未产生溢价。

Seetisarn & Chiaravutthi(2011)研究发现地理标志保护标签对泰国消费者地理标志产品的购买意愿的影响不明显。Teuber(2011)认为消费者之所以愿意购买地理标志产品主要可能是因为地理标志保护可以促进当地经济的发展。郝建强等(2012)调查结果表明，81.3%的消费者愿意支付更高的价格购买地理标志农产品，并且消费者的购买意愿受到消费者的文化程度、家庭年收入、年龄和性别等因素的影响。消费者对黄山茶叶地理标志知识的了解程度、对黄山茶叶地理标志标签的信任程度等因素是影响消费者购买黄山地理标志茶叶的重要因素（占辉斌和陈超，2011）。周安宁和应瑞瑶(2012a，2012b)研究结果显示：我国消费者对“地域”属性和“地理标志保护”标签这两个特征价格支付统计上显著，并且“地域”属性支付意愿受到消费者的情感偏好和消费者心理倾向等心理压力因素的影响。尚旭东等(2011)研究表明，产品特征层面、厂商实力与声誉层面、产品宣传层面是决定消费者选购意愿的基本因素，价格因素层面和消费者评价层面是决定消费者选购意愿的直接因素。尚旭东等(2014)以盐池滩羊为例，以农产品主销区消费者调查问卷为依据，分析了影响因素对消费者地理标志农产品支付意愿的实际影响，研究结果表明，消费者受教育程度正向影响购买意愿，反向影响溢价支付意愿，而对农产品注册为地理标志的了解程度、对农产品口感味道评价正向影响购买意愿和支付意愿，非穆斯林、已婚、羊肉占肉类消费比重正向影响购买意愿，家庭收入水平、无羊肉忌口、无超市购物去处等则正向影响溢价支付意愿，但性别、年龄、农产品品牌了解程度、地理标志了解程度等均未显著影响消费者支付意愿。

4. 消费者地理标志保护产品购买行为及影响因素

Svensson, et al.(2009)研究表明,当地理标志依托高质量的产品时,可以成为有效的营销工具。Rossen, et al.(2003)认为地理标志能够增强消费者对某些产品内部属性的认识,从而增强消费者地理标志保护产品购买行为。Fotopoulus & Krystallis(2003)研究表明,原产地和PDO标签虽然确实通过可见的质量属性影响了消费者的偏好,但仅仅局限于某些细分消费者群体,特别是那些居住在原产地的消费者群体。Menapace, et al.(2008)对加拿大的消费者的调查发现,地理标志保护标签对消费者偏好的影响作用并没有原产国效应大。Ittersum, et al.(2007)研究发现,感情因素是影响消费者购买地理标志产品的主要因素。Čačić, et al.(2011)研究发现,社会因素和消费者文化程度是影响消费者地理标志产品消费行为的主要因素。郝建强等(2012)研究结果表明,消费者的家庭年收入和认知水平与其购买行为有极显著的正相关性。刘瑞峰等(2011)研究结果表明,性别、年龄、婚姻、文化程度、职业、个人月均收入、家庭规模、对水果质量的关注、对水果价格高低的关注、对水果原产地的关注和销售员介绍等因素影响着消费者购买行为。

2.1.5 地理标志产品保护与发展的其他相关问题研究

许多研究表明,地理标志产品的特定内在因素和外在因素都会影响地理标志产品的发展。

影响地理标志产品受益潜力的首要因素是产品的特异性,这也是衡量地理标志产品与相似产品的区别标准,在地理标志产品受益潜力中发挥着基础作用(Cerkia, 2006)。对于地理标志产品来说,独特的生产工艺与独特的地理环境相比较而言,对地理标志产品成功的贡献更大(Lee & Rund, 2003)。为了体现地理标志产品的独特特征,地理标志产品应实施差异化战略,避免价格竞争(Barjolle & Sylvander, 2000)。

第二个影响地理标志产品受益的潜力因素跟协调合作有关。与商标是证明某个公司产品的标志不同的是,对地理标志产品来说,地域是其核心(Marsden, 1998)。地理标志的这种特性要求地理标志产品供应链中需要一定的协作,这种协作既包括供应链的水平协作,又包括供应链上下游之间的垂直协作，地理标志产品生产者群体通过集体商议的方式制定共同的营销策略，建立基于产品的高独特特征的竞争优势，为了达到这个目的，他们共同制定业务准则，为企业提供有关技术和商业信息服务，共同组织产品促销活动，发展共同的开发研究项目等，建立一个内部专家组织团体，进行共同的管理（Barjolle，et al.，2000）。

市场吸引力是影响地理标志产品成功的又一个重要因素。所谓市场吸引力是指地理标志产品销售市场的特征，可以从市场的大小和增长的潜力、供应链下游的伙伴结构、市场进入障碍、过去实现的利润、市场的经济稳定性、竞争的强度以及地区和行业的形象等因素方面进行评估（Barjolle & Sylvander，2000）。

第四个被证实有利于地理标志产品获得成功的因素是政府、外部相关团体等组织的支持。由于地理标志产品表现出来的几个公共产品的特征，这就要求公共和/或私人团体机构的介入和支持。欧洲的经验已表明，地理标志产品的成功部分依赖于政府当局和公共团体、机构的强烈支持，这种支持可表现为多种形式，国家在地理标志保护中最重要的作用是通过法律的手段对地理标志产品进行保护并给予财政方面的支持，而在地理标志产品决策制定、地理标志产品供应管理、利益分配等方面，公共团体组织发挥着重要的作用。

地理标志产品的特异性、协调合作的效率、市场的吸引力和制度支持都被证实是地理标志产品获得成功的必要但不是充分的因素。然而，正如Barjolle & Sylvander（2000）提到的，没有单个因素能够保证地理标志能获得成功，而是受到这些因素的综合影响，这些因素的任何方面的削弱并不必然意味着产品不能够从地理标志保护中受益，因为，较弱的因素可能被另外一个较强的因素所替代。

由于中国建立地理标志产品保护制度的时间还不长，中国的地理标志保护还处于比较混乱的状态，存在许多问题，如地理标志保护立法上的冲突（杨克涛，2009）、地理标志保护意识淡薄（吴彬，2008）、质量监督机制不健全且执法措施不力（许欣和邱实，2006）、对地理标志产品的标示缺乏有力的宣传导致公众认知度不高（陈思等，2008）、企业目光短浅自毁声誉

(付启明,2009)等。为了更好地发展我国地理标志产品,对于政府部门来说,要加强学习,提高认识,加强与有关部门的沟通与协作,明确地理标志保护部门的职责权限(孔祥军等,2008),加强对地理标志的监督与管理工作以及政策支持工作,当地政府部门应在地理标志保护中要有所作为(陆仙等,2008)。要强化品牌培育,实施"名牌"战略(张敦兰,2008)。由于地理标志农产品品牌的公共产品特点,容易导致"搭便车"和"囚徒困境",故不宜采用工业品品牌的经营模式来运作,通过借势和造势开展事件营销能收到好的效果(郭红生和赖秀林,2007)。同时,可以运用水平营销的原理,从改变需求、改变目标、改变时间、改变地点、改变场合以及改变相关活动等六个维度来实现地理标志产品的水平营销(郭红生,2009)。由于地理标志产品品牌涉及各种错综复杂的关系,因此能否构建和经营好各种相关关系,决定了地理标志产品品牌的成败,为解决好这个问题,可以导入生态型品牌关系理念,把地理标志产品品牌放在供应链上下游乃至整个商业生态系统中进行考虑,通过确定经营主体,积极构建、发展与协调好地理标志产品品牌与相关品牌、利益相关者、资源和环境之间的关系,形成有机组织联盟,共同做大做强地理标志产品品牌(郭红生和胡淑琴,2009)。王肃(2009)认为地理标志制度重构的重要前提是对各利益相关方的权利配置,为此提出了地理标志权利配置的七项原则,指出地理标志权利配置结构是集体专有与个体共有的结合,并就集体专有权利与个体共有权利的具体内容阐述了自己的观点。张瑞祥(2008)认为地理标志代表的不是一个主体,而是代表一定地域范围内的所有主体,这些主体可以在自愿的基础上建立代表整个行业利益的组织或者协会,协会可由该行业或该地理标志标示区域的产业主、产业产品专家、法律专家和政府人员组成,由协会代表这个地理区域内的所有产品主体从事有关地理标志保护的相关事项,显然更有利于保护产品主体的利益,有利于地理标志产品品牌的成长。

2.2 我国茶叶类地理标志产品生产与消费研究的分析框架

本研究主要围绕我国茶叶类地理标志产品生产与消费进行理论与实证分析，以探索我国茶叶类地理标志产品生产的内在经济属性，茶农未来选择意愿和影响因素，以及消费者地理标志产品消费状况及其影响，从而为推进我国茶叶类地理标志产品健康发展提供理论依据。本部分构建了我国茶叶类地理标志产品生产与消费研究的理论与实证分析框架。

2.2.1 我国茶叶类地理标志产品生产涉及的主要相关利益者分析

根据供应链理论和利益相关者理论，我国茶叶类地理标志保护的实施涉及不同的利益群体，包括处于生产位置的企业及相关茶农，支持与监管的政府及其职能部门，消费者。但在我国茶叶类地理标志产品供应链中的这些主体的作用以及其各自的目标追求有很大的不同。因此，如何选择一个合适的研究对象，是本研究必须首先解决的问题。在这样的背景下，本研究提出了从茶叶企业、茶农及消费者的角度，对我国茶叶类地理标志产品的生产与消费进行研究。

从产业发展的角度看，我国茶叶类地理标志产品产业涉及的主体主要包括茶农和茶叶企业两大类。但从广义的角度来看，涉及的主体则主要包括茶农、茶叶企业、生产基地、合作组织、茶叶协会、政府相关部门、茶叶消费者以及他们的各自行为(如图2-1所示)。

虽然我国茶叶类地理标志产品供应涉及不同的利益主体，但每个利益主体在我国茶叶类地理标志产品供应链中的作用不同。因此，其追求的目标也不同。从我国茶叶类地理标志产品生产与消费的基础环境入手，剔除一些间接环节，经简化处理，可以构建以“茶叶企业+茶农+消费者”为基础的各有关主体参与的我国茶叶类地理标志产品链接关系，这种关系如图2-2所示。

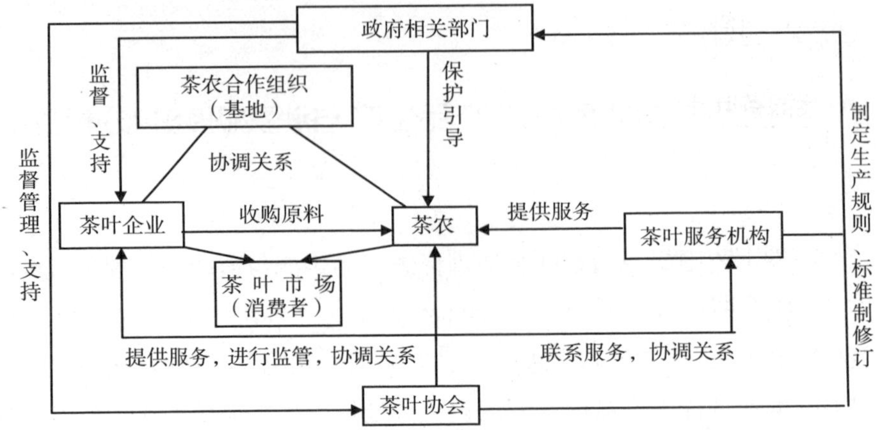

图2-1 我国茶叶类地理标志产品涉及的相关主体及其行为

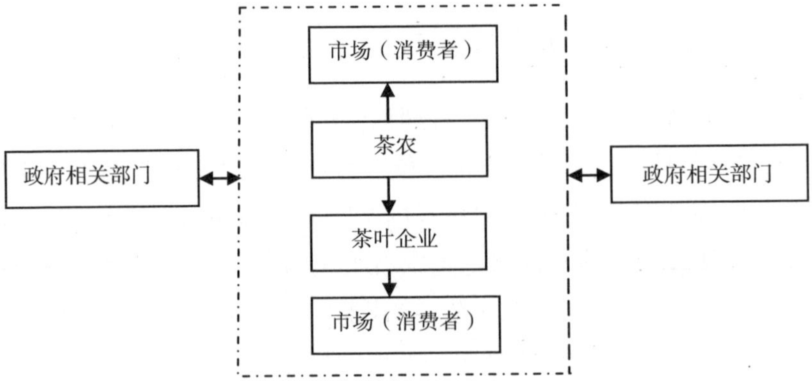

图2-2 我国茶叶类地理标志产品生产与消费的关系

图2-2揭示了在我国茶叶类地理标志产品供应链过程中，前述所有关系的几个重要侧面。第一种情况是茶农通过合作社或自己直接面向市场销售茶叶；第二种情况是茶农通过合作社（基地）或自己向企业提供茶叶原料再经加工后流向市场。图中虚线所围成的范围是本研究关注的范围，涉及我国茶叶类地理标志产品三大主体：茶农、茶叶企业和消费者。本研究以这三大主体为对象，对我国茶叶类地理标志产品生产与消费进行研究。

2.2.2 我国茶叶类地理标志产品生产研究的分析框架

1. 我国茶叶类地理标志产品生产研究的理论分析框架

我国茶叶类地理标志产品生产供给是一个复杂的过程，涉及茶农、茶叶企业、消费者等各个主体。茶农和茶叶企业是我国茶叶类地理标志产品供给的源头，如何从源头上把握地理标志茶叶的生产，是构建我国茶叶类地理标志产品体系的基础。因此，从茶农和茶叶企业的角度研究我国茶叶类地理标志产品的生产显得尤为必要。根据生产经济学原理可知，我国茶叶类地理标志产品产业能否得到有效发展，关键取决于处于供应源头的茶农和茶叶企业是否可以获得必要的经济效益。同时，由于茶农茶叶类地理标志产品生产受到多种因素的影响，在生产经济效益既定的情况下，茶农有多种选择，而茶农生产选择意愿是茶叶类地理标志产品生产行为的一种重要表现。基于这些考虑，本研究构建了我国茶叶类地理标志产品生产研究的一般性理论分析框架，该分析框架如2–3图所示。

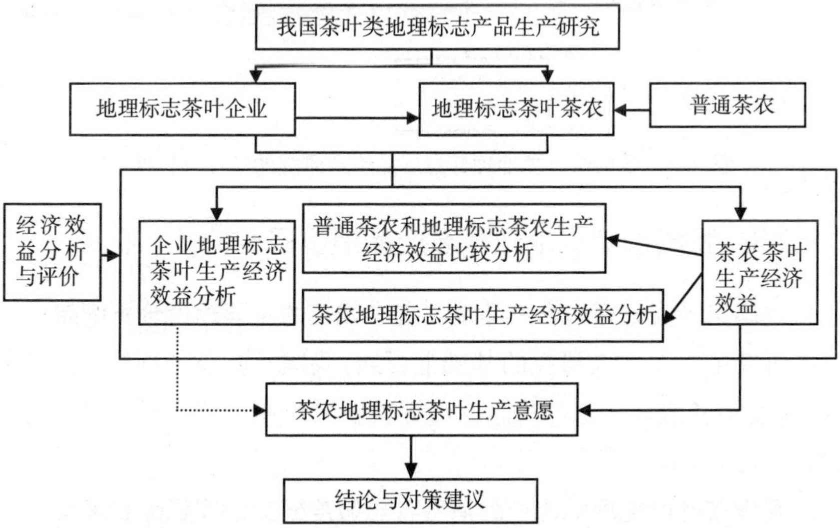

图2–3 我国茶叶类地理标志产品生产研究的一般性理论分析框架

2. 我国茶叶类地理标志产品生产研究的实证分析框架

鉴于本研究的具体研究目标，拟选择具体茶叶品种，通过茶叶企业及茶农的问卷调查，取得关于地理标志企业和茶农的茶叶生产数据。①分析我国茶叶类地理标志产品生产主体的经济效益;②分析茶农茶叶类地理标志产品生产选择意愿;③明确影响企业和茶农茶叶类地理标志产品生产经济效益以及选择意愿的主要因素。为此,提出我国茶叶类地理标志产品生产研究的实证分析框架,该框架如图2-4所示。

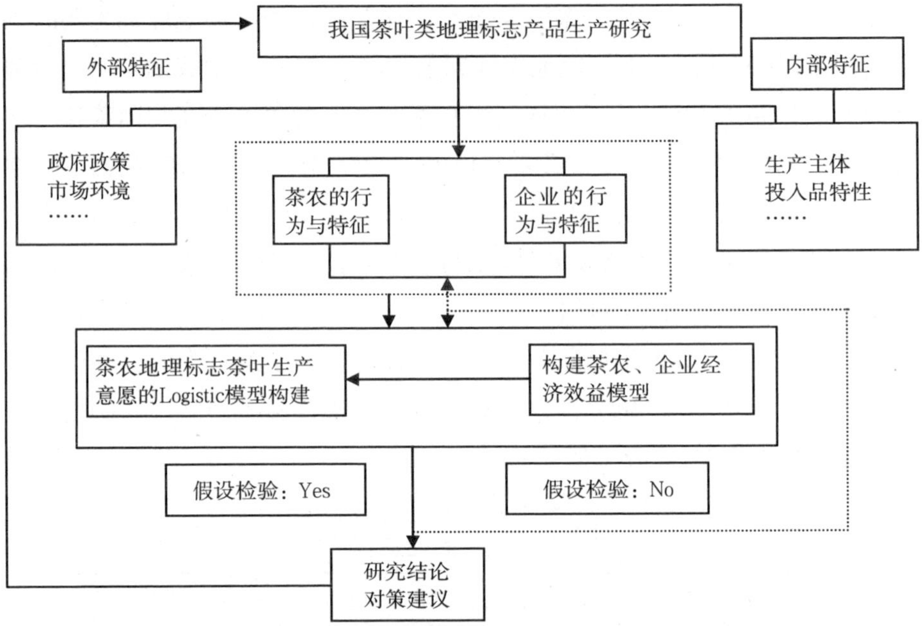

图2-4　我国茶叶类地理标志产品生产研究的实证分析框架

2.2.3　我国茶叶类地理标志产品消费研究的分析框架

1. 我国茶叶类地理标志产品消费者忠诚度的主要理论分析框架

本研究主要在前人研究的基础上,结合我国茶叶类地理标志产品的特征,构建消费者地理标志产品忠诚度评价及其影响因素分析的理论分析框架,如图2-5所示。

2. 我国茶叶类地理标志产品消费者忠诚度研究的实证分析框架

(1)我国茶叶类地理标志产品消费者忠诚度测量指标体系。

在总结国内外有关消费者忠诚度的研究成果和深入调查的基础上,按照系统性、可操作性、有效性、可比性和动态性的原则,构建相应的我国茶叶类地理标志产品忠诚度评价指标体系,该指标体系由多层评价指标构成,具体分为四个层次。我国茶叶类地理标志产品消费者忠诚度综合评价为第一层次(目标层),第二层为一级指标,将我国茶叶类地理标志产品消费者忠诚度分解为行为忠诚和态度忠诚两个方面,第三层和第四层分别为二级指标和三级指标,具体情况如图2-6所示。

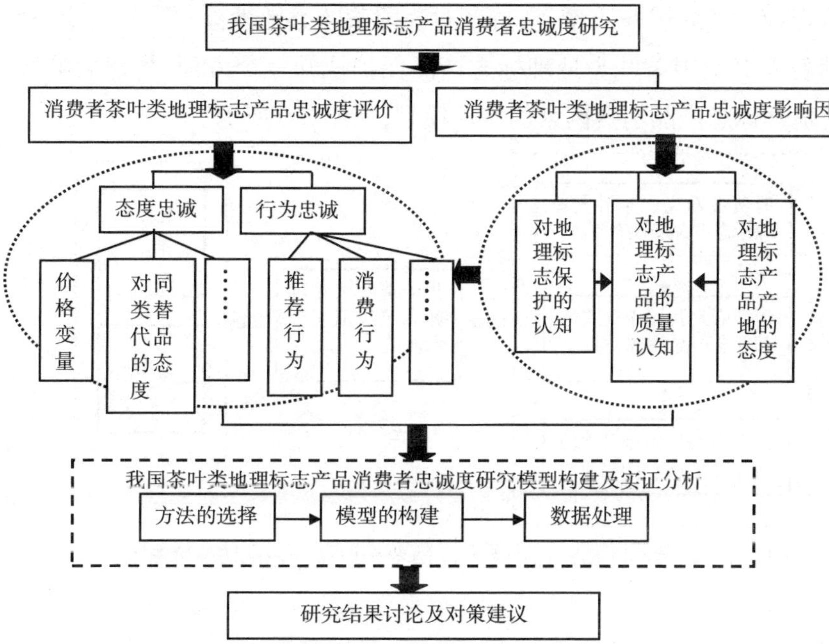

图2-5 我国茶叶类地理标志产品消费者忠诚度研究的一般性理论分析框架

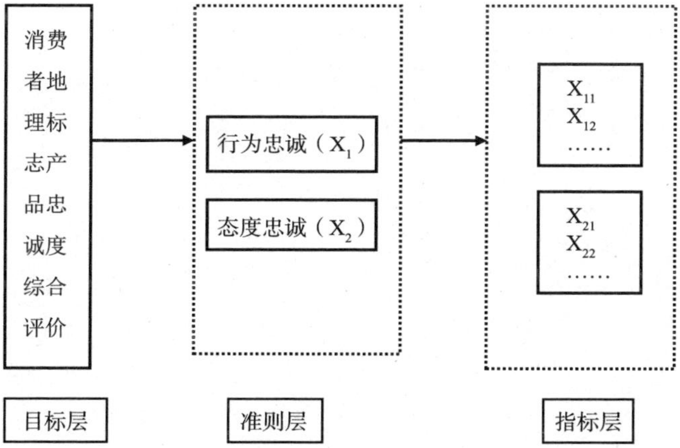

图2-6 我国茶叶类地理标志产品消费者忠诚度评价指标体系

(2)我国茶叶类地理标志产品消费者忠诚度影响因素实证模型。

已有的研究表明,消费某类产品的消费行为受到多种因素的影响,主要包括感知价值、满意、信任、转换成本、消费者特征等因素。本部分在总结前人研究的基础上,结合我国茶叶类地理标志产品的特征,从消费者对我国茶叶类地理标志产品感知质量、消费者对我国茶叶类地理标志产品产地态度,以及消费者对我国茶叶类地理标志产品保护认知三个方面,构建影响我国茶叶类地理标志产品消费因素的实证模型,如图2–7所示。

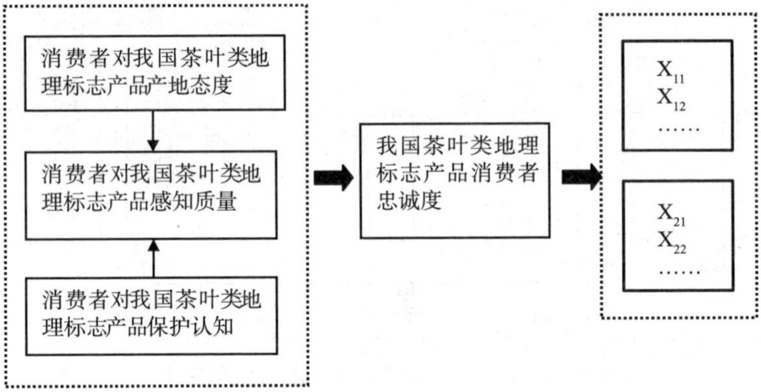

图2–7　我国茶叶类地理标志产品消费者忠诚度影响因素实证模型

第3章　国内外地理标志保护制度探析

3.1　国际上地理标志保护模式分析

地理标志保护在国际上是一个备受重视而又没有获得完全解决的问题。尽管《TRIPS协定》以一节的篇幅作了规定，但并没有明确规定采用何种保护形式，因此，各国在保护方法方面仍然存在分歧。世界知识产权组织"商标、工业品外观设计和地理标志法律常设委员会"曾经多次召开专门会议，研究地理标志保护问题，迄今尚未取得一致意见。因此，目前在世界上对地理标志保护存在各种保护模式，大致可分为注册集体商标或证明商标保护、单独立法保护、反不正当竞争法或消费者保护法保护三种。

1. 通过注册集体商标或者证明商标保护

美国、加拿大、英国、日本、意大利等100多个国家和地区通过注册集体商标或者证明商标的方式保护地理标志。注册集体商标和证明商标，要在商标使用管理章程中对使用商标的商品的生产地域和技术标准进行界定，这种界定是说明书的组成部分。当申请被批准时，该说明书就成为注册的组成部分，对注册人和商标使用人具有法律约束力。这种保护方式符合地理标志属于知识产权保护对象中商业标志的一个类别的特点，可以比较好地处理地理标志保护与商标在先使用权的关系，而且可以利用现有的商标国际注册体系，比较方便地在其他国家（地区）取得保护（王莲峰和黄泽雁，

2006)。

2. 反不正当竞争法保护

通过反不正当竞争法保护地理标志是一种普遍接受的保护途径。建立在反不正当竞争基础上的地理标志保护制度的主要特征之一,在于法官要在诉讼过程中明确界定系争地理标志的关键要素,诸如生产地域、源自地理标志指示地域的特定质量,以及地理标志的声誉。另外,法官在判决时还必须对引起争议的地理标志是否在其商品的地理来源方面存在误导该国公众作出判断。因此,地理标志在按照反不正当竞争法进行保护时可能出现的困难与不需要注册程序之便利正好互相抵销。地理标志的受益人可能会发现,注册地理标志、原产地名称、证明商标或集体商标的做法,体现出胜过反不正当竞争保护的优越性,尤其在执法方面。但是,即使在采取注册集体商标和证明商标或者专门立法保护地理标志的国家,反不正当竞争法仍然是保护地理标志的一种补充手段。例如,我国《商标法》即从反不正当竞争的目的出发,规定对于含有虚假地理名称标志的商标不予注册(赵小平,2007)。

3. 专门法保护

一些国家制定专门的法律保护地理标志。这种保护方式又可细分为注册地理标志保护和原产地名称保护。地理标志和原产地名称的基本差异在于,原产地名称与原产地域的关联比地理标志更紧密。原产地名称的产品质量或特性取决于原产地,而就地理标志来说,如果商品具有某种质量、信誉或某些其他特性,只要有一个取决于地理原产地的标准就足够。与原产地名称相比,地理标志商品的原材料生产和产品开发无需完全位于特定的地理区域。二者的相同之处是法律保护都基于行政机关的行为,一旦涉及生产者代表的行政程序和政府行政行为完成之后,该法律便开始实行。通过行政程序,法律对有关地理标志或者原产地名称的重要参数作了法律规定,如相关产品、使用条件、生产区域和生产标准。这种保护方式与通过反不正当竞争寻求保护的方式相比,一个重要的优点是在寻求救济方面具有较强的确定性和可预见性(赵东艳,2007)。

除以上保护模式外,有的国家采用对不同产品的地理标志适用不同的法律和程序给予保护的做法，如澳大利亚制定了专门的法律《澳大利亚葡萄酒和白兰地联合体法案1980》，葡萄酒地理标志的保护要依据该法进行注册保护，除葡萄酒之外的产品的地理标志则依据《澳大利亚商标法案（1995）》通过注册证明商标保护。

3.2 地理标志保护的国际公约

地理标志保护在国际上已有100多年的历史。现在，国际上地理标志保护制度已经比较成熟和发达，这一保护制度最早以制度或法律的形式出现见之于1883年《保护工业产权巴黎公约》，之后的1891年《制止商品来源虚假或欺骗性标记马德里协定》、1958年《保护原产地名称及其国际注册里斯本协定》等从不同角度就地理标志国际保护问题作出规定，特别是1991年12月8日世贸组织成员国缔结的《与贸易有关的知识产权协定》中的第3节把地理标志与商标、专利、版权并列作为一项独立的知识产权加以保护，是针对具有鲜明地域特色的名、优、特产品所采取的一项特殊的产品质量监控制度和知识产权保护制度（Lillywhite，et al.，2007）。在此，按照时间先后顺序对国际上一些与地理标志保护有关的主要国际公约作一简单介绍。

3.2.1 《保护工业产权巴黎公约》

地理标志的国际保护可以追溯到1883年3月20日的《保护工业产权巴黎公约》（以下简称《巴黎公约》），《巴黎公约》达成了保护原产地标志和原产地名称的规定（Conrad，1996）。《巴黎公约》第二条将原产地名称列为工业产权的保护对象，并明文规定各成员国对非法标有地理标志的商品进入本国而侵犯本国受保护的标记权时，该成员国有权予以扣押（Rieke，2003）。第十条第一款就原产地虚假标记和非法使用商标或商号规定了相同的救济措施："前条各款规定适用于直接或间接使用商品原产地的虚假标记，或生产者、制造者或商人身份的虚假标记"，这意味着如果所指产品并非来源于某地理区域，则不得使用意指该地理区域的产地标记，对于非法使用产地标记的主要救济措施是，在进口时扣押产品，或至少是禁止进口，或是国内扣押(Bundi,2008)。根据《巴黎公约》第十条第二款："凡生产、制造或销售此项商品的生产者、制造者或商人，无论为自然人或法人，其企业设在被冒称原产地标记的地方、地区或国家或在使用该虚假标记的国家者，均应视为有关当事人。"虽然《巴黎公约》第十条并未明确提及原产地名称，但是，应该理解为它已包含在短语"产地标记"内，因为《巴黎公约》对这两种表述是一视同仁的。另外，从概念上看，所有的原产地名称构成了产地标记的一种。

尽管作为第一个涉及地理标志的多边协定，《巴黎公约》对原产地标志的保护采取了一些措施，但存在着很多不足。首先，它没有对原产地标志进行明确的定义，使各联盟成员国无法确定其保护范围是否包括原产国家、原产地区和原产地点等各种标志；其次，公约没有对条款中扣押行为的程序进行具体的规定，如未涉及扣押的前提条件、扣押后进一步的措施等(张汉林，1997)；最后，对扣押行为的程序和各成员国国民所能享受到的救济手段缺乏具体的规定。由于这些原因，各成员国对原产地标志的保护不可能达到同一个水平。因此，《巴黎公约》对地理标志的保护还是非常有限的(Justin，2006)。

3.2.2　《制止商品来源虚假或欺骗性标记马德里协定》

1891年4月14日《制止商品来源虚假或欺骗性标记马德里协定》签订于西班牙首都马德里，并于1892年生效，是关于地理标志的第一个专门性国际条约，详尽列举了可能引起误认商品来源地的任何标志。制止商品产地标记虚假和欺骗性，也就是避免可能引起公众对商品来源的误认，要求商品真实地标记产地的地址和名称，这时原产地名称可以理解为来源国或来源地，在世界范围内和进口条件下为生产国，就商品本身来说为生产该商品的具体地点(Justin,2008)。

《马德里协定》第一条至第四条构成了保护来源地标识的核心条款，较为具体地规定了对地理标志保护的措施，阻止以产地虚假的商品从事不公平竞争的行为。具体来说，《马德里协定》第一条第一款规定："凡带有虚假或欺骗性标志的商品，其标志系将本协定所适用的国家之一或其中一国的某地直接或间接地标作原产国或原产地的，上述各国应在进口时予以扣押"，已出现虚假或欺骗性标志的国家，或已进口带有此类虚假标志货物的国家，亦应采取扣押措施；第二条对实施机关和操作程序作了规定；第三条之二则禁止在销售、展览或提供任何商品时，使用在商品来源地上可能欺骗公众的任何标识；第四条规定："各国法院应确定由于其通用性质而不适用本协定条款的名称。葡萄产品的地区性产地名称不在本条款特别保留之限"（WIPO，2002）。

与《巴黎公约》相比，《马德里协定》在以下三个方面增加了管理力度：第一，在第一条中扩大了对简单地理标志的保护；第二，第三条中禁止在广告及其他商业信息中滥用简单地理标志，其保护范围不仅涉及商品，还涉及所有的商业渠道；第三，最重要的是在第四条中规定，禁止所有成员国把关于葡萄酒的地区性的地理标志看作普通术语。但与《巴黎公约》相比，《马德里协定》适用的地域范围要小得多。此外，该协定特别是对以"译文"或"品种""类型"等字样形式出现的虚假或欺骗性地理标志毫无约束力，而且除藤本植物类产品的地理标志外，原产地名称变成产品普通名称后就不能继续依协定受到保护，而通用名称主要由各国法院判定，此外，协定规定的制裁措施也十分有限（Chen，1996）。

3.2.3 《保护原产地名称及其国际注册里斯本协定》

《保护原产地名称及其国际注册里斯本协定》（以下简称《里斯本协定》）于1958年10月31日签署，1967年7月14日在斯德哥尔摩修订，并于1979年9月28日正式修正，是《巴黎公约》体系内第一部专门规定原产地名称保护的重要国际条约，是真正意义上的原产地名称保护制度的开始。《里斯本协定》的目的是为原产地名称提供保护，第二条第一款为原产地名称下了一个恰当的定义："原产地名称系指一个国家、地区或地方的地理名称，用于指示一项产品来源于该地，其质量或特征完全或主要取决于地理环境，包括自然和人为因素"。从该定义可以看出，原产地名称中的名称必须是一个国家、地区或地方的地理名称，不可以是象征性的东西，原产地名称必须用于指示某产品来源于该国、该地区或该地方，并且，产品与该地理区域之间的联系必须与质量有关，即“质量或特征”在本质上必须完全取决于该地理环境，这种地理环境包括自然因素，如土壤、气候及人为因素，同时《里斯本协定》将保护措施所针对的对象扩展为：“保护旨在防止任何假冒和仿冒，即使标明的系产品真实来源或者使用翻译形式或附加‘类’‘式’‘样’‘仿’字样或类似的名称”（Mccharthy & Devitt，1979）。

根据《里斯本协定》有关规定，一个原产地名称要得到保护必须有两个基本要求：第一，该原产地名称在其原产国内受保护；第二，该原产地名称应在世界产权组织（Word Intellectual Porperty Organization,WIPO）国际注册处注册。根据《里斯本协定》第五条，原产地名称国际注册的申请应由该国主管部门提交至位于日内瓦的国际局，该国国名或该国内部的地区名或地方名即构成产品的原产地名称。因此，各国可自行采用内部命名的体系手段，如采用司法决定或行政决定，或两者兼备。注册后的原产地名称在《里斯本协定》适用的其他国家内均受保护。国际局在接收到注册名称的申请时，将立即通知其他方。申请方所申请国际保护的原产地名称必须在各签约国受到保护，除非某签约国在一年内声明对该申请不予保护并说明理由。《里斯本协定》第五条第五款规定，遭拒绝的国家可采取多种形式为其国民提供适用的任何法律或行政补救手段。《里斯本协定》第六条规定，一旦某原产地名称在一个签约国内受到保护，只要其在原产国受到国内保护，就不能被视为通用名称，这样规定还有其他效果，即如果被保护的名称在通知前已被第三方使用，如作为商标，则接受保护国家的主管部门有权给予第三方不超过两年的期限以结束此类使用，只要在原产国内作为原产地名称受到保护，则无须续展（Benson，1978）。

与《巴黎公约》和《马德里协定》不同的是，《里斯本协定》限定了保护地理标志的国家、区域及地点的名称，并要求指出其质量和品质取决于其特有的地理环境、自然及人文因素，同时，还从三个方面超越了之前的协定。首先，在第三款中扩大了保护范围，对那些冒充商品进行严格控制，即使这些商品确实在同一产地生产又标注“类”“式”“仿”等词语；其次，认为地理标志保护可以涉及所有商品，而不仅仅是葡萄酒；最后，该协定认为地理标志是最高级的,并在第五款中规定在两年内解决先前贸易中商标与新的地理标志注册体系有所冲突的问题(Ortiz,1997)。《里斯本协定》的不足之处在于:①原产地名称的定义过于狭窄;②要求原产地名称必须先在原产地国家按其专门法得到承认和保护,对于仅根据原产地国有关制止欺骗行为的一般法律规定而获得的保护,一律不予承认和保护;③有权使用国际注册的原产地名称的权利人必须标明原产地名称,此项义务很难与制止欺骗行为的一般法律规定的保护制度相协调;④没有规定拒绝保护的有效理由,这大大削弱了对国际注册的保护,保护的要求遭拒绝后会导致有利害关系的两个国家之间进行谈判。此外,《里斯本协定》除了规定如何确定某原产地名称是否已变成普通名称外,并未规定应适用原产地国家的法律。因此,在具体案件中往往都是根据保护国的法律来判定是否非法使用或假冒,在这种情况下就很难保证该产品一定具有所要求的品质和特性(张仁辉,2006)。

3.2.4 《与贸易有关的知识产权协定》

通过上述分析可以看出,前面提及的三个国际公约参与国的数量都非常有限,并且都没有制定争议解决机制。因此,从全球的角度看,并没有对地理标志提供足够的保护,对地理标志保护的作用也非常有限(Das,2006)。为此,世贸组织决定在乌拉圭回合谈判期间提升地理标志保护,但是由于"新世界"国家和"旧世界"国家考虑到各自的利益,在地理标志保护上存在较大的争议(Calboli,2006)。最终,世贸组织成员国在1994年12月8日达成了一个折中方案——《与贸易有关的知识产权协定》(以下简称《TRIPS协定》),在缔结《TRIPS协定》中的第三节,把原产地标志与商标、专利、版权并列,作为一项独立的知识产权加以保护,并在1995年1月1号正式实施(Martin,2004)。这是地理标志国际保护发展史上的一个里程碑,标志着全球地理标志保护迈进了一个新的发展阶段。

1. 对所有产品地理标志的最低标准和一般保护

第二十二条规定对所有产品地理标志的最低标准和一般保护的保护水平,共四个条款,具体内容如下:

(1)第二十二条第一款有关地理标志的定义。"就本协定而言,'地理标志’指识别一货物来源于一成员领土或该领土内一地区或地方的标识，该货物的特定质量、声誉或其他特征主要归因于其地理来源。”

由这个定义可知，一方面它指明了地理标志的三种标志方式，即地理标志可能是一个成员领域的名称，也可能是该领域内一个地区的名称，还可能是该地区内一个地方的名称，如“巴拿马香蕉”“法国干邑白兰地”“浙江金华火腿”；另一方面，它指明了地理标志的意义，地理标志所标示的商品的特定质量、信誉或其他特征主要与该地理标志所代表的地理来源相关联。可见，地理标志不单纯是一种产品地理来源标记，而且是一种质量保证，如果一个地理标志与有关商品的上述特征没有任何联系，则该地理标志不能受到协议的保护。同时，从这个定义中可以看出，并没有对“货物”进行定义，因此，在《TRIPS协定》框架下，地理标志保护适用于所有产品，不管是天然产品，还是农产品或制造产品，都可以受到地理标志保护(张汉林，1997)。

(2)第二十二条第二款对地理标志侵权的认定。就地理标识而言，各成员应向利害关系方提供法律手段以防止：(一)在一货物的标志或说明中使用任何手段标明或暗示所涉货物来源于真实原产地之外的一地理区域，从而在该货物的地理来源方面使公众产生误解；(二)构成属《巴黎公约》(1967)第十条之二范围内的不公平竞争行为的任何使用。这就是说，能够认定侵权的前提条件是必须要证明不当使用的地理标志误导了公众或构成了不公平竞争，这一举证责任是需要由作为原告的地理标志权利人承担的，在实践中耗时耗财，却往往难以证明。因此，第二十二条对地理标志产品保护的水平是较低的(Sanders，2010)。

(3)地理标志与商标冲突的处理。协定第二十二条第三款规定，如一商标包含的或构成该商标的地理标识中所标明的领土并非货物的来源地，且如果在该成员中在此类货物的商标中使用该标识会使公众对其真实原产地产生误解，则该成员在其立法允许的情况下可依职权或在一利害关系方请求下，拒绝该商标注册或宣布注册无效。换句话说，以上规定包含三个组成要件：①保护地理标志免受多公众产生误导的使用；②保护地理标志免受以不正当竞争方式使用；③包含有地理标志的商标如果可能误导公众的话，应当拒绝注册或撤销。因此，以虚假或者欺骗性的方式使用标志或者语言、词汇指示地理来源的行为都应属于第二十二条禁止的范围，只有在公众不会把产品与原产地联系起来的情况下，地理相关的词汇可以被注册为商标（李仲周等，2000）。

（4）根据第一款、第二款和第三款给予的保护可适用于虽在文字上表明货物来源的真实来源地域、地区或地方，但仍误导公众以为该商品来源于另一地域的地理标志。这里有一个问题，既然地理标志逐字真实指明商品的来源地，为何仍会误导公众以为该商品来源于另一地呢？这主要是地名重复的情形下出现的问题，比如法国首都巴黎的香水是世界闻名的，而美国德克萨斯州也有个城市叫巴黎，如果该地也将其生产的香水上注上“巴黎”字样，从字面上看，巴黎的确是这种香水来源的真实地方，但却会使消费者误认为该香水来源于法国巴黎，对这种地理标志，利害关系人应有权禁止使用。如果美国德克萨斯州巴黎市的香水生产厂商想以含有“巴黎”字样的商标在中国注册，中国主管当局则应依职权或利害关系人的请求予以驳回（张汉林，1997）。

2. 对葡萄酒和烈酒地理标志的附加保护

酒类商品在许多国家都是利润较高的商品，而酒类商品品质又往往和它的来源地关系密切，所以对酒类商品的地理标志保护也就有着特别重要的意义（郑成思，1996）。协定第二十三条还特别为葡萄酒与烈酒地理标志的保护提出了补充规定（Heald，1996）。

（1）每一成员均应为利害关系方提供法律手段，以防止将识别葡萄酒的地理标志用于并非来源于所涉地理标志所标明地方的葡萄酒，或防止将识别烈酒的地理标志用于并非来源于所涉地理标志所标明地方的烈酒，即使在这种场合也同时标出了商品的真正来源地，或该地理标志用于翻译中，或附有“种类”“类型”“风格”“仿制”或类似表达方式。

（2）对于一葡萄酒商标包含识别葡萄酒的地理标志或由此种标志构成，或如果一烈酒商标包含识别烈酒的地理标志或由此种标志构成，一成员应在其立法允许的情况下依职权或在一利害关系方请求下，对不具备此来源的此类葡萄酒或烈酒，拒绝该商标注册或宣布注册无效。

（3）在葡萄酒的地理标志同名的情况下，在遵守第二十二条第四款规定的前提下,应对每一种标志予以保护。每一成员应确定相互区分所涉同名标志的可行条件,同时考虑保证公平对待有关生产者且使消费者不致产生误解的需要。。

(4)为便利葡萄酒地理标志的保护,应在TRIPS理事会内谈判建立关于葡萄酒地理标志通知和注册的多边制度,使之能在参加该多边制度的成员中获得保护。

与此同时,与其他产品不同的是,在解决葡萄酒和烈酒相关的贸易争端时,公众概念可以起到决定性作用(Brody,1994)。

3. 国际谈判与例外

协议第二十四条就地理标志保护的国际谈判与例外作出了详细的规定:

(1)各成员同意进行谈判,以加强根据第二十三条对单个地理标志的保护。一成员不得使用以下第四款至第八款的规定,以拒绝进行谈判或订立双边或多边协定。在此类谈判中,各成员应自愿考虑这些规定继续适用于其使用曾为此类谈判主题的单个地理标志。

(2)TRIPS理事会应继续对本节规定的适用情况进行审议,第一次审议应在《WTO协定》生效后两年之内进行。任何影响遵守这些规定下的义务的事项均可提请理事会注意,在一成员请求下,理事会应就有关成员之间未能通过双边或诸边磋商找到满意解决办法的事项与任何一成员或多个成员进行磋商。理事会应采取各方同意的行动,以便利本节的运用,并促进本节目标的实现。

(3)在实施本节时,一成员不得降低《WTO协定》生效之日前已在该成员中存在的对地理标志的保护。

(4)本节的任何规定均不得要求一成员阻止其任何国民或居民在货物或服务方面继续以类似方式使用另一成员识别葡萄酒或烈酒的一特定地理标志,如其国民或居民在相同或有关的货物或服务上在该成员领土内已连续使用该地理标志(a)在1994年4月15日前已至少有十年,或(b)在该日期之前的使用是善意的。在这种例外情况下,一成员可以允许其任何国民或居民在货物或服务方面继续以类似方式使用另一成员的地理标志。

(5)如一商标的申请或注册是善意的,或如果一商标的权利是在以下日期之前通过善意的使用取得的:《TRIPS协定》签署前已善意地申请或注册的商标、在各成员实施《TRIPS协定》前取得的商标、该地理标志在其起源国获得保护之前。为实施本节规定而采取的措施不得因一商标与一地理标志相同或类似而损害该商标注册的资格或注册的有效性或商标的使用权。

(6)如任何其他成员关于货物或服务的地理标识与一成员以通用语言的惯用术语作为其领土内此类货物或服务的普通名称相同,则本节的任何规定不得要求该成员对其他成员的相关标志适用本节的规定。如任何其他成员用于葡萄酒产品的地理标志与在《WTO协定》生效之日前该成员领土内已存在的葡萄品种的惯用名称相同,则本节的任何规定不得要求该成员对其他成员的相关标志适用本节的规定。

(7)一成员可规定,根据本节提出的关于一商标的使用或注册的任何请求必须在对该受保护标志的非法使用已在该成员中广为人知后五年内提出,或如果商标在一成员中的注册日期早于上述非法使用在该成员中广为人知的日期,只要该商标在其注册之日前已公布,则该请求必须在该商标在该成员中注册之日起五年内提出,只要该地理标志未被恶意使用或注册。

(8)本节的规定决不能损害任何人在贸易过程中使用其姓名或其业务前任的姓名的权利,除非该姓名使用的方式会使公众产生误解。

(9)各成员在本协定款项下无义务保护在起源国不受保护或已停止保护,或在该国中已废止的地理标志。

4.《TRIPS协定》地理标志保护简评

跟其他协议相比,在《TRIPS协定》中,地理标志保护取得了历史性进步。首先,协定给予成员如何履行地理标志保护义务的自主性,即成员可根据本国国情采取适当方法有效实施协定规定的地理标志保护的义务;其次,协定为解决地理标志与商标的冲突、地理标志与通用名称的冲突创造了一种平衡体制。鉴于以上两方面的进步性,协定的可接受性增强,成员日益增多,加之WTO争端解决机制的有效运转,协定成为目前给予地理标志最为完善和最有影响力保护的多边协定。但在肯定其历史进步性的同时,应当看到作为多方利益平衡的结果,协定不可避免地存在一定的缺陷,其中最大的缺陷就是地理标志保护存在葡萄酒、烈酒和其他产品的三种保护水平的不公，进一步讲，就是第二十二条的一般保护的缺陷和第二十三条额外保护的优势的不平衡(赵小平，2007)。同时，由于地理标志保护给予成员如何履行地理标志保护义务的自主性，但是并没有明确规定具体法律保护模式，因此，在WTO成员国内并没有统一的地理标志保护模式，这造成了成员国地理标志保护模式的多样性，为地理标志保护的国家之间的冲突埋下了隐患(Kireeva & O'Connor，2010)。

3.3　欧盟地理标志保护制度

3.3.1 欧盟地理标志保护制度的发展历史

欧盟在1992年之前并没有保护地理标志的共同措施，有一些欧共体成员国，如法国、意大利和西班牙，都建立了保护地理标志的专门法律，即专门保护体系。但是，大多数的欧盟成员国当时都没有关于地理标志的专门法律，而只是把它们当作商标保护或是通过不正当竞争和消费者保护法的基本规定来保护。1992年，迫于成员国中的“农业国”不断施压，欧共体委员会在1992年7月14日通过2081/92号条例，对农产品和食品实施地理标志保护和原产地保护，这是欧盟第一个地理标志保护法案，该法案旨在保护受保护的地理标志和受保护的原产地名称，并建立起了欧洲受保护地理标志和原产地名称注册机构。2003年4月8日，欧盟理事会692/2003号条例对地理标志保护名称的范围、第三国名称的注册范围和受保护的范围等进行了修订。2006年3月，欧盟制定了更加高效和与WTO全面匹配的《关于保护农产品和食品地理标志和原产地名称的欧洲理事会第510/2006号条例》，并以此为基础开展对受保护的原产地名称和受保护的地理标志的注册。第510/2006号条例中有几个重要的变化，首先，成员国在地理标志注册中所起的作用更为重要，它们现在要在欧盟一级的法律和指导方针下核查申请，然后由欧洲委员会详细检查申请的主要内容，包括所谓的"单一文件"，该文件刊登在欧盟官方公报上，以此来保证申请满足法律的所有要求以及欧盟25个成员国的统一标准；另一变化部分是缘于2005年世界贸易组织的一个裁决，这一变化使欧盟能够直接受理第三方国家即欧盟外国家的生产者提交给委员会的在欧盟体系下注册商品名称的申请。以往，这些生产者必须通过他们本国政府机构才能提交申请，而这些机构可能不愿意或不能处理这一申请（Ilbert，2009）。2007年，哥伦比亚咖啡成为欧盟地区之外的第一个在欧盟获得地理标志保护的产品（Bowen & Zapata，2009）。

3.3.2　欧盟510/2006号条例

1. 510/2006号条例产品保护范围

并非所有食品和农产品都在510/2006号条例的范围内。欧洲委员会条约附件1中提到的用于人类消费的农产品以及该条例附件2中提到的不用于人类消费的农产品和酒醋（不包括在葡萄酒和烈酒中）受到保护，而条例510/2006号条例不适用于未经烹制的肉类、制成的调味香肠、汤和肉汤、冰淇淋和冰糕、巧克力（以及其他含有可可粉的食物制成品）以及大多数非农产品或工业制成品（如纺织品、木材、陶器等）都不在该条例的范围内。

同时，根据510/2006号条例，生产者享有在其产品上使用注册名称的独家权利。这意味着下列这些情况是被禁止的：任何直接或间接地对注册未涵盖的产品使用注册名称的商业行为，只要此产品与根据该名称注册的产品具有可比性或使用此名称对受保护产品的声誉带有利用性质；任何误用、模仿或暗示，即使注明了产品的真正产地，或受保护产品名称经过翻译，或在受保护的名称旁添加了"风格""类型""方法""在某地制造""仿"之类的词语；任何在内外包装、与涉及产品有关的广告材料或文件，以及将产品摆放在可能传达有关其产地的错误印象的容器方面伪造或带有误导性地暗示产品的来源、产地、性质或关键品质的行为；任何其他的在产品真正来源问题上倾向于误导消费者的做法。

2. 保护类型

510/2006号条例对产品的特征和产地之间的联系进行了更为严格的规

定，将地理标志保护分为地理标志保护(PGI)和原产地保护(PDO)两种类型(Marie-Vivien，2008)：

(1)原产地保护是指与一种农产品或一种食品有关的一个地区、一个特定地点，或在特殊情况下，一个国家的名称，这种农产品或食品是指发源于那一地理地区，并且具备只有在具有内在自然和人文因素的特定地理环境之中才能形成的某些品质和特征，并且产品的生产、加工和配制都在所指定的地理地区内完成。

(2)一个受保护的地理标志是指用于描述一种农产品或一种食品的一个地区、一个特定地点，或在特殊情况下，一个国家的名称，这种农产品或食品是指发源于那一地理地区，并且具备那个地理原产地的一种特殊品质、声望或其他特征，并且产品的生产和/或加工和/或配制都在所指定的地理地区内完成。

(3)原产地保护和地理标志保护之间的区别。

原产地保护(Protected Designation of Origin，PDO)和地理标志保护(Protected Geograpphic Indication，PGI)均是对传统产品、传统工艺实施保护，受保护的产品均是在某一特定的地理范围内生产，产品的质量与特征取决于该地理区域的特点。相比较而言，受保护的原产地名称的地理联系比受保护的地理标志更为苛刻，对地理标志生产的所有环节都要求在特定地区内。它们的主要区别表现为：PDO的注册名称必须是地理名称，但PGI既可以是地理名称也可以是传统的非地理名称，同时PDO原材料必须来自所指定的地理地区，而受保护的地理标志没有这样的规定；与受保护的原产地名称相反，特殊品质、声望或其他特征与地理原产地之间的联系对受保护的地理标志来说是需要的，但并非必须的或专属的，这样的联系必须只“归因于那一地理原产地”；PGI的原材料可以来自该地理区域之内，也可以来自该地理位置之外，但其制造地必须在该地理区域内，而PDO无论是生产、加工、原料准备三个环节都必须在受保护的地理区域内，PGI只需满足其中的一个环节；如果由于产地原料供给受限、生产原料的特征依然存在以及有相关的措施来确保原料的品质与地理区域内原料一致，那么只要来自受保护地理区域内的原料用量大于来自加工区域内原料的用量，其产品依然可以受PDO

保护。

3. 注册程序

510/2006号条例对注册程序进行了修订。在欧盟内部注册一个地理标志名称,必须经历两个阶段的过程,一是国家层面,另一个是欧洲层面,要涉及的对象有申请者(生产者团体)以及各国和欧洲主管注册程序的部门,整个注册过程可能持续数年。

(1)国家层面的程序。

一旦生产者团体严格按照产品说明描述其欲注册产品,他们须向各国相关主管部门申请欲注册产品的地理标志名称,各国主管部门审议申请,检验其是否符合510/2006号条例的规定,最后起草一份国家一级的异议程序。在一定时期内,任何对该地理标志名称有合法权利的人,定居或常驻于该地理区域内的人,都可以对申请提出异议。如果申请符合510/2006号条例的规定,也无异议提出,该成员国将会通过此项申请。若存在异议,该成员国须首先商讨异议的合理性,然后再决定是驳回异议还是接受并审理异议。如果各国主管部门决定通过申请,必须告知公众。该成员国可以提供过渡性的保护。申请文件、成员国的声明、产品说明书公告参考须提交欧洲委员会。由于涉及异议的存在,从收到注册申请开始,到将申请文件提交欧洲委员会,整个过程可能需要一年以上的时间。

(2)欧盟层面的程序。

收到成员国的申请文件之后,欧洲委员会首先审议申请。如果欧洲委员会裁决该申请符合510/2006号条例,欧洲委员会将会把其决定发表在《欧盟官方公报》单一文件和产品说明书公告参考上(成员国必须提供网上访问产品说明书公告参考的途径),否则,欧洲委员会可以拒绝该注册申请。在六个月的异议期之内,只要适时地将已证实的陈述提交给欧洲委员会,任何成员国或第三国都可以对某份注册申请提出异议。如果异议被证实是可接受的,那么欧洲委员会将邀请利益相关方进行协商。如果无法达成一致,欧洲委员会将作出决定,然后把决定发表在《欧盟官方公报》上。如果未出现异议,那么该产品名称就会进入欧盟的注册程序,成为受保护地理标志和受保护原产地的名称之一。相关注册信息将会发表在《欧盟官方公报》上。对于非欧盟成员国的产品，510/2006号条例指出，其注册程序与欧洲地理标志的注册程序类似。唯一的不同在于没有国家一级的注册，因为申请可以被直接送给位于布鲁塞尔的欧洲共同体委员会或通过相关的第三国主管部门。来自第三国的申请必须包含欧盟申请所要求的四项要素，即申请团体的名称和地址、产品说明书（由510/2006号条例第4款第2条所列文件组成）、一份单一文件列出第5款第3(c)条中产品说明书的要点以及申请名称在原产地国家受到保护的证明。

4. 510/2006号条例产品保护体系

欧洲的地理标志系统建立在私人与公共利益相关者共同管理的基础上。生产商组织负责编写地理标志产品说明书的内容以及地理标志的日常管理，具体的任务包括管理和确保生产规范，为最终产品划定品质、控制进度，监管根据法律法规所制定条款的实施，各层次（农场、生产商和商人）的生产方法以及包装规定，同时，开展一些小生产商无法单独开展的活动，例如进行营销和法律行为，以推广和保护地理标志名称。公共或私人控制机构（在这种情况下是认证机构）在将产品销往市场之前检查产品是否符合产品说明书。这里的控制存在两个等级，一级是生产商的控制，一级是国家为确保生产商切实符合他们需要符合的标准而进行的控制。与知识产权的其他形式相反，在地理标志系统之下，国家在保证产品具备某些品质方面扮演着积极的作用。成员国在地理标志名称的注册、必须进行的控制和地理标志名称的保护方面起着重要的作用。在一个地理标志的注册或一个地理标志产品说明书的修改上，成员国必须对申请进行严格审查，支持国家一级的异议程序并确保地理标志产品说明书的公告。成员国还必须指派一个或几个主管机构负责官方控制并确保所有地理标志产品的生产商都被纳入官方控制的系统中。成员国还需提供产品与其地理标志产品说明书相符的官方担保。最后，成员国在制定市场政策和确保已注册的地理标志名称得到保护方面扮演着重要的角色。欧洲委员会指明了有关欧洲地理标志系统的实施规则，以及一些具体规定，例如对地理标志使用的规定。在这一方面，委员会有时会得到由成员国代表组成的受保护的地理标志和受保护的原产地名称常务委员会的帮助。欧洲委员会还在受保护的原产地名称和受保护的地理标志注册或其产品说明书的修改中扮演着重要角色。委员会必须仔细对申请进行检查、支持异议程序并确保公告请求的主要部分。委员会还负责最终决定是否对名称进行注册。欧洲委员会必须公告所有注册的地理标志名称名单,对于受保护的原产地名称和受保护的地理标志的名称,还要公告负责其官方控制的部门和机构的名称及地址。最后,欧洲委员会负责确保已注册的地理标志名称得到了充分的保护。

3.4 法国对地理标志的法律保护

3.4.1 法国地理标志保护的历史沿革

法国地理标志保护立法在世界上堪称最为系统和全面,是最早也是至今仍采用单独立法保护原产地名称的典型。法国第一部保护原产地名称的专门立法可以追溯到14世纪,但直到20世纪初,法国还没有建立起现代意义上的真正具有影响力的地理标志保护制度。目前,在法国,地理标志同时受到原产地名称法规、葡萄酒法规和消费者保护法规的保护。20世纪末,为了和欧共体法律相协调,法国对地理标志保护立法作了彻底修改,其原来的保护制度发生了很大变化。因此,为了更好地理解和把握法国地理标志保护制度,有必要对其地理标志保护立法的历程做一简要梳理。

在法国,有关地理标志保护立法集中在原产地名称方面。1905年8月1日出台的保护法(以下简称《1905年8月1日法》)是法国第一部关于地理标志的立法(Marie-Vivien,2010)。该法第11条规定"政府有职责对原产地名称作出行政认可,也即为使用特定名称的产品划定界限。"然而,原产地名称的界定只是根据地理区域来界定,而没有提及任何与产品特殊品质有关的生产方法。根据该法的规定,政府有职责对原产地名称作出行政认可,为使用特定名称的产品划定界限,即确定一个产权有权使用某一特定名称的界定,对"任何在产品的来源上误导或试图误导缔约对方的任何人"可以进行处罚。该制度的缺陷是，将命名权交给了中央政府在地方的代表，而他们可以随意地命名原产地名称，不同命名之间互相矛盾，引发了不同地区生产者的不满和矛盾。针对这种情况，1919年法国通过了一部新法律，即《原产地名称保护法》(Lenzen，1968)。该法把原产地名称定义为一种集体产权，不得落入公共领域，也不可以视为通用名称或注册为商标，生产者只需通过宣告即可注册原产地名称，对那些非法使用原产地名称的行为可以向法院提起诉讼，并赋予法官对原产地名称的使用进行调控的真正权力。根据第1条的规定，法院有负责界定产地和/或产品的生产方法。法官在确定地理区域的边界时不会遇到太大的困难，但是由于他们缺乏产品生产方法的知识，因此，在确定原产地名称的质量等其他具体标准时，他们就显得难以胜任了，其结果是使各种地理区域都被宣告为原产地名称，使法国的葡萄酒产业出现了一大堆原产地名称(Lenzen，1968)。《关于货源标记的1930年5月26日法》规定了货源标记的定义和对虚伪货源标记的处罚(王笑冰，2006)。在1935年出台了针对葡萄酒及烈酒的受约束的原产地名称规定，同时还成立了专家协会，即葡萄酒及烈酒国家委员会，来详细说明对其产品的具体要求，从这时起，原产地名称认定受控于政府的监督，而且不再给葡萄酒及烈酒的生产商新的权力申请原产地名称。1955年，确定了奶酪产品原产地名称的法律体系，该法律体系建立了和葡萄酒类似的有关奶酪保护的制度，规定了奶酪受监控原产地名称的注册条件，在1966年对《原产地名称保护法》作了修正，《1966年7月6日第66－482号法》建立了新的原产地名称注册程序，即通过最高行政法院发布法令予以注册，并第一次对原产地名称的定义作了规定(傅余，2008)。《1973年12月2日法》包含了与货源标记有关的规定，其第44条禁止误导性或不正当的广告行为，特别是关于商品来源的广告行为。在1990年，将国家原产地名称局起初运用于葡萄酒和烈酒原产地名称的概念和规定引入了农产品领域，并取代了以前根据《原产地名称法》通过宣告程序注册的“原产地名称”的概念。法国农林部颁布的《1991年4月15日第911－368号法令》对国家原产地名称局的组织和运作作了规定，在一定程度上下放了管理原产地名称事务的职权；《关于消费者法典的1993年7月26日法》吸收了《1990年7月2日法》的内容，对原产地名称、受监控原产地名称的概念、保护等作了规定(Audier,1997)。为了迎合欧共体208/92号条例所带来的变化,法国还制定了《关于确认农产品和食品质量的1994年1月3日第94－2号法》,该法将欧盟条例的有关要求纳入法国法律,将地理标志保护的新概念引入法国,承认原产地名称和地理标志保护适用于所有农产品,而非仅限于葡萄酒和烈酒(王笑冰,2006)。随着欧共体第510/2006号条例出台,2006年法国对地理标志保护法也进行相应的调整,加强了对地理标志的保护。

综合以上可以看出,目前法国法中大致有三类地理标志,一是来源标识,二是原产地名称,三是欧共体条例下的“受保护原产地名称”和“受保护地理标志”,而原产地名称是法国法最早使用的概念,是其最大的特色,也是法国地理标志保护制度的核心。

3.4.2　法国原产地名称保护体制

1. 原产地名称的性质及授予原则

法国授予原产地名称遵循以下几个原则:①原产地名称之“名称”必须为地理名称;②使用在产品上,该地区生产该产品的历史悠久并且以传统方式生产;③可象征或表彰该产品所具有的质量或其他特性,这些质量或特性持续稳定,符合特定的检测标准;④该质量或特性完全或主要归因于这个地理来源。此外,法国《原产地名称保护法》规定:“原产地名称永远不能被认为有通用性并且永远不能成为公产。”所以,原产地名称作为一种地方性、集体性权利,本质上仍是一种私权,但是为特定地区内符合特定条件的生产者共同拥有(中华人民共和国国家知识产权局,2006)。

2. 原产地名称的注册程序

一个地区相关产业的生产者要获得原产地名称必须组成保护协会,个人和企业不能以私人名义提出注册申请,保护协会在与国家原产地名称局协商的基础上,提交一份申请文件,其内容包括:

(1)提出原产地名称申请的理由。

(2)证明产品声誉的证据、与名称的使用及产品声誉有关的信息、相关的历史材料。

(3)证明自然、技术和社会条件与产品典型特征之间联系的证据。

(4)财经分析,包括市场、网络、价格、与其他同类产品相比较的附加值等。(王笑冰,2006)

所有文件都应呈递给国家原产地名称局。国家原产地名称局在收到申请文件后,组织有关专业人员进行形式审查和实质审查并给出初步意见,同时,组成调查委员会展开实地考察。国家原产地名称局依职权成立一个调查委员会,在国家原产地名称局相应国家委员会授权下,调查委员会根据不同的要求,起草相应的报告,确定申请是否接受,并最终确定有关的生产条件。国家委员会在审查报告之后,应根据不同情况分别对申请作出批准、延期或驳回的决定,只有符合以下两个条件的提案才能得到批准:①产品必须享有足够的声誉,应当得到原产地名称制度的保护;②产品的生产方式促成了产品的声誉,且足以保证产品的复制和再生产。

如果注册申请得到批准,应任命一个勘界委员会,负责确定原产地名称地理区域的界限,国家委员会还应起草一份正式的法令文本,由农业部和财政部联名发布在《法兰西共和国官方公报》。

3. 管理机构

(1)国家原产地名称局。

据了解,法国农业部下设国家原产地名称局,全面负责所有农产品和食品原产地名称的认定和管理工作。这些产品要使用原产地名称必须通过国家原产地名称局的认定,国家原产地名称局是法国原产地名称的核心管理机构。国家原产地名称局的审议和决策机构由一个常务委员会和分别负责酒制品、奶制品和其他产品的三个国家委员会组成。常务委员会负责制定国家原产地名称局的预算并确定总政策,委员从各专门委员会选拔,最高长官从各国家委员会中连选,由财政经济部长和农业部长联合任命,任期为两年。每个国家委员会都具有法人地位,负责人称为主席,由农业部长和财政经济部长联合任命;委员由专业人员、行政管理人员以及代表消费者利益的知名人士组成,受农业部长任命。国家原产地名称局的执行机构由一个行政中心和26个省级地区中心组成。地区中心的主要职责包括监督和管理特许产区的活动,看其是否超越法定的生产地域;监督生产者是否按照法定的方法和工艺进行生产;评估产品品质是否下降;指导并参与行业协会的工作;等等。除了传统的监督之外,国家原产地名称局的官员也可以作为财政经济部竞争、消费和反欺诈总局的官员开展工作。

(2)其他管理机构和组织。

除了国家原产地名称局,还有其他四个政府机构也肩负相应的管理职责,包括关税和增值税总局参与收割和生产的管理;普通税总局负责地籍管理;竞争、消费和反欺诈总局负责监督产品加工;农业部统计办公室负责汇编统计表。行业协会也起着非常重要的作用,是政府与企业之间沟通的桥梁。他们协助农业部门协调各方利益,监督产品质量,保护名牌,促进销售。同时,向种植者、养殖者和生产者提供技术咨询,指导生产,组织培训,制作广告,举办产品博览会,等等。协会一般下设经济、技术及市场营销等处,人员精干,以法规和合同的形式来运作管理,活动经费主要来自会员的会费,也有农业部门的少量补贴,领导人由会员选举产生,轮换担任。

3.5 美国对地理标志的法律保护

美国是“新世界”国家的主要代表,在欧洲移民拓荒殖民的过程中,逐渐形成了产业化、规模化和集约化的工农业生产模式,这种大规模生产方式使得美国不像具有悠久历史的欧洲国家那样,注重保护与特定地理区域相联系的产品(Babcock & Clemens,2004)。因此,美国与其他大多数移民国家一样,没有保护地理标志的传统,也没有建立专门的地理标志保护法(Bendekgey & Mead,1992)。但美国有各种各样的法律对农户提供的产品进行保护,并形成了具有美国特色的地理标志保护制度,主要是通过证明商标、集体商标和普通法对地理标志进行保护(Josling,2006)。

3.5.1 证明商标对地理标志的保护

在美国,可以通过证明商标的形式对产品进行保护,《美国商标法》第45

节、《美国注释法典》第15编第1127条将证明商标定义为：证明商标是指所有人以外的其他人使用，或者所有人具有善意的允许他人进行商业使用的意图，并申请注册于注册簿上的字词、名称、符号、设计或者其组合，以证明某人商品或者服务的地域或者其他来源、原材料、生产工艺、质量、精确度或者其他特征，或者商品或服务上的工作或者劳务由联合会或其他组织的成员完成。这种商标一般由商会或其他团体申请注册，申请人对商标的指定商品或服务具有检验能力，并负保证责任。根据《兰哈姆法》第45条对特性的规定，美国有三种证明商标：第一种是证明商品或服务来源于某一特定地理区域的商标；第二种是证明商品或服务符合某种质量、原料或制造方法之标准的商标；第三种是证明商品的制造者或服务提供者符合一定的标准或者属于某一协会或组织的商标（Beresford，1999）。

《兰哈姆法》第14条对证明商标的所有人规定了一些必须遵守的准则：①所有人必须控制该商标的使用，诸如控制有关商品或服务的来源、特性和质量等；②所有人不得将该商标用于自己经营的商品或服务上，因为这会降低所有人的客观性；③所有人不得将该商标用于除证明以外的其他目的；④所有人不得歧视性地对待有关商品或服务的提供者，只要其商品或服务达到了该证明商标所设定的标准，就应当允许其使用该商标，所有人违反上述规定的任何一种均会导致已注册的证明商标被撤销（赵小平，2007）。

在美国，如果要求以证明商标的形式对原产地名称进行保护，则需要向美国商标初审及复审委员会提出申请。在审核方面，《美国商标法》《美国法典》中都规定了绝对禁止具有欺骗性的商标进行注册的条款。

和其他商标相比，证明商标有两个特点：首先，证明商标所有人不得使用商标，而只能许可他人使用；其次，证明商标不能区分不同企业的商品或服务，而是表明商品或服务具有某种共同的特征或来自某个共同地理区域。证明商标的所有人自己不生产商品或提供服务，因此也不监控商品和服务本身的质量或品质，但是证明商标所有人负责监控证明商标的使用，采取必要措施以确保使用商标的商品或服务符合证明商标的标准和要求（Giovannucci，et al.，2010）。由此可见，并不是只有地理标志可以注册为证明商标，证明商标也并不是一种只针对地理标志的专门保护。一般地讲,证明商标被认为是美国法律为了防止地理标志变成通用名词而采取的主要方法。地理标志和证明商标的关键区别就是地理标志必须要表明产品特征和产地之间存在特定的联系。因此,在美国,具有地理标志名称的产品,并不一定就说明产品具有特定的质量。

3.5.2 集体商标对地理标志的保护

根据《兰哈姆法》第45条规定,集体商标是由社团、协会或其他合作组织申请注册,用以表示该组织及其成员身份的标志,由其组织成员使用于商品或服务项目上,以区别非成员所提供的商品或服务,该种商标称之为集体商标。在美国有两类集体商标:一类是集体商品商标和集体服务商标;另一类是集体成员的身份标志。美国专利商标局下属的商标评审及上诉委员会对这两种集体商标的解释是:集体商品商标和集体服务商标是一个"集体",亦即一个协会、联盟、合作社、共济组织或其他有组织的集体团体所拥有的商标,集体本身并不通过集体商标出售商品或提供服务,只供其成员使用,但集体可以对其成员以此出售的商品或提供的服务进行广告宣传活动或以其他方式进行促销;而集体成员的身份标志是一种意在表明一个个人或法人是某一团体,如联盟、协会或其他组织,无论集体本身还是其成员都不能使用集体商标来标示和区分商品或服务,其唯一功能在于表明该集体商标的使用者是某一团体或协会的成员(赵小平,2007)。

集体商标为集体所拥有,通过集体商标对地理标志保护时,必须要满足集体商标拥有组织所设定的质量水平和其他要求,并且由组织本身对其进行控制。而在证明商标中,证明商标的所有人并不监控商品和服务本身的质量或品质,只是对证明商标的使用负责监控,采取必要措施以确保使用商标的商品或服务符合证明商标的标准和要求(Eleanor,2002)。

3.5.3 普通法对地理标志的保护

美国保护地理标志的另一方法是不经注册通过普通法来保护。如在*Institut National Des Appellations v.Brown-Forman Crop.*一案中,商标评审及上诉委员会认为,“干邑”作为普通法上的商标受到保护,在美国,消费者已经把“干邑”标志主要理解为指原产于法国“干邑”地区的白兰地而不是其他地方生产的白兰地。商标评审及上诉委员会认为,该异议者控制并限制了对该标志的使用,这符合地区性原产地的某些标准,可见,“干邑”是一个有效的、普法上的、地区性证明商标,而非一个通用词语。普通法对地理标志保护主要体现在以下两个方面,一是任何人不能获得使用地理名称的专有权,二是地理标志可以作为“财产”,禁止他人“盗用”(Tunisia,2005)。

3.5.4 葡萄酒地理标志的保护

针对葡萄酒和烈性酒,美国烟酒税收及贸易管理局对其进行严格管理。美国联邦烟酒枪械炸药局负责管理葡萄酒地理标志的使用,其保护的目的是使消费者获得葡萄酒来源的真实信息,免受虚假信息的欺骗。在美国联邦烟酒枪械炸药局颁布的条例中,也使用了“原产地名称”的用语,但美国法中的“原产地名称”只限于葡萄酒,并不包括其他产品,而且没有对自然因素和人文因素的保护做出明确规定。美国联邦烟酒枪械炸药局将葡萄酒地理名称分为通用名称、半通用名称、非通用非特有名称、非通用特有名称四类。葡萄酒原产地名称及其质量特征均可受到证明商标或集体商标的保护。与欧洲传统原产地名称制度相比,美国葡萄酒名称仅表明葡萄的原产地,并不涉及任何质量控制,美国关于葡萄栽培区的确认标准也并未涉及葡萄酒的风味、特征或质量,在美国的原产地名称制度中也没有任何有关葡萄酒感官品质的规定。此外,尽管在美国原产地名称制度中存在对葡萄栽培特征的要求,却看不到任何试图对葡萄品种或栽培工艺予以控制的意图(赵小平,2007)。

3.6 印度对地理标志的法律保护

印度是一个物产丰富的发展中国家,有许多享誉世界的地方特产,如印度香米、大吉岭茶等。尽管如此,在《1999年商品地理标志(注册与保护)法》和《2002年商品地理标志(注册与保护)条例》颁布之前,印度一直没有地理标志保护的专门立法,地理标志主要受消费者权利保护法、普通法假冒诉讼以及商标法的保护(Das,2006)。从1997年开始的长达5年的“Basmati之争”以及履行WTO的《TRIPS协定》的义务,促成了《1999年商品地理标志(注册与保护)法》的出台,随后在2002年对其进行了修改,并于2003年开始实施生效(Harsh,2006)。

3.6.1 普通法的保护

在印度,地理标志可以受到普通法原则的保护,即受到不法侵害的当事人可以提起假冒诉讼以保护其权利。*Scotch Association v.Pravara Sakhar Whisky Shakar Karkhana Ltd*就是印度法院以假冒诉讼保护地理标志的判例。根据这一判例,印度学者认为即使在没有任何有效的立法法规的情况下,印度司法也给予了地理标志充分的保护,而且这种保护早在《TRIPS协定》生效之前就已经存在。

法院可以给予以下民事救济:①禁令,包括单方禁令、中间禁令和最终禁令;②损害赔偿金,即法院可给予象征性的赔偿救济;③收益补偿,即除象征性赔偿之外的损害赔偿。但是在下列情况下,法院不得给予原告收益补偿之外损害赔偿(象征性赔偿除外)的救济:第一,就侵权诉讼而言,被告向法院表明:被告在使用本案诉争之地理标志时不知道也没有合理的理由知道原告的地理标志已经在注册簿上注册,且在被告知道了原告对该地理标志享有权利的事实后,立即停止了在该地理标志之注册商品上使用地理标志的行为;第二,就假冒诉讼而言,被告向法院表明:被告在使用本案诉争之地理标志时不知道也没有合理的理由知道该地理标志与原告有关,并正在使用中,且在被告知道该地理标志与原告有关的事实和性质后,立即停止了对该地理标志的使用(赵小平,2007)。

3.6.2 地理标志的商标保护

印度《1999年商标法》规定,商品地理来源的标记不得注册为商标,但是如果该标记在申请注册之前已经通过使用获得了显著性或者已经成为驰名商标的,则可以获得商标注册;此外,地理名称还可以作为证明商标或集体商标注册,作为证明商标注册的地理名称不再要求其具有显著性,但是,如果含有地理标志的商标所标示的商品并非来源于该地理标志所表示的地区,且这种商标的使用会使公众对商品的真实来源产生误认或混淆的,应当驳回该商标注册申请或宣告该注册无效;对于在《地理标志法》生效之前或者在该地理标志提出注册申请之前已经善意注册或提出注册申请的含有地理标志的商标,或者通过善意使用而取得商标权的商标,其效力不得因该商标与地理标志相同或相似而受到损害(王笑冰,2004)。

3.6.3 《1999年商品地理标志(注册与保护)法》

1. 印度保护法中的地理标志定义

《1999年商品地理标志(注册与保护)法》中有关地理标志的定义非常宽泛,在其第2(e)条中对地理标志的定义如下:"就商品而言,地理标志是指用于识别诸如农产品、天然产品或工业品等商品来源于或制造于一国领土内或其境内的某地区或地方,其质量、声誉或其他特征主要归因于其地理来源的标记;就工业品等商品而言,是指其生产、加工或制造等活动之一发生在该领土、地区或地方的产品",在该定义的附加说明中进一步解释道,就本条款而言,除国家名称之外的任何名称,如国家的地区或地方名称,只要满足条件都可以申请注册地理标志保护,这就为除地理名称之外的一些象征标记如Basmati等提供了受保护的机会(Kasturi,2010)。

跟《TRIPS协定》中有关地理标志的定义不同的是,在《1999年商品地理标志(注册与保护)法》第11条第2款却明确地提及"人文因素",每项注册申请必须表明该产品质量完全或主要归因于其地理环境之自然因素或人文因素。并且《1999年商品地理标志(注册与保护)法》第32条第1款规定,注册申请必须提供所涉及的详细的人类活动和特定人类技术因素的材料(Satish & Unnikrishnan,2006)。

2. 印度地理标志保护的注册程序

《1999年商品地理标志(注册与保护)法》设立了"地理标志注册簿",由地理标志注册处总部管理。注册簿分为A、B两部分,和地理标志注册有关的详细情况登记在A部,B部则登记地理标志的被许可使用人的详细情况。任何协会、生产者或者代表相关产品生产者利益的组织或机构均可提出地理标志注册申请,申请应当向地理标志注册处在该地理标志所在地的办事处提交。

《1999年商品地理标志(注册与保护)法》第11条第2款规定,注册申请必须具备以下内容(王笑冰,2004):

(1)该地理标志表明商品来源于某一国家领土或者其领土内某一地区或地方的声明,在适当的情况下,该声明还可以表明该商品具有完全或者主要归因于其地理环境之自然或人文因素的质量、声誉或者其他特征,以及该商品是在该领土或地区内生产、加工或者制造。

(2)作为该商品来源地或制造地之国家领土或其领土内的地区或地方的地理示意图。

(3)关于组成该地理标志的文字、图形,或者文字与图形之结合的具体说明。

(4)在对地理标志进行注册时如果也对地理标志使用者进行了注册登记,关于该使用者之详细情况的说明。

(5)其他应当说明的事项。

一旦接到地理标志保护注册申请,登记官会依法对其进行审查,一旦发现任何不足之处,就会给申请者发通知让其进行修改,申请人必须在接到通知后的一个月内返回修改。接下来,由登记处组织一群技术咨询专家去审查申请中所提供的详情正确与否。检查完之后,登记处根据有关规定对申请予以驳回或完全接受,或在对申请做适当修改或限制的前提下予以接受。相应地,根据技术专家咨询组织提供的建议,登记处会发布检测报告,在检测报告传达到申请人之后的两个月内可以提出异议。一旦申请人对检测报告中的异议进行了令人满意地解决,将对该地理标志注册予以接受,并公布在《地理标志杂志》上。从公布之日起,任何人均可在公布3个月内(如果有需要的话,也可以为4个月)通过书面的形式提出异议。如果在异议期内无人提出异议或对异议的裁决有利于申请人,登记官将该地理标志以及地理标志的被许可使用人予以注册。一旦申请注册了地理标志，登记官会发给每个申请人和被许可使用人一个具有地理标志批准的证明。注册的有效期为10年，期满可以续展。值得注意的是，提交申请之日起即被认定为登记日期。

3.7 日本对地理标志的法律保护

日本在传统上属于大陆法系国家，建立了相应的法律制度，制止经营者在产品上虚假标示产品的原产地，保护消费者的利益。这种不允许将地理标志注册专用、以防混淆误认为主要目的的制度可称为防御性保护模式，以满足《巴黎公约》的最低要求。《TRIPS协定》通过后，日本逐渐认识到了加强地理标志保护的重要性，增加了允许适格的主体按法律程序将地理标志进行注册，以寻求类似注册商标专用权的更有力的主动性保护模式。目前，日本形成了以《地理标志法》为主导，《商标法》为基础，《反不正当竞争法》为补充的地理标志保护制度。这种对地理标志的混合保护模式巩固了产品质量监控、品牌产品保护的制度体系。

3.7.1 《反不正当竞争法》

1934年3月27日，日本颁布了《反不正当竞争法》，1993年进行了全面修订。该法第2条对不正当竞争明确了定义，指对商品的原产地、质量等做出使人产生误解的表示，或是转让、销售标识使用上容易让人产生误解的商品，其第2条第1项中的15款条文详细列举了该法所禁止的所有不正当竞争行为（刘强，2011）。该法将假冒地理标志的行为和使用让人误认商品出处标志的行为，作为不正当竞争行为而加以禁止。所谓假冒地理标志的行为是指在商品或者广告中，或者以公众可以得知的方式在交易文件中使用虚假的地理标志，或者销售、出口使用此种标志的商品，而引起公众误认地理标志的行为。如“京の柿茶”一案中，“京”字在日本通常被认为指京都，被告在并不是在京都制造、加工，且材料中也不含有京都出产材料的柿叶茶上标注“京の柿茶”或者“KYO-TO KAKICHA”文字的行为，容易引起对商品原产地、质量的误认，构成不正当竞争行为。

从这部法律的本质上看，它规范的是经营者在交易中的行为，维护公平竞争的市场秩序，兼而保护消费者的利益。这应当是《反不正当竞争法》的范畴，起到明确禁止对包括商品服务地理来源在内的各种标识进行虚假表述的作用。但部分模糊词语的使用不属于禁止之列，对禁止表示的范围规定并不是很明确，而且该法没有关于商品质量要求的规定，不利于消费者了解商品的质量特征。

3.7.2 《商标法》

日本的《商标法》最早制定于1959年，《商标法》规定，原则上仅由地域名称和商品名称构成的商标不能登记注册，除非已获显著性或识别性，如伴有图形或图案，则允许登记注册。所谓获得显著性，是指依法不予注册的标识通过使用已经获得了独立于该标识原义的“第二含义”，使消费者能够通过它识别出商品或服务的提供者。

日本特许厅的《商标审查指南》在判定某一标识是否获得第二含义时，通常会考虑以下因素：第一，该标识使用在商品或服务上的事实；第二，使用开始、持续的时间、范围；第三，产品产量、销量、商业规模（比如店铺数量、销售区域、销量等）；第四，广告的方式、频率、内容；第五，在一般商贸报刊和网络上出现的次数及其内容；第六，关于消费者对该标识认知度调查的结果等（管育鹰，2011）。

日本《商标法》第3条第1款第三项所说的地名，并不局限于地理标志意义上的地名，而是包括任何可能导致误认来源的地名。在日本历史上，仅有少量的地理标志作为包含地名的标识被日本特许厅认定已获得第二含义成为注册商标。

2005年6月，日本对其《商标法》作了修订，增添了地域集体商标保护制度，允许具有较高财产价值的、由“产地名称+商品通用名称”组成的“地域团体商标”作为“团体商标”进行注册。这一新法于2006年4月1日生效。根据修改后的日本《商标法》,“地域名称”指在地域团体商标注册申请之前该地的申请人(协会)之成员已经使用来标示产品原产地或服务提供地的名称,包括与产品或服务紧密相连的地名及其简称。申请地域团体商标的主体可以是任何协会组织(须具有法人资格、依特定法律成立、没有正当理由不得拒绝符合条件的成员加入,或不得为潜在的成员增添比已有成员更苛刻的入会条件),以及符合以上这些条件的外国法人。可以注册的地域团体商标是由某协会组织或其成员使用,而且已经具有了一定知名度、能将消费者对相关产品或服务来源的识别指向该协会及其成员的商标。从日本《商标法》关于地理标志保护的新增条款来看,此类地域团体商标的注册只要求“一定的知名度”,这比《商标法》修改之前其第3条规定的必须已经获得第二含义、取得全国性周知之识别性的地名商标的注册要容易、灵活。与此同时,从程序方面看,日本特许厅也依据《商标法》的修改增加了关于地域团体商标审查的内容,使地理标志的注册相比前面提到的审查标准严格的地名商标容易。

3.7.3　以《地理标志法》为主导的日本农产品地理标志保护制度

跟其他发达国家一样,日本一直将知识产权战略作为提高国家核心竞争力的有效途径,自2002年提出“知识产权立国战略”以来,制定了较为完善的知识产权战略体系。在政府战略方针的指导下,作为日本农业的最高主管部门的农林水产省先后制定了相应的知识战略实施规划。日本国会于2014年6月18日审议通过《特定农林水产品等名称保护法》(即《地理标志法》),于2015年6月1日起生效,标志着日本正式以专门法的形式,对地理标志农产品实施保护。地理标志即是产地标志,也是质量标志,便于消费者获得产品质量信息,有助于消费者作出购买行为的判断,能减少假冒产品流通,保证消费者权益不受侵害。

日本农产品地理标志保护制度的内容主要有(王国华,2016):

1. 日本农产品地理标志保护法构建的目的

日本农产品地理标志保护法构建的基本目的是为地理标志提供制度化的保障,维护生产者利益,并振兴农林水产业,提高农产品品牌价值,保护消费者利益。能够同时维护生产者和消费者的利益,而《商标法》和《反不正当竞争法》无法收到此效果。

2. 日本农产品地理标志保护法保护的对象和内容

日本农产品地理标志保护法保护的对象包括食用农林水产品和饮料制品,酒类和医药品除外,部分非食用的农林水产品也受到该法保护。

3. 生产和加工团体的条件和作用

地理标志的申请人只能是生产或加工团体,由农林水产省负责审查,符合标准的农产品给予认证登记后,生产者需要按照产品质量标准组织生产,地理标志拥有者负责生产过程的管理,最终由农林水产省负责监督,以保证地理标志农产品的质量。地理标志是区域公共财产,加入团体的生产者的产品如果符合质量标准,也有资格使用地理标志。

4. 违法行为的惩罚措施

地理标志属于集体所有,如果集体成员生产和销售未达质量标准的地理标志农产品,或者集体成员之外的人不正当使用地理标志,农林水产省将会禁止或取缔侵权行为,必要时可以采取罚金或刑事拘留等惩罚措施。

5. 日本农产品地理标志保护法的其他规定

日本的地理标志保护制度规定没有显示出地理标志名称和产品名称的普通名称不能登记为地理标志。对于如何判断是否为普通名称,日本的规定是基于本国国情。如日本规定,地理名称可能为重复的地名情况下,要根据产品的原材料和实际产地进行判断。

此外,关于既有的商标能否申请为地理标志,日本的地理标志保护制度规定,原则上与既有商标名称相同或类似的商品不能登记为地理标志,但商标权人同意,可以申请登记为地理标志。

3.8 我国对地理标志的法律保护

尽管我国至20世纪80年代才将地理标志纳入法律保护的范畴,但从国际上看，作为《巴黎公约》《马德里协定》《TRIPS协定》等与商标有关的一些国际条约的协议成员国，我国很早就开始注意对地理标志/原产地名称进行保护。目前在我国，地理标志主要受法律（如《中华人民共和国商标法》等）和部门规章（如《地理标志产品保护规定》等）法律法规的保护。除此之外，地理标志还受到《中华人民共和国反不正当竞争法》《中华人民共和国产品质量法》《中华人民共和国消费者权益保护法》和《中华人民共和国农业法》等其他法律的保护，我国的地理标志法律保护制度已初见体系，并在实践中发挥了相应的积极作用（付启明，2009）。

3.8.1　我国地理标志保护发展历史

尽管1982年8月23日我国通过的《中华人民共和国商标法》没有涉及地理标志的条款，但实际上从1983年6月起，商标局就决定不再核准注册用行政区划名称构成的商标，这主要是为了防止与保护原产地名称产生矛盾（国家工商行政管理局商标局，1995）。1988年1月13日颁布实施的《中华人民共和国商标法实施细则》第六条规定，县级以上（含县级）行政区划名称和公众知晓的外国地名，不得作为商标。使用前款规定名称已经核准注册的商标继续有效。1993年7月15日国务院批准第二次修订的《中华人民共和国商标法实施细则》第六条在《中华人民共和国商标法》尚未明确规定的情况下将集体商标和证明商标纳入了注册商标的范围。1994年12月30日，国家工商行政管理局颁布了《集体商标、证明商标注册和管理办法》。《集体商标、证明商标注册和管理办法》对证明商标进行了定义，这是我国首次明确了以证明商标的形式来保护地理标志（谢冬伟，2003）。为了有效地保护我国的原产地域产品，规范原产地域产品专用标志的使用，保证原产地域产品的质量和特色，原国家质量技术监督局于1999年8月17日发布《原产地域产品保护规定》，明确了中国原产地域产品保护的法律地位，标志着有中国特色的原产地域产品保护制度的初步建立，并专门设立"原产地域产品保护办公室"，负责组织原产地域产品保护的审核和注册登记等管理工作。2001年新修正的《中华人民共和国商标法》正式增加了"地理标志"概念，第一次用法律的形式明确了对地理标志的保护，在其《中华人民共和国商标法实施条例》中明确规定，可以用集体商标、证明商标保护地理标志，并颁布了《集体商标、证明商标注册和管理办法》。2002年8月修改的《中华人民共和国商标法实施条例》又进一步规定，地理标志可以作为证明商标或集体商标获得保护。2004年12月7日，国家工商行政管理总局、农业部联合发布了《关于加强农产品地理标志保护与商标注册工作的通知》，对农产品的地理标志保护工作提出了指导性的意见。2005年6月7日，国家质量监督检验检疫总局发布生效《地理标志产品保护规定》，修订并充实了1999年8月17日由原国家质量技术监督局发布的《原产地域产品保护规定》，将1999年8月17日发布实施的《原产地域产品保护规定》和2001年4月1日开始实施的《原产地标记管理规定》的地理标志管理工作合二为一，对地理标志产品范围、管理机构、地理标志产品的注册程序以及对地理标志产品的保护与监督都作了明确的规定。至此，我国保护地理标志的制度和规则已基本建立起来。

3.8.2 《中华人民共和国商标法》对于地理标志的保护

我国现行的《中华人民共和国商标法》最早制定于1982年，分别于1993年、2001年和2013年进行了三次修订，2014年颁布了新的《中华人民共和国商标法实施条例》。《中华人民共和国商标法》对我国地理标志进行保护主要侧重于两个方面，一是从普通商标角度，禁止把地理标志注册为商标；二是从证明商标和集体商标角度，可以将之进行注册。

《中华人民共和国商标法》第十六条第二款把地理标志界定为："指标示某商品来源于某地区，该商品的特定质量、信誉或者其他特征，主要由该地区的自然因素或者人文因素所决定的标志。"

《中华人民共和国商标法》第十六条规定："商标中有商品的地理标志，而该商品并非来源于该标志所标示的地区，误导公众的，不予注册并禁止使用；但是，已经善意取得注册的继续有效。"

《中华人民共和国商标法》第十条规定："县级以上行政区划的地名或者公众知晓的外国地名，不得作为商标。但是，地名具有其他含义或者作为集体商标、证明商标组成部分的除外；已经注册的使用地名的商标继续有效。"

《中华人民共和国商标法实施条例》规定："商标法第十六条规定的地理

标志,可以依照商标法和本条例的规定,作为证明商标或者集体商标申请注册。以地理标志作为证明商标注册的,其商品符合使用该地理标志条件的自然人、法人或者其他组织可以要求使用该证明商标,控制该证明商标的组织应当允许。以地理标志作为集体商标注册的,其商品符合使用该地理标志条件的自然人、法人或者其他组织,可以要求参加以该地理标志作为集体商标注册的团体、协会或者其他组织,该团体、协会或者其他组织应当依据其章程接纳为会员;不要求参加以该地理标志作为集体商标注册的团体、协会或者其他组织的,也可以正当使用该地理标志,该团体、协会或者其他组织无权禁止。"

《中华人民共和国商标法》第三条规定:"集体商标,是指以团体、协会或者其他组织名义注册,供该组织成员在商事活动中使用,以表明使用者在该组织中的成员资格的标志。证明商标,是指由对某种商品或者服务具有监督能力的组织所控制,而由该组织以外的单位或者个人使用于其商品或者服务,用以证明该商品或者服务的原产地、原料、制造方法、质量或者其他特定品质的标志。"

《集体商标、证明商标注册和管理办法》对地理标志作为集体商标和证明商标的规定作了进一步深化。将地理标志作为集体商标申请注册时,申请人为来自该地理标志所标示的区域成员所组成的团体、协会或者其他组织,而不是通常的生产者或经营者。申请时应当递交主体资格、质量监控等相关证明文件。外国人或者外国企业申请以地理标志作为集体商标、证明商标注册的,申请人应当提供该地理标志以其名义在其原属国受法律保护的证明。对于证明商标和集体商标的公告、使用、许可他人使用及转让、转移做了限制性的规定,这些规定对以地理标志作为集体商标或证明商标注册的使用者和管理者的权利和义务作出了明确规定,对相关权利的行使作出了一定限制,以防止滥用这些权利。该管理办法第十二条规定:"使用他人作为集体商标、证明商标注册的葡萄酒、烈性酒地理标志标示并非来源于该地理标志所标示地区的葡萄酒、烈性酒,即使同时标出了商品的真正来源地,或者使用的是翻译文字,或者伴有诸如某某"种"、某某"型"、某某"式"、某某"类"等表述的,适用商标法第十六条的规定。"

3.8.3 我国农产品地理标志保护制度

2007年12月25日农业部发布的《农产品地理标志管理办法》是我国第二部专门规定地理标志保护制度的部门规章，规定了中国实行农产品地理标志的登记认定制度，并从申请与初审、审查与登记、使用规范与质量控制以及监督管理等方面进行了制度安排与规范。2008年8月8日又发布《农产品地理标志登记程序》和《农产品地理标志使用规范》，以配合《农产品地理标志管理办法》的实施，初步建立起一套中国农产品地理标志保护制度。

1. 农产品地理标志的定义

根据《农产品地理标志管理办法》规定："农产品地理标志，是指标示农产品来源于特定地域，产品品质和相关特征主要取决于自然生态环境和历史人文因素，并以地域名称冠名的特有农产品标志。"该定义适用的农产品，是来源于农业的初级产品，即在农业活动中获得的植物、动物、微生物及其产品，不包括经过工业加工的产品。

2. 我国农产品地理标志保护的管理体制

根据《农产品地理标志管理办法》，我国农产品地理标志保护管理体制的层次具体如下：

（1）农业部负责全国农产品地理标志的登记工作，农业部农产品质量安全中心负责农产品地理标志登记的审查和专家评审工作。农业部设立的农产品地理标志登记专家评审委员会，负责专家评审。农产品地理标志登记专家评审委员会由种植业、畜牧业、渔业和农产品质量安全等方面的专家组成。

（2）省级人民政府农业行政主管部门负责本行政区域内农产品地理标志登记申请的受理和初审工作。

（3）县级以上地方人民政府农业行政主管部门应当将农产品地理标志保护和利用纳入本地区的农业和农村经济发展规划，并在政策、资金等方面予以支持。

3. 我国农产品地理标志保护的行政程序

（1）农产品地理标志保护申请程序。

①农产品地理标志保护登记申请，由县级以上人民政府确定的农民专业合作经济组织、行业协会等社团法人或事业法人，向省级人民政府农业行政主管部门提出登记申请。

②省级人民政府农业行政主管部门对申请材料进行初审和现场核查，并提出初审意见，并将申请材料和初审意见报送农业部农产品质量安全中心。

③农业部农产品质量安全中心对申请材料进行审查，提出审查意见，并组织专家评审。专家评审工作由农产品地理标志登记评审委员会承担。经专家评审通过的，由农业部农产品质量安全中心代表农业部对社会公示。公示无异议的，由农业部做出登记决定并公告，颁发《中华人民共和国农产品地理标志登记证书》，公布登记产品的质量控制技术规范。

(2)农产品地理标志的监督管理。

县级以上人民政府农业行政主管部门会定期对登记的地理标志农产品的地域范围、标志使用等进行监督检查。农产品地理标志登记证书持有人和标志使用人，对地理标志农产品的质量和信誉负责。任何单位和个人不得伪造、冒用农产品地理标志和登记证书。国家鼓励单位和个人对农产品地理标志进行社会监督。从事农产品地理标志登记管理和监督检查的工作人员滥用职权、玩忽职守、徇私舞弊的，依法给予处分；涉嫌犯罪的，依法移送司法机关追究刑事责任。违反规定的，由县级以上人民政府农业行政主管部门依照《中华人民共和国农产品质量安全法》有关规定予以处罚。

3.8.4　我国《地理标志产品保护规定》体系

根据国家质量监督检验检疫总局颁布实施的《地理标志产品保护规定》，我国《地理标志产品保护规定》体系框架如下：

1. 地理标志产品的定义

根据《地理标志产品保护规定》第二条规定，所谓地理标志产品，“是指产自特定地域，所具有的质量、声誉或其他特性本质上取决于该产地的自然因素和人文因素，经审核批准以地理名称进行命名的产品”，包括“来自本地区的种植、养殖产品”和“原材料全部来自本地区或部分来自其他地区，并在本地区按照特定工艺生产和加工的产品”。

2. 我国地理标志产品保护的管理体制

根据《地理标志产品保护规定》,我国地理标志产品保护管理体制的层次具体如下:

(1)国家质量监督检验检疫总局负责统一管理我国的地理标志产品保护工作。主要职责是负责对初审后的地理标志产品保护申请的技术审查工作,以及对地理标志产品保护工作整体统一的监督管理。

(2)各地方出入境检验检疫局和质量技术监督局主要职责是依照职能负责开展地理标志产品保护工作。具体负责对当地地理标志产品保护、地理标志产品专用标志申请的初审(出入境检验检疫局主要负责对出口企业的地理标志产品保护申请的初审),以及负责对经国家质量监督检验检疫总局批准获得地理标志保护的地理标志产品进行保护、监督管理,对其中的违法行为进行查处和处罚。当地政府主要职责是负责指定地理标志产品保护的申请机构,并且负责提出申请地理标志保护产品的产地范围的建议。

(3)国家级和省级标准化行政主管部门主要职责是分别负责组织草拟并发布地理标志保护产品的国家标准和地方标准。

3. 我国地理标志产品保护的行政程序

(1)地理标志产品保护申请程序。

①地理标志产品保护申请,由当地县级以上人民政府指定的地理标志产品保护申请机构或人民政府认定的协会和企业提出,先向当地县级或县级以上质量技术监督部门提出地理标志产品的保护申请,出口企业的地理标志产品的保护申请向本辖区内出入境检验检疫部门提出。

②省级质量技术监督局和直属出入境检验检疫局,按照分工,分别负责对拟申报的地理标志产品的保护申请提出初审意见,并将相关文件、资料上报国家质检总局。

③国家质检总局对收到的申请进行形式审查。审查合格的,由国家质检总局在国家质检总局公报、政府网站等媒体上向社会发布受理公告;审查不合格的,应书面告知申请人。如果有关单位和个人对申请有异议的,可在公告后的2个月内向国家质检总局提出。国家质检总局按照地理标志产品

的特点设立相应的专家审查委员会，负责地理标志产品保护申请的技术审查工作，如果国家质检总局组织专家审查委员会对没有异议或者有异议但被驳回的申请进行技术审查，审查合格的，由国家质检总局发布批准该产品获得地理标志产品保护的公告。

（2）地理标志产品保护的违规处罚程序。

《地理标志产品保护规定》第二十四条明确规定："违反本规定的，可由质量技术监督行政部门和出入境检验检疫部门依据《中华人民共和国产品质量法》《中华人民共和国标准化法》《中华人民共和国进出口商品检验法》等有关法律予以行政处罚。"

第4章　农户茶叶类地理标志产品生产研究

农户作为地理标志产品生产主体之一，是地理标志产品供给的源头，其生产行为影响着地理标志产品产业的健康发展。农户从事地理标志产品生产的目的在于获得比普通产品更高的经济效益。可以认为，如果农户从事地理标志产品生产的经济效益大于普通产品，作为“理性人”的选择，在以后的一段时期一般仍会继续从事地理标志产品生产，如此下去，势必推动地理标志产品产业的发展。相反，农户则会通过改变农业生产投入要素的方向，调整农业生产的品种结构等。因此，从农户的角度，分析和发现影响农户地理标志产品生产的关键因素具有重要的现实意义。鉴于此，本部分以地理标志产品黄山毛峰茶、太平猴魁茶为例，把它们统称为黄山地理标志茶叶，通过对农户进行问卷调查，获取其地理标志产品生产数据，对影响农户黄山地理标志茶叶生产的主要因素进行分析和评价。

4.1　样本茶农基本情况

2010年3月至7月，组织黄山学院学生，通过实地抽样调查等方式，向茶农发放调查问卷，获得茶农茶叶生产的样本数据。在正式调查之前，先进行了预调查，在预调查基础上对调查问卷做了适当修改，共发放调查问卷600份，获得有效问卷556份。这些茶农主要来自黄山区、歙县、屯溪区、徽州区、祁门县不同乡镇的行政村，具有较大的覆盖面和代表性，本节将对样本茶农数据进行描述分析。

4.1.1 茶农总体情况说明

被调查的茶农总共有556户，共2424人，其中16~60岁人口1652人，家庭人口平均规模为4.36人。茶叶总生产面积6766亩，平均每户生产面积12.17亩，人均2.79亩。被调查者（茶农户主）多为男性，女性27人，男性529人，平均年龄43.57周岁，平均文化程度1.66。556户调查样本的基本特征指标详细情况见如表4–1所示。

表4–1 样本茶农基本特征

家庭规模（人）	劳动力（人）	生产面积（亩）	户主年龄（岁）	户主文化程度
4.36（0.047）	2.97（0.032）	12.17（0.690 ）	43.57（0.385）	1.66（0.24）

注：文化程度1=小学及以下，2=初中，3=高中（包括中专）及以上，劳动力指16~60岁的人口，括号内数值为均值标准差。

4.1.2 茶农主要品种茶叶的生产

（1）茶农茶叶生产特征。根据实际情况，按照茶农生产的主要茶叶品种将茶农进行了划分。茶农的农户数、茶叶生产面积、总产量以及单产情况如表4–2。

表4–2 茶农生产茶叶品种的主要指标

主要茶叶品种	户数（户）	生产面积（亩）	总产量（公斤）	单位面积产量（公斤/亩）
黄山毛峰茶	291	1721.40	11164.00	6.49
太平猴魁茶	265	5044.60	56016.00	11.10

在556户茶农中，有291户茶农生产黄山毛峰茶，有265户茶农生产太平猴魁茶，而在291户生产黄山毛峰茶茶农中，有172户生产地理标志黄山毛峰茶，119户茶农生产普通黄山毛峰茶。在265户生产太平猴魁茶农中，有156户生产地理标志太平猴魁茶，而109户茶农生产普通太平猴魁茶。可以看出，生产地理标志茶叶的有328户，生产非地理标志茶叶的有228户。表4–3为调查样本茶农茶叶生产基本情况。

表4-3 茶农茶叶生产情况

主要茶叶品种	茶农户数	地理标志茶叶(户)	比例	普通茶叶(户)	比例
黄山毛峰茶	291	172	59.1%	119	40.9%
太平猴魁茶	265	156	58.9%	109	41.1%
合　计	556	328	—	228	—

(2)茶农主要生产投入量。在2009年,样本茶农在茶叶生产过程中的主要投入如表4-4所示。

表4-4 样本茶农茶叶生产中的几项主要投入

主要茶叶品种	总成本(万元)	化肥(万元)	农药(万元)	其他费用(万元)
黄山毛峰茶	534.04	294.03	87.72	152.29
太平猴魁茶	4400.14	2077.96	956.87	1365.31
合计	4934.18	2371.99	1044.59	1517.60

4.1.3 茶农茶叶销售特征分析

1. 茶农茶叶销售的主要渠道分析

茶农茶叶销售的主要渠道有:①下乡收购的商贩;②当地贩运户;③自己直接销售到市场(茶叶批发市场、农贸市场);④当地企业或农民合作社。

调查结果表明,销售给下乡收购的商贩的茶农有108户,自己直接销售到市场的茶农有62户,销售给当地贩运户的茶农有36户,销售给当地企业或农民合作社的茶农有350户。具体结果如图4-1所示。

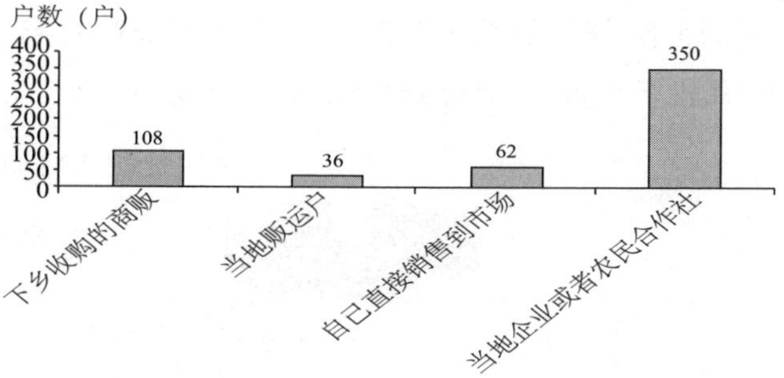

图4-1 样本茶农茶叶销售的主要销售渠道分析

2. 茶农茶叶销售方式比较

为了进一步考察茶农茶叶销售是否按照协议方式进行，把茶农茶叶销售方式分为非协议销售方式（临时收购）和协议销售方式（包括口头协议和书面协议）。在调查的328户地理标志茶叶生产茶农中，通过协议方式销售的有166户，占样本茶农的50.6%；而通过非协议方式销售的有162户，占样本茶农的49.4%。具体结果如图4–2所示。

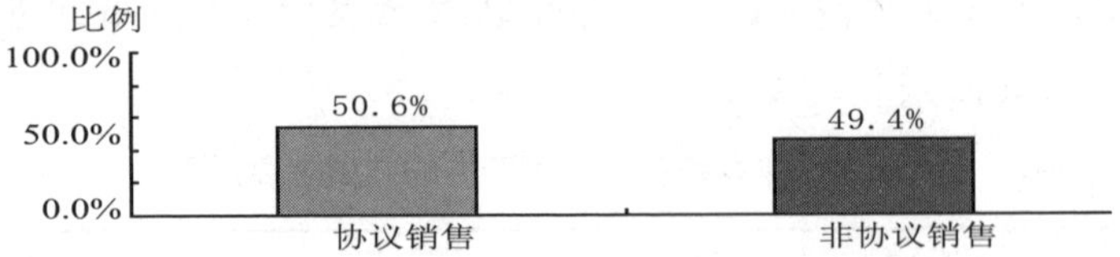

图4–2 328户样本茶农茶叶销售方式比较

4.2 茶农茶叶生产特征分析

4.2.1 茶农对黄山茶叶地理标志保护的认知

1. 茶农对黄山茶叶地理标志保护的了解程度

在调查茶农对黄山茶叶地理标志保护的了解程度时发现，茶农对黄山茶叶地理标志保护的了解程度有一定的差异，但总体认知程度较低。在调查中获得的556户样本茶农中，“比较了解”的茶农有117户，占样本茶农的21.0%，“听说过，但不了解”的茶农有243户，占样本茶农的43.7%，有35.3%的茶农选择了“从没听说过”。具体结果如图4–3所示。

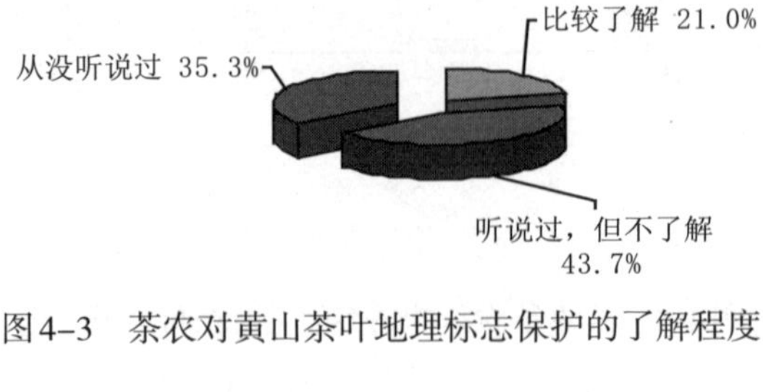

图4–3 茶农对黄山茶叶地理标志保护的了解程度

2. 茶农对黄山茶叶地理标志保护信息来源的判断

对“比较了解”和“听说过,但不了解”的茶农进一步研究发现,茶农了解黄山茶叶地理标志保护信息来源的渠道有5类,分别是“县乡镇农技部门”“合作社或茶叶企业”“电视、广播、报刊等媒体”“邻里亲戚介绍”以及“其他”。分析表明,通过“县乡镇农技部门”获取信息的有45.3%,通过“合作社或茶叶企业”获取信息的有65.8%,通过“电视、广播、报刊等媒体”获取信息的有23.1%,通过“邻里亲戚介绍”获取信息的有13.9%,通过“其他”渠道获取信息的有11.9%。可以看出,县乡镇农技部门以及合作社或茶叶企业是茶农了解地理标志保护信息的主要渠道。具体结果如表4-5所示。

表4-5 茶农对黄山茶叶地理标志保护信息来源的判断

主要渠道	频数(个)	比例
县乡镇农技部门	163	45.3%
合作社或茶叶企业	237	65.8%
电视、广播、报刊等媒体	83	23.1%
邻里亲戚介绍	50	13.9%
其他	43	11.9%

3. 茶农黄山茶叶地理标志保护相关知识的宣传培训参与情况

黄山茶叶地理标志保护相关知识的宣传培训是茶农了解地理标志保护信息的主要渠道之一,调查发现,这种宣传培训活动相对来说较少,在对556户茶农的调查中发现,认为这种活动“非常多”的茶农有137户,认为这种活动“有,但非常少”的茶农有219户,认为这种活动“没有”的茶农有200户,所占比例分别为24.6%、39.4%和36.0%,具体结果如图4-4所示。

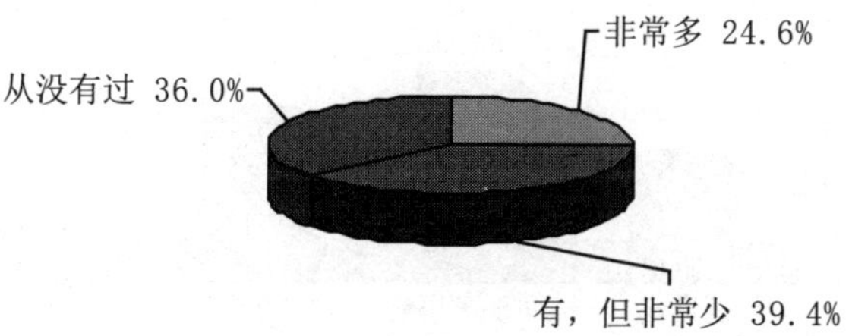

图4-4 茶农黄山茶叶地理标志保护相关知识的宣传培训参与情况

进一步的研究发现,被调查的茶农大部分认为这种宣传培训活动很有必要，但对宣传培训的相关内容的需求有所区别。茶农对宣传培训相关内容的具体需求主要包括5个方面：①地理标志保护相关法律法规知识；②茶叶栽培技术；③茶叶病虫害防治；④农药、化肥等投入品的安全使用规范；⑤其他。556户样本茶农的多选结果分析表明，茶农选择最多的是第①项，即地理标志保护相关法律法规知识，有458户，占样本茶农的82.4%；其次是第②项，即茶叶栽培，有406户，占样本茶农的73.0%；第③选项是茶叶的病虫害防治，有395户，占样本茶农的71.0%；农药、化肥等投入品的安全使用规范和其他分别为62.0%和7.2%。具体结果如图4-5所示。

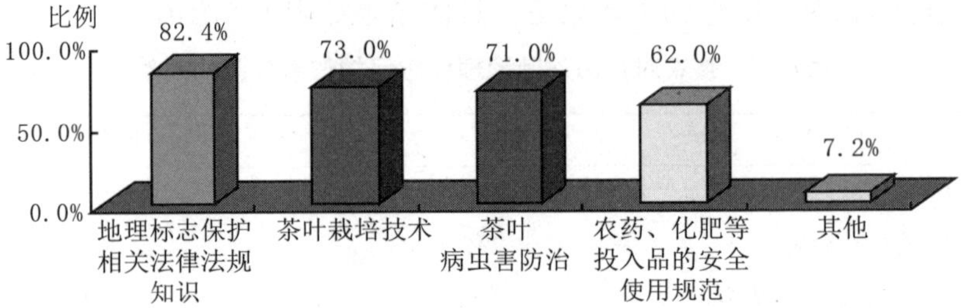

图4-5 茶农茶叶生产中的需求

同时，在宣传培训方式的选择上也表现出一定的差异性，茶农愿意接受的方式可以归纳为以下几种：①专题讲座（包括录像/电影）；②田间现场讲解；③发放资料（明白纸、解读手册、漫画等）；④其他。556户样本茶农的多选结果分析表明，其中最受茶农欢迎的是“田间现场讲解”，有470户，占样本茶农的84.5%；其次是“发放资料（明白纸、解读手册、漫画等）”，有375户，占样本茶农的67.4%；接下来是“专题讲座（包括录像/电影）”，有261户，占样本茶农的46.9%；选择“其他”有12.3%。具体结果如图4-6所示。

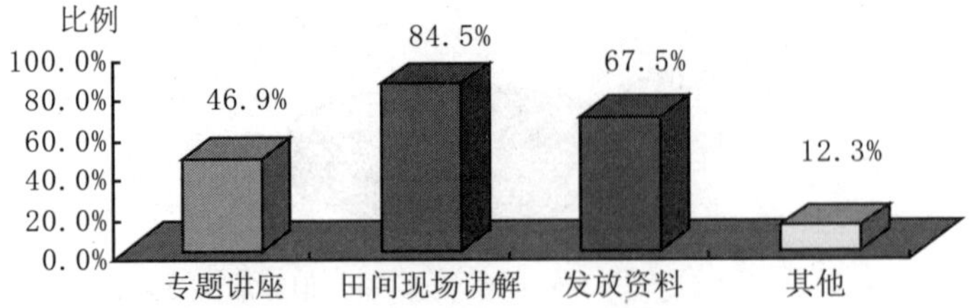

图4-6 茶农宣传培训方式的选择比较

4. 茶农对生产黄山地理标志茶叶的困难认识

作为地理标志茶叶供应的源头，了解茶农对生产黄山地理标志茶叶的困难认识有一定必要，茶农不生产地理标志茶叶的主要原因有：①黄山茶叶地理标志保护相关的知识了解太少；②文化水平低，生产技术比较麻烦，学不会；③生产方面的技术服务少，没人教；④黄山地理标志茶叶生产成本太高，不合算；⑤生产规模小，按不按黄山茶叶地理标志要求进行生产都无所谓。根据对样本茶农的多选结果分析表明，82.4%的茶农认为是对“黄山茶叶地理标志保护知识了解太少”，78.2%认为自己“文化水平低，生产技术比较麻烦，学不会”，81.2%认为地理标志茶叶“生产方面的技术服务少，没人教”，12.3%认为“黄山地理标志茶叶生产成本太高，不合算”，42.3%认为“生产规模小，按不按黄山茶叶地理标志要求进行生产都无所谓”。具体结果如图4-7所示。

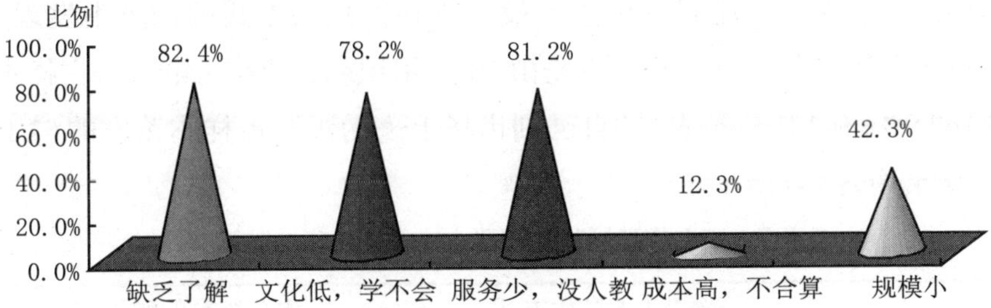

图4-7 茶农不生产地理标志茶叶的主要原因分析

4.2.2 茶农在生产过程中的主要投入品的情况分析

1. 茶农对茶叶农药残留的重视程度和品质的关注

茶农在黄山茶叶的生产过程中的主要投入品是农药和肥料。在通过对茶农是否重视茶叶中的农药残留的调查中发现，在556户样本茶农中，回答“很应该”的有291户，占样本茶农的52.3%，211户回答“应该”，占样本茶农的37.9%；只有54户回答“无所谓”，占样本茶农的9.7%。同时，556户样本茶农中，有520户茶农表示出对茶叶的品质“关注”，占总体样本的93.5%，而只有6.5%的茶农对茶叶品质“无所谓”。具体结果如表4-6所示。

表4-6 茶农对农药残留的重视程度和品质的关注

	茶叶农药残留的重视程度			品质关注度	
	很应该	应该	无所谓	关注	无所谓
频数(个)	291	211	54	520	36
频率	52.3%	37.9%	9.7%	93.5%	6.5%

2. 茶农农药肥料的购买方式及病虫害的防治方式

茶农在茶叶的生产过程中如何对病虫害进行防治会直接影响茶叶的质量。通过对茶农如何对病虫害的防治进行调查发现,茶农的病虫害防治的方式主要是“由相关组织或企业统一防治”,或通过其他方式,如“凭经验”“问熟人”“看说明书”等。

调查结果表明,在328户样本茶农中,有75户茶农是“由相关组织或企业统一防治”,占样本的22.9%;而通过其他方式的有253户,占样本茶农的77.1%。在茶农农药肥料这些生产投入资料的购买方式的调查中发现,在328户样本茶农中,有157户茶农是由“相关组织或企业统一购买”,占样本茶农的47.9%;有171户茶农是“自己到市场上去购买”,占样本茶农的52.1%。具体结果如表4-7所示。

表4-7 茶农农药肥料的购买方式及病虫害的防治方式

	病虫害的防治方式		农药肥料的购买方式	
	由相关组织或企业防治	其他	相关组织或企业统一购买	自己到市场上去购买
频数(个)	75	253	157	171
频率	22.9%	77.1%	47.9%	52.1%

4.2.3 茶农对有关主体的认知

1. 茶农对农民合作社相关组织的评价

茶农在茶叶的生产过程中,可能会加入各种农民合作社等相关组织,因此,有必要对茶农加入这些组织的情况进行考察。在328户样本茶农中,加入类似农民合作社等相关茶叶组织的茶农有239户,占328户样本茶农的72.9%,没有加入的茶农有89户,占328户样本茶农的27.1%。

对于这些农民合作社相关组织对增加茶农收入这方面的作用是否显著的调查表明，在239户样本茶农中，认为“比较大”的有172户，占样本茶农的72.0%；认为“不明显”的有39户，占样本茶农的16.3%；认为“没作用”的有28户，占样本茶农的11.7%。具体结果如表4-8所示。

表4-8　茶农加入农民合作社相关组织情况及对其作用评价

	茶农加入农民合作社相关组织情况		作用评价		
	是	否	比较大	不明显	没作用
频数（个）	239	89	172	39	28
频率	72.9%	27.1%	72.0%	16.3%	11.7%

2. 茶农对政府相关部门的评价

为了了解政府相关部门在茶农茶叶生产过程中发挥的作用，本研究调查了茶农对政府相关部门作用的认识。调查结果表明，在556户样本茶农中，认为政府作用“比较大”的有143户，占样本茶农的25.7%；认为“不明显”的有221户，占样本茶农的39.7%；认为“没作用”的有192户，占样本茶农的34.5%。这说明，虽然政府部门对茶农茶叶生产给予了一定支持，但大多数茶农认为自己并没有享受到政府支持所带来的积极影响。具体结果如图4-8所示。

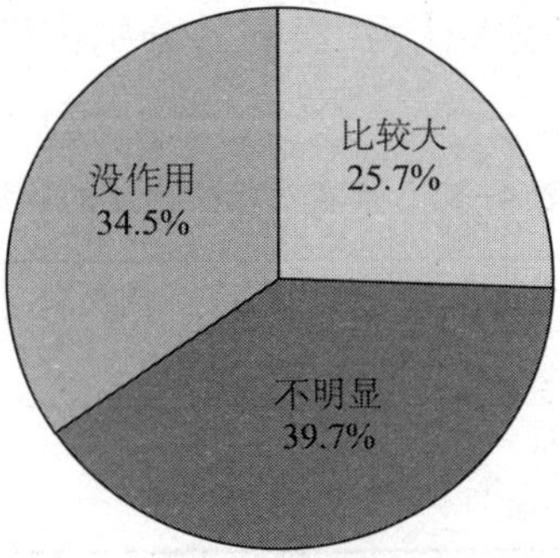

图4-8　茶农对政府作用的评价

因此，为了进一步发挥政府部门在茶叶生产中的作用，茶农认为政府部门应在以下方面开展支持工作（多选）：政策引导；宣传教育；技术辅导；资金支持；免费检测；规范市场。根据表4-9可以看出，茶农最希望得到技术辅导,其次是政策引导,然后依次是宣传教育、资金支持、免费检测、规范市场。

表4-9 茶农对政府部门应发挥的作用的期望

	频数(个)	频率
政策引导	452	81.3%
宣传教育	433	77.9%
技术辅导	472	84.9%
资金支持	420	75.5%
免费检测	164	29.5%
规范市场	92	16.5%

3. 地理标志茶叶生产茶农对相关企业的评价

茶农在从事地理标志茶叶的生产过程中,必然与相关企业发生联系,因此,茶农对相关企业的评价,在一定程度上表明茶农和企业的关系。在调查获得的328户地理标志茶叶生产茶农中,茶农对自己茶叶原料所销售的企业一般都比较熟悉。在调查茶农是否知道相关企业在收购茶叶原料时对茶叶原料尤其是品质(质量)方面有无特殊要求时发现,有171户"知道",有157户"不知道",分别占样本茶农的52.1%和47.9%,这表明大多数茶农都知道下游环节的企业对茶叶原料的品质(质量)有特殊要求。在企业是否组织过对茶叶生产相关知识或技术的指导培训方面的调查发现,有196户茶农认为企业"组织过",132户茶农认为"没有",分别占样本茶农的59.8%和40.2%。详细情况如表4-10所示。

表4-10 茶农对相关企业的认知评价

	是否知道企业对原料品质有特殊要求		企业是否组织过培训	
	知道	不知道	组织过	没有
有效样本(个)	171	157	196	132
所占比例	52.1%	47.9%	59.8%	40.2%

为了进一步发挥企业的带农作用,茶农认为企业今后应在以下方面开展支持工作(多选):①统一农资供应(包括农药肥料的购买和病虫的防治);②政策引导;③宣传教育;④生产技术辅导、培训;⑤资金支持;⑥其他。

根据调查结果(表4-11)可以看出,茶农首先希望企业在"统一农资供应(农药肥料的购买和病虫的防治)"方面发挥作用,占样本茶农的87.2%;其次是在“生产技术辅导、培训”方面发挥作用，占样本茶农的84.8%，第三是在“资金支持”方面发挥作用，占样本茶农的73.8%；第四是在“宣传教育”方面发挥作用，占样本茶农的65.9%，然后分别为“政策引导”和“其他”方面，占样本茶农的比例分别为12.2%和7.0%。具体结果如表4-11所示。

表4-11 茶农对企业应发挥的作用的期望

	频数(个)	频率
政策引导	40	12.2%
宣传教育	216	65.9%
生产技术辅导、培训	278	84.8%
资金支持	242	73.8%
统一农资供应	286	87.2%
其他	23	7.0%

4.2.4 本节小结

通过对黄山区、歙县、屯溪区、徽州区、祁门县不同乡镇行政村的茶农的问卷调查获得样本数据，在对数据调查结果进行描述性分析后，本节小结如下：

1. 茶农的基本情况分析

在调查的556户茶农中，有291户茶农家庭从事黄山毛峰茶的生产，其中，172户从事地理标志黄山毛峰茶叶生产，119户从事普通黄山毛峰茶生产。有265户茶农家庭从事太平猴魁茶生产，其中，156户从事地理标志太平猴魁茶生产，109户从事普通太平猴魁茶生产。总体来看，在品种上，黄山毛峰茶生产茶农比例高于太平猴魁茶生产茶农；在茶叶生产类别上，地理标志茶叶生产茶农比例高于普通茶叶生产茶农。

2. 茶农茶叶销售特征分析

根据问卷调查结果显示，茶农茶叶的销售渠道多种多样，最主要是直接销售给当地的企业或农民合作社，其次是销售给下乡收购的商贩，最后分别是自己直接销售到市场和销售给当地的贩运户。茶农地理标志茶叶的销售方式以协议销售（包括口头协议和书面协议）为主，非协议销售（临时收购）

比例略低一些。在地理标志茶叶的生产过程中，茶农普遍认为，跟普通茶叶的生产相比，地理标志茶叶生产成本高，茶叶的销售价格相对也要高些。

3. 茶农茶叶生产特征分析

(1)茶农对黄山茶叶地理标志保护的认知。

虽然大多数茶农都在从事地理标志茶叶的生产，但对黄山茶叶地理标志保护的了解程度还很低，只有21.0%的茶农对其“比较了解”，大部分都不是很了解，信息的主要来源是县乡镇农技部门、合作社或茶叶企业。同时，大部分茶农认为有必要开展黄山茶叶地理标志保护相关知识的宣传培训活动，并认为目前的宣传培训活动比较少。在宣传培训的内容以及宣传培训的方式上，不同茶农的认知存在一定的差异。对于目前黄山地理标志茶叶发展中的困难认识，主要可以归纳为对黄山茶叶地理标志保护相关的知识了解太少，以及生产方面的技术服务少，没人教。

(2)茶农生产过程中的主要投入品情况分析。

茶农对茶叶的品质关注程度比较高，有93.5%的茶农关注茶叶的品质，只有9.7%的茶农对此采取无所谓的态度。在茶叶生产过程中的生产资料如农药肥料的购买方式上，47.9%茶农由相关组织或企业统一购买，52.1%茶农是自己到市场上去购买。在茶叶病虫害的防治方式上，22.9%茶农是由相关组织或企业统一防治，77.1%茶农是通过其他方式，如“凭经验”“问熟人”“看说明书”等。

(3)茶农对有关主体的认知。

在茶农茶叶的生产过程中，政府相关部门、茶农合作社相关组织都发挥了不同程度的作用。茶农普遍认为，政府在茶农茶叶生产过程中发挥的作用还不是很大，但72.0%的茶农认为农民合作社相关组织发挥了很重要的作用。茶农认为，政府相关部门应该在技术辅导、政策引导、宣传教育方面发挥更加重要的作用，而茶叶企业则应该在统一农资供应、生产技术辅导、培训、资金支持等方面发挥更重要的作用。

4.3 地理标志保护制度对农户增收促进作用的实证研究

农业发展是我国新世纪经济发展战略的重点，提高农民收入是我国农业发展战略的重中之重。地理标志保护制度在我国实施以来，取得了较好的经济效益、社会效益和生态效益。目前，国内大多数研究都是从宏观、社会的角度关注地理标志保护制度的经济效益，而忽视了那些在地理标志产品供应中发挥积极作用的农民。为此，本节将从茶农的角度考察黄山茶叶地理标志保护制度对茶农茶叶生产收入的影响。

4.3.1 数据来源及基本统计描述

本节研究的数据主要来源于实地调查。为了分析黄山茶叶地理标志保护对从事茶农收入是否有显著影响，本研究运用2010年3月至7月调查获得的556户茶农茶叶生产的截面数据，分品种(黄山毛峰茶、太平猴魁茶)进行实证分析。表4-12给出了调查样本的基本情况。

表4-12 调查样本茶农的家庭劳动力、每亩收入和每亩成本

	黄山毛峰茶	太平猴魁茶
家庭劳动力	3.06(0.043)	2.87(0.046)
每亩收入	0.598(0.005)	1.824(0.011)
每亩成本	0.315(0.002)	0.878(0.003)

注：生产规模单位为亩，每亩收入单位为万元/亩，每亩成本单位为万元/亩，括号内数值为均值标准差。

4.3.2 研究方法与研究结果分析

1. 经济模型的确立

本书建立如下实证方程：

$$\ln Y_i = a_0 + a_1 X_1 + a_2 \ln X_2 + a_3 \ln X_3 + \mu \tag{4.1}$$

其中，Y为茶农每亩茶叶收入，i=1，2分别表示黄山毛峰茶、太平猴魁茶，方程中选用的解释变量主要包括茶农生产基本投入要素以及一个表示茶农是否是地理标志茶叶生产的虚拟变量。茶农生产基本投入要素主要包括茶叶生产中每亩总资金投入X_2和劳动力投入X_3。本模型的关键是在方程中引入了一个虚拟变量X_1，以表示茶农是否是地理标志茶叶生产，其中X_1=1表示是，X_1=0表示否。引入该变量的主要目的是为了考察黄山茶叶地理标志保护制度对茶农从事地理标志茶叶生产收入是否产生显著影响。

目前，国内学界主要从受到地理标志保护后最终产品价格上涨了多少来认定是否对收入产生影响，而最终产品的生产者大多数是企业，所以，地理标志保护制度的主要受益者可能是生产企业，而非提供原料的茶农。因此，很有必要对地理标志保护制度的实施对农民的收入是否有显著影响进行研究。从茶农茶叶生产的投入产出角度看，影响茶农茶叶收入的因素主要包括资金、劳动力、土地三大要素。由于被解释变量是茶农每亩茶叶收入，故茶叶生产中投入的土地因素不用考虑。劳动力因素在本书用茶农每户家庭劳动力数来反映，资金因素主要用总的生产资金投入来考虑，其他一些诸如环境影响因素在这里就不再考虑。

2. 模型估计结果和解释

运用SPSS17.0，采用最小二乘法来拟合回归函数，回归结果如表4-13所示。

表4-13　模型估计结果

	黄山毛峰茶	太平猴魁茶
地理标志虚拟变量X_1	0.814***	0.837***
投入要素X_2	0.058*	0.060*
投入要素X_3	0.077**	0.080**
经过调整R^2	0.675	0.689

注：*表示在10%水平下显著；**表示在5%水平下显著；***表示在1%水平下显著。

从回归结果可以看出，资金投入、劳动投入、地理标志保护对茶农从事茶叶生产的收入有着一定的影响，存在正相关关系，但影响程度不同。具体来说，对解释变量资金投入和劳动投入的检验结果进行比较可以发现，资金投入的解释力相对较差些，该变量在10%显著水平显著，而劳动投入在5%

显著水平下显著。结果和黄山茶叶产业发展的特点比较吻合，茶叶是资源密集型和劳动密集型产业，并非资金密集型产业，茶叶生产主要利用其生长机能，受黄山资源环境的影响。我们最关注的解释变量地理标志茶叶生产情况X_1对于被解释变量茶农茶叶收入Y解释力很显著，在1%水平下显著。可以说明，黄山茶叶地理标志保护制度实实在在地改善了茶农生产收入，验证了先前的假设。

4.4 农户茶叶类地理标志产品生产经济效益的实证研究

茶农是黄山地理标志茶叶生产链的基础，是茶叶供给的源头。茶农从事地理标志茶叶生产的目的在于获得比普通茶叶更高的经济效益。可以认为，如果茶农从事地理标志茶叶生产的经济效益大于从事普通茶叶生产的经济效益，作为“理性人”采取的行为，在今后一段时期仍会继续选择从事地理标志茶叶生产，如此下去，势必推动黄山地理标志茶叶产业的发展。相反，茶农则会通过改变农业生产投入要素的方向，调整农业生产的品种结构等。例如，如果某个茶农在生产地理标志茶叶的过程中，无法获得比较收益，那么茶农就可能将原来从事地理标志茶叶生产的要素转用到其他农产品的生产，或者从事普通茶叶的生产。如果茶农从事地理标志茶叶生产在于获得比较效益，并用地理标志茶叶经济效益表示茶农从事地理标志茶叶生产的目的，那么，会有哪些因素影响茶农地理标志茶叶生产的经济效益，以及它们的影响程度有多大，这些都需要进行验证。为此，本节主要针对328户地理标志茶叶生产茶农进行研究，进一步深入考察影响其地理标志茶叶生产经济效益的因素以及它们的影响程度。

4.4.1 理论假设

根据农产品供给理论和现实状况，作出如下假设：

假设1：茶农从事地理标志茶叶生产的经济效益与茶农家庭自身基本特

征因素相关。茶农家庭自身基本特征因素变量主要用茶农家庭平均年龄、平均文化程度以及人均生产面积等表示，各因素的影响方向与影响程度待定。

假设2：茶农黄山地理标志茶叶生产投入特征变量影响茶农的生产经济效益。这些特征主要包括专用设施投入、农药肥料的购买方式、病虫害的防治方式、农药残留的重视程度、地理标志保护制度认知等因素，影响情况根据具体特征而定。

假设3：茶农从事地理标志茶叶生产的经济效益受其外部市场特征影响。茶农市场特征主要包括销售方式、企业是否返利、企业质量要求、企业技术指导等因素，影响情况根据具体特征而定。

假设4：政府相关部门以及茶农参与农民合作社等相关组织对茶农从事地理标志茶叶生产有一定影响。政府相关部门在地理标志茶叶生产过程中发挥作用大小的判断与茶农地理标志茶叶生产的经济效益正相关。而参与了农民合作社等相关组织的茶农可以获得较高的经济效益。

综合上述分析，影响茶农地理标志茶叶生产经济效益各因素及其影响方向具体情况如表4–14所示。

表4–14　变量定义与赋值及各变量对茶农地理标志茶叶生产经济效益的预期影响方向

变量名称	变量定义	均值	预期影响方向
因变量（Y）			
比较收益率		1.18	
自变量（X）			
茶农家庭自身基本特征			
平均年龄X_1		42.62	?
平均文化程度X_2	1=小学及以下；2=初中；3=高中（包括中专）及以上	2.02	+
人均生产面积X_3		4.94	?

续表

变量名称	变量定义	均值	预期影响方向
茶农生产特征			
专用设施投入 X_4	1=500元以下;2=500～2000元;3=2000元以上	2.49	?
农药肥料的购买方式 X_5	0=其他;1=统一购买	0.48	+
病虫害的防治方式 X_6	0=其他;1=统一防治	0.23	+
农药残留的重视程度 X_7	1=很应该;2=应该;3=无所谓	1.57	–
地理标志保护制度认知 X_8	1=从没听说过;2=听说过,但不了解;3=比较了解	1.86	+
茶农市场特征			
销售方式 X_9	0=其他;1=协议销售	0.51	+
企业是否返利 X_{10}	0=否;1=是	0.40	+
企业质量要求 X_{11}	0=不知道;1=是	0.52	+
企业技术指导 X_{12}	0=没有;1=组织过	0.60	+
茶农外部环境特征			
茶农加入农民合作社组织 X_{13}	0=否;1=是	0.73	+
政府作用 X_{14}	1=没作用;2=不明显;3=很有用	1.83	+

注:预期影响符号中“+”表示正相关,“–”表示负相关,“?”表示不清楚。

4.4.2 茶农地理标志茶叶生产经济效益模型

1. 理论模型

根据农业生产函数理论,可以构建茶农地理标志茶叶生产经济效益理论模型。按照生产函数的一般理论模型,模型中假定影响茶农地理标志茶叶生产经济效益的变量包括:茶农家庭自身基本特征,茶农生产特征,茶农市场特征等。该理论模型可以用如下公式表示:

$$R_i = f(JT_i, TR_i, SC_i, HJ_i, \sigma) \tag{4.2}$$

在上式中，R_i表示第i家茶农从事地理标志茶叶生产的比较收益率，JT_i为茶农家庭自身基本特征向量，TR_i为茶农地理标志茶叶生产投入特征向量，SC_i为茶农市场特征向量，HJ_i为茶农外部环境特征，主要包括政府相关部门、是否加入茶农合作社等相关组织对茶农地理标志茶叶生产的影响变量，σ为随机因素。函数$f(.)$为某种特定的函数形式，这种函数形式可以为线性的，也可以是非线性的。本书在综合考虑多种因素的基础上，最终决定采用多元线性模型的形式。在变量的选择方面，一般按照显著性和变量的重要性两个标准进行综合决定与取舍，因此，在模型中，包含了一些不显著的变量，甚至与理论相悖的变量，之所以这么做，主要是便于更好地对现实情况进行解释。

之所以选用茶农从事地理标志茶叶生产的比较收益率作为衡量茶农地理标志茶叶生产的经济效益，这是因为，仅仅从地理标志茶叶和普通茶叶的价格比较进行分析是不够的，必须结合地理标志茶叶的投入成本。因为根据实际情况，茶农在生产地理标志茶叶和普通茶叶时，其生产投入不可能是不变的。为此，采取单位地理标志茶叶的成本与单位地理标志茶叶销售价格比较的方法。在计算地理标志茶叶与普通茶叶单位产品比较投入成本和单位产品比较销售价格的基础上，按最终产品产量计算单位地理标志茶叶的比较收益率。

用R_{gi}^{R}表示茶农每亩地理标志茶叶生产比较收益率，茶农每亩地理标志茶叶的比较收入用P_{gi}^{R}表示，用C_{gi}^{R}表示茶农每亩地理标志茶叶的比较成本。茶农每亩地理标志茶叶生产比较收益率可以表示为：

$$R_{gi}^{R}=\frac{P_{gi}^{R}}{C_{gi}^{R}}=\frac{P_{gi}^{G}/P_{gi}^{C}}{C_{gi}^{G}/C_{gi}^{C}} \tag{4.3}$$

在上式中，下标g表示茶农，i为第i个样本，$i\in 1\sim n$，p表示茶农每亩茶叶的销售收入，C表示茶农每亩茶叶的生产成本，上标G表示地理标志茶叶，上标C表示普通茶叶。式中的组合符号的含义分别是P_{gi}^{G}表示茶农地理标志茶叶每亩茶叶的销售收入，P_{gi}^{C}表示茶农普通茶叶每亩茶叶的销售收入，C_{gi}^{G}表示茶农地理标志茶叶每亩生产成本，C_{gi}^{C}表示茶农普通茶叶每亩生产成本。

2. 实证计量经济模型建立

为了进一步深入考察影响茶农地理标志茶叶生产经济效益的因素，根据经济数据和实证模拟情况以及前文的分析，本书选取茶农黄山地理标志茶叶生产的比较收益率作为因变量，选取下列因素作为自变量：①茶农家庭自身基本特征，主要包括茶农家庭主要劳动力平均年龄、平均文化程度以及人均生产面积。②茶农生产特征，主要包括专用设施投入、农药肥料的购买方式、病虫害的防治方式、农药残留的重视程度、地理标志保护制度的认知等因素[①]。③茶农市场特征，主要包括销售方式、企业是否返利、企业质量要求、企业技术指导等因素。④茶农外部环境特征，主要包括政府在茶农地理标志茶叶生产中发挥的作用以及茶农是否加入农民合作社等相关组织。

为此，本书建立如下实证方程：

$$Y = a_0 + a_1X_1 + a_2X_2 + a_3X_3 + a_4X_4 + a_5X_5 + a_6X_6 + a_7X_7 + a_8X_8 + a_9X_9 + a_{10}X_{10} + a_{11}X_{11} + a_{12}X_{12} + a_{13}X_{13} + a_{14}X_{14} + \sigma \tag{4.4}$$

其中，Y为茶农每亩地理标志茶叶生产的比较收益率，方程中选用的解释变量主要包括茶农家庭自身基本特征、茶农生产特征、茶农市场特征、茶农外部环境特征。$X_1 \sim X_3$为茶农家庭自身基本特征变量，$X_4 \sim X_8$为茶农生产特征变量，$X_9 \sim X_{12}$为茶农市场特征变量，$X_{13} \sim X_{14}$为茶农外部环境特征变量，a_0、a_1、a_2、a_3、a_4、a_5、a_6、a_7、a_8、a_9、a_{10}、a_{11}、a_{12}、a_{13}、a_{14}为待估参数。模型中各变量的选取、定义及统计数据如表4–14所示。

3. 计量结果分析

根据茶农地理标志茶叶生产的实际情况，运用茶农地理标志茶叶生产的经验数据，建立茶农地理标志茶叶生产经济效益的实证模型，模型参数与参数的统计检验结果如表4–15所示。

---

① 由于在328户调查样本中，98.2%的茶农都比较关注茶叶品质，因此没将其作为自变量放在方程中。

表4-15 茶农地理标志茶叶生产经济效益模型参数估计

变量特征/变量名称	系数		标准化系数	参数检验	
	B	Std.Error	Beta	t	Sig.
茶农家庭自身基本特征					
平均年龄 X_1	.001	.001	.035	.765	.445
平均文化程度 X_2	.007	.015	.020	.440	.660
人均生产面积 X_3	.001	.002	.040	.770	.442
茶农生产特征					
专用设施投入 X_4	.015	.009	.088	1.768*	.078
农药肥料的购买方式 X_5	.110	.013	.422	8.397***	.000
病虫害的防治方式 X_6	.060	.014	.194	4.175***	.000
农药残留的重视程度 X_7	.020	.009	.098	2.094**	.037
地理标志保护制度认知 X_8	.015	.008	.084	1.788*	.07
茶农市场特征					
销售方式 X_9	.036	.013	.139	2.845***	.005
企业是否返利 X_{10}	.032	.012	.119	2.638***	.009
企业质量要求 X_{11}	.031	.012	.118	2.533**	.012
企业技术指导 X_{12}	.024	.013	.091	1.797*	.073
茶农外部环境特征					
茶农加入农民合作社组织 X_{13}	.036	.013	.122	2.654***	.008
政府作用 X_{14}	.014	.008	.080	1.710*	.088

注:***表示在0.01水平显著,**表示在0.05水平显著,*表示在0.1水平显著。

根据回归模型的方差检验,计算模型假设检验统计量F=16.071,在给定显著水平α=1%情况下,即P(F > $F_{1-}\alpha$)=0.01时,查表得到为$F_{1-}\alpha$(p,n−p−1)为F0.99(14,313)=2.139,拒绝原假设,表示模型回归系数在一定程度上反映了这些自变量与因变量之间存在相关关系,总体上有显著影响。再从相关系数R=0.647,判决系数R^2=0.418来看,模型拟合优度(Goodness of fit)的相关系数R(n−2)=1%的临界值=0.1420,结果R > R(n−2)临界值,表明自变量与因变量之间有极显著的线性关系。因此,从总体来看,模型有很强的拟合能力,可以用于茶农地理标志茶叶生产经济效益的经济学分析。

从模型的参数检验结果来看,多数达到了极显著水平,说明所估计的多数参数可用于分析。模型参数的经济含义及解释如下：

(1)茶农家庭自身基本特征方面。变量主要包括茶农家庭主要劳动力平均年龄、平均文化程度和人均生产面积，从这三个变量来看，他们的方向与因变量的方向一致，但对因变量的影响不显著，因此，假设的影响方向基本通过，但影响的显著性未通过。

(2)茶农生产特征方面。变量主要包括专用设施投入、农药肥料的购买方式、病虫害的防治方式、农药残留的重视程度等因素，这些变量对茶农从事地理标志茶叶生产的经济效益有显著影响，但显著性和影响程度各有不同。

从模型计量结果看，专用设施投入变量在10%水平上通过显著检验，回归系数为正，这说明，茶农通过增加专用设施的投入可以增加茶农地理标志茶叶生产的经济效益。农药肥料的购买方式和病虫害的防治方式这两个变量在1%水平上通过显著检验，回归系数为正，符合理论要求。对于茶农农药残留的重视程度这个变量，从模型计量结果看，这个变量在5%水平上通过显著检验，但回归系数为正。这也就是说，对茶叶农药残留不是特别重视的茶农，其生产经济效益相对要高些，反过来说，与这些不重视农药残留的茶农相比较而言，那些重视农药残留的茶农地理标志茶叶生产的经济效益要低些。这似乎跟理论存在着矛盾，但如果深入思考，不难发现，在实际中，对茶叶中农药残留比较重视的茶农，可能在自家茶叶的生产过程中更加严格要求，导致增加成本从而使经济效益较低。在茶农对地理标志保护制度的认知水平变量上，从模型计量结果看，这个变量在10%水平上通过显著检验，回归系数为正，符合理论要求。将有关变量综合考虑，模型的理论假设2通过了假设检验。

(3)茶农市场特征方面。在茶农与茶叶企业销售方式方面，从模型计量结果看，这个变量在1%水平上通过显著检验，回归系数为正，这跟实际结果相符合，符合理论要求。对企业是否会对茶农进行利润返还方面，从模型计量结果看，这个变量在1%水平上通过显著检验，回归系数为正，符合理论要求。在企业是否对茶农提供技术指导方面，从模型计量结果看，这个变量在10%水平上通过显著检验，回归系数为正，符合理论要求。对于茶农是否知道企业对茶叶有质量要求方面，从模型计量结果看，这个变量在5%水平上通过显著检验，回归系数为正，也就是说，清楚企业对茶叶有质量要求的茶农其生产经济效益更高，符合理论要求。将有关变量综合考虑，茶农模型的理论假设3通过了假设检验。

(4)茶农外部环境特征方面。变量主要包括政府相关部门在茶农地理标志茶叶生产中发挥的作用以及茶农是否加入农民合作社等相关组织。这两个变量对茶农地理标志茶叶的生产经济效益存在一定的影响，但影响程度存在一定的区别。具体来说，茶农加入农民合作社等相关组织能明显地提高其生产经济效益，从模型计量结果看，这个变量在1%水平上通过显著检验，回归系数为正，符合理论要求。在茶农从事地理标志茶叶的生产过程中，政府相关部门发挥的作用在理论上是值得肯定的。从模型计量结果看，这个变量在10%水平上显著，符合理论预期。

4.4.3 本节小结

本节从茶农的视角出发，采用计量经济学方法，实证分析了黄山茶叶地理标志保护制度对茶农从事茶叶生产收入的影响及影响茶农地理标志茶叶生产经济效益的主要因素。

(1)通过对生产地理标志茶叶和生产普通茶叶的茶农的比较发现，黄山茶叶地理标志保护制度已有效地改善了茶农茶叶收入。从比较结果看，资金投入、劳动投入、地理标志保护对茶农从事茶叶生产收入都存在着一定正向的影响，但影响程度不同，其中，资金投入影响在10%水平上显著，劳动力投入变量在5%水平上显著，而地理标志茶叶生产情况对茶农茶叶生产收入影响最为显著。这说明黄山茶叶地理标志保护制度已有效改善了茶农茶叶生产收入。

(2)如何对茶农从事地理标志茶叶生产是否具有经济性进行衡量，本节通过对茶农地理标志茶叶与普通茶叶的产出—投入进行比较分析，构建了茶农地理标志茶叶生产经济比较收益率指标并进行分析。通过以328户地理标志茶叶生产茶农为例，实证分析了影响茶农地理标志茶叶生产经济效益的主要因素。总体而言，在茶农从事地理标志茶叶生产的过程中，其生产经济效益表现各异，是多种因素综合作用的结果。在茶农家庭自身基本特征方面，茶农家庭平均年龄、平均文化程度和人均茶叶生产面积对茶农从事地理标志茶叶生产的经济效益有一定的影响，但影响不是很显著。在茶农地理标志茶叶生产特征方面，茶农茶叶生产专用设施的投入、农药肥料的购买方式和病虫害的防治方式以及茶农对农药残留的重视程度等对茶农从事地理标志茶叶生产的经济效益产生了显著的影响。

在茶农市场特征方面，茶农是否是通过协议的方式与茶叶企业进行交易、是否知道企业对质量有所要求、企业对茶农的茶叶生产是否进行技术指导以及对茶农提供利润返还对茶农从事地理标志茶叶生产的经济效益产生了积极的影响。

在茶农外部环境特征方面，茶农是否加入农民合作组织以及政府相关部门在茶农地理标志茶叶生产中发挥的作用，对茶农黄山地理标志茶业的生产经济效益产生了一定的影响。

由此可见，茶农从事地理标志茶叶生产的经济效益是多种因素综合作用的结果，且有其内在规律性。显然，此结论的政策含义在于，要想提高茶农从事地理标志茶叶生产的经济效益，只有针对这些影响因素采取有针对性的措施，这样才能达到切实提高茶农从事地理标志茶叶生产的效果。

4.5　农户茶叶类地理标志产品生产行为研究

意愿，即愿望，也就是希望将来能达到某种目的的想法。茶农地理标志茶叶生产意愿是指在某些条件的许可（或约束）下，茶农主观上是否愿意从事地理标志茶叶生产活动，实现自己目标的想法。黄山地理标志茶叶的生产必须以茶农为基础，茶农对地理标志茶叶的生产影响着黄山地理标志茶叶产业的发展。因此，了解茶农未来地理标志茶叶的生产意愿，有利于把握茶农从事地理标志茶叶生产的态度；深入了解茶农选择的依据和原因，对有效推进茶农地理标志茶叶生产，具有重大的现实意义。

4.5.1 农户茶叶类地理标志产品生产行为的理论基础——农户行为理论

1. 农户行为理性分析

所谓理性是指经济主体在面临选择时，能够利用自己所搜集到的信息，选择一个能够使其效用最大化的方案（张晓凤等，2010）。有关农户行为理性的研究分为三个主要学派。

其一是以美国西奥多·W·舒尔茨（1987）为代表的理性小农学派。完全理性假设是指经济主体能够充分利用自己所搜集到的信息，去估计不同结果的各种可能性，然后最大化其期望效用。具体而言，完全理性意味着，第一，不存在不确定性，即行为的结果要么是确定的，要么只存在概率分布已知的风险，不存在弗兰克·奈特意义上的不确定性；第二，行为人具备完备的计算和推理能力，同时也不存在感性因素对选择的干扰；第三，行为人可以设计出所有的可选方案，有能力预计各自的结果，并做出比较；最后，行为人可以确定地赋予每项行动结果一个具体的量化效用。西奥多·W·舒尔茨提出的“农民理性”论断，促进了传统的西方经济学在农民问题研究上的进展。西奥多·W·舒尔茨（1987）认为，在传统农业时期，农户对各种生产要素的配置是完全有理性的，能够合理利用所掌握的各种资源对刺激做出及时、正确的反应；认为影响农户投资决策行为的因素与影响资本主义企业经济行为的因素相同，即投入和产出之间的比较。作为一个“经济人”，农户在购买生产要素，从事农业生产经营活动时，无不力求以最小的投入获取最大的产出。为了获得最大的利润，农民在进行农业生产资源的分配时，事实上总能够很好地考虑到边际成本与边际收益之间的关系。传统农业之所以停止增长，主要是由于传统农业中要素边际投入的收益递减，改造传统农业所需要的是合理成本下的现代要素投入，一旦在现有价格水平上，现代技术要素投入能保证获得社会平均水平以上的收益，农户将会和一般的资本主义企业一样，成为利润最大化的追求者。

其二是以西蒙为代表的有限理性学派，认为人的理性是有限的，人类的行为中理性、非理性同时存在。西蒙认为，完全理性的经济人模式有两个缺陷，第一，人不可能是完全理性的，人们很难对每个措施将要产生的结果具有完全的了解和正确的预测，相反，人们常常要在缺乏完全了解的情况下，一定程度地根据主观判断进行决策。第二，由于人们的能力有限和决策过程的成本限制，决策过程中不可能将每一个方案都列出来，人们所作的决策不是寻找一切方案中最好的，而是寻找已知方案中可满足要求的。西蒙认为现实生活中作为管理者或决策者的人是介于完全理性与非理性之间的"有限理性"的"管理人"，决策者在决策之前没有全部备选方案和全部信息，而必须进行方案搜索和信息收集，但由于"管理人"的知识、信息、经验和能力是有限的，他不可能也不企望达到绝对的最优解，而只以找到满意解为满足。在实际决策中，"有限理性"表现为：决策者无法寻找到全部备选方案，也无法完全预测全部备选方案的后果，还不具有一套明确的、完全一致的偏好体系，以使它能在多种多样的决策环境中选择最优的决策方案。因此"管理人"之所以接受足够好的解，并不是因为他宁劣勿优，而是因为他根本没有选择的余地，根本不可能获得最优解。有限理论也就意味着，农户在决策时，由于其知识、能力等的不足，并且面临的环境具有不确定性，所以其理性能力是有限的。

其三是以俄国恰亚诺夫(1996)为代表的自给小农学派，认为农户与资本主义企业的行为并不相同，主要体现在两个方面：一是农户家庭经济发展对劳动力的需求主要来自其家庭自身拥有的劳动力，而不是来自雇佣劳动力；二是农户生产农产品的主要目的是为了满足整个家庭自给性需求而不是为了追求家庭收益的最大化。由于农户生产的劳动投入没有以工资的形式来体现，很难核算其成本，农户只是用所消耗劳动的实物单位来表示其劳动耗费，只能用劳动天数进行比较。对于农民来说，一方面作为生产者，他只需要根据给定的农产品价格、资本利率水平和均衡的工资水平，来决定未来的生产数量和生产方式。另一方面作为消费者，他根据均衡的工资率决定工作和闲暇的分配方式，从而决定其劳动收入水平。如果在农户核算中尚未达到均衡，未被满足的需求依然相当突出，那么农户就会去扩大其工作量，增加其生产性投入，或者接受更低水平的劳动报酬。相反，如果在农户核算中基本均衡完全得到实现，那么农户就会维持其生产性投入，或者为获得更高的劳动报酬去从事新的工作。这样，单位劳动的边际报酬取决于农户总的均衡状况，而不能够从外部先验地进行客观的确定。因此，在追求家庭效用最大化方面，农户选择了满足自家消费需求和劳动投入程度之间的均衡，而不是一般资本主义企业的成本、利润的均衡。

我国理论界对农民是否理性的认识还缺乏一个统一的认识。例如林毅夫(1988)和史清华(2000)认为农民是理性的，而严瑞珍(2005)却认为农户行为既是理性的又是非理性的。在我国，家庭联产承包责任制的实施使农户成为独立的生产经营主体，生产什么、生产多少、如何生产由农户自行决定，并且随着我国经济改革的推进、农村市场化的深入，农业生产分工程度不断加深，农户与市场的联系越来越紧密。市场经济改变着农民的意识和观念，使其更加理性化，种种迹象表明当前我国农民的经济行为是理性的。农户地理标志茶叶生产也不例外，是生产地理标志茶叶还是生产普通茶叶，都是农户根据经济环境和外在制度环境做出的理性选择。

2. 农户行为目标的利润最大化

任何个体的行为都是从目标出发，为实现一定的目标而进行活动。关于农户的经营目标目前在我国学术界存在两种观点，一种观点认为，农户经营活动的目标是单一的，或农户生产经营利益最大化，或收入最大化，或利润最大化，另一种观点认为农户具有多元的社会目标，不是简单的表现为效用最大化。Ellis(1998)提出了有条件的利润最大化，即农户的利润最大化行为受到一系列条件约束：①农户生产的多种目标约束。在不同的条件下农户的生产目标是不同的，当农户收入不确定性时，农户的有条件最大化目标不只是单纯的利润最大化，至少包括两方面，即更高的收入和更多的保障。②农户实现其最大化目标所拥有的手段是有限的。③要素市场不完善性的约束。由于发展中国家农村劳动力市场、信贷市场以及土地市场不完善，致使各种要素的投入不一定能使农户达到利润最大化目标。

茶农从事地理标志茶叶的生产是地理标志茶叶供给链的源头，通过对茶农地理标志茶叶生产意愿进行调查，明确茶农在茶叶的生产过程中，作为一个“理性人”的茶农是否愿意生产地理标志茶叶。从经济学的角度看，茶农作为理性的“经济人”，其是否愿意生产地理标志茶叶取决于生产地理标志茶叶和普通茶叶带来的收益比较。只有地理标志茶叶生产收益大于普通茶叶生产收益，茶农才会愿意生产地理标志茶叶，否则他就会进行普通茶叶生产。应用成本—收益分析方法，假定茶农地理标志茶叶生产预期收益为$R_{地}$，$R_{普}$为茶农普通茶叶生产预期收益，W表示茶农地理茶叶生产意愿情况，W=1表示茶农愿意生产地理标志茶叶，W=0表示其他情况，那么，茶农地理标志茶叶生产意愿可以用以下数学表达式表示：

$$W=\begin{cases}0 & R_{地}\leqslant R_{普}\\ 1 & R_{地}>R_{普}\end{cases} \tag{4.5}$$

综上所述，茶农作为专业化农户的一类，其生产地理标志茶叶是为了实现利润最大化，并且其生产行为受到各种条件约束。

4.5.2 农户茶叶类地理标志产品生产意愿的影响因素假设

关于农户行为的影响因素，许多学者认为农户的经营决策受到多种因素的影响。徐薇（1998）认为农户生产行为不是由单一因素决定，而是多种因素共同作用的结果。林海（2003）认为影响农民经济行为的因素既有直接因素如利益、资金、技术，又有间接因素如信息、竞争、政策和环境。胡豹等（2005）运用浙江省农户实地调查和问卷调查获取的数据，运用Logit模型对影响农户结构调整决策行为及意愿的主要因素进行了实证研究，其研究表明，农户结构调整决策行为及意愿受到家庭核心成员的文化水平、非农收入占总收入的比重和政府支持等多方面因素的影响，并且不同的影响因素在影响方向和影响程度上存在较大差别。杨万江（2006）运用浙江省农户实地调查和问卷调查获取的数据，运用多元Logit模型对影响农户安全农产品意愿的主要因素进行了实证研究，研究结果表明，影响农户安全农产品生产的主要因素包括农户家庭自身因素（安全农产品生产基地、关联企业与市场、地方政府），动力因素（经济、技术及其他原因）。王芳等（2007）、黄文华和林燕金（2008）对农业标准化实施过程中的农户行为进行了实证研究，发现农户实施农业标准化生产行为受多种复杂因素的影响。

以上关于农户决策影响因素的研究为认识茶农地理标志茶叶生产的行

为提供了参考借鉴。但在实际中，茶农茶叶生产的选择是一个复杂的过程。从微观经济学的角度看，是一个综合考虑自身资源、生产行为和满足经济目标要求的行为选择问题，对这种问题的深入研究，一般要运用行为选择和行为决策的理论与方法。近年来，运用数量经济学方面的知识研究行为选择与行为决策意愿研究的成果不断出现，其中，大多数使用选择概率模型，尤其是Logistic模型。因此，本研究通过微观层面的茶农调查，获得茶农未来地理标志茶叶生产选择意愿的数据，建立茶农未来地理标志茶叶生产选择意愿的Logistic模型。

本研究在总结国内外已有研究成果的基础上，根据黄山茶农茶叶生产的特点，在此提出下列假设。

假设1：影响茶农地理标志茶叶生产决策行为的第一类因素是茶农家庭基本特征，而茶农家庭的决策一般是由户主作出，故户主的个体特征对茶农未来地理标志茶叶生产的决策行为产生重要影响。同时，茶农家庭规模以及茶叶收入在家庭总收入中所占的比重也会影响茶农未来地理标志茶叶生产的决策行为。假设茶农户主的文化程度越高，其未来地理标志茶叶生产意愿更强，反之则更弱；茶叶收入在家庭总收入中的比重越大，其未来地理标志茶叶生产意愿越强。

假设2：茶农生产特征，主要包括茶农茶叶专用设施投入、茶农生产经营规模。假设茶农茶叶专用设施投入多的茶农生产意愿强，茶农茶叶专用设施投入少的茶农生产意愿弱，生产经营规模大的茶农比生产经营规模小的茶农生产意愿强。

假设3：茶农认知度，主要包括茶农对黄山茶叶地理标志保护的认知、对茶叶品质的关注以及茶农对农药残留的重视程度。假设茶农地理标志茶叶生产意愿受到茶农对黄山地理标志保护的认知水平的影响，对黄山茶叶地理标志保护认知水平越高的茶农，其未来生产意愿越高；同时，对茶叶品质更关注、对农药残留更重视的茶农其未来生产意愿越高。

假设4：茶农所处的环境特征对茶农未来的生产意愿存在一定的影响。主要用茶农距离市场的远近、地理标志宣传培训活动的参与、政府的支持来反映。假设茶农距离市场越近，其生产意愿越弱，相反，其生产意愿越强；参与地理标志宣传培训活动多的茶农相对较少参与地理标志宣传培训活动的茶农生产意愿强；政府对茶农地理标志茶叶生产支持力度越大的地区，茶农生产意愿强，政府支持力度小的地区，茶农生产意愿弱。

4.5.3 农户茶叶类地理标志产品生产意愿选择影响因素的描述性统计分析

1. 样本说明

本节考察的是所有茶农未来地理标志茶叶生产意愿的决策行为，因此，556个总体样本茶农都被纳入考察对象，以便更好地分析不同特征和所处不同环境的茶农未来地理标志茶叶的生产意愿。

2. 茶农地理标志茶叶生产意愿的总体情况

从被调查的556户茶农数据看，有439户茶农选择愿意生产地理标志茶叶，占被调查茶农总数的79.0%，而表示不愿意的茶农有117户，占被调查茶农总数的21.0%，如表4–16所示。由此可见，对于黄山地理标志茶叶，大多数茶农未来生产意愿是很强烈的。

表4–16 茶农未来地理标志茶叶生产意愿的总体情况

	愿意	不愿意	合计
数量（户）	439	117	556
比例	79.0%	21.0%	100%

3. 茶农地理标志茶叶生产意愿影响因素的描述性分析

不同特征的茶农，其未来生产意愿也不尽相同。下面从茶农户主特征、生产经营特征以及茶农所处环境等方面，对影响茶农未来地理标志茶叶生产意愿的因素进行单因素的描述性统计分析，以揭示不同特征茶农的生产意愿。

（1）茶农家庭自身基本特征对茶农未来地理标志茶叶生产意愿影响的分类分析。

①户主受教育程度与茶农生产意愿。

从表4–17可以看出，小学及以下文化水平217名，初中文化水平309名，高中（包括中专）及以上30名。从数据上看，茶农文化程度普遍较低，高中

(包括中专)及以上文化程度的茶农比例很少,这与农村的教育实际情况相符。

高中(包括中专)及以上文化程度的户主,其未来的生产意愿最高,有80%的茶农表示未来愿意生产地理标志茶叶;文化程度属于初中水平的茶农,该类茶农的生产意愿次之,有79.3%的茶农表示未来愿意生产地理标志茶叶;小学及以下文化程度的户主的生产意愿最低,只有78.3%的茶农表示未来愿意生产地理标志茶叶。以上分析表明,户主文化程度越高,对黄山茶叶地理标志保护的重要性认识更深刻,茶农的生产意愿也更强。

表4-17　户主受教育程度与茶农生产意愿

户主受教育程度		愿意	不愿意	合计
小学及以下	户数	170	47	217
	比例	78.3%	21.7%	100%
初中	户数	245	64	309
	比例	79.3%	20.7%	100%
高中(包括中专)及以上	户数	24	6	30
	比例	80.0%	20.0%	100%

②户主年龄与茶农生产意愿。

从表4-18可以看出,被调查的农户中,户主年龄在35岁以下的有105户,占18.9%;户主年龄在35～50岁的有342户,占61.5%;户主年龄在50岁以上的有109户,占19.6%。户主年龄主要集中在35～50岁。

表4-18　户主年龄与茶农生产意愿

户主年龄		愿意	不愿意	合计
35岁以下	户数	73	32	105
	比例	69.5%	30.5%	100%
35～50岁	户数	276	66	342
	比例	80.7%	19.3%	100%
50岁以上	户数	90	19	109
	比例	82.6%	17.4%	100%

户主年龄35岁以下的农户,其未来地理标志茶叶的生产意愿最低,为

69.5%；户主年龄在35～50岁的农户，其未来地理标志茶叶的生产意愿居中，为80.7%；户主年龄在50岁以上的农户，其未来地理标志茶叶的生产意愿最高，为82.6%。造成这一情况的可能原因是，一般留守农村的农民都是年纪较大的茶农，外出就业的可能性相对较小，茶叶收入成为其主要收入来源，因此，更愿意通过生产地理标志茶叶，增加家庭收入。

③户主性别与茶农生产意愿。

在556户被调查的茶农中，户主为女性的有27户，占总体样本的4.9%，绝大多数的户主为男性，有529户，占总体样本的95.1%。从表4–19可以看出，在户主性别为女性的27户茶农中，有21户未来愿意生产地理标志茶叶，占77.8%；在户主性别为男性的529户茶农中，有418户未来愿意生产地理标志茶叶，占79.0%，男性户主生产意愿略高于女性户主。

表4–19 户主性别与茶农生产意愿

户主性别		愿意	不愿意	合计
女	户数	21	6	27
	比例	77.8%	22.2%	100%
男	户数	418	111	529
	比例	79.0%	21%	100%

④家庭规模与茶农生产意愿。

表4–20为不同家庭规模茶农的生产意愿情况。在556户被调查的茶农中，家庭规模为2口人的有31户，占总体样本的5.6%；家庭规模为3口人的有95户，占总体样本的17.1%；家庭规模为4口人的有158户，占总体样本的28.4%；家庭规模为5口人的有187户，占总体样本的33.6%；家庭规模为6口人及以上的有85户，占总体样本的15.3%。从表4–20可以看出，家庭规模为2口人的茶农中，有22户未来愿意生产地理标志茶叶，占71.0%；家庭规模为3口人的茶农中，有76户未来愿意生产地理标志茶叶，占80.0%；家庭规模为4口人的茶农中，有122户未来愿意生产地理标志茶叶，占77.2%；家庭规模为5口人的茶农中，有152户未来愿意生产地理标志茶叶，占81.3%；家庭规模为6口人及以上的茶农中，有67户未来愿意生产地理标志茶叶，占78.8%。茶农家庭规模与生产意愿之间的关系不明确。

表4-20　家庭规模与茶农生产意愿

家庭规模		愿意	不愿意	合计
2	户数	22	9	31
	比例	71.0%	29.0%	100%
3	户数	76	19	95
	比例	80.0%	20.0%	100%
4	户数	122	36	158
	比例	77.2%	22.8%	100%
5	户数	152	35	187
	比例	81.3%	18.7%	100%
6人及以上	户数	67	18	85
	比例	78.8%	21.2%	100%

⑤茶叶收入所占家庭总收入比重与茶农生产意愿。

根据相关文献，对农户类型按照收入比重，可划分为纯农业户（农业总收入占家庭生产性总收入比重95%以上）、农业兼业户（农业总收入占家庭生产性总收入比重51%~95%）、非农兼业户（农业总收入占家庭生产性总收入比重5%~50%）和非农业户（农业总收入占家庭生产性总收入比重5%以下）四种类型。参照上述划分标准，本书根据茶叶收入占茶农家庭总收入比重进行划分，茶叶收入占总收入95%以上的为纯茶业户，占51%~95%的为茶业兼业户，占5%~50%的为非茶业兼业户，占5%以下的为非茶业户。从表4-21可以看出，纯茶业户9户，占1.6%，茶业兼业户170户，占33.5%，非茶业兼业户237户，占57.6%，非茶业户23户，占7.4%，其中，非茶业兼业户和非茶业户共占65.0%，即大多数茶农家庭茶叶收入占家庭总收入不超过一半。这也说明，当前，茶农家庭茶叶收入可能仍不是很高，其他非茶叶收入仍是家庭主要收入来源。

表4-21　茶农家庭茶叶收入占家庭总收入比重与茶农生产意愿

茶叶收入所比重		愿意	不愿意	合计
95%以上	户数	9	0	9
	比例	100%	0	100%
51%～95%	户数	170	16	186
	比例	91.4%	8.6%	100%
5%～50%	户数	237	83	320
	比例	74.1%	25.9%	100%
5%以下	户数	23	18	41
	比例	56.1%	43.9%	100%

从表4-21可以看出，随着茶叶收入在家庭总收入中比重的下降，茶农的生产意愿也随之减弱。纯茶业户的生产意愿最高，全都表示愿意生产，茶业兼业户次之，186户茶业兼业户中有170户表示有生产意愿，占91.4%；而在320户非茶业兼业户中，有237户有生产意愿，占74.1%；非茶业户生产意愿最弱，只有56.1%的茶农表示有生产意愿。

(2)茶农生产特征与茶农生产意愿。

茶农生产特征主要用茶叶生产规模和茶叶生产专用设施投入来反映。

①茶叶生产规模与茶农生产意愿。

从被调查的茶农数据看，户均茶叶生产面积12.17亩，从表4-22可以看出，被调查茶农总体的生产规模多集中在10亩以下的规模，占61.0%，规模为10～30亩的农户占21.4%，而规模在30亩以上的茶农只占到样本茶农17.6%。这表明黄山大多数茶农生产经营规模偏小。

茶农茶叶生产规模越大，茶农未来地理标志茶叶生产意愿越强，规模较大(30亩以上)和规模中等(10～30亩)的茶农，其未来愿意生产地理标志茶叶的比例分别有95.9%和88.2%，而规模较小(10亩以下)的茶农，其生产意愿较低，只有70.8%的茶农表示来愿意生产地理标志茶叶。这说明，茶农茶叶生产规模与茶农的生产意愿基本上呈正比例关系，规模越大，未来生产地理标志茶叶意愿越强。

表4-22　茶叶生产规模与茶农生产意愿

茶叶生产规模		愿意	不愿意	合计
10亩以下	户数	240	99	339
	比例	70.8%	29.2%	100%
10～30亩	户数	105	14	119
	比例	88.2%	11.8%	100%
30亩以上	户数	94	4	98
	比例	95.9%	4.1%	100%

②茶叶生产专用设施投入与茶农生产意愿。

从表4-23可以看出，随着茶叶生产专用设施投入的增加，茶农生产意愿也不断增强。在茶叶生产专用设施投入500元以下的茶农中，只有25.5%茶农表示愿意生产，比例最低。茶叶生产专用设施投入2000元以上的茶农，其生产意愿最高，达到了92.8%。这说明，茶叶生产专用设施投入越多的茶农，对茶叶的生产越重视，越希望通过生产地理标志茶叶来增加茶叶收入。

表4-23　茶叶生产专用设施投入与茶农生产意愿

茶叶生产专用设施投入		愿意	不愿意	合计
500元以下	户数	27	79	106
	比例	25.5%	74.5%	100%
500～2000元	户数	62	11	73
	比例	84.9%	15.1%	100%
2000元以上	户数	350	27	377
	比例	92.8%	7.2%	100%

（3）认知度与茶农生产意愿。

①茶叶品质关注与茶农生产意愿。

从表4-24可以看出，在556户茶农中，表示对茶叶品质关注的有520户，对茶叶品质无所谓的有36户。这说明，大部分茶农对茶叶的品质比较关注。对茶叶品质表示关注的520户茶农中，有431户表示未来愿意生产地理标志茶叶，占82.9%，而对茶叶品质无所谓的36户茶农中，大多数表示未来不愿意生产地理标志茶叶，只有22.2%的茶农表示愿意。这说明，茶农未来地理标志茶叶的生产意愿随着茶农对茶叶品质的重视程度的提高而增强。

表4-24 茶叶品质关注与茶农生产意愿

茶叶品质关注		愿意	不愿意	合计
关注	户数	431	89	520
	比例	82.9%	17.1%	100%
无所谓	户数	8	28	36
	比例	22.2%	77.8%	100%

②茶叶农药残留的重视度程度与茶农生产意愿。

从表4–25可以看出，对茶叶农药残留认为“很应该”和“应该”重视的茶农分别为52.3%和37.9%，合计占到样本总数的90.2%。这说明，目前茶农对茶叶中农药残留问题有较高的重视程度。

随着对茶叶农药残留的重视程度的提高，茶农未来地理标志茶叶的生产意愿也随之增强，选择“无所谓”的农户仅有27.8%表示未来愿意生产地理标志茶叶，选择“应该”的农户有76.8%表示未来愿意生产地理标志茶叶，而选择“很应该”的农户有90.0%表示未来愿意生产地理标志茶叶。这说明，越重视茶叶中的农药残留问题的茶农，其未来地理标志茶叶的生产意愿越高。

表4-25 茶叶农药残留的重视程度与茶农生产意愿

茶叶农药残留的重视程度		愿意	不愿意	合计
很应该	户数	262	29	291
	比例	90.0%	10.0%	100%
应该	户数	162	49	211
	比例	76.8%	23.2%	100%
无所谓	户数	15	39	54
	比例	27.8%	72.2%	100%

③黄山茶叶地理标志保护制度的认知情况与茶农生产意愿。

从表4–26可以看出，对黄山茶叶地理标志保护“比较了解”的茶农未来更愿意生产地理标志茶叶，比例高达99.1%，“听说过，但不了解”的茶农的生产意愿次之，在“听说过，但不了解”的茶农中，有188户茶农表示未来愿意生产地理标志茶叶，占77.4%，而在“没有听说过”黄山茶叶地理标志保护的茶农中，有135户茶农表示未来愿意生产，占68.9%。这说明，茶农对黄山茶叶地理标志保护的认知程度与茶农的生产意愿基本上呈正比例关系，对黄山茶叶地理标志保护越了解的茶农，其未来生产意愿越强。

表4-26　黄山茶叶地理标志保护制度的认知情况与茶农生产意愿

地理标志保护制度的认知		愿意	不愿意	合计
比较了解	户数	116	1	117
	比例	99.1%	0.9%	100%
听说过，但不了解	户数	188	55	243
	比例	77.4%	22.6%	100%
没有听说过	户数	135	61	196
	比例	68.9%	31.1%	100%

(4)茶农所处的环境特征与茶农生产意愿。

①距离茶叶市场的远近与茶农生产意愿。

从表4-27的可以看出，茶农家距离茶叶市场5千米及以内的茶农中，有253户表示未来愿意生产地理标志茶叶，占77.4%；茶农家距离茶叶市场5千米以外的茶农，其未来地理标志茶叶的生产意愿相对要高些，占81.2%。

表4-27　距离茶叶市场的远近与茶农生产意愿

距离茶叶市场的远近		愿意	不愿意	合计
5千米及以内	户数	253	74	327
	比例	77.4%	22.6%	100%
5千米以外	户数	186	43	229
	比例	81.2%	18.8%	100%

②地理标志宣传培训活动参与情况与茶农生产意愿。

茶农参与黄山茶叶地理标志保护的宣传培训活动是影响茶农未来地理标志茶叶生产意愿的重要因素。一般来说，对黄山茶叶地理标志保护知识接触较少的茶农，其未来生产地理标志茶叶的可能性也较小。但是，不同的茶农对参与地理标志宣传培训活动多少的判断会有差异，并且带有一定的主观性。因此，采用具体的数据来表示，把参与0次定义为“没有”参与地理标志宣传培训活动，把参与1～2次定义“有，但非常少”的情况，把参与3次及以上定义为“非常多”的情况。通过农户对这一选择的主观判断结果得出农户地理标志宣传培训活动参与情况。

从表4–28可以看出，参与地理标志宣传培训活动多的茶农，其未来地理标志茶叶生产的意愿最强，在137户茶农中有134户表示未来愿意生产地理标志茶叶，占97.8%，认为“有，但非常少”的茶农的生产意愿次之，只有163户愿意，占74.4%，认为“没有”的200户茶农中，其生产意愿最低，只有142户茶农愿意，占71.0%。这说明，参与地理标志宣传培训活动越多的茶农，其未来地理标志茶叶生产的意愿越高。

表4–28 地理标志宣传培训活动参与情况与茶农生产意愿

地理标志宣传培训活动参与情况		愿意	不愿意	合计
非常多	户数	134	3	137
	比例	97.8%	2.2%	100%
有，但非常少	户数	163	56	219
	比例	74.4%	25.6%	100%
没有	户数	142	58	200
	比例	71.0%	29.0%	100%

③政府作用与茶农生产意愿。

从表4–29可以看出，认为政府在茶农茶叶生产中的作用“比较大”的140户茶农中，大多数都表示未来愿意生产地理标志茶叶，占97.9%；认为政府在茶农茶叶生产中的作用“不明显”的221户茶农中，有164户的茶农表示未来愿意生产地理标志茶叶，占74.2%；而认为政府在茶农茶叶生产中的没有发挥作用的茶农生产意愿最低，只有70.3%。这说明，茶农在一个有政府支持的环境下，更愿意进行地理标志茶叶的生产。

表4-29 政府作用与茶农生产意愿

政府作用		愿意	不愿意	合计
比较大	户数	140	3	143
	比例	97.9%	2.1%	100%
不明显	户数	164	57	221
	比例	74.2%	25.8%	100%
没作用	户数	135	57	192
	比例	70.3%	29.7%	100%

4.5.4 农户茶叶类地理标志产品生产意愿的影响因素分析

前面描述性统计特征分析只是对茶农黄山地理标志茶叶生产意愿的一般描述，对解释茶农黄山地理标志茶叶生产意愿还不够深入。事实上，茶农地理标志茶叶生产意愿受到许多因素的综合影响。因此，很有必要把众多因素放在一起综合分析，以判别众多因素综合作用后的情况以及各因素对茶农生产意愿的影响方向和程度，故本节采用Logistic模型分析茶农茶叶类地理标志产品生产意愿。

1. 茶农地理标志茶叶生产意愿的模型建立

根据上节的分析，本书选择茶农地理标志茶叶生产意愿作为因变量，选取下列因素作为自变量：①茶农家庭基本特征，主要包括户主基本特征（性别、年龄、文化程度）、家庭规模以及茶叶收入在家庭总收入中所占的比重。②茶农生产特征，主要包括茶农茶叶专用设施投入和茶叶生产经营规模。③茶农认知度，主要包括茶农对茶叶地理标志的认知水平、茶农对茶叶品质的关注以及茶农对茶叶农药残留的重视程度。④茶农外部环境特征，主要包括距离茶叶市场的远近、地理标志宣传培训活动的参与、政府作用。

因此，茶农地理标志茶叶生产意愿模型可以用函数形式表达为：

$$W_i = f(NJ_i, PC_i, NR_i, HJ_i, \varepsilon) \tag{4.6}$$

W_i表示第i个茶农的生产意愿情况，ε表示随即干扰项，NJ_i表示茶农家庭基本特征，PC_i表示茶农生产特征，NR_i表示茶农认知度，HJ_i表示茶农外部环境特征。模型中各变量的选取、定义及统计数据如表4-30所示。

表4-30 变量定义与赋值及各变量对茶农地理标志茶叶生产意愿选择的预期影响方向

变量名称	变量定义	均值	预期影响方向
因变量(Y)			
茶农地理标志茶叶生产意愿	0=没意愿;1=有愿意	0.79	
自变量(X)			
茶农家庭基本特征			
户主性别X_1	0=女;1=男	0.95	?
户主年龄X_2	1=35岁以下;2=35~50岁;3=50岁以上	2.01	?
户主文化程度X_3	1=小学及以下;2=初中;3=高中(包括中专)及以上	1.66	+
家庭规模X_4	1=2人;2=3人;3=4人;4=5人;5=6人及以上	4.36	+
茶叶占家庭总收入比重②X_5	1=纯茶业户;2=茶业兼业户;3=非茶业兼业户;4=非茶业户	2.71	+
茶农生产特征			
专用设施投入X_6	1=500元以下;2=500~2000元;3=2000元以上	2.49	+
生产经营规模X_7	1=10亩以下;2=10亩~30亩;3=30亩以上	1.57	+
茶农认知度			
品质关注X_8	0=无所谓;1=关注	0.94	+
农药残留的重视程度X_9	1=很应该;2=应该;3=无所谓	1.57	
地理标志保护制度认知X_{10}	1=从没听说过;2=听说过,但不了解;3=比较了解	1.86	+
茶农外部环境特征			
市场距离X_{11}	0=5千米及以内;1=5千米以外	0.41	+
地理标志宣传培训活动X_{12}	1=没有;2=有,但很少;3=非常多	1.89	+
政府作用X_{13}	1=没作用;2=不明显;3=比较大	1.91	+

注:①预期影响符号中"+"表示正相关,"-"表示负相关,"?"表示不清楚。②根据茶叶收入占茶农家庭总收入比重进行划分,茶叶收入占总收入95%以上的为纯茶业户;占51%~95%的为茶业兼业户;占5%~50%的为非茶业兼业户;占5%以下的为非茶业户。

2. 茶农地理标志茶叶生产意愿的计量模型选取

本部分主要考察茶农地理标志茶叶的生产意愿问题，茶农地理标志茶叶生产意愿的选择有两种情况，愿意和不愿意，属于离散选择问题。在传统的回归模型中，因变量的取值范围在负无穷大到正无穷大之间，不适用于离散选择问题。在实际中，处理定性分析因变量常用的方法有判别分析、对数线性模型、Logistic分析等。比较常用的是Logistic分析，其能够较好地解决自变量非正态分布问题，所求得的概率值落于0～1之间。故本书采用二元Logistic模型，对茶农地理标志茶叶生产意愿进行研究，将因变量的取值限制于[0，1]的范围内，采用最大似然估计法对其回归参数进行估计。将茶农"有愿意生产"定义为Y=1，"没意愿生产"定义为Y=0，与y相关的自变量设为x_1，x_2……x_m，一共有m估测数据，即：x_1，x_2……x_m；y_i：y_1……y_n。其中，y_i取值为1或0的因变量。y_i与x_{i1}……x_{im}的关系如下：

$$E(y_i)=p_i=B_0+B_1x_{i1}+B_2x_{i2}+\ldots\ldots+B_mx_{im} \tag{4.7}$$

则y_i的概率分布函数如下：

$$p(y_i)=f(p_i)^{y_i}\left[1-f(p_i)\right]^{1-y_i}\quad Y=1\text{或}0;i=1,2\cdots\cdots n \tag{4.8}$$

Logistic回归模型可表示为：

$$f(p_i)=\frac{e^{p_i}}{1+e^{p_i}}=\frac{e^{\beta_0+\beta_1x_{i1}+\beta_2x_{i2}+\ldots\beta_mx_{im}}}{1+e^{\beta_0+\beta_1x_{i1}+\beta_2x_{i2}+\ldots\beta_mx_{im}}} \tag{4.9}$$

建立似然函数：

$$L=\prod_{i=1}^{n}p(y_i)=\prod_{i=1}^{n}f(p_i)^{y_i}\left[1-f(p_i)\right]^{1-y_i} \tag{4.10}$$

对似然函数取自然对数，得：

$$LnL=\sum_{i=1}^{n}\left[y_i(\beta_0+\beta_1x_{i1}+\beta_2x_{i2}+\ldots+\beta_mx_{im})-Ln(1+\beta_0+\beta_1x_{i1}+\beta_2x_{i2}+\ldots+\beta_mx_{im})\right] \tag{4.11}$$

然后，对其进行似然估计，得出参数估计量。

3. 模型估计结果与分析

（1）模型估计结果。

本部分使用SPSS17.0软件对模型进行估计，结果如表4–31所示。在表4–

31中分别给出了回归系数(B)、标准误(S.E.)、Wald检验值、显著度(sig.)以及幂指(Exp(B))。其中,sig.表示不同变量Wald检验的显著性水平;Exp(B)表示等于发生比率,可以测量解释变量变化一单位给原来的发生概率所带来的变化,本书的相关系数矩阵(未列出)中的元素值显示,各变量之间无高度的相关性,不存在多重共线性的问题。模型的似然比卡方统计量为346.121,自由度13,对应的p值为0(即在1%水平上显著),所以该模型整体是显著的,-2对数似然值=226.0346,模型较为可靠,Hosmer-Lemeshow检验统计量为2.519,自由度为8,p值为0.961,Cox & Snel R^2和Nagelkerke R^2分别为0.463和0.721,说明模型的拟合优度良,且模型预测的正确率为91.9%,模型的预测效果比较理想。

表4-31 茶农对地理标志茶叶生产意愿的影响因素的二元Logistic分析结果

变量特征/变量名称	B	S. E	Wald	df	Sig.	Exp(B)
茶农家庭基本特征						
户主性别X_1	.631	.831	.576	1	.448	1.879
户主年龄X_2	.607*	.318	3.653	1	.056	1.835
户主文化程度X_3	1.116***	.363	9.474	1	.002	3.053
家庭规模X_4	.295*	.175	2.856	1	.091	1.343
茶叶占家庭总收入比重②X_5	-.640	.415	2.379	1	.123	.527
茶农生产特征						
专用设施投入X_6	1.887***	.227	68.843	1	.000	6.596
生产经营规模X_7	.912**	.371	6.036	1	.014	2.489
茶农认知度						
品质关注X_8	2.999***	.592	25.654	1	.000	20.062
农药残留的重视程度X_9	-1.355***	.277	23.928	1	.000	.258
地理标志保护制度认知X_{10}	.902***	.325	7.720	1	.005	2.464
茶农外部环境特征						
市场距离X_{11}	.684*	.371	3.393	1	.065	1.981
地理标志宣传培训活动X_{12}	.728	.633	1.322	1	.250	2.071
政府作用X_{13}	.636	.622	1.045	1	.307	1.889

注:***表示在0.01水平显著,**表示在0.05水平显著,*表示在0.1水平显著。

(2)结果分析。

从模型的结果可以看出,茶农家庭基本特征、茶农生产特征等是影响茶农地理标志茶叶生产意愿的重要因素。以下按照对不同解释变量的分组对模型结果进行分析。

①茶农家庭基本特征。

除茶农户主的性别、茶叶收入占家庭总收入比重变量对茶农地理标志茶叶生产意愿的影响不明显外,茶农户主的年龄、文化程度、家庭规模变量对茶农地理标志茶叶生产意愿有着显著的影响,但显著性各有不同,且影响程度也不同。

从模型计量结果看,户主性别变量不显著,说明茶农地理标志茶叶生产行为与茶农户主的性别关系不大,但从回归系数来看,户主性别变量回归系数为正,表明男性户主比女性户主生产愿意更强。

茶农户主的年龄是影响茶农未来地理标志茶叶生产的主要因素之一。从模型分析结果看,茶农户主的年龄在10%的统计检验水平上显著,且系数符号为正。这说明,在其他条件不变的情况下,茶农户主的年龄越大,表明茶农未来地理标志茶叶生产意愿越大,茶农更越倾向于生产地理标志茶叶。造成这种情况的可能原因是,一般年纪较大的茶农外出就业的概率较低,茶叶收入是其主要经济来源,因此,更愿意生产地理标志茶叶,增加家庭收入。

茶农户主文化程度对茶农未来地理标志茶叶生产的行为有着显著影响。从模型分析结果看,茶农户主文化程度在1%的统计检验水平上显著,且系数符号为正。这说明,在其他条件不变的情况下,茶农户主的文化程度越高,茶农未来地理标志茶叶生产意愿越大。这一结果与最初的预期和假设分析基本一致。原因可能是,文化程度越高的茶农,越能够认识到地理标志保护对黄山整个茶叶产业发展的重要性,因此,更愿意生产地理标志茶叶。

茶农家庭规模对茶农未来地理标志茶叶生产的行为有着一定的影响。从模型结果看,茶农家庭规模的统计检验在10%水平上显著,且系数符号为正。这说明,在其他条件不变的情况下,茶农家庭规模越大的家庭,茶农未来地理标志茶叶生产的意愿越大。究其原因可能是家庭规模越大,尤其是小孩越多的家庭，其家庭经济消费支出越大，因此，茶农更希望通过生产地理标志茶叶，增加其家庭经济收入。

茶农的茶叶收入占家庭总收入比重对茶农未来地理标志茶叶生产行为没有很大影响。从模型计量结果看，家庭茶叶收入比重变量不显著，但回归系数为负值。也就是说，在其他条件不变的情况下，随着茶叶收入比重的下降，茶农未来地理标志茶叶的生产意愿也随之减弱，反过来说，随着茶叶收入比重的增加，其生产意愿也随之增强。造成不显著的原因可能是将近65%的茶农茶叶收入比重小于50%，茶叶收入没有成为家庭的重要收入来源。因此，在未来，增加茶农茶叶的收入从而增加其在家庭收入的比重，是增强茶农未来地理标志茶叶生产意愿的一个主要工作方向。这一结果与最初的预期和假设分析基本一致。

②茶农生产特征。

茶农专用设施投入对茶农未来地理标志茶叶生产意愿有显著影响。从模型计量结果看，专用设施投入变量在1%水平上通过了显著性检验，且回归系数为正。这说明在其他条件不变的情况下，专用设施投入越多的茶农其未来生产意愿越强，茶农专用设施投入越多，表明该茶农的家庭收入对其生产经营的这种茶叶的依赖程度也相应增加。因此，更希望通过生产地理标志茶叶，提高家庭收入，符合理论假设。

茶农家庭生产经营规模对茶农未来地理标志茶叶生产的行为有着显著影响。从模型计量结果看，生产规模变量在5%水平上通过了显著性检验，且回归系数为正。这说明，在其他条件不变的情况下，生产规模越大的茶农，其地理标志茶叶生产意愿越强。茶农生产规模越大，茶叶可能成为其家庭收入的重要来源，因此，也越发重视茶叶的生产，其未来生产意愿越高，与上面的结论一致。

③茶农认知度。

茶农地理标志茶业的认知水平对茶农未来地理标志茶叶生产的行为有着显著影响。从模型计量结果看，茶农对黄山茶叶地理标志保护制度的认知度变量在1%水平上通过了显著性检验，且回归系数为正，说明对黄山茶叶地理标志保护越了解的茶农，其地理标志茶叶生产意愿越强，符合理论假设。

从模型计量结果看，茶农对茶叶品质的关注变量在1%水平上通过了显著性检验，且回归系数为正。这说明对茶叶品质越关注，其越希望生产高品质的茶叶，因此，地理标志茶叶生产意愿越强，符合理论假设。

从模型计量结果看，茶农对茶叶农药残留的重视程度变量在1%水平上通过了显著性检验，且回归系数为正，说明对茶叶农药残留越重视的茶农，其地理标志茶叶生产意愿越强，符合理论假设。

④茶农外部环境特征。

茶农距离茶叶市场的远近对茶农未来地理标志茶叶生产的行为有着一定的影响，距离市场远的茶农比距离市场近的茶农生产意愿强。从模型计量结果看，距离茶叶市场的远近变量在10%水平上通过了显著性检验，且回归系数为正。这说明距离茶叶市场相对较远的茶农，其地理标志茶叶生产意愿越强，符合理论假设。造成这种情况的原因可能是，距离市场较近的茶农自己可能更方便把茶叶直接拿到市场进行交易，而距离市场较远的茶农，就缺乏空间比较优势，交通及通信条件都比较差，如果直接拿到市场上销售，需要花费更多的运物成本、搜寻成本等，使得交易费用增加、收益减少。为了克服空间区位劣势的不利影响，他们可能更愿意直接跟地理标志茶叶生产企业联系，通过地理标志茶叶生产企业上门收购等方式向其提供茶叶。同时，由于距离茶叶市场较远的茶农一般都处于交通落后、较为偏远的农村地区，家庭经济收入可能相对更为倚重茶叶销售收入，因此，更愿意生产高品质的地理标志茶叶，增加其家庭经济收入。

地理标志宣传培训活动对茶农未来地理标志茶叶生产行为的影响不显著。从模型计量结果看，该变量不显著，且回归系数为正。这说明在其他条件不变的情况下，茶农参与的地理标志宣传培训活动越多，茶农未来地理标志茶叶生产意愿越强。但造成该变量不显著的可能原因是，地理标志宣传培训活动开展较少。问卷调查结果也表明，在地理标志宣传培训活动的参与情况方面，556名茶农中，36.0%的茶农认为从来没有接触过地理标志的宣传培训活动，39.4%的茶农认为这样的宣传培训活动“有，但非常少”，而只有24.6%的茶农认为地理标志宣传培训活动“非常多”。因此，加大对茶农有关地理标志的宣传培训活动，是提高茶农地理标志茶叶生产积极性的一个重要工作方向。

政府作用对茶农未来地理标志茶叶生产行为的影响不显著。从模型结果看，虽然政府支持变量不显著，但不能得出一个明确的结论。如果通过回归系数来分析，政府支持变量回归系数为正。这表明在其他因素不变的情况下，政府对茶农的支持越大，茶农生产地理标志茶叶的意愿就越大，但目前影响却不显著。造成这种情况的原因可能是，在实际中，政府相关部门在茶农茶叶的生产过程中还没有完全发挥出积极作用。问卷调查结果也表明，在556户总体样本茶农中，34.5%的茶农认为其没有发挥作用，39.7%的茶农认为其作用不明显，只有25.7%的茶农认为其发挥了积极作用。因此，在今后的工作中，政府相关部门应该加大对茶农的帮扶和支持，发挥其应有的作用。

4.5.5 本节小结

本节运用二元Logistic模型，实证分析了茶农未来地理标志茶叶的生产意愿及其主要影响因素。总体而言，茶农未来地理标志茶叶生产意愿比较强烈，有79.0%的茶农明确表示其未来愿意生产地理标志茶叶，但还有近五分之一的农户不愿意生产，主要是因为对黄山茶叶地理标志保护知识了解太少、地理标志茶叶生产方面的技术服务少没人教等因素。具体而言，不同茶农的生产意愿有明显差异，实证结果表明，茶农未来地理标志茶叶生产意愿与茶农户主文化程度、专用设施投入、地理标志保护认识水平、茶叶品质关注以及茶叶农药残留的重视程度等因素呈显著的相关关系，与茶叶销售市场距离、户主年龄、生产经营规模、茶叶收入所占家庭总收入比重、家庭规模等因素呈一定的正相关关系，与户主的性别、地理标志宣传培训活动、政府作用等因素关系不显著。由此可见，茶农未来是否愿意生产地理标志茶叶受众多因素的共同影响，有其内在规律性。

第5章　企业茶叶类地理标志产品生产经济效益的实证研究

作为地理标志产品生产主体之一的企业,处于地理标志产品供应源头,既是地理标志保护与发展最重要的经济主体,又是市场竞争主体的代表,既能够整合生产力量形成规模化优势,也能够通过自身的营销努力提高地理标志产品的知名度和收益率。实践表明,在地理标志的保驾护航下,已经获得地理标志保护的农产品价格都普遍上涨,并且与普通产品相比,地理标志产品可以获得较高的溢价,还可以帮助企业更好地开拓国内外市场。然而,由于目前我国地理标志产品生产企业规模普遍偏小和产业化水平低等原因,影响到地理标志产品生产企业的经济效益,严重制约了我国地理标志产品产业的发展。因此,较为准确地把握地理标志产品生产企业生产中各资源状况和经济效益状况,深入剖析各要素对企业生产经济效益的影响和作用,才能更好地提高企业生产经济效益。本部分以地理标志产品黄山毛峰茶、太平猴魁茶为例,把它们统称为黄山地理标志茶叶,通过对相关企业的实地调查,获取其地理标志产品生产数据,对影响企业黄山地理标志茶叶生产的主要因素进行分析和评价。

5.1　样本企业调查情况的描述性分析

2010年3月至7月,组织黄山学院学生,通过实地抽样调查等方式,对歙县、祁门县、黄山区、徽州区等地的企业开展问卷调查,共获得26家申请地理标志认证的茶叶企业的生产样本数据。

5.1.1　样本企业的基本情况描述

被调查的样本企业共26家,平均固定资产1545.59万元,平均资产总值3868.78万元,企业平均占地面积20.45亩。26家企业技术研发人员共316人,按照全部企业平均计算,平均拥有技术研发人员12.15人。以企业主要销售市场是国外市场、部分出口到国外和完全在国内销售进行划分,主要销售市场是国外市场的企业为0,部分出口到国外的企业有9家,占34.6%,完全在国内销售的企业有17家,占65.4%(如表5-1所示)。

表5-1　样本企业基本特征

平均固定资产(万元)	平均资产总值(万元)	平均占地面积(亩)	平均技术研发人员(人)	主要销售市场
1545.59 (466.966)	3868.78 (1032.822)	20.45 (4.171)	12.15 (2.754)	0.35 (0.095)

注:主要销售市场分为两种类型,0=完全在国内销售,1=部分出口到国外,括号内数值为均值标准差。

5.1.2　样本企业地理标志茶叶生产描述性分析

1. 样本企业的质量管理

被调查的26家茶叶企业对黄山茶叶地理标志保护的重要性都具有一定的认识,都积极参加黄山茶叶地理标志保护的培训、论坛或报告活动,并且,有24家企业建立了茶叶质量责任人制度,占92.3%,只有2家没有实行该制度,仅占7.7%,但大多数企业都没有设置专门负责地理标志的管理机构或人员。

对26家样本企业的调查表明,建立茶叶质量检测、控制体系的企业有22家,占84.6%,但仍然还有15.4%的企业没有建立茶叶质量检测、控制体系(如表5-2所示)。

对茶叶的质量进行检测是保证企业茶叶质量的基础,企业茶叶质量检测状况如何呢?根据对26家样本企业的调查数据表明,有18家企业每年定期进行检测，占69.2%，8家企业会对茶叶质量进行抽样检测，占30.8 %（如表5-2所示）。

表5-2 茶叶质量控制体系建设及检测情况

	茶叶质量控制体系建设情况		茶叶质量检测情况	
	有	没有	每年定期进行检测	抽样检测
频数（个）	22	4	18	8
频率	84.6%	15.4%	69.2%	30.8%

2. 企业品牌建设情况

在26家样本企业中，大多数企业都注册了商标，表明这些企业的商标保护意识较强。按照就高原则，3家企业的品牌获得“中国名牌”称号，有7家企业的品牌获得“安徽省名牌”称号，有3家企业的品牌获得“黄山市名牌”称号，“其他”为13家（如图5-1所示）。

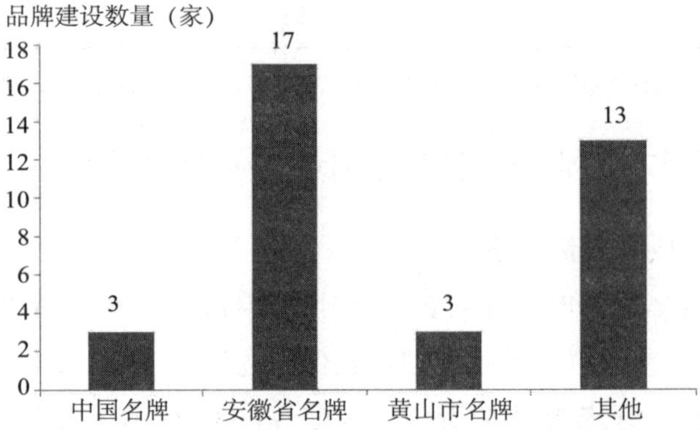

图5-1 企业品牌建设情况

5.1.3 样本企业的生产与环境状况

1. 帮助茶农提高茶叶原料质量水平的主要措施

为了帮助茶农提高茶叶原料的质量水平，企业主要采取了以下措施来帮助茶农：①统一供给农药、肥料；②对关键生产环节进行指导；③免费培训茶农；④其他。

从图5-2可以看出，企业为了帮助茶农提高茶叶原料的质量水平采用最多的措施是第①项，有18家，占69.2%，其次是第②项，有17家，占65.4%，“免费培训茶农”有14家，占53.8%，“其他”措施有5家，占19.2%。

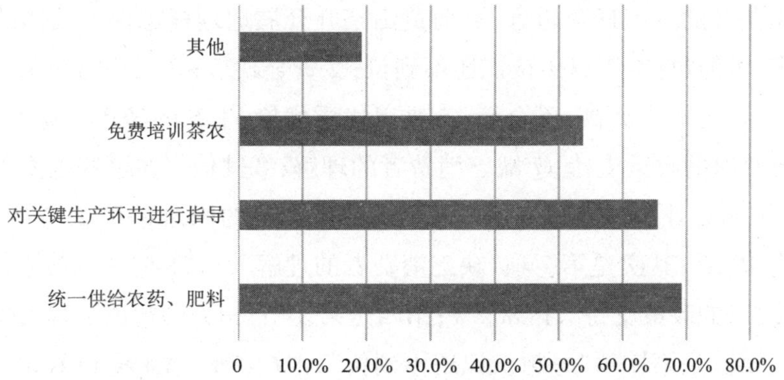

图5-2 企业为茶农提供的帮扶措施

2. 企业地理标志茶叶生产成本增加的主要因素

根据黄山茶叶地理标志保护制度的要求，企业生产黄山地理标志茶叶可能面临增加生产成本的压力。一般来说，这种压力可能主要来自以下几个方面：①采购合格原料；②增加设备；③引进技术；④检测费用；⑤建设质检室；⑥申请地理标志费用；⑦其他。从表5-3可以看出，第①项是导致企业生产成本增加的主要因素，占92.3%，其次是第②项，占84.6%，影响企业增加生产成本的第3位因素是第④项检测费，占80.8%，第4位和第5位因素分别是“建设质检室”和“引进技术”所占比例分别为76.9%和61.5%；“申请地理标志费用”和“其他”分别为23.1%和15.4%。

表5-3 影响企业地理标志茶叶生产成本增加的主要因素统计情况

	频数(个)	频率
采购合格原料	24	92.3%
增加设备	22	84.6%
引进技术	16	61.5%
检测费	21	80.8%
建设质检室	20	76.9%
申请地理标志费用	6	23.1%
其他	4	15.4%

3. 企业对影响黄山地理标志茶叶发展的主要困难因素的认知

虽然黄山茶叶地理标志保护制度实施以来取得较好的效果，但黄山地理标志茶叶的发展任重道远，目前黄山茶叶开展地理标志保护工作的困难有很多，可能包括：①思想认识还不到位；②资金缺乏；③相关的知识了解太少；④生产的成本太高，不合算；⑤难以优质优价，生产的经济效益不明显；⑥缺乏政府的政策支持；⑦缺乏消费者的理解；⑧其他。在这些主要困难因素中，按照企业多选结果计算，企业认为最主要的困难是第②项“资金缺乏”，占96.2%；其次是第⑦项“缺乏消费者的理解”，占88.5%；第三是第⑥项“缺乏政府的政策支持”，占80.8%；第四是第③项“相关的知识了解太少”，占69.2%，第五是第①项“思想认识还不到位”，占61.5%；第④项和第⑤项表现不明显均占19.2%，“其他”为11.5%。各项措施选择的具体结果如表5-4所示。

表5-4　影响黄山地理标志茶叶发展的主要困难因素的认知情况

	频数(个)	频率
思想认识还不到位	16	61.5%
资金缺乏	25	96.2%
相关的知识了解太少	18	69.2%
生产的成本太高，不合算	5	19.2%
难以优质优价，生产的经济效益不明显	5	19.2%
缺乏政府的政策支持	21	80.8%
缺乏消费者的理解	23	88.5%
其他	3	11.5%

4. 企业对相关主体的认知

(1)企业对茶叶协会的评价。

为了了解茶叶协会在黄山茶叶地理标志企业保护中所发挥的作用，调查茶叶企业对茶叶协会作用的认知。调查结果表明，在26家企业中，认为茶叶协会在黄山茶叶地理标志保护中发挥的作用“很有用”的企业有17家，占65.4%；认为“作用不大”的企业有5家，占19.2%；认为“没有用”的企业有4家，占15.4%。

(2)企业对政府部门在黄山茶叶地理标志保护中的作用评价。

企业是如何看待政府部门在黄山茶叶地理标志保护中的作用呢？调查结果表明，认为政府在黄山茶叶地理标志保护中的作用“很有用”的企业有19家，占73.1%；认为“作用不大”的企业有5家，占19.2%；认为“没有用”的企业有2家，占7.7%。

因此，为了进一步发挥政府部门在黄山茶叶地理标志保护中的作用，企业认为政府部门应在以下方面开展支持工作：①制定合理的政策；②财政支持；③加强企业、茶农的相关培训指导；④加强认证和检测体系建设；⑤加强地理标志的宣传工作，尤其是对消费者的宣传；⑥规范茶业市场；⑦其他。根据调查结果可以看出，企业最希望得到政府的“财政支持”，其次是“制定合理的政策”，然后是“加强地理标志的宣传工作，尤其是对消费者的宣传工作”，第四是“加强认证和检测体系建设”，之后依次分别是“规范茶叶市场”和“加强企业、茶农的相关培训指导”以及“其他”。具体结果如表5-5所示。

表5-5 企业希望政府在黄山地理标志茶叶发展中发挥的作用

	频数(个)	频率
制定合理的政策	22	84.6%
财政支持	24	92.3%
加强企业、茶农的相关培训指导	17	65.4%
加强认证和检测体系建设	18	69.2%
加强地理标志的宣传工作，尤其是对消费者的宣传	20	76.9%
规范茶叶市场	19	73.1%
其他	11	42.3%

(3)企业对黄山茶叶地理标志保护实施的关键主体的认知。

在回答“您认为黄山茶叶实施地理标志保护的关键在谁”时，有22家企业认为是政府部门，3家企业选择茶叶企业自身，仅有1家企业认为茶农应该是黄山茶叶地理标志保护实施的关键主体。这说明，大多数企业对政府部门寄予了很高的期望。

5.1.4　样本企业的外部联系

虽然所调查的样本企业都与茶农有着某种联系，但不同的企业与茶农在联系的状态、联系的紧密程度及其利害关系方面存在差异。

1. 收购茶农茶叶原料价格情况

调查结果表明，企业收购茶农茶叶原料的价格与市场价格相比，有22家企业认为自己的收购价格比市场价格高，占84.6%；有0家企业认为自己的收购价格比市场价格更低；另有4家企业认为自己的收购价格与市场价格差不多，占15.4%。企业在收购茶叶原料的过程中有15家企业对茶农提供的茶叶原料进行了检测，并且有5家企业最重视茶叶原料的价格，有21家企业最重视茶叶原料的质量。这表明大部分企业对茶业质量问题相当关注。具体情况如表5-6所示。

表5-6　企业收购茶农茶叶原料情况

	收购茶叶原料的价格			茶叶原料检测		茶叶原料收购关注	
	高	低	按市场时价	是	否	价格	质量
频数(个)	22	0	4	15	11	5	21
频率	84.6%	0	15.4%	57.7%	42.3%	19.2%	80.8%

2. 企业茶叶基地建设情况

在茶叶基地建设方面，所调查的26家企业都建立了自己的茶叶基地，但这些企业对基地依托的紧密程度不同。按照26家企业平均计算，可以发现，基地的联系程度为76.7%，市场依托度为23.3%。

在企业建立茶叶原料基地的原因调查中发现，企业之所以建立茶叶原料基地，主要基于以下几个方面的考虑：①降低成本；②保障原料的质量；③稳定原料供给；④其他。从表5-7可以看出，有7家企业认为建立茶叶原料基地在于降低成本；23家企业认为建立茶叶原料基地在于“保障原料的质量”；有21家企业认为建立茶叶原料基地在于“稳定原料供给”。这表明大部分的企业建立茶业原料基地的原因是为了保障原料的质量和稳定原料供给。

表5-7 企业建立茶叶原料基地的原因

	频数(个)	频率
降低成本	7	26.9%
保障原料的质量	23	88.5%
稳定原料供给	21	80.8%
其他	2	7.7%

5.2 企业茶叶类地理标志产品生产经济效益的计量经济分析

茶叶企业作为地理标志茶叶供给体系中的主体之一，分析企业地理标志的茶叶生产经济效益，能够有效揭示地理标志保护制度经济效益分析的一个重要方面。

5.2.1 理论假设

企业从事黄山地理标志茶叶生产，其生产经济效益受到许多因素的影响，在前述企业调查的描述性分析基础上，根据企业生产理论，作出如下假设：

假设1：企业从事黄山地理标志茶叶生产的经济效益与企业自身的基本特征相关。主要用企业的规模(用资产总值表示)、企业技术科研人员数来反映。假定：企业规模大的企业，其生产的经济效益更好；企业技术科研人员越多，企业的生产经济效益越好，相反则较差。

假设2：企业黄山地理标志茶叶生产特征变量会影响企业生产的经济效益。这些特征主要包括生产过程中的茶叶质量控制、责任人制度等因素，影响情况根据具体特征而定。

假设3：企业市场特征。主要用企业品牌知名度、产品主要销售市场等因素反映，影响情况根据具体特征而定。

假设4：原料来自基地的比例、政府相关部门等外部组织机构因素对企业从事地理标志茶叶生产也存在一定的影响。基地作为企业茶叶原料的来源之一，在保证企业的茶叶品质上起着重要的作用。本书假定，企业从基地收购茶叶原料的比例越高，其生产的经济效益越高。政府相关部门等外部组织机构因素对企业从事地理标志茶叶生产的影响方向可能是两方面的，一方面，这些外部组织机构给予企业政策上的扶持，从长期上看，对企业从事地理标志茶叶会产生正向影响；另一方面，这些外部组织机构对企业的高要求，如企业产品质量的监督管理，从短期上看，可能不利于企业的生产，对其产生负向影响。

综合上述分析，影响企业地理标志茶叶生产经济效益各因素及其影响方向具体情况如表5-8所示。

表5-8　变量定义与赋值及各变量对企业地理标志茶叶生产经济效益的预期影响方向

变量名称	变量定义	均值	预期影响方向
因变量（Y）			
比较收益率		1.26	
自变量（X）			
企业自身基本特征			
资产总值X_1		3868.78	+
技术研发人员数量X_2		12.15	+
企业生产特征			
质量检测控制体系建设X_3	0=没有；1=有	0.85	+
责任人制度X_4	0=没有；1=是	0.92	+
企业市场特征			
品牌知名度X_5	1=中国名牌；2=安徽省名牌；3=黄山市名牌；4=其他	3.00	–
主要销售市场X_6	0=内销型企业；1=非内销型企业②	0.35	+
企业外部环境特征			
基地原料比例X_7		76.69	+
政府作用X_8	1=没有用；2=作用不大；3=很有用	2.65	?

注：①预期影响符号中"+"表示正相关，"–"表示负相关，"?"表示不清楚。②如果企业产品完全在国内销售，则定义为内销型企业，如果企业主要销往国外或部分销往国外，则定义为非内销型企业。

5.2.2 企业茶叶类地理标志产品生产经济效益模型

1. 理论模型

为了分析影响企业从事地理标志茶叶生产经济效益的因素，先构建企业地理标志茶叶生产经济效益分析的理论模型。该理论模型可以用如下公式表示：

$$\pi_i = f\left(JB_i, SC_i, M_i, HJ_i, \varepsilon\right) \tag{5.1}$$

在上式中，π_i表示第i个企业从事地理标志茶叶生产的比较收益率，单位为%，JB_i为企业自身基本特征向量，SC_i为企业生产特征向量，M_i为企业市场环境特征向量，HJ_i为企业外部环境尤其是政府相关组织机构支持企业从事地理标志茶叶生产的特征向量，ε为随机因素。函数$f(.)$为某种特定的函数形式，这种函数形式可以为线性的，也可以是非线性的。本书在综合考虑多种因素的基础上，最终决定采用多元线性模型形式。在变量的选择方面，一般按照显著性和变量的重要性两个标准进行综合决定与取舍，因此，在模型中，包含了一些不显著的变量，甚至与理论相悖的变量，之所以这么做，主要是便于更好地对实际情况进行解释。

类似茶农地理标志茶叶生产的比较收益率构建原理，对于茶叶企业而言，也可以构建企业生产地理标志茶叶的比较收益指数。对于那些获得地理标志认证的茶叶企业，本调查均将其茶叶设定为地理标志茶叶并与当地市场的原料和产品价格进行比较，并按最终产品计算出单位地理标志茶叶的生产成本与销售价格，从而可以计算出企业地理标志茶叶生产的比较收益率。计算公式如下：

$$R_{ei}^{R} = \frac{P_{ei}^{R}}{C_{ei}^{R}} = \frac{P_{ei}^{G} / P_{ei}^{C}}{C_{ei}^{G} / C_{ei}^{C}} \tag{5.2}$$

公式中，R_{ei}^{R}表示企业单位地理标志茶叶生产比较收益率，e表示企业，i表示第i个企业，i∈1 ~ m，P表示企业单位茶叶的销售收入，C表示企业单位茶叶的生产成本，上标G表示地理标志茶叶，上标C表示普通茶叶，P_{ei}^{R}表示企业单位地理标志茶叶的比较收入，C_{ei}^{R}表示企业单位地理标志茶叶的比较成本，P_{ei}^{G}表示企业单位地理标志茶叶的销售收入，C_{ei}^{G}表示企业单位地理标志茶叶的生产成本，P_{ei}^{C}表示企业单位普通茶叶的销售收入，C_{ei}^{C}表示企业单位普通茶叶的生产成本。

2. 实证计量经济模型建立

根据经济数据和实证模拟情况以及前文的分析，本书选取企业黄山地理标志茶叶生产的比较收益率作为因变量，选取下列因素作为自变量：①企业自身基本特征，主要包括企业的总资产、企业科研技术人员数量等；②企业生产特征，主要包括企业茶叶质量检测和控制体系建设情况、企业责任人制度等；③企业市场特征，主要包括企业品牌知名度、产品销售市场等；④企业外部环境特征，主要包括基地茶叶原料采购比例和政府作用等。

本书建立如下实证方程：

$$Y = a_0 + a_1X_1 + a_2X_2 + a_3X_3 + a_4X_4 + a_5X_5 + a_6X_6 + a_7X_7 + a_8X_8 + \sigma \tag{5.3}$$

其中，Y为企业单位地理标志茶叶生产的比较收益率；企业$X_1 \sim X_2$为企业自身基本特征变量，$X_3 \sim X_4$为企业生产特征变量，$X_5 \sim X_6$为企业市场特征变量，$X_7 \sim X_8$为企业外部环境特征变量，a_0、a_1、a_2、a_3、a_4、a_5、a_6、a_7、a_8为待估参数。模型中各变量的选取、定义及统计数据如表5-8所示。

3. 计量结果分析

模型采用企业地理标志茶叶生产的比较收益率作为因变量，综合考虑企业影响因素，运用SPSS17.0对26个样本的截面数据进行估计，模型的有关参数及统计量如表5-9所示。

表5-9 企业地理标志茶叶生产经济效益模型参数估计

变量特征/变量名称	系数		标准化系数	参数检验	
	B	Std.	Error	Beta	t
企业自身基本特征					
资产总值X_1	4.146E-6	.000	.122	2.239**	.039
技术研发人员数量X_2	.002	.001	.196	2.938***	.009

续表

变量特征/变量名称	系数		标准化系数	参数检验	
	B	Std.	Error	Beta	t
企业生产特征					
质量检测控制体系建设X_3	.050	.013	.103	3.929***	.001
责任人制度X_4	–.090	.017	–.138	–5.421***.000	.017
企业市场特征					
品牌知名度X_5	–.045	.005	–.285	–8.744***.000	.005
主要销售市场X_6	.006	.007	.017	.844	.410
企业外部环境特征					
基地原料比例X_7	.003	.000	.376	7.925***	.000
政府作用X_8	.035	.013	.122	2.613**	.018

注：***表示在0.01水平显著，**表示在0.05水平显著，*表示在0.1水平显著。

根据回归模型的方差检验，计算模型假设检验统计量F=534.17，在给定显著水平α=0.01情况下，即P(F > $F_{1-\alpha}$)=0.01时，查表得到$F_{1-\alpha}$(p，n–p–1)为$F_{0.99}$(8，17)=3.79，拒绝原假设，表示模型回归系数在一定程度上反映了这些自变量与因变量之间存在相关关系，总体上有显著影响。再考查相关系数R=0.997，R^2=0.994，模型拟合优度(Goodness of fit)的相关系数R(n–2)=1%的临界值= 0.499，结果R > R(n–2)临界值，表明自变量与因变量之间有极显著的线性关系。因此，总体上看，模型有很强的拟合能力，可以用于企业地理标志茶叶生产经济效益的经济学分析。

从模型的参数检验结果来看，多数达到了极显著水平，说明所估计的多数参数可用于分析。模型参数的经济含义及解释是：

(1)企业自身基本特征方面。企业规模和企业的科研技术人员数量对企业从事地理标志茶叶生产的经济效益有显著影响，但显著性各有不同，且影响程度也不同。从模型计量结果看，企业规模变量在5%水平上通过显著检验，且回归系数为正，说明规模越大的企业，其从事地理标志茶叶生产的经济效益越大。这可能是因为，企业的规模越大(尤其突出表现在生产规模上)，越能获得较好的规模经济效应，从而降低生产成本。从模型计量结果看，技术研发人员数量变量在1%水平上通过显著性检验，且回归系数为正。这说明，企业通过不断的技术创新，不断的改进产品，从而达到提高企业生产经济效益的目的，符合理论要求。

企业自身基本特征方面的两个变量虽对企业从事地理标志茶叶生产的经济效益的影响程度有所不同，但都存在着一定的显著影响，并且它们都与企业地理标志茶叶生产的经济效益呈正向相关，与理论期望一致，假设1通过了假设检验。

(2)企业地理标志茶叶生产特征方面。质量检测控制体系建设、责任人制度这两个变量对企业从事地理标志茶叶生产的经济效益有显著影响。从模型计量结果看，企业是否建立茶叶质量责任人制度的变量极显著，但与理论方向不一致。企业是否建立茶叶质量检测控制体系与企业从事地理标志茶叶生产的经济效益呈显著正相关，这个变量在1%水平上通过显著性检验，符合理论要求。假设2通过了假设检验。

(3)企业市场特征方面。从模型计量结果看，企业产品品牌的知名度变量在1%水平上通过显著检验，回归系数为负。也就是说，企业产品在市场的知名度越小，企业从事地理标志茶叶生产的经济效益越不显著，如果换个角度来看，企业产品在市场的知名度越高，企业从事地理标志茶叶生产的经济效益越好，符合理论要求。企业的销售市场变量从模型计量结果看不显著，不能得出一个明确的结论。如果从回归系数来分析，销售市场变量回归系数为正，这也就是说，销售市场变量与企业地理标志茶叶生产经济效益呈正相关，但影响不显著。造成这种情况的主要原因可能是，目前虽然一些企业已经开始把自己的茶叶销往国外，但总体销量还比较小，市场主要还是集中在国内。

(4)企业外部环境特征方面。企业基地原料采购比例和政府相关部门在企业地理标志茶叶生产中发挥的作用这两个变量对企业地理标志茶叶的生产经济效益都存在一定的影响，但影响程度存在一定的区别。具体来说，企业从基地采购茶叶原料能明显地提高其生产经济效。从模型计量结果看，这个变量在1%水平上通过显著检验，回归系数为正。在企业从事地理标志茶叶的生产中，政府相关部门发挥的作用在理论上是值得肯定的。从模型计量结果看,这个变量在5%的水平显著,符合理论预期。因此,假设4通过了假设检验。

5.3 本章小结

以26家地理标志茶叶生产企业为例,采用计量经济学方法,实证地分析了影响企业地理标志茶叶生产经济效益的主要因素,现将模型分析结果小结如下:

(1)企业从事地理标志茶叶生产是否具有经济性,只有在一定的经济条件下,才能满足企业的目标要求。本章通过对地理标志茶叶与普通茶叶的产出—投入进行比较分析,构建了企业地理标志茶叶生产经济比较收益率指标并进行分析。

(2)以26家地理标志茶叶生产企业为例,实证地分析了影响企业地理标志茶叶生产经济效益的主要因素。总体而言,在企业从事地理标志茶叶生产的过程中,其经济效益表现各异,是多种因素综合作用的结果。研究表明,在企业自身基本特征方面,企业规模和技术研发人员数量对企业从事地理标志茶叶生产的经济效益有显著影响,但显著性各有不同,且影响程度也不同;企业地理标志茶叶生产特征方面的影响因素包括质量检测控制体系建设、责任人制度两个变量,并且这两个变量都达到了极显著水平;在企业市场特征方面,企业产品品牌的知名度存在显著影响,销售市场变量有一定的正向影响,但影响不显著。在企业外部环境特征方面,企业基地原料采购比例和政府作用变量对企业从事地理标志茶业生产的经济效益有一定的正向影响,但显著性各有不同,且影响程度也不同。

由此可见,企业从事地理标志茶叶生产的经济效益是多种因素综合作用的结果,且有其内在规律性。

第6章　我国茶叶类地理标志产品消费者忠诚度研究

我国地理标志产品保护与发展工作在取得丰硕成果的同时，在实践中也存在许多问题，"重生产轻市场"就是其中之一。消费者对地理标志等概念缺乏认知与了解一度妨碍了地理标志产品消费层面、质量监管层面、品牌维护层面的有效运行。相对于"三品"（无公害农产品、绿色食品、有机农产品）产品来讲，地理标志产品的价值和效益相对更加突出，但是却没有被有效地开发和利用。相对于国外消费者对地理标志产品的重视和关注而言，国内消费者对地理标志产品的认知和信任还处于一个相对较低的层次，甚至在学术领域，国内学者的研究目光也大都集中在地理标志的法律保障领域或行政管理领域。从消费者角度探究地理标志产品产业建设和发展的文献更是极度匮乏，处于刚刚起步阶段。因此，如何有效保护地理标志产品，减少相关环节内假冒伪劣现象的滋生与泛滥，引导消费者地理标志产品消费，提升顾客忠诚度，就显得非常重要了。然而，消费者对地理标志产品的忠诚度状况如何以及该如何测量？究竟哪些因素影响消费者对地理标志产品的忠诚度？到底应如何培育和提升消费者地理标志产品的忠诚度？正确回答这些问题是进一步发展和壮大我国地理标志产品产业的关键。

本部分研究将在前人研究的基础上，以我国茶叶类地理标志产品为例，选择那些购买过地理标志产品的消费者为研究对象，构建相应的消费者地理标志产品忠诚度测量评价指标体系，并从消费者对地理标志产品感知质量、对地理标志产品产地态度以及对地理标志产品保护认知三大方面构建消费者地理标志产品忠诚度影响因素模型，对我国茶叶类地理标志产品消费者忠诚度及其影响因素进行研究。

6.1 我国茶叶类地理标志产品消费者忠诚度评价

自从美国学者Copeland(1923)把忠诚度的概念引入商业领域后,国内外学者围绕消费者忠诚度的内涵界定、测量指标和方法、影响因素以及培育途径等作了大量富有成效的研究。

在消费者忠诚度的内涵界定方面,学术界尚未形成一致的观点,国内外学者主要从态度和行为两个层面进行分析。Oliver(1997)、Shankar, et al.(2003)、刘志刚和马云峰(2003)、张为栋(2004)等从态度视角定义了忠诚度,认为消费者忠诚度是消费者对特定产品的偏好和心理承诺;刘爽和杨念梅(2003)、刘洪程(2004)等从行为的视角出发,认为衡量忠诚度的唯一尺度是行为而非态度;Gremler & Brown(1999)、马清学和张鹏伟(2003)等把态度取向和行为取向结合起来进行考察,认为真正的消费者忠诚度应该是伴随着较高的态度取向的重复购买行为。此后,尽管很多学者从各自不同的视角对消费者忠诚度作了定义,但基本上都是围绕态度和行为这两个层面开展的。

在消费者忠诚度影响因素方面,不同的学者依据各自的研究目的,提出许多不同的影响因素,主要有顾客满意(Agustin & Singh, 2005;柯涛涛等,2006)、关系信任(Singh & Sirdeshmukh, 2000;严浩仁,2005)、服务质量(Zeithaml, et al., 1996;Ruyter, 1999)、顾客价值(李忠宽,2003;薄湘平和尹红,2005)以及一些间接因素与情景调节因素。

在消费者忠诚度测量指标方面,总体上来说,主要分为行为测量和态度测量,行为测量包括频率、次数、金额等方面,态度测量则关注消费者的购买意向和态度偏好等。如Dick & Basu(1994)以重复购买的意愿以及满意的顾客对价格的容忍度去衡量消费者的忠诚度;Jones & Earl Sasser(1995)从消费者再次购买意愿、实际上发生重复购买的行为以及消费者主动向家人或朋友推荐的行为三个方面对消费者忠诚度进行衡量;Zeithaml(1996)则以宣传优点、推荐和鼓励亲朋购买、对价格的容忍、不容易产生抱怨转换行为及重购意愿等指标来衡量消费者忠诚度；周梅华(2004)认为顾客忠诚度的衡量指标包括顾客重复购买的次数、购买挑选的时间、向他人进行推荐介绍的次数、对价格的敏感程度、对竞争产品的态度、对产品事故的承受能力六个主要指标；王妙和白艳(2008)认为顾客忠诚度的测量主要应从顾客重复购买意愿、向他人推荐、接受溢价三个方面来衡量。

消费者忠诚度测量方法主要有定性研究方法与定量研究方法。定量研究方法主要有结构方程模型法、回归分析法、相关分析法、方差分析法、模糊数学理论等。

本部分研究将在前人研究的基础上，以地理标志产品六安瓜片茶、霍山黄芽、黄山贡菊为研究个案，构建我国茶叶类地理标志产品消费者忠诚度测量综合评价指标体系，运用灰色综合评估模型对我国茶叶类地理标志产品消费者忠诚度进行评价。

6.1.1　消费者地理标志产品忠诚度评价指标体系构建及权重确定

1. 我国茶叶类地理标志产品消费者忠诚度评价指标体系构建

在消费者忠诚度测量指标方面，总体上来看，主要有行为测量和态度测量，行为测量包括频率、次数、金额等方面，态度测量则关注消费者的购买意向和态度偏好等。本研究主要从行为忠诚和态度忠诚的角度出发，认为消费者地理标志产品忠诚度既是一个行为过程，也是一个心理决策评估的过程，具体表现为消费者地理标志产品重复购买意愿、对提价的反应等方面。本研究在总结国内外有关消费者忠诚度的研究成果和深入调查的基础上，结合我国茶叶类地理标志产品的特点和专家意见，构建相应的评价指标体系。该指标体系由多层评价指标构成，具体分为三个层次，消费者地理标志产品忠诚度综合评价为第一层次(目标层)，第二层为一级指标，将消费者地理标志产品忠诚度分解为行为忠诚和态度忠诚两个方面，第三层为二级指标，具体情况如表6-1所示。

表6-1 我国茶叶类地理标志产品消费者忠诚度测量指标体系

目标层	一级指标	二级指标	指标的具体解释
消费者地理标志忠诚度综合评价	态度忠诚变量U_1	重复购买意愿U_{11}	很愿意购买该地理标志产品
		对竞争对手的态度U_{12}	对其他同类产品的态度 1=十分关注,2=关注,3=重要参考对象,4=稍微考虑,5=毫不关心
		产品缺陷容忍度U_{13}	即使该地理标志产品的品质比现在差,仍会购买
		产品关注度U_{14}	十分关注该地理标志产品的各方面信息
	行为忠诚变量U_2	重复购买行为U_{21}	购买该地理标志产品的总量已经超过购买同类产品总量的一半
		价格忍耐力U_{22}	即使该地理标志产品涨价如下,仍愿意购买 1=2%,2=5%,3=10%,4=20%,5=50%
		购买决策犹豫度U_{23}	购买该地理标志产品的决策犹豫度 1=货比三家,2=仔细考虑价格、质量等因素,3=稍作考虑,4=大体观察下,5=立刻
		推荐行为U_{24}	很愿意向自己的亲友推荐该地理标志产品

注:我国茶叶类地理标志产品消费者忠诚度测量采用量表形式,通过提问的方式,用1~5表示消费者对上述问题的认同程度,1表示完全不同意,5表示完全同意。

2. 我国茶叶类地理标志产品消费者忠诚度评价指标体系权重的确定

我国茶叶类地理标志产品消费者忠诚度综合评价各指标的权重主要通过专家咨询,采用层次分析法来确定。在单独分别进行消费者地理标志产品态度忠诚和行为忠诚评价时,各评价指标权重在上述综合评价指标权重的基础,按照公式$U_{ijj}=\dfrac{U_{ij}}{\sum_{j=1}^{4}U_{ij}}$计算,具体结果如表6-2所示。

表6-2 我国茶叶类地理标志产品消费者忠诚度评价指标体系权重

指标	U_{11}	U_{12}	U_{13}	U_{14}	U_{21}	U_{22}	U_{23}	U_{24}
权重	0.23	0.12	0.09	0.03	0. 33	0.08	0. 04	0. 08

6.1.2 基于中心点混合可能度函数的灰色聚类评估模型

灰色聚类评估模型是灰色系统理论的重要组成部分，灰色聚类是根据灰色关联矩阵或灰色白化权函数将所考察的观测指标或观测对象划分成若干可定义类别的方法，一个聚类可以看成是属于同一类的观测对象。自从邓聚龙提出变权灰色聚类模型以来，许多学者对此进行了相关研究，先后提出定权灰色聚类评估模型、基于端点三角白化权函数的灰色聚类评估模型、基于中心点三角白化权函数的灰色聚类评估模型（Liu，2006；Liu & Xie，2011，Liu，et al.，2012）。

基于中心点混合可能度函数的灰色聚类评估模型适用于较易判断最可能属于各灰类的点，但各灰类边界不清晰的情形，将属于某灰类程度最大的点称为该灰类的中心点，基于中心点混合可能度函数的灰色评估模型的建模步骤如下（Liu et al.，2015）：

第一步：对于指标 j，设其取值范围为 $[a_j, b_j]$，按照评估要求所需划分的灰类数 s，分别确定灰类1、灰类s的转折点 λ_j^1，λ_j^s 和灰类 k（$k \in \{2,3,\cdots,s-1\}$）的中心点 $\lambda_j^2,\lambda_j^3,\cdots,\lambda_j^{s-1}$。

第二步：对于灰类1和灰类s，构造相应的下限测度可能度函数 $f_j^1[-,-,\lambda_j^1,\lambda_j^2]$ 和上限测度可能度函数 $f_j^s[\lambda_j^{s-1},\lambda_j^s,-,-]$。

设 x 为指标 Y_1 的一个观测值，当 $x \in [a_j, \lambda_j^2]$ 或 $x \in [\lambda_j^{s-1}, b_j]$ 时，可分别由公式

$$f_j^1(x)=\begin{cases}0 & x\notin[a_j,\lambda_j^2]\\ 1 & x\in[aj,\lambda_j^1]\\ \dfrac{\lambda_j^2-x}{\lambda_j^2-\lambda_j^1} & x\in[\lambda_j^1,\lambda_j^2]\end{cases}\quad(6.1)\text{或}\ f_j^x(x)=\begin{cases}0 & x\notin[\lambda_j^{s-1},b_j]\\ \dfrac{x-\lambda_j^{s-1}}{\lambda_j^s-\lambda_j^{s-1}} & x\in[\lambda_j^{s-1},\lambda_j^s]\\ 1 & x\in[\lambda_j^s,b_j]\end{cases}\quad(6.2)$$

计算出其属于灰类1和灰类s的可能度值 $f_j^1(x)$ 或 $f_j^s(x)$。

第三步：对于灰类 k（$k \in \{2,3,\cdots,s-1\}$），同时连接点 $(\lambda_j^k,1)$ 与灰类 $k-1$ 的中心点 $(\lambda_j^{k-1},0)$（或灰类1的转折点 $(\lambda_j^1,0)$）以及 $(\lambda_j^k,0)$ 与灰类 $k+1$ 的中心点 $(\lambda_j^{k+1},0)$（或灰类s的转折点 $(\lambda_j^s,0)$），得到 j 指标关于灰类 k 的三角可能度函

数 $f_j^j[\lambda_j^{k-1},\lambda_j^{k},-,\lambda_j^{k+1}]$,J,$j$=1,2,⋯;$m$;$k$=2,3,⋯$s$–1（如图6–1所示）。

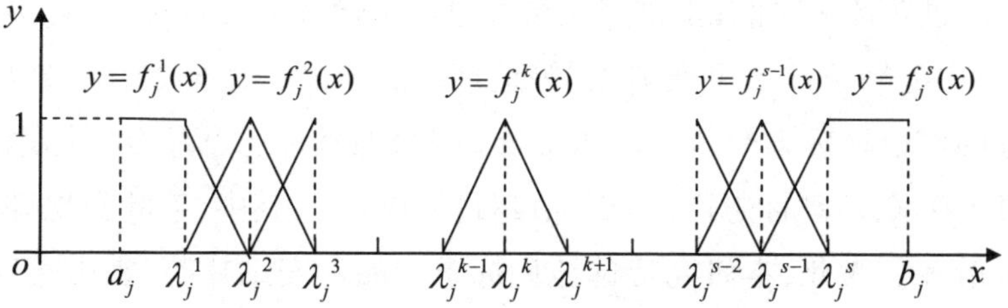

图6–1　中心点混合可能度函数示意图

对于指标 j 的一个观测值 x，当 $k=2,3,\cdots,s-1$ 时，可由公式

$$f_j^k(x)=\begin{cases}0 & x\notin[\lambda_j^{k-1},\lambda_j^{k+1}]\\ \dfrac{x-\lambda_j^{k-1}}{\lambda_j^{k}-\lambda_j^{k-1}} & x\in[\lambda_j^{k-1},\lambda_j^{k}]\\ \dfrac{\lambda_j^{k+1}-x}{\lambda_j^{k+1}-\lambda_j^{k}} & x\in[\lambda_j^{k},\lambda_j^{k+1}]\end{cases} \tag{6.3}$$

计算出其属于灰类 k（$k\in\{2,3,\cdots,s-1\}$）的可能度值 $f_j^k(x)$。

第四步：确定各指标的权重 $w_j, j=1,2,\cdots,m$;

第五步：计算对象 $i(i=1,2,\cdots,n)$ 关于灰类 $k(k=1,2,\cdots,s)$ 的聚类系数 σ_i^k;

$$\sigma_i^k=\sum_{j=1}^{m} f_j^k(x_{ij})\cdot w_j \tag{6.4}$$

其中，$f_j^k(x_{ij})$ 为 j 指标 k 子类可能度函数，w_j 为指标 j 在综合聚类中的权重。

第六步：由 $\max\limits_{1\leqslant k\leqslant s}\{\sigma_i^k\}=\sigma_i^{k^*}$，判断对象 i 属于灰类 k^*；当有多个对象同属于 k^* 灰类时，还可以进一步根据综合聚类系数的大小确定同属于 k^* 灰类之各个对象的优劣或位次。

6.1.3　我国茶叶类地理标志产品消费者忠诚度评价的实证分析

1. 数据的来源

安徽地处中国华东地区，地理位置东经114°54′～119°37′，北纬29°41′～34°38′，地处长江、淮河中下游，长江三角洲腹地，地跨长江、淮河、新安江三大流域，平原、台地（岗地）、丘陵、山地等类型齐全，在气候上属暖温带与亚热带的过渡地区，拥有丰富和独特的自然资源和人文资源，孕育出誉满天下的“黄山毛峰茶”“太平猴魁茶”等地理标志产品。截至2016年2月，安徽省培育国家地理标志产品总数达62个，国家地理标志产品专用标志使用企业超过200家，地理标志产品总产值超过100亿元，其中，茶叶类地理标志产品数量最多。为此，本研究特选地理标志产品六安瓜片茶、霍山黄芽、黄山贡菊3种安徽省茶叶类地理标志产品作为研究对象，开展消费者问卷调查，计算出消费者地理标志产品忠诚度综合评价各个指标均值，具体得分情况如表6–3所示。

表6–3　我国茶叶类地理标志产品消费者忠诚度评价得分

	六安瓜片茶 Y_1	霍山黄芽 Y_2	黄山贡菊 Y_3
重复购买意愿 U_{11}	3.63	3.95	4.38
对竞争对手的态度 U_{12}	3.07	2.70	3.11
产品缺陷容忍度 U_{13}	2.36	2.09	1.97
产品关注度 U_{14}	3.20	3.45	3.26
重复购买行为 U_{21}	2.91	3.37	3.47
价格忍耐力 U_{22}	3.07	3.16	3.51
购买决策犹豫度 U_{23}	2.48	2.63	2.32
推荐行为 U_{24}	3.47	3.73	3.79

2. 我国茶叶类地理标志产品忠诚度的灰色聚类评价结果分析

按照评价要求，将我国茶叶类地理标志产品消费者忠诚度评价各个指标取值范围相应地划分为四个灰类，分别对应高、中、一般、较低，相应的白化权函数分别为：$f_j^1[3.5,4.5,-,-]$，$f_j^1[3.5,4.5,-,-]$，$f_j^2[2.5,3.5,-,4.5]$，$f_j^3[-,1.5,2.5-,3.5]$，$f_j^4[-,-,1.5,2.5]$，经专家评分，各指标的综合决策权分别为 $w=(0.23,0.12,0.09,0.03,0.33,0.08,0.04,0.08)$，利用所构建的各灰类白化权函数和公式（6.4），安徽省3种茶叶类地理标志产品的消费者忠诚度评价结果如表6–4所示。

表6-4 安徽省6个茶叶类地理标志产品的消费者忠诚度灰色聚类评价结果

	综合评价				态度忠诚评价				行为忠诚评价			
	高	中	一般	较低	高	中	一般	较低	高	中	一般	较低
Y_1	0.0299	0.5480	0.4087	0.0134	0.0636	0.6156	0.2940	0.0269	0.0000	0.4880	0.5105	0.0015
Y_2	0.1219	0.5857	0.2555	0.0369	0.2201	0.3808	0.3205	0.0787	0.0347	0.7677	0.1976	0.0000
Y_3	0.2264	0.5797	0.1390	0.0549	0.4303	0.2629	0.2051	0.1018	0.0453	0.8610	0.0802	0.0135

据表6-4结果显示,安徽省3种茶叶类地理标志产品的消费者忠诚度都处于中等水平。根据综合聚类系数值可以确定,消费者霍山黄芽忠诚度水平最高,其次是黄山贡菊,最后是六安瓜片茶。

6.2 我国茶叶类地理标志产品消费者忠诚度影响因素分析

6.2.1 我国茶叶类地理标志产品消费者忠诚度影响因素指标体系构建

已有的研究表明,消费者忠诚度受到多种因素的影响,主要包括感知价值、满意、信任、转换成本、消费者特征等因素。本部分在总结前人研究的基础上,结合我国茶叶类地理标志产品的特点,从消费者对我国茶叶类地理标志产品质量感知、消费者对我国茶叶类地理标志产品产地态度以及消费者对我国茶叶类地理标志产品保护认知三个方面,构建我国茶叶类地理标志产品消费者忠诚度影响因素指标体系,具体情况如表6-5所示。

表6-5 我国茶叶类地理标志产品消费者忠诚度影响因素指标体系

<table>
<tr><th>一级指标</th><th colspan="2">二级指标具体表现方式</th></tr>
<tr><td rowspan="14">消费者对我国茶叶类地理标志产品保护的认知 U_1</td><td colspan="2">您觉得地理标志产品专用标志上的信息可信度非常高 U_{11}</td></tr>
<tr><td colspan="2">您会利用地理标志保护产品标识信息来判断产品品质的高低 U_{12}</td></tr>
<tr><td rowspan="12">您认为对该产品实施地理标志保护,可以:</td><td>保证该产品有更高的品质 U_{13}</td></tr>
<tr><td>保证该产品品质的一贯性 U_{14}</td></tr>
<tr><td>减少该产品被假冒的可能性 U_{15}</td></tr>
<tr><td>保证该产品是手工制作 U_{16}</td></tr>
<tr><td>维护该产品的名誉和口碑 U_{17}</td></tr>
<tr><td>对该产品的产地起到全面的保护 U_{18}</td></tr>
<tr><td>提高该产品所在地的就业率 U_{19}</td></tr>
<tr><td>提高该产品的价格 U_{10}</td></tr>
<tr><td>提高该产品生产农户的收入 U_{11}</td></tr>
<tr><td>保证该产品排他性,即划定生产区域以外的地区不具有生产条件,不能以该品牌的名义进行生产和销售 U_{12}</td></tr>
<tr><td rowspan="10">消费者对我国茶叶类地理标志产品产地的态度 U_2</td><td colspan="2">当地拥有丰富的原材料,非常适合生产该地理标志产品 U_{21}</td></tr>
<tr><td colspan="2">当地拥有优良的生态环境,非常适合生产该地理标志产品 U_{22}</td></tr>
<tr><td colspan="2">该地理标志产品充分迎合了当地的风俗习惯 U_{23}</td></tr>
<tr><td colspan="2">当地生产该地理标志产品已拥有悠久的历史 U_{24}</td></tr>
<tr><td colspan="2">当地拥有深厚的文化底蕴,非常适合生产该地理标志产品 U_{25}</td></tr>
<tr><td colspan="2">该地理标志产品是当地古代劳动人民智慧的结晶 U_{26}</td></tr>
<tr><td colspan="2">该地理标志产品在演变过程中流传着很多生动的故事 U_{27}</td></tr>
<tr><td colspan="2">当地拥有独特生产技术,非常适合生产该地理标志产品 U_{28}</td></tr>
<tr><td colspan="2">当地对您吸引力很大 U_{29}</td></tr>
<tr><td colspan="2">当地给您的总体印象很好 U_{210}</td></tr>
<tr><td rowspan="7">消费者对我国茶叶类地理标志产品质量的感知 U_3</td><td colspan="2">该地理标志产品品质高于同类(或普通)产品 U_{31}</td></tr>
<tr><td colspan="2">该地理标志产品具有非常明显的地方特色 U_{32}</td></tr>
<tr><td colspan="2">该地理标志产品比较高档 U_{33}</td></tr>
<tr><td colspan="2">用该地理标志产品赠予别人很有面子 U_{34}</td></tr>
<tr><td colspan="2">购买该地理标志产品物有所值 U_{35}</td></tr>
<tr><td colspan="2">该地理标志产品享有令人尊重的声誉 U_{36}</td></tr>
<tr><td colspan="2">该地理标志产品工艺传统性非常突出 U_{37}</td></tr>
</table>

注:我国茶叶类地理标志产品消费者忠诚度影响因素各指标的测量,主要采用量表形式,通过提问的方式,用1~5表示消费者对上述问题的认同程度,1表示完全不同意,5表示完全同意。

6.2.2 我国茶叶类地理标志产品消费者忠诚度影响因素灰色关联分析原理及步骤

1. 灰色关联公理

灰色关联分析是通过灰色关联度来分析和确定系统诸因素间的影响程度或因素对系统主行为的贡献测度的一种方法,是灰色系统理论中十分活跃的一个分支,其基本思想是根据序列曲线几何形状的相似程度,来判断不同序列之间的联系是否紧密。其基本思路是通过线性插值的方法将系统因素的离散行为观测值转化为分段连续的折线,进而根据折线的几何特征构造测度关联程度的模型。折线几何形状越接近,相应序列之间的关联度就越大,反之就越小。

灰色关联分析是按事物的发展趋势做分析,因此对样本数量的多少没有过多的要求,对样本有无规律同样适用,而且计算量比较小,十分方便,其结果与定性分析结果比较吻合,所以灰色关联分析是一种具有自己独特优势的、比较实用和可靠的分析方法。

为了建立一套完整的灰色关联理论体系,Deng(2004)教授早期提出了灰色关联四公理。设$X_0=(\chi_0(1),\chi_0(2),\cdots\cdots,\chi_0(n))$为系统特征行为序列,且

$X_1=(\chi_1(1),\chi_1(2),\cdots\cdots,\chi_1(n))$

……

$X_i=(\chi_i(1),\chi_i(2),\cdots\cdots,\chi_i(n))$

……

$X_m=(\chi_m(1),\chi_m(2),\cdots\cdots,\chi_m(n))$

为相关因素行为序列,给定实数$\gamma(\chi_0,\chi_i)=\frac{1}{n}\sum_{k=1}^{n}\gamma(\chi_0(\kappa),\chi_i(k))$

则灰色关联四公理是指:

规范性:$0<\gamma(X_0,X_i)\leqslant 1,\gamma(X_0,X_i)=1\Leftarrow X_0=X_i$

接近性:$|\chi_0(\kappa)-\chi_i(\kappa)|$越小,$\gamma(\chi_0(\kappa),\chi_i(\kappa))$越大

整体性:$X_i,X_j\in X$,有$\gamma(X_i,X_j)\neq\gamma(X_j,X_i)$,$i\neq j$

偶对对称性：对于$X_i, X_j \in X$，有$\gamma(X_i, X_j) = \gamma(X_j, X_i) \Leftrightarrow X = \{X_i, X_j\}$

2. 主要灰色关联度及计算公式

自从邓聚龙教授提出灰色关联分析模型以来，国内外学者围绕灰色关联分析模型的构造和性质进行了有益的探索，从早期基于点关联系数的灰色关联分析模型，到基于整体或全局视角的广义灰色关联分析模型，从基于接近性测度相似性的灰色关联分析模型，到分别基于相似性和接近性视角构造的灰色关联分析模型，研究对象从曲线之间的关系分析到曲面之间的关系分析，再到三维空间立体乃至n维空间中超曲面之间的关系分析等（刘思峰等，2013）。

灰色绝对关联度：

设系统行为序列$X_i = (\chi_i(1), \chi_i(2), \cdots\cdots, \chi_i(n))(i = 1, 2, ..., m)$，记折线$(\chi_i(1) - \chi_i(1), \chi_i(2) - \chi_i(1), ..., \chi_i(n) - \chi_i(1))$为$X_i - \chi_i(1)$，令

$$s_i = \int_1^n (X_i - \chi_i(1)\, dt)$$

$$|s_i - s_0| = \int_1^n (X_i^0 - X_0^0) dt \ (i = 0, 1, 2, \cdots, m)$$

则$\varepsilon_{0i} = \dfrac{1 + |s_0| + |s_i|}{1 + |s_0| + |s_i| + |s_i - s_0|}$为$X_i$与$X_0$的灰色绝对关联度。

绝对关联度主要性质：

(1)$0 < \varepsilon_{i0} \leqslant 1$，$\varepsilon_{i0}$只与$X_i$和$X_0$的几何形状有关，而与其空间相对位置无关，或者说，平移不会改变绝对关联度的值，X_i与X_0几何上相似程度越大，ε_{i0}越大；

(2)X_i与X_0平行，或X_i^0围绕X_0^0摆动，且X_i^0位于X_0^0之上部分的面积与X_i^0位于X_0^0之下部分的面积相等时，$\varepsilon_{i0}=1$；

(3)$\varepsilon_{ii} = 1, \varepsilon_{00} = 1; \varepsilon_{i0} = \varepsilon_{0i}$。

灰色相对关联度：

设序列X_i，X_0长度相同且初值皆不等于0，X_i'，X_0'分别为X_i，X_0的初值像，则称X_i'，X_0的灰色绝对关联度ε_{i0}'为X_i与X_0的灰色相对关联度，记为

$$\gamma_{i0}=\frac{1+|s_i'|+|s_0'|}{1+|s_i'|+|s_0'|+|s_i'-s_0'|}$$

灰色相对关联度是序列X_i,X_0相对于始点的变化速率之联系的表征,X_i与X_0的变化速率越接近,γ_{i0}越大,反之越小。

相对关联度主要性质:

(1)$0\leqslant\gamma_{i0}\leqslant 1$,γ_{i0}只与X_i和X_0的相对于始点的变化速率有关,而与各观测值的大小无关,或者说,数乘不改变相对关联度的值;X_i和X_0相对始点的变化速率趋于一致,γ_{i0}越大;

(2)X_i和X_0相对始点的变化速率相同;或X_i与X_0的初值像的始点零化像$X_i'^0$,$X_0'^0$满足:$X_i'^0$围绕$X_0'^0$摆动,且$X_i'^0$位于$X_0'^0$之上部分的面积与$X_i'^0$位于$X_0'^0$之下部分的面积相等时,$\gamma_{i0}=1$;

(3)$\gamma_{ii}=\gamma_{00}=1;\gamma_{i0}=\gamma_{0i}$。

灰色综合关联度:

设序列X_i,X_0长度相同且初值不等于0,ε_{i0}和γ_{i0}分别为X_i和X_0的灰色绝对关联度和灰色相对关联度,$\theta\in[0,1]$,则

$\rho_{i0}=\theta\varepsilon_{i0}+(1-\theta)\gamma_{i0}$为$X_i$与$X_j$的灰色综合关联度。

灰色综合关联度既体现了折线X_i与X_0的相似程度,又反映出X_i于X_0相对于始点的变化速率的接近程度,是较为全面地表征序列之间联系是否紧密的一个指标量。

优势分析:

构建关联矩阵,通过关联矩阵各元素之间的关系对各要素的优劣情况进行分析。如$Y_1,Y_2,\cdots\cdots Y_s$为系统特征行为序列,$X_1,X_2,\cdots\cdots X_m$为相关因素行为序列,且Y_i,X_j长度相同,γ_{ij}(i=1,2,……s;j=1,2,……m)为Y_i和X_j的灰色关联度,则构成的关联度矩阵R:$\begin{pmatrix}\gamma_{11} & \gamma_{12}\cdots & \gamma_{1m}\\ \vdots & \ddots & \vdots\\ \gamma_{s1} & \gamma_{s2}\cdots & \gamma_{sm}\end{pmatrix}$

灰色关联矩阵中第i行的元素是系统特征行为序列Y_i(i=1,2,……s)与相关因素序列X_j(j=1,2,……m)的灰色关联度。若存在$l,j\in\{1,2,\cdots\cdots m\}$,满

足$\gamma_{il} \geq \gamma_{ij}$，则称系统因素$X_l$优于$X_j$。

6.2.3 我国茶叶类地理标志产品消费者忠诚度影响因素的实证分析

1. 研究样本与数据来源

本研究主要选定安徽省3种茶叶类地理标志产品六安瓜片茶、霍山黄芽、黄山贡菊作为研究案例，对消费者展开问卷调查，获取相关数据，共收集六安瓜片茶消费者问卷163份，霍山黄芽消费者问卷204份，黄山贡菊消费者问卷190份。基本情况如表6-6所示。

表6-6 基本情况一览表

	六安瓜片茶	霍山黄芽	黄山贡菊
样本数量(位)	163	204	190
消费者地理标志产品忠诚度总体水平	3.0949	3.2926	3.4689
消费者对地理标志产品保护认知总体水平	3.4166	3.6094	3.9430
消费者对地理标志产品原产地态度	3.3694	3.7200	3.7684
消费者对地理标志产品感知质量总体水平	3.4048	3.7596	3.8008

2. 我国茶叶类地理标志产品消费者忠诚度影响因素的灰色绝对关联优势矩阵

本研究将关联度按强弱分为三类，如表6-7所示。

表6-7 关联度强弱划分

关联程度	强关联	中等关联	弱关联
取值范围	0.7~1	0.35~0.7	0~0.35

本部分主要采用灰色绝对关联度计算公式，根据前面构建的消费者地理标志产品忠诚度测量指标体系及权重，计算出每个消费者地理标志产品忠诚度综合评价值，并把其作为参考数列，以每个消费者地理标志产品影响因素评价值作为比较数据列，得出灰色关联矩阵，具体结果及分析如下：

(1)消费者对我国茶叶类地理标志产品保护认知与忠诚度的关联度分析。

从表6-8可以看出,消费者对地理标志产品专用标志信息的可信度的认可、利用地理标志保护产品标识信息来判断产品品质的高低,以及对产品实施地理标志保护的看法,对消费者地理标志产品的忠诚度有较强的影响。但从总体上看,消费者对地理标志产品保护认知相关变量的总体影响的均值弱于消费者对地理标志产品产地态度和消费者地理标志产品感知质量变量的总体影响。从横向上看,消费者对地理标志产品保护认知相关变量对黄山贡菊的总体影响最大,其次是霍山黄芽,最后是六安瓜片茶。

表6-8 消费者地理标志保护认知、产地态度、感知质量与消费者忠诚度的灰色关联度

	Y_1	Y_2	Y_3
U_{11}	0.5242	0.7584	0.7860
U_{12}	0.8560	0.7013	0.6943
U_{13}	0.8123	0.7618	0.7995
U_{14}	0.7108	0.7994	0.6686
U_{15}	0.8006	0.7911	0.8535
U_{16}	0.9582	0.9629	0.5295
U_{17}	0.6225	0.7628	0.5884
U_{18}	0.7930	0.7116	0.8067
U_{19}	0.7384	0.6840	0.8394
U_{110}	0.5769	0.6947	0.8830
U_{111}	0.7365	0.6778	0.6845
U_{112}	0.8533	0.6930	0.8916
U_1(均值)	0.7486	0.7499	0.7521
U_{21}	0.9388	0.7242	0.8045
U_{22}	0.6752	0.7466	0.7797
U_{23}	0.9168	0.7857	0.5196
U_{24}	0.9322	0.7512	0.9173
U_{25}	0.6823	0.6883	0.7213
U_{26}	0.6795	0.7841	0.7946
U_{27}	0.9692	0.8306	0.5884

续表

	Y_1	Y_2	Y_3
U_{28}	0.8818	0.8140	0.7335
U_{29}	0.7434	0.7213	0.9628
U_{210}	0.8533	0.8021	0.6845
U_2(均值)	0.8273	0.7648	0.7506
U_{31}	0.7037	0.7415	0.8067
U_{32}	0.8538	0.7766	0.6080
U_{33}	0.6268	0.8154	0.7121
U_{34}	0.8774	0.7837	0.9616
U_{35}	0.9016	0.9525	0.7554
U_{36}	0.7678	0.7743	0.8743
U_{37}	0.6610	0.8016	0.7946
U_3(均值)	0.7703	0.8065	0.7876

(2)消费者对我国茶叶类地理标志产地态度与忠诚度的关联度分析。

消费者地理标志产品产地态度对消费者地理标志产品的忠诚度总体影响仅次于消费者地理标志产品感知质量对消费者地理标志产品的忠诚度总体影响,关联度均值为0.7809,其中六安瓜片茶的关联值最大,其次分别是霍山黄芽和黄山贡菊。

(3)消费者对我国茶叶类地理标志产品感知质量与忠诚度的关联度分析。

消费者地理标志产品感知质量对消费者地理标志产品的忠诚度总体影响最强,关联度均值为0.7881。其中霍山黄芽关联值为0.8065,影响最大,黄山贡菊关联均值为0.7876,影响排名第二,然后是六安瓜片茶,关联度值为0.7703。

6.3　本章小结

本章首先构建了包含态度忠诚和行为忠诚的我国茶叶类地理标志产品

的消费者忠诚度测量指标体系，并构建了评价消费者地理标志产品忠诚度的灰色聚类模型，以安徽省3种茶叶类地理标志产品为例，分别对六安瓜片茶、霍山黄芽、黄山贡菊消费者的态度忠诚、行为忠诚和整体进行了灰色综合评价。

同时，结合我国茶叶类地理标志产品的特点，构建了消费者地理标志产品忠诚度影响因素模型。并针对我国茶叶类地理标志产品消费者忠诚度影响因素评价的复杂性和难实施性，采用了专家调查和层次分析法，运用灰色关联分析模型，对我国茶叶类地理标志产品消费者忠诚度影响因素进行评价。

从总体上来看，我国茶叶类地理标志产品消费者忠诚度水平还不是很高，处于中等水平。消费者对茶叶类地理标志产品感知质量、对茶叶类地理标志产品产地态度以及对茶叶类地理标志产品保护认知是影响我国茶叶类地理标志产品消费者忠诚度的重要因素。其中，消费者对茶叶类地理标志产品感知质量影响最大，其次是消费者对我国茶叶类地理标志产品产地态度。而消费者对茶叶类地理标志产品保护的认知对消费者忠诚度影响稍弱，这跟我国实际情况比较吻合，我国地理标志保护起步较晚，相对于国外消费者对地理标志产品保护的重视和关注而言，国内消费者对地理标志产品保护的认知和信任还处于一个相对较低的层次。因此，在我国今后地理标志保护的实践工作中，在加强维护产品质量的同时，要进一步加强对消费者地理标志产品保护相关知识的宣传和教育工作，提高消费者对地理标志产品保护的认知水平，从而培育和提升消费者地理标志产品的忠诚度，促进我国地理标志产业的发展。

第7章　研究结论和对策建议

7.1　主要结论

7.1.1　关于地理标志保护对农户增收的促进作用

通过对生产黄山地理标志茶叶和生产黄山普通茶叶的茶农的比较发现，黄山茶叶地理标志保护对促进农户增收作用明显。从比较结果看，资金投入、劳动投入、地理标志保护对茶农从事茶叶生产的增收都存在有着一定正向的影响，但影响程度不同。其中，地理标志茶叶生产变量达到了极显著水平，由此可见，黄山茶叶地理标志保护已实实在在改善了茶农茶叶生产收入。

7.1.2　关于影响地理标志产品生产经济效益的因素

茶农地理标志茶叶生产经济效益除了受资金投入、劳动投入影响之外，还受其他一系列关键因素影响。通过对328户黄山地理标志茶叶生产茶农的生产研究表明，在茶农家庭自身基本特征方面，茶农家庭平均年龄、平均文化程度和家庭人均茶叶生产面积对茶农从事地理标志茶叶生产的经济效益有一定的影响，但影响不是很显著。在茶农地理标志茶叶生产特征方面，茶农茶叶生产专用设施的投入、农药肥料的购买方式、病虫害的防治方式以及茶农对农药残留的重视程度、黄山茶叶地理标志保护的认知水平对茶农从事地理标志茶叶生产的经济效益产生了显著的影响。而在茶农市场特征方面，茶农是否是通过协议的方式与茶叶企业进行交易、是否知道企业对质量有所要求、企业对茶农的茶叶生产是否进行技术指导以及对茶农提供利润返还对茶农从事地理标志茶叶生产的经济效益产生了积极的影响。在茶农外部环境特征方面，茶农是否加入农民合作社以及政府相关部门在茶农地理标志茶叶生产中发挥的作用，对茶农黄山地理标志茶叶的生产经济效益产生了一定的影响。

7.1.3 关于农户地理标志产品生产行为及其影响因素

农户地理标志产品的生产行为影响着地理标志产品产业的发展。通过对黄山地理标志茶叶茶农的生产行为研究，结果表明，总体而言，茶农未来地理标志茶叶生产意愿比较强烈，但不同茶农的生产意愿有明显差异，茶农的生产意愿受到许多因素的影响。其中，茶农户主文化程度、专用设施投入、地理标志保护认知水平、茶叶品质关注以及茶叶农药残留的重视程度等因素对茶农未来地理标志茶叶生产的意愿影响比较强烈。与茶叶销售市场距离、户主年龄、生产经营规模、茶叶收入占家庭总收入比重、家庭规模等因素呈一定的正相关关系，与户主的性别、地理标志宣传培训活动、政府作用因素关系不显著。

7.1.4 关于影响企业地理标志产品生产经济效益的因素

企业从事地理标志产品生产是否具有经济性，只有在一定的经济条件下，才能满足企业的目标要求。通过对黄山地理标志茶叶与黄山普通茶叶生产企业的投入产出比较分析，构建企业地理标志茶叶生产经济比较收益率指标并进行分析。研究表明，企业地理标志茶叶生产的经济效益受到许多因素的影响。在企业自身基本特征方面，企业规模和技术研发人员数量对企业从事地理标志茶叶生产经济效益有显著正向影响，但显著性各有不同，且影响程度也不同；企业地理标志茶叶生产特征方面的影响因素包括质量检测控制体系建设、责任人制度两个变量，并且这两个变量都达到了极显著水平；在企业市场特征方面，企业产品品牌的知名度存在显著影响，销售市场变量有一定的正向影响，但影响不显著。在企业外部环境特征方面，企业基地原料采购比例和政府作用两个变量对企业从事地理标志茶叶生产的经济效益有一定的正向影响，但显著性各有不同，且影响程度也不同。

7.1.5 关于我国茶叶类地理标志产品消费者忠诚及影响因素

该部分主要以我国茶叶类地理标志产品六安瓜片茶、霍山黄芽、黄山贡菊为例，通过实地调研的方式获取消费者相关数据，对我国茶叶类地理标志产品消费者忠诚度进行理论与实证分析。首先构建消费者地理标志产品忠诚度的灰色综合评价模型，对我国茶叶类地理标志产品六安瓜片茶、霍山黄芽、黄山贡菊的消费者忠诚度进行灰色综合评价，在此基础上，进一步构建消费者地理标志产品忠诚度影响因素模型，运用灰色关联分析模型，对地理标志产品消费者忠诚度影响因素进行有效评价。

研究结果表明，从总体上来看，安徽省3种茶叶类地理标志产品消费者忠诚度水平还不是很高，处于中等水平，而消费者对地理标志产品感知质量、对地理标志产品产地态度以及对地理标志产品保护的认知是影响消费者地理标志产品忠诚度的重要因素。其中消费者对地理标志产品感知质量影响最大，其次是消费者对地理标志产品产地态度，而消费者对地理标志产品保护的认知对消费者地理标志产品的忠诚度影响稍弱。

7.2 对策建议

为了进一步加强和完善我国茶叶类地理标志保护制度，更好地发挥其促进我国茶叶产业的发展，本书提出以下对策建议：

(1)注重培育地理标志茶叶产业龙头企业，打造地理标志茶叶知名品牌。

在黄山地理标志茶叶生产企业中，年产值过亿元的企业并不多，绝大部分地理标志茶叶生产企业规模不大，而地理标志茶叶产业龙头企业的发展在很大程度上决定了黄山地理标志茶叶在市场上的竞争实力和发展。为此，要注重培育地理标志茶叶产业龙头企业，按照扶优扶强原则，大力扶持有实力的龙头企业，鼓励龙头企业通过资产重组、资源整合等措施，促使其不断扩大规模，做大做强，提升产品档次，提高其茶叶产品的竞争力，增强其抵御市场风险的能力。同时，地理标志茶叶产业要发展，一定要实施名牌战略。茶叶作为一种商品，无论是国内市场还是国外市场，都已进入品牌竞争时代。而受保护的地理标志茶叶中，中国名牌很少。想获得品牌茶的市场效益，绝不是注册一个商标就能解决问题的，地理标志产品品牌建设是一项系统工程。面对现代化大市场，实施品牌战略已经刻不容缓，通过大力的品牌宣传推介、品牌整合等措施，打造黄山地理标志茶叶知名品牌。因此，优先培育一批具有较强竞争力、知名度比较高的地理标志茶叶产业龙头企业，是推进黄山地理标志茶业产业发展的关键和核心。

(2)企业要严把质量关，建设完善质量标准体系及保障体系，确保地理标志茶叶的优良品质。

没有高标准，就没有大品牌，而质量是一个值得信赖的品牌商品最基本的要素。地理标志茶叶生产企业要坚持高标准生产，严格内部控制、保证卫生条件、严把质量关，加大标准化管理力度，从原辅料采购、生产加工、产品检验、成品储存、运输等方面实行标准化管理，以提高地理标志产品的质量管理和质量保证水平，使自己的产品符合地理标志产品的要求。为此，企业要建立、健全自身质量保障体系，严格执行产品标准、技术规范、操作规程等，加强原料、产品、销售等环节的质量检验工作，对原料、生产、加工、包装、储运、销售等一系列环节实行全面质量管理，确保产品的优良品质；企业要有与生产能力相适应的内设检验机构和具备相应资格的检验人员，配备足够数量的、具备相应资格的专业人员从事卫生质量管理工作并实行产品质量安全承诺制度，做到产品出厂批批检验、批批合格；对所有与茶叶生产有接触的人员经体检合格后方可上岗；环境卫生及茶叶生产车间、设施的卫生必须符合食品生产加工要求；生产用原辅料的卫生应当符合安全卫生规定要求并得到有效控制；加强对茶叶生产加工过程的控制，确定关键控制环节并实行有效控制;茶叶的包装、储存、运输过程应当受到良好的卫生控制;通过这一系列的措施,保障地理标志茶叶生产安全,提高地理标志茶叶质量。

(3)积极鼓励企业更新设备,加快技改步伐,确保产品质量的稳定和提高。

为适应日益激烈的市场竞争和瞬息万变的市场需求,应积极鼓励茶叶生产企业加大投入,更新茶叶生产设备,加快企业技改。在坚持传统生产工艺和核心技术不变,确保浓郁的传统产品风味不改变的基础上,要结合当地生态环境特色和茶叶品种特点,全方位研究茶叶加工工艺,不断地进行创新和完善,实现由老设备、老技术、老传统工艺向新设备、新技术、新现代工艺转变,提高茶叶的科技含量。鼓励企业以各种形式组建自己的科研和技术开发机构,提高自主创新能力,使产品适应市场需求。

(4)在抓住国内销售市场的同时积极开拓国际市场。

随着我国经济的快速发展、人们生活水平的不断提高,以及茶文化的挖掘与弘扬,我国的茶叶市场内销需求旺盛,市场潜力大,而21世纪以"健康、绿色、生命"为主题的消费需求日益强烈,由于茶对人体健康特有而卓越的功效,越来越引起世界范围的关注。这一绿色健康消费趋势,将使茶突破区域性消费的局限性,对黄山地理标志茶叶国内外市场的拓展是一个极好的机遇。因此,企业在巩固扩展国内市场的同时,应积极拓展国际市场,充分利用我国加入WTO后享受最惠国待遇,尤其是进口茶关税减让好处,针对国际市场茶叶需求动态和需求特点,积极开拓国际市场,拓展销售空间。

(5)逐步引导茶农适度规模经营,激发茶农专用设施的投入,提高茶农茶叶收入。

研究结果表明,茶农家庭生产经营规模越大,茶农未来地理标志茶叶的生产意愿越强烈。然而,目前茶农茶叶生产经营规模相对较小,茶园较分散。因此,要积极引导茶农开发、利用"山坞田"、"高塝田"、荒山、荒地发展茶园,对中低产茶园进行改造规划,逐步引导茶农适度规模经营,并积极探索茶园流转机制,进一步统一规划,有计划、有步骤、有秩序地将分散茶园相对集中,实现茶园规模化、集约化经营,产生规模效益。同时,茶农专用设施投入对提高茶农生产经济效益和未来地理标志茶叶生产意愿有着显著的影响。要激发茶农的投资热情，促进茶农增加茶叶专用设施投入，首先要完善农村金融体系，改善农村金融服务质量，加大对茶农的信贷投放力度，以解决茶农专用设施投入资金短缺问题，其次，加大对茶农茶机等生产设备的购置补贴力度，调动茶农的积极性，增加茶农专用设施的投入。最后，要想有效引导茶农地理标志茶叶的生产，提高茶农地理标志茶叶生产收入是关键。虽然黄山茶叶地理标志保护实施以来改善了茶农茶叶生产收入，但目前茶叶收入在家庭总收入中的比重还很小，因此，要千方百计地增加茶农茶叶生产收入，大大促进茶农地理标志茶叶生产的积极性。

(6)积极探索更为有效的农企联结机制。

优质高效的标准化茶叶基地是茶产业发展的基础。鼓励企业与茶农按订单农业的方式建立自己的原料基地，并进一步加强“无公害”“绿色食品”“有机茶”基地认证工作。加强茶农组织化建设，按照自愿、民主、平等和互利原则，鼓励、支持茶农和茶叶企业创办相应的茶叶合作组织，使千家万户的小生产和千变万化的大市场相连接，不断增强茶农的自我发展能力。积极推广“茶叶企业+基地+(茶农专业合作组织)+茶农”的产业经营模式，促进企业、基地(茶农专业合作组织)、农户等利益主体的有机联结，要认真研究探讨茶农、合作组织、龙头企业的利益联络机制，引导企业、茶农相互签订目标责任书，明确各自责、权、利。企业在确保茶农价格的前提下，通过茶叶合作组织形式向茶农提供良好茶叶品种、规范生产、茶园管理办法、技术辅导、培训服务，对茶农茶园生产投入品进行统一采购，统一使用，统一病虫草害防治等工作，茶农只负责种好茶、管好茶、采好茶，生产加工、市场开拓、品牌塑造、市场风险则由企业承担；企业在获得较好经济效益和不断壮大的同时，通过利润返还等形式反哺茶农，保护茶农利益，提高茶农收益。通过这一有机的联结，逐步形成目标一致、利益共享、风险共担、共同发展的利益共同体，提高地理标志茶叶产业的一体化经营水平，从而实现企业、茶农的“双赢”。

(7)加大茶叶地理标志保护的宣传，增强民众的保护意识。

我国地理标志保护的历史较短，人们对地理标志的重要性缺乏足够的认识，保护地理标志的法律意识还十分淡薄，地理标志茶叶更是如此。因此,应加大茶叶地理标志保护的宣传,提高民众的保护意识。

①加大对茶叶消费者的宣传力度,引导大众消费趋势。

地理标志茶叶因其产品质量和产品特色,容易得到市场的认可并获得较高的知名度。因此,充分运用电视、报纸、互联网等媒体,采取多种形式,向消费者宣传和普及茶叶地理标志保护的基本知识,让消费者了解地理标志茶叶品质特色,使得地理标志保护工作形成良好的消费认可和社会基础。

②加强对茶农地理标志茶叶相关知识的宣传和培训工作。

目前,茶农对地理标志保护认识的淡薄和保护意义的认识不充分。从调查问卷分析可知茶农对茶叶地理标志保护制度认知水平还很低。研究发现,茶农对黄山茶叶地理标志保护制度的认知水平越高,茶农未来地理标志茶叶生产意愿的水平越高。因此,必须通过各种形式、各种途径,采取通俗易懂、茶农易于接受的方式,帮助茶农掌握茶叶地理标志保护的基本知识、重要作用以及地理标志茶叶的生产要求等,让广大茶农切身了解、真正懂得茶叶地理标志保护对于增加茶农收入的重要作用,从而提高茶农地理标志茶叶生产的积极性,维护地理标志茶叶的质量。

对于茶叶生产企业,可以通过印发《地理标志注册指南》文字宣传手册和举行各种茶叶地理标志保护内容的企业学习班等方式,强化对地理标志的保护意识,引导企业重视地理标志的申报工作,增强法制意识,以便企业更好地利用法律等打击假冒伪劣产品,维护地理标志保护产品信誉。

(8)加大地理标志产品产地自然环境和资源的保护,使得地理标志产品所依赖的自然优势得以延续。同时,深入挖掘、整理和宣传地理标志产品产地人文资源,使当地人文环境成为该产品不可模仿、不可复制的竞争力。并通过各种宣传渠道,塑造地理标志产品的地方特色和高声誉形象,维护地理标志产品的高品质特性,保持传统工艺的生产方式,让消费者购买该地理标志产品觉得物有所值。

此外,在我国茶叶类地理标志产品区域公用品牌的使用、管理、保护方面,政府要有所作为。各级相关政府部门首先应研究和制定当地地理标志产品产业发展的政策规划，尤其是在财政投入、公共品牌宣传等方面制定相应的优惠政策和扶持措施，为该地理标志产品产业的长远健康发展，创造良好的政策环境。此外，各级相关政府部门要强化合作，加大监管和打假维权力度，做好该地理标志产品申报后的监管工作，规范市场秩序，保证该地理标志产品的品质信誉，从而促进该地理标志产品产业的健康发展。

7.3 有待进一步研究的问题

由于地理标志保护的复杂性，加之笔者自身能力等方面的限制，本研究难以解决地理标志保护涉及的所有可能方面。本研究只是初始的、局部的，还不是很完善，还存在许多不足，有待同行深入研究。在本研究领域，需要深入研究的方面还有很多，归纳起来有以下几点：

（1）扩大调查面，获取全国的数据。本研究只对几种茶叶类地理标志产品进行了研究，其研究结论对与本研究所选取的茶叶类地理标志产品有相似之处的地理标志产品有积极的参考价值，但就全国的地理标志产品而言还缺乏说服力。不同地区的，各有差异的地理标志产品，其生产与消费等方面肯定存在差异，因此扩大调查面，获取全国的数据，对我国地理标志产品生产与消费研究会把握得更好。

（2）利用时间序列数据研究我国地理标志产品实施保护前后的生产变化情况。本研究主要从茶农、茶叶企业横截面数据对其地理标志产品生产进行研究，缺乏时间维度的研究，无法反映地理标志产品实施保护前后这些主体生产随着时间的变化情况。而这种时间与空间的结合研究将有利于使地理标志产品生产分析得更为深入。

（3）从社会层面研究地理标志产品生产经济效益。本研究主要从茶农、茶叶企业层面作了单独研究，而没有从整体的角度来考察地理标志产品生产情况。同时，也没考虑地理标志产品实施保护的社会成本和效益。显然，这些研究还有待未来进一步研究。

(4)对我国茶叶类地理标志产品消费进行实证研究时,如何更好地选择测量指标和确定合理的样本等还存在进一步探讨和研究的空间,以便能全面地解释我国茶叶类地理标志产品消费的复杂过程特征。

附　录

附录1　地理标志保护调查——茶农

调查地点:_______市________县(区)________乡(镇)________村

各位茶农朋友:

您好！这是一份关于地理标志保护情况的调查,所获得的信息主要用来进行学术研究,请认真、客观、真实填写,保证不会对您产生任何不利影响,我们对您的配合表示衷心的感谢!

填写说明:1.请回答所有问题,如无特殊说明,均为单选题,有的问题答案可多选,请在选项上打√。

2. 对于填空性问题,在指定的空白处"________",请按要求填写(注意单位),如无法填写,则在空白后写明原因。

3. 本调查中黄山茶叶地理标志保护主要是指黄山毛峰茶、太平猴魁茶两种地理标志保护茶叶。

一、农户家庭基本情况

1.户主年龄______岁;户主性别(男　　女)。

2.2009年,您家中共有______人,家庭年收入______万元。

3.2009年家庭主要成员情况(16~60岁)。

	年龄	文化程度		年龄	文化程度		年龄	文化程度
户主			成员3			成员5		
成员2			成员4			成员6		

定义:①年龄按实足周岁计算。②文化程度:1小学及以下;2.初中;3高中(包括中专)及以上。

4.您家离最近的茶叶销售市场距离大概多远:________千米。

二、茶叶生产销售情况

2009年您家生产的主要茶叶品种是(单选):A.黄山毛峰茶;B.太平猴魁茶

注:以下相关信息主要围绕该主要茶叶品种来完成。

5.您家茶业专用设施累计投入有多少?(　　)

A.500元以下;B.500~2000元;C.2000元以上

6.2009年该主要茶叶生产投入产出情况(注:总成本=化肥+农药+其他费用)

生产面积(亩)	总产(斤)	销售收入(元)	总成本(元)	化肥(元)	农药(元)	其他费用(元)

7.您对自己所生产的茶叶的品质:(　　)

A.关注;B.无所谓

8.对茶叶中的农药残留问题,您认为应该重视吗?(　　)

A.很应该;B.应该;C.无所谓

9.您家在茶叶的生产过程中是如何进行病虫害防治?(　　)

A.由相关组织或企业统一防治;B.凭经验;C.问熟人;D.看说明书

10.您家在茶叶的生产过程中是如何购买农药、肥料等生产资料的?(　　)

A.相关组织或企业统一购买;B.自己到市场上去购买

11.您家主要通过什么渠道销售茶叶的?(　　)

A.下乡收购的商贩;B.当地贩运户;C.自己直接销售到市场(茶叶批发市场、农贸市场);D.当地企业或农民合作社

12.收购方式:(　　)

A. 临时收购；B. 事先约定，如果是事先约定，是：A. 口头协议；B. 书面协议

销售的产品价格为：A. 随行就市价格；B. 保底收购，随行就市；C. 固定价格

13. 您家是否参加了诸如农民专业合作社等茶叶相关的生产组织？（　　）

A. 否；B. 是

如果是，该组织对您家茶叶增收的作用：A. 比较大；B 不明显；C. 没作用

14. 2009年您家茶叶销售给的企业名称：________________

该企业是否获得地理标志认证？A. 是；B. 否，如果是，请继续回答①～④：

①该企业对茶叶原料品质尤其是质量方面有无特殊要求？A. 有；B. 没有

②2009年销售给该企业茶叶平均售价______元/斤，跟那些卖给其他没有获得地理标志企业的茶农的同级茶叶相比，生产成本：A. 高______元/斤，B. 低______元/斤，C. 无异；价格：A. 高______元/斤，B. 低______元/斤，C. 无异，该企业是否会返还利润？A. 会，B. 没有。返还标准A.______元/斤或 B.______元/年。

③该企业组织过茶叶生产相关知识或技术的指导培训吗？A. 组织过；B. 没有

三、黄山茶叶地理标志保护制度的认知情况

15. 您对黄山茶叶地理标志保护制度了解吗？（　　）

A. 比较了解；B. 听说过，但不了解；C. 从没听说过

如果你比较了解或听说过，您从哪里知道的？（可多选）

A. 县乡镇农技部门；B. 合作社或茶叶企业；C. 电视、广播、报刊等媒体；D. 邻里亲戚介绍；E. 其他

16. 参加过黄山茶叶地理标志保护相关知识宣传培训活动吗？（　　）

A. 非常多（3次及以上）；B. 有，但非常少（1～2次）；C. 没有（0次）

17. 您认为有必要对黄山茶叶地理标志相关知识进行宣传和培训吗？（　　）

A.有必要;B无所谓;C.没必要

①如果有必要,您对宣传培训方面的知识有什么具体需求?(可多选)

A.地理标志保护相关法律法规知识;B.茶叶栽培技术;C.茶叶病虫害防治;D.农药、化肥等投入品的安全使用规范;E.其他(请注明)______________

②如果有必要,您更愿意接受哪种宣传培训方式(可多选):A.专题讲座(包括录像/电影);B.田间现场讲解;C.发放资料(明白纸、解读手册、漫画等);D.其他(注明)______________

18.您认为政府相关部门对您家从事茶叶生产有促进作用吗?(　　)

A.比较大;B不明显;C.没作用

19.您认为,政府相关部门在茶叶保护中在哪些方面应发挥作用?(可多选)(　　)

A.政策引导;B.宣传教育;C.技术辅导;D.资金支持;E.免费检测;F.规范市场

20.您认为茶叶企业对您家从事茶叶生产有促进作用吗?(　　)

A.比较大;B不明显;C.没作用

21.您认为茶叶企业在您家茶叶生产中哪些方面应发挥作用?(可多选)(　　)

A.统一农资供应(包括农药肥料的购买和病虫的防治);B.政策引导;C.宣传教育;D.生产技术辅导、培训;E.资金支持;F.其他

22.您认为茶农不能按黄山茶叶地理标志保护要求进行茶叶生产的主要原因是什么(可多选):(　　)

A.黄山茶叶地理标志保护相关的知识了解太少;B.文化水平低,生产技术比较麻烦,学不会;C.生产方面的技术服务少,没人教;D.黄山地理标志茶叶生产的成本太高,不合算;E.生产规模小,按不按黄山茶叶地理标志要求进行生产都无所谓

23.您家今后愿意按照黄山茶叶地理标志保护要求进行生产吗?(　　)

A.愿意;B.不愿意

附录2　地理标志保护调查——企业

各位企业的朋友：

您好！这是一份关于地理标志保护情况的调查问卷，所获得的信息主要用来进行学术研究，请认真、客观、真实填写，保证不会对您产生任何不利影响，我们对您的配合表示衷心的感谢！

填写说明：请在所选项目上打 √ ，如无特殊说明，均为单选题，在__________中填上相应数字(注意单位或文字)，其他(请注明)。

1. 企业名称：____________________，成立时间________年

2. 2009年，固定资产________万元，资产总值________万元，企业占地面积________亩

2009年生产的主要茶叶品种(单选)A.黄山毛峰茶；B.太平猴魁茶

注：以下相关信息主要围绕该主要茶叶品种来完成。

3. 企业人力资源投入状况(2009年，单位：人)

员工总人数	技术研发人数	管理人员	年龄分布(人)				学历(人)			
			30岁以下	30～40岁	41～50岁	50岁以上	大学及以上	高中(包括中专)	初中	小学及以下

4. 2009年公司主要茶叶生产投入产出情况(总成本=原料采购+地理标志+质检+加工+其他)

原料采购(吨)	总成本(万元)	A.原料采购费用(万元)	B.地理标志费用(万元/年)	C.质检费用(万元/年)	D.加工费用(万元/年)	E.其他费用合计(万元)

总产量(吨)	总销量(吨)	销售收入(万元)	税后利润(万元)

5. 企业商标 __________，企业品牌：A. 中国名牌；B. 安徽省名牌；C. 黄山市名牌；D. 其他__________

6. 企业产品主要销往：(　　)

A. 国外市场；B. 部分出口到国外；C. 完全在国内销售

7. 茶叶质量检测的方式：(　　)

A. 每年定期检测；B. 进行抽样检测；C. 很少检测

8. 企业是否建立了茶叶质量责任人制度？(　　)

A. 有；B. 没有

9. 企业是否建立茶叶质量检测、控制体系？(　　)

A. 有；B. 没有

10. 企业是否有自己的茶叶基地？(　　)

A. 有；B. 没有。如有，基地类型：A. 无公害；B. 绿色；C. 有机，原料来自基地的占__________%，市场采购占__________%；企业通过与基地茶农的紧密联系能否提高产品品质(质量)水平：A. 能；B. 不能；企业依托基地的原因(可多选)：A. 降低成本；B. 保障原料的质量；C. 稳定原料供给；D. 其他

11. 公司在收购茶叶原料时最关心的是？ A. 价格；B. 质量

12. 企业是否与茶农签订茶叶收购合同？ A. 有；B. 没有；是否对茶农提供的原料进行检测？ A. 是；B. 否

13. 公司收购茶农茶叶的价格为：(　　)

A. 随行就市价格；B. 保底收购，随行就市；C. 固定价格

14. 为提高茶农茶叶原料质量水平，企业采取的措施主要是(可多选)：(　　)

A. 统一供给农药、肥料；B. 对关键生产环节进行指导；C. 免费培训茶农；D. 其他

15. 贵公司是否申请了地理标志保护：(　　)

A. 是，从________年开始的；B. 否

如是，请继续回答以下问题：①～③

①企业是否设置专门负责地理标志的管理机构或人员？

A. 有常设部门或人员；B. 临时部门或人；C. 没有机构，有专门人员；D. 无

机构也无专门人员

②企业收购茶农茶叶的价格与市场价格相比：A. 高，B. 低，C. 按市场时价；与没有地理标志认证的企业相比，企业的茶叶销售价格高出________%，生产的成本高出________%，经济效益高出________%

③您认为导致企业茶叶生产成本增加的原因是(多选)：A. 采购合格原料；B. 增加设备；C. 引进技术；D. 检测费用；E. 建设质检室；F. 申请地理标志费用；G. 其他

16. 企业相关管理人员是否参加过黄山茶叶地理标志保护的培训、报告及论坛？(　　)

A. 是；B. 否。若是，请问您对培训、报告及论坛的效果满意吗？A. 满意；B. 一般；C. 不满意

17. 您认为目前黄山茶叶开展地理标志保护的困难来自哪些方面？(可多选)(　　)

A. 思想认识不到位；B. 资金缺乏；C. 相关的知识了解太少；D. 生产的成本太高，不合算；E. 难以优质优价，生产的经济效益不明显；F. 缺少政府政策支持；G. 缺乏消费者的理解；H. 其他

18. 您认为实施地理标志关键在谁？(　　)

A. 政府部门；B. 企业；C. 茶农

19. 您认为黄山茶叶有必要进行地理标志保护吗？(　　)

A. 很有必要；B. 无所谓；C. 没必要

20. 您认为，黄山市茶叶协会等相关性质的组织在黄山茶叶地理标志保护上的推进措施对您所在行业或企业有促进作用吗？(　　)

A. 很有用；B. 作用不大；C. 没有用

21. 您认为与茶叶相关的农民组织对茶叶生产有促进作用吗？(　　)

A. 很有用；B 作用不大；C. 没有用

22. 您认为，黄山市政府、质监部门在黄山茶叶地理标志保护上的推进措施对您所在行业或企业有促进作用吗？(　　)

A. 很有用；B. 作用不大；C. 没有用

23. 企业开展地理标志最需要黄山市政府、质监等相关部门哪些方面的

支持?(可多选)

A.制定合理的政策;B.财政支持;C.加强企业、茶农的相关培训指导;D.加强认证和检测体系建设;E.加强地理标志的宣传工作,尤其是对消费者的宣传;F.规范茶业市场;G.其他

24.为促进黄山地理标志茶叶快速健康发展,请您就如何完善黄山茶叶地理标志保护工作提出宝贵的建议(可附页)。

附录3　消费者地理标志产品忠诚度调查

尊敬的女士/先生：

您好！我们是来自黄山学院的老师、学生，目前正在开展消费者地理标志产品忠诚度的研究，非常感谢您在百忙之中能够抽出时间来填答这份问卷，调查结果主要是用来进行学术研究，对调查结果我们也只做整体综合分析，请您放心填写。我们对您的配合表示衷心的感谢！

地理标志产品，是指产自特定地域，质量、声誉或其他特性本质上取决于该产地的自然因素和人文因素，经国家质检总局审核批准以地理名称进行命名的产品。凡在所辖行政区域内从事生产且符合申报条件的生产者，均可提出使用地理标志保护产品专用标志的申请。

您经常购买、消费的地理标志茶叶为(在以下茶叶品种中选择一个)：

六安瓜片茶　　　　霍山黄芽　　　　黄山贡菊

以下问卷中的地理标志产品就是指您所选择的茶叶品种，除了被调查者基本信息外，问卷其余部分都是按照对问题的认同程度，1表示完全不同意，5表示完全同意，请在括号内填上具体数字。

一、被调查者基本信息

1. 性别：(　　)

A. 男；B. 女

2. 婚姻状况：(　　)

A. 已婚；B. 未婚

3. 年龄：(　　)

A.20岁以下；B.20～40岁；C.41～55岁；D.55岁以上

4. 受教育程度：(　　)

A. 初中及以下；B. 高中(包括中专)；C. 大学专科；D. 本科；E. 硕士及以上

5. 平均月收入：(　　)

A.1500元以下；B.1500～3000元；C.3001～4500元；D.4501～6000元；E.6000元以上

6. 您来自：(　　)

A.产品所在市区内；B.产品所在市区之外但在本省；C.省外

二、消费者对地理标志保护的认知

(　　)1. 您觉得地理标志产品专用标志上的信息可信度非常高

(　　)2. 您会利用地理标志保护产品标识信息来判断产品品质的高低

(　　)3. 您认为对该产品实施地理标志保护，可以：

(　　)①保证该产品有更高的品质

(　　)②保证该产品品质的一贯性

(　　)③减少该产品被假冒的可能性

(　　)④保证该产品是手工制作

(　　)⑤维护该产品的名誉和口碑

(　　)⑥对该产品的产地起到全面的保护

(　　)⑦提高该产品所在地的就业率

(　　)⑧提高该产品的价格

(　　)⑨提高该产品生产农户的收入

(　　)⑩保证该产品排他性，即划定生产区域以外的地区不具有生产条件，不能以该品牌的名义进行生产和销售

三、消费者对该地理标志产品产地的态度

(　　)①当地拥有丰富的原材料，非常适合生产该地理标志产品

(　　)②当地拥有优良的生态环境，非常适合生产该地理标志产品

(　　)③该地理标志产品充分迎合了当地的风俗习惯

(　　)④当地生产该地理标志产品已拥有悠久的历史

(　　)⑤当地拥有深厚的文化底蕴，非常适合生产该地理标志产品

(　　)⑥该地理标志产品是当地古代劳动人民智慧的结晶

(　　)⑦该地理标志产品在演变过程中流传着很多生动的故事

(　　)⑧当地拥有独特生产技术，非常适合生产该地理标志产品

(　　)⑨当地对您吸引力很大

( )⑩当地给您的总体印象很好

四、消费者对该地理标志产品质量的感知

( )①该地地理标志产品品质高于同类(或普通)产品

( )②该地理标志产品具有非常明显的地方特色

( )③该地理标志产品比较高档

( )④用该地理标志产品赠予别人很有面子

( )⑤购买该地理标志产品物有所值

( )⑥该地理标志产品享有令人尊重的声誉

( )⑦该地理标志产品工艺传统性非常突出

五、消费者地理标志产品的忠诚度

( )①您很愿意购买该地理标志产品

( )②您很愿意向自己的亲友推荐该地理标志产品

( )③即使该地理标志产品涨价如下,您仍愿意购买该地理标志产品:

1=2%;2=5%;3=10%;4=20%;5=50%

( )④您对其他同类产品的态度:

1=十分关注;2=关注;3=重要参考对象;4=稍微考虑;5=毫不关心

( )⑤您十分关注该地理标志产品各方面的信息

( )⑥您购买该地理标志产品的总量已经超过购买同类产品总量的一半

( )⑦您购买该地理标志产品的决策时间:

1=货比三家;2=仔细考虑价格、质量等因素;3=稍作考虑;4=大体观察下;5=立刻

( )⑧即使该地理标志产品的品质比现在差,您仍会购买

英文参考文献

ADDOR F, GRAZIOLI A, 2002. Geographical Indications beyond Wines and Spirits: A Road map for a Better Protection for Geographical Indications in the WTO/Trips Agreement[J].The Journal of World Intellectual Property, 5(6): 865-898.

ADINOLFI F, ROSA M D, TRABALZI F, 2001. Dedicated and generic marketing strategies: The disconnection between geographical indications and consumer behavior in Italy[J].British Food Journal, 113(3): 419-435.

AGUSTIN C, SINGH J, 2005. Curvilinear Effects of Consumer Loyalty Determinants in Relational Exchanges [J]. Journal of Marketing Research, (XLII): 96-108.

AUDIER J, 1997. Protection of Geographical Indications in France and Protection of French Geographical Indications in Other Countries [C]//WIPO: Symposium on the International Protection of Geographical Indications in the Worldwide Context. Hungary: 241-242.

BABCOCK B A, CLEMENS R, (2004-05-22)[2010-03-05]. Geographical Indications and Property Rights: Protecting Value-Added Agricultural Products [EB/OL]. http://yucita.org/uploads/yayinlar/diger/makale/Geographical_Indications_and_Property_Rights_Protecting_Value-Added_Agricultural_Products.pdf.

BARJOLLE D, CHAPPUIS J M, DUFOUR M, 2000. Competitive position of some PDO cheeses on their own reference market identification of the key success factors[C]//SYLVANDER B, BARJOLLE D, ARFINI F. The socio-economics of origin labelled products in agrifood supply chains: spatial, institutional and coordination aspects, Le Mans: INRA-Economica: 13-33.

BARJOLLE D, SYLVANDER B, 2000. PDO and PGI products: market, supply chains and institutions - Protected Designations of Origin and Protected Geographical Indications in Europe: Regulation or Policy? [R]. France: European Commission: 1-53.

BENDEKGEY L, MEAD C H, 1992. International Protection of Appellations of Origin and Other Geographic Indications[J]. The Trademark Reporter, 82: 765-766.

BENSON R W, 1978. Towards a new treaty for the Protection of Geographical Indications[J]. Industrial Property, 94(4): 134-145.

BERESFORD L, 1999. The protection of geographical indications in the United States of America[C]//Symposium on the International Protection of Geographical Indications. South Africa: WIPO: 42.

BOWEN S, ZAPATA A V, 2009. Geographical indications, terroir, and socio-economic and ecological sustainability: The case of tequila[J]. Journal of Rural Studies, 25(1): 108-119.

BRODY P M, 1994. Protection of Geographical Indication in the Wake of TRIPs: Extending United States Laws and the Administration's Proposed Legislation[J]. The Trademark Reporter, 84(5): 520-540.

BUNDI M, 2008. Swiss trade marks practice on misleading geographical indications[J]. Journal of Intellectual Property Law and Practice, 3(4): 262-268.

ČAČIĆ J, TRATNIK M, KLJUSURIĆ J G, et al, 2011. Wine with geographical indication- awareness of Croatian consumer[J]. British Food Journal, 113(1): 66-77.

CALBOLI I, 2006. Expanding the Protection of Geographical Indications of Origin Under TRIPS: "Old" Debate or "New" Opportunity? [J]. Marquette Intellectual Property Law Review, 10(2): 181.

CALLOIS J M, 2004. Can quality labels trigger rural development? A microeconomic model with co-operation for the production of a differentiated agricultural good[R]. Dijon, CESAER: 1-22.

CARINA F, 2005. Geographical Indications and Rural Development in the EU [D]. Lund: Lund University: 2-3.

CARPENTER M, LARCENEUX F, 2008. Label equity and the effectiveness of values-based labels: an experiment with two French Protected Geographic Indication labels[J]. International Journal of Consumer Studies, 32(5): 499-507.

CERKIA G, 2006. Geographical Indications and Agricultural Products: Investigating their relevance in a South African context[D]. Pretoria: University of Pretoria: 2-4.

CHEN J M, 1996. A Sober Second Look at Appellations of Origin: How the United States Will Crash France's Wine and Cheese Party[J]. Minnesota Journal of Global Trade, 5: 29-64.

CLAUDE G, DELPHLNE M V, CHEPUDIRA G K, et al, 2007. Geographical Indications and Biodiversity in the Western Ghats, India: Can Labeling Benefit Producers and the Environment in a Mountain Agroforestry Landscape? [J]. Mountain Research and Development, 27(3): 206-210.

COASE R, 1937. The Nature of the Firm[J]. Economica, 4(16): 386-405.

CONRAD A, 1996. The protection of geographical indications in the TRIPS agreement[J]. The Trademark Reporter, 86: 11-44.

COPELAND M T, 1923. Relation of consumers' buying habits to marketing methods[J]. Harvard Business Review, 1(3): 282-289.

DAS K, 2006. International Protection of India's Geographical Indications with Special Reference to "Darjeeling" Tea[J]. The Journal of World Intellectual Property, 9(5): 459-495.

DENG J L, 2004. Figure on difference information space in Grey relational analysis[J].Journal of Grey System, 16: 96-100.

DESELNICU O C, COSTANIGRO M, SOUZA-MONTEIRO D M, et al, 2013. A Meta-Analysis of Geographical Indication Food Valuation Studies: What Drives the Premium for Origin-Based Labels? [J]. Journal of Agricultural and Resource Economics, 38(2): 204-219.

DICK A S, BASU K, 1994.Customer Loyalty: Toward an Integrated Conceptual Framework[J].Journal of the Academy of Marketing Science, 22(2): 99-113.

ELEANOR K M, 2002. Pass the Parmesan? What You Need to Know About Geographical Indications and Trademarks [J]. Virginia Lawyer Register, 51(1): 18-23.

ELIZABETH B, 2003.Translating terroir: the global challenge of French AOC labeling[J].Journal of Rural Studies, 19(1): 127-138.

ELLIS F, 1998.Peasant Economics [M] London: Cambridge Yniversity Press: 136-276.

FOTOPOULUS C, KRYSTALLIS A, 2003. Quality labels as a marketing advantage: the case of the "PDO Zaragoza" apples in the Greek market [J]. European Journal of Marketing, 37(10): 1350-1374.

GIOVANNUCCI D, BARHAM E, PIROG R, 2010. Defining and Marketing "Local" Foods: Geographical Indications for US Products[J].The Journal of World Intellectual Property, 13(2): 94-120.

GOLDSTEIN P, 1993. Copyright, Patent, Trademark and Related State Doctrines.Cases and Materials on the Law of Intellectual Property [M]. Westbury: The Foundation Press: 6.

GREMLER D D, BROWN S W, 1999.The loyalty ripple effect: Appreciating the full value of customers [J]. International Journal of Service Industry Management, 10(3): 271-293.

HANDLER M, 2006. The WTO Geographical Indications Dispute [J]. The

Modern Law Review, 69(1): 70-80.

HARSH V C, 2006. Basmati Rice: Geographical Indication or Mis-Indication [J]. Journal of World Intellectual Property, 9(2): 166-188.

HASSAN D, MONIER S, OROZCO V, 2011. Measuring Consumers' Attachment to Geographical Indications: Implications for Competition Policy [J]. Journal of Agricultural and Food Industrial Organization, 9(1): 1-28.

HAYES D J, LENCE S H, BABCOCK B, 2005. Geographic indications and farmer owned brands: Why do the US and the EU disagree? [J]. Eurochoices, 4(2): 28-35.

HEALD P J, 1996. Trademarks and geographical indications: exploring the contours of the TRIPS Agreement [J]. Vanderbilt Journal of Transnational Law, 29: 635.

ILBERT H, PETIT M, 2009. Are Geographical Indications a Valid Property Right? Global Trends and Challenges [J]. Development Policy Review, 27 (5): 503-528.

ITTERSUM K V, MEULENBERG M T G, TRIJP H C M V, et al, 2007. Consumers' appreciation of regional certification labels: a pan-European study [J]. Journal of Agricultural Economics, 58(1): 1-23.

JONES T O, EARL SASSER J W, 1995. Why Satisfied Customers Defect [J]. Harvard Business Review, 73(6): 88-91.

JOSLING T, 2006. The War on Terroir: Geographical Indications as a TransatlanticTrade Conflict [J]. Journal of Agricultural Economics, 57(3): 337-363.

JUSTIN H, 2006. Champagne, Feta, and Bourbon: The Spirited Debate About Geographical Indications [J]. Hastings Law Journal, 58(2): 299, 311.

JUSTIN M W, 2008. Acquiring a European Taste for Geographical Indications [J]. Brooklyn Journal of International Law, 33(2): 569-595.

KASTURI D, 2010. Prospects and Challenges of Geographical Indications in India [J]. The Journal of World Intellectual Property, 13(2): 148-201.

KIREEVA I, 2009. European case law and the WTO ruling on conflicts between geographical indications and trademarks [J]. Era Forum, 10 (2): 199-214.

KIREEVA I, O'CONNOR B, 2010. Geographical Indications and the TRIPS Agreement: What Protection is Provided to Geographical Indications in WTO Members? [J]. The Journal of World Intellectual Property, 13 (2): 275-303.

LANDES W M, POSNER R A, 2003. The Economic Structure of Intellectual Property Law [M]. Belknap: Belknap Press.

LEE J, RUND B, (2003-10-01) [2010-03-07]. EU-protected geographic indications: An analysis of 603 cases [EB/OL]. http://www.american.edu/ted/giant/resources.htm.

LENZEN L C, 1968. Bacchus in the Hinterlands: A Study of Denominations of Origin in French and American Wine-labelling Laws [J]. The Trademark Rep, (58): 145.

LILLYWHITE J, ALLISON C, RODRIGUEZ G, (2007-07-11) [2010-01-05]. Regional branding in a global market place [EB/OL]. http://www.cahe.nmsu.edu/pubs/research/ horticulture/CTF21.

LIU S F, 2006. On index system and mathematical model for evaluation of scientific and technical strength [J]. Journal of Nanjing University of Aeronautics & Astronautics, 35(7/8): 1256-1264.

LIU S F, JEFFREY F, YANG Y J, 2012. A brief introduction to grey systems theory [J]. Grey Systems: Theory and Application, 2(2): 89-104.

LIU S F, XIE N M, 2011. A new grey evaluation method basedon reformative triangular whitenization weight function [J]. Journal of Systems Engineering, 26(2): 244-250.

LIU S F, YANG Y J, FANG Z G, et al, 2015. Grey cluster evaluation models based on mixed triangular whitenization weight functions [J]. Grey Systems: Theory and Application, 5(3): 410-418.

LOUREIRO M L, MCCLUSKEY J J, 2000. Assessing consumer response to protected geographical identification labeling [J]. Agribusiness, 16 (3): 309-320.

MARIE-VIVIEN D, 2008. From Plant Variety Definition to Geographical Indication Protection: A Search for the Link Between Basmati Rice and India/Pakistan[J].The Journal of World Intellectual Property, 11(4): 321-344.

MARIE-VIVIEN D, 2010. The Role of the State in the Protection of Geographical Indications: From Disengagement in France/Europe to Significant Involvement in India[J].The Journal of World Intellectual Property, 13(2): 121-147.

MARSDEN T, 1998. New rural territories: regulating the differentiated rural space[J].Journal of Rural Studies, 14(1): 107-117.

MARTIN J M C, 2004. The WTO Trips Agreement: The Battle between the Old and the New World over the Protection of Geographical Indications [J].The Journal of World Intellectual Property, 7(3): 287-326.

MCCHARTHY J T, DEVITT V C, 1979. Protection of geographicdenominations: Domestic and international [J]. The Trademark Reporter, 69 (3): 199-288.

MENAPACE L, COLSON G, GREBITUS C, et al, 2011. Consumers' preferences for geographical origin labels: evidence from the Canadian olive oil market[J].European Review of Agricultural Economics, 38(2): 193-212.

MORAN W, 1993. Rural Space as intellectual property [J]. Political Geography, 12(3): 263-277.

OLIVER R L, 1999. Whence Consumer Loyalty? [J]. The Journal of Marketing, 34(63): 33-44.

ORTIZ H R, 1997. Geographical indications in Trips and Treaty Law Recently Adopted in the Americas [J] Currents: International Trade Law Journal, (6): 18-34.

RANGNEKAR D, 2003a. Geographical indications: A review of proposals at the TRIPS council[R].UNCTAD/ICTSD Capacity Building Project on Intellectual Property Rights and Sustainable Development: 7-8.

RANGNEKAR D, 2003b. The Socio-Economics of Geographical Indications: A Review of Empirical Evidence from Europe [C]//Capacity Building Project on Intellectual Property Rights and Sustainable Development. Geneva .UNCTAD/ICTSD: 3-4.

RIEKE J W, 2003. Popular feta faces identity crisis [J]. Dairy Pipeline, 15 (2): 4.

ROSSEN J, LUSK J L, FOX J A, 2003.Consumer demand for and attitudes toward alternative beef labeling strategies in France, Germany and the UK [J].Agribusiness, 19(1): 77-90.

RUYTER K D, 1999.Customer loyalty in extended service settings: The interaction between satisfaction, value attainment and positive mood[J].International Journal of Service Industry Management, 10(3): 32-33.

SANDERS A K, 2010. Incentives for and Protection of Cultural Expression: Art, Trade and Geographical Indications[J].The Journal of World Intellectual Property, 13(2): 81-93.

SARAH B, 2010.Development from Within?The Potential for Geographical Indications in the Global South[J].The Journal of World Intellectual Property, 13(2): 231-252.

SATISH K, UNNIKRISHNAN V, 2006. A case for registration of Dharwad Peda under Geographical Indication Act[J].Indian Food Industry, 25(6): 39-41.

SHANKAR V, SMITH A K, RANGASWAMY A, 2003.Customer satisfaction and loyalty in online and offline evironments[J].International Journal of Research in Marketing, 20 (2): 153-175.

SHAPIRO C, 1982.Consumer Information, Product Quality, and Seller Reputation[J].The Rand Journal of Economics, 13(1): 20-35.

SINGH J, SIRDESHMUKH D, 2000.Agency and trust mechanisms in consumer satisfaction and loyalty judgments[J].Journal of the Academy of Marketing Science,28(1):150-167.

SUPEKOVA S,SUHAJ M,KACENOVA D,2009.Perception of Slovak foodstuffs designated by protected geographical indication by Slovak consumers[J].Journal of Food and Nutrition Research,47(4):205-208.

SVENSSON G,TRONVOLL B,HELGESSON T,et al,2009.The 'geographical affiliations' in 'top' research journals of general marketing[J].Australasian Marketing Journal,17(3):154-159.

TEUBER R,2011.Consumers' and Producers' Expectations towards Geographical Indications: Empirical evidence for a German case study[J].British Food Journal,113(7):900-918.

THIEDIG F,SYLVANDER B,2000.Welcome to the Club? An Economical Approach to Geographical Indications in the European Union [J]. Agrarwirtschaft,49(12):428-437.

TREGEAR A,KUZNESOF S,MOXEY A,1998.Policy initiatives for regional foods:some insights from consumer research[J].Food Policy,23(5):383-394.

TUNISIA L S, 2005. Geographical Indications Protection under the TRIPS Agreement: Uniformity Not Extension [J]. Journal of Patent and Trademark Office Society,87:221.

VITAL F,1999.Protection of geographical indications:The approach of the European Union [C]//Symposium on the International Protection of Geographical Indications:Cape Province.West:WIPO:52.

WILLIAMS R M,2007.Do geographical indications promote sustainable rural development? -Two UK case studies and implications for New Zealand rural development policy[D].New Zealand:Lincoln University.

WIPO,2002.Geographical indications:Historical background,nature of rights,existing systems for protection and obtaining effective protection in other countries [R]. Geneva The Secretariat of the World Intellectual Property

Organization.

ZEITHAML V A, BERRY L L, PARASURAMAN A, 1996. The Behavioral Consequences of Service Quality[J].Journal of Marketing,60(2):31-46.

中文参考文献

薄湘平,尹红,2005.基于顾客价值的服务企业顾客忠诚管理探析[J].财经理论与实践,26(1):99-102.

曾洁,2008.地理标志保护的经济学分析[J].求索,(9):140-142.

陈刚,2013.消费者对地理标志产品的购买意愿及其影响因素研究[D].重庆:西南政法大学.

陈思,杨敬华,任爱胜,等,2008.湖北省农产品地理标志产业发展分析[J].农业经济问题,29(A1):141-145.

陈玉兰,刘瑞峰,宋玉兰,2011.地理标志对库尔勒香梨生产经济效益影响的实证分析——基于库尔勒地区215户农户的微观调查数据[J].生态经济(学术版),(2):257-259.

戴晶,2008.地理标志保护战略研究——浙江省地理标志产品保护战略探析[J].法制与社会,(10):9-10.

邓启明,朱冬平,董秀云,等,2011.地理标志保护、特色优势产业发展与农产品国际竞争力研究——基于浙闽两省的调查分析[J].农业经济问题,(9):47-52.

董炳和,2005.地理标志知识产权制度研究[M].北京:中国政法大学出版社.

冯星,罗志红,2000.《原产地域产品保护规定》的经济学分析[J].集团经济研究,(3X):108-109.

付启明,2009.新农村建设中的地理标志保护问题研究[J].金卡工程,13(10):98-99.

傅余,2008.法国原产地名称保护制度及借鉴[J].安徽农业科学,36(16):6966-6968,6972.

高敏,2006.地理标志注册是兴晋富农的一个有效途径[J].山西农业(市场信息版),8:32-33.

管育鹰,2011.日本地理标志保护制度研究[J].知识产权,(6):79-85.

郭福金,(2006-06-30)[2010-02-18].实施地理标志产品保护推进地方区域经济发展[EB/OL].中国质量新闻网.http://www.cqn.com.cn/.

郭红生,2009.地理标志农产品品牌的水平营销策略[J].商业研究,(1):184-187.

郭红生,胡淑琴,2009.生态型地理标志农产品品牌关系的构建[J].价值工程,28(6):86-89.

郭红生,赖秀林,2007.地理标志农产品品牌的事件营销策[J].中国市场,(52):95-96.

国家工商行政管理局商标局,1995.中华人民共和国商标法律法规汇编[M].北京:中国法制出版社.

郝建强,伊黎,周绪宝,等,2012.消费者对农产品地理标志认知度和购买行为的分析[J].农产品质量与安全,(4):18-21.

胡豹,卫新,王美青,2005.影响农户农业结构调整决策行为的因素分析——基于浙江省农户的实证[J].中国农业大学学报(社会科学版),(2):50-56.

黄文华,林燕金,2008.农业标准化实施中农户行为实证分析——基于茶农采标行为的研究[J].江西农业大学学报(社会科学版),(4):67-70.

蒋天才,2009.运用地理标志保护制度促进我省农特经济发展[J].当代贵州,(1):48-49.

柯涛涛,夏美玲,梁云,2006.顾客满意与顾客忠诚的不完全相关性研究[J].商业时代,(15):24-25.

孔祥军,苏悦娟,孔瓔红,2008.提高我国地理标志产品经济效益的对策和思考[J].经济研究导刊,(1):161-164.

李博,2010.浅谈企业的概念[J].法制与社会,(3):286-287.

李东生,2005.运用农产品商标和地理标志促进农民增收[J].中国工商管理研究,(2):4-7.

李忠宽,2003.顾客忠诚的价值驱动模式[J].商业经济与管理,(3):23-26.

李仲周,易小准,何宁,2000.世界贸易组织乌拉圭回合多边贸易谈判结果法律文本[M].北京:法律出版社.

李祖明,2009.地理标志的保护与管理[M].北京:知识产权出版社.

梁天宝,2011.基于消费认知的地理标志农产品品牌战略研究——以广东地理标志砂糖橘为例[J].农村经济与科技,22(6):187-189.

林海,2004.农民经济行为的特点及决策机制分析[J].理论导刊,(4):28-30.

林毅夫,1988.小农与经济理性[J].农村经济与社会,(3):31-33.

刘福刚,(2005-09-03)[2010-02-14].地理标志非常"三农"的知识产权[N].中国经济导报.

刘福刚,(2008-11-12)[2010-02-14].保护和发展地理标志是壮大县域经济的重要课题[EB/OL].http://www.daynews.com.cn/sxjjrb/baban/654975.html.

刘洪程,2004.顾客忠诚度与客户关系管理的整合[J].当代经济,(8):26-27.

刘强,2011.日本地理标志法律保护研究[D].太原:山西大学:8.

刘瑞峰,2010.新疆地理标志农产品:生产、消费与政策效应[D].乌鲁木齐:新疆农业大学.

刘瑞峰,陈彤,于冷,2011.消费者地理标志农产品购买行为实证分析——基于上海、北京和郑州市消费者的调查[J].农业系统科学与综合研究,(4):453-462.

刘爽,杨念梅,2003.客户忠诚度和企业利润的相关性研究[J].北京市财贸管理干部学院学报,19(3):31-35.

刘思峰,蔡华,杨英杰,等,2013.灰色关联分析模型研究进展[J].系统工程理论与实践,33(8):2041-2046.

刘义程,2005.加强地理标志保护促进贵州农业经济发展[J].贵州社会主义学院学报,(3):57-59.

刘志刚,马云峰,2003.顾客忠诚度与顾客保留度分析[J].武汉科技大学学报(社会科学版),5(2):33-35.
龙文懋,2003.知识产权法哲学初论[M].北京:人民出版社:13.
陆仙,洪英,曹岳良,2008.余姚:地理标志促农增收[J].中华商标,(9):38-40.
马清学,张鹏伟,2003.影响顾客忠诚度因素探析[J].企业活力,(4):34-35.
孟辉,2013.苍山大蒜地理标志品牌保护与建设研究[D].泰安:山东农业大学.
恰亚诺夫,1996.农民经济组织[M].萧正洪,译.北京:中央编译出版社.
邱兴平,2004.历史与现实的思考——农户经济学[J].中国经济评论,(9):59-62.
尚旭东,郝亚玮,李秉龙,2011.西部大开发中地理标志畜肉产品的消费行为分析[J].经济问题探索,(10):143-148.
尚旭东,郝亚玮,李秉龙,2014.消费者对地理标志农产品支付意愿的实证分析——以盐池滩羊为例[J].技术经济与管理研究,(1):123-128.
沈海风,2012.地理标志产品品牌提升问题研究——以绍兴黄酒为例[J].牡丹江大学学报,(4):109-111.
史清华,2000.农户经济增长与发展趋势、影响因素及其对策[J].农业经济问题,21(11):51-53.
司智陟,樊红平,2007.地理标志保护制度的构建与农产品品牌发展[J].中国食物与营养,(4):7-10.
苏平,张海龙,2014.基于消费者感知的地理标志与产品信息不对称关系研究[J].商业时代,(5):61-63.
孙庆忠,2012.地理标志产品与县域经济发展[J].南京农业大学学报(社会科学版),(1):37-42.
王芳,陈松,樊红平,等,2007.农户实施农业标准化生产行为的理论和实证分析——以河南为例[J].农业经济问题,(12):75-79.
王国华,2016.日本农产品地理标志保护制度构建及影响研究[J].世界农业,(6):11-15,30.
王磊,赵瑞莹,2012.农户申请使用地理标志行为决策的影响因素分析——

基于山东省16市的调查[J].农业技术经济,(1):83-89.
王莲峰,2005.制定我国地理标志保护法的构想[J].法学,(5):69-74
王莲峰,黄泽雁,2006.地理标志保护模式之争与我国的立法选择[J].华东政法学院学报,(6):44-53.
王妙,白艳,2008.饭店顾客满意、顾客忠诚与经营绩效的关系研究[J].天津商业大学学报,28(6):16-21.
王肃,2008.农产品竞争力与地理标志制度[J].现代商业,(33):172-173.
王肃,2009.集体专有与个体共有地理标志制度的权利配置[J].商场现代化,(4):293-294.
王笑冰,2004.印度对地理标志的保护[J].中华商标,(4):42-44.
王笑冰,2005.地理标志的经济分析[J].知识产权,(5):20-26.
王笑冰,2006.法国对地理标志的法律保护[J].电子知识产权,(4):16-21.
王笑冰,林秀芹,2012.中国与欧盟地理标志保护比较研究——以中欧地理标志合作协定谈判为视角[J].厦门大学学报(哲学社会科学版),(3):125-132.
王志本,2005.我国传统名特优农产品的地理标志保护[J].农业经济问题,(4):54-57.
吴彬,2008.中国农产品地理标志保护中存在的问题及原因[J].世界农业,(3):24-26.
西奥多·W·舒尔茨,1987.改造传统农业[M].梁小民,译.北京:商务印书馆:3.
谢冬伟,2003.我国地理标志保护制度的历史与发展——兼对新修订的《集体商标、证明商标注册和管理办法》的解读[J].工商行政管理,(11):31-33.
徐薇,1998.农业产业化与农户生产行为[J].天府新论,(1):43-47.
许欣,邱实,2006.经营运作地理标志提升农产品出口竞争力[J].农业经济,(7):71-72.
严浩仁,2005.试论顾客忠诚的影响因素与理论模型[J].商业经济与管理,(4):61-65.
严瑞珍,2005.现代化进程中的农业资源转移与农民权益保护[J].浙江师范大学学报(社会科学版),30(2):30-31.

杨建辉,任建兰,2015.消费者对农产品地理标志认知的评价及影响因素分析[J].调研世界,(1):19-23.

杨克涛,2009.地理标志保护与区域经济发展[J].合作经济与科技,(1):12-13.

杨万江,2006.安全农产品生产经济效益研究——基于农户及其关联企业的实证分析[D].杭州:浙江大学.

杨永,2017.基于农业部登记的农产品地理标志保护研究[J].甘肃理论学刊,(2):140-144.

袁园,盛松华,2009.保护农产品地理标志的经济合理性分析[J].世界农业,(2):64-66.

占辉斌,陈超,2011.消费者对黄山地理标志茶叶认知及购买行为的计量经济分析[J].农业系统科学与综合研究,(2):181-185.

张敦兰,2008.浅析地理标志保护对我国农业经济发展的意义[J].河北农业科学,(5):108-109,112.

张汉林,1997.智慧财产的卫士——知识产权国际保护的比较研究[M].北京:中国经济出版社.

张建杰,2004.农户收入结构变迁及其成因研究[D].杭州:浙江大学.

张龙,陈永红,2008.地理标志产品与地区经济发展——以无锡阳山地区水蜜桃产业为例[J].中国食物与营养,(2):16-18.

张仁辉,(2006-04-25)[2010-01-23].论国际法中的地理标志权[EB/OL].http://www.chinapgi.org/SiteNewView.asp?ID=824&SortID=49.

张瑞祥,2008.行业组织在地理标志保护中的作用[J].科技风,(4):68.

张为栋,2004.略论品牌的情感定位与顾客忠诚度的维系[J].商业研究,(4):112-114.

张西涛,2007.申请地理标志对农产品经济效益的影响分析[D].南京:南京农业大学.

张晓凤,赵建欣,朱璐华,等,2010.农户安全农产品供给的影响因素分析[J].安徽农业科学,(14):7591-7594.

章胜勇,李崇光,2007.运用地理标志提升农产品市场竞争力[J].农业经济,

(9):80-81.

赵东艳,2007.地理标志保护的方式及在我国农业经济发展中的作用[J].科技成果纵横,(1):25-26.

赵小平,2007.地理标志的法律保护研究[M].北京:法律出版社.

郑成思,1996.世界贸易组织与贸易有关的知识产权协议[M].北京:中国人民大学出版社.

郑立,1993.企业法通论[M].北京:中国人民大学出版社.

中华人民共和国国家知识产权局,(2006-05-27)[2010-01-27].地理标志保护的法律模式[EB/OL].http://www.sipo.gov.cn/sipo2008/dtxx/gw/2006/200804/t20080401_353190.html2006-04-13.

中华人民共和国国家知识产权局,(2009-10-27)[2010-01-27].我国地理标志产品保护制度10年发展之路全扫描[EB/OL].http://www.sipo.gov.cn/sipo2008/mtjj/2009/200910/t20091027_478854.html.

周安宁,应瑞瑶,2012a.我国消费者地理标志农产品支付意愿研究——基于淘宝网"碧螺春"交易数据的特征价格模型分析[J].华东经济管理,(7):111-114.

周安宁,应瑞瑶,2012b.消费者对地理标志农产品支付意愿及其影响因素研究——基于消费者行为心理因素的分析框架及实证检验[J].学术探索,(5):110-113.

周梅华,2004.顾客忠诚度的测量及其实证研究[J].科技导报,22(12):48-52.

周曙东,张西涛,2007.地理标志对陕西苹果经济效益影响的实证分析[J].农业技术经济,(6):56-61.

后　记

2008年，怀着梦想和对未来的憧憬，来到南京农业大学求学，很幸运师从陈超教授学习。在陈老师的引导与支持下，我开始持续关注地理标志保护与发展问题。一直以来，陈老师对我学习、工作、生活等方面关怀备至。从陈老师那里收获到的，不单单是专业知识和治学之经，更有着为人之道，尤其是作为一名大学教师应有的学养和品行，这些让我终身受用不尽。南京农业大学经济管理学院的钟甫宁教授、周应恒教授、周宏教授、应瑞瑶教授、周曙东教授等众多老师给予的多方面的帮助，在此深表谢意。对丁同门展进涛、周宁、李纪生、张蕾、庄道元等及其他同窗的支持和帮助，在此也一并谢过。

2013年，进入南京航空航天大学管理科学与工程博士后流动站从事博士后工作，师从刘思峰教授。在刘老师的悉心指导下，开始尝试把灰色系统理论运用到地理标志保护与发展的研究领域。真挚感谢刘老师，老师治学严谨、宽以待人、孜孜不倦的工作精神使我受益匪浅。同时，感谢谢乃明师兄、袁潮清师兄等同门的关心和帮助！

感谢黄山市农业委员会、黄山市质监局、黄山市茶叶站等部门领导以及众多茶叶企业朋友、农户和消费者的大力支持和配合。没有他们的帮助，本研究也就失去了产生的土壤。

在工作和学习中，得到了所在工作单位黄山学院诸位领导和同事的热心帮助和照顾，谢谢大家对我的爱护，我将继续努力工作和学习。

感谢我至亲至爱的家人。感谢我的父母，背井离乡来到一个陌生的城市，帮我照顾小孩，让我无后顾之忧地去读书；感谢我的爱人，她是最支持我读书也是给我最多帮助的人，她承担了繁重的家务和抚育小孩的重任，使我能专心于学习和研究，你们的付出我将永远铭记在心。

本书在撰写过程中，借鉴了大量的著作和论文，引用了国内外诸多专家学者的观点，在此一并表示感谢！如有因个人疏忽而导致没有明确标出作者或引用失当的情况，还望原作者能够包容和谅解。

本书是在我的博士学位论文《黄山茶叶地理标志保护制度的经济效益研究——基于茶农和茶叶企业的实证分析》基础上修改完成，也是本人进入南京航空航天大学管理科学与工程博士后流动站研究工作的阶段小结，同时也是安徽省教育厅优秀青年人才支持计划重点项目（gxyqZD2016295）、教育部人文社科青年基金项目（11YJC790262）、黄山学院引进人才启动基金项目（2012xskq003）、安徽省教育厅人文社科基金项目（2010sk446）的部分研究成果，感谢这些基金对本研究的大力支持！